御製

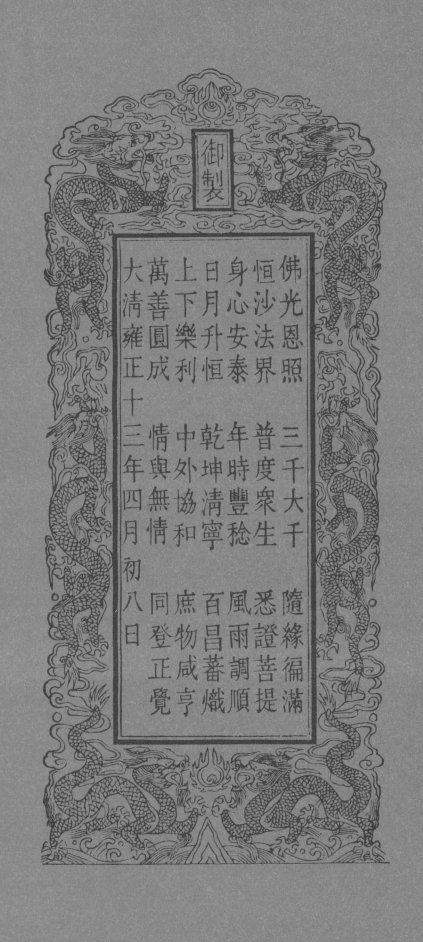

佛光恩照　三千大千　隨緣徧滿
恒沙法界　普度衆生　悉證菩提
身心安泰　年時豐稔　風雨調順
日月升恒　乾坤清寧　百昌蕃熾
上下樂利　中外協和　庶物咸亨
萬善圓成　情與無情　同登正覺
大清雍正十三年四月初八日

第八册 大乘經 般若部（八）

大般若波羅蜜多經 六百卷（卷三二六至卷三七〇）

唐三藏法師玄奘奉詔譯……………………………………一

大般若波羅蜜多經

唐三藏法師玄奘奉詔譯

清刻龍藏佛說法變相圖

大般若波羅蜜多經卷第三百二十六

唐三藏法師玄奘奉　詔譯

初分不退轉品第四十九之二

復次善現若不退轉位菩薩摩訶薩成就柔潤可愛可樂身語意業於諸有情心無罣礙善現若成就如是諸行狀相當知是爲不退轉菩薩摩訶薩復次善現若不退轉位菩薩摩訶薩恒常成就慈悲喜捨等起相應身語意業善現若成就如是諸行狀相當知是爲不退轉菩薩摩訶薩復次善現若不退轉位菩薩摩訶薩決定不與五蓋共居所謂貪欲瞋恚惛沉睡眠掉舉惡作疑蓋善現若成就如是諸行狀相當知是爲不退轉菩薩摩訶薩復次善現若不退轉位菩薩摩訶薩一切隨眠皆已摧伏一切結縛隨煩惱纏皆永不

起現不可得善現若成就如是諸行狀相當知是爲不退轉菩薩摩訶薩復次善現若不退轉位菩薩摩訶薩入出往来心不迷謬恒時安住正念正知進止威儀行住坐臥舉足下足亦復如是諸所遊履必觀其地安詳繫念直視而行運動語言嘗無卒暴善現若成就如是諸行狀相當知是爲不退轉菩薩摩訶薩復次善現若不退轉位菩薩摩訶薩諸所受用臥具衣服皆常香潔無諸臭穢亦無垢膩蟣虱等蟲心樂清華身無疾病善現若成就如是諸行狀相當知是爲不退轉菩薩摩訶薩復次善現若不退轉位菩薩摩訶薩身心清淨非如常人身中恒爲八萬戶蟲之所侵食所以者何是諸菩薩善根增上出過世間所受身形內外清淨故無蟲類侵食其身如如善根漸漸增益如是如是身心轉淨由此因緣是諸菩薩身心堅固猶若金剛不爲違緣之所侵惱善現若成就如是諸行狀相當知是爲不退轉菩薩摩訶薩時具壽善現白佛言世尊是菩薩摩訶薩云何而得身心清淨佛言善現是菩薩摩訶薩如如善根漸漸增長如是如是身心諂曲由善根力所除遣故窮未来際畢竟不起由此而得身心清淨復次善現是菩薩摩訶薩如如善根漸漸增長如是如是身語意業由善根力所磨瑩故遠離一切濁穢邪曲由此而得身心清淨身心淨故超過聲聞及獨覺地住菩薩位堅固不動善現若成就如是諸行狀相當知是爲不退轉菩薩摩訶薩復次善現若不退轉位菩薩摩訶薩不重利養不徇名譽於諸

飲食衣服卧具房舍資財皆不貪染雖受十二杜多功德而於其中都無所恃善現若成就如是諸行狀相當知是爲不退轉菩薩摩訶薩復次善現若不退轉位菩薩摩訶薩常修布施波羅蜜多慳貪之心畢竟不起常修淨戒波羅蜜多犯戒之心畢竟不起常修安忍波羅蜜多忿恚之心畢竟不起常修精進波羅蜜多懈怠之心畢竟不起常修靜慮波羅蜜多散亂之心畢竟不起常修般若波羅蜜多愚癡之心畢竟不起由此嫉妬諂誑憍逸覆惱等心亦永不起善現若成就如是諸行狀相當知是爲不退轉菩薩摩訶薩復次善現若不退轉位菩薩摩訶薩覺慧堅固能深悟入聽聞正法恭敬信受隨所聽聞世出世法皆能方便會入般若波羅蜜多甚深理趣諸所造作世間事業亦以般若波羅蜜多會入法性不見一事出法性者設有不與法性相應亦能方便會入般若波羅蜜多甚深理趣由此不見出法性者善現若成就如是諸行狀相當知是爲不退轉菩薩摩訶薩復次善現若不退轉位菩薩摩訶薩設有惡魔現前化作八大地獄復於一一大地獄中化作多百菩薩多千菩薩多百千菩薩多俱胝菩薩多百俱胝菩薩多千俱胝菩薩多百千俱胝菩薩多百千俱胝那庾多菩薩皆被猛焰交徹燒然各受辛酸楚毒大苦作是化已語不退轉諸菩薩言此諸菩薩皆受如來應正等覺不退轉記故生如是大地獄中恒受如斯種種劇苦汝等菩薩既受如來應正等覺不退轉記亦當墮此大地獄中受諸劇苦

佛授汝等大地獄中受極苦記非授無上正等菩提不退轉記是故汝等應速棄捨大菩提心可得免脫大地獄苦生於天上或生人中受諸富樂善現爾時不退轉菩薩摩訶薩見聞此事其心不動亦不驚疑但作是念受不退轉記菩薩摩訶薩若墮地獄傍生鬼界阿素洛中終無是處何以故不退轉位菩薩定無不善業故亦無善業招苦果故如来必無虚誑語故諸佛所説皆爲利樂一切有情大慈悲心所流出故所見聞者定是惡魔所作所説善現若成就如是諸行狀相當知是爲不退轉菩薩摩訶薩復次善現若不退轉位菩薩摩訶薩設有惡魔作沙門像来至其所唱如是言汝先所聞應修布施波羅蜜多究竟圓滿應修淨戒安忍精進靜慮般若波羅蜜多究竟圓滿當證無上正等菩提如是所聞皆爲邪説應疾棄捨又汝先聞應於過去未来現在一切如来應正等覺及諸弟子從初發心乃至法住其中所有功德善根皆生隨喜一切合集與諸有情迴向無上正等菩提如是所聞亦爲邪説應疾棄捨若汝棄捨所聞邪法我當教汝真實佛法令汝修學速證無上正等菩提汝先所聞非真佛語是文頌者虚妄撰集我之所説是真佛語善現若菩薩摩訶薩聞如是語心動驚疑當知未得諸佛爲受不退轉記彼於無上正等菩提猶未決定善現若菩薩摩訶薩聞如是語其心不動亦不驚疑但隨無作無相無生法性而住善現是菩薩摩訶薩諸有所作不信他語不隨他教而修布施波羅蜜多不隨他教

而修淨戒安忍精進靜慮般若波羅蜜多不隨他教而住内空不隨他教而住外空内外空空空大空勝義空有爲空無爲空畢竟空無際空散空無變異空本性空自相空共相空一切法空不可得空無性空自性空無性自性空不隨他教而住眞如不隨他教而住法界法性不虚妄性不變異性平等性離生性法定法住實際虚空界不思議界不隨他教而修四念住不隨他教而修四正斷四神足五根五力七等覺支八聖道支不隨他教而住苦聖諦不隨他教而住集滅道聖諦不隨他教而修四靜慮不隨他教而修四無量四無色定不隨他教而修八解脫不隨他教而修八勝處九次第定十遍處不隨他教而修空解脫門不隨他教而修無相無願解脫

門不隨他教而修極喜地不隨他教而修離垢地發光地焰慧地極難勝地現前地遠行地不動地善慧地法雲地不隨他教而修五眼不隨他教而修六神通不隨他教而修三摩地門不隨他教而修陀羅尼門不隨他教而修佛十力不隨他教而修四無所畏四無礙解大慈大悲大喜大捨十八佛不共法不隨他教而修順逆觀十二支緣起不隨他教而知苦斷集證滅修道不隨他教而起證預流果智不隨他教而起證一来不還阿羅漢果智不隨他教而起證獨覺菩提智不隨他教而起入菩薩正性離生位智不隨他教而嚴淨佛土不隨他教而成熟有情不隨他教而起菩薩神通不隨他教而修一切智不隨他教而修道相智一切相智不隨他教而斷

一切煩惱相續習氣不隨他教而修無忘失法不隨他教而修恒住捨性不隨他教而自攝受圓滿壽量不隨他教而轉法輪不隨他教而護正法不隨他教而趣無上正等菩提善現如漏盡阿羅漢諸有所作不信他語現證法性無惑無疑一切惡魔不能傾動如是不退轉菩薩摩訶薩一切聲聞獨覺外道諸惡魔等不能破壞折伏其心令於無上正等菩提而生退屈善現是菩薩摩訶薩決定已住不退轉地所有事業皆自思惟非但信他而便起作乃至如來應正等覺所有言教尚不信行況信聲聞獨覺外道惡魔等語而有所作是諸菩薩諸有所為但信他行終無是處何以故善現是菩薩摩訶薩不見有法可信行者所以者何善現是菩薩摩訶薩不見色不見受想行識可信行者亦不見色眞如不見受想行識眞如可信行者善現是菩薩摩訶薩不見眼處不見耳鼻舌身意處可信行者亦不見眼處眞如不見耳鼻舌身意處眞如可信行者善現是菩薩摩訶薩不見色處不見聲香味觸法處可信行者亦不見色處眞如不見聲香味觸法處眞如可信行者善現是菩薩摩訶薩不見眼界不見耳鼻舌身意界可信行者亦不見眼界眞如不見耳鼻舌身意界眞如可信行者善現是菩薩摩訶薩不見色界不見聲香味觸法界可信行者亦不見色界眞如不見聲香味觸法界眞如可信行者善現是菩薩摩訶薩不見眼識界不見耳鼻舌身意識界可信行者亦不見眼識界眞如不見耳鼻舌身意識界眞如可

信行者善現是菩薩摩訶薩不見眼觸不見耳鼻舌身意觸可信行者亦不見眼觸眞如不見耳鼻舌身意觸眞如可信行者善現是菩薩摩訶薩不見眼觸爲縁所生諸受不見耳鼻舌身意觸爲縁所生諸受可信行者亦不見眼觸爲縁所生諸受眞如不見耳鼻舌身意觸爲縁所生諸受眞如可信行者善現是菩薩摩訶薩不見地界不見水火風空識界可信行者亦不見地界眞如不見水火風空識界眞如可信行者善現是菩薩摩訶薩不見無明不見行識名色六處觸受愛取有生老死可信行者亦不見無明眞如不見行識名色六處觸受愛取有生老死眞如可信行者善現是菩薩摩訶薩不見布施波羅蜜多不見淨戒安忍精進靜慮般若波羅蜜多可信行者亦不見布施波羅蜜多眞如不見淨戒安忍精進靜慮般若波羅蜜多眞如可信行者善現是菩薩摩訶薩不見內空不見外空內外空空空大空勝義空有爲空無爲空畢竟空無際空散空無變異空本性空自相空共相空一切法空不可得空無性空自性空無性自性空可信行者亦不見內空眞如不見外空內外空空空大空勝義空有爲空無爲空畢竟空無際空散空無變異空本性空自相空共相空一切法空不可得空無性空自性空無性自性空眞如可信行者善現是菩薩摩訶薩不見眞如不見法界法性不虛妄性不變異性平等性離生性法定法住實際虛空界不思議界可信行者亦不見眞如眞如不見法界法性不虛妄性不變異

性平等性離生性法定法住實際虛空界不思議界真如可信行者善現是菩薩摩訶薩不見四念住不見四正斷四神足五根五力七等覺支八聖道支可信行者亦不見四念住真如不現四正斷四神足五根五力七等覺支八聖道支真如可信行者善現是菩薩摩訶薩不見苦聖諦不見集滅道聖諦可信行者亦不見苦聖諦真如不見集滅道聖諦真如可信行者善現是菩薩摩訶薩不見四靜慮不見四無量四無色定可信行者亦不見四靜慮真如不見四無量四無色定真如可信行者善現是菩薩摩訶薩不見八解脱不見八勝處九次第定十遍處可信行者亦不見八解脱真如不見八勝處九次第定十遍處真如可信行者善現是菩薩摩訶薩不見空解脱門不見無相無願解脱門可信行者亦不見空解脱門真如不見無相無願解脱門真如可信行者善現是菩薩摩訶薩不見五眼不見六神通可信行者亦不見五眼真如不見六神通真如可信行者善現是菩薩摩訶薩不見三摩地門不見陀羅尼門可信行者亦不見三摩地門真如不見陀羅尼門真如可信行者善現是菩薩摩訶薩不見佛十力不見四無所畏四無礙解大慈大悲大喜大捨十八佛不共法可信行者亦不見佛十力真如不見四無所畏四無礙解大慈大悲大喜大捨十八佛不共法真如可信行者善現是菩薩摩訶薩不見預流果不見一来不還阿羅漢果可信行者亦不見預流果真如不見一来不還阿羅漢果真如可信行

者善現是菩薩摩訶薩不見獨覺菩提可信行者亦不見獨覺菩提真如可信行者善現是菩薩摩訶薩不見一切智不見道相智一切相智可信行者亦不見一切智真如不見道相智一切相智真如可信行者善現是菩薩摩訶薩不見異生地不見聲聞地獨覺地菩薩地如来地可信行者亦不見異生地真如不見聲聞地獨覺地菩薩地如来地真如可信行者善現是菩薩摩訶薩不見諸佛無上正等菩提可信行者亦不見諸佛無上正等菩提真如可信行者善現若成就如是諸行狀相當知是爲不退轉菩薩摩訶薩復次善現若不退轉位菩薩摩訶薩設有惡魔作苾芻像来詣其所說如是言汝等所行是生死法非由此得一切智智汝等今應修盡苦道速盡衆苦證般涅槃是時惡魔即爲菩薩說墮生死相似道法所謂骨想或青瘀想或膿爛想或膖脹想或蟲食想或異赤想或慈或悲或喜或捨或初靜慮或乃至第四靜慮或空無邊處或乃至非想非非想處告菩薩言此是真道真行汝用此道此行當得預流果或一来果或不還果或阿羅漢果或獨覺菩提汝由此道由此行故速盡一切生老病死何用久受生死苦爲現在苦身尚應厭捨況更求受當来苦身宜自審思捨先所信善現是菩薩摩訶薩聞彼語時其心不動亦不驚疑但作是念今此苾芻益我不少能爲我說相似道法令我識知此道不能證預流果或一来果或不還果或阿羅漢果或獨覺菩提況當能證諸佛無上正等菩提是菩薩摩

訶薩作此念已深生歡喜復作是念今此苾芻甚爲益我方便爲我說滯礙法令我了知滯礙法已於三乘道自在修學善現爾時惡魔知是菩薩深心歡喜復作是言善男子汝欲見諸菩薩摩訶薩長時勤行無益行不謂諸菩薩摩訶薩衆經如殑伽沙數大劫以無量種上妙衣服飲食卧具醫藥資財花香等物供養恭敬尊重讚歎殑伽沙等諸佛世尊復於殑伽沙等佛所修行布施波羅蜜多修行淨戒安忍精進靜慮般若波羅蜜多亦於殑伽沙等佛所學住内空學住外空内外空空空大空勝義空有爲空無爲空畢竟空無際空散空無變異空本性空自相空共相空一切法空不可得空無性空自性空無性自性空亦於殑伽沙等佛所學住眞如學住法界法性不虚妄性不變異性平等性離生性法定法住實際虚空界不思議界亦於殑伽沙等佛所修四念住修四正斷四神足五根五力七等覺支八聖道支亦於殑伽沙等佛所學住苦聖諦學住集滅道聖諦亦於殑伽沙等佛所修四靜慮修四無量四無色定亦於殑伽沙等佛所修八解脫修八勝處九次第定十遍處亦於殑伽沙等佛所修空解脫門修無相無願解脫門亦於殑伽沙等佛所修極喜地修離垢地發光地焰慧地極難勝地現前地遠行地不動地善慧地法雲地亦於殑伽沙等佛所修五眼修六神通亦於殑伽沙等佛所修三摩地門修陀羅尼門亦於殑伽沙等佛所修佛十力修四無所畏四無礙解大慈大悲大喜大捨十八佛不共法亦

於殑伽沙等佛所修無忘失法修恒住捨性亦於殑伽沙等佛所修順逆觀十二支緣起亦於殑伽沙等佛所嚴淨佛土成熟有情亦於殑伽沙等佛所修諸菩薩殊勝神通亦於殑伽沙等佛所修圓滿壽量學轉法輪護持正法亦於殑伽沙等佛所修一切智修道相智一切相智是諸菩薩摩訶薩衆亦親近承事如殑伽沙佛於諸佛所請問菩薩摩訶薩道謂作是言云何菩薩摩訶薩安住大乘云何菩薩摩訶薩修行布施波羅蜜多修行淨戒安忍精進靜慮般若波羅蜜多云何菩薩摩訶薩學住內空學住外空內外空空空大空勝義空有爲空無爲空畢竟空無際空散空無變異空本性空自相空共相空一切法空不可得空無性空自性空無性自性空云何菩薩摩訶薩學住眞如學住法界法性不虛妄性不變異性平等性離生性法定法住實際虛空界不思議界云何菩薩摩訶薩修四念住修四正斷四神足五根五力七等覺支八聖道支云何菩薩摩訶薩學住苦聖諦學住集滅道聖諦云何菩薩摩訶薩修四靜慮修四無量四無色定云何菩薩摩訶薩修八解脫修八勝處九次第定十遍處云何菩薩摩訶薩修空解脫門修無相無願解脫門云何菩薩摩訶薩修極喜地修離垢地發光地焰慧地極難勝地現前地遠行地不動地善慧地法雲地云何菩薩摩訶薩修五眼修六神通云何菩薩摩訶薩修三摩地門修陀羅尼門云何菩薩摩訶薩修佛十力修四無所畏四無礙解大慈大悲大喜大捨十八佛

不共法云何菩薩摩訶薩修無忘失法修恒住捨性云何菩薩摩訶薩修順逆觀十二支緣起云何菩薩摩訶薩嚴淨佛土成熟有情云何菩薩摩訶薩修諸菩薩殊勝神通云何菩薩摩訶薩修圓滿壽量云何菩薩摩訶薩學轉大法輪云何菩薩摩訶薩護持正法令得久住云何菩薩摩訶薩修一切智修道相智一切相智殑伽沙等諸佛世尊如所請問次第為說是諸菩薩摩訶薩衆如佛教誨安住修學經無量劫熾然精進尚不能得一切智智況今汝等所修所學能證無上正等菩提善現是菩薩摩訶薩雖聞其言而心無異不驚不恐無疑無惑倍復歡喜作是念言今此苾芻多益於我方便為我說障道法令我知此障道之法決定不能證預流果或一來果或不還果或阿羅漢果或獨覺菩提況能證得一切智智善現時彼惡魔知是菩薩心不退屈無怖無疑即於是處化作無量苾芻形像語菩薩言此諸苾芻皆於過去希求無上正等菩提經無量劫修行種種難行苦行而不能得今皆退住阿羅漢果諸漏已盡至苦邊際云何汝等能證無上正等菩提善現是菩薩摩訶薩見聞此已即作是念定是惡魔化作如此苾芻形像擾亂我心因說滯礙相似道法必無菩薩摩訶薩衆修行般若波羅蜜多至圓滿位不得無上正等菩提退墮聲聞或獨覺地爾時菩薩復作是念若菩薩摩訶薩修行布施波羅蜜多修行淨戒安忍精進靜慮般若波羅蜜多至圓滿位不得無上正等菩提必無是處若菩薩摩訶薩學住

内空學住外空内外空空空大空勝義空有爲空無爲空畢竟空無際空散空無變異空本性空自相空共相空一切法空不可得空無性空自性空無性自性空至圓滿位不得無上正等菩提必無是處若菩薩摩訶薩學住真如學住法界法性不虚妄性不變異性平等性離生性法定法住實際虚空界不思議界至圓滿位不得無上正等菩提必無是處若菩薩摩訶薩修四念住修四正斷四神足五根五力七等覺支八聖道支至圓滿位不得無上正等菩提必無是處若菩薩摩訶薩學住苦聖諦學住集滅道聖諦至圓滿位不得無上正等菩提必無是處若菩薩摩訶薩修四靜慮修四無量四無色定至圓滿位不得無上正等菩提必無是處若菩薩摩訶薩修八解脫修八勝處九次第定十遍處至圓滿位不得無上正等菩提必無是處若菩薩摩訶薩修空解脫門修無相無願解脫門至圓滿位不得無上正等菩提必無是處若菩薩摩訶薩修極喜地修離垢地發光地焰慧地極難勝地現前地遠行地不動地善慧地法雲地至圓滿位不得無上正等菩提必無是處若菩薩摩訶薩修五眼修六神通至圓滿位不得無上正等菩提必無是處若菩薩摩訶薩修三摩地門修陀羅尼門至圓滿位不得無上正等菩提必無是處若菩薩摩訶薩修佛十力修四無所畏四無礙解大慈大悲大喜大捨十八佛不共法至圓滿位不得無上正等菩提必無是處若菩薩摩訶薩修無忘失法修恒住捨性至圓滿位不得無

上正等菩提必無是處若菩薩摩訶薩修順逆觀十二支緣起至圓滿位不得無上正等菩提必無是處若菩薩摩訶薩嚴淨佛土成熟有情至圓滿位不得無上正等菩提必無是處若菩薩摩訶薩修諸菩薩殊勝神通至圓滿位不得無上正等菩提必無是處若菩薩摩訶薩修圓滿壽量至圓滿位不得無上正等菩提必無是處若菩薩摩訶薩學轉法輪護持正法至圓滿位不得無上正等菩提必無是處若菩薩摩訶薩修一切智修道相智一切相智至圓滿位不得無上正等菩提必無是處善現若成就如是諸行狀相當知是爲不退轉菩薩摩訶薩復次善現若不退轉位菩薩摩訶薩常行般若波羅蜜多恒作是念若菩薩摩訶薩如諸佛教精勤修學常不遠離布施淨戒安忍精進靜慮般若波羅蜜多所攝妙行常不遠離布施淨戒安忍精進靜慮般若波羅蜜多相應作意常不遠離一切智智相應作意常以方便勸諸有情精勤修學布施淨戒安忍精進靜慮般若波羅蜜多是菩薩摩訶薩決定不退布施波羅蜜多決定不退淨戒安忍精進靜慮般若波羅蜜多決定不退內空決定不退外空內外空空空大空勝義空有爲空無爲空畢竟空無際空散空無變異空本性空自相空共相空一切法空不可得空無性空自性空無性自性空決定不退真如決定不退法界法性不虛妄性不變異性平等性離生性法定法住實際虛空界不思議界決定不退四念住決定不退四正斷四神足五根五力七等覺支

八聖道支決定不退苦聖諦決定不退集滅道聖諦決定不退四靜慮決定不退四無量四無色定決定不退八解脫決定不退八勝處九次第定十遍處決定不退空解脫門決定不退無相無願解脫門決定不退極喜地決定不退離垢地發光地焰慧地極難勝地現前地遠行地不動地善慧地法雲地決定不退五眼決定不退六神通決定不退三摩地門決定不退陀羅尼門決定不退佛十力決定不退四無所畏四無礙解大慈大悲大喜大捨十八佛不共法決定不退無忘失法決定不退恒住捨性決定不退一切智決定不退道相智一切相智決定不退阿耨多羅三藐三菩提善現若成就如是諸行狀相當知是爲不退轉菩薩摩訶薩復次善現若不退轉位菩薩摩訶薩常行般若波羅蜜多恒作是念若菩薩摩訶薩覺知魔事不隨魔事覺知惡友不隨惡友語覺知境界不隨境界轉是菩薩摩訶薩決定不退布施波羅蜜多決定不退淨戒安忍精進靜慮般若波羅蜜多決定不退內空決定不退外空內外空空空大空勝義空有爲空無爲空畢竟空無際空散空無變異空本性空自相空共相空一切法空不可得空無性空自性空無性自性空決定不退真如決定不退法界法性不虛妄性不變異性平等性離生性法定法住實際虛空界不思議界決定不退四念住決定不退四正斷四神足五根五力七等覺支八聖道支決定不退苦聖諦決定不退集滅道聖諦決定不退四靜慮決定不退四無量四

無色定決定不退八解脫決定不退八勝處九次第定十遍處決定不退空解脫門決定不退無相無願解脫門決定不退極喜地決定不退離垢地發光地焰慧地極難勝地現前地遠行地不動地善慧地法雲地決定不退五眼決定不退六神通決定不退三摩地門決定不退陀羅尼門決定不退佛十力決定不退四無所畏四無礙解大慈大悲大喜大捨十八佛不共法決定不退無忘失法決定不退恒住捨性決定不退一切智決定不退道相智一切相智決定不退阿耨多羅三藐三菩提善現若成就如是諸行狀相當知是爲不退轉菩薩摩訶薩復次善現若不退轉位菩薩摩訶薩聞諸如來應正等覺所說法要深心歡喜恭敬信受善解義趣其心堅固猶若金剛不可動轉不可引奪常勤修學布施淨戒安忍精進靜慮般若波羅蜜多亦勸有情精勤修學布施淨戒安忍精進靜慮般若波羅蜜多善現若成就如是諸行狀相當知是爲不退轉菩薩摩訶薩爾時具壽善現白佛言世尊諸不退轉位菩薩摩訶薩於何退轉故名不退轉耶佛言善現是菩薩摩訶薩於色想退轉故名不退轉於受想行識想退轉故名不退轉善現是菩薩摩訶薩於眼處想退轉故名不退轉於耳鼻舌身意處想退轉故名不退轉善現是菩薩摩訶薩於色處想退轉故名不退轉於聲香味觸法處想退轉故名不退轉善現是菩薩摩訶薩於眼界想退轉故名不退轉於耳鼻舌身意界想退轉故名不退轉善現是菩薩摩訶薩於

色界想退轉故名不退轉於聲香味觸法界想退轉故名不退轉善現是菩薩摩訶薩於眼識界想退轉故名不退轉於耳鼻舌身意識界想退轉故名不退轉善現是菩薩摩訶薩於眼觸想退轉故名不退轉於耳鼻舌身意觸想退轉故名不退轉善現是菩薩摩訶薩於眼觸爲緣所生諸受想退轉故名不退轉於耳鼻舌身意觸爲緣所生諸受想退轉故名不退轉善現是菩薩摩訶薩於地界想退轉故名不退轉於水火風空識界想退轉故名不退轉善現是菩薩摩訶薩於無明想退轉故名不退轉於行識名色六處觸受愛取有生老死想退轉故名不退轉善現是菩薩摩訶薩於貪想退轉故名不退轉於瞋想癡想諸惡見想退轉故名不退轉

大般若波羅蜜多經卷第三百二十六

音釋

掉舉 掉杜弔切揺也舉居許切動也掉舉謂身心妄揺動也
卒暴 卒蒼没切急也暴蒲報切猛也
蟣蝨 蟣音紀蝨音瑟
磨瑩 磨音摩瑩縈定切謂磨治瑩潔也
徇 松閏切自衒也又從也
杜多 梵語也亦云頭陀此云修治謂修治淨行杜徒古切
俱胝 梵語也此云百億胝張尼切
那庾多 梵語也此云萬億庾弋渚切
劇苦 劇竭戟切甚也
苾芻 苾薄密切芻楚俱切草名含五義一體性柔輭一引蔓旁布三馨香遠聞四能療疼痛五不背日光以比丘之德似之故名比丘爲苾芻
青瘀 瘀依據切青瘀謂血積瘀而色青也
膿 奴冬切
胮脹 胮匹降切脹知亮切胮脹謂胮臭脹滿也

大般若波羅蜜多經卷第三百二十七

唐三藏法師玄奘奉　詔譯

初分不退轉品第四十九之三

善現是菩薩摩訶薩於布施波羅蜜多想退轉故名不退轉於淨戒安忍精進靜慮般若波羅蜜多想退轉故名不退轉善現是菩薩摩訶薩於內空想退轉故名不退轉於外空內外空空空大空勝義空有爲空無爲空畢竟空無際空散空無變異空本性空自相空共相空一切法空不可得空無性空自性空無性自性空想退轉故名不退轉善現是菩薩摩訶薩於眞如想退轉故名不退轉於法界法性不虛妄性不變異性平等性離生性法定法住實際虛空界不思議界想退轉故名不退轉善現是菩薩摩訶薩於四念住想退轉故名不退轉於四正斷四神足五根五力七等覺支八聖道支想退轉故名不退轉善現是菩薩摩訶薩於苦聖諦想退轉故名不退轉於集滅道聖諦想退轉故名不退轉善現是菩薩摩訶薩於四靜慮想退轉故名不退轉於四無量四無色定想退轉故名不退轉善現是菩薩摩訶薩於八解脫想退轉故名不退轉於八勝處九次第定十遍處想退轉故名不退轉善現是菩薩摩訶薩於空解脫門想退轉故名不退轉於無相無願解脫門想退轉故名不退轉善現是菩薩摩訶薩於極喜地想退轉故名不退轉於離垢地發光地焰慧地極難勝地現前地遠行地不動地善慧地法雲地想退轉故名不退轉善現是菩薩摩訶薩於五眼想退轉故名不退

轉於六神通想退轉故名不退轉善現是菩薩摩訶薩於三摩地門想退轉故名不退轉於陀羅尼門想退轉故名不退轉善現是菩薩摩訶薩於佛十力想退轉故名不退轉於四無所畏四無礙解大慈大悲大喜大捨十八佛不共法想退轉故名不退轉善現是菩薩摩訶薩於無忘失法想退轉故名不退轉於恒住捨性想退轉故名不退轉善現是菩薩摩訶薩於預流果想退轉故名不退轉於一來不還阿羅漢果想退轉故名不退轉善現是菩薩摩訶薩於獨覺菩提想退轉故名不退轉善現是菩薩摩訶薩於一切智想退轉故名不退轉於道相智一切相智想退轉故名不退轉善現是菩薩摩訶薩於異生想退轉故名不退轉於聲聞想獨覺想菩薩想如來想退轉故名不退轉所以者何善現是菩薩摩訶薩以自想空觀一切法已入菩薩正性離生乃至不見少法可得不可得故無所造作無造作故畢竟不生畢竟不生故名無生法忍由得如是無生法忍故名不退轉菩薩摩訶薩善現若成就如是諸行狀相當知是爲不退轉菩薩摩訶薩復次善現若不退轉位菩薩摩訶薩設有惡魔來到其所爲惱壞故語菩薩言無上菩提與虛空等自性自相皆畢竟空都無所有諸法自性自相亦然與虛空等自性自相畢竟空中無有一法可名能證無有一法可名所證證處證時及由此證亦不可得既一切法性相皆空與虛空等汝等云何唐受勤苦求證無上正等菩提汝先所聞諸菩薩衆應證無上正等菩提

皆是魔説非眞佛語汝等應捨大菩提願勿於長夜唐爲利樂一切有情自受勤苦雖行種種難行苦行欲求菩提終不能得善現是菩薩摩訶薩聞彼語時能審觀察此惡魔事欲退壞我所發無上正等覺心我今不應信受彼説雖一切法與虚空等自性自相皆畢竟空而諸有情生死長夜不知不見不解不覺顛倒放逸受諸劇苦我當擐以性相皆空如太虚空大功德鎧速趣無上正等菩提爲諸有情如應説法令其解脱生死大苦得預流果得一來果得不還果得阿羅漢果得獨覺菩提或得無上正等菩提善現是菩薩摩訶薩從初發心已聞此法其心堅固不動不轉依此堅固不動轉心恒正修行布施淨戒安忍精進靜慮般若波羅蜜多由此六種隨分成就已入菩薩正性離生復正修行布施淨戒安忍精進靜慮般若波羅蜜多由此得入不退轉位是故惡魔雖設種種矯詐方便而不能退菩薩所發大菩提心善現若成就如是諸行狀相當知是爲不退轉菩薩摩訶薩爾時具壽善現白佛言世尊是菩薩摩訶薩爲不退轉故名不退轉爲退轉故名不退轉耶佛言善現是菩薩摩訶薩以不退轉故名不退轉亦以退轉故名不退轉世尊是菩薩摩訶薩云何以不退轉故名不退轉云何亦以退轉故名不退轉善現是菩薩摩訶薩超過聲聞及獨覺地不復退墮彼二地中由斯故説不退轉故名不退轉是菩薩摩訶薩遠離聲聞及獨覺地於彼二地決定退捨由斯故説以退轉故名不退轉復次善現若不

退轉位菩薩摩訶薩欲入初靜慮即隨意能入欲入第二第三第四靜慮亦隨意能入欲入慈無量即隨意能入欲入悲喜捨無量亦隨意能入欲入空無邊處定即隨意能入欲入識無邊處無所有處非想非非想處定亦隨意能入欲起四念住即隨意能起欲起四正斷四神足五根五力七等覺支八聖道支亦隨意能起欲起初解脫即隨意能起欲起第二解脫乃至第八解脫亦隨意能起欲起初勝處即隨意能起欲起第二勝處乃至第八勝處亦隨意能起欲入初靜慮定即隨意能入欲入第二靜慮定乃至滅受想定亦隨意能入欲起初遍處即隨意能起欲起第二遍處乃至第十遍處亦隨意能起欲起空解脫門即隨意能起欲起無相無願解脫門亦隨意能起欲引發五神通即隨意能引發善現是菩薩摩訶薩雖入初靜慮而不受初靜慮果雖入第二第三第四靜慮而不受第二第三第四靜慮果雖入慈無量而不受慈無量果雖入悲喜捨無量而不受悲喜捨無量果雖入空無邊處定而不受空無邊處定果雖入識無邊處無所有處非想非非想處定而不受識無邊處無所有處非想非非想處定果雖起四念住而不受四念住果雖起四正斷四神足五根五力七等覺支八聖道支而不受四正斷乃至八聖道支果雖起初解脫而不受初解脫果雖起第二解脫乃至第八解脫而不受第二解脫乃至第八解脫果雖起初勝處而不受初勝處果雖起第二勝處乃至第八勝處而不受第二勝處乃至第

八勝處果雖入初靜慮定而不受初靜慮定果雖入第二靜慮定乃至滅受想定而不受第二靜慮定乃至滅受想定果雖起初遍處而不受初遍處果雖起第二遍處乃至第十遍處而不受第二遍處乃至第十遍處果雖起空解脫門而不受空解脫門果雖起無相無願解脫門而不受無相無願解脫門果雖引發五神通而不受五神通果善現由此因緣是菩薩摩訶薩不隨靜慮無量等至及餘功德勢力而生亦不證預流果或一來果或不還果或阿羅漢果或獨覺菩提善現是菩薩摩訶薩爲欲利樂諸有情故隨欲攝受所應受身即隨所願皆能攝受善現若成就如是諸行狀相當知是爲不退轉菩薩摩訶薩

復次善現若不退轉位菩薩摩訶薩成就無上菩提作意常不遠離大菩提心不貴重色不貴重受想行識不貴重眼處不貴重耳鼻舌身意處不貴重色處不貴重聲香味觸法處不貴重眼界不貴重耳鼻舌身意界不貴重色界不貴重聲香味觸法界不貴重眼識界不貴重耳鼻舌身意識界不貴重眼觸不貴重耳鼻舌身意觸不貴重眼觸爲緣所生諸受不貴重耳鼻舌身意觸爲緣所生諸受不貴重地界不貴重水火風空識界不貴重緣性緣起不貴重諸相隨好不貴重有色無色法不貴重有見無見法不貴重有對無對法不貴重有漏無漏法不貴重有爲無爲法不貴重世間出世間法不貴重我不貴重有情命者生者養者士夫補特伽羅意生儒童作者受者知者見者不貴重徒衆不貴重眷

屬不貴重布施波羅蜜多不貴重淨戒安忍精進靜慮般若波羅蜜多不貴重十善業道不貴重四靜慮不貴重四無量四無色定不貴重五神通不貴重四念住不貴重四正斷四神足五根五力七等覺支八聖道支不貴重八解脫不貴重八勝處九次第定十遍處不貴重空解脫門不貴重無相無願解脫門不貴重苦聖諦不貴重集滅道聖諦不貴重內空不貴重外空內外空空空大空勝義空有為空無為空畢竟空無際空散空無變異空本性空自相空共相空一切法空不可得空無性空自性空無性自性空不貴重真如不貴重法界法性不虛妄性不變異性平等性離生性法定法住實際虛空界不思議界不貴重極喜地不貴重離垢地發光地焰慧地極難勝地現前地遠行地不動地善慧地法雲地不貴重五眼不貴重六神通不貴重佛十力不貴重四無所畏四無礙解大慈大悲大喜大捨十八佛不共法不貴重無忘失法不貴重恒住捨性不貴重聲聞不貴重獨覺不貴重菩薩不貴重如來不貴重預流果不貴重一來不還阿羅漢果不貴重獨覺菩提不貴重一切智不貴重道相智一切相智不貴重阿耨多羅三藐三菩提不貴重嚴淨佛土不貴重成熟有情不貴重多見諸佛不貴重種諸善根何以故善現是菩薩摩訶薩達一切法與虛空等自性自相皆畢竟空都無所有不見有法可生貴重能生所生生時生處由此故生皆不可得何以故善現是一切法與虛空等性相皆空無生義故善現是

菩薩摩訶薩成就無上菩提作意常不遠離大菩提心身四威儀往來入出舉足下足心無散亂行住坐卧進止威儀所作事業皆住正念善現若成就如是諸行狀相當知是爲不退轉菩薩摩訶薩復次善現若不退轉位菩薩摩訶薩爲欲饒益諸有情故現處居家方便善巧雖現攝受五欲樂具而於其中不生染著皆爲濟給諸有情故謂諸有情須食與食須飲與飲須衣與衣須卧具與卧具須醫藥與醫藥須室宅與室宅須資財與資財隨諸有情所求皆與令其意願悉皆滿足善現是菩薩摩訶薩自行布施波羅蜜多亦勸他行布施波羅蜜多恒樂稱揚行布施波羅蜜多法歡喜讚歎行布施波羅蜜多者自行淨戒波羅蜜多亦勸他行淨戒波羅蜜多恒樂稱揚行淨戒波羅蜜多法歡喜讚歎行淨戒波羅蜜多者自行安忍波羅蜜多亦勸他行安忍波羅蜜多恒樂稱揚行安忍波羅蜜多法歡喜讚歎行安忍波羅蜜多者自行精進波羅蜜多亦勸他行精進波羅蜜多恒樂稱揚行精進波羅蜜多法歡喜讚歎行精進波羅蜜多者自行靜慮波羅蜜多亦勸他行靜慮波羅蜜多恒樂稱揚行靜慮波羅蜜多法歡喜讚歎行靜慮波羅蜜多者自行般若波羅蜜多亦勸他行般若波羅蜜多恒樂稱揚行般若波羅蜜多法歡喜讚歎行般若波羅蜜多者善現是菩薩摩訶薩現處居家以神通力或大願力攝受珍財滿贍部洲持以供養佛法僧寶及施貧乏諸有情類以神通力或大願力攝受珍財滿四大洲持以供養

佛法僧寶及施貧乏諸有情類以神通力或大願力攝受珍財滿小千界持以供養佛法僧寶及施貧乏諸有情類以神通力或大願力攝受珍財滿中千界持以供養佛法僧寶及施貧乏諸有情類以神通力或大願力攝受珍財充滿三千大千世界持以供養佛法僧寶及施貧乏諸有情類善現是菩薩摩訶薩雖現處居家而常修梵行終不受用諸妙欲境雖現攝受種種珍財而於其中不起染著又於攝受諸欲樂具及珍財時終不逼迫諸有情類令生憂苦善現若成就如是諸行狀相當知是爲不退轉菩薩摩訶薩復次善現若不退轉位菩薩摩訶薩有執金剛藥叉神主恒隨左右密爲守護常作是念此菩薩摩訶薩不久當證無上菩提願我恒隨密爲守護乃至無上正等菩提五執金剛藥叉神衆亦隨守護時無暫捨使人非人等皆不能損害諸天魔梵及餘世間亦無有能以法破壞所發無上正等覺心由此因緣是諸菩薩乃至無上正等菩提身意泰然恒無擾亂善現若成就如是諸行狀相當知是爲不退轉菩薩摩訶薩復次善現若不退轉位菩薩摩訶薩世間五根常無缺減所謂眼根耳根鼻根舌根身根出世五根亦無缺減所謂信根精進根念根定根慧根善現是菩薩摩訶薩身支圓滿相好莊嚴心諸功德念念增進乃至無上正等菩提善現若成就如是諸行狀相當知是爲不退轉菩薩摩訶薩復次善現若不退轉位菩薩摩訶薩恒爲上士不爲下士時具壽善現白佛言世尊云何說此菩薩

摩訶薩恒爲上士不爲下士佛言善現是菩薩摩訶薩一切煩惱不復現前刹那刹那功德增進乃至無上正等菩提於一切時心無散亂故我說此菩薩摩訶薩恒爲上士不爲下士善現若成就如是諸行狀相當知是爲不退轉菩薩摩訶薩復次善現若不退轉位菩薩摩訶薩成就無上菩提作意常不遠離大菩提心爲淨命故不行呪術醫藥占卜諸邪命事不爲名利呪諸鬼神令著男女問其凶吉亦不呪禁男女大小傍生鬼等現希有事亦不占相壽量長短財位男女諸善惡事亦不懸記寒熱豐儉吉凶好惡惑亂有情亦不呪禁合和湯藥左道療疾結好貴人尚不染心觀視男女歡笑與語況有餘事何以故善現是菩薩摩訶薩知一切法自相皆空自相空中不見有相不見相故遠離種種邪命呪術醫藥占相唯求無上正等菩提究竟利樂諸有情類善現若成就如是諸行狀相當知是爲不退轉菩薩摩訶薩復次善現若不退轉位菩薩摩訶薩於諸世間文章伎藝雖得善巧而不愛著所以者何善現是菩薩摩訶薩達一切法皆畢竟空畢竟空中世間所有文章伎藝皆不可得又諸世間文章伎藝皆雜穢語邪命所攝是故菩薩知而不爲善現是菩薩摩訶薩於諸世俗外道書論雖亦善知而不樂著何以故善現是菩薩摩訶薩了一切法性相皆空於此空中一切書論皆不可得又諸世俗外道書論所說理事多有增減於菩薩道非爲隨順皆是戲論雜穢語攝是故菩薩知而不樂善現若成就如是諸

行狀相當知是爲不退轉菩薩摩訶薩復次善現諸不退轉位菩薩摩訶薩復有所餘諸行狀相吾當爲汝分別解說汝應諦聽極善思惟善現請言唯然願說我等今者專意樂聞佛言善現若不退轉位菩薩摩訶薩行深般若波羅蜜多通達諸法皆無所有常不遠離大菩提心不樂觀察論說色蘊不樂觀察論說受想行識蘊不樂觀察論說眼處不樂觀察論說耳鼻舌身意處不樂觀察論說色處不樂觀察論說聲香味觸法處不樂觀察論說眼界不樂觀察論說耳鼻舌身意界不樂觀察論說色界不樂觀察論說聲香味觸法界不樂觀察論說眼識界不樂觀察論說耳鼻舌身意識界不樂觀察論說眼觸不樂觀察論說耳鼻舌身意觸不樂觀察論說眼觸爲緣所生諸受不樂觀察論說耳鼻舌身意觸爲緣所生諸受不樂觀察論說地界不樂觀察論說水火風空識界不樂觀察論說無明不樂觀察論說行識名色六處觸受愛取有生老死何以故善現是菩薩摩訶薩於蘊處界緣性緣起畢竟空理已善思惟善通達故善現是菩薩摩訶薩不樂觀察論說王事何以故善現是菩薩摩訶薩善住法空不見少法有勝有劣貴賤相故善現是菩薩摩訶薩不樂觀察論說賊事何以故善現是菩薩摩訶薩住自相空不見少法有得有失與奪相故善現是菩薩摩訶薩不樂觀察論說軍事何以故善現是菩薩摩訶薩住本性空不見諸法有多有少聚散相故善現是菩薩摩訶薩不樂觀察論說鬪諍事何以故善現

是菩薩摩訶薩善住真如不見少法有強有弱愛恚相故善現是菩薩摩訶薩不樂觀察論說男女何以故善現是菩薩摩訶薩住諸法空不見少法有好有醜愛憎相故善現是菩薩摩訶薩不樂觀察論說聚落何以故善現是菩薩摩訶薩住法實性不見少法有增有減集散相故善現是菩薩摩訶薩不樂觀察論說城邑何以故善現是菩薩摩訶薩住虛空界不見諸法有勝有負好惡相故善現是菩薩摩訶薩不樂觀察論說國土何以故善現是菩薩摩訶薩安住實際不見諸法有屬不屬此彼相故善現是菩薩摩訶薩不樂觀察論說諸相何以故善現是菩薩摩訶薩安住無相不見諸法有增有減差別相故善現是菩薩摩訶薩不樂觀察論說是我有情命者生者養者士夫補特伽羅意生儒童作者受者知者見者何以故善現是菩薩摩訶薩住畢竟空都不見我乃至見者若有若無差別相故善現是菩薩摩訶薩不樂觀察論說世間如是等事但樂觀察論說般若波羅蜜多何以故善現甚深般若波羅蜜多遠離衆相能證無上大菩提故善現是菩薩摩訶薩常不遠離一切智智相應作意修行布施波羅蜜多離慳貪事修行淨戒波羅蜜多離破戒事修行安忍波羅蜜多離忿諍事修行精進波羅蜜多離懈怠事修行靜慮波羅蜜多離散亂事修行般若波羅蜜多離愚癡事善現是菩薩摩訶薩雖住一切法空而愛樂正法不樂非法雖住不可得空而常稱讚不壞法性饒益有情雖住真如法界而愛善友

不樂惡友言善友者謂諸如來應正等覺及諸菩薩摩訶薩衆若諸聲聞獨覺乘等能善教化安立有情令趣無上正等菩提亦名善友善現是菩薩摩訶薩爲聽法故常樂見佛若聞如來應正等覺在餘世界現說正法即以願力往生彼界恭敬供養聽受正法善現是菩薩摩訶薩若晝若夜常不遠離念佛作意常不遠離聞法作意由此因緣隨諸國土有諸如來應正等覺現說正法即乘願力往彼受生或乘神通而往聽法由是因緣此諸菩薩生生之處常不離佛恒聞正法無間無斷善現是菩薩摩訶薩常爲利樂諸有情故雖能現起靜慮無色諸甚深定而巧方便起欲界心教諸有情十善業道亦隨願力現生欲界有佛國土善現若成就如是諸行狀相

當知是爲不退轉菩薩摩訶薩復次善現若不退轉位菩薩摩訶薩常修布施波羅蜜多常修淨戒安忍精進靜慮般若波羅蜜多善現是菩薩摩訶薩常住內空常住外空內外空空空大空勝義空有爲空無爲空畢竟空無際空散空無變異空本性空自相空共相空一切法空不可得空無性空自性空無性自性空善現是菩薩摩訶薩常住真如常住法界法性不虛妄性不變異性平等性離生性法定法住實際虛空界不思議界善現是菩薩摩訶薩常修四念住常修四正斷四神足五根五力七等覺支八聖道支善現是菩薩摩訶薩常住苦聖諦常住集滅道聖諦善現是菩薩摩訶薩常修四靜慮常修四無量四無色定善現是菩薩摩訶薩常修八解脫

常修八勝處九次第定十遍處善現是菩薩摩訶薩常修空解脫門常修無相無願解脫門善現是菩薩摩訶薩常修五眼常修六神通善現是菩薩摩訶薩常修三摩地門常修陀羅尼門善現是菩薩摩訶薩常修佛十力常修四無所畏四無礙解大慈大悲大喜大捨十八佛不共法善現是菩薩摩訶薩常修一切智常修道相智一切相智善現是菩薩摩訶薩常於自地不起疑惑不作是念我是不退轉我非不退轉何以故善現是菩薩摩訶薩不見少法可於無上正等菩提說有退轉亦不見少法可於無上正等菩提說無退轉善現是菩薩摩訶薩於自地法無惑無疑何以故善現是菩薩摩訶薩於自地法已善了知善通達故善現如預流者住預流果於自果法無惑無疑一來不還阿羅漢獨覺各住自果於自果法亦無惑無疑是菩薩摩訶薩亦復如是於自所住不退轉地所攝諸法現知現見無惑無疑善現是不退轉地菩薩摩訶薩住此地中嚴淨佛土成熟有情修諸功德有魔事起即能覺知不隨魔事勢力而轉善能摧滅種種魔事令不障礙所修功德善現譬如造作無間業者彼無間心恒常隨逐乃至命終亦不能捨何以故善現彼能等起無間業纏增上勢力恒常隨轉乃至命盡亦不能伏設有餘心不能遮礙善現是不退轉位菩薩摩訶薩亦復如是安住自地其心不動無所分別世間天人阿素洛等皆不能轉所以者何是菩薩摩訶薩其心堅固超諸世間天人魔梵阿素洛等已入菩薩正性離

生住不退地已得菩薩殊勝神通成熟有情嚴淨佛土從一佛國至一佛國供養恭敬尊重讚歎諸佛世尊聽聞正法於諸佛所殖諸善根請問菩薩所學法義善現是菩薩摩訶薩安住自地有魔事起即能覺知終不隨順魔事而轉以善巧力集諸魔事置實際中方便除滅於自地法無惑無疑何以故善現是菩薩摩訶薩知一切法皆入實際通達實際非一非多於實際中無所分別以於實際無惑無疑於自地法亦無猶豫善現是菩薩摩訶薩設轉受生亦於實際無復退轉趣向聲聞或獨覺地何以故善現是菩薩摩訶薩知一切法自相皆空於此空中不見有法若生若滅若染若淨善現是菩薩摩訶薩乃至轉身亦不疑我當得無上正等菩提爲不當得何以故善現是菩薩摩訶薩通達諸法皆自相空即是無上正等菩提善現是菩薩摩訶薩安住自地不隨他緣於自地法無能壞者所以者何善現是菩薩摩訶薩成就無動無退轉智一切惡緣不能傾動善現若成就如是諸行狀相當知是爲不退轉菩薩摩訶薩

復次善現若不退轉位菩薩摩訶薩設有惡魔作佛形像来至其所作如是言汝今應求阿羅漢果永盡諸漏證般涅槃汝未堪受大菩提記亦未證得無生法忍汝今未有不退轉地諸行狀相如来不應授汝無上大菩提記要有具足不退轉地諸行狀相是菩薩摩訶薩乃可蒙佛授與無上大菩提記善現是不退轉位菩薩摩訶薩聞彼語已心無變異不驚不怖不退不沒善現是菩薩摩訶薩應

自證知我於過去諸如来所必已受得大菩提記所以者何菩薩成就如是勝法定當諸佛授菩提記我已成就如是勝法云何諸佛不授我記故我過去於諸佛所必已受得大菩提記善現是菩薩摩訶薩設有惡魔或魔使者作佛形像来授菩薩聲聞地記或授菩薩獨覺地記謂菩薩言咄哉男子何用無上正等菩提生死輪迴久受大苦宜自速證無餘涅槃永離生死畢竟安樂善現是菩薩摩訶薩聞彼語已作如是念此定惡魔或魔使者詐現佛像擾亂我心授我聲聞獨覺地記令退無上正等菩提所以者何定無諸佛教諸菩薩趣向聲聞及獨覺地棄捨無上正等菩提善現是菩薩摩訶薩設有惡魔或魔使者詐現佛像語菩薩言汝所受持大乘經典非佛所說亦非如來弟子所說是諸惡魔或諸外道爲誑惑汝作如是說汝今不應受持讀誦善現是菩薩摩訶薩聞彼語已便作是念此定惡魔或魔眷屬令我猒捨無上菩提故說大乘甚深經典非佛所說亦非如来弟子所說所以者何離此經典能證無上正等菩提必無是處善現是菩薩摩訶薩當知已住不退轉地過去如来應正等覺久已授彼大菩提記何以故善現是菩薩摩訶薩具足成就不退轉地諸行狀相若菩薩摩訶薩成就如是諸行狀相當知已受大菩提記必已安住不退轉地善現若成就如是諸行狀相當知是爲不退轉菩薩摩訶薩復次善現若不退轉位菩薩摩訶薩行深般若波羅蜜多時護持正法不惜身命常作是念我寧棄捨

財寶親屬及自身命終不棄捨諸佛正法所以者何財寶親屬及自身命生生恒有甚爲易得諸佛正法百千俱胝那庾多劫乃得一遇遇已長夜獲大利樂善現是菩薩摩訶薩護正法時作如是念我不爲護一佛二佛乃至百千諸佛正法普爲護持十方三世諸佛正法令不虧損時具壽善現白佛言世尊何等名爲諸佛正法是菩薩摩訶薩云何護持不惜身命佛言善現一切如来應正等覺爲諸菩薩所說法空如是名爲諸佛正法有愚癡類誹謗毀呰言此非法非毗奈耶非天人師所說聖教修行此法不得菩提不證涅槃寂靜安樂善現是菩薩摩訶薩護持此法不惜身命恒作是念如来所說一切法空是諸有情所歸依處菩薩修學速證無上正等菩提拔諸有情生老病死憂悲苦惱令得畢竟安樂涅槃故應護持不惜身命又作是念我亦墮在未来佛數佛已授我大菩提記由此因緣諸佛正法即是我法我應護持不惜身命我未来世得作佛時亦當說此諸法空故善現是菩薩摩訶薩見此義利護持如来所說正法不惜身命善現若成就如是諸行狀相當知是爲不退轉菩薩摩訶薩復次善現若不退轉位菩薩摩訶薩聞諸如来應正等覺所說正法無惑無疑聞已受持終不忘失乃至無上正等菩提所以者何是諸菩薩已善證得陀羅尼故時具壽善現白佛言世尊是菩薩摩訶薩已得何等陀羅尼故聞諸如来應正等覺所說契經皆不忘失無惑無疑佛言善現是菩薩摩訶薩已得字藏陀羅尼

海印陀羅尼蓮花衆藏陀羅尼等故聞諸如来應正等覺所説抙經皆不忘失無惑無疑

爾時具壽善現復白佛言世尊是菩薩摩訶薩但聞如来應正等覺所説正法無惑無疑聞已受持能不忘失乃至無上正等菩提爲聞聲聞獨覺菩薩天龍藥叉阿素洛揭路茶緊捺洛莫呼洛伽人非人等所説正法亦能於彼無惑無疑聞已受持終不忘失乃至證得大菩提耶佛言善現是菩薩摩訶薩普聞一切有情之類所有言音文字義理悉能解了無惑無疑窮未来際無有忘失所以者何已得字藏陀羅尼等任持所説令不忘故善現若成就如是諸行狀相當知是爲不退轉菩薩摩訶薩

大般若波羅蜜多經卷第三百二十七

音釋

矯詐 矯吉了切妄也又擅也詐側駕切僞也 缺減 缺丘月切減古斬切 伎藝 伎音忌巧也又能也藝魚祭切才能也 殖 丞職切種蒔也 咄 當没切呵也又嗟咨也 虧 去爲切缺也 誹謗 誹敷尾切非議也謗補曠切毁也 毀訾 毁虎委切訾音紫譏也

大般若波羅蜜多經卷第三百二十八

唐三藏法師玄奘奉　詔譯

初分巧方便品第五十之一

爾時具壽善現白佛言世尊是不退轉位菩薩摩訶薩成就廣大勝功德聚世尊是不退轉位菩薩摩訶薩成就無量勝功德聚世尊是不退轉位菩薩摩訶薩成就無邊勝功德聚世尊是不退轉位菩薩摩訶薩成就無數不可思議勝功德聚佛言善現如是如是如汝所說是不退轉位菩薩摩訶薩成就廣大無量無邊不可數難思議勝功德聚所以者何善現是菩薩摩訶薩已得廣大無量無邊不可數難思議不共聲聞及獨覺智是菩薩摩訶薩住此智中引發殊勝四無礙解由此殊勝四無礙解世間天人阿素洛等無能問難令此菩薩智慧辯才至窮盡者具壽善現復白佛言世尊能如殑伽沙劫說不退轉位菩薩摩訶薩諸行狀相由此所說諸行狀相顯不退轉位菩薩摩訶薩成就種種殊勝功德惟願如來應正等覺復爲菩薩說甚深處令諸菩薩安住其中能修布施波羅蜜多令速圓滿能修淨戒安忍精進靜慮般若波羅蜜多令速圓滿能住內空令速圓滿能住外空內外空空空大空勝義空有爲空無爲空畢竟空無際空散空無變異空本性空自相空共相空一切法空不可得空無性空自性空無性自性空令速圓滿能住眞如令速圓滿能住法界法性不虛妄性不變異性平等性離生性法定法住實際虛空界不思議界令速圓滿能修四念住令速圓滿能修四正

斷四神足五根五力七等覺支八聖道支令速圓滿能住苦聖諦令速圓滿能住集滅道聖諦令速圓滿能修四靜慮令速圓滿能修四無量四無色定令速圓滿能修八解脫令速圓滿能修八勝處九次第定十遍處令速圓滿能修空解脫門令速圓滿能修無相無願解脫門令速圓滿能修極喜地令速圓滿能修離垢地發光地焰慧地極難勝地現前地遠行地不動地善慧地法雲地令速圓滿能修五眼令速圓滿能修六神通令速圓滿能修三摩地門令速圓滿能修陀羅尼門令速圓滿能修佛十力令速圓滿能修四無所畏四無礙解大慈大悲大喜大捨十八佛不共法令速圓滿能修無忘失法令速圓滿能修恒住捨性令速圓滿能修一切智令速圓滿能修道相智一切相智令速圓滿佛言善現善哉善哉汝今乃能爲諸菩薩問甚深處令諸菩薩安住其中修行功德令速圓滿善現甚深處者謂空無相無願無作無生無滅寂靜涅槃眞如法界法性實際如是等法名甚深處善現如是所說甚深處名皆顯涅槃爲甚深處時具壽善現白佛言世尊爲但涅槃名甚深處爲諸餘法亦名甚深佛言善現餘一切法亦名甚深善現色亦名甚深受想行識亦名甚深善現眼處亦名甚深耳鼻舌身意處亦名甚深善現色處亦名甚深聲香味觸法處亦名甚深善現眼界亦名甚深耳鼻舌身意界亦名甚深善現色界亦名甚深聲香味觸法界亦名甚深善現眼識界亦名甚深耳鼻舌身意識界亦名甚深善現眼觸

亦名甚深耳鼻舌身意觸亦名甚深善現眼觸爲緣所生諸受亦名甚深耳鼻舌身意觸爲緣所生諸受亦名甚深善現地界亦名甚深水火風空識界亦名甚深善現無明亦名甚深行識名色六處觸受愛取有生老死愁歎苦憂惱亦名甚深善現布施波羅蜜多亦名甚深淨戒安忍精進靜慮般若波羅蜜多亦名甚深善現內空亦名甚深外空內外空空空大空勝義空有爲空無爲空畢竟空無際空散空無變異空本性空自相空共相空一切法空不可得空無性空自性空無性自性空亦名甚深善現眞如亦名甚深法界法性不虛妄性不變異性平等性離生性法定法住實際虛空界不思議界亦名甚深善現四念住亦名甚深四正斷四神足五根五力七等覺支八聖道支亦名甚深善現苦聖諦亦名甚深集滅道聖諦亦名甚深善現四靜慮亦名甚深四無量四無色定亦名甚深善現八解脫亦名甚深八勝處九次第定十遍處亦名甚深善現空解脫門亦名甚深無相無願解脫門亦名甚深善現極喜地亦名甚深離垢地發光地焰慧地極難勝地現前地遠行地不動地善慧地法雲地亦名甚深善現五眼亦名甚深六神通亦名甚深善現三摩地門亦名甚深陀羅尼門亦名甚深善現佛十力亦名甚深四無所畏四無礙解大慈大悲大喜大捨十八佛不共法亦名甚深善現無忘失法亦名甚深恒住捨性亦名甚深善現預流果亦名甚深一來不還阿羅漢果亦名甚深善現獨覺菩提亦名甚深善現一

切智亦名甚深道相智一切相智亦名甚深善現一切菩薩摩訶薩行亦名甚深善現諸佛無上正等菩提亦名甚深時具壽善現白佛言世尊云何色亦名甚深云何受想行識亦名甚深世尊云何眼處亦名甚深云何耳鼻舌身意處亦名甚深世尊云何色處亦名甚深云何聲香味觸法處亦名甚深世尊云何眼界亦名甚深云何耳鼻舌身意界亦名甚深世尊云何色界亦名甚深云何聲香味觸法界亦名甚深世尊云何眼識界亦名甚深云何耳鼻舌身意識界亦名甚深世尊云何眼觸亦名甚深云何耳鼻舌身意觸亦名甚深世尊云何眼觸爲緣所生諸受亦名甚深云何耳鼻舌身意觸爲緣所生諸受亦名甚深世尊云何地界亦名甚深云何水火風空識界亦名甚深世尊云何無明亦名甚深云何行識名色六處觸受愛取有生老死愁歎苦憂惱亦名甚深世尊云何布施波羅蜜多亦名甚深云何淨戒安忍精進靜慮般若波羅蜜多亦名甚深世尊云何內空亦名甚深云何外空內外空空空大空勝義空有爲空無爲空畢竟空無際空散空無變異空本性空自相空共相空一切法空不可得空無性空自性空無性自性空亦名甚深世尊云何真如亦名甚深云何法界法性不虛妄性不變異性平等性離生性法定法住實際虛空界不思議界亦名甚深世尊云何四念住亦名甚深云何四正斷四神足五根五力七等覺支八聖道支亦名甚深世尊云何苦聖諦亦名甚深云何集滅道聖諦亦名甚深世

尊云何四靜慮亦名甚深云何四無量四無色定亦名甚深世尊云何八解脱亦名甚深云何八勝處九次第定十遍處亦名甚深世尊云何空解脱門亦名甚深云何無相無願解脱門亦名甚深世尊云何極喜地亦名甚深云何離垢地發光地焰慧地極難勝地現前地遠行地不動地善慧地法雲地亦名甚深世尊云何五眼亦名甚深云何六神通亦名甚深世尊云何三摩地門亦名甚深云何陀羅尼門亦名甚深世尊云何佛十力亦名甚深云何四無所畏四無礙解大慈大悲大喜大捨十八佛不共法亦名甚深世尊云何無忘失法亦名甚深云何恒住捨性亦名甚深世尊云何預流果亦名甚深云何一來不還阿羅漢果亦名甚深世尊云何獨覺菩提亦名甚深世尊云何一切菩薩摩訶薩行亦名甚深世尊云何諸佛無上正等菩提亦名甚深佛言善現色眞如甚深故色亦甚深受想行識眞如甚深故受想行識亦甚深善現眼處眞如甚深故眼處亦甚深耳鼻舌身意處眞如甚深故耳鼻舌身意處亦甚深善現色處眞如甚深故色處亦甚深聲香味觸法處眞如甚深故聲香味觸法處亦甚深善現眼界眞如甚深故眼界亦甚深耳鼻舌身意界眞如甚深故耳鼻舌身意界亦甚深善現色界眞如甚深故色界亦甚深聲香味觸法界眞如甚深故聲香味觸法界亦甚深善現眼識界眞如甚深故眼識界亦甚深耳鼻舌身意識界眞如甚深故耳鼻舌身意識界亦甚深善現眼觸眞如甚深故眼觸亦甚深耳

鼻舌身意觸眞如甚深故耳鼻舌身意觸亦甚深善現眼觸爲緣所生諸受眞如甚深故眼觸爲緣所生諸受亦甚深耳鼻舌身意觸爲緣所生諸受眞如甚深故耳鼻舌身意觸爲緣所生諸受亦甚深善現地界眞如甚深故地界亦甚深水火風空識界眞如甚深故水火風空識界亦甚深善現無明眞如甚深故無明亦甚深行識名色六處觸受愛取有生老死愁歎苦憂惱眞如甚深故行識名色六處觸受愛取有生老死愁歎苦憂惱亦甚深善現布施波羅蜜多眞如甚深故布施波羅蜜多亦甚深淨戒安忍精進靜慮般若波羅蜜多眞如甚深故淨戒安忍精進靜慮般若波羅蜜多亦甚深善現內空眞如甚深故內空亦甚深外空內外空空空大空勝義空有爲空無爲空畢竟空無際空散空無變異空本性空自相空共相空一切法空不可得空無性空自性空無性自性空眞如甚深故外空乃至無性自性空亦甚深善現眞如眞如甚深故眞如亦甚深法界法性不虛妄性不變異性平等性離生性法定法住實際虛空界不思議界眞如甚深故法界乃至不思議界亦甚深善現四念住眞如甚深故四念住亦甚深四正斷四神足五根五力七等覺支八聖道支眞如甚深故四正斷四神足五根五力七等覺支八聖道支亦甚深善現苦聖諦眞如甚深故苦聖諦亦甚深集滅道聖諦眞如甚深故集滅道聖諦亦甚深善現四靜慮眞如甚深故四靜慮亦甚深四無量四無色定眞如甚深故四無量四無色定亦甚

深善現八解脫真如甚深故八解脫亦甚深八勝處九次第定十遍處真如甚深故八勝處九次第定十遍處亦甚深善現空解脫門真如甚深故空解脫門亦甚深無相無願解脫門真如甚深故無相無願解脫門亦甚深善現極喜地真如甚深故極喜地亦甚深離垢地發光地焰慧地極難勝地現前地遠行地不動地善慧地法雲地真如甚深故離垢地乃至法雲地亦甚深善現五眼真如甚深故五眼亦甚深六神通真如甚深故六神通亦甚深善現三摩地門真如甚深故三摩地門亦甚深陀羅尼門真如甚深故陀羅尼門亦甚深善現佛十力真如甚深故佛十力亦甚深四無所畏四無礙解大慈大悲大喜大捨十八佛不共法真如甚深故四無所畏乃至十八佛不共法亦甚深善現無忘失法真如甚深故無忘失法亦甚深恒住捨性真如甚深故恒住捨性亦甚深善現預流果真如甚深故預流果亦甚深一來不還阿羅漢果真如甚深故一來不還阿羅漢果亦甚深善現獨覺菩提真如甚深故獨覺菩提亦甚深善現一切智真如甚深故一切智亦甚深道相智一切相智真如甚深故道相智一切相智亦甚深善現一切菩薩摩訶薩行真如甚深故一切菩薩摩訶薩行亦甚深善現諸佛無上正等菩提真如甚深故諸佛無上正等菩提亦甚深時具壽善現白佛言世尊云何色真如甚深云何受想行識真如甚深世尊云何眼處真如甚深云何耳鼻舌身意處真如甚深世尊云何色處真如甚深云何聲香

味觸法處眞如甚深世尊云何眼界眞如甚深云何耳鼻舌身意界眞如甚深世尊云何色界眞如甚深云何聲香味觸法界眞如甚深世尊云何眼識界眞如甚深云何耳鼻舌身意識界眞如甚深世尊云何眼觸眞如甚深云何耳鼻舌身意觸眞如甚深世尊云何眼觸爲緣所生諸受眞如甚深云何耳鼻舌身意觸爲緣所生諸受眞如甚深世尊云何地界眞如甚深云何水火風空識界眞如甚深世尊云何無明眞如甚深云何行識名色六處觸受愛取有生老死愁歎苦憂惱眞如甚深世尊云何布施波羅蜜多眞如甚深云何淨戒安忍精進靜慮般若波羅蜜多眞如甚深世尊云何内空眞如甚深云何外空内外空空空大空勝義空有爲空無爲空畢竟空無際空散空無變異空本性空自相空共相空一切法空不可得空無性空自性空無性自性空眞如甚深世尊云何眞如眞如甚深云何法界法性不虚妄性不變異性平等性離生性法定法住實際虚空界不思議界眞如甚深世尊云何四念住眞如甚深云何四正斷四神足五根五力七等覺支八聖道支眞如甚深世尊云何苦聖諦眞如甚深云何集滅道聖諦眞如甚深世尊云何四靜慮眞如甚深云何四無量四無色定眞如甚深世尊云何八解脱眞如甚深云何八勝處九次第定十遍處眞如甚深世尊云何空解脱門眞如甚深云何無相無願解脱門眞如甚深世尊云何極喜地眞如甚深云何離垢地發光地焰慧地極難勝地現前地遠行地不

動地善慧地法雲地眞如甚深世尊云何五眼眞如甚深云何六神通眞如甚深世尊云何三摩地門眞如甚深云何陀羅尼門眞如甚深世尊云何佛十力眞如甚深云何四無所畏四無礙解大慈大悲大喜大捨十八佛不共法眞如甚深世尊云何無忘失法眞如甚深云何恒住捨性眞如甚深世尊云何預流果眞如甚深云何一來不還阿羅漢果眞如甚深世尊云何獨覺菩提眞如甚深世尊云何一切智眞如甚深云何道相智一切相智眞如甚深世尊云何一切菩薩摩訶薩行眞如甚深世尊云何諸佛無上正等菩提眞如甚深佛言善現色眞如非即色非離色是故甚深受想行識眞如非即受想行識非離受想行識是故甚深善現眼處眞如非即眼處非離眼處是故甚深耳鼻舌身意處眞如非即耳鼻舌身意處非離耳鼻舌身意處是故甚深善現色處眞如非即色處非離色處是故甚深聲香味觸法處眞如非即聲香味觸法處非離聲香味觸法處是故甚深善現眼界眞如非即眼界非離眼界是故甚深耳鼻舌身意界眞如非即耳鼻舌身意界非離耳鼻舌身意界是故甚深善現色界眞如非即色界非離色界是故甚深聲香味觸法界眞如非即聲香味觸法界非離聲香味觸法界是故甚深善現眼識界眞如非即眼識界非離眼識界是故甚深耳鼻舌身意識界眞如非即耳鼻舌身意識界非離耳鼻舌身意識界是故甚深善現眼觸眞如非即眼觸非離眼觸是故甚深耳鼻舌身意觸眞如非即

耳鼻舌身意觸非離耳鼻舌身意觸是故甚深善現眼觸爲緣所生諸受眞如非即眼觸爲緣所生諸受非離眼觸爲緣所生諸受是故甚深耳鼻舌身意觸爲緣所生諸受眞如非即耳鼻舌身意觸爲緣所生諸受非離耳鼻舌身意觸爲緣所生諸受是故甚深善現地界眞如非即地界非離地界是故甚深水火風空識界眞如非即水火風空識界非離水火風空識界是故甚深善現無明眞如非即無明非離無明是故甚深行識名色六處觸受愛取有生老死愁歎苦憂惱眞如非即行乃至老死愁歎苦憂惱非離行乃至老死愁歎苦憂惱是故甚深善現布施波羅蜜多眞如非即布施波羅蜜多非離布施波羅蜜多是故甚深淨戒安忍精進靜慮般若波羅蜜多眞如非即淨戒安忍精進靜慮般若波羅蜜多非離淨戒安忍精進靜慮般若波羅蜜多是故甚深善現內空眞如非即內空非離內空是故甚深外空內外空空空大空勝義空有爲空無爲空畢竟空無際空散空無變異空本性空自相空共相空一切法空不可得空無性空自性空無性自性空眞如非即外空乃至無性自性空非離外空乃至無性自性空是故甚深善現眞如眞如非即眞如非離眞如是故甚深法界法性不虛妄性不變異性平等性離生性法定法住實際虛空界不思議界眞如非即法界乃至不思議界非離法界乃至不思議界是故甚深善現四念住眞如非即四念住非離四念住是故甚深四正斷四神足五根五力七等覺支八

聖道支眞如非即四正斷乃至八聖道支非
離四正斷乃至八聖道支是故甚深善現苦
聖諦眞如非即苦聖諦非離苦聖諦是故甚
深集滅道聖諦眞如非即集滅道聖諦非離
集滅道聖諦是故甚深善現四靜慮眞如非
即四靜慮非離四靜慮是故甚深四無量四
無色定眞如非即四無量四無色定非離四
無量四無色定是故甚深善現八解脫眞如
非即八解脫非離八解脫是故甚深八勝處
九次第定十遍處眞如非即八勝處九次第
定十遍處非離八勝處九次第定十遍處是
故甚深善現空解脫門眞如非即空解脫門
非離空解脫門是故甚深無相無願解脫門
眞如非即無相無願解脫門非離無相無願
解脫門是故甚深善現極喜地眞如非即極
喜地非離極喜地是故甚深離垢地發光地
焰慧地極難勝地現前地遠行地不動地善
慧地法雲地眞如非即離垢地乃至法雲地
非離離垢地乃至法雲地是故甚深善現五
眼眞如非即五眼非離五眼是故甚深六神
通眞如非即六神通非離六神通是故甚深
善現三摩地門眞如非即三摩地門非離三
摩地門是故甚深陀羅尼門眞如非即陀羅
尼門非離陀羅尼門是故甚深善現佛十力
眞如非即佛十力非離佛十力是故甚深四
無所畏四無礙解大慈大悲大喜大捨十八
佛不共法眞如非即四無所畏乃至十八佛
不共法非離四無所畏乃至十八佛不共法
是故甚深善現無忘失法眞如非即無忘失
法非離無忘失法是故甚深恒住捨性眞如

非即恒住捨性非離恒住捨性是故甚深善現預流果眞如非即預流果非離預流果是故甚深一來不還阿羅漢果眞如非即一來不還阿羅漢果非離一來不還阿羅漢果是故甚深善現獨覺菩提眞如非即獨覺菩提非離獨覺菩提是故甚深善現一切智眞如非即一切智非離一切智是故甚深道相智一切相智眞如非即道相智一切相智非離道相智一切相智是故甚深善現一切菩薩摩訶薩行眞如非即一切菩薩摩訶薩行非離一切菩薩摩訶薩行是故甚深善現諸佛無上正等菩提眞如非即諸佛無上正等菩提非離諸佛無上正等菩提是故甚深爾時具壽善現白佛言世尊甚奇微妙方便爲不退轉地菩薩摩訶薩遮遣諸色顯示涅槃遮遣受想行識顯示涅槃世尊甚奇微妙方便爲不退轉地菩薩摩訶薩遮遣眼處顯示涅槃遮遣耳鼻舌身意處顯示涅槃世尊甚奇微妙方便爲不退轉地菩薩摩訶薩遮遣色處顯示涅槃遮遣聲香味觸法處顯示涅槃世尊甚奇微妙方便爲不退轉地菩薩摩訶薩遮遣眼界顯示涅槃遮遣耳鼻舌身意界顯示涅槃世尊甚奇微妙方便爲不退轉地菩薩摩訶薩遮遣色界顯示涅槃遮遣聲香味觸法界顯示涅槃世尊甚奇微妙方便爲不退轉地菩薩摩訶薩遮遣眼識界顯示涅槃遮遣耳鼻舌身意識界顯示涅槃世尊甚奇微妙方便爲不退轉地菩薩摩訶薩遮遣眼觸顯示涅槃遮遣耳鼻舌身意觸顯示涅槃世尊甚奇微妙方便爲不退轉地菩薩摩

訶薩遮遣眼觸爲緣所生諸受顯示涅槃遮遣耳鼻舌身意觸爲緣所生諸受顯示涅槃世尊甚奇微妙方便爲不退轉地菩薩摩訶薩遮遣地界顯示涅槃遮遣水火風空識界顯示涅槃世尊甚奇微妙方便爲不退轉地菩薩摩訶薩遮遣無明顯示涅槃遮遣行識名色六處觸受愛取有生老死愁歎苦憂惱顯示涅槃世尊甚奇微妙方便爲不退轉地菩薩摩訶薩遮遣布施波羅蜜多顯示涅槃遮遣淨戒安忍精進靜慮般若波羅蜜多顯示涅槃世尊甚奇微妙方便爲不退轉地菩薩摩訶薩遮遣内空顯示涅槃遮遣外空内外空空空大空勝義空有爲空無爲空畢竟空無際空散空無變異空本性空自相空共相空一切法空不可得空無性空自性空無性自性空顯示涅槃世尊甚奇微妙方便爲不退轉地菩薩摩訶薩遮遣眞如顯示涅槃遮遣法界法性不虚妄性不變異性平等性離生性法定法住實際虚空界不思議界顯示涅槃世尊甚奇微妙方便爲不退轉地菩薩摩訶薩遮遣四念住顯示涅槃遮遣四正斷四神足五根五力七等覺支八聖道支顯示涅槃世尊甚奇微妙方便爲不退轉地菩薩摩訶薩遮遣苦聖諦顯示涅槃遮遣集滅道聖諦顯示涅槃世尊甚奇微妙方便爲不退轉地菩薩摩訶薩遮遣四靜慮顯示涅槃遮遣四無量四無色定顯示涅槃世尊甚奇微妙方便爲不退轉地菩薩摩訶薩遮遣八解脫顯示涅槃遮遣八勝處九次第定十遍處顯示涅槃世尊甚奇微妙方便爲不退轉

地菩薩摩訶薩遮遣空解脱門顯示涅槃遮遣無相無願解脱門顯示涅槃世尊甚奇微妙方便爲不退轉地菩薩摩訶薩遮遣極喜地顯示涅槃遮遣離垢地發光地焰慧地極難勝地現前地遠行地不動地善慧地法雲地顯示涅槃世尊甚奇微妙方便爲不退轉地菩薩摩訶薩遮遣五眼顯示涅槃遮遣六神通顯示涅槃世尊甚奇微妙方便爲不退轉地菩薩摩訶薩遮遣三摩地門顯示涅槃遮遣陀羅尼門顯示涅槃世尊甚奇微妙方便爲不退轉地菩薩摩訶薩遮遣佛十力顯示涅槃遮遣四無所畏四無礙解大慈大悲大喜大捨十八佛不共法顯示涅槃世尊甚奇微妙方便爲不退轉地菩薩摩訶薩遮遣無忘失法顯示涅槃遮遣恒住捨性顯示涅槃世尊甚奇微妙方便爲不退轉地菩薩摩訶薩遮遣一來不還阿羅漢果顯示涅槃世尊甚奇微妙方便爲不退轉地菩薩摩訶薩遮遣預流果顯示涅槃遮遣一來不還阿羅漢果顯示涅槃世尊甚奇微妙方便爲不退轉地菩薩摩訶薩遮遣獨覺菩提顯示涅槃世尊甚奇微妙方便爲不退轉地菩薩摩訶薩遮遣一切智顯示涅槃遮遣道相智一切相智顯示涅槃世尊甚奇微妙方便爲不退轉地菩薩摩訶薩遮遣一切菩薩摩訶薩行顯示涅槃世尊甚奇微妙方便爲不退轉地菩薩摩訶薩遮遣諸佛無上正等菩提顯示涅槃世尊甚奇微妙方便爲不退轉地菩薩摩訶薩遮遣一切若世間若出世間若共若不共若有漏若無漏若有爲若無爲法顯示涅槃佛言善現如是如是如汝所説佛以甚奇微妙方便爲不退轉地菩薩摩訶薩

遮遣諸色顯示涅槃遮遣受想行識顯示涅槃佛以甚奇微妙方便爲不退轉地菩薩摩訶薩遮遣眼處顯示涅槃遮遣耳鼻舌身意處顯示涅槃佛以甚奇微妙方便爲不退轉地菩薩摩訶薩遮遣色處顯示涅槃遮遣聲香味觸法處顯示涅槃佛以甚奇微妙方便爲不退轉地菩薩摩訶薩遮遣眼界顯示涅槃遮遣耳鼻舌身意界顯示涅槃佛以甚奇微妙方便爲不退轉地菩薩摩訶薩遮遣色界顯示涅槃遮遣聲香味觸法界顯示涅槃佛以甚奇微妙方便爲不退轉地菩薩摩訶薩遮遣眼識界顯示涅槃遮遣耳鼻舌身意識界顯示涅槃佛以甚奇微妙方便爲不退轉地菩薩摩訶薩遮遣眼觸顯示涅槃遮遣耳鼻舌身意觸顯示涅槃佛以甚奇微妙方便爲不退轉地菩薩摩訶薩遮遣眼觸爲緣所生諸受顯示涅槃遮遣耳鼻舌身意觸爲緣所生諸受顯示涅槃佛以甚奇微妙方便爲不退轉地菩薩摩訶薩遮遣地界顯示涅槃遮遣水火風空識界顯示涅槃佛以甚奇微妙方便爲不退轉地菩薩摩訶薩遮遣無明顯示涅槃遮遣行識名色六處觸受愛取有生老死愁歎苦憂惱顯示涅槃佛以甚奇微妙方便爲不退轉地菩薩摩訶薩遮遣布施波羅蜜多顯示涅槃遮遣淨戒安忍精進靜慮般若波羅蜜多顯示涅槃佛以甚奇微妙方便爲不退轉地菩薩摩訶薩遮遣內空顯示涅槃遮遣外空內外空空空大空勝義空有爲空無爲空畢竟空無際空散空無變異空本性空自相空共相空一切法空不可

得空無性空自性空無性自性空顯示涅槃
佛以甚奇微妙方便爲不退轉地菩薩摩訶
薩遮遣眞如顯示涅槃遮遣法界法性不虚
妄性不變異性平等性離生性法定法住實
際虚空界不思議界顯示涅槃佛以甚奇微
妙方便爲不退轉地菩薩摩訶薩遮遣四念
住顯示涅槃遮遣四正斷四神足五根五力
七等覺支八聖道支顯示涅槃佛以甚奇微
妙方便爲不退轉地菩薩摩訶薩遮遣苦聖
諦顯示涅槃遮遣集滅道聖諦顯示涅槃佛
以甚奇微妙方便爲不退轉地菩薩摩訶薩
遮遣四靜慮顯示涅槃遮遣四無量四無色
定顯示涅槃佛以甚奇微妙方便爲不退轉
地菩薩摩訶薩遮遣八解脫顯示涅槃遮遣
八勝處九次第定十遍處顯示涅槃佛以甚

奇微妙方便爲不退轉地菩薩摩訶薩遮遣
空解脫門顯示涅槃遮遣無相無願解脫門
顯示涅槃佛以甚奇微妙方便爲不退轉地
菩薩摩訶薩遮遣極喜地顯示涅槃遮遣離
垢地發光地焰慧地極難勝地現前地遠行
地不動地善慧地法雲地顯示涅槃佛以甚
奇微妙方便爲不退轉地菩薩摩訶薩遮遣
五眼顯示涅槃遮遣六神通顯示涅槃佛以
甚奇微妙方便爲不退轉地菩薩摩訶薩遮
遣三摩地門顯示涅槃遮遣陀羅尼門顯示
涅槃佛以甚奇微妙方便爲不退轉地菩薩
摩訶薩遮遣佛十力顯示涅槃遮遣四無所
畏四無礙解大慈大悲大喜大捨十八佛不
共法顯示涅槃佛以甚奇微妙方便爲不退
轉地菩薩摩訶薩遮遣無忘失法顯示涅槃

遮遣恒住捨性顯示涅槃佛以甚奇微妙方便爲不退轉地菩薩摩訶薩遮遣預流果顯示涅槃遮遣一來不還阿羅漢果顯示涅槃佛以甚奇微妙方便爲不退轉地菩薩摩訶薩遮遣獨覺菩提顯示涅槃佛以甚奇微妙方便爲不退轉地菩薩摩訶薩遮遣一切智顯示涅槃遮遣道相智一切相智顯示涅槃佛以甚奇微妙方便爲不退轉地菩薩摩訶薩遮遣一切菩薩摩訶薩行顯示涅槃佛以甚奇微妙方便爲不退轉地菩薩摩訶薩遮遣諸佛無上正等菩提顯示涅槃佛以甚奇微妙方便爲不退轉地菩薩摩訶薩遮遣一切若世間若出世間若共若不共若有漏若無漏若有爲若無爲法顯示涅槃

大般若波羅蜜多經卷第三百二十八

大般若波羅蜜多經卷第三百二十九

唐三藏法師玄奘奉詔譯

初分巧方便品第五十之二

復次善現諸菩薩摩訶薩應於如是諸甚深處依深般若波羅蜜多相應理趣審諦思惟稱量觀察應作是念我今應如甚深般若波羅蜜多所說而住我今應如甚深般若波羅蜜多所說而學善現若菩薩摩訶薩能於如是諸甚深處依深般若波羅蜜多相應理趣審諦思惟稱量觀察如深般若波羅蜜多所說而住如深般若波羅蜜多所說而學是菩薩摩訶薩由能如是精勤修學依深般若波羅蜜多起一念心尚能攝取無數無量無邊功德超無量劫生死流轉疾證無上正等菩提況能無間常修般若波羅蜜多恒住無上正等菩提相應作意善現如躭欲人與端正女更相愛染共爲期契彼女限礙不獲赴期此人欲心熾盛流注善現於意云何其人欲念於何處轉世尊是人欲念於女處轉謂作是念彼何當來共會於此歡娛戲樂善現於意云何其人晝夜幾欲念生世尊是人晝夜欲念甚多佛言善現若菩薩摩訶薩依深般若波羅蜜多起一念心如深般若波羅蜜多所說而學所超生死流轉劫數與躭欲人經一晝夜所起欲念其數量等善現是菩薩摩訶薩隨依般若波羅蜜多所說理趣思惟修學隨能解脫障礙無上正等菩提所有過失是故菩薩依深般若波羅蜜多精勤修學隨證無上正等菩提善現若菩薩摩訶薩如深般若波羅蜜多所說而住經一晝夜所獲功

德若此功德有形量者殑伽沙等三千大千諸佛世界不能容受假使充滿如殑伽沙三千大千佛之世界諸餘功德比此功德百分不及一千分不及一百千分不及一百俱胝分不及一千俱胝分不及一百千俱胝分不及一百那庾多分不及一千那庾多分不及一百千那庾多分不及一如是廣說數分筭分計分喻分乃至鄔波尼殺曇分亦不及一復次善現若菩薩摩訶薩遠離般若波羅蜜多設經殑伽沙數大劫布施供養佛法僧寶善現於意云何是菩薩摩訶薩由此因緣得福多不善現答言甚多世尊甚多善逝其福無數無量無邊佛言善現若菩薩摩訶薩依深般若波羅蜜多經一晝夜如說而學所獲功德甚多於彼何以故善現甚深般若波羅蜜多是諸菩薩摩訶薩乘諸菩薩摩訶薩乘此乘故疾至無上正等菩提復次善現若菩薩摩訶薩遠離般若波羅蜜多設經殑伽沙數大劫恭敬供養預流一来不還阿羅漢獨覺菩薩及諸如来應正等覺善現於意云何是菩薩摩訶薩由此因緣得福多不善現答言甚多世尊甚多善逝其福無數無量無邊佛言善現若菩薩摩訶薩依深般若波羅蜜多經一晝夜如說而學所獲功德甚多於彼何以故善現諸菩薩摩訶薩行深般若波羅蜜多超過聲聞及獨覺地速入菩薩正性離生復能修行諸菩薩行疾證無上正等菩提復次善現若菩薩摩訶薩遠離般若波羅蜜多設經殑伽沙數大劫精勤修學布施淨戒安忍精進靜慮般若波羅蜜多云何是菩薩

摩訶薩由此因緣得福多不善現答言甚多世尊甚多善逝其福無數無量無邊佛言善現若菩薩摩訶薩依深般若波羅蜜多所說而住經一晝夜精勤修學布施淨戒安忍精進靜慮般若所獲功德甚多於彼何以故善現甚深般若波羅蜜多是諸菩薩摩訶薩母所以者何甚深般若波羅蜜多能生菩薩摩訶薩衆一切菩薩摩訶薩衆依止般若波羅蜜多速能圓滿一切佛法復次善現若菩薩摩訶薩遠離般若波羅蜜多設經殑伽沙數大劫以法布施一切有情善現於意云何是菩薩摩訶薩由此因緣得福多不善現答言甚多世尊甚多善逝其福無數無量無邊佛言善現若菩薩摩訶薩依深般若波羅蜜多所說而住經一晝夜以法布施一切有情所獲功德甚多於彼何以故善現若菩薩摩訶薩遠離般若波羅蜜多則爲遠離一切智智若菩薩摩訶薩不離般若波羅蜜多則爲不離一切智智是故善現若菩薩摩訶薩欲證無上正等菩提常應不離甚深般若波羅蜜多復次善現若菩薩摩訶薩遠離般若波羅蜜多設經殑伽沙數大劫修行布施波羅蜜多修行淨戒安忍精進靜慮般若波羅蜜多善現於意云何是菩薩摩訶薩由此因緣得福多不善現答言甚多世尊甚多善逝其福無數無量無邊佛言善現若菩薩摩訶薩依深般若波羅蜜多所說而住經一晝夜修行布施波羅蜜多修行淨戒安忍精進靜慮般若波羅蜜多所獲功德甚多於彼何以故善現若菩薩摩訶薩不離般若波羅蜜多於佛

無上正等菩提而有退轉無有是處若菩薩摩訶薩遠離般若波羅蜜多於佛無上正等菩提而有退轉斯有是處是故善現若菩薩摩訶薩欲證無上正等菩提常應不離甚深般若波羅蜜多復次善現若菩薩摩訶薩遠離般若波羅蜜多設經殑伽沙數大劫安住內空安住外空內外空空空大空勝義空有爲空無爲空畢竟空無際空散空無變異空本性空自相空共相空一切法空不可得空無性空自性空無性自性空善現於意云何是菩薩摩訶薩由此因緣得福多不善現答言甚多世尊甚多善逝其福無數無量無邊佛言善現若菩薩摩訶薩依深般若波羅蜜多所說而住經一晝夜安住內空安住外空乃至無性自性空所獲功德甚多於彼何以

故善現若菩薩摩訶薩不遠離般若波羅蜜多於佛無上正等菩提而有退轉無有是處若菩薩摩訶薩遠離般若波羅蜜多於佛無上正等菩提而有退轉斯有是處是故善現若菩薩摩訶薩欲證無上正等菩提常應不離甚深般若波羅蜜多復次善現若菩薩摩訶薩遠離般若波羅蜜多設經殑伽沙數大劫安住眞如安住法界法性不虛妄性不變異性平等性離生性法定法住實際虛空界不思議界善現於意云何是菩薩摩訶薩由此因緣得福多不善現答言甚多世尊甚多善逝其福無數無量無邊佛言善現若菩薩摩訶薩依深般若波羅蜜多所說而住經一晝夜安住眞如安住法界乃至不思議界所獲功德甚多於彼何以故善現若菩薩摩訶

薩不遠離般若波羅蜜多於無上正等菩提而有退轉無有是處若菩薩摩訶薩遠離般若波羅蜜多於無上正等菩提而有退轉斯有是處是故善現若菩薩摩訶薩欲證無上正等菩提常應不離甚深般若波羅蜜多復次善現若菩薩摩訶薩遠離般若波羅蜜多設經殑伽沙數大劫修行四念住修行四正斷四神足五根五力七等覺支八聖道支善現於意云何是菩薩摩訶薩由此因緣得福多不善現答言甚多世尊甚多善逝其福無數無量無邊佛言善現若菩薩摩訶薩依深般若波羅蜜多所說而住經一晝夜修行四念住修行四正斷乃至八聖道支所獲功德甚多於彼何以故善現若菩薩摩訶薩不遠離般若波羅蜜多於無上正等菩提而有退轉無有是處若菩薩摩訶薩遠離般若波羅蜜多於無上正等菩提而有退轉斯有是處是故善現若菩薩摩訶薩欲證無上正等菩提常應不離甚深般若波羅蜜多復次善現若菩薩摩訶薩遠離般若波羅蜜多設經殑伽沙數大劫安住苦聖諦安住集滅道聖諦善現於意云何是菩薩摩訶薩由此因緣得福多不善現答言甚多世尊甚多善逝其福無數無量無邊佛言善現若菩薩摩訶薩依深般若波羅蜜多所說而住經一晝夜安住苦聖諦安住集滅道聖諦所獲功德甚多於彼何以故善現若菩薩摩訶薩不遠離般若波羅蜜多於無上正等菩提而有退轉無有是處若菩薩摩訶薩遠離般若波羅蜜多於無上正等菩提而有退轉斯有是處是故善

現若菩薩摩訶薩欲證無上正等菩提常應不離甚深般若波羅蜜多復次善現若菩薩摩訶薩遠離般若波羅蜜多設經殑伽沙數大劫修行四靜慮修行四無量四無色定善現於意云何是菩薩摩訶薩由此因緣得福多不善現答言甚多世尊甚多善逝其福無數無量無邊佛言善現若菩薩摩訶薩依深般若波羅蜜多所説而住經一晝夜修行四靜慮修行四無量四無色定所獲功德甚多於彼何以故善現若菩薩摩訶薩不遠離般若波羅蜜多於無上正等菩提而有退轉無有是處若菩薩摩訶薩遠離般若波羅蜜多於無上正等菩提而有退轉斯有是處是故善現若菩薩摩訶薩欲證無上正等菩提常應不離甚深般若波羅蜜多復次善現若菩薩摩訶薩遠離般若波羅蜜多設經殑伽沙數大劫修行八解脱修行八勝處九次第定十遍處善現於意云何是菩薩摩訶薩由此因緣得福多不善現答言甚多世尊甚多善逝其福無數無量無邊佛言善現若菩薩摩訶薩依深般若波羅蜜多所説而住經一晝夜修行八解脱修行八勝處九次第定十遍處所獲功德甚多於彼何以故善現若菩薩摩訶薩不遠離般若波羅蜜多於無上正等菩提而有退轉無有是處若菩薩摩訶薩遠離般若波羅蜜多於無上正等菩提而有退轉斯有是處是故善現若菩薩摩訶薩欲證無上正等菩提常應不離甚深般若波羅蜜多復次善現若菩薩摩訶薩遠離般若波羅蜜多設經殑伽沙數大劫修行空解脱門修

行無相無願解脱門善現於意云何是菩薩摩訶薩由此因緣得福多不善現答言甚多世尊甚多善逝其福無數無量無邊佛言善現若菩薩摩訶薩依深般若波羅蜜多所說而住經一晝夜修行空解脱門修行無相無願解脱門所獲功德甚多於彼何以故善現若菩薩摩訶薩不遠離般若波羅蜜多於無上正等菩提而有退轉無有是處若菩薩摩訶薩遠離般若波羅蜜多於無上正等菩提而有退轉斯有是處是故善現若菩薩摩訶薩欲證無上正等菩提常應不離甚深般若波羅蜜多復次善現若菩薩摩訶薩遠離般若波羅蜜多設經殑伽沙數大劫修行極喜地修行離垢地發光地焰慧地極難勝地現前地遠行地不動地善慧地法雲地善現於意云何是菩薩摩訶薩由此因緣得福多不善現答言甚多世尊甚多善逝其福無數無量無邊佛言善現若菩薩摩訶薩依深般若波羅蜜多所說而住經一晝夜修行極喜地修行離垢地發光地焰慧地極難勝地現前地遠行地不動地善慧地法雲地所獲功德甚多於彼何以故善現若菩薩摩訶薩不遠離般若波羅蜜多於無上正等菩提而有退轉無有是處若菩薩摩訶薩遠離般若波羅蜜多於無上正等菩提而有退轉斯有是處是故善現若菩薩摩訶薩欲證無上正等菩提常應不離甚深般若波羅蜜多復次善現若菩薩摩訶薩遠離般若波羅蜜多設經殑伽沙數大劫修行五眼修行六神通善現於意云何是菩薩摩訶薩由此因緣得福多不

善現答言甚多世尊甚多善逝其福無數無量無邊佛言善現若菩薩摩訶薩依深般若波羅蜜多所說而住經一晝夜修行五眼修行六神通所獲功德甚多於彼何以故善現若菩薩摩訶薩不遠離般若波羅蜜多於無上正等菩提而有退轉無有是處若菩薩摩訶薩遠離般若波羅蜜多於無上正等菩提而有退轉斯有是處是故善現若菩薩摩訶薩欲證無上正等菩提常應不離甚深般若波羅蜜多復次善現若菩薩摩訶薩遠離般若波羅蜜多設經殑伽沙數大劫修行一切三摩地門修行一切陀羅尼門善現於意云何是菩薩摩訶薩由此因緣得福多不善現答言甚多世尊甚多善逝其福無數無量無邊佛言善現若菩薩摩訶薩依深般若波羅蜜多所說而住經一晝夜修行一切三摩地門修行一切陀羅尼門所獲功德甚多於彼何以故善現若菩薩摩訶薩不遠離般若波羅蜜多於無上正等菩提而有退轉無有是處若菩薩摩訶薩遠離般若波羅蜜多於無上正等菩提而有退轉斯有是處是故善現若菩薩摩訶薩欲證無上正等菩提常應不離甚深般若波羅蜜多復次善現若菩薩摩訶薩遠離般若波羅蜜多設經殑伽沙數大劫修行佛十力修行四無所畏四無礙解大慈大悲大喜大捨十八佛不共法善現於意云何是菩薩摩訶薩由此因緣得福多不善現答言甚多世尊甚多善逝其福無數無量無邊佛言善現若菩薩摩訶薩依深般若波羅蜜多所說而住經一晝夜修行佛十力修

行四無所畏乃至十八佛不共法所獲功德甚多於彼何以故善現若菩薩摩訶薩不遠離般若波羅蜜多於無上正等菩提而有退轉無有是處若菩薩摩訶薩遠離般若波羅蜜多於無上正等菩提而有退轉斯有是處是故善現若菩薩摩訶薩欲證無上正等菩提常應不離甚深般若波羅蜜多復次善現若菩薩摩訶薩遠離般若波羅蜜多設經殑伽沙數大劫修行無忘失法修行恒住捨性善現於意云何是菩薩摩訶薩由此因緣得福多不善現答言甚多世尊甚多善逝其福無數無量無邊佛言善現若菩薩摩訶薩依深般若波羅蜜多所說而住經一晝夜修行無忘失法修行恒住捨性所獲功德甚多於彼何以故善現若菩薩摩訶薩不遠離般若波羅蜜多於無上正等菩提而有退轉無有是處若菩薩摩訶薩遠離般若波羅蜜多於無上正等菩提而有退轉斯有是處是故善現若菩薩摩訶薩欲證無上正等菩提常應不離甚深般若波羅蜜多復次善現若菩薩摩訶薩遠離般若波羅蜜多設經殑伽沙數大劫修行一切智修行道相智一切相智善現於意云何是菩薩摩訶薩由此因緣得福多不善現答言甚多世尊甚多善逝其福無數無量無邊佛言善現若菩薩摩訶薩依深般若波羅蜜多所說而住經一晝夜修行一切智修行道相智一切相智所獲功德甚多於彼何以故善現若菩薩摩訶薩不遠離般若波羅蜜多於無上正等菩提而有退轉無有是處若菩薩摩訶薩遠離般若波羅蜜多

於無上正等菩提而有退轉斯有是處是故善現若菩薩摩訶薩欲證無上正等菩提常應不離甚深般若波羅蜜多復次善現若菩薩摩訶薩遠離般若波羅蜜多設經殑伽沙數大劫修行種種財施法施住空閑處繫念思惟先所修行普爲一切迴向無上正等菩提善現於意云何是菩薩摩訶薩由此因緣得福多不善現答言甚多世尊甚多善逝其福無數無量無邊佛言善現若菩薩摩訶薩依深般若波羅蜜多所說而住經一晝夜修行種種財施法施住空閑處繫念思惟先所修行普爲一切迴向無上正等菩提所獲功德甚多於彼何以故善現依深般若波羅蜜多所起迴向當知是爲最勝迴向遠離般若波羅蜜多所起迴向當知不名最勝迴向是故善現若菩薩摩訶薩欲證無上正等菩提常應不離甚深般若波羅蜜多以所修行普爲一切迴向無上正等菩提復次善現若菩薩摩訶薩遠離般若波羅蜜多設經殑伽沙數大劫普緣過去未來現在一切如來應正等覺及諸弟子功德善根和合隨喜普爲一切迴向無上正等菩提善現於意云何是菩薩摩訶薩由此因緣得福多不善現答言甚多世尊甚多善逝其福無數無量無邊佛言善現若菩薩摩訶薩依深般若波羅蜜多所說而住經一晝夜普緣過去未來現在一切如來應正等覺及諸弟子功德善根和合隨喜普爲一切迴向無上正等菩提所獲功德甚多於彼何以故善現一切隨喜迴向功德善根皆以甚深般若波羅蜜多而爲上首是

故善現若菩薩摩訶薩欲證無上正等菩提常應不離甚深般若波羅蜜多於諸善根和合隨喜普爲一切迴向無上正等菩提爾時具壽善現白佛言世尊如佛所說分別所作皆非實有以何因緣是諸菩薩摩訶薩等獲福無數無量無邊世尊分別所作不能發起眞實正見不能趣入正性離生不能得預流果或一來果或不還果或阿羅漢果或獨覺菩提亦不能得諸佛無上正等菩提佛言善現如是如是如汝所說分別所作不能發起眞實正見不能趣入正性離生不能得預流果或一來果或不還果或阿羅漢果或獨覺菩提亦不能得諸佛無上正等菩提善現諸菩薩摩訶薩行深般若波羅蜜多知一切種分別所作空無所有虛妄不實所以者何善現諸菩薩摩訶薩善學內空善學外空善學內外空善學空空善學大空善學勝義空善學有爲空善學無爲空善學畢竟空善學無際空善學散空善學無變異空善學本性空善學自相空善學共相空善學一切法空善學不可得空善學無性空善學自性空善學無性自性空善現是菩薩摩訶薩安住空已如如觀察分別所作空無所有虛妄不實如是如是即不遠離甚深般若波羅蜜多善現是菩薩摩訶薩如如不離甚深般若波羅蜜多如是如是獲福無數無量無邊具壽善現復白佛言世尊無數無量無邊有何差別佛言善現言無數者數不可得不可數在有爲界中不可數在無爲界中言無量者量不可得不可量在過去法中不可量在未來法中

不可量在現在法中言無邊者邊不可得不可測度彼邊際故具壽善現復白佛言世尊頗有因緣故色亦無數無量無邊受想行識亦無數無量無邊不佛言善現有因緣故色亦無數無量無邊受想行識亦無數無量無邊世尊何因緣故色亦無數無量無邊受想行識亦無數無量無邊佛言善現色空故亦無數無量無邊受想行識空故亦無數無量無邊爾時具壽善現復白佛言世尊爲但色空受想行識空爲一切法亦是空耶佛言善現我先不說一切法皆空耶善現答言佛雖已說一切法皆是空而諸有情不知見覺故我今者復作是問世尊如來常說色空受想行識亦空如來常說眼處空耳鼻舌身意處亦空如來常說色處空聲香味觸法處亦空如來常說眼界空耳鼻舌身意界亦空如來常說色界空聲香味觸法界亦空如來常說眼識界空耳鼻舌身意識界亦空如來常說眼觸空耳鼻舌身意觸亦空如來常說眼觸爲緣所生諸受空耳鼻舌身意觸爲緣所生諸受亦空如來常說地界空水火風空識界亦空如來常說因緣性空等無間緣所緣緣增上緣性亦空如來常說無明空行識名色六處觸受愛取有生老死亦空如來常說我空有情命者生者養者士夫補特伽羅意生儒童作者受者知者見者亦空如來常說布施波羅蜜多空淨戒安忍精進靜慮般若波羅蜜多亦空如來常說內空空外空內外空空空大空勝義空有爲空無爲空畢竟空無際空散空無變異空本性空自相空共相空

一切法空不可得空無性空自性空無性自性空亦空如來常說眞如空法界法性不虚妄性不變異性平等性離生性法定法住實際虚空界不思議界亦空如來常說四念住空四正斷四神足五根五力七等覺支八聖道支亦空如來常說苦聖諦空集滅道聖諦亦空如來常說四靜慮空四無量四無色定亦空如來常說八解脱空八勝處九次第定十遍處亦空如來常說空解脱門空無相無願解脱門亦空如來常說極喜地空離垢地發光地焰慧地極難勝地現前地遠行地不動地善慧地法雲地亦空如來常說五眼空六神通亦空如來常說三摩地門空陀羅尼門亦空如來常說佛十力空四無所畏四無礙解大慈大悲大喜大捨十八佛不共法亦空如來常說無忘失法空恒住捨性亦空如來常說一切智空道相智一切相智亦空如來常說預流果空一來不還阿羅漢果亦空如來常說獨覺菩提空如來常說一切菩薩摩訶薩行空如來常說諸佛無上正等菩提空如來常說異生地空聲聞獨覺菩薩如來地亦空如來常說有色法無色法空有見法無見法有對法無對法有漏法無漏法有爲法無爲法亦空如來常說過去未來現在法空善不善無記法欲界色界無色界繫法學無學非學非無學法見所斷修所斷非所斷法亦空佛言善現如是如是我常說此諸法皆空具壽善現復白佛言世尊一切法空即是無盡亦是無數亦是無量亦是無邊世尊諸法空中盡不可得數不可得量不可得邊

不可得由此因緣無盡無數無量無邊文義無别佛言善現如是如是如汝所說無盡無數無量無邊文義無别皆共顯了諸法空故善現一切法空皆不可說如來方便說爲無盡或說無數或說無量或說無邊或說爲空或說無相或說無願或說無作或說無生或說無滅或說離染或說寂滅或說涅槃或說眞如或說法界或說法性或說實際如是等義皆是如來方便演說時具壽善現白佛言世尊如來甚奇方便善巧諸法實相不可宣說而爲有情方便顯示世尊如我解佛所說義者一切法性皆不可說佛言善現如是如是一切法性皆不可說所以者何一切法性皆畢竟空無能宣說畢竟空者具壽善現復白佛言世尊不可說義有增減不佛言善現

不可說義無增無減具壽善現復言世尊若不可說義無增無減者則布施波羅蜜多亦應無增無減淨戒安忍精進靜慮般若波羅蜜多亦應無增無減世尊若不可說義無增無減者則四念住亦應無增無減四正斷四神足五根五力七等覺支八聖道支亦應無增無減世尊若不可說義無增無減者則四靜慮亦應無增無減四無量四無色定亦應無增無減世尊若不可說義無增無減者則八解脫亦應無增無減八勝處九次第定十遍處亦應無增無減世尊若不可說義無增無減者則空解脫門亦應無增無減無相無願解脫門亦應無增無減世尊若不可說義無增無減者則極喜地亦應無增無減離垢地發光地焰慧地極難勝地現前地遠行地

不動地善慧地法雲地亦應無增無減世尊若不可説義無增無減者則五眼亦應無增無減六神通亦應無增無減世尊若不可説義無增無減者則三摩地門亦應無增無減陀羅尼門亦應無增無減世尊若不可説義無增無減者則佛十力亦應無增無減四無所畏四無礙解大慈大悲大喜大捨十八佛不共法亦應無增無減世尊若不可説義無增無減者則無忘失法亦應無增無減恒住捨性亦應無增無減世尊若不可説義無增無減者則一切智亦應無增無減道相智一切相智亦應無增無減世尊若布施波羅蜜多無增無減淨戒安忍精進靜慮般若波羅蜜多亦無增無減者云何菩薩摩訶薩修行布施波羅蜜多修行淨戒安忍精進靜慮般若波羅蜜多證得無上正等菩提世尊若四念住無增無減四正斷四神足五根五力七等覺支八聖道支亦無增無減者云何菩薩摩訶薩修行四念住修行四正斷四神足五根五力七等覺支八聖道支證得無上正等菩提世尊若四靜慮無增無減四無量四無色定亦無增無減者云何菩薩摩訶薩修行四靜慮修行四無量四無色定證得無上正等菩提世尊若八解脱無增無減八勝處九次第定十遍處亦無增無減者云何菩薩摩訶薩修行八解脱修行八勝處九次第定十遍處證得無上正等菩提世尊若空解脱門無增無減無相無願解脱門亦無增無減者云何菩薩摩訶薩修行空解脱門修行無相無願解脱門證得無上正等菩提世尊若極

喜地無增無減離垢地發光地焰慧地極難勝地現前地遠行地不動地善慧地法雲地亦無增無減者云何菩薩摩訶薩修行極喜地修行離垢地乃至法雲地證得無上正等菩提世尊若五眼無增無減六神通亦無增無減者云何菩薩摩訶薩修行五眼修行六神通證得無上正等菩提世尊若三摩地門無增無減陀羅尼門亦無增無減者云何菩薩摩訶薩修行三摩地門修行陀羅尼門證得無上正等菩提世尊若佛十力無增無減四無所畏四無礙解大慈大悲大喜大捨十八佛不共法亦無增無減者云何菩薩摩訶薩修行佛十力修行四無所畏四無礙解大慈大悲大喜大捨十八佛不共法證得無上正等菩提世尊若無忘失法無增無減恒住捨性亦無增無減者云何菩薩摩訶薩修行無忘失法修行恒住捨性證得無上正等菩提世尊若一切智無增無減道相智一切相智亦無增無減者云何菩薩摩訶薩修行一切智修行道相智一切相智證得無上正等菩提

大般若波羅蜜多經卷第三百二十九

大般若波羅蜜多經卷第三百三十

唐三藏法師玄奘奉　詔譯

初分巧方便品第五十之三

佛言善現如是如是不可說義無增無減布施波羅蜜多亦無增無減淨戒安忍精進靜慮般若波羅蜜多亦無增無減四念住亦無增無減四正斷四神足五根五力七等覺支八聖道支亦無增無減四靜慮亦無增無減四無量四無色定亦無增無減八解脫亦無增無減八勝處九次第定十遍處亦無增無減空解脫門亦無增無減無相無願解脫門亦無增無減極喜地亦無增無減離垢地發光地焰慧地極難勝地現前地遠行地不動地善慧地法雲地亦無增無減五眼亦無增無減六神通亦無增無減三摩地門亦無增無減陀羅尼門亦無增無減佛十力亦無增無減四無所畏四無礙解大慈大悲大喜大捨十八佛不共法亦無增無減無忘失法亦無增無減恒住捨性亦無增無減一切智亦無增無減道相智一切相智亦無增無減善現諸菩薩摩訶薩修行般若波羅蜜多安住般若波羅蜜多方便善巧不作是念我於般若波羅蜜多若增若減不作是念我於靜慮精進安忍淨戒布施波羅蜜多若增若減但作是念唯有名想謂爲般若波羅蜜多但作是念唯有名想謂爲靜慮精進安忍淨戒布施波羅蜜多善現是菩薩摩訶薩修行布施波羅蜜多時持此布施俱行作意及依此起心及善根與諸有情平等共有迴向無上正等菩提如佛無上正等菩提微妙甚深而起

迴向善現是菩薩摩訶薩修行淨戒波羅蜜多時持此淨戒俱行作意及依此起心及善根與諸有情平等共有迴向無上正等菩提如佛無上正等菩提微妙甚深而起迴向善現是菩薩摩訶薩修行安忍波羅蜜多時持此安忍俱行作意及依此起心及善根與諸有情平等共有迴向無上正等菩提如佛無上正等菩提微妙甚深而起迴向善現是菩薩摩訶薩修行精進波羅蜜多時持此精進俱行作意及依此起心及善根與諸有情平等共有迴向無上正等菩提如佛無上正等菩提微妙甚深而起迴向善現是菩薩摩訶薩修行靜慮波羅蜜多時持此靜慮俱行作意及依此起心及善根與諸有情平等共有迴向無上正等菩提如佛無上正等菩提微妙甚深而起迴向善現是菩薩摩訶薩修行般若波羅蜜多時持此般若俱行作意及依此起心及善根與諸有情平等共有迴向無上正等菩提如佛無上正等菩提微妙甚深而起迴向由此迴向巧方便力證得無上正等菩提爾時具壽善現白佛言世尊何謂無上正等菩提佛言善現諸法眞如是謂無上正等菩提具壽善現復言世尊何謂諸法眞如而說諸法眞如是謂無上正等菩提佛言善現諸色眞如是謂無上正等菩提受想行識眞如是謂無上正等菩提善現眼處眞如是謂無上正等菩提耳鼻舌身意處眞如是謂無上正等菩提善現色處眞如是謂無上正等菩提聲香味觸法處眞如是謂無上正等菩提善現眼界眞如是謂無上正等菩提

耳鼻舌身意界眞如是謂無上正等菩提善現色界眞如是謂無上正等菩提聲香味觸法界眞如是謂無上正等菩提善現眼識界眞如是謂無上正等菩提耳鼻舌身意識界眞如是謂無上正等菩提善現眼觸眞如是謂無上正等菩提耳鼻舌身意觸眞如是謂無上正等菩提善現眼觸爲緣所生諸受眞如是謂無上正等菩提耳鼻舌身意觸爲緣所生諸受眞如是謂無上正等菩提善現地界眞如是謂無上正等菩提水火風空識界眞如是謂無上正等菩提善現因緣性眞如是謂無上正等菩提等無間緣所緣緣增上緣性眞如是謂無上正等菩提善現無明眞如是謂無上正等菩提行識名色六處觸受愛取有生老死眞如是謂無上正等菩提善現布施波羅蜜多眞如是謂無上正等菩提淨戒安忍精進靜慮般若波羅蜜多眞如是謂無上正等菩提善現內空眞如是謂無上正等菩提外空內外空空空大空勝義空有爲空無爲空畢竟空無際空散空無變異空本性空自相空共相空一切法空不可得空無性空自性空無性自性空眞如是謂無上正等菩提善現眞如眞如是謂無上正等菩提法界法性不虛妄性不變異性平等性離生性法定法住實際虛空界不思議界眞如是謂無上正等菩提善現四念住眞如是謂無上正等菩提四正斷四神足五根五力七等覺支八聖道支眞如是謂無上正等菩提善現苦聖諦眞如是謂無上正等菩提集滅道聖諦眞如是謂無上正等菩提善現四靜

處眞如是謂無上正等菩提四無量四無色定眞如是謂無上正等菩提善現八解脱眞如是謂無上正等菩提八勝處九次第定十遍處眞如是謂無上正等菩提善現空解脱門眞如是謂無上正等菩提無相無願解脱門眞如是謂無上正等菩提善現極喜地眞如是謂無上正等菩提離垢地發光地焰慧地極難勝地現前地遠行地不動地善慧地法雲地眞如是謂無上正等菩提善現五眼眞如是謂無上正等菩提六神通眞如是謂無上正等菩提善現三摩地門眞如是謂無上正等菩提陀羅尼門眞如是謂無上正等菩提善現佛十力眞如是謂無上正等菩提四無所畏四無礙解大慈大悲大喜大捨十八佛不共法眞如是謂無上正等菩提善現無忘失法眞如是謂無上正等菩提恒住捨性眞如是謂無上正等菩提善現預流果眞如是謂無上正等菩提一來不還阿羅漢果眞如是謂無上正等菩提善現獨覺菩提眞如是謂無上正等菩提善現一切智眞如是謂無上正等菩提道相智一切相智眞如是謂無上正等菩提善現生死眞如是謂無上正等菩提涅槃眞如是謂無上正等菩提善現諸法眞如無增無減故諸佛無上正等菩提亦無增無減善現諸菩薩摩訶薩不離般若波羅蜜多常樂安住諸法眞如都不見法有增有減由此因緣不可說義無增無減布施波羅蜜多亦無增無減淨戒安忍精進靜慮般若波羅蜜多亦無增無減四念住亦無增無減四正斷四神足五根五力七等覺支

八聖道支亦無增無減四靜慮亦無增無減四無量四無色定亦無增無減八解脫亦無增無減八勝處九次第定十遍處亦無增無減空解脫門亦無增無減無相無願解脫門亦無增無減極喜地亦無增無減離垢地發光地焰慧地極難勝地現前地遠行地不動地善慧地法雲地亦無增無減五眼亦無增無減六神通亦無增無減三摩地門亦無增無減陀羅尼門亦無增無減佛十力亦無增無減四無所畏四無礙解大慈大悲大喜大捨十八佛不共法亦無增無減無忘失法亦無增無減恒住捨性亦無增無減一切智亦無增無減道相智一切相智亦無增無減善現諸菩薩摩訶薩依止無增無減方便修行般若波羅蜜多由此爲門集諸功德便證無上正等菩提爾時具壽善現白佛言世尊若菩薩摩訶薩依止無增無減方便修行般若波羅蜜多由此爲門集一切功德便證無上正等菩提者是菩薩摩訶薩爲用初心證得無上正等菩提爲用後心證得無上正等菩提世尊是菩薩摩訶薩若用初心證得無上正等菩提初心起時後心未起無和合義若用後心證得無上正等菩提後心起時前心已滅無和合義如是前後心心所法進退推徵無和合義云何可得積集善根若諸善根不可積集如何菩薩能證無上正等菩提佛言善現吾當爲汝略說一喻令有智者於所說義易可得解善現於意云何如然燈時爲初焰能焦炷爲後焰能焦炷世尊如我意解非初焰能焦炷亦不離初焰能焦炷非後焰

能焦炷亦不離後焰能焦炷善現於意云何炷爲焦不世尊世間現見其炷實焦佛言善現諸菩薩摩訶薩亦復如是非用初心證得無上正等菩提亦不離初心證得無上正等菩提非用後心證得無上正等菩提亦不離後心證得無上正等菩提而諸菩薩摩訶薩證得無上正等菩提復次善現諸菩薩摩訶薩從初發心修行般若波羅蜜多圓滿十地證得無上正等菩提時具壽善現白佛言世尊諸菩薩摩訶薩修學何等十地圓滿證得無上正等菩提佛言善現諸菩薩摩訶薩修行極喜地乃至法雲地令其圓滿證得無上正等菩提亦學淨觀地種性地第八地見地薄地離欲地已辦地獨覺地菩薩地如來地令其圓滿證得無上正等菩提善現諸菩薩摩訶薩於此十地精勤修學得圓滿時非用初心證得無上正等菩提亦不離初心證得無上正等菩提非用後心證得無上正等菩提亦不離後心證得無上正等菩提而諸菩薩摩訶薩證得無上正等菩提具壽善現白佛言世尊如是緣起甚深甚妙謂諸菩薩摩訶薩非用初心證得無上正等菩提非離初心證得無上正等菩提非用後心證得無上正等菩提非離後心證得無上正等菩提而諸菩薩摩訶薩證得無上正等菩提佛告善現於意云何若心已滅可更生不善現答言不也世尊不也善逝佛告善現於意云何若心已生有滅法不善現答言如是世尊如是善逝佛告善現於意云何有滅法心非當滅不善現答言不也世尊不也善逝佛告善現

於意云何心住爲如心眞如不善現答言如是世尊如是善逝佛告善現於意云何心如眞如住爲如實際不善現答言不也世尊不也善逝佛告善現於意云何眞如實際爲甚深不善現答言如是世尊如是善逝佛告善現於意云何即眞如是心不善現答言不也世尊不也善逝佛告善現於意云何離眞如有心不善現答言不也世尊不也善逝佛告善現於意云何即心是眞如不善現答言不也世尊不也善逝佛告善現於意云何離心有眞如不善現答言不也世尊不也善逝佛告善現於意云何眞如見眞如不善現答言不也世尊不也善逝佛告善現於意云何若菩薩摩訶薩能如是行是行深般若波羅蜜多不善現答言若菩薩摩訶薩能如是行是行深般若波羅蜜多佛告善現於意云何若菩薩摩訶薩能如是行爲行何處善現答言若菩薩摩訶薩能如是行都無行處所以者何世尊若菩薩摩訶薩行深般若波羅蜜多無心現行無現行處何以故世尊住眞如中都無現行現行處故佛告善現於意云何若菩薩摩訶薩行深般若波羅蜜多時爲行在何處善現答言若菩薩摩訶薩行深般若波羅蜜多時行在勝義諦此中現行及現行處俱無所有能取所取不可得故佛告善現於意云何若菩薩摩訶薩行深般若波羅蜜多時行勝義諦中雖不取相而行相不善現答言不也世尊不也善逝佛告善現於意云何是菩薩摩訶薩行深般若波羅蜜多時行勝義諦中爲壞相不善現答言不也世尊不也

善逝佛告善現於意云何是菩薩摩訶薩行深般若波羅蜜多時行勝義諦中壞相想不善現答言不也世尊不也善逝佛言善現是菩薩摩訶薩行深般若波羅蜜多時云何不壞相亦不壞相想善現答言是菩薩摩訶薩行深般若波羅蜜多時不作是念我當壞相及壞相想亦不作是念我當壞無相及壞無相想於一切種無分別故世尊是菩薩摩訶薩行深般若波羅蜜多雖能如是離諸分別而佛十力四無所畏四無礙解大慈大悲大喜大捨十八佛不共法等無量勝功德未圓滿故未證無上正等菩提世尊是菩薩摩訶薩成就微妙善巧方便由此善巧方便力故於一切法不取不壞何以故世尊是菩薩摩訶薩知一切法自相空故世尊是菩薩摩訶薩住一切法自相空中爲度諸有情入三三摩地大悲願力所牽逼故用此三定成熟有情佛言善現如是如是如汝所說時具壽善現白佛言世尊是菩薩摩訶薩云何入此三三摩地成熟有情佛言善現是菩薩摩訶薩安住空三摩地見諸有情多執我者以方便力教令安住空三摩地善現是菩薩摩訶薩安住無相三摩地見諸有情多行相者以方便力教令安住無相三摩地善現是菩薩摩訶薩安住無願三摩地見諸有情多願樂者以方便力教令安住無願三摩地善現是菩薩摩訶薩行深般若波羅蜜多如是入此三三摩地成熟有情爾時具壽舍利子問具壽善現言善現若菩薩摩訶薩夢中入此三三摩地於深般若波羅蜜多有增益不善現答

言舍利子若菩薩摩訶薩晝時入此三三摩地於深般若波羅蜜多有增益者彼夢中入亦有增益何以故舍利子晝與夢中無差別故舍利子若菩薩摩訶薩晝行般若波羅蜜多既名修習甚深般若波羅蜜多是菩薩摩訶薩夢行般若波羅蜜多亦名修習甚深般若波羅蜜多三三摩地於深般若波羅蜜多能爲增益亦應如是時舍利子問善現言諸菩薩摩訶薩夢中作業爲有增益或損減不佛說有爲虛妄不實如夢所作云何彼業能有增減所以者何非於夢中所作諸業能有增益或能損減要至覺時憶想分別夢中所作乃有增減善現答言諸有晝日斷他命已於夜夢中憶想分別深自慶快或復有人夢斷他命謂在覺位生大歡喜如是二業於意云何舍利子言無所緣事若思若業俱不得生要有所緣思業方起夢中思業緣何而生善現答言如是如是若夢若覺無所緣事思業不生要有所緣思業方起何以故舍利子若夢若覺要於見聞覺知法中有覺慧轉由斯起染或復起淨若無見聞覺知諸法無覺慧轉亦無染淨由此故知若夢若覺有所緣事思業方起無所緣事思業不生時舍利子問善現言佛說思業皆離自性云何可言有所緣起善現答言雖諸思業及所緣事自性皆空而由自心取相分別故說思業有所緣生若無所緣思業不起爾時具壽舍利子復問具壽善現言若菩薩摩訶薩夢中修行布施淨戒安忍精進靜慮般若持此善根與諸有情平等共有迴向無上正等菩提是菩薩

摩訶薩爲實迴向大菩提不時具壽善現語舍利子言慈氏菩薩摩訶薩久已受得不退轉記唯隔一生定當作佛善能酬答一切難問現在此會宜請問之補處慈尊定應爲答時舍利子如善現言恭敬請問慈氏菩薩時慈氏菩薩語舍利子言謂何等名慈氏能答爲色耶爲受想行識耶爲色空耶爲受想行識空耶且色不能答受想行識亦不能答色空不能答受想行識空亦不能答何以故舍利子我都不見有法能答有法所答答處答時及由此答亦皆不見我都不見有法能記有法所記記處記時及由此記亦皆不見以一切法本性皆空都無所有無二無別畢竟推徵不可得故時舍利子復問慈氏菩薩摩訶薩言仁者所說法爲如所證不慈氏菩薩摩訶薩言我所說法非如所證何以故舍利子我所證法不可說故時舍利子作是念言慈氏菩薩智慧深廣修一切種布施淨戒安忍精進靜慮般若波羅蜜多久已圓滿以無所得而爲方便於所問事能如是答爾時佛告舍利子言舍利子於意云何汝由是法得阿羅漢果爲見此法是可說不舍利子言不也世尊不也善逝佛言舍利子諸菩薩摩訶薩行深般若波羅蜜多所證諸法亦復如是舍利子是菩薩摩訶薩不作是念我由此法當得受記我由此法現得受記我由此法已得受記不作是念我由此法當證無上正等菩提舍利子是菩薩摩訶薩行深般若波羅蜜多不生猶豫我於無上正等菩提爲得不得但作是念我於無上正等菩提定當證得

舍利子是菩薩摩訶薩行深般若波羅蜜多
聞甚深法其心不驚不怖不畏於得無上正
等菩提亦不怖畏決定自知我當證得所求
無上正等菩提

初分願行品第五十一之一

爾時佛告具壽善現言善現有菩薩摩訶薩
修行布施波羅蜜多見諸有情飢渴所逼衣
服弊壞卧具乏少善現是菩薩摩訶薩見此
事已作是思惟我當云何救濟如是諸有情
類令離慳貪無所乏少既思惟已作是願言
我當精勤不顧身命修行布施波羅蜜多成
熟有情嚴淨佛土令速圓滿疾證無上正等
菩提我佛土中得無如是資具乏少諸有情
類如四大王衆天三十三天夜摩天覩史多
天樂變化天他化自在天受用種種上妙樂
具我佛土中衆生亦令受用種種上妙樂具
善現是菩薩摩訶薩由此布施波羅蜜多速
得圓滿隣近無上正等菩提復次善現有菩
薩摩訶薩修行淨戒波羅蜜多見諸有情煩
惱熾盛更相煞害行不與取作欲邪行造虚
誑詞現麤惡説發離間辯説雜穢言發起種
種貪恚邪見由此因緣短壽多病顔容憔顇
無有威徳資財乏尠生下賤家體陋形殘身
儀臭穢諸有所説人不信受言詞麤擴親友
乖離凡所陳説咸皆鄙俚慳貪嫉妬惡見熾
然誹謗正法毁辱賢聖善現是菩薩摩訶薩
見此事已作是思惟我當云何救濟如是諸
有情類令其遠離諸惡業果既思惟已作是
願言我當精勤不顧身命修行淨戒波羅蜜
多成熟有情嚴淨佛土令速圓滿疾證無上

正等菩提我佛土中得無如是衆惡業果諸有情類一切有情皆行十善受長壽等勝妙果報善現是菩薩摩訶薩由此淨戒波羅蜜多速得圓滿隣近無上正等菩提復次善現有菩薩摩訶薩修行安忍波羅蜜多見諸有情更相忿恚毀罵陵辱刀杖瓦石拳杵塊等互相殘害乃至斷命一心不捨善現是菩薩摩訶薩見此事已作是思惟我當云何救濟如是諸有情類令其遠離如是諸惡既思惟已作是願言我當精勤不顧身命修行安忍波羅蜜多成熟有情嚴淨佛土令速圓滿疾證無上正等菩提我佛土中得無如是煩惱惡業諸有情類一切有情展轉相視如父如母如兄如弟如姊如妹如男如女如友如親慈心相向互為饒益善現是菩薩摩訶薩由此安忍波羅蜜多速得圓滿隣近無上正等菩提復次善現有菩薩摩訶薩修行精進波羅蜜多見諸有情懈怠懶墮不勤精進棄捨三乘亦不能修人天善業善現是菩薩摩訶薩見此事已作是思惟我當云何救濟如是諸有情類令其遠離懶墮懈怠既思惟已作是願言我當精勤不顧身命修行精進波羅蜜多成熟有情嚴淨佛土令速圓滿疾證無上正等菩提我佛土中得無如是懶墮懈怠諸有情類一切有情精進勇猛勤修善趣及三乘因生天人中速證解脫善現是菩薩摩訶薩由此精進波羅蜜多速得圓滿隣近無上正等菩提復次善現有菩薩摩訶薩修行靜慮波羅蜜多見諸有情貪欲瞋恚惛沉睡眠掉舉惡作疑蓋所覆失念放逸於四靜慮

及四無量四無色定尚不能修況能修得出世間定善現是菩薩摩訶薩見此事已作是思惟我當云何救濟如是諸有情類令其遠離諸蓋散動既思惟已作是願言我當精勤不顧身命修行靜慮波羅蜜多成熟有情嚴淨佛土令速圓滿疾證無上正等菩提我佛土中得無如是具蓋散動諸有情類一切有情自在遊戲靜慮無量無色定等善現是菩薩摩訶薩由此靜慮波羅蜜多速得圓滿隣近無上正等菩提復次善現有菩薩摩訶薩修行般若波羅蜜多見諸有情愚癡惡慧於世出世正見俱失撥無善惡業及業果執斷執常執一執異俱不俱等種種邪法善現是菩薩摩訶薩見此事已作是思惟我當云何救濟如是諸有情類令其遠離惡見邪執既思惟已作是願言我當精勤不顧身命修行般若波羅蜜多成熟有情嚴淨佛土令速圓滿疾證無上正等菩提我佛土中得無如是惡慧邪執諸有情類一切有情成就正見種種妙慧具足三明善現是菩薩摩訶薩由此般若波羅蜜多速得圓滿隣近無上正等菩提復次善現有菩薩摩訶薩具修六種波羅蜜多見諸有情三聚差別一邪定聚二正定聚三不定聚善現是菩薩摩訶薩見此事已作是思惟我當云何方便拔濟諸有情類令離邪定及不定聚既思惟已作是願言我當精勤不顧身命修行六種波羅蜜多成熟有情嚴淨佛土令速圓滿疾證無上正等菩提我佛土中得無邪定及不定聚諸有情類亦無如是三聚名聲一切有情皆正定聚善現

是菩薩摩訶薩由此六種波羅蜜多速得圓滿隣近無上正等菩提復次善現有菩薩摩訶薩具修六種波羅蜜多見諸有情墮三惡趣一者地獄二者傍生三者鬼界善現是菩薩摩訶薩見此事已作是思惟我當云何拔濟如是諸有情類令其永離三惡趣苦既思惟已作是願言我當精勤不顧身命修行六種波羅蜜多成熟有情嚴淨佛土令速圓滿疾證無上正等菩提我佛土中得無地獄傍生鬼界亦無如是三惡趣名一切有情皆善趣攝善現是菩薩摩訶薩由此六種波羅蜜多速得圓滿隣近無上正等菩提復次善現有菩薩摩訶薩具修六種波羅蜜多見諸有情由惡業障所居大地高下不平塠阜溝坑穢草株杌毒刺荊棘不淨充滿善現是菩薩摩訶薩見此事已作是思惟我當云何拔濟如是諸有情類令其永滅諸惡業障所居之處地平如掌無諸穢草株杌等事既思惟已作是願言我當精勤不顧身命修行六種波羅蜜多成熟有情嚴淨佛土令速圓滿疾證無上正等菩提我佛土中得無如是諸雜穢業所感大地有情居處其地平坦園林池沼諸妙香花間雜莊嚴甚可愛樂善現是菩薩摩訶薩由此六種波羅蜜多速得圓滿隣近無上正等菩提復次善現有菩薩摩訶薩具修六種波羅蜜多見諸有情薄福德故所居大地無諸珍寶唯有種種土石瓦礫善現是菩薩摩訶薩見此事已作是思惟我當云何拔濟如是多罪少福諸有情類令所居處豐饒珍寶既思惟已作是願言我當精勤不顧

身命修行六種波羅蜜多成熟有情嚴淨佛土令速圓滿疾證無上正等菩提我佛土中得無如是多罪少福諸有情類金沙布地處處皆有吠瑠璃等衆妙珍奇有情受用而無染著善現是菩薩摩訶薩由此六種波羅蜜多速得圓滿隣近無上正等菩提復次善現有菩薩摩訶薩具修六種波羅蜜多見諸有情凡所攝受多生戀著起諸惡事善現是菩薩摩訶薩見此事已作是思惟我當云何拔濟如是惡所攝受諸有情類令其永離戀著惡業既思惟已作是願言我當精勤不顧身命修行六種波羅蜜多成熟有情嚴淨佛土令速圓滿疾證無上正等菩提我佛土中得無如是惡所攝受諸有情類一切有情於色等境都無攝受不生戀著善現是菩薩摩訶

薩由此六種波羅蜜多速得圓滿隣近無上正等菩提復次善現有菩薩摩訶薩具修六種波羅蜜多見諸有情有四色類貴賤差別一刹帝利二婆羅門三者吠舍四戍達羅善現是菩薩摩訶薩見此事已作是思惟我當云何方便拔濟諸有情類令無如是四種色類貴賤差別既思惟已作是願言我當精勤不顧身命修行六種波羅蜜多成熟有情嚴淨佛土令速圓滿疾證無上正等菩提我佛土中得無如是四種色類貴賤差別一切有情同一色類皆悉尊貴人趣所攝善現是菩薩摩訶薩由此六種波羅蜜多速得圓滿隣近無上正等菩提復次善現有菩薩摩訶薩具修六種波羅蜜多見諸有情有下中上家族差別善現是菩薩摩訶薩見此事已作是

思惟我當云何方便拔濟諸有情類令無如是下中上品家族差別既思惟已作是願言我當精勤不顧身命修行六種波羅蜜多成熟有情嚴淨佛土令速圓滿疾證無上正等菩提我佛土中得無如是下中上品家族差別一切有情皆同上品善現是菩薩摩訶薩由此六種波羅蜜多速得圓滿隣近無上正等菩提復次善現有菩薩摩訶薩具修六種波羅蜜多見諸有情端正醜陋形色差別善現是菩薩摩訶薩見此事已作是思惟我當云何方便拔濟諸有情類令無如是形色差別既思惟已作是願言我當精勤不顧身命修行六種波羅蜜多成熟有情嚴淨佛土令速圓滿疾證無上正等菩提我佛土中得無如是形色差別諸有情類一切有情皆眞金色端嚴殊妙衆所樂見成就第一圓滿淨色善現是菩薩摩訶薩由此六種波羅蜜多速得圓滿隣近無上正等菩提

大般若波羅蜜多經卷第三百三十

音釋

憔顇（憔慈焦切顇秦醉切謂憂愁而瘦瘠也）乏尠（乏扶法切匱也尠蘇典切少也）獷（古猛切獷惡也）鄙俚（鄙音彼陋也俚音里俗也）杵（敝呂切舂杵也）塊（苦對切土塊也）塠阜（塠都回切聚土也阜扶缶切山無石也）溝坑（溝居侯切坑丘庚切）株杌（株音朱杌音兀术無枝也）荊棘（荊音京棘訖力切）平坦（坦他但切平夷也）瓦礫（礫音曆小石也）戍達羅（梵語也亦云首陀此云農田種戍舂遇切）

大般若波羅蜜多經卷第三百三十一

唐三藏法師玄奘奉　詔譯

初分願行品第五十一之二

復次善現有菩薩摩訶薩具修六種波羅蜜多見諸有情繫屬主宰諸有所作不得自在善現是菩薩摩訶薩見此事已作是思惟我當云何方便拔濟諸有情類令得自在既思惟已作是願言我當精勤不顧身命修行六種波羅蜜多成熟有情嚴淨佛土令速圓滿疾證無上正等菩提我佛土中諸有情類得無主宰諸有所作皆得自在乃至不見主宰形像亦復不聞主宰名字唯有如來應正等覺以法統攝名爲法王善現是菩薩摩訶薩由此六種波羅蜜多速得圓滿隣近無上正等菩提復次善現有菩薩摩訶薩具修六種波羅蜜多見諸有情諸趣差別善現是菩薩摩訶薩見此事已作是思惟我當云何方便拔濟諸有情類令無善惡諸趣差別既思惟已作是願言我當精勤不顧身命修行六種波羅蜜多成熟有情嚴淨佛土令速圓滿疾證無上正等菩提我佛土中得無善惡諸趣差別乃至無有地獄傍生鬼界阿素洛人天名字一切有情皆同一類等修一業謂皆和合修行布施波羅蜜多修行淨戒安忍精進靜慮般若波羅蜜多安住內空安住外空內外空空空大空勝義空有爲空無爲空畢竟空無際空散空無變異空本性空自相空共相空一切法空不可得空無性空自性空無性自性空安住眞如安住法界法性不虛妄性不變異性平等性離生性法定法住實際

虛空界不思議界修行四念住修行四正斷四神足五根五力七等覺支八聖道支安住苦聖諦安住集滅道聖諦修行四靜慮修行四無量四無色定修行八解脫修行八勝處九次第定十遍處修行空解脫門修行無相無願解脫門修行五眼修行六神通修行三摩地門修行陀羅尼門修行佛十力修行四無所畏四無礙解大慈大悲大喜大捨十八佛不共法修行無忘失法修行恒住捨性修行一切智修行道相智一切相智修行菩薩摩訶薩行修行無上正等菩提善現是菩薩摩訶薩由此六種波羅蜜多速得圓滿隣近無上正等菩提復次善現有菩薩摩訶薩具修六種波羅蜜多見諸有情四生差別一者卵生二者胎生三者濕生四者化生善現是菩薩摩訶薩見此事已作是思惟我當云何方便拔濟諸有情類令無如是四生差別既思惟已作是願言我當精勤不顧身命修行六種波羅蜜多成熟有情嚴淨佛土令速圓滿疾證無上正等菩提我佛土中諸有情類得無如是四生差別諸有情類皆同化生善現是菩薩摩訶薩由此六種波羅蜜多速得圓滿隣近無上正等菩提復次善現有菩薩摩訶薩具修六種波羅蜜多見諸有情無五神通於所作事不得自在善現是菩薩摩訶薩見此事已作是思惟我當云何方便拔濟諸有情類皆令獲得五神通慧既思惟已作是願言我當精勤不顧身命修行六種波羅蜜多成熟有情嚴淨佛土令速圓滿疾證無上正等菩提我佛土中諸有情類五神通慧

皆得自在善現是菩薩摩訶薩由此六種波羅蜜多速得圓滿隣近無上正等菩提復次善現有菩薩摩訶薩具修六種波羅蜜多見諸有情受用段食身有種種大小便利膿血臭穢深可猒捨善現是菩薩摩訶薩見此事已作是思惟我當云何拔濟如是受用段食諸有情類令其身中無諸便穢既思惟已作是願言我當精勤不顧身命修行六種波羅蜜多成熟有情嚴淨佛土令速圓滿疾證無上正等菩提我佛土中諸有情類皆同受用妙法喜食其身香潔無諸便穢善現是菩薩摩訶薩由此六種波羅蜜多速得圓滿隣近無上正等菩提復次善現有菩薩摩訶薩具修六種波羅蜜多見諸有情身無光明諸有所作須求外照善現是菩薩摩訶薩見此事已作是思惟我當云何方便拔濟諸有情類令離如是無光明身既思惟已作是願言我當精勤不顧身命修行六種波羅蜜多成熟有情嚴淨佛土令速圓滿疾證無上正等菩提我佛土中諸有情類身具光明不假外照善現是菩薩摩訶薩由此六種波羅蜜多速得圓滿隣近無上正等菩提復次善現有菩薩摩訶薩具修六種波羅蜜多見諸有情所居之土有晝有夜有月半月時節歲數轉變非恒善現是菩薩摩訶薩見此事已作是思惟我當云何方便拔濟諸有情類令所居土無晝夜等諸變易事既思惟已作是願言我當精勤不顧身命修行六種波羅蜜多成熟有情嚴淨佛土令速圓滿疾證無上正等菩提我佛土中得無晝夜及月半月時節歲數

乃至無有晝夜等名善現是菩薩摩訶薩由此六種波羅蜜多速得圓滿隣近無上正等菩提復次善現有菩薩摩訶薩具修六種波羅蜜多見諸有情壽量短促善現是菩薩摩訶薩見此事已作是思惟我當云何方便拔濟諸有情類令離如是壽量短促既思惟已作是願言我當精勤不顧身命修行六種波羅蜜多成熟有情嚴淨佛土令速圓滿疾證無上正等菩提我佛土中諸有情類壽量長遠劫數難知善現是菩薩摩訶薩由此六種波羅蜜多速得圓滿隣近無上正等菩提復次善現有菩薩摩訶薩具修六種波羅蜜多見諸有情無衆相好善現是菩薩摩訶薩見此事已作是思惟我當云何方便拔濟諸有情類令得相好既思惟已作是願言我當精勤不顧身命修行六種波羅蜜多成熟有情嚴淨佛土令速圓滿疾證無上正等菩提我佛土中諸有情類具三十二大士夫相八十隨好圓滿莊嚴有情見之生淨妙喜善現是菩薩摩訶薩由此六種波羅蜜多速得圓滿隣近無上正等菩提復次善現有菩薩摩訶薩具修六種波羅蜜多見有情類離諸善根善現是菩薩摩訶薩見此事已作是思惟我當云何拔濟如是諸有情類令具善根既思惟已作是願言我當精勤不顧身命修行六種波羅蜜多成熟有情嚴淨佛土令速圓滿疾證無上正等菩提我佛土中諸有情類一切成就勝妙善根由此善根能辦種種上妙供具供養諸佛秉斯福力隨所生處復能供養諸佛世尊善現是菩薩摩訶薩由此六種

波羅蜜多速得圓滿隣近無上正等菩提復次善現有菩薩摩訶薩具修六種波羅蜜多見諸有情具身心病身病有四一者風病二者熱病三者痰病四者風等種種雜病心病亦四一者貪病二者瞋病三者癡病四者慢等諸煩惱病善現是菩薩摩訶薩見此事已作是思惟我當云何抜濟如是身心病苦諸有情類既思惟已作是願言我當精勤不顧身命修行六種波羅蜜多成熟有情嚴淨佛土令速圓滿疾證無上正等菩提我佛土中諸有情類身心清淨無諸病苦乃至不聞風病熱病痰病風等雜病之名亦復不聞貪病瞋病癡病慢等煩惱病名善現是菩薩摩訶薩由此六種波羅蜜多速得圓滿隣近無上正等菩提復次善現有菩薩摩訶薩具修六種波羅蜜多見諸有情種種意樂或有樂趣聲聞乘者或有樂趣獨覺乘者或有樂趣無上乘者善現是菩薩摩訶薩見此事已作是思惟我當云何方便抜濟諸有情類令其棄捨樂趣聲聞獨覺乘意唯令樂趣無上大乘既思惟已作是願言我當精勤不顧身命修行六種波羅蜜多成熟有情嚴淨佛土令速圓滿疾證無上正等菩提我佛土中諸有情類唯求無上正等菩提不樂聲聞獨覺乘果乃至無有二乘之名唯聞大乘種種功德善現是菩薩摩訶薩由此六種波羅蜜多速得圓滿隣近無上正等菩提復次善現有菩薩摩訶薩具修六種波羅蜜多見諸有情起增上慢未能眞實離斷生命謂我眞實離斷生命未能眞實離不與取離欲邪行謂我眞實

離不與取離欲邪行未能眞實離虛誑語謂我眞實離虛誑語未能眞實離麤惡語離離間語離雜穢語謂我眞實離麤惡語離離間語離雜穢語未能眞實離於貪欲謂我眞實離於貪欲未能眞實離於瞋恚及離邪見謂我眞實離於瞋恚及離邪見未得初靜慮謂得初靜慮未得第二第三第四靜慮謂得第二第三第四靜慮未得空無邊處定謂得空無邊處定未得識無邊處無所有處非想非非想處定謂得識無邊處無所有處非想非非想處定未得慈無量謂得慈無量未得悲喜捨無量謂得悲喜捨無量未得神境智證通謂得神境智證通未得天眼天耳他心宿住隨念智證通謂得天眼天耳他心宿住隨念智證通未得不淨觀謂得不淨觀未得慈悲念息緣起界差別觀謂得慈悲念息緣起界差別觀未得止觀地謂得止觀地未得種性地第八地見地薄地離欲地已辦地謂得種性地第八地見地薄地離欲地已辦地未得獨覺菩提謂得獨覺菩提未得布施波羅蜜多謂得布施波羅蜜多未得淨戒安忍精進靜慮般若波羅蜜多謂得淨戒安忍精進靜慮般若波羅蜜多未證內空謂證內空未證外空內外空空空大空勝義空有爲空無爲空畢竟空無際空散空無變異空本性空自相空共相空一切法空不可得空無性空自性空無性自性空謂證外空乃至無性自性空未證眞如謂證眞如未證法界法性不虛妄性不變異性平等性離生性法定法住實際虛空界不思議界謂證法界乃至不思

議界未證苦聖諦謂證苦聖諦未證集滅道聖諦謂證集滅道聖諦未得四念住謂得四念住未得四正斷四神足五根五力七等覺支八聖道支謂得四正斷乃至八聖道支未得四靜慮謂得四靜慮未得四無量四無色定謂得四無量四無色定未得八解脫謂得八解脫未得八勝處九次第定十遍處謂得八勝處九次第定十遍處未得空解脫門謂得空解脫門未得無相無願解脫門謂得無相無願解脫門未得極喜地謂得極喜地未得離垢地發光地焰慧地極難勝地現前地遠行地不動地善慧地法雲地謂得離垢地乃至法雲地未得五眼謂得五眼未得六神通謂得六神通未得三摩地門謂得三摩地門未得陀羅尼門謂得陀羅尼門未得佛十力謂得佛十力未得四無所畏四無礙解大慈大悲大喜大捨十八佛不共法謂得四無所畏乃至十八佛不共法未得無忘失法謂得無忘失法未得恒住捨性謂得恒住捨性未得一切智謂得一切智未得道相智一切相智謂得道相智一切相智未嚴淨佛土謂嚴淨佛土未成熟有情謂成熟有情未解世間工巧技藝謂解世間工巧技藝未修菩薩摩訶薩行謂修菩薩摩訶薩行未得無上正等菩提謂得無上正等菩提善現是菩薩摩訶薩見此事已作是思惟我當云何拔濟如是諸有情類令其遠離增上慢結既思惟已作是願言我當精勤不顧身命修行六種波羅蜜多成熟有情嚴淨佛土令速圓滿疾證無上正等菩提我佛土中得無如是增上慢

者一切有情離增上慢善現是菩薩摩訶薩由此六種波羅蜜多速得圓滿隣近無上正等菩提復次善現有菩薩摩訶薩具修六種波羅蜜多見諸有情執著諸法謂執著色執著受想行識執著眼處執著耳鼻舌身意處執著色處執著聲香味觸法處執著眼界執著耳鼻舌身意界執著色界執著聲香味觸法界執著眼識界執著耳鼻舌身意識界執著眼觸執著耳鼻舌身意觸執著眼觸爲緣所生諸受執著耳鼻舌身意觸爲緣所生諸受執著地界執著水火風空識界執著因緣性執著等無間緣所緣緣增上緣性執著無明執著行識名色六處觸受愛取有生老死執著我執著有情命者生者養者士夫補特伽羅意生儒童作者受者知者見者執著布施波羅蜜多執著淨戒安忍精進靜慮般若波羅蜜多執著内空執著外空内外空空空大空勝義空有爲空無爲空畢竟空無際空散空無變異空本性空自相空共相空一切法空不可得空無性空自性空無性自性空執著眞如執著法界法性不虛妄性不變異性平等性離生性法定法住實際虛空界不思議界執著苦聖諦執著集滅道聖諦執著四念住執著四正斷四神足五根五力七等覺支八聖道支執著四靜慮執著四無量四無色定執著八解脱執著八勝處九次第定十遍處執著空解脱門執著無相無願解脱門執著極喜地執著離垢地發光地焰慧地極難勝地現前地遠行地不動地善慧地法雲地執著五眼執著六神通執著三摩地門

執著陀羅尼門執著佛十力執著四無所畏四無礙解大慈大悲大喜大捨十八佛不共法執著無忘失法執著恒住捨性執著一切智執著道相智一切相智執著預流果執著一來不還阿羅漢果執著獨覺菩提執著菩薩摩訶薩行執著無上正等菩提善現菩薩摩訶薩見此事已作是思惟我當云何拔濟如是諸有情類令離執著既思惟已作是願言我當精勤不顧身命修行六種波羅蜜多成熟有情嚴淨佛土令速圓滿疾證無上正等菩提我佛土中諸有情類無如是等種種執著善現是菩薩摩訶薩由此六種波羅蜜多速得圓滿隣近無上正等菩提復次善現有菩薩摩訶薩具修六種波羅蜜多見有如來應正等覺光明有量壽命有量諸弟子衆數有分限善現是菩薩摩訶薩見此事已作是思惟我云何得光明無量壽命無量諸弟子衆數無分限既思惟已作是願言我當精勤不顧身命修行六種波羅蜜多成熟有情嚴淨佛土令速圓滿疾證無上正等菩提爾時我身光明無量壽命無量諸弟子衆數無分限善現是菩薩摩訶薩由此六種波羅蜜多速得圓滿隣近無上正等菩提復次善現有菩薩摩訶薩具修六種波羅蜜多見有如來應正等覺所居佛土周圓有量善現是菩薩摩訶薩見此事已作是思惟我云何得所居佛土周圓無量既思惟已作是願言我當精勤不顧身命修行六種波羅蜜多成熟有情嚴淨佛土令速圓滿疾證無上正等菩提十方各如殑伽沙數大千世界合爲一土我

住其中說法教化無量無數無邊有情善現是菩薩摩訶薩由此六種波羅蜜多速得圓滿隣近無上正等菩提復次善現有菩薩摩訶薩具修六種波羅蜜多見諸有情生死長遠諸有情界其數無邊善現是菩薩摩訶薩見此事已作是思惟生死邊際猶如虛空諸有情界亦復如是雖無真實諸有情類流轉生死或得涅槃而諸有情妄執爲有輪迴生死受苦無邊我當云何方便拔濟既思惟已作是願言我當精勤不顧身命修行六種波羅蜜多成熟有情嚴淨佛土令速圓滿疾證無上正等菩提爲諸有情說無上法皆令解脫生死大苦亦令證知生死解脫都無所有皆畢竟空善現是菩薩摩訶薩由此六種波羅蜜多速得圓滿隣近無上正等菩提

初分殑伽天品第五十二

爾時會中有一天女名殑伽天從座而起偏覆左肩右膝著地合掌向佛白言世尊我當修行布施淨戒安忍精進靜慮般若波羅蜜多成熟有情嚴淨佛土所求佛土如今如來應正等覺爲諸大衆於此般若波羅蜜多甚深經中所說土相一切具足時殑伽天作是語已即取種種金花銀花水陸生花諸莊嚴具及持金色天衣一雙恭敬至誠而散佛上佛神力故上涌虛空宛轉右旋於佛頂上變成四柱四角寶臺綺飾莊嚴甚可愛樂於是天女持此寶臺與諸有情平等共有迴向無上正等菩提爾時如來知彼天女志願深廣即便微笑諸佛法爾於微笑時有種種光從口而出今佛亦爾於其面門放種種光青黃

赤白紅碧紫緑遍照十方無量無邊無數世界還來此土現大神變遶佛三帀入佛頂中爾時阿難覩斯事已從座而起右膝著地合掌向佛白言世尊何因何緣現此微笑諸佛微笑非無因緣佛告阿難今此天女於未來世當得作佛劫名星喻佛號金花如來應正等覺明行圓滿善逝世間解無上丈夫調御士天人師佛薄伽梵阿難當知今此天女即是最後所受女身捨此身已便受男身盡未來際不復作女從此没已生於東方不動如來應正等覺甚可愛樂佛世界中於彼佛所勤修梵行此女彼界亦號金花修諸菩薩摩訶薩行阿難此金花菩薩摩訶薩於彼没已復生他方從一佛土至一佛土於生生處常不離佛如轉輪王從一臺觀至一臺觀歡娱受樂乃至命終足不履地金花菩薩亦復如是從一佛國往一佛國乃至無上正等菩提於生生中常不離佛聽受正法修菩薩行爾時阿難竊作是念金花菩薩當作佛時亦應宣說甚深般若波羅蜜多彼會菩薩摩訶薩衆其數多少應如今佛菩薩衆會佛知其念告阿難言如是如是如汝所念金花菩薩當作佛時亦爲衆會宣說如是甚深般若波羅蜜多彼會菩薩摩訶薩衆其數多少亦如今佛菩薩衆會阿難當知是金花菩薩摩訶薩當作佛時彼佛世界出家弟子其量甚多不可稱數謂不可數若百若千若百千若俱胝若百俱胝若千俱胝若百千俱胝若那庾多若百那庾多若千那庾多若百千那庾多大苾芻衆但可總說無數無量無邊百千俱胝

那庾多大苾芻衆阿難當知是金花菩薩摩訶薩當作佛時其土無有如此般若波羅蜜多經中所說衆多過患爾時具壽阿難復白佛言世尊今此天女先於何佛已發無上正等覺心種諸善根迴向發願今得遇佛恭敬供養而得受於不退轉記佛告阿難今此天女於然燈佛已發無上正等覺心種諸善根迴向發願故今遇我恭敬供養而得受於不退轉記阿難當知我於過去然燈佛所以五莖花奉散彼佛迴向發願然燈如來應正等覺知我根熟而授我記天女爾時聞佛授我大菩提記歡喜踊躍即以金花奉散佛上便發無上正等覺心種諸善根迴向發願使我來世於此菩薩當作佛時亦如今佛現前授我大菩提記故我今者與彼授記具壽阿難聞佛所說歡喜踊躍復白佛言今此天女久爲無上正等菩提植種德本今得成熟佛爲授記佛告阿難如是如是今此天女久爲無上正等菩提植種德本今既成熟我爲授記

初分善學品第五十三之一

爾時具壽善現白佛言世尊行深般若波羅蜜多諸菩薩摩訶薩云何習近空三摩地云何入空三摩地云何習近無相三摩地云何入無相三摩地云何習近無願三摩地云何入無願三摩地云何習近四念住云何修四念住云何習近四正斷四神足五根五力七等覺支八聖道支云何修四正斷乃至八聖道支云何習近佛十力云何修佛十力云何習近四無所畏四無礙解大慈大悲大喜大捨十八佛不共法云何修四無所畏乃至十

八佛不共法佛言善現行深般若波羅蜜多
諸菩薩摩訶薩應觀色空應觀受想行識空
應觀眼處空應觀耳鼻舌身意處空應觀色
處空應觀聲香味觸法處空應觀眼界空應
觀耳鼻舌身意界空應觀色界空應觀聲香
味觸法界空應觀眼識界空應觀耳鼻舌身
意識界空應觀眼觸空應觀耳鼻舌身意觸
空應觀眼觸爲緣所生諸受空應觀耳鼻舌
身意觸爲緣所生諸受空應觀地界空應觀
水火風空識界空應觀無明空應觀行識名
色六處觸受愛取有生老死空應觀布施波
羅蜜多空應觀淨戒安忍精進靜慮般若波
羅蜜多空應觀内空空應觀外空内外空空
空大空勝義空有爲空無爲空畢竟空無際
空散空無變異空本性空自相空共相空一
切法空不可得空無性空自性空無性自性
空空應觀眞如空應觀法界法性不虚妄性
不變異性平等性離生性法定法住實際虚
空界不思議界空應觀苦聖諦空應觀集滅
道聖諦空應觀四靜慮空應觀四無量四無
色定空應觀八解脱空應觀八勝處九次第
定十遍處空應觀四念住空應觀四正斷四
神足五根五力七等覺支八聖道支空應觀
空解脱門空應觀無相無願解脱門空應觀
三乘菩薩十地空應觀五眼空應觀六神通
空應觀佛十力空應觀四無所畏四無礙解
大慈大悲大喜大捨十八佛不共法空應觀
無忘失法空應觀恒住捨性空應觀一切智
空應觀道相智一切相智空應觀一切陀羅
尼門空應觀一切三摩地門空應觀預流果

空應觀一來不還阿羅漢果空應觀獨覺菩提空應觀一切菩薩摩訶薩行空應觀諸佛無上正等菩提空應觀有漏法空應觀無漏法空應觀世間法空應觀出世間法空應觀有爲法空應觀無爲法空應觀過去法空應觀未來現在法空應觀善法空應觀不善無記法空應觀欲界法空應觀色無色界法空善現是菩薩摩訶薩作是觀時不令心亂若心不亂則不見法若不見法則不作證所以者何善現是菩薩摩訶薩善學諸法自相皆空無法可增無法可減故於諸法不見不證何以故善現於一切法勝義諦中能證所證證處證時及由此證若合若離皆不可得不可見故時具壽善現白佛言世尊如佛所言諸菩薩摩訶薩於諸法空不應作證世尊云

何諸菩薩摩訶薩住諸法空而不作證佛言善現諸菩薩摩訶薩觀法空時先作是念我應觀法諸相皆空不應作證我爲學故觀諸法空不爲證故觀諸法空今是學時非爲證時善現是菩薩摩訶薩未入定位繫心於所緣已入定時不繫心於境善現是菩薩摩訶薩於此時中不退布施波羅蜜多不證漏盡不退淨戒安忍精進靜慮般若波羅蜜多不證漏盡不退内空不證漏盡不退外空内外空空空大空勝義空有爲空無爲空畢竟空無際空散空無變異空本性空自相空共相空一切法空不可得空無性空自性空無性自性空不證漏盡不退眞如不證漏盡不退法界法性不虚妄性不變異性平等性離生性法定法住實際虚空界不思議界不證漏

盡不退苦聖諦不證漏盡不退集滅道聖諦不證漏盡不退四靜慮不證漏盡不退四無量四無色定不證漏盡不退八解脱不證漏盡不退八勝處九次第定十遍處不證漏盡不退四念住不證漏盡不退四正斷四神足五根五力七等覺支八聖道支不證漏盡不退空解脱門不證漏盡不退無相無願解脱門不證漏盡不退五眼不證漏盡不退六神通不證漏盡不退佛十力不證漏盡不退四無所畏四無礙解大慈大悲大喜大捨十八佛不共法不證漏盡不退無忘失法不證漏盡不退恒住捨性不證漏盡不退一切智不證漏盡不退道相智一切相智不證漏盡不退一切陀羅尼門不證漏盡不退一切三摩地門不證漏盡不退菩薩摩訶薩行不證漏盡不退無上正等菩提不證漏盡何以故善現是菩薩摩訶薩成就如是微妙大智善住法空及一切種菩提分法作如是念今時應學非爲證時善現是菩薩摩訶薩行深般若波羅蜜多應作是念我於布施波羅蜜多今時應學不應作證我於淨戒安忍精進靜慮般若波羅蜜多今時應學不應作證我於内空今時應學不應作證我於外空内外空空空大空勝義空有爲空無爲空畢竟空無際空散空無變異空本性空自相空共相空一切法空不可得空無性空自性空無性自性空今時應學不應作證我於眞如今時應學不應作證我於法界法性不虛妄性不變異性平等性離生性法定法住實際虛空界不思議界今時應學不應作證我於苦聖諦今

時應學不應作證我於集滅道聖諦令時應學不應作證我於四靜慮令時應學不應作證我於四無量四無色定令時應學不應作證我於八解脱令時應學不應作證我於八勝處九次第定十遍處令時應學不應作證我於四念住令時應學不應作證我於四正斷四神足五根五力七等覺支八聖道支令時應學不應作證我於空解脱門令時應學不應作證我於無相無願解脱門令時應學不應作證我於五眼令時應學不應作證我於六神通令時應學不應作證我於佛十力令時應學不應作證我於四無所畏四無礙解大慈大悲大喜大捨十八佛不共法令時應學不應作證我於無忘失法令時應學不應作證我於恒住捨性令時應學不應作證我於一切智令時應學不應作證我於道相智一切相智令時應學不應作證我於一切陀羅尼門令時應學不應作證我於一切三摩地門令時應學不應作證我於一切菩薩摩訶薩行令時應學不應作證我於無上正等菩提令時應學不應作證我令應學一切智智不應證預流果我令應學一切智智不應證一來不還阿羅漢果我令應學一切智智不應證獨覺菩提

大般若波羅蜜多經卷第三百三十一

音釋

痰病　痰音談病液也

技藝　技奇寄切巧也能也藝倪制切才能也

殑伽　梵語也此云天堂來河名也以從高處來故殑其拯其陵二切伽具迦切

俱胝　梵語也此云百億胝張尼切

那庚多　梵語也此云萬億庚弋渚切

大般若波羅蜜多經卷第三百三十二

唐三藏法師玄奘奉　詔譯

初分善學品第五十三之二

善現是菩薩摩訶薩行深般若波羅蜜多應習近空三摩地應安住空三摩地應修行空三摩地而於實際不應作證應習近無相無願三摩地應安住無相無願三摩地應修行無相無願三摩地而於實際不應作證應習近四念住應安住四念住應修行四念住而於實際不應作證應習近四正斷四神足五根五力七等覺支八聖道支應安住四正斷乃至八聖道支應修行四正斷乃至八聖道支而於實際不應作證如是乃至應習近佛十力應發趣佛十力應修行佛十力而於實際不應作證應習近四無所畏四無礙解大慈大悲大喜大捨十八佛不共法應發趣四無所畏乃至十八佛不共法應修行四無所畏乃至十八佛不共法而於實際不應作證

善現是菩薩摩訶薩雖習近空三摩地安住空三摩地修行空三摩地而不證預流果亦不證一來不還阿羅漢果亦復不證獨覺菩提雖習近無相無願三摩地安住無相無願三摩地修行無相無願三摩地而不證預流果亦不證一來不還阿羅漢果亦復不證獨覺菩提雖習近四念住安住四念住修行四念住而不證預流果亦不證一來不還阿羅漢果亦復不證獨覺菩提雖習近四正斷四神足五根五力七等覺支八聖道支安住四正斷乃至八聖道支修行四正斷乃至八聖道支而不證預流果亦不證一來不還阿羅

漢果亦復不證獨覺菩提善現是菩薩摩訶薩由此因緣不墮聲聞及獨覺地疾證無上正等菩提善現譬如壯士威猛勇健形貌端嚴見者歡喜具最清淨圓滿眷屬於諸兵法學至究竟善持器仗安固不動六十四能十八明處一切技術無不善巧衆人欽仰皆悉敬伏善事業故功少利多由此諸人恭敬供養尊重讃歎彼於爾時倍增喜躍而自慶慰有因緣故扶將老弱及諸眷屬發趣他方中路經過險難曠野其間多有惡獸劫賊怨家潛伏諸怖畏事眷屬小大無不驚惶其人自恃威猛勇健多諸技術身意泰然安慰父母并諸眷屬幸勿憂懼必令無苦彼人於是以善巧術將諸眷屬到安隱處既免危難歡娛受樂然彼壯士於曠野中惡獸怨賊無加害意所以者何自恃威勇具諸技術無所畏故善現當知諸菩薩摩訶薩亦復如是愍生死苦諸有情故發趣無上正等菩提普緣有情起四無量住四無量俱行之心精勤修習布施淨戒安忍精進靜慮般若波羅蜜多令速圓滿是菩薩摩訶薩於此六種波羅蜜多未圓滿位爲欲修學一切智智不證漏盡雖住空無相無願解脫門然不隨其勢力而轉亦不爲彼障所牽奪於解脫門亦不作證由不證故不墮聲聞及獨覺地必趣無上正等菩提善現如堅翅鳥飛騰虛空自在翺翔久不墮地雖依空戲而不據空亦不爲空之所拘礙善現當知諸菩薩摩訶薩亦復如是雖於空無相無願解脫門數數習近安住修行而不作證由不證故不墮聲聞及獨覺地修佛

十力四無所畏四無礙解大慈大悲大喜大捨十八佛不共法一切智智若未圓滿終不依空無相無願三三摩地而證漏盡善現譬如壯夫善閑射術欲現巳技仰射虛空爲令空中箭不墮地復以後箭射前箭栝如是展轉經於多時箭箭相承不令墮落若欲令墮便止後箭爾時諸箭方頓墮落善現當知諸菩薩摩訶薩亦復如是行深般若波羅蜜多方便善巧所攝受故乃至無上正等菩提因行善根未皆成熟終不中道證於實際若得無上正等菩提因行善根一切成熟爾時菩薩方證實際便得無上正等菩提是故善現諸菩薩摩訶薩行深般若波羅蜜多皆應如是審諦觀察如前所說諸法實相爾時具壽善現白佛言世尊諸菩薩摩訶薩能爲難事雖學諸法真如法界法性不虛妄性不變異性平等性離生性法定法住實際虛空界不思議界雖學諸法內空外空內外空空空大空勝義空有爲空無爲空畢竟空無際空散空無變異空本性空自相空共相空一切法空不可得空無性空自性空無性自性空雖學苦集滅道聖諦雖學四念住四正斷四神足五根五力七等覺支八聖道支雖學空無相無願解脫門而於中道不墮聲聞及獨覺地退失無上正等菩提世尊是菩薩摩訶薩甚爲希有佛告善現諸菩薩摩訶薩於諸有情誓不捨故謂作是願若諸有情未得解脫我終不捨所起加行善現諸菩薩摩訶薩願力殊勝常作是念一切有情若未解脫我終不捨由起如是廣大心故於其中道必不退

落善現諸菩薩摩訶薩恒作是念我不應捨一切有情必令解脫然諸有情行不正法我爲度彼應數引發寂靜空無相無願解脫門雖數引發而不取證善現是菩薩摩訶薩成就善巧方便力故雖數現起三解脫門而於中間不證實際乃至未得一切智智要得無上正等菩提方乃取證復次善現諸菩薩摩訶薩於甚深處常樂觀察謂樂觀察内空外空内外空空空大空勝義空有爲空無爲空畢竟空無際空散空無變異空本性空自相空共相空一切法空不可得空無性空自性空無性自性空亦樂觀察四念住四正斷四神足五根五力七等覺支八聖道支及空無相無願解脫門等皆自相空善現是菩薩摩訶薩作此觀已生如是念諸有情類由惡友力於長夜中起我想執有情想執命者想執生者想執養者想執士夫想執補特伽羅想執意生想執儒童想執作者想執受者想執知者想執見者想執由此想執行有所得輪迴生死受種種苦爲斷有情如是想執應趣無上正等菩提爲諸有情說深妙法令斷想執離生死苦善現是菩薩摩訶薩爾時雖習空解脫門而不依此證於實際雖習無相無願解脫門亦不依此證於實際以於實際不取證故不墮預流一來不還阿羅漢果亦復不墮獨覺菩提善現是菩薩摩訶薩由如是念行深般若波羅蜜多成就善根不證實際雖於實際未即作證而不退失四靜慮亦不退失四無量四無色定亦不退失四念住亦不退失四正斷四神足五根五力七等覺支

八聖道支亦不退失八解脫亦不退失八勝處九次第定十遍處亦不退失空解脫門亦不退失無相無願解脫門亦不退失內空亦不退失外空內外空空空大空勝義空有爲空無爲空畢竟空無際空散空無變異空本性空自相空共相空一切法空不可得空無性空自性空無性自性空亦不退失真如亦不退失法界法性不虛妄性不變異性平等性離生性法定法住實際虛空界不思議界亦不退失苦聖諦亦不退失集滅道聖諦亦不退失布施波羅蜜多亦不退失淨戒安忍精進靜慮般若波羅蜜多亦不退失五眼亦不退失六神通亦不退失一切陀羅尼門亦不退失一切三摩地門亦不退失佛十力亦不退失四無所畏四無礙解十八佛不共法亦不退失大慈大悲大喜大捨亦不退失無忘失法亦不退失恒住捨性亦不退失一切智亦不退失道相智一切相智善現是菩薩摩訶薩爾時成就一切菩提分法乃至證得無上正等菩提於諸功德終不衰減善現是菩薩摩訶薩行深般若波羅蜜多方便善巧所攝受故剎那剎那白法增益諸根猛利超過一切聲聞獨覺復次善現若菩薩摩訶薩恒作是念諸有情類於長夜中其心常爲四倒所倒謂常想倒心倒見倒若樂想倒心倒見倒若我想倒心倒見倒若淨想倒心倒見倒我爲如是諸有情故應趣無上正等菩提修諸菩薩摩訶薩行證得無上大菩提時爲諸有情說無倒法謂說生死無常無樂無我無淨唯有涅槃寂靜微妙具足種種常樂我

淨真實功德善現是菩薩摩訶薩成就此念行深般若波羅蜜多方便善巧所攝受故於佛十力四無所畏四無礙解大慈大悲大喜大捨十八佛不共法若未圓滿終不證入如來勝定善現是菩薩摩訶薩爾時雖習空無相無願解脱門入出自在而於實際未即作證乃至無上正等菩提因行功德未善圓滿不證實際及餘功德若得無上正等菩提乃可證得善現是菩薩摩訶薩爾時雖於諸餘功德修未圓滿而於無願三摩地門修已圓滿復次善現若菩薩摩訶薩恒作是念諸有情類於長夜中行有所得謂執有我或執有有情命者生者養者士夫補特伽羅意生儒童作者受者知者見者或執有色或執有受想行識或執有眼處或執有耳鼻舌身意處或執有色處或執有聲香味觸法處或執有眼界或執有耳鼻舌身意界或執有色界或執有聲香味觸法界或執有眼識界或執有耳鼻舌身意識界或執有眼觸或執有耳鼻舌身意觸或執有眼觸爲緣所生諸受或執有耳鼻舌身意觸爲緣所生諸受或執有地界或執有水火風空識界或執有無明或執有行識名色六處觸受愛取有生老死或執有十善業道或執有四靜慮或執有四無量四無色定或執有四攝事我爲如是諸有情故應趣無上正等菩提修諸菩薩摩訶薩行證得無上大菩提時令諸有情永斷如是有所得執善現是菩薩摩訶薩成就此念行深般若波羅蜜多方便善巧所攝受故於佛十力四無所畏四無礙解大慈大悲大喜大捨

十八佛不共法若未圓滿不證實際善現是菩薩摩訶薩爾時雖於無相無願三摩地門非不修習而但於空三摩地門修已圓滿復次善現若菩薩摩訶薩行深般若波羅蜜多見諸有情由惡友力長夜執著無量種相所謂執著女相男相色相聲相香相味相觸相法相恒作是念我爲如是諸有情類應趣無上正等菩提修諸菩薩摩訶薩行證得無上大菩提時令諸有情永無如是諸相執著善現是菩薩摩訶薩成就此念行深般若波羅蜜多方便善巧所攝受故於佛十力四無所畏四無礙解大慈大悲大喜大捨十八佛不共法若未圓滿不證實際善現是菩薩摩訶薩爾時雖於空無願三摩地門非不修習而於無相三摩地門修已圓滿復次善現若菩

薩摩訶薩已善修學布施淨戒安忍精進靜慮般若波羅蜜多已善安住內空外空內外空空空大空勝義空有爲空無爲空畢竟空無際空散空無變異空本性空自相空共相空一切法空不可得空無性空自性空無性自性空已善安住真如法界法性不虛妄性不變異性平等性離生性法定法住實際虛空界不思議界已善安住苦集滅道聖諦已善修學四念住四正斷四神足五根五力七等覺支八聖道支已善修學空無相無願解脫門已善修學乃至佛十力四無所畏四無礙解大慈大悲大喜大捨十八佛不共法及餘無量無邊佛法善現是菩薩摩訶薩成就如是功德智慧若於生死發起樂想或說爲樂或於三界安住執著無有是處善現若菩

薩摩訶薩已善修學菩提分法一切如來應正等覺及諸菩薩摩訶薩衆法應試問若菩薩摩訶薩欲證無上正等菩提云何修學菩提分法而不證空無相無願無生無滅無作無爲無性實際由不證故不墮預流一來不還阿羅漢果獨覺菩提而勤修習甚深般若波羅蜜多常無所執善現是菩薩摩訶薩得此問時若作是荅諸菩薩摩訶薩欲證無上正等菩提但應思惟空無相無願無生無滅無作無爲無性實際及餘一切菩提分法不應修學善現當知是菩薩摩訶薩未嘗如來應正等覺授於無上正等菩提不退轉記何以故善現是菩薩摩訶薩未能開示記别顯了住不退轉位菩薩摩訶薩修學法相善現是菩薩摩訶薩得此問時若作是荅諸菩薩摩訶薩欲證無上正等菩提應正思惟空無相無願無生無滅無作無爲無性實際及餘一切菩提分法亦應方便如前所說善巧修學而不作證善現當知是菩薩摩訶薩已蒙如來應正等覺授於無上正等菩提不退轉記何以故善現是菩薩摩訶薩已能開示記别顯了住不退轉位菩薩摩訶薩修學法相善現若菩薩摩訶薩未能開示記别顯了住不退轉位菩薩摩訶薩修學法相當知是菩薩摩訶薩未善修學布施淨戒安忍精進靜慮般若波羅蜜多菩提分法未入薄地未如諸餘住不退轉位菩薩摩訶薩開示記别顯了安住不退轉地善現若菩薩摩訶薩已能開示記别顯了住不退轉位菩薩摩訶薩修學法相當知是菩薩摩訶薩已善修學布施

淨戒安忍精進靜慮般若波羅蜜多菩提分法已入薄地已如諸餘住不退轉位菩薩摩訶薩開示記別顯了安住不退轉地時具壽善現白佛言世尊頗有未得不退轉菩薩摩訶薩能作如是如實荅不佛言善現有菩薩摩訶薩雖未得不退轉而能於此作如實荅善現是菩薩摩訶薩雖未得不退轉而能修習布施淨戒安忍精進靜慮般若波羅蜜多菩提分法已得成熟覺慧猛利若聞不聞能如實荅如不退轉位菩薩摩訶薩具壽善現復白佛言世尊多有菩薩摩訶薩修行無上正等菩提少有能如實荅如不退轉位菩薩摩訶薩已善修治地未善修治地而安住故佛言善現如是如是如汝所說何以故善現少有菩薩摩訶薩得受如是不退轉地微妙慧記若有得受如是記者皆能於此作如實荅善現若能作此如實荅者當知是菩薩摩訶薩善根明利世間天人阿素洛等不能破壞復次善現若菩薩摩訶薩乃至夢中亦不愛樂稱讚聲聞及獨覺地於三界法亦不舉心愛樂稱讚常觀諸法如夢如幻如響如像如光影如陽焰如變化事如尋香城雖如是觀察而不證實際善現當知是菩薩摩訶薩不退轉相復次善現若菩薩摩訶薩夢見如來應正等覺有無量衆無量百衆無量千衆無量百千衆無量俱胝衆無量百俱胝衆無量千俱胝衆無量百千俱胝衆無量那庾多衆無量百那庾多衆無量千那庾多衆無量百千那庾多衆謂苾芻苾芻尼鄔波索迦鄔波斯迦天龍藥叉揵達縛阿素洛揭路荼緊

揵洛莫呼洛伽人非人等恭敬圍遶而爲説法既聞法已善解義趣解義趣已精進修行法隨法行及和敬行并隨法行善現當知是菩薩摩訶薩不退轉相復次善現若菩薩摩訶薩夢見如來應正等覺具三十二大士夫相八十隨好圓滿莊嚴圓光一尋周帀照曜與苾芻衆涌在空中現大神通説正法要化作化事令到他方無邊佛土施作佛事善現當知是菩薩摩訶薩不退轉相復次善現若菩薩摩訶薩夢見狂賊破壞村城或見火起焚燒聚落或見虎狼師子猛獸毒蛇惡蝎欲來害身或見怨家欲斬其首或見父母兄弟姊妹妻子親友臨欲命終或見自身寒熱飢渴及餘苦事之所逼惱見如是等可怖畏事不驚不懼亦不憂惱從夢覺已即能思惟三界虛假皆如夢見我證無上大菩提時爲諸有情宣説三界一切虛妄皆如夢境善現當知是菩薩摩訶薩不退轉相復次善現若菩薩摩訶薩乃至夢中見有地獄傍生鬼界諸有情類便作是念我當精勤修諸菩薩摩訶薩行速趣無上正等菩提願得無上大菩提時我佛土中無有地獄傍生鬼界諸有情類乃至無有諸惡趣名從夢覺已亦作是念善現當知是菩薩摩訶薩當作佛時彼佛土中定無惡趣何以故善現若夢若覺諸法無二無二分故善現當知是菩薩摩訶薩不退轉相復次善現若菩薩摩訶薩夢中見火燒地獄等諸有情類或復見燒城邑聚落便發誓願若我已受不退轉記當得無上正等菩提願此大火即時頓滅變爲清涼善現此菩薩

摩訶薩作是願巳夢中見火即時滅者當知是爲不退轉菩薩摩訶薩作是願巳若火不滅當知未得不退轉地善現當知是菩薩摩訶薩不退轉相復次善現若菩薩摩訶薩覺時現見大火卒起燒諸城邑或燒聚落便作是念我在夢中或在覺位曾見自有不退轉地諸行狀相未審虛實若我所見是實有者願此大火即時頓滅變爲清涼善現此菩薩摩訶薩作是誓願發誠諦言爾時大火即頓滅者當知是爲不退轉菩薩摩訶薩作是誓願發誠諦言火不滅者當知未得不退轉地善現當知是菩薩摩訶薩不退轉相復次善現若菩薩摩訶薩覺時見火燒諸城邑或燒聚落便作是念我在夢中或在覺位曾見自有不退轉地諸行狀相若我所見定是實有必得無上大菩提者願此大火即時頓滅變爲清涼善現是菩薩摩訶薩發此誓願誠諦言巳爾時大火不爲頓滅然燒一家越置一家復燒一家或燒一巷越置一巷復燒一巷如是展轉其火乃滅善現是菩薩摩訶薩應自了知決定巳得不退轉地然被燒者由彼有情造作增長壞正法業彼由此業先墮惡趣無量劫中受正苦報今生人趣受彼餘殃或由此業當墮惡趣經無量劫受正苦報今在人趣先現少殃善現當知是菩薩摩訶薩不退轉相復次善現由前所說種種因緣知是不退轉菩薩摩訶薩復有成就諸行狀相知是不退轉菩薩摩訶薩當爲汝說汝應諦聽善現荅言唯然願說佛告善現若菩薩摩訶薩見有男子或有女人現爲非人之所魅

著便作是念若諸如來應正等覺知我已得清淨意樂授我無上正等菩提不退轉記若我久發清淨作意求證無上正等菩提遠離聲聞獨覺意樂不以聲聞獨覺作意求證無上正等菩提若我當來必得無上正等菩提窮未來際利益安樂諸有情類若十方界現在實有無量如來應正等覺說微妙法利樂有情彼諸如來應正等覺無所不見無所不知無所不解無所不證現知見覺一切有情意樂差別願垂照察我心所念及誠諦言若我實能修菩薩行必得無上正等菩提救拔有情生死苦者願是男子或此女人不爲非人之所擾惱彼隨我語即當捨去善現是菩薩摩訶薩作此語時若彼非人不爲去者當知是菩薩摩訶薩未嘗如來應正等覺曾授無上正等菩提不退轉記善現是菩薩摩訶薩作此語時若彼非人即爲去者當知是菩薩摩訶薩已嘗如來應正等覺授彼無上正等菩提不退轉記善現若菩薩摩訶薩成就如是諸行狀相當知是爲不退轉菩薩摩訶薩復次善現有菩薩摩訶薩未善修學布施波羅蜜多未善修學淨戒安忍精進靜慮般若波羅蜜多未善安住內空未善安住外空內外空空空大空勝義空有爲空無爲空畢竟空無際空散空無變異空本性空自相空共相空一切法空不可得空無性空自性空無性自性空未善安住真如未善安住法界法性不虛妄性不變異性平等性離生性法定法住實際虛空界不思議界未善安住苦聖諦未善安住集滅道聖諦未善修學四念

住未善修學四正斷四神足五根五力七等覺支八聖道支未善修學四靜慮未善修學四無量四無色定未善修學八解脫未善修學八勝處九次第定十遍處未善修學空解脫門未善修學無相無願解脫門未善修學陀羅尼門未善修學三摩地門未入菩薩正性離生未具修習一切佛法遠離菩薩方便善巧未免惡魔之所惱亂於諸魔事未能覺了不自度量善根厚薄學諸菩薩發誠諦言便爲惡魔之所誑惑善現是菩薩摩訶薩見有男子或有女人現爲非人之所魅著即便輕爾發誠諦言若我已從過去諸佛受得無上正等菩提不退轉記令是男子或此女人不爲非人之所擾惱彼隨我語速當捨去善現是菩薩摩訶薩作此語已爾時惡魔爲惑亂故即便驅逼非人令去所以者何善現惡魔威力勝彼非人是故非人受魔教勑即便捨去善現是菩薩摩訶薩見此事已歡喜踊躍作是念言非人令去是吾威力所以者何非人隨我所發誓願即便放此男子女人無別緣故善現是菩薩摩訶薩不能覺知惡魔所作謂是已力妄生歡喜恃此輕弄諸餘菩薩言我已從過去諸佛受得無上正等菩提不退轉記所發誓願皆不唐捐汝等未蒙諸佛授記不應相學發誠諦言設有要期必空無果善現是菩薩摩訶薩輕弄毀呰諸菩薩故妄恃少能於諸功德生長多種增上慢故遠離無上正等菩提不能證得一切智智善現是菩薩摩訶薩以無善巧方便力故生長多品增上慢故輕蔑毀呰諸菩薩故雖勤精

進而隨聲聞或獨覺地善現是菩薩摩訶薩薄福德故所作善業發誠諦言皆起魔事善現是菩薩摩訶薩不能親近供養恭敬尊重讚歎諸善知識不能請問得不退轉菩薩行相不能諮受諸惡魔軍所作事業由斯魔縛轉復堅牢所以者何善現是菩薩摩訶薩不久修行布施淨戒安忍精進靜慮般若波羅蜜多乃至遠離方便善巧故爲惡魔之所擾亂是故善現諸菩薩摩訶薩應善覺知種種魔事爾時具壽善現即白佛言世尊云何菩薩摩訶薩不久修行布施淨戒安忍精進靜慮般若波羅蜜多不久安住內空外空內外空空空大空勝義空有爲空無爲空畢竟空無際空散空無變異空本性空自相空共相空一切法空不可得空無性空自性空無性

自性空不久安住真如法界法性不虛妄性不變異性平等性離生性法定法住實際虛空界不思議界不久安住苦集滅道聖諦不久修行四念住四正斷四神足五根五力七等覺支八聖道支不久修行四靜慮四無量四無色定不久修行八解脫八勝處九次第定十遍處不久修行空無相無願解脫門不久修行陀羅尼門三摩地門未入菩薩正性離生未具修行一切佛法遠離菩薩方便善巧爲諸惡魔之所擾亂佛言善現惡魔變作種種形像至此菩薩摩訶薩前方便誑言咄善男子汝自知不過去諸佛已曾授汝大菩提記汝於無上正等菩提決定當得不復退轉汝身名某父母名某兄弟名某姊妹名某親友眷屬乃至七世父母宗親各名爲某汝

身生在某方某國某城某邑某聚落中汝在某年某月某日某時某宿相王中生善現如是惡魔若見此菩薩心行柔軟根性遲鈍便詐記言汝於先世亦心行柔軟根性遲鈍如是惡魔若見此菩薩心行剛強根性猛利便詐記言汝於先世亦心行剛強根性猛利如是惡魔若見此菩薩居阿練若或居塚閒或居露地或居樹下或常乞食或一受食或一坐食或一鉢食或糞掃衣或但三衣或常坐不卧或如舊敷具或少欲或喜足或樂遠離或具正念或樂靜定或具妙慧或不重利養或不貴名譽或好廉儉不塗其足或減睡眠或不掉舉或好少言或樂軟語如是惡魔見此菩薩種種行已便詐記言汝於先世已曾如是居阿練若或居塚閒廣說乃至少言軟語所以者何汝今成就如是種種杜多功德世間共見汝於先世決定亦有如是種種殊勝功德應自慶慰勿得自輕善現是菩薩摩訶薩聞此惡魔說其先世并當來世有勝功德及說現在自身親族名字差別生處生時兼讚種種杜多功德聞已歡喜心生憍慢凌蔑毀罵諸餘菩薩善現爾時惡魔知此菩薩其心闇鈍復告之言汝有如是功德相狀過去如來應正等覺定已授汝大菩提記汝於無上正等菩提必當證得不復退轉善現是時惡魔爲擾亂故或矯現作出家形像或矯現作在家形像或矯現作父母形像或矯現作兄弟形像或矯現作姊妹形像或矯現作親友形像或矯現作梵志形像或矯現作師範形像或矯現作天龍藥叉人非人等種種

形像至此菩薩摩訶薩所作如是言過去如來應正等覺久已授汝大菩提記汝於無上正等菩提決定當得不復退轉何以故諸不退轉位菩薩摩訶薩功德相狀汝皆具有應自尊重勿生猶豫善現如我所說實得不退轉菩薩摩訶薩諸行狀相是菩薩摩訶薩懷增上慢實皆非有善現當知是菩薩摩訶薩魔所執持爲魔所魅何以故是菩薩摩訶薩於得不退轉菩薩摩訶薩諸行狀相實皆未有但聞惡魔說其功德及說名字生處生時少分似實便生憍慢輕弄毀罵諸餘菩薩是故善現若菩薩摩訶薩欲得無上正等菩提應善覺知如是魔事

大般若波羅蜜多經卷第三百三十二

音釋

翱翔　翱音敖翔音祥翱翔回飛也
數數　並音朔頻也屢也
箭栝　栝古活切箭本受弦處
鄔波索迦　梵語也此云近事男又梵語鄔波斯迦此云近事女鄔安古切
揭路荼　梵語也亦云迦樓羅此云金翅鳥揭居謁切荼同都切
緊捺洛　梵語也亦云緊那羅此云疑神又云人非人捺乃八切
惡蝎　蝎許竭切毒蟲尾有刺能蜇人
姊妹　姊音子妹音昧
唐捐　捐余專切唐捐謂徒棄也
毀訾　訾音紫譏也亦毀也
輕蔑　蔑彌列切輕蔑謂輕易陵蔑也
咄　當沒切呵也又咨嗟也
阿練若　梵語也此云閑靜處若爾者切
塚　知隴切平曰墓封曰塚高曰墳
掉舉　掉杜弔切搖也舉居許切動也掉舉謂身心妄搖動也
杜多　梵語也亦云頭陀此云修治謂修治淨行也杜徒古切
闇鈍　闇音暗不明也鈍杜困切不利也
矯　吉了切詐也
範　音犯法也式也
猶豫　豫羊茹切猶豫獸名性多疑故以事不決者爲猶豫

大般若波羅蜜多經卷第三百三十三

唐三藏法師玄奘奉詔譯

初分善學品第五十三之三

復次善現有菩薩摩訶薩魔所執持爲魔所魅但聞名字妄生執著所以者何善現是菩薩摩訶薩先未修學布施淨戒安忍精進靜慮般若波羅蜜多先未安住内空外空内外空空空大空勝義空有爲空無爲空畢竟空無際空散空無變異空本性空自相空共相空一切法空不可得空無性空自性空無性自性空先未安住真如法界法性不虚妄性不變異性平等性離生性法定法住實際虚空界不思議界先未安住苦集滅道聖諦先未修學四念住四正斷四神足五根五力七等覺支八聖道支先未修學四静慮四無量四無色定先未修學八解脱八勝處九次第定十遍處先未修學空無相無願解脱門先未修學菩薩十地先未修學五眼六神通先未修學陀羅尼門三摩地門先未修學佛十力四無所畏四無礙解大慈大悲大喜大捨十八佛不共法先未修學無忘失法恒住捨性先未修學一切智道相智一切相智先未修學一切菩薩摩訶薩行先未修學諸佛無上正等菩提由此因緣令魔得便善現是菩薩摩訶薩不能了知蘊魔行相不能了知死魔行相不能了知天魔行相不能了知煩惱魔行相由此因緣令魔得便善現是菩薩摩訶薩不了知色不了知受想行識不了知眼處不了知耳鼻舌身意處不了知色處不了知聲香味觸法處不了知眼界不了知耳鼻

舌身意界不了知色界不了知聲香味觸法
界不了知眼識界不了知耳鼻舌身意識界
不了知眼觸不了知耳鼻舌身意觸不了知
眼觸爲緣所生諸受不了知耳鼻舌身意觸
爲緣所生諸受不了知地界不了知水火風
空識界不了知無明不了知行識名色六處
觸受愛取有生老死不了知布施波羅蜜多
不了知淨戒安忍精進靜慮般若波羅蜜多
不了知内空不了知外空内外空空空大空
勝義空有爲空無爲空畢竟空無際空散空
無變異空本性空自相空共相空一切法空
不可得空無性空自性空無性自性空不了
知真如不了知法界法性不虚妄性不變異
性平等性離生性法定法住實際虚空界不
思議界不了知四念住不了知四正斷四神
足五根五力七等覺支八聖道支不了知苦
聖諦不了知集滅道聖諦不了知四靜慮不
了知四無量四無色定不了知八解脱不了
知八勝處九次第定十遍處不了知空解脱
門不了知無相無願解脱門不了知十地不
了知五眼不了知六神通不了知三摩地門
不了知陀羅尼門不了知佛十力不了知四
無所畏四無礙解大慈大悲大喜大捨十八
佛不共法不了知預流果不了知一來不還
阿羅漢果不了知獨覺菩提不了知一切智
不了知道相智一切相智亦不了知有情諸
法名字實相由此因緣令魔得便方便化作
種種形像語此菩薩摩訶薩言汝所修行願
行已滿當證無上正等菩提汝成佛時當得
如是殊勝功德尊貴名號善現謂彼惡魔知

此菩薩長夜思願我成佛時當得如是功德名號隨其思願而記說之善現時此菩薩遠離般若波羅蜜多無巧便故聞魔記說作是念言奇哉是人爲我記說當得成佛功德名號與我長夜思願相應由此故知過去諸佛必已授我大菩提記我於無上正等菩提決定當得不復退轉我成佛時必定當得如是功德尊貴名號善現是菩薩摩訶薩如是惡魔或魔眷屬或魔所執諸沙門等記說當來成佛名號如是如是慢心轉增我於未來定當作佛獲得如是功德名號諸餘菩薩無與我等善現如我所説已得不退轉菩薩摩訶薩諸行狀相此菩薩摩訶薩皆未成就但聞魔說成佛虛名便生慠慢輕弄毀蔑諸餘菩薩摩訶薩衆善現是菩薩摩訶薩由起慠慢輕弄毀蔑諸餘菩薩摩訶薩故遠離無上正等菩提善現是菩薩摩訶薩遠離般若波羅蜜多無巧便故棄善友故常爲惡友所攝受故當墮聲聞或獨覺地善現是菩薩摩訶薩或有此身還得正念至誠悔過捨舊慢心數數親近供養恭敬尊重讚歎真勝善友彼雖流轉生死多時而後還依甚深般若波羅蜜多漸次修學當證無上正等菩提善現是菩薩摩訶薩若有此身不得正念不能悔過不捨慢心不欲親近供養恭敬尊重讚歎真勝善友彼定流轉生死多時後雖精進修諸善業而墮聲聞或獨覺地善現譬如苾芻求聲聞者於四重罪若隨犯一便非沙門非釋迦子彼於現在定不能得預流一來不還應果善現妄執虛名菩薩亦爾但聞魔記成佛空

名便起慢心輕弄毀蔑諸餘菩薩摩訶薩衆當知此罪過彼苾芻所犯四重無量倍數善現置彼苾芻所犯四重此菩薩罪過五無間亦無量倍所以者何善現是菩薩摩訶薩實不成就殊勝功德聞惡魔說成佛名號便自憍慢輕餘菩薩是故此罪過五無間是故善現若菩薩摩訶薩欲得無上正等菩提應善覺知如是記說虛名號等微細魔事復次善現有菩薩摩訶薩隱在山林空澤曠野獨居宴坐修遠離行時有惡魔來到其所恭敬讚歎遠離功德謂作是言善哉大士能修如是遠離之行此遠離行一切如來應正等覺共所稱讚天帝釋等諸天神仙皆共守護供養尊重應常住此勿往餘處善現我不讚歎諸菩薩摩訶薩居阿練若曠野山林宴坐思惟修遠離行爾時善現白佛言世尊諸菩薩摩訶薩應修何等餘遠離行而佛不讚居阿練若曠野山林離諸卧具思惟宴坐遠離功德惟願為說諸菩薩摩訶薩勝遠離行佛言善現諸菩薩摩訶薩若居山林空澤曠野阿練若處若居城邑聚落王都諠雜之處但能遠離煩惱惡業遠離聲聞獨覺作意勤修般若波羅蜜多及修諸餘殊勝功德是名菩薩真遠離行善現此遠離行一切如來應正等覺共所稱讚此遠離行一切如來應正等覺共所開許善現此遠離行諸菩薩摩訶薩常應修學若晝若夜應正思惟精進修行此遠離法是名菩薩修遠離行善現此遠離行不雜聲聞獨覺作意不雜一切煩惱惡業離諸諠雜畢竟清淨令諸菩薩速證無上正等菩提

利樂有情窮未來際常無斷盡善現惡魔所讚隱在山林空澤曠野阿練若處遠離卧具獨居宴坐非諸菩薩勝遠離行何以故善現彼遠離行猶有諠雜謂彼或雜惡業煩惱或雜聲聞獨覺作意於深般若波羅蜜多不能精勤信受修學不能圓滿一切智智善現有菩薩摩訶薩雖勤修習惡魔所讚遠離行法而起慠慢不清淨心輕弄毀蔑諸餘菩薩摩訶薩衆謂有菩薩摩訶薩衆雖居城邑聚落王都而心清淨不雜種種煩惱惡業不雜聲聞獨覺作意精勤修習布施淨戒安忍精進靜慮般若波羅蜜多精勤安住內空外空內外空空空大空勝義空有爲空無爲空畢竟空無際空散空無變異空本性空自相空共相空一切法空不可得空無性空自性空無性自性空精勤安住真如法界法性不虛妄性不變異性平等性離生性法定法住實際虛空界不思議界精勤安住苦集滅道聖諦精勤修習四念住四正斷四神足五根五力七等覺支八聖道支於四靜慮四無量四無色定五神通等世間功德修已圓滿精勤修習空無相無願解脫門精勤修習五眼六神通精勤修習陀羅尼門三摩地門精勤修習佛十力四無所畏四無礙解大慈大悲大喜大捨十八佛不共法精勤修習無忘失法恒住捨性精勤修習一切智道相智一切相智嚴淨佛土成熟有情雖居憒閙而心寂靜恒勤修習勝遠離行彼於如是真淨菩薩摩訶薩衆心生憍慢輕弄毀呰誹謗淩蔑善現是菩薩摩訶薩遠離般若波羅蜜多無巧便故

設居曠野百踰繕那其中絶無諸惡禽獸蛇蠍盜賊唯有神鬼羅刹娑等遊止其中彼居如是阿練若處雖經一歲或經十歲或經百歲或經千歲或經百千歲或經俱胝歲或經百俱胝歲或經千俱胝歲或經百千俱胝歲或復過此修遠離行而不了知諸菩薩摩訶薩真遠離行謂諸菩薩摩訶薩衆雖居憒閙而心寂靜遠離種種煩惱惡業發趣無上正等菩提遠離聲聞獨覺作意是菩薩摩訶薩雖居曠野經歷多時而雜聲聞獨覺作意樂著聲聞獨覺地法依止彼法修遠離行復於此行深生愛著善現彼雖如是修遠離行而不稱順諸如來心善現我所稱讚諸菩薩摩訶薩真遠離行是菩薩摩訶薩都不成就彼於真勝遠離行中亦不見有相似行相所以者何彼於如是真遠離行不生愛樂但樂修行聲聞獨覺空遠離行善現是菩薩摩訶薩修不真勝遠離行時魔來空中歡喜讚歎告言大士善哉善哉汝能修行真遠離行此遠離行一切如來應正等覺共所稱讚汝於此行精勤修習速證無上正等菩提善現是菩薩摩訶薩執著如是聲聞獨覺遠離行法以爲最勝輕弄毀蔑住菩薩乘雖居憒閙而心寂靜成調善法諸苾芻等言彼不能修遠離行身居憒閙心不寂靜善現是菩薩摩訶薩於諸如來應正等覺共所稱讚住真遠離行菩薩摩訶薩輕弄毀蔑謂居憒閙心不寂靜不能修行真遠離行於諸如來應正等覺所不稱讚住真諠雜行菩薩摩訶薩尊重讚歎謂不諠雜其心寂靜能正修行真遠離行善

現是菩薩摩訶薩於應親近供養恭敬如大師者而不親近供養恭敬反生輕蔑於應遠離不應承事如惡友者而不遠離供養恭敬如事大師善現是菩薩摩訶薩遠離般若波羅蜜多無巧便故妄生執著所以者何彼作是念我所修行是真遠離故爲非人稱讚護念居城邑者身心擾亂誰當護念恭敬稱美善現是菩薩摩訶薩由此因緣心多憍慢輕弄毀蔑諸餘菩薩摩訶薩衆煩惱惡業晝夜增長善現當知是菩薩摩訶薩於諸菩薩爲旃荼羅穢汙菩薩摩訶薩衆雖似菩薩摩訶薩相而是天上人中大賊誑惑天人阿素洛等其身雖服沙門法衣而心常懷盜賊意樂諸有發趣菩薩乘者不應親近供養恭敬尊重讚歎如是惡人何以故善現當知是人懷增上慢外似菩薩内多煩惱是故善現若菩薩摩訶薩真實不捨一切智智不捨無上正等菩提深心求證一切智智求證無上正等菩提普爲利樂諸有情者不應親近供養恭敬尊重讚歎如是惡人善現諸菩薩摩訶薩常應精進修自事業猒離生死不著三界於彼惡賊旃荼羅人應常發心慈悲喜捨應作是念我不應起如彼惡人所起過患設當失念如彼暫起即應覺知速令除滅善現諸菩薩摩訶薩欲證無上正等菩提應善覺知如是魔事應勤精進遠離除滅如彼菩薩所起過患復次善現若菩薩摩訶薩增上意樂欲證無上正等菩提常應親近供養恭敬尊重讚歎真勝善友時具壽善現白佛言世尊何等名爲諸菩薩摩訶薩真勝善友佛言善現

一切如來應正等覺是菩薩摩訶薩真勝善友一切菩薩摩訶薩亦是菩薩摩訶薩真勝善友諸有聲聞及餘善士能爲菩薩摩訶薩衆宣説開示分別顯了布施淨戒安忍精進靜慮般若波羅蜜多相應之法令易解者當知亦是菩薩摩訶薩真勝善友善現當知布施波羅蜜多是菩薩摩訶薩真勝善友淨戒安忍精進靜慮般若波羅蜜多亦是菩薩摩訶薩真勝善友善現當知四念住是菩薩摩訶薩真勝善友四正斷四神足五根五力七等覺支八聖道支亦是菩薩摩訶薩真勝善友善現當知四靜慮是菩薩摩訶薩真勝善友四無量四無色定亦是菩薩摩訶薩真勝善友善現當知八解脱是菩薩摩訶薩真勝善友八勝處九次第定十遍處亦是菩薩摩訶薩真勝善友善現當知空解脱門是菩薩摩訶薩真勝善友無相無願解脱門亦是菩薩摩訶薩真勝善友善現當知極喜地是菩薩摩訶薩真勝善友離垢地發光地焰慧地極難勝地現前地遠行地不動地善慧地法雲地亦是菩薩摩訶薩真勝善友善現當知五眼是菩薩摩訶薩真勝善友六神通亦是菩薩摩訶薩真勝善友善現當知三摩地門是菩薩摩訶薩真勝善友陀羅尼門亦是菩薩摩訶薩真勝善友善現當知佛十力是菩薩摩訶薩真勝善友四無所畏四無礙解大慈大悲大喜大捨十八佛不共法亦是菩薩摩訶薩真勝善友善現當知無忘失法是菩薩摩訶薩真勝善友恒住捨性亦是菩薩摩訶薩真勝善友善現當知永斷一切煩惱習

氣是菩薩摩訶薩真勝善友善現當知一切智是菩薩摩訶薩真勝善友道相智一切相智亦是菩薩摩訶薩真勝善友善現當知一切菩薩摩訶薩行是菩薩摩訶薩真勝善友諸佛無上正等菩提亦是菩薩摩訶薩真勝善友善現當知苦聖諦是菩薩摩訶薩真勝善友集滅道聖諦亦是菩薩摩訶薩真勝善友善現當知諸法緣性是菩薩摩訶薩真勝善友諸緣起支亦是菩薩摩訶薩真勝善友善現當知內空是菩薩摩訶薩真勝善友外空內外空空空大空勝義空有爲空無爲空畢竟空無際空散空無變異空本性空自相空共相空一切法空不可得空無性空自性空無性自性空亦是菩薩摩訶薩真勝善友善現當知真如是菩薩摩訶薩真勝善友法界法性不虛妄性不變異性平等性離生性法定法住實際虛空界不思議界亦是菩薩摩訶薩真勝善友善現當知布施波羅蜜多與諸菩薩摩訶薩衆爲師爲導爲明爲炬爲燈爲照爲解爲覺爲智爲慧爲救爲護爲室爲宅爲洲爲渚爲歸爲趣爲父爲母淨戒安忍精進靜慮般若波羅蜜多亦與菩薩摩訶薩衆爲師爲導爲明爲炬爲燈爲照爲解爲覺爲智爲慧爲救爲護爲室爲宅爲洲爲渚爲歸爲趣爲父爲母善現當知四念住與諸菩薩摩訶薩衆爲師爲導爲明爲炬爲燈爲照爲解爲覺爲智爲慧爲救爲護爲室爲宅爲洲爲渚爲歸爲趣爲父爲母四正斷四神足五根五力七等覺支八聖道支亦與菩薩摩訶薩衆爲師爲導爲明爲炬爲燈爲照爲

解爲覺爲智爲慧爲救爲護爲室爲宅爲洲爲渚爲歸爲趣爲父爲母善現當知四靜慮與諸菩薩摩訶薩衆爲師爲導爲明爲炬爲燈爲照爲解爲覺爲智爲慧爲救爲護爲室爲宅爲洲爲渚爲歸爲趣爲父爲母四無量四無色定亦與菩薩摩訶薩衆爲師爲導爲明爲炬爲燈爲照爲解爲覺爲智爲慧爲救爲護爲室爲宅爲洲爲渚爲歸爲趣爲父爲母善現當知八解脫與諸菩薩摩訶薩衆爲師爲導爲明爲炬爲燈爲照爲解爲覺爲智爲慧爲救爲護爲室爲宅爲洲爲渚爲歸爲趣爲父爲母八勝處九次第定十遍處亦與菩薩摩訶薩衆爲師爲導爲明爲炬爲燈爲照爲解爲覺爲智爲慧爲救爲護爲室爲宅爲洲爲渚爲歸爲趣爲父爲母善現當知空解脫門與諸菩薩摩訶薩衆爲師爲導爲明爲炬爲燈爲照爲解爲覺爲智爲慧爲救爲護爲室爲宅爲洲爲渚爲歸爲趣爲父爲母無相無願解脫門亦與菩薩摩訶薩衆爲師爲導爲明爲炬爲燈爲照爲解爲覺爲智爲慧爲救爲護爲室爲宅爲洲爲渚爲歸爲趣爲父爲母善現當知極喜地與諸菩薩摩訶薩衆爲師爲導爲明爲炬爲燈爲照爲解爲覺爲智爲慧爲救爲護爲室爲宅爲洲爲渚爲歸爲趣爲父爲母離垢地發光地焰慧地極難勝地現前地遠行地不動地善慧地法雲地亦與菩薩摩訶薩衆爲師爲導爲明爲炬爲燈爲照爲解爲覺爲智爲慧爲救爲護爲室爲宅爲洲爲渚爲歸爲趣爲父爲母善現當知五眼與諸菩薩摩訶薩衆爲師爲導

爲明爲炬爲燈爲照爲解爲覺爲智爲慧爲救爲護爲室爲宅爲洲爲渚爲歸爲趣爲父爲母六神通亦與菩薩摩訶薩衆爲師爲道爲明爲炬爲燈爲照爲解爲覺爲智爲慧爲救爲護爲室爲宅爲洲爲渚爲歸爲趣爲父爲母善現當知三摩地門與諸菩薩摩訶薩衆爲師爲導爲明爲炬爲燈爲照爲解爲覺爲智爲慧爲救爲護爲室爲宅爲洲爲渚爲歸爲趣爲父爲母陀羅尼門亦與菩薩摩訶薩衆爲師爲導爲明爲炬爲燈爲照爲解爲覺爲智爲慧爲救爲護爲室爲宅爲洲爲渚爲歸爲趣爲父爲母善現當知佛十力與諸菩薩摩訶薩衆爲師爲導爲明爲炬爲燈爲照爲解爲覺爲智爲慧爲救爲護爲室爲宅爲洲爲渚爲歸爲趣爲父爲母四無所畏四無礙解大慈大悲大喜大捨十八佛不共法亦與菩薩摩訶薩衆爲師爲導爲明爲炬爲燈爲照爲解爲覺爲智爲慧爲救爲護爲室爲宅爲洲爲渚爲歸爲趣爲父爲母善現當知無忘失法與諸菩薩摩訶薩衆爲師爲導爲明爲炬爲燈爲照爲解爲覺爲智爲慧爲救爲護爲室爲宅爲洲爲渚爲歸爲趣爲父爲母恒住捨性亦與菩薩摩訶薩衆爲師爲導爲明爲炬爲燈爲照爲解爲覺爲智爲慧爲救爲護爲室爲宅爲洲爲渚爲歸爲趣爲父爲母善現當知永斷一切煩惱習氣與諸菩薩摩訶薩衆爲師爲導爲明爲炬爲燈爲照爲解爲覺爲智爲慧爲救爲護爲室爲宅爲洲爲渚爲歸爲趣爲父爲母善現當知一切智與諸菩薩摩訶薩衆爲師爲導爲明爲

炬爲燈爲照爲解爲覺爲智爲慧爲救爲護
爲室爲宅爲洲爲渚爲歸爲趣爲父爲母道
相智一切相智亦與菩薩摩訶薩衆爲師爲
導爲明爲炬爲燈爲照爲解爲覺爲智爲慧
爲救爲護爲室爲宅爲洲爲渚爲歸爲趣爲
父爲母善現當知一切菩薩摩訶薩行與諸
菩薩摩訶薩衆爲師爲導爲明爲炬爲燈爲
照爲解爲覺爲智爲慧爲救爲護爲室爲宅
爲洲爲渚爲歸爲趣爲父爲母諸佛無上正
等菩提亦與菩薩摩訶薩衆爲師爲導爲明
爲炬爲燈爲照爲解爲覺爲智爲慧爲救爲
護爲室爲宅爲洲爲渚爲歸爲趣爲父爲母
善現當知苦聖諦與諸菩薩摩訶薩衆爲師
爲導爲明爲炬爲燈爲照爲解爲覺爲智爲
慧爲救爲護爲室爲宅爲洲爲渚爲歸爲趣

爲父爲母集滅道聖諦亦與菩薩摩訶薩衆
爲師爲導爲明爲炬爲燈爲照爲解爲覺爲
智爲慧爲救爲護爲室爲宅爲洲爲渚爲歸
爲趣爲父爲母善現當知諸法緣性與諸菩
薩摩訶薩衆爲師爲導爲明爲炬爲燈爲照
爲解爲覺爲智爲慧爲救爲護爲室爲宅爲
洲爲渚爲歸爲趣爲父爲母諸緣起支亦與
菩薩摩訶薩衆爲師爲導爲明爲炬爲燈爲
照爲解爲覺爲智爲慧爲救爲護爲室爲宅
爲洲爲渚爲歸爲趣爲父爲母善現當知內
空與諸菩薩摩訶薩衆爲師爲導爲明爲炬
爲燈爲照爲解爲覺爲智爲慧爲救爲護爲
室爲宅爲洲爲渚爲歸爲趣爲父爲母外空
內外空空空大空勝義空有爲空無爲空畢
竟空無際空散空無變異空本性空自相空

共相空一切法空不可得空無性空自性空無性自性空亦與菩薩摩訶薩衆爲師爲導爲明爲炬爲燈爲照爲解爲覺爲智爲慧爲救爲護爲室爲宅爲洲爲渚爲歸爲趣爲父爲母善現當知真如與諸菩薩摩訶薩衆爲師爲導爲明爲炬爲燈爲照爲解爲覺爲智爲慧爲救爲護爲室爲宅爲洲爲渚爲歸爲趣爲父爲母法界法性不虛妄性不變異性平等性離生性法定法住實際虛空界不思議界亦與諸菩薩摩薩衆爲師爲導爲明爲炬爲燈爲照爲解爲覺爲智爲慧爲救爲護爲室爲宅爲洲爲渚爲歸爲趣爲父爲母何以故善現過去所有一切如來應正等覺皆以布施波羅蜜多廣說乃至不思議界爲師爲導爲明爲炬爲燈爲照爲解爲覺爲智爲慧爲救爲護爲室爲宅爲洲爲渚爲歸爲趣爲父爲母未來所有一切如來應正等覺皆以布施波羅蜜多廣說乃至不思議界爲師爲導爲明爲炬爲燈爲照爲解爲覺爲智爲慧爲救爲護爲室爲宅爲洲爲渚爲歸爲趣爲父爲母現在十方無量無數無邊世界一切如來應正等覺住持安隱一切有情宣說開示微妙法者皆以布施波羅蜜多廣說乃至不思議界爲師爲導爲明爲炬爲燈爲照爲解爲覺爲智爲慧爲救爲護爲室爲宅爲洲爲渚爲歸爲趣爲父爲母何以故善現過去未來現在諸佛皆從布施波羅蜜多廣說乃至不思議界而出生故是故善現若菩薩摩訶薩增上意樂欲證無上正等菩提成熟有情嚴淨佛土當學布施波羅蜜多當學淨

戒安忍精進靜慮般若波羅蜜多當學四念住當學四正斷四神足五根五力七等覺支八聖道支當學四靜慮當學四無量四無色定當學八解脫當學八勝處九次第定十遍處當學空解脫門當學無相無願解脫門當學極喜地當學離垢地發光地焰慧地極難勝地現前地遠行地不動地善慧地法雲地當學五眼當學六神通當學三摩地門當學陀羅尼門當學佛十力當學四無所畏四無礙解大慈大悲大喜大捨十八佛不共法當學無忘失法當學恒住捨性當學永斷一切煩惱習氣當學一切智當學道相智一切相智當學一切菩薩摩訶薩行當學諸佛無上正等菩提當學苦聖諦當學集滅道聖諦當學諸法緣性當學諸緣起支當學內空當學外空內外空空空大空勝義空有爲空無爲空畢竟空無際空散空無變異空本性空自相空共相空一切法空不可得空無性空自性空無性自性空當學真如當學法界法性不虛妄性不變異性平等性離生性法定法住實際虛空界不思議界善現是菩薩摩訶薩既學布施波羅蜜多廣說乃至不思議界復應以四攝事攝諸有情何等爲四一者布施二者愛語三者利行四者同事善現我觀此義故作是說布施淨戒安忍精進靜慮般若波羅蜜多廣說乃至不思議界與諸菩薩摩訶薩衆爲師爲導爲明爲炬爲燈爲照爲解爲覺爲智爲慧爲救爲護爲室爲宅爲洲爲渚爲歸爲趣爲父爲母是故善現諸菩薩摩訶薩欲行不隨他教行欲住不隨他教住

欲斷一切有情疑欲滿一切有情願欲嚴淨佛土欲成熟有情當學般若波羅蜜多何以故善現於此般若波羅蜜多甚深經中廣說菩薩摩訶薩衆所應修學一切法相一切菩薩摩訶薩衆皆於此中應勤修學爾時具壽善現白佛言世尊如是般若波羅蜜多以何爲相而勸菩薩摩訶薩衆應勤修學佛言善現如是般若波羅蜜多以虛空爲相如是般若波羅蜜多以無著爲相如是般若波羅蜜多以無相爲相何以故善現於此般若波羅蜜多甚深相中諸法諸相皆不可得無所有故時具壽善現白佛言世尊頗有因緣可說般若波羅蜜多所有妙相諸法亦有如是相耶佛言善現如是如是如汝所說有因緣故可說般若波羅蜜多所有妙相諸法亦有如是妙相所以者何善現如是般若波羅蜜多以性空爲相諸法亦以性空爲相如是般若波羅蜜多以遠離爲相諸法亦以遠離爲相善現由此因緣可作是說甚深般若波羅蜜多所有妙相諸法亦有如是妙相以一切法皆自性空離衆相故具壽善現復白佛言世尊若一切法皆自性空遠離衆相則一切法一切法空亦一切法一切法離云何有情可施設有雜染清淨世尊非性空法有染有淨亦非遠離法有染有淨世尊非性空法能證無上正等菩提亦非遠離法能證無上正等菩提世尊非性空中有法可得亦非遠離中有法可得世尊非性空中有菩薩摩訶薩證得無上正等菩提亦非遠離中有菩薩摩訶薩證得無上正等菩提世尊云何令我解佛

所說甚深義趣爾時佛告具壽善現言善現於意云何有情長夜有我我所心執我我所不善現荅言如是世尊如是善逝有情長夜有我我所心執著我我所佛言善現於意云何彼心所執我及我所空遠離不善現荅言如是世尊如是善逝彼心所執我及我所皆空遠離佛言善現於意云何豈不有情由我我所執流轉生死善現荅言如是世尊如是善逝諸有情類由我我所執流轉生死佛言善現如是有情流轉生死由有雜染以是證知雜染可得善現若諸有情無心執著我及我所則無雜染若無雜染是則應無流轉生死流轉生死既現可得由此應知有雜染法既有雜染亦有清淨是故善現應知有情雖自性空遠離衆相而有雜染清淨可得

大般若波羅蜜多經卷第三百三十三

音釋

慠慢 慠魚到切倨也慢莫晏切忽也 憒閙 憒古外切閙女敎切謂憒亂喧閙也 踰繕那 梵語也亦云由旬此云限量如此方一驛地或四十里六十里八十里也踰音俞繕時戰切 旃荼羅 梵語也亦云旃陀羅此云屠者旃諸延切荼同都切 炬 曰許切束蘆燒之曰炬 渚 音主小洲曰渚

大般若波羅蜜多經卷第三百三十四

唐三藏法師玄奘奉　詔譯

初分善學品第五十三之四

爾時具壽善現復白佛言世尊諸菩薩摩訶薩若如是行則不行色亦不行受想行識世尊諸菩薩摩訶薩若如是行則不行眼處亦不行耳鼻舌身意處世尊諸菩薩摩訶薩若如是行則不行色處亦不行聲香味觸法處世尊諸菩薩摩訶薩若如是行則不行眼界亦不行耳鼻舌身意界世尊諸菩薩摩訶薩若如是行則不行色界亦不行聲香味觸法界世尊諸菩薩摩訶薩若如是行則不行眼識界亦不行耳鼻舌身意識界世尊諸菩薩摩訶薩若如是行則不行眼觸亦不行耳鼻舌身意觸世尊諸菩薩摩訶薩若如是行則不行眼觸爲緣所生諸受亦不行耳鼻舌身意觸爲緣所生諸受世尊諸菩薩摩訶薩若如是行則不行地界亦不行水火風空識界世尊諸菩薩摩訶薩若如是行則不行無明亦不行行識名色六處觸受愛取有生老死世尊諸菩薩摩訶薩若如是行則不行布施波羅蜜多亦不行淨戒安忍精進靜慮般若波羅蜜多世尊諸菩薩摩訶薩若如是行則不行內空亦不行外空內外空空空大空勝義空有爲空無爲空畢竟空無際空散空無變異空本性空自相空共相空一切法空不可得空無性空自性空無性自性空世尊諸菩薩摩訶薩若如是行則不行真如亦不行法界法性不虛妄性不變異性平等性離生性法定法住實際虛空界不思議界世尊諸

菩薩摩訶薩若如是行則不行四念住亦不行四正斷四神足五根五力七等覺支八聖道支世尊諸菩薩摩訶薩若如是行則不行苦聖諦亦不行集滅道聖諦世尊諸菩薩摩訶薩若如是行則不行四靜慮亦不行四無量四無色定世尊諸菩薩摩訶薩若如是行則不行八解脫亦不行八勝處九次第定十遍處世尊諸菩薩摩訶薩若如是行則不行空解脫門亦不行無相無願解脫門世尊諸菩薩摩訶薩若如是行則不行五眼亦不行六神通世尊諸菩薩摩訶薩若如是行則不行三摩地門亦不行陀羅尼門世尊諸菩薩摩訶薩若如是行則不行佛十力亦不行四無所畏四無礙解大慈大悲大喜大捨十八佛不共法世尊諸菩薩摩訶薩若如是行則不行無忘失法亦不行恒住捨性世尊諸菩薩摩訶薩若如是行則不行預流果亦不行一來不還阿羅漢果世尊諸菩薩摩訶薩若如是行則不行獨覺菩提世尊諸菩薩摩訶薩若如是行則不行一切智亦不行道相智一切相智何以故世尊如是諸法能行所行行時行處及由此而行皆不可得故世尊若菩薩摩訶薩能如是行不爲一切世間天人阿素洛等之所降伏能伏一切世間天人阿素洛等世尊若菩薩摩訶薩能如是行不爲一切聲聞獨覺之所降伏能伏一切聲聞獨覺何以故世尊是菩薩摩訶薩已得安住無能伏處謂菩薩離生位世尊是菩薩摩訶薩恒住一切智智作意不可屈伏世尊是菩薩摩訶薩如是行時則爲隣近一切智智疾證

無上正等菩提佛言善現如是如是如汝所說復次善現於意云何假使於此南贍部洲諸有情類皆得人身得人身已皆證無上正等菩提有善男子善女人等盡其形壽以諸世間上妙供具供養恭敬尊重讚歎此諸如來應正等覺復持如是供養善根與諸有情平等共有迴向無上正等菩提是善男子善女人等由此因緣得福多不善現荅言甚多世尊甚多善逝佛言善現若善男子善女人等於大衆中宣說如是甚深般若波羅蜜多施設建立分別開示令其易了及住如是甚深般若波羅蜜多相應作意此善男子善女人等由是因緣所獲功德甚多於彼無量無邊不可稱計復次善現於意云何假使於此南贍部洲東勝身洲諸有情類皆得人身得人身已皆證無上正等菩提有善男子善女人等盡其形壽以諸世間上妙供具供養恭敬尊重讚歎此諸如來應正等覺復持如是供養善根與諸有情平等共有迴向無上正等菩提是善男子善女人等由此因緣得福多不善現荅言甚多世尊甚多善逝佛言善現若善男子善女人等於大衆中宣說如是甚深般若波羅蜜多施設建立分別開示令其易了及住如是甚深般若波羅蜜多相應作意此善男子善女人等由是因緣所獲功德甚多於彼無量無邊不可稱計復次善現於意云何假使於此南贍部洲東勝身洲西牛貨洲諸有情類皆得人身得人身已皆證無上正等菩提有善男子善女人等盡其形壽以諸世間上妙供具供養恭敬尊重讚歎

此諸如來應正等覺復持如是供養善根與諸有情平等共有迴向無上正等菩提是善男子善女人等由此因緣得福多不善現荅言甚多世尊甚多善逝佛言善現若善男子善女人等於大衆中宣說如是甚深般若波羅蜜多施設建立分別開示令其易了及住如是甚深般若波羅蜜多相應作意此善男子善女人等由是因緣所獲功德甚多於彼無量無邊不可稱計復次善現於意云何假使於此四大洲界諸有情類皆得人身得人身已皆證無上正等菩提有善男子善女人等盡其形壽以諸世間上妙供具供養恭敬尊重讚歎此諸如來應正等覺復持如是供養善根與諸有情平等共有迴向無上正等菩提是善男子善女人等由此因緣得福多不善現荅言甚多世尊甚多善逝佛言善現若善男子善女人等於大衆中宣說如是甚深般若波羅蜜多施設建立分別開示令其易了及住如是甚深般若波羅蜜多相應作意此善男子善女人等由是因緣所獲功德甚多於彼無量無邊不可稱計復次善現於意云何假使於此小千世界諸有情類皆得人身得人身已皆證無上正等菩提有善男子善女人等盡其形壽以諸世間上妙供具供養恭敬尊重讚歎此諸如來應正等覺復持如是供養善根與諸有情平等共有迴向無上正等菩提是善男子善女人等由此因緣得福多不善現荅言甚多世尊甚多善逝佛言善現若善男子善女人等於大衆中宣說如是甚深般若波羅蜜多施設建立分別

開示令其易了及住如是甚深般若波羅蜜多相應作意此善男子善女人等由是因緣所獲功德甚多於彼無量無邊不可稱計復次善現於意云何假使於此中千世界諸有情類皆得人身得人身已皆證無上正等菩提有善男子善女人等盡其形壽以諸世間上妙供具供養恭敬尊重讚歎此諸如來應正等覺復持如是供養善根與諸有情平等共有迴向無上正等菩提是善男子善女人等由此因緣得福多不善現荅言甚多世尊甚多善逝佛言善現若善男子善女人等於大衆中宣說如是甚深般若波羅蜜多施設建立分別開示令其易了及住如是甚深般若波羅蜜多相應作意此善男子善女人等由是因緣所獲功德甚多於彼無量無邊不可稱計復次善現於意云何假使三千大千世界諸有情類皆得人身得人身已皆證無上正等菩提有善男子善女人等盡其形壽以諸世間上妙供具供養恭敬尊重讚歎此諸如來應正等覺復持如是供養善根與諸有情平等共有迴向無上正等菩提是善男子善女人等由此因緣得福多不善現荅言甚多世尊甚多善逝佛言善現若善男子善女人等於大衆中宣說如是甚深般若波羅蜜多施設建立分別開示令其易了及住如是甚深般若波羅蜜多相應作意此善男子善女人等由是因緣所獲功德甚多於彼無量無邊不可稱計復次善現於意云何假使於此南贍部洲諸有情類非前非後皆得人身有善男子善女人等方便教導皆令安住

十善業道復持如是教導善根與諸有情平等共有迴向無上正等菩提是善男子善女人等由此因緣得福多不善現荅言甚多世尊甚多善逝佛言善現若善男子善女人等於大衆中宣說如是甚深般若波羅蜜多施設建立分別開示令其易了及正安住一切智智相應作意此善男子善女人等由是因緣所獲功德甚多於彼無量無邊不可稱計復次善現於意云何假使於此南贍部洲東勝身洲諸有情類非前非後皆得人身有善男子善女人等方便教導皆令安住十善業道復持如是教導善根與諸有情平等共有迴向無上正等菩提是善男子善女人等由此因緣得福多不善現荅言甚多世尊甚多善逝佛言善現若善男子善女人等於大衆中宣說如是甚深般若波羅蜜多施設建立分別開示令其易了及正安住一切智智相應作意此善男子善女人等由是因緣所獲功德甚多於彼無量無邊不可稱計復次善現於意云何假使於此南贍部洲東勝身洲西牛貨洲諸有情類非前非後皆得人身有善男子善女人等方便教導皆令安住十善業道復持如是教導善根與諸有情平等共有迴向無上正等菩提是善男子善女人等由此因緣得福多不善現荅言甚多世尊甚多善逝佛言善現若善男子善女人等於大衆中宣說如是甚深般若波羅蜜多施設建立分別開示令其易了及正安住一切智智相應作意此善男子善女人等由是因緣所獲功德甚多於彼無量無邊不可稱計復次

善現於意云何假使於此四大洲界諸有情類非前非後皆得人身有善男子善女人等方便教導皆令安住十善業道復持如是教導善根與諸有情平等共有迴向無上正等菩提是善男子善女人等由此因緣得福多不善現荅言甚多世尊甚多善逝佛言善現若善男子善女人等於大衆中宣說如是甚深般若波羅蜜多施設建立分別開示令其易了及正安住一切智智相應作意此善男子善女人等由是因緣所獲功德甚多於彼無量無邊不可稱計復次善現於意云何假使於此小千世界諸有情類非前非後皆得人身有善男子善女人等方便教導皆令安住十善業道復持如是教導善根與諸有情平等共有迴向無上正等菩提是善男子善女人等由此因緣得福多不善現荅言甚多世尊甚多善逝佛言善現若善男子善女人等於大衆中宣說如是甚深般若波羅蜜多施設建立分別開示令其易了及正安住一切智智相應作意此善男子善女人等由是因緣所獲功德甚多於彼無量無邊不可稱計復次善現於意云何假使於此中千世界諸有情類非前非後皆得人身有善男子善女人等方便教導皆令安住十善業道復持如是教導善根與諸有情平等共有迴向無上正等菩提是善男子善女人等由此因緣得福多不善現荅言甚多世尊甚多善逝佛言善現若善男子善女人等於大衆中宣說如是甚深般若波羅蜜多施設建立分別開示令其易了及正安住一切智智相應作意

此善男子善女人等由是因緣所獲功德甚多於彼無量無邊不可稱計復次善現於意云何假使於此三千大千世界諸有情類非前非後皆得人身有善男子善女人等方便教導皆令安住十善業道復持如是教導善根與諸有情平等共有迴向無上正等菩提是善男子善女人等由此因緣得福多不善現荅言甚多世尊甚多善逝佛言善現若善男子善女人等於大衆中宣說如是甚深般若波羅蜜多施設建立分別開示令其易了及正安住一切智智相應作意此善男子善女人等由是因緣所獲功德甚多於彼無量無邊不可稱計復次善現於意云何假使於此南贍部洲諸有情類非前非後皆得人身有善男子善女人等方便教導皆令安住四靜慮四無量四無色定五神通復持如是教導善根與諸有情平等共有迴向無上正等菩提是善男子善女人等由此因緣得福多不善現荅言甚多世尊甚多善逝佛言善現若善男子善女人等於大衆中宣說如是甚深般若波羅蜜多施設建立分別開示令其易了及正安住一切智智相應作意此善男子善女人等由是因緣所獲功德甚多於彼無量無邊不可稱計復次善現於意云何假使於此南贍部洲東勝身洲諸有情類非前非後皆得人身有善男子善女人等方便教導皆令安住四靜慮四無量四無色定五神通復持如是教導善根與諸有情平等共有迴向無上正等菩提是善男子善女人等由此因緣得福多不善現荅言甚多世尊甚多

善逝佛言善現若善男子善女人等於大衆中宣說如是甚深般若波羅蜜多施設建立分別開示令其易了及正安住一切智智相應作意此善男子善女人等由是因緣所獲功德甚多於彼無量無邊不可稱計復次善現於意云何假使於此南贍部洲東勝身洲西牛貨洲諸有情類非前非後皆得人身有善男子善女人等方便教導皆令安住四靜慮四無量四無色定五神通復持如是教導善根與諸有情平等共有迴向無上正等菩提是善男子善女人等由此因緣得福多不善現荅言甚多世尊甚多善逝佛言善現若善男子善女人等於大衆中宣說如是甚深般若波羅蜜多施設建立分別開示令其易了及正安住一切智智相應作意此善男子

善女人等由是因緣所獲功德甚多於彼無量無邊不可稱計復次善現於意云何假使於此四大洲界諸有情類非前非後皆得人身有善男子善女人等方便教導皆令安住四靜慮四無量四無色定五神通復持如是教導善根與諸有情平等共有迴向無上正等菩提是善男子善女人等由此因緣得福多不善現荅言甚多世尊甚多善逝佛言善現若善男子善女人等於大衆中宣說如是甚深般若波羅蜜多施設建立分別開示令其易了及正安住一切智智相應作意此善男子善女人等由是因緣所獲功德甚多於彼無量無邊不可稱計復次善現於意云何假使於此小千世界諸有情類非前非後皆得人身有善男子善女人等方便教導皆令

安住四靜慮四無量四無色定五神通復持如是教導善根與諸有情平等共有迴向無上正等菩提是善男子善女人等由此因緣得福多不善現荅言甚多世尊甚多善逝佛言善現若善男子善女人等於大衆中宣說如是甚深般若波羅蜜多施設建立分別開示令其易了及正安住一切智智相應作意此善男子善女人等由是因緣所獲功德甚多於彼無量無邊不可稱計復次善現於意云何假使於此中千世界諸有情類非前非後皆得人身有善男子善女人等方便教導皆令安住四靜慮四無量四無色定五神通復持如是教導善根與諸有情平等共有迴向無上正等菩提是善男子善女人等由此因緣得福多不善現荅言甚多世尊甚多善逝佛言善現若善男子善女人等於大衆中宣說如是甚深般若波羅蜜多施設建立分別開示令其易了及正安住一切智智相應作意此善男子善女人等由是因緣所獲功德甚多於彼無量無邊不可稱計復次善現於意云何假使於此三千大千世界諸有情類非前非後皆得人身有善男子善女人等方便教導皆令安住四靜慮四無量四無色定五神通復持如是教導善根與諸有情平等共有迴向無上正等菩提是善男子善女人等由此因緣得福多不善現荅言甚多世尊甚多善逝佛言善現若善男子善女人等於大衆中宣說如是甚深般若波羅蜜多施設建立分別開示令其易了及正安住一切智智相應作意此善男子善女人等由是因

緣所獲功德甚多於彼無量無邊不可稱計復次善現於意云何假使於此南贍部洲諸有情類非前非後皆得人身有善男子善女人等方便教導皆令安住四沙門果復持如是教導善根與諸有情平等共有迴向無上正等菩提是善男子善女人等由此因緣得福多不善現荅言甚多世尊甚多善逝佛言善現若善男子善女人等於大衆中宣說如是甚深般若波羅蜜多施設建立分別開示令其易了及正安住一切智智相應作意此善男子善女人等由是因緣所獲功德甚多於彼無量無邊不可稱計復次善現於意云何假使於此南贍部洲東勝身洲諸有情類非前非後皆得人身有善男子善女人等方便教導皆令安住四沙門果復持如是教導

善根與諸有情平等共有迴向無上正等菩提是善男子善女人等由此因緣得福多不善現荅言甚多世尊甚多善逝佛言善現若善男子善女人等於大衆中宣說如是甚深般若波羅蜜多施設建立分別開示令其易了及正安住一切智智相應作意此善男子善女人等由是因緣所獲功德甚多於彼無量無邊不可稱計復次善現於意云何假使於此南贍部洲東勝身洲西牛貨洲諸有情類非前非後皆得人身有善男子善女人等方便教導皆令安住四沙門果復持如是教導善根與諸有情平等共有迴向無上正等菩提是善男子善女人等由此因緣得福多不善現荅言甚多世尊甚多善逝佛言善現若善男子善女人等於大衆中宣說如是甚

深般若波羅蜜多施設建立分別開示令其易了及正安住一切智智相應作意此善男子善女人等由是因緣所獲功德甚多於彼無量無邊不可稱計復次善現於意云何假使於此四大洲界諸有情類非前非後皆得人身有善男子善女人等方便教導皆令安住四沙門果復持如是教導善根與諸有情平等共有迴向無上正等菩提是善男子善女人等由此因緣得福多不善現荅言甚多世尊甚多善逝佛言善現若善男子善女人等於大衆中宣說如是甚深般若波羅蜜多施設建立分別開示令其易了及正安住一切智智相應作意此善男子善女人等由是因緣所獲功德甚多於彼無量無邊不可稱計復次善現於意云何假使於此小千世界諸有情類非前非後皆得人身有善男子善女人等方便教導皆令安住四沙門果復持如是教導善根與諸有情平等共有迴向無上正等菩提是善男子善女人等由此因緣得福多不善現荅言甚多世尊甚多善逝佛言善現若善男子善女人等於大衆中宣說如是甚深般若波羅蜜多施設建立分別開示令其易了及正安住一切智智相應作意此善男子善女人等由是因緣所獲功德甚多於彼無量無邊不可稱計復次善現於意云何假使於此中千世界諸有情類非前非後皆得人身有善男子善女人等方便教導皆令安住四沙門果復持如是教導善根與諸有情平等共有迴向無上正等菩提是善男子善女人等由此因緣得福多不善現荅

言甚多世尊甚多善逝佛言善現若善男子善女人等於大衆中宣説如是甚深般若波羅蜜多施設建立分别開示令其易了及正安住一切智智相應作意此善男子善女人等由是因緣所獲功德甚多於彼無量無邊不可稱計復次善現於意云何假使於此三千大千世界諸有情類非前非後皆得人身有善男子善女人等方便教導皆令安住四沙門果復持如是教導善根與諸有情平等共有迴向無上正等菩提是善男子善女人等由此因緣得福多不善現荅言甚多世尊甚多善逝佛言善現若善男子善女人等於大衆中宣説如是甚深般若波羅蜜多施設建立分别開示令其易了及正安住一切智智相應作意此善男子善女人等由是因緣所獲功德甚多於彼無量無邊不可稱計復次善現於意云何假使於此南贍部洲諸有情類非前非後皆得人身有善男子善女人等方便教導皆令安住獨覺菩提復持如是教導善根與諸有情平等共有迴向無上正等菩提是善男子善女人等由此因緣得福多不善現荅言甚多世尊甚多善逝佛言善現若善男子善女人等於大衆中宣説如是甚深般若波羅蜜多施設建立分别開示令其易了及正安住一切智智相應作意此善男子善女人等由是因緣所獲功德甚多於彼無量無邊不可稱計復次善現於意云何假使於此南贍部洲東勝身洲諸有情類非前非後皆得人身有善男子善女人等方便教導皆令安住獨覺菩提復持如是教導善

根與諸有情平等共有迴向無上正等菩提是善男子善女人等由此因緣得福多不善現荅言甚多世尊甚多善逝佛言善現若善男子善女人等於大衆中宣說如是甚深般若波羅蜜多施設建立分別開示令其易了及正安住一切智智相應作意此善男子善女人等由是因緣所獲功德甚多於彼無量無邊不可稱計復次善現於意云何假使於此南贍部洲東勝身洲西牛貨洲諸有情類非前非後皆得人身有善男子善女人等方便教導皆令安住獨覺菩提復持如是教導善根與諸有情平等共有迴向無上正等菩提是善男子善女人等由此因緣得福多不善現荅言甚多世尊甚多善逝佛言善現若善男子善女人等於大衆中宣說如是甚深般若波羅蜜多施設建立分別開示令其易了及正安住一切智智相應作意此善男子善女人等由是因緣所獲功德甚多於彼無量無邊不可稱計復次善現於意云何假使於此四大洲界諸有情類非前非後皆得人身有善男子善女人等方便教導皆令安住獨覺菩提復持如是教導善根與諸有情平等共有迴向無上正等菩提是善男子善女人等由此因緣得福多不善現荅言甚多世尊甚多善逝佛言善現若善男子善女人等於大衆中宣說如是甚深般若波羅蜜多施設建立分別開示令其易了及正安住一切智智相應作意此善男子善女人等由是因緣所獲功德甚多於彼無量無邊不可稱計復次善現於意云何假使於此小千世界諸

有情類非前非後皆得人身有善男子善女人等方便教導皆令安住獨覺菩提復持如是教導善根與諸有情平等共有迴向無上正等菩提是善男子善女人等由是因緣得福多不善現荅言甚多世尊甚多善逝佛言善現若善男子善女人等於大衆中宣說如是甚深般若波羅蜜多施設建立分別開示令其易了及正安住一切智智相應作意此善男子善女人等由是因緣所獲功德甚多於彼無量無邊不可稱計復次善現於意云何假使於此中千世界諸有情類非前非後皆得人身有善男子善女人等方便教導皆令安住獨覺菩提復持如是教導善根與諸有情平等共有迴向無上正等菩提是善男子善女人等由此因緣得福多不善現荅言

甚多世尊甚多善逝佛言善現若善男子善女人等於大衆中宣說如是甚深般若波羅蜜多施設建立分別開示令其易了及正安住一切智智相應作意此善男子善女人等由是因緣所獲功德甚多於彼無量無邊不可稱計復次善現於意云何假使於此三千大千世界諸有情類非前非後皆得人身有善男子善女人等方便教導皆令安住獨覺菩提復持如是教導善根與諸有情平等共有迴向無上正等菩提是善男子善女人等由此因緣得福多不善現荅言甚多世尊甚多善逝佛言善現若善男子善女人等於大衆中宣說如是甚深般若波羅蜜多施設建立分別開示令其易了及正安住一切智智相應作意此善男子善女人等由是因緣所

獲功德甚多於彼無量無邊不可稱計

大般若波羅蜜多經卷第三百三十四

大般若波羅蜜多經卷第三百三十五

唐三藏法師玄奘奉　詔譯

初分善學品第五十三之五

復次善現於意云何假使於此南贍部洲諸有情類非前非後皆得人身有善男子善女人等方便教導皆令發起無上覺心修習菩薩摩訶薩行證得無上正等菩提復持如是教導善根與諸有情平等共有迴向無上正等菩提是善男子善女人等由此因緣得福多不善現荅言甚多世尊甚多善逝佛言善現若善男子善女人等於大衆中宣說如是甚深般若波羅蜜多施設建立分別開示令其易了及正安住一切智智相應作意此善男子善女人等由是因緣所獲功德甚多於彼無量無邊不可稱計復次善現於意云何假使於此南贍部洲東勝身洲諸有情類非前非後皆得人身有善男子善女人等方便教導皆令發起無上覺心修習菩薩摩訶薩行證得無上正等菩提復持如是教導善根與諸有情平等共有迴向無上正等菩提是善男子善女人等由此因緣得福多不善現荅言甚多世尊甚多善逝佛言善現若善男子善女人等於大衆中宣說如是甚深般若波羅蜜多施設建立分別開示令其易了及正安住一切智智相應作意此善男子善女人等由是因緣所獲功德甚多於彼無量無邊不可稱計復次善現於意云何假使於此南贍部洲東勝身洲西牛貨洲諸有情類非前非後皆得人身有善男子善女人等方便教導皆令發起無上覺心修習菩薩摩訶薩

行證得無上正等菩提復持如是教導善根與諸有情平等共有迴向無上正等菩提是善男子善女人等由此因緣得福多不善現荅言甚多世尊甚多善逝佛言善現若善男子善女人等於大衆中宣說如是甚深般若波羅蜜多施設建立分別開示令其易了及正安住一切智智相應作意此善男子善女人等由是因緣所獲功德甚多於彼無量無邊不可稱計復次善現於意云何假使於此四大洲界諸有情類非前非後皆得人身有善男子善女人等方便教導皆令發起無上覺心修習菩薩摩訶薩行證得無上正等菩提復持如是教導善根與諸有情平等共有迴向無上正等菩提是善男子善女人等由此因緣得福多不善現荅言甚多世尊甚多

善逝佛言善現若善男子善女人等於大衆中宣說如是甚深般若波羅蜜多施設建立分別開示令其易了及正安住一切智智相應作意此善男子善女人等由是因緣所獲功德甚多於彼無量無邊不可稱計復次善現於意云何假使於此小千世界諸有情類非前非後皆得人身有善男子善女人等方便教導皆令發起無上覺心修習菩薩摩訶薩行證得無上正等菩提復持如是教導善根與諸有情平等共有迴向無上正等菩提是善男子善女人等由此因緣得福多不善現荅言甚多世尊甚多善逝佛言善現若善男子善女人等於大衆中宣說如是甚深般若波羅蜜多施設建立分別開示令其易了及正安住一切智智相應作意此善男子善

女人等由是因緣所獲功德甚多於彼無量無邊不可稱計復次善現於意云何假使於此中千世界諸有情類非前非後皆得人身有善男子善女人等方便教導皆令發起無上覺心修習菩薩摩訶薩行證得無上正等菩提復持如是教導善根與諸有情平等共有迴向無上正等菩提是善男子善女人等由此因緣得福多不善現荅言甚多世尊甚多善逝佛言善現若善男子善女人等於大衆中宣說如是甚深般若波羅蜜多施設建立分別開示令其易了及正安住一切智智相應作意此善男子善女人等由是因緣所獲功德甚多於彼無量無邊不可稱計復次善現於意云何假使於此三千大千世界諸有情類非前非後皆得人身有善男子善女人等方便教導皆令發起無上覺心修習菩薩摩訶薩行證得無上正等菩提復持如是教導善根與諸有情平等共有迴向無上正等菩提是善男子善女人等由此因緣得福多不善現荅言甚多世尊甚多善逝佛言善現若善男子善女人等於大衆中宣說如是甚深般若波羅蜜多施設建立分別開示令其易了及正安住一切智智相應作意此善男子善女人等由是因緣所獲功德甚多於彼無量無邊不可稱計善現當知是菩薩摩訶薩由此精勤增上勢力到諸有情福田彼岸何以故善現是菩薩摩訶薩於法精勤增上勢力一切有情無能及者唯除如來應正等覺所以者何善現是菩薩摩訶薩行深般若波羅蜜多見諸有情無利樂故起大慈心

見諸有情有衰苦故起大悲心見諸有情得利樂故起大喜心見諸有情無性相故起大捨心善現是菩薩摩訶薩雖於有情平等發起大慈大悲大喜大捨而於一切無所執著善現是菩薩摩訶薩行深般若波羅蜜多得大光明謂得布施波羅蜜多光明亦得淨戒安忍精進靜慮般若波羅蜜多光明善現是菩薩摩訶薩雖未證得一切智智而於無上正等菩提得不退轉故至有情福田彼岸堪受一切衣服飲食床座醫藥諸資生具善現是菩薩摩訶薩安住般若波羅蜜多相應作意故能畢竟報施主恩亦能親近一切智智是故善現若菩薩摩訶薩欲不虛受國王大臣長者居士有情信施欲示有情真善道路欲爲有情作淨光明欲脫有情三界牢獄欲施有情清淨法眼應常安住甚深般若波羅蜜多相應作意善現若菩薩摩訶薩安住般若波羅蜜多相應作意諸有所說皆說般若波羅蜜多謂說般若波羅蜜多相應之法既說般若波羅蜜多相應法已復能如理思惟般若波羅蜜多相應之法善現是菩薩摩訶薩常住般若波羅蜜多相應作意諸餘作意於其中間無容現起善現是菩薩摩訶薩晝夜精勤安住般若波羅蜜多相應作意無時暫捨善現譬如有人先未曾有末尼珠寶後時遇得深自欣慶珍玩無猒欻爾亡遺生大苦惱常懷慨歎惜哉何日還得所失末尼寶珠彼人於此末尼寶珠相應作意無時暫捨善現當知諸菩薩摩訶薩亦復如是常應精勤安住般若波羅蜜多相應作意若離般若

波羅蜜多相應作意則爲喪失一切智智相應作意

初分斷分別品第五十四之一

爾時具壽善現白佛言世尊一切作意皆自性離一切作意皆自性空諸法亦爾皆自性離皆自性空於自性離自性空中若菩薩摩訶薩若般若波羅蜜多若一切智智若諸作意皆不可得云何菩薩摩訶薩不離般若波羅蜜多相應作意亦復不離一切智智相應作意佛言善現若菩薩摩訶薩知一切法及諸作意皆自性離皆自性空如是離空非聲聞作非獨覺作非諸菩薩摩訶薩作非諸佛作亦非餘作然一切法法住法定法性法界不虛妄性不變異性真如實際法爾常住是菩薩摩訶薩不離般若波羅蜜多相應作意亦復不離一切智智相應作意何以故善現甚深般若波羅蜜多一切智智及諸作意皆自性離自性空故如是離空無增無減能正通達名不離故時具壽善現復白佛言世尊若深般若波羅蜜多亦自性離自性本空云何菩薩摩訶薩修證般若波羅蜜多平等性已證得無上正等菩提佛言善現諸菩薩摩訶薩修證般若波羅蜜多平等性時非諸佛法有增有減亦非一切法住法定法性法界不虛妄性不變異性真如實際有增有減何以故善現甚深般若波羅蜜多非一非二非三非四亦非多故善現若菩薩摩訶薩聞說如是甚深般若波羅蜜多其心不驚不怖不畏不沉不沒亦不猶豫當知是菩薩摩訶薩行深般若波羅蜜多已得究竟安住菩薩不

退轉地具壽善現復白佛言世尊爲即深般若波羅蜜多空虛非有不自在性不堅實性能行般若波羅蜜多不世尊告言不也善現世尊爲離深般若波羅蜜多空虛非有不自在性不堅實性有法可得能行般若波羅蜜多不不也善現世尊爲即深般若波羅蜜多能行般若波羅蜜多不不也善現世尊爲離深般若波羅蜜多能行般若波羅蜜多不不也善現世尊爲即空性能行空不不也善現世尊爲離空性能行空不不也善現世尊爲即色能行般若波羅蜜多不不也善現世尊爲離色能行般若波羅蜜多不不也善現世尊爲即受想行識能行般若波羅蜜多不不也善現世尊爲離受想行識能行般若波羅蜜多不不也善現世尊爲即眼處能行般若波羅蜜多不不也善現世尊爲離眼處能行般若波羅蜜多不不也善現世尊爲即耳鼻舌身意處能行般若波羅蜜多不不也善現世尊爲離耳鼻舌身意處能行般若波羅蜜多不不也善現世尊爲即色處能行般若波羅蜜多不不也善現世尊爲離色處能行般若波羅蜜多不不也善現世尊爲即聲香味觸法處能行般若波羅蜜多不不也善現世尊爲離聲香味觸法處能行般若波羅蜜多不不也善現世尊爲即眼界能行般若波羅蜜多不不也善現世尊爲離眼界能行般若波羅蜜多不不也善現世尊爲即耳鼻舌身意界能行般若波羅蜜多不不也善現世尊爲離耳鼻舌身意界能行般若波羅蜜多不不也善現世尊爲即色界能行般若波羅蜜

多不不也善現世尊爲離色界能行般若波羅蜜多不不也善現世尊爲即聲香味觸法界能行般若波羅蜜多不不也善現世尊爲離聲香味觸法界能行般若波羅蜜多不不也善現世尊爲即眼識界能行般若波羅蜜多不不也善現世尊爲離眼識界能行般若波羅蜜多不不也善現世尊爲即耳鼻舌身意識界能行般若波羅蜜多不不也善現世尊爲離耳鼻舌身意識界能行般若波羅蜜多不不也善現世尊爲即眼觸能行般若波羅蜜多不不也善現世尊爲離眼觸能行般若波羅蜜多不不也善現世尊爲即耳鼻舌身意觸能行般若波羅蜜多不不也善現世尊爲離耳鼻舌身意觸能行般若波羅蜜多不不也善現世尊爲即眼觸爲緣所生諸受能行般若波羅蜜多不不也善現世尊爲離眼觸爲緣所生諸受能行般若波羅蜜多不不也善現世尊爲即耳鼻舌身意觸爲緣所生諸受能行般若波羅蜜多不不也善現世尊爲離耳鼻舌身意觸爲緣所生諸受能行般若波羅蜜多不不也善現世尊爲即地界能行般若波羅蜜多不不也善現世尊爲離地界能行般若波羅蜜多不不也善現世尊爲即水火風空識界能行般若波羅蜜多不不也善現世尊爲離水火風空識界能行般若波羅蜜多不不也善現世尊爲即無明能行般若波羅蜜多不不也善現世尊爲離無明能行般若波羅蜜多不不也善現世尊爲即行識名色六處觸受愛取有生老死能行般若波羅蜜多不不也善現世尊爲離行識

名色六處觸受愛取有生老死能行般若波羅蜜多不不也善現世尊爲即布施波羅蜜多能行般若波羅蜜多不不也善現世尊爲離布施波羅蜜多能行般若波羅蜜多不不也善現世尊爲即淨戒安忍精進靜慮波羅蜜多能行般若波羅蜜多不不也善現世尊爲離淨戒安忍精進靜慮波羅蜜多能行般若波羅蜜多不不也善現世尊爲即內空能行般若波羅蜜多不不也善現世尊爲離內空能行般若波羅蜜多不不也善現世尊爲即外空內外空空空大空勝義空有爲空無爲空畢竟空無際空散空無變異空本性空自相空共相空一切法空不可得空無性空自性空無性自性空能行般若波羅蜜多不不也善現世尊爲離外空內外空空空大空勝義空有爲空無爲空畢竟空無際空散空無變異空本性空自相空共相空一切法空不可得空無性空自性空無性自性空能行般若波羅蜜多不不也善現世尊爲即真如能行般若波羅蜜多不不也善現世尊爲離真如能行般若波羅蜜多不不也善現世尊爲即法界法性不虛妄性不變異性平等性離生性法定法住實際虛空界不思議界能行般若波羅蜜多不不也善現世尊爲離法界法性不虛妄性不變異性平等性離生性法定法住實際虛空界不思議界能行般若波羅蜜多不不也善現世尊爲即苦聖諦能行般若波羅蜜多不不也善現世尊爲離苦聖諦能行般若波羅蜜多不不也善現世尊爲即集滅道聖諦能行般若波羅蜜多不不

也善現世尊爲離集滅道聖諦能行般若波
羅蜜多不不也善現世尊爲即四靜慮能行
般若波羅蜜多不不也善現世尊爲離四靜
慮能行般若波羅蜜多不不也善現世尊爲
即四無量四無色定能行般若波羅蜜多不
不也善現世尊爲離四無量四無色定能行
般若波羅蜜多不不也善現世尊爲即八解
脱能行般若波羅蜜多不不也善現世尊爲
離八解脱能行般若波羅蜜多不不也善現
世尊爲即八勝處九次第定十遍處能行般
若波羅蜜多不不也善現世尊爲離八勝處
九次第定十遍處能行般若波羅蜜多不不
也善現世尊爲即四念住能行般若波羅蜜
多不不也善現世尊爲離四念住能行般若
波羅蜜多不不也善現世尊爲即四正斷四

神足五根五力七等覺支八聖道支能行般
若波羅蜜多不不也善現世尊爲離四正斷
四神足五根五力七等覺支八聖道支能行
般若波羅蜜多不不也善現世尊爲即空解
脱門能行般若波羅蜜多不不也善現世尊
爲離空解脱門能行般若波羅蜜多不不也
善現世尊爲即無相無願解脱門能行般若
波羅蜜多不不也善現世尊爲離無相無願
解脱門能行般若波羅蜜多不不也善現世
尊爲即極喜地能行般若波羅蜜多不不也
善現世尊爲離極喜地能行般若波羅蜜多
不不也善現世尊爲即離垢地發光地焰慧
地極難勝地現前地遠行地不動地善慧地
法雲地能行般若波羅蜜多不不也善現世
尊爲離離垢地發光地焰慧地極難勝地現

前地遠行地不動地善慧地法雲地能行般若波羅蜜多不不也善現世尊爲即五眼能行般若波羅蜜多不不也善現世尊爲離五眼能行般若波羅蜜多不不也善現世尊爲即六神通能行般若波羅蜜多不不也善現世尊爲離六神通能行般若波羅蜜多不不也善現世尊爲即佛十力能行般若波羅蜜多不不也善現世尊爲離佛十力能行般若波羅蜜多不不也善現世尊爲即四無所畏四無礙解大慈大悲大喜大捨十八佛不共法能行般若波羅蜜多不不也善現世尊爲離四無所畏四無礙解大慈大悲大喜大捨十八佛不共法能行般若波羅蜜多不不也善現世尊爲即無忘失法能行般若波羅蜜多不不也善現世尊爲離無忘失法能行般若波羅蜜多不不也善現世尊爲即恒住捨性能行般若波羅蜜多不不也善現世尊爲離恒住捨性能行般若波羅蜜多不不也善現世尊爲即一切智能行般若波羅蜜多不不也善現世尊爲離一切智能行般若波羅蜜多不不也善現世尊爲即道相智一切相智能行般若波羅蜜多不不也善現世尊爲離道相智一切相智能行般若波羅蜜多不不也善現世尊爲即一切陀羅尼門能行般若波羅蜜多不不也善現世尊爲離一切陀羅尼門能行般若波羅蜜多不不也善現世尊爲即一切三摩地門能行般若波羅蜜多不不也善現世尊爲離一切三摩地門能行般若波羅蜜多不不也善現世尊爲即預流果能行般若波羅蜜多不不也善現世尊爲

離預流果能行般若波羅蜜多不不也善現
世尊爲即一来不還阿羅漢果能行般若波
羅蜜多不不也善現世尊爲離一来不還阿
羅漢果能行般若波羅蜜多不不也善現世
尊爲即獨覺菩提能行般若波羅蜜多不不
也善現世尊爲離獨覺菩提能行般若波羅
蜜多不不也善現世尊爲即一切菩薩摩訶
薩行能行般若波羅蜜多不不也善現世尊
爲離一切菩薩摩訶薩行能行般若波羅蜜
多不不也善現世尊爲即諸佛無上正等菩
提能行般若波羅蜜多不不也善現世尊爲
離諸佛無上正等菩提能行般若波羅蜜多
不不也善現世尊爲即色空虛非有不自在
性不堅實性能行般若波羅蜜多不不也善
現世尊爲離色空虛非有不自在性不堅實

性能行般若波羅蜜多不不也善現世尊爲
即受想行識空虛非有不自在性不堅實性
能行般若波羅蜜多不不也善現世尊爲離
受想行識空虛非有不自在性不堅實性能
行般若波羅蜜多不不也善現世尊爲即眼
處空虛非有不自在性不堅實性能行般若
波羅蜜多不不也善現世尊爲離眼處空虛
非有不自在性不堅實性能行般若波羅蜜
多不不也善現世尊爲即耳鼻舌身意處空
虛非有不自在性不堅實性能行般若波羅
蜜多不不也善現世尊爲離耳鼻舌身意處
空虛非有不自在性不堅實性能行般若波
羅蜜多不不也善現世尊爲即色處空虛非
有不自在性不堅實性能行般若波羅蜜多
不不也善現世尊爲離色處空虛非有不自

在性不堅實性能行般若波羅蜜多不不也善現世尊爲即聲香味觸法處空虛非有不自在性不堅實性能行般若波羅蜜多不不也善現世尊爲離聲香味觸法處空虛非有不自在性不堅實性能行般若波羅蜜多不不也善現世尊爲即眼界空虛非有不自在性不堅實性能行般若波羅蜜多不不也善現世尊爲離眼界空虛非有不自在性不堅實性能行般若波羅蜜多不不也善現世尊爲即耳鼻舌身意界空虛非有不自在性不堅實性能行般若波羅蜜多不不也善現世尊爲離耳鼻舌身意界空虛非有不自在性不堅實性能行般若波羅蜜多不不也善現世尊爲即色界空虛非有不自在性不堅實性能行般若波羅蜜多不不也善現世尊爲離色界空虛非有不自在性不堅實性能行般若波羅蜜多不不也善現世尊爲即聲香味觸法界空虛非有不自在性不堅實性能行般若波羅蜜多不不也善現世尊爲離聲香味觸法界空虛非有不自在性不堅實性能行般若波羅蜜多不不也善現世尊爲即眼識界空虛非有不自在性不堅實性能行般若波羅蜜多不不也善現世尊爲離眼識界空虛非有不自在性不堅實性能行般若波羅蜜多不不也善現世尊爲即耳鼻舌身意識界空虛非有不自在性不堅實性能行般若波羅蜜多不不也善現世尊爲離耳鼻舌身意識界空虛非有不自在性不堅實性能行般若波羅蜜多不不也善現世尊爲即眼觸空虛非有不自在性不堅實性能行般

若波羅蜜多不不也善現世尊爲離眼觸空虛非有不自在性不堅實性能行般若波羅蜜多不不也善現世尊爲即耳鼻舌身意觸空虛非有不自在性不堅實性能行般若波羅蜜多不不也善現世尊爲離耳鼻舌身意觸空虛非有不自在性不堅實性能行般若波羅蜜多不不也善現世尊爲即眼觸爲緣所生諸受空虛非有不自在性不堅實性能行般若波羅蜜多不不也善現世尊爲離眼觸爲緣所生諸受空虛非有不自在性不堅實性能行般若波羅蜜多不不也善現世尊爲即耳鼻舌身意觸爲緣所生諸受空虛非有不自在性不堅實性能行般若波羅蜜多不不也善現世尊爲離耳鼻舌身意觸爲緣所生諸受空虛非有不自在性不堅實性能行般若波羅蜜多不不也善現世尊爲即地界空虛非有不自在性不堅實性能行般若波羅蜜多不不也善現世尊爲離地界空虛非有不自在性不堅實性能行般若波羅蜜多不不也善現世尊爲即水火風空識界空虛非有不自在性不堅實性能行般若波羅蜜多不不也善現世尊爲離水火風空識界空虛非有不自在性不堅實性能行般若波羅蜜多不不也善現世尊爲即無明空虛非有不自在性不堅實性能行般若波羅蜜多不不也善現世尊爲離無明空虛非有不自在性不堅實性能行般若波羅蜜多不不也善現世尊爲即行識名色六處觸受愛取有生老死空虛非有不自在性不堅實性能行般若波羅蜜多不不也善現世尊爲離行識

名色六處觸受愛取有生老死空虛非有不自在性不堅實性能行般若波羅蜜多不不也善現世尊爲即布施波羅蜜多空虛非有不自在性不堅實性能行般若波羅蜜多不不也善現世尊爲離布施波羅蜜多空虛非有不自在性不堅實性能行般若波羅蜜多不不也善現世尊爲即淨戒安忍精進靜慮波羅蜜多空虛非有不自在性不堅實性能行般若波羅蜜多不不也善現世尊爲離淨戒安忍精進靜慮波羅蜜多空虛非有不自在性不堅實性能行般若波羅蜜多不不也善現世尊爲即內空空虛非有不自在性不堅實性能行般若波羅蜜多不不也善現世尊爲離內空空虛非有不自在性不堅實性能行般若波羅蜜多不不也善現世尊爲即外空內外空空空大空勝義空有爲空無爲空畢竟空無際空散空無變異空本性空自相空共相空一切法空不可得空無性空自性空無性自性空空虛非有不自在性不堅實性能行般若波羅蜜多不不也善現世尊爲離外空內外空空空大空勝義空有爲空無爲空畢竟空無際空散空無變異空本性空自相空共相空一切法空不可得空無性空自性空無性自性空空虛非有不自在性不堅實性能行般若波羅蜜多不不也善現世尊爲即真如空虛非有不自在性不堅實性能行般若波羅蜜多不不也善現世尊爲離真如空虛非有不自在性不堅實性能行般若波羅蜜多不不也善現世尊爲即法界法性不虛妄性不變異性平等性離生性法

定法住實際虚空界不思議界空虚非有不自在性不堅實性能行般若波羅蜜多不不也善現世尊爲離法界法性不虚妄性不變異性平等性離生性法定法住實際虚空界不思議界空虚非有不自在性不堅實性能行般若波羅蜜多不不也善現世尊爲即苦聖諦空虚非有不自在性不堅實性能行般若波羅蜜多不不也善現世尊爲離苦聖諦空虚非有不自在性不堅實性能行般若波羅蜜多不不也善現世尊爲即集滅道聖諦空虚非有不自在性不堅實性能行般若波羅蜜多不不也善現世尊爲離集滅道聖諦空虚非有不自在性不堅實性能行般若波羅蜜多不不也善現世尊爲即四靜慮空虚非有不自在性不堅實性能行般若波羅蜜多不不也善現世尊爲離四靜慮空虚非有不自在性不堅實性能行般若波羅蜜多不不也善現世尊爲即四無量四無色定空虚非有不自在性不堅實性能行般若波羅蜜多不不也善現世尊爲離四無量四無色定空虚非有不自在性不堅實性能行般若波羅蜜多不不也善現世尊爲即八解脱空虚非有不自在性不堅實性能行般若波羅蜜多不不也善現世尊爲離八解脱空虚非有不自在性不堅實性能行般若波羅蜜多不不也善現世尊爲即八勝處九次第定十遍處空虚非有不自在性不堅實性能行般若波羅蜜多不不也善現世尊爲離八勝處九次第定十遍處空虚非有不自在性不堅實性能行般若波羅蜜多不不也善現世尊爲

即四念住空虛非有不自在性不堅實性能行般若波羅蜜多不不也善現世尊爲離四念住空虛非有不自在性不堅實性能行般若波羅蜜多不不也善現世尊爲即四正斷四神足五根五力七等覺支八聖道支空虛非有不自在性不堅實性能行般若波羅蜜多不不也善現世尊爲離四正斷四神足五根五力七等覺支八聖道支空虛非有不自在性不堅實性能行般若波羅蜜多不不也善現世尊爲即空解脫門空虛非有不自在性不堅實性能行般若波羅蜜多不不也善現世尊爲離空解脫門空虛非有不自在性不堅實性能行般若波羅蜜多不不也善現世尊爲即無相無願解脫門空虛非有不自在性不堅實性能行般若波羅蜜多不不也善現世尊爲離無相無願解脫門空虛非有不自在性不堅實性能行般若波羅蜜多不不也善現世尊爲即極喜地空虛非有不自在性不堅實性能行般若波羅蜜多不不也善現世尊爲離極喜地空虛非有不自在性不堅實性能行般若波羅蜜多不不也善現世尊爲即離垢地發光地焰慧地極難勝地現前地遠行地不動地善慧地法雲地空虛非有不自在性不堅實性能行般若波羅蜜多不不也善現世尊爲離離垢地發光地焰慧地極難勝地現前地遠行地不動地善慧地法雲地空虛非有不自在性不堅實性能行般若波羅蜜多不不也善現

大般若波羅蜜多經卷第三百三十五

音釋

珍玩 玩五換切珍玩謂珍重玩好也

欻爾 欻許勿切欻爾猶卒然也

慨歎 慨丘蓋切慨歎長太息也

大般若波羅蜜多經卷第三百三十六

唐三藏法師玄奘奉　詔譯

初分斷分別品第五十四之二

世尊爲即五眼空虛非有不自在性不堅實性能行般若波羅蜜多不不也善現世尊爲離五眼空虛非有不自在性不堅實性能行般若波羅蜜多不不也善現世尊爲即六神通空虛非有不自在性不堅實性能行般若波羅蜜多不不也善現世尊爲離六神通空虛非有不自在性不堅實性能行般若波羅蜜多不不也善現世尊爲即佛十力空虛非有不自在性不堅實性能行般若波羅蜜多不不也善現世尊爲離佛十力空虛非有不自在性不堅實性能行般若波羅蜜多不不也善現世尊爲即四無所畏四無礙解大慈大悲大喜大捨十八佛不共法空虛非有不自在性不堅實性能行般若波羅蜜多不不也善現世尊爲離四無所畏四無礙解大慈大悲大喜大捨十八佛不共法空虛非有不自在性不堅實性能行般若波羅蜜多不不也善現世尊爲即無忘失法空虛非有不自在性不堅實性能行般若波羅蜜多不不也善現世尊爲離無忘失法空虛非有不自在性不堅實性能行般若波羅蜜多不不也善現世尊爲即恒住捨性空虛非有不自在性不堅實性能行般若波羅蜜多不不也善現世尊爲離恒住捨性空虛非有不自在性不堅實性能行般若波羅蜜多不不也善現世尊爲即一切智空虛非有不自在性不堅實性能行般若波羅蜜多不不也善現世尊爲

離一切智空虛非有不自在性不堅實性能行般若波羅蜜多不不也善現世尊爲即道相智一切相智空虛非有不自在性不堅實性能行般若波羅蜜多不不也善現世尊爲離道相智一切相智空虛非有不自在性不堅實性能行般若波羅蜜多不不也善現世尊爲即一切陀羅尼門空虛非有不自在性不堅實性能行般若波羅蜜多不不也善現世尊爲離一切陀羅尼門空虛非有不自在性不堅實性能行般若波羅蜜多不不也善現世尊爲即一切三摩地門空虛非有不自在性不堅實性能行般若波羅蜜多不不也善現世尊爲離一切三摩地門空虛非有不自在性不堅實性能行般若波羅蜜多不不也善現世尊爲即預流果空虛非有不自在性不堅實性能行般若波羅蜜多不不也善現世尊爲離預流果空虛非有不自在性不堅實性能行般若波羅蜜多不不也善現世尊爲即一來不還阿羅漢果空虛非有不自在性不堅實性能行般若波羅蜜多不不也善現世尊爲離一來不還阿羅漢果空虛非有不自在性不堅實性能行般若波羅蜜多不不也善現世尊爲即獨覺菩提空虛非有不自在性不堅實性能行般若波羅蜜多不不也善現世尊爲離獨覺菩提空虛非有不自在性不堅實性能行般若波羅蜜多不不也善現世尊爲即一切菩薩摩訶薩行空虛非有不自在性不堅實性能行般若波羅蜜多不不也善現世尊爲離一切菩薩摩訶薩行空虛非有不自在性不堅實性能行般若

波羅蜜多不不也善現世尊爲即諸佛無上正等菩提空虛非有不自在性不堅實性能行般若波羅蜜多不不也善現世尊爲離諸佛無上正等菩提空虛非有不自在性不堅實性能行般若波羅蜜多不不也善現世尊爲即色真如法界法性不虛妄性不變異性平等性離生性法定法住實際虛空界不思議界能行般若波羅蜜多不不也善現世尊爲離色真如法界法性不虛妄性不變異性平等性離生性法定法住實際虛空界不思議界能行般若波羅蜜多不不也善現世尊爲即受想行識真如法界法性不虛妄性不變異性平等性離生性法定法住實際虛空界不思議界能行般若波羅蜜多不不也善現世尊爲離受想行識真如法界法性不虛妄性不變異性平等性離生性法定法住實際虛空界不思議界能行般若波羅蜜多不不也善現世尊爲即眼處真如法界法性不虛妄性不變異性平等性離生性法定法住實際虛空界不思議界能行般若波羅蜜多不不也善現世尊爲離眼處真如法界法性不虛妄性不變異性平等性離生性法定法住實際虛空界不思議界能行般若波羅蜜多不不也善現世尊爲即耳鼻舌身意處真如法界法性不虛妄性不變異性平等性離生性法定法住實際虛空界不思議界能行般若波羅蜜多不不也善現世尊爲離耳鼻舌身意處真如法界法性不虛妄性不變異性平等性離生性法定法住實際虛空界不思議界能行般若波羅蜜多不不也善現世

尊爲即色處真如法界法性不虚妄性不變異性平等性離生性法定法住實際虚空界不思議界能行般若波羅蜜多不不也善現世尊爲離色處真如法界法性不虚妄性不變異性平等性離生性法定法住實際虚空界不思議界能行般若波羅蜜多不不也善現世尊爲即聲香味觸法處真如法界法性不虚妄性不變異性平等性離生性法定法住實際虚空界不思議界能行般若波羅蜜多不不也善現世尊爲離聲香味觸法處真如法界法性不虚妄性不變異性平等性離生性法定法住實際虚空界不思議界能行般若波羅蜜多不不也善現世尊爲即眼界真如法界法性不虚妄性不變異性平等性離生性法定法住實際虚空界不思議界能行般若波羅蜜多不不也善現世尊爲離眼界真如法界法性不虚妄性不變異性平等性離生性法定法住實際虚空界不思議界能行般若波羅蜜多不不也善現世尊爲即耳鼻舌身意界真如法界法性不虚妄性不變異性平等性離生性法定法住實際虚空界不思議界能行般若波羅蜜多不不也善現世尊爲離耳鼻舌身意界真如法界法性不虚妄性不變異性平等性離生性法定法住實際虚空界不思議界能行般若波羅蜜多不不也善現世尊爲即色界真如法界法性不虚妄性不變異性平等性離生性法定法住實際虚空界不思議界能行般若波羅蜜多不不也善現世尊爲離色界真如法界法性不虚妄性不變異性平等性離生性法

定法住實際虛空界不思議界能行般若波羅蜜多不不也善現世尊爲即聲香味觸法界真如法界法性不虛妄性不變異性平等性離生性法定法住實際虛空界不思議界能行般若波羅蜜多不不也善現世尊爲離聲香味觸法界真如法界法性不虛妄性不變異性平等性離生性法定法住實際虛空界不思議界能行般若波羅蜜多不不也善現世尊爲即眼識界真如法界法性不虛妄性不變異性平等性離生性法定法住實際虛空界不思議界能行般若波羅蜜多不不也善現世尊爲離眼識界真如法界法性不虛妄性不變異性平等性離生性法定法住實際虛空界不思議界能行般若波羅蜜多不不也善現世尊爲即耳鼻舌身意識界真如法界法性不虛妄性不變異性平等性離生性法定法住實際虛空界不思議界能行般若波羅蜜多不不也善現世尊爲離耳鼻舌身意識界真如法界法性不虛妄性不變異性平等性離生性法定法住實際虛空界不思議界能行般若波羅蜜多不不也善現世尊爲即眼觸真如法界法性不虛妄性不變異性平等性離生性法定法住實際虛空界不思議界能行般若波羅蜜多不不也善現世尊爲離眼觸真如法界法性不虛妄性不變異性平等性離生性法定法住實際虛空界不思議界能行般若波羅蜜多不不也善現世尊爲即耳鼻舌身意觸真如法界法性不虛妄性不變異性平等性離生性法定法住實際虛空界不思議界能行般若波羅

蜜多不不也善現世尊爲離耳鼻舌身意觸真如法界法性不虛妄性不變異性平等性離生性法定法住實際虛空界不思議界能行般若波羅蜜多不不也善現世尊爲即眼觸爲緣所生諸受真如法界法性不虛妄性不變異性平等性離生性法定法住實際虛空界不思議界能行般若波羅蜜多不不也善現世尊爲離眼觸爲緣所生諸受真如法界法性不虛妄性不變異性平等性離生性法定法住實際虛空界不思議界能行般若波羅蜜多不不也善現世尊爲即耳鼻舌身意觸爲緣所生諸受真如法界法性不虛妄性不變異性平等性離生性法定法住實際虛空界不思議界能行般若波羅蜜多不不也善現世尊爲離耳鼻舌身意觸爲緣所生諸受真如法界法性不虛妄性不變異性平等性離生性法定法住實際虛空界不思議界能行般若波羅蜜多不不也善現世尊爲即地界真如法界法性不虛妄性不變異性平等性離生性法定法住實際虛空界不思議界能行般若波羅蜜多不不也善現世尊爲離地界真如法界法性不虛妄性不變異性平等性離生性法定法住實際虛空界不思議界能行般若波羅蜜多不不也善現世尊爲即水火風空識界真如法界法性不虛妄性不變異性平等性離生性法定法住實際虛空界不思議界能行般若波羅蜜多不不也善現世尊爲離水火風空識界真如法界法性不虛妄性不變異性平等性離生性法定法住實際虛空界不思議界能行般若

波羅蜜多不不也善現世尊爲即無明真如法界法性不虛妄性不變異性平等性離生性法定法住實際虛空界不思議界能行般若波羅蜜多不不也善現世尊爲離無明真如法界法性不虛妄性不變異性平等性離生性法定法住實際虛空界不思議界能行般若波羅蜜多不不也善現世尊爲即行識名色六處觸受愛取有生老死真如法界法性不虛妄性不變異性平等性離生性法定法住實際虛空界不思議界能行般若波羅蜜多不不也善現世尊爲離行識名色六處觸受愛取有生老死真如法界法性不虛妄性不變異性平等性離生性法定法住實際虛空界不思議界能行般若波羅蜜多不不也善現世尊爲即布施波羅蜜多真如法界法性不虛妄性不變異性平等性離生性法定法住實際虛空界不思議界能行般若波羅蜜多不不也善現世尊爲離布施波羅蜜多真如法界法性不虛妄性不變異性平等性離生性法定法住實際虛空界不思議界能行般若波羅蜜多不不也善現世尊爲即淨戒安忍精進靜慮般若波羅蜜多真如法界法性不虛妄性不變異性平等性離生性法定法住實際虛空界不思議界能行般若波羅蜜多不不也善現世尊爲離淨戒安忍精進靜慮般若波羅蜜多真如法界法性不虛妄性不變異性平等性離生性法定法住實際虛空界不思議界能行般若波羅蜜多不不也善現世尊爲即內空真如法界法性不虛妄性不變異性平等性離生性法定法

住實際虛空界不思議界能行般若波羅蜜多不不也善現世尊爲離內空真如法界法性不虛妄性不變異性平等性離生性法定法住實際虛空界不思議界能行般若波羅蜜多不不也善現世尊爲即外空內外空空空大空勝義空有爲空無爲空畢竟空無際空散空無變異空本性空自相空共相空一切法空不可得空無性空自性空無性自性空真如法界法性不虛妄性不變異性平等性離生性法定法住實際虛空界不思議界能行般若波羅蜜多不不也善現世尊爲離外空內外空空空大空勝義空有爲空無爲空畢竟空無際空散空無變異空本性空自相空共相空一切法空不可得空無性空自性空無性自性空真如法界法性不虛妄性

不變異性平等性離生性法定法住實際虛空界不思議界能行般若波羅蜜多不不也善現世尊爲即苦聖諦真如法界法性不虛妄性不變異性平等性離生性法定法住實際虛空界不思議界能行般若波羅蜜多不不也善現世尊爲離苦聖諦真如法界法性不虛妄性不變異性平等性離生性法定法住實際虛空界不思議界能行般若波羅蜜多不不也善現世尊爲即集滅道聖諦真如法界法性不虛妄性不變異性平等性離生性法定法住實際虛空界不思議界能行般若波羅蜜多不不也善現世尊爲離集滅道聖諦真如法界法性不虛妄性不變異性平等性離生性法定法住實際虛空界不思議界能行般若波羅蜜多不不也善現世尊爲

即四靜慮真如法界法性不虚妄性不變異性平等性離生性法定法住實際虚空界不思議界能行般若波羅蜜多不不也善現世尊爲離四靜慮真如法界法性不虚妄性不變異性平等性離生性法定法住實際虚空界不思議界能行般若波羅蜜多不不也善現世尊爲即四無量四無色定真如法界法性不虚妄性不變異性平等性離生性法定法住實際虚空界不思議界能行般若波羅蜜多不不也善現世尊爲離四無量四無色定真如法界法性不虚妄性不變異性平等性離生性法定法住實際虚空界不思議界能行般若波羅蜜多不不也善現世尊爲即八解脫真如法界法性不虚妄性不變異性平等性離生性法定法住實際虚空界不思議界能行般若波羅蜜多不不也善現世尊爲離八解脫真如法界法性不虚妄性不變異性平等性離生性法定法住實際虚空界不思議界能行般若波羅蜜多不不也善現世尊爲即八勝處九次第定十遍處真如法界法性不虚妄性不變異性平等性離生性法定法住實際虚空界不思議界能行般若波羅蜜多不不也善現世尊爲離八勝處九次第定十遍處真如法界法性不虚妄性不變異性平等性離生性法定法住實際虚空界不思議界能行般若波羅蜜多不不也善現世尊爲即四念住真如法界法性不虚妄性不變異性平等性離生性法定法住實際虚空界不思議界能行般若波羅蜜多不不也善現世尊爲離四念住真如法界法性不

虛妄性不變異性平等性離生性法定法住
實際虛空界不思議界能行般若波羅蜜多
不不也善現世尊爲即四正斷四神足五根
五力七等覺支八聖道支真如法界法性不
虛妄性不變異性平等性離生性法定法住
實際虛空界不思議界能行般若波羅蜜多
不不也善現世尊爲離四正斷四神足五根
五力七等覺支八聖道支真如法界法性不
虛妄性不變異性平等性離生性法定法住
實際虛空界不思議界能行般若波羅蜜多
不不也善現世尊爲即空解脫門真如法界
法性不虛妄性不變異性平等性離生性法
定法住實際虛空界不思議界能行般若波
羅蜜多不不也善現世尊爲離空解脫門真
如法界法性不虛妄性不變異性平等性離
生性法定法住實際虛空界不思議界能行
般若波羅蜜多不不也善現世尊爲即無相
無願解脫門真如法界法性不虛妄性不變
異性平等性離生性法定法住實際虛空界
不思議界能行般若波羅蜜多不不也善現
世尊爲離無相無願解脫門真如法界法性
不虛妄性不變異性平等性離生性法定法
住實際虛空界不思議界能行般若波羅蜜
多不不也善現世尊爲即極喜地真如法界
法性不虛妄性不變異性平等性離生性法
定法住實際虛空界不思議界能行般若波
羅蜜多不不也善現世尊爲離極喜地真如
法界法性不虛妄性不變異性平等性離生
性法定法住實際虛空界不思議界能行般
若波羅蜜多不不也善現世尊爲即離垢地

發光地焰慧地極難勝地現前地遠行地不
動地善慧地法雲地真如法界法性不虛妄
性不變異性平等性離生性法定法住實際
虛空界不思議界能行般若波羅蜜多不不
也善現世尊爲離離垢地發光地焰慧地極
難勝地現前地遠行地不動地善慧地法雲
地真如法界法性不虛妄性不變異性平等
性離生性法定法住實際虛空界不思議界
能行般若波羅蜜多不不也善現世尊爲即
五眼真如法界法性不虛妄性不變異性平
等性離生性法定法住實際虛空界不思議
界能行般若波羅蜜多不不也善現世尊爲
離五眼真如法界法性不虛妄性不變異性
平等性離生性法定法住實際虛空界不思
議界能行般若波羅蜜多不不也善現世尊
爲即六神通真如法界法性不虛妄性不變
異性平等性離生性法定法住實際虛空界
不思議界能行般若波羅蜜多不不也善現
世尊爲離六神通真如法界法性不虛妄性
不變異性平等性離生性法定法住實際虛
空界不思議界能行般若波羅蜜多不不也
善現世尊爲即佛十力真如法界法性不虛
妄性不變異性平等性離生性法定法住實
際虛空界不思議界能行般若波羅蜜多不
不也善現世尊爲離佛十力真如法界法性
不虛妄性不變異性平等性離生性法定法
住實際虛空界不思議界能行般若波羅蜜
多不不也善現世尊爲即四無所畏四無礙
解大慈大悲大喜大捨十八佛不共法真如
法界法性不虛妄性不變異性平等性離生

性法定法住實際虛空界不思議界能行般若波羅蜜多不不也善現世尊爲離四無所畏四無礙解大慈大悲大喜大捨十八佛不共法真如法界法性不虛妄性不變異性平等性離生性法定法住實際虛空界不思議界能行般若波羅蜜多不不也善現世尊爲即無忘失法真如法界法性不虛妄性不變異性平等性離生性法定法住實際虛空界不思議界能行般若波羅蜜多不不也善現世尊爲離無忘失法真如法界法性不虛妄性不變異性平等性離生性法定法住實際虛空界不思議界能行般若波羅蜜多不不也善現世尊爲即恒住捨性真如法界法性不虛妄性不變異性平等性離生性法定法住實際虛空界不思議界能行般若波羅蜜多不不也善現世尊爲離恒住捨性真如法界法性不虛妄性不變異性平等性離生性法定法住實際虛空界不思議界能行般若波羅蜜多不不也善現世尊爲即一切智真如法界法性不虛妄性不變異性平等性離生性法定法住實際虛空界不思議界能行般若波羅蜜多不不也善現世尊爲離一切智真如法界法性不虛妄性不變異性平等性離生性法定法住實際虛空界不思議界能行般若波羅蜜多不不也善現世尊爲即道相智一切相智真如法界法性不虛妄性不變異性平等性離生性法定法住實際虛空界不思議界能行般若波羅蜜多不不也善現世尊爲離道相智一切相智真如法界法性不虛妄性不變異性平等性離生性法

定法住實際虛空界不思議界能行般若波羅蜜多不不也善現世尊爲即一切陀羅尼門真如法界法性不虛妄性不變異性平等性離生性法定法住實際虛空界不思議界能行般若波羅蜜多不不也善現世尊爲離一切陀羅尼門真如法界法性不虛妄性不變異性平等性離生性法定法住實際虛空界不思議界能行般若波羅蜜多不不也善現世尊爲即一切三摩地門真如法界法性不虛妄性不變異性平等性離生性法定法住實際虛空界不思議界能行般若波羅蜜多不不也善現世尊爲離一切三摩地門真如法界法性不虛妄性不變異性平等性離生性法定法住實際虛空界不思議界能行般若波羅蜜多不不也善現世尊爲即預流果真如法界法性不虛妄性不變異性平等性離生性法定法住實際虛空界不思議界能行般若波羅蜜多不不也善現世尊爲離預流果真如法界法性不虛妄性不變異性平等性離生性法定法住實際虛空界不思議界能行般若波羅蜜多不不也善現世尊爲即一來不還阿羅漢果真如法界法性不虛妄性不變異性平等性離生性法定法住實際虛空界不思議界能行般若波羅蜜多不不也善現世尊爲離一來不還阿羅漢果真如法界法性不虛妄性不變異性平等性離生性法定法住實際虛空界不思議界能行般若波羅蜜多不不也善現世尊爲即獨覺菩提真如法界法性不虛妄性不變異性平等性離生性法定法住實際虛空界不思

議界能行般若波羅蜜多不不也善現世尊爲離獨覺菩提真如法界法性不虛妄性不變異性平等性離生性法定法住實際虛空界不思議界能行般若波羅蜜多不不也善現世尊爲即一切菩薩摩訶薩行真如法界法性不虛妄性不變異性平等性離生性法定法住實際虛空界不思議界能行般若波羅蜜多不不也善現世尊爲離一切菩薩摩訶薩行真如法界法性不虛妄性不變異性平等性離生性法定法住實際虛空界不思議界能行般若波羅蜜多不不也善現世尊爲即諸佛無上正等菩提真如法界法性不虛妄性不變異性平等性離生性法定法住實際虛空界不思議界能行般若波羅蜜多不不也善現世尊爲離諸佛無上正等菩提真如法界法性不虛妄性不變異性平等性離生性法定法住實際虛空界不思議界能行般若波羅蜜多不不也善現時具壽善現白佛言世尊若如是諸法皆不能行般若波羅蜜多者云何菩薩摩訶薩能行般若波羅蜜多佛告善現於意云何汝見有法能行般若波羅蜜多不善現荅言不也世尊佛告善現於意云何汝見般若波羅蜜多是菩薩摩訶薩所行處不善現荅言不也世尊佛告善現於意云何汝所不見法是法可得不善現荅言不也世尊佛告善現於意云何不可得法有生滅不善現荅言不也世尊佛告善現如汝所見諸法實性即是菩薩摩訶薩無生法忍若菩薩摩訶薩成就如是無生法忍便爲如來應正等覺授與無上正等菩提不退

轉記善現若菩薩摩訶薩於佛十力四無所畏四無礙解大慈大悲大喜大捨十八佛不共法等殊勝功德精進修行常無懈倦不證無上正等菩提一切智智大乘妙智無有是處所以者何善現是菩薩摩訶薩必已獲得無生法忍乃至無上正等菩提於所得法無退無減具壽善現復白佛言世尊諸菩薩摩訶薩以一切法無生性得佛無上正等菩提不退轉記不世尊告言不也善現世尊諸菩薩摩訶薩以一切法生性得佛無上正等菩提不退轉記不不也善現世尊諸菩薩摩訶薩以一切法生無生性得佛無上正等菩提不退轉記不不也善現世尊諸菩薩摩訶薩以一切法非生非無生性得佛無上正等菩提不退轉記不不也善現時具壽善現白佛言世尊云何菩薩摩訶薩得佛無上正等菩提不退轉記佛告善現於意云何汝見有法得佛無上正等菩提不退轉記不善現荅言不也世尊我不見法得佛無上正等菩提不退轉記亦不見法於佛無上正等菩提有能證者證處證時及由此證皆不可得佛言善現如是如是如汝所說善現若菩薩摩訶薩於一切法無所得時不作是念我於無上正等菩提當能證得我用是法證得無上正等菩提我由此法於如是時於如是處證得無上正等菩提所以者何善現諸菩薩摩訶薩行深般若波羅蜜多無如是等一切分別何以故善現甚深般若波羅蜜多無分別故

大般若波羅蜜多經卷第三百三十六

大般若波羅蜜多經卷第三百三十七

唐三藏法師玄奘奉　詔譯

初分巧便學品第五十五之一

爾時天帝釋白佛言世尊如是般若波羅蜜多最極甚深難見難覺不可尋思超尋思境聰慧微審智者所證一切分別畢竟離故世尊若諸有情於此般若波羅蜜多甚深經典常樂聽聞受持讀誦究竟通利如理思惟依教修行正爲他說乃至無上正等菩提不離諸餘心心所者當知如是諸有情類必不成就微少善根爾時佛告天帝釋言如是如是如汝所說憍尸迦若諸有情於此般若波羅蜜多甚深經典常樂聽聞受持讀誦究竟通利如理思惟依教修行正爲他說乃至無上正等菩提不離諸餘心心所者當知如是諸有情類決定成就廣大善根憍尸迦假使於此贍部洲中一切有情皆悉成就十善業道及四靜慮四無量心四無色定五神通等無量功德有善男子善女人等於此般若波羅蜜多甚深經典常樂聽聞受持讀誦究竟通利如理思惟依教修行正爲他說是善男子善女人等所獲功德於前所說贍部洲中諸有情類所成功德百倍爲勝千倍爲勝百千倍爲勝俱胝倍爲勝百俱胝倍爲勝千俱胝倍爲勝百千俱胝倍爲勝那庾多倍爲勝百那庾多倍爲勝千那庾多倍爲勝百千那庾多倍爲勝筭倍數倍計倍喻倍乃至鄔波尼殺曇倍亦復爲勝爾時會中有一苾芻謂天帝釋言憍尸迦若善男子善女人等於此般若波羅蜜多甚深經典攝心不亂常樂聽聞

受持讀誦令極通利如理思惟依教修行正爲他說乃至無上正等菩提不雜諸餘心心所者所獲功德勝贍部洲諸有情類一切成就十善業道及四靜慮四無量心四無色定五神通等無量功德天帝釋言是善男子善女人等初發一念一切智智相應心時所獲功德已勝所說贍部洲中諸有情類一切成就十善業道及四靜慮四無量心四無色定五神通等無量功德多百千倍何況於此甚深般若波羅蜜多甚深經典攝心不亂常樂聽聞受持讀誦令極通利如理思惟依教修行正爲他說乃至無上正等菩提不雜諸餘心心所者所獲功德而可校量苾芻當知是善男子善女人等功德智慧非但勝彼贍部洲中成十善等諸有情類亦勝一切世間天人阿素洛等何以故是善男子善女人等疾證無上正等菩提利樂有情無邊際故苾芻當知是善男子善女人等功德智慧非但勝彼世間天人阿素洛等亦勝一切預流一來不還阿羅漢獨覺何以故是善男子善女人等疾證無上正等菩提利樂有情無邊際故苾芻當知是善男子善女人等功德智慧非但勝彼一切預流一來不還阿羅漢獨覺亦勝菩薩摩訶薩遠離般若波羅蜜多方便善巧修行布施淨戒安忍精進靜慮波羅蜜多者何以故是善男子善女人等疾證無上正等菩提利樂有情無邊際故苾芻當知是善男子善女人等功德智慧亦勝菩薩摩訶薩遠離般若波羅蜜多方便善巧安住內空外空內外空空空大空勝義空有爲空無爲空

畢竟空無際空散空無變異空本性空自相空共相空一切法空不可得空無性空自性空無性自性空者何以故是善男子善女人等疾證無上正等菩提利樂有情無邊際故苾芻當知是善男子善女人等功德智慧亦勝菩薩摩訶薩遠離般若波羅蜜多方便善巧安住真如法界法性不虛妄性不變異性平等性離生性法定法住實際虛空界不思議界者何以故是善男子善女人等疾證無上正等菩提利樂有情無邊際故苾芻當知是善男子善女人等功德智慧亦勝菩薩摩訶薩遠離般若波羅蜜多方便善巧安住苦集滅道聖諦者何以故是善男子善女人等疾證無上正等菩提利樂有情無邊際故苾芻當知是善男子善女人等功德智慧亦勝

菩薩摩訶薩遠離般若波羅蜜多方便善巧修行四靜慮四無量四無色定者何以故是善男子善女人等疾證無上正等菩提利樂有情無邊際故苾芻當知是善男子善女人等功德智慧亦勝菩薩摩訶薩遠離般若波羅蜜多方便善巧修行八解脫八勝處九次第定十遍處者何以故是善男子善女人等疾證無上正等菩提利樂有情無邊際故苾芻當知是善男子善女人等功德智慧亦勝菩薩摩訶薩遠離般若波羅蜜多方便善巧修行四念住四正斷四神足五根五力七等覺支八聖道支者何以故是善男子善女人等疾證無上正等菩提利樂有情無邊際故苾芻當知是善男子善女人等功德智慧亦勝菩薩摩訶薩遠離般若波羅蜜多方便善

巧修行空無相無願解脫門者何以故是善男子善女人等疾證無上正等菩提利樂有情無邊際故苾芻當知是善男子善女人等功德智慧亦勝菩薩摩訶薩遠離般若波羅蜜多方便善巧修行極喜地離垢地發光地焰慧地極難勝地現前地遠行地不動地善慧地法雲地者何以故是善男子善女人等疾證無上正等菩提利樂有情無邊際故苾芻當知是善男子善女人等功德智慧亦勝菩薩摩訶薩遠離般若波羅蜜多方便善巧修行五眼六神通者何以故是善男子善女人等疾證無上正等菩提利樂有情無邊際故苾芻當知是善男子善女人等功德智慧亦勝菩薩摩訶薩遠離般若波羅蜜多方便善巧修行佛十力四無所畏四無礙解大慈大悲大喜大捨十八佛不共法者何以故是善男子善女人等疾證無上正等菩提利樂有情無邊際故苾芻當知是善男子善女人等功德智慧亦勝菩薩摩訶薩遠離般若波羅蜜多方便善巧修行無忘失法恒住捨性者何以故是善男子善女人等疾證無上正等菩提利樂有情無邊際故苾芻當知是善男子善女人等功德智慧亦勝菩薩摩訶薩遠離般若波羅蜜多方便善巧修行一切智道相智一切相智者何以故是善男子善女人等疾證無上正等菩提利樂有情無邊際故苾芻當知是善男子善女人等功德智慧亦勝菩薩摩訶薩遠離般若波羅蜜多方便善巧修行陀羅尼門三摩地門者何以故是善男子善女人等疾證無上正等菩提利樂

有情無邊際故苾芻當知是善男子善女人等功德智慧亦勝菩薩摩訶薩遠離般若波羅蜜多方便善巧修行緣性緣起觀者何以故是善男子善女人等疾證無上正等菩提利樂有情無邊際故苾芻當知是善男子善女人等功德智慧亦勝菩薩摩訶薩遠離般若波羅蜜多方便善巧嚴淨佛土成熟有情者何以故是善男子善女人等疾證無上正等菩提利樂有情無邊際故苾芻當知是善男子善女人等功德智慧亦勝菩薩摩訶薩遠離般若波羅蜜多方便善巧修諸菩薩摩訶薩行及修無上正等菩提者何以故是善男子善女人等疾證無上正等菩提利樂有情無邊際故苾芻當知是善男子善女人等功德智慧亦勝菩薩摩訶薩遠離方便善巧修行般若波羅蜜多者何以故是善男子善女人等疾證無上正等菩提利樂有情無邊際故復次苾芻是善男子善女人等當知即是菩薩摩訶薩苾芻當知是菩薩摩訶薩如說修行甚深般若波羅蜜多故不爲一切世間天人阿素洛等及諸聲聞獨覺菩薩之所勝伏苾芻當知是菩薩摩訶薩如說修行甚深般若波羅蜜多故能紹佛種令不斷絶苾芻當知是菩薩摩訶薩如說修行甚深般若波羅蜜多故常不遠離菩薩如來應正等覺真勝善友苾芻當知是菩薩摩訶薩如說修行甚深般若波羅蜜多故不久當坐妙菩提座降伏魔軍證得無上正等菩提轉妙法輪拔有情類生死大苦苾芻當知是菩薩摩訶薩如說修行甚深般若波羅蜜多故常學菩

薩摩訶薩衆所應學法不學聲聞及諸獨覺所應學行苾芻當知是菩薩摩訶薩行深般若波羅蜜多常學菩薩摩訶薩衆所應學故護世四王領四大天王衆來到其所供養恭敬尊重讚歎作如是言善哉大士當勤精進學諸菩薩摩訶薩衆所應學法勿學聲聞及諸獨覺所應學行若如是學速當安坐妙菩提座疾證無上正等菩提如先如來應正等覺受四天王所奉四鉢汝亦當受如昔護世四大天王奉上四鉢我亦當奉苾芻當知是菩薩摩訶薩行深般若波羅蜜多常學菩薩摩訶薩衆所應學故我等天帝領三十三天衆來到其所供養恭敬尊重讚歎作如是言善哉大士當勤精進學諸菩薩摩訶薩衆所應學法勿學聲聞及諸獨覺所應學行若如是學速當安坐妙菩提座疾證無上正等菩提轉妙法輪度無量衆苾芻當知是菩薩摩訶薩行深般若波羅蜜多常學菩薩摩訶薩衆所應學故蘇夜摩天王領夜摩天衆來到其所供養恭敬尊重讚歎作如是言善哉大士當勤精進學諸菩薩摩訶薩衆所應學法勿學聲聞及諸獨覺所應學行若如是學速當安坐妙菩提座疾證無上正等菩提轉妙法輪度無量衆苾芻當知是菩薩摩訶薩行深般若波羅蜜多常學菩薩摩訶薩衆所應學故珊覩史多天王領覩史多天衆來到其所供養恭敬尊重讚歎作如是言善哉大士當勤精進學諸菩薩摩訶薩衆所應學法勿學聲聞及諸獨覺所應學行若如是學速當安坐妙菩提座疾證無上正等菩提轉妙法

輪度無量衆苾芻當知是菩薩摩訶薩行深般若波羅蜜多常學菩薩摩訶薩衆所應學故妙變化天王領樂變化天衆來到其所供養恭敬尊重讚歎作如是言善哉大士當勤精進學諸菩薩摩訶薩衆所應學法勿學聲聞及諸獨覺所應學行若如是學速當安坐妙菩提座疾證無上正等菩提轉妙法輪度無量衆苾芻當知是菩薩摩訶薩行深般若波羅蜜多常學菩薩摩訶薩衆所應學故妙自在天王領他化自在天衆來到其所供養恭敬尊重讚歎作如是言善哉大士當勤精進學諸菩薩摩訶薩衆所應學法勿學聲聞及諸獨覺所應學行若如是學速當安坐妙菩提座疾證無上正等菩提轉妙法輪度無量衆苾芻當知是菩薩摩訶薩行深般若波羅蜜多常學菩薩摩訶薩衆所應學故索訶界主大梵天王領梵衆天梵輔天梵會天衆來到其所供養恭敬尊重讚歎作如是言善哉大士當勤精進學諸菩薩摩訶薩衆所應學法勿學聲聞及諸獨覺所應學行若如是學速當安坐妙菩提座疾證無上正等菩提轉妙法輪度無量衆苾芻當知是菩薩摩訶薩行深般若波羅蜜多常學菩薩摩訶薩衆所應學故極光淨天領光天少光天無量光天衆來到其所供養恭敬尊重讚歎作如是言善哉大士當勤精進學諸菩薩摩訶薩衆所應學法勿學聲聞及諸獨覺所應學行若如是學速當安坐妙菩提座疾證無上正等菩提轉妙法輪度無量衆苾芻當知是菩薩摩訶薩行深般若波羅蜜多常學菩薩摩訶

薩衆所應學故遍淨天領淨天少淨天無量淨天衆來到其所供養恭敬尊重讚歎作如是言善哉大士當勤精進學諸菩薩摩訶薩衆所應學法勿學聲聞及諸獨覺所應學行若如是學速當安坐妙菩提座疾證無上正等菩提轉妙法輪度無量衆苾芻當知是菩薩摩訶薩行深般若波羅蜜多常學菩薩摩訶薩衆所應學故廣果天領廣天少廣天無量廣天衆來到其所供養恭敬尊重讚歎作如是言善哉大士當勤精進學諸菩薩摩訶薩衆所應學法勿學聲聞及諸獨覺所應學行若如是學速當安坐妙菩提座疾證無上正等菩提轉妙法輪度無量衆苾芻當知是菩薩摩訶薩行深般若波羅蜜多常學菩薩摩訶薩衆所應學故色究竟天領無煩天無熱天善現天善見天衆來到其所供養恭敬尊重讚歎作如是言善哉大士當勤精進學諸菩薩摩訶薩衆所應學法勿學聲聞及諸獨覺所應學行若如是學速當安坐妙菩提座疾證無上正等菩提轉妙法輪度無量衆苾芻當知是菩薩摩訶薩如說修行甚深般若波羅蜜多故一切如來應正等覺及諸菩薩摩訶薩衆幷諸天龍阿素洛等常隨護念由此因緣是菩薩摩訶薩世間一切險難危厄身心憂苦皆不侵害苾芻當知是菩薩摩訶薩如說修行甚深般若波羅蜜多諸佛菩薩及諸天龍阿素洛等常護念故世間所有大種相違所起諸病皆不侵惱所謂眼病耳病鼻病舌病身病諸支節病身痛心痛頭痛齒痛脇痛腰痛背痛腹痛諸支節痛如是所

有四百四病皆於身中永無所有唯除重業轉爲輕受苾芻當知是菩薩摩訶薩如說修行甚深般若波羅蜜多故獲如是等現世功德後世功德無量無邊爾時具壽阿難竊作是念今天帝釋爲自辯才讚說如是甚深般若波羅蜜多殊勝功德爲是如來威神之力時天帝釋即知阿難心之所念白阿難言我所讚說甚深般若波羅蜜多殊勝功德皆是如來威神之力爾時佛告阿難陀言如是如是今天帝釋讚深般若波羅蜜多希有功德當知皆是如來神力非自辯才何以故甚深般若波羅蜜多希有功德非人天等所能知故阿難當知若菩薩摩訶薩習學如是甚深般若波羅蜜多思惟如是甚深般若波羅蜜多修行如是甚深般若波羅蜜多時此三千大千世界一切惡魔皆生疑惑咸作是念此菩薩摩訶薩爲證實際退取預流一來不還阿羅漢果獨覺菩提爲趣無上正等菩提復次阿難若菩薩摩訶薩不離如是甚深般若波羅蜜多時諸惡魔生大憂苦身心顫慄如中毒箭復次阿難若菩薩摩訶薩行深般若波羅蜜多時有惡魔來到其所化作種種可怖畏事所謂刀劒惡獸毒蛇猛火䆁焰四方俱發欲令菩薩身心惶懼迷失無上大菩提心於所修行心生退屈乃至發起一念亂意障礙無上正等菩提爾時具壽阿難白佛言世尊爲諸菩薩摩訶薩行深般若波羅蜜多時皆爲惡魔之所擾亂爲有擾亂不擾亂者佛告阿難非諸菩薩摩訶薩行深般若波羅蜜多時皆爲惡魔之所擾亂然有擾亂不擾

亂者具壽阿難復白佛言世尊何等菩薩摩訶薩行深般若波羅蜜多時便爲惡魔之所擾亂何等菩薩摩訶薩行深般若波羅蜜多時不爲惡魔之所擾亂佛告阿難若菩薩摩訶薩先世聞此甚深般若波羅蜜多心不信解便生誹謗是菩薩摩訶薩行深般若波羅蜜多時便爲惡魔之所擾亂若菩薩摩訶薩先世聞此甚深般若波羅蜜多深心信解不生誹謗是菩薩摩訶薩行深般若波羅蜜多時不爲惡魔之所擾亂復次阿難若菩薩摩訶薩先世聞此甚深般若波羅蜜多心生猶豫爲實有此甚深般若波羅蜜多爲實無此甚深般若波羅蜜多是菩薩摩訶薩行深般若波羅蜜多時便爲惡魔之所擾亂若菩薩摩訶薩先世聞此甚深般若波羅蜜多不生疑惑決定信有甚深般若波羅蜜多是菩薩摩訶薩行深般若波羅蜜多時不爲惡魔之所擾亂復次阿難若菩薩摩訶薩遠離善友爲諸惡友之所攝持不聞如是甚深般若波羅蜜多由不聞故不能解了不解了故不能修習不修習故不能如實證得如是甚深般若波羅蜜多是菩薩摩訶薩行深般若波羅蜜多時便爲惡魔之所擾亂若菩薩摩訶薩親近善友不爲惡友之所攝持得聞如是甚深般若波羅蜜多由得聞故便能解了由解了故則能修習能修習故如實證得甚深般若波羅蜜多是菩薩摩訶薩行深般若波羅蜜多時不爲惡魔之所擾亂復次阿難若菩薩摩訶薩遠離般若波羅蜜多攝受讃歎非真妙法是菩薩摩訶薩行深般若波羅蜜多

時便爲惡魔之所擾亂若菩薩摩訶薩親近般若波羅蜜多不攝不讃非真妙法是菩薩摩訶薩行深般若波羅蜜多時不爲惡魔之所擾亂復次阿難若菩薩摩訶薩遠離般若波羅蜜多於真妙法誹謗毁呰爾時惡魔便作是念今此菩薩與我爲伴由彼謗毁真妙法故便有無量住菩薩乘諸善男子善女人等於真妙法亦生毁謗由此因緣我願圓滿是菩薩乘諸善男子善女人等設勤精進修諸善法而墮聲聞或獨覺地亦令他墮阿難當知是菩薩摩訶薩行深般若波羅蜜多時便爲惡魔之所擾亂若菩薩摩訶薩親近般若波羅蜜多於真妙法信受讃歎亦令無量住菩薩乘諸善男子善女人等於真妙法信受讃歎由此惡魔驚怖愁惱是菩薩乘諸善

男子善女人等設不精勤修諸善法而亦決定不令自他退墮聲聞或獨覺地必證無上正等菩提阿難當知是菩薩摩訶薩行深般若波羅蜜多時不爲惡魔之所擾亂復次阿難若菩薩摩訶薩聞説般若波羅蜜多甚深經時作如是語如是般若波羅蜜多極爲甚深難見難覺何用宣説聽聞受持讀誦思惟精勤修習書寫流布我尚不能得其源底况餘淺智時有無量住菩薩乘諸善男子善女人等聞其所説心生驚怖皆退無上正等覺心阿難當知是菩薩摩訶薩行深般若波羅蜜多時便爲惡魔之所擾亂若菩薩摩訶薩聞説般若波羅蜜多甚深經時作如是語如是般若波羅蜜多極爲甚深難見難覺若不宣説聽聞受持讀誦思惟精勤修習書寫流

布能證無上正等菩提必無是處時有無量住菩薩乘諸善男子善女人等聞其所說歡喜踊躍皆於般若波羅蜜多常樂聽聞受持讀誦令極通利如理思惟精進修行爲他演說書寫流布速趣無上正等菩提阿難當知是菩薩摩訶薩行深般若波羅蜜多時不爲惡魔之所擾亂復次阿難若菩薩摩訶薩恃已所有功德善根輕餘菩薩摩訶薩衆謂作是言我能修習布施淨戒安忍精進靜慮般若波羅蜜多汝等不能我能安住內空外空內外空空空大空勝義空有爲空無爲空畢竟空無際空散空無變異空本性空自相空共相空一切法空不可得空無性空自性空無性自性空汝等不能我能安住真如法界法性不虛妄性不變異性平等性離生性法定法住實際虛空界不思議界汝等不能我能安住苦集滅道聖諦汝等不能我能修習四靜慮四無量四無色定汝等不能我能修習八解脫八勝處九次第定十遍處汝等不能我能修習四念住四正斷四神足五根五力七等覺支八聖道支汝等不能我能修習空無相無願解脫門汝等不能我能修習菩薩十地汝等不能我能嚴淨佛土成熟有情汝等不能我能順逆觀察十二緣起汝等不能我能修習五眼六神通汝等不能我能修習佛十力四無所畏四無礙解大慈大悲大喜大捨十八佛不共法汝等不能我能修習奢摩他毗鉢舍那汝等不能我能修習無忘失法恒住捨性汝等不能我能修習陀羅尼門三摩地門汝等不能我能修習一切智道

相智一切相智汝等不能我能觀察諸法自相共相汝等不能我能修習一切菩薩摩訶薩行汝等不能我能修習諸佛無上正等菩提汝等不能爾時惡魔歡喜踊躍言此菩薩是我伴侶輪迴生死未有出期阿難當知是菩薩摩訶薩行深般若波羅蜜多時便爲惡魔之所擾亂若菩薩摩訶薩不恃已有功德善根輕餘菩薩摩訶薩衆雖常精進修諸善法而不執著諸善法相阿難當知是菩薩摩訶薩行深般若波羅蜜多時不爲惡魔之所擾亂復次阿難若菩薩摩訶薩自恃名姓衆所識知輕蔑諸餘修善菩薩恒讚已德毀呰他人實無不退轉菩薩摩訶薩諸行狀相而謂實有起諸煩惱自讚毀他言汝等無菩薩名姓唯我獨有菩薩名姓由增上慢輕蔑毀呰諸餘菩薩摩訶薩衆爾時惡魔見此事已便作是念今此菩薩令我國土宮殿不空增益地獄傍生鬼界是時惡魔助其神力令轉增益威勢辯才由此多人信受其語因斯勸發同彼惡見同彼見已隨彼邪學隨彼學已煩惱熾盛心顛倒故諸所發起身語意業皆能感得不可愛樂衰損苦果由此因緣增三惡趣令魔宮殿國土充滿由此惡魔歡喜踊躍諸有所作隨意自在阿難當知是菩薩摩訶薩行深般若波羅蜜多時便爲惡魔之所擾亂若菩薩摩訶薩不恃已有虛妄姓名輕蔑諸餘修善菩薩於諸功德無增上慢常不自讚亦不毀他能善覺知衆魔事業阿難當知是菩薩摩訶薩行深般若波羅蜜多時不爲惡魔之所擾亂復次阿難若菩薩摩訶薩

與求聲聞獨覺乘者更相毀辱鬪諍誹謗爾時惡魔見此事已作如是念此善男子遠離無上正等菩提親近地獄傍生鬼界所以者何更相毀辱鬪諍誹謗非菩提道但是地獄傍生鬼界諸惡趣道作是念已歡喜踊躍阿難當知是菩薩摩訶薩行深般若波羅蜜多時便爲惡魔之所擾亂若菩薩摩訶薩與求聲聞獨覺乘者不相毀辱鬪諍誹謗方便化導令趣大乘或令勤修自乘善法阿難當知是菩薩摩訶薩行深般若波羅蜜多時不爲惡魔之所擾亂復次阿難若菩薩摩訶薩與求無上正等菩提諸善男子善女人等更相毀辱鬪諍誹謗爾時惡魔見此事已作如是念此二菩薩俱遠無上正等菩提俱近地獄傍生鬼界所以者何更相毀辱鬪諍誹謗非菩提道但是地獄傍生鬼界諸惡趣道作是念已歡喜踊躍阿難當知是菩薩摩訶薩行深般若波羅蜜多時便爲惡魔之所擾亂若菩薩摩訶薩與求無上正等菩提諸善男子善女人等不相毀辱鬪諍誹謗更相教誨勤修善法令疾證得一切智智阿難當知是菩薩摩訶薩行深般若波羅蜜多時不爲惡魔之所擾亂阿難當知若菩薩摩訶薩未得無上正等菩提不退轉記於得無上正等菩提不退轉記諸菩薩所起損害心鬪諍毀辱輕蔑誹謗是菩薩摩訶薩隨起爾所念不饒益心還退爾所劫曾修勝行經爾所時遠離善友還受爾所生死繫縛若不棄捨大菩提心還爾所劫勤修勝行然後乃補所退功德時具壽阿難白佛言世尊是菩薩摩訶薩所起

惡心生死罪苦爲要流轉經爾所時爲於中間亦得出離是菩薩摩訶薩所退勝行爲要精勤經爾所刧然後乃補爲於中間有復本義佛告阿難我爲菩薩獨覺聲聞說有出罪還補善法阿難當知若菩薩摩訶薩未得無上正等菩提不退轉記於得無上正等菩提不退轉記諸菩薩所起損害心鬬諍毀辱輕蔑誹謗復無慚愧懷恨不捨不能如法發露改悔我說彼類於其中間無有出罪還補善義要爾所刧流轉生死遠離善友衆苦所縛若不棄捨大菩提心要爾所刧勤修勝行然後乃補所退功德若菩薩摩訶薩未得無上正等菩提不退轉記於得無上正等菩提不退轉記諸菩薩所起損害心鬬諍毀辱輕蔑誹謗後生慚愧心無怨結速還如法發露改悔作如是念我今已得難得人身如何復起如是過惡失大善利我應饒益一切有情如何於中反作衰損我應恭敬一切有情如僕事主如何於中反生憍慢毀辱凌蔑我應忍受一切有情捶打訶罵如何於彼反以暴惡身語加報我應和解一切有情令相敬愛云何復起麤惡語言與彼乖諍我應忍受一切有情長時履踐猶如道路亦如橋梁云何於彼反爲凌辱我求無上正等菩提爲脫有情生死大苦令得究竟安樂涅槃云何復欲加之以苦我應從今窮未來際如癡如瘂如聾如盲於諸有情無所分別假使斷截首足身分於彼有情終不起惡忽我起惡破壞無上正等覺心障礙所求一切智智阿難當知是菩薩摩訶薩我說中間亦有出罪還補善義

非要經於爾所劫數流轉生死惡魔於彼不能擾亂阿難當知諸菩薩摩訶薩與求聲聞獨覺乘者不應交涉設與交涉不應共住設與共住不應與彼論議決擇所以者何若與彼類論議決擇或當發起瞋忿等心或復令生麤惡言說然諸菩薩於有情類不應發起瞋忿等心亦不應生麤惡言說設被斷截首足身分亦不應起瞋忿惡言所以者何應作是念我求無上正等菩提爲拔有情生死衆苦令得究竟利益安樂云何於彼復起惡事阿難當知若諸菩薩於有情類起瞋恚心發麤惡語便障菩薩一切智智亦壞無邊殊勝行法是故菩薩摩訶薩衆欲證無上正等菩提於諸有情不應瞋恚亦不應起麤惡言說

大般若波羅蜜多經卷第三百三十七

音釋

憍尸迦 梵語帝釋名也憍堅堯切 珊覩史多 梵語也亦云兜率陀此云知足珊音山覩董五切 險難 險虛檢切危也難乃旦切阻也阨也 脇 虛業切腋下也 顫慄 顫音戰顫掉也慄力質切慄懼也 赩 迄逆切大赤也 誹謗 誹敷尾切非議也謗補曠切毀也 淩蔑 蔑彌列切淩蔑謂淩侮輕蔑也 捶打 捶之蘂切打音頂杖擊也 勃惡 勃正作悖蒲沒切悖逆也

大般若波羅蜜多經卷第三百三十八

唐三藏法師玄奘奉　詔譯

初分巧便學品第五十五之二

爾時阿難白佛言世尊菩薩菩薩云何共住佛告阿難菩薩菩薩共住相視當如大師所以者何諸菩薩摩訶薩展轉相視應作是念彼是我等眞善知識與我爲伴共乘一船我等與彼學處學時及所學法一切無異如彼應學布施淨戒安忍精進靜慮般若波羅蜜多我亦應學如彼應學內空外空內外空空空大空勝義空有爲空無爲空畢竟空無際空散空無變異空本性空自相空共相空一切法空不可得空無性空自性空無性自性空我亦應學如彼應學眞如法界法性不虛妄性不變異性平等性離生性法定法住實際虛空界不思議界我亦應學如彼應學苦集滅道聖諦我亦應學如彼應學四靜慮四無量四無色定我亦應學如彼應學八解脫八勝處九次第定十遍處我亦應學如彼應學四念住四正斷四神足五根五力七等覺支八聖道支我亦應學如彼應學空無相無願解脫門我亦應學如彼應學菩薩十地我亦應學如彼應學五眼六神通我亦應學如彼應學佛十力四無所畏四無礙解大慈大悲大喜大捨十八佛不共法我亦應學如彼應學無忘失法恒住捨性我亦應學如彼應學陀羅尼門三摩地門我亦應學如彼應學嚴淨佛土成熟有情我亦應學如彼應學一切智道相智一切相智我亦應學復作是念彼諸菩薩爲我等說大菩提道即我眞伴復

是我師若彼菩薩摩訶薩住雜作意遠離一切智智相應作意我則於中不同彼學若彼菩薩摩訶薩離雜作意不離一切智智相應作意我則於中常同彼學阿難當知若諸菩薩摩訶薩衆能如是學菩提資糧速得圓滿若諸菩薩摩訶薩衆如是學時名平等學爾時具壽善現白佛言世尊云何菩薩摩訶薩平等性而諸菩薩摩訶薩於中學故名平等學佛言善現內空是菩薩摩訶薩平等性外空內外空空空大空勝義空有爲空無爲空畢竟空無際空散空無變異空本性空自相空共相空一切法空不可得空無性空自性空無性自性空是菩薩摩訶薩平等性諸菩薩摩訶薩於中學故名平等學由平等學疾證無上正等菩提復次善現色色自性空是菩薩摩訶薩平等性受想行識受想行識自性空是菩薩摩訶薩平等性諸菩薩摩訶薩於中學故名平等學由平等學疾證無上正等菩提復次善現眼處眼處自性空是菩薩摩訶薩平等性耳鼻舌身意處耳鼻舌身意處自性空是菩薩摩訶薩平等性諸菩薩摩訶薩於中學故名平等學由平等學疾證無上正等菩提復次善現色處色處自性空是菩薩摩訶薩平等性聲香味觸法處聲香味觸法處自性空是菩薩摩訶薩平等性諸菩薩摩訶薩於中學故名平等學由平等學疾證無上正等菩提復次善現眼界眼界自性空是菩薩摩訶薩平等性耳鼻舌身意界耳鼻舌身意界自性空是菩薩摩訶薩平等性諸菩薩摩訶薩於中學故名平等學由平等

學疾證無上正等菩提復次善現色界色界自性空是菩薩摩訶薩平等性聲香味觸法界聲香味觸法界自性空是菩薩摩訶薩平等性諸菩薩摩訶薩於中學故名平等學由平等學疾證無上正等菩提復次善現眼識界眼識界自性空是菩薩摩訶薩平等性耳鼻舌身意識界耳鼻舌身意識界自性空是菩薩摩訶薩平等性諸菩薩摩訶薩於中學故名平等學由平等學疾證無上正等菩提復次善現眼觸眼觸自性空是菩薩摩訶薩平等性耳鼻舌身意觸耳鼻舌身意觸自性空是菩薩摩訶薩平等性諸菩薩摩訶薩於中學故名平等學由平等學疾證無上正等菩提復次善現眼觸爲緣所生諸受眼觸爲緣所生諸受自性空是菩薩摩訶薩平等性耳鼻舌身意觸爲緣所生諸受耳鼻舌身意觸爲緣所生諸受自性空是菩薩摩訶薩平等性諸菩薩摩訶薩於中學故名平等學由平等學疾證無上正等菩提復次善現地界地界自性空是菩薩摩訶薩平等性水火風空識界水火風空識界自性空是菩薩摩訶薩平等性諸菩薩摩訶薩於中學故名平等學由平等學疾證無上正等菩提復次善現無明無明自性空是菩薩摩訶薩平等性行識名色六處觸受愛取有生老死行識名色六處觸受愛取有生老死自性空是菩薩摩訶薩平等性諸菩薩摩訶薩於中學故名平等學由平等學疾證無上正等菩提復次善現布施波羅蜜多布施波羅蜜多自性空是菩薩摩訶薩平等性淨戒安忍精進靜慮般

若波羅蜜多淨戒安忍精進靜慮般若波羅蜜多自性空是菩薩摩訶薩平等性諸菩薩摩訶薩於中學故名平等學由平等學疾證無上正等菩提復次善現內空內空自性空是菩薩摩訶薩平等性外空內外空空空大空勝義空有爲空無爲空畢竟空無際空散空無變異空本性空自相空共相空一切法空不可得空無性空自性空無性自性空外空內外空空空大空勝義空有爲空無爲空畢竟空無際空散空無變異空本性空自相空共相空一切法空不可得空無性空自性空無性自性空是菩薩摩訶薩平等性諸菩薩摩訶薩於中學故名平等學由平等學疾證無上正等菩提復次善現眞如眞如自性空是菩薩摩訶薩平等性法界法性不虛妄性不變異性平等性離生性法定法住實際虛空界不思議界法界法性不虛妄性不變異性平等性離生性法定法住實際虛空界不思議界自性空是菩薩摩訶薩平等性諸菩薩摩訶薩於中學故名平等學由平等學疾證無上正等菩提復次善現苦聖諦苦聖諦自性空是菩薩摩訶薩平等性集滅道聖諦集滅道聖諦自性空是菩薩摩訶薩平等性諸菩薩摩訶薩於中學故名平等學由平等學疾證無上正等菩提復次善現四靜慮四靜慮自性空是菩薩摩訶薩平等性四無量四無色定四無量四無色定自性空是菩薩摩訶薩平等性諸菩薩摩訶薩於中學故名平等學由平等學疾證無上正等菩提復次善現八解脫八解脫自性空是菩

薩摩訶薩平等性八勝處九次第定十遍處八勝處九次第定十遍處自性空是菩薩摩訶薩平等性諸菩薩摩訶薩於中學故名平等學由平等學疾證無上正等菩提復次善現四念住四念住自性空是菩薩摩訶薩平等性四正斷四神足五根五力七等覺支八聖道支四正斷四神足五根五力七等覺支八聖道支自性空是菩薩摩訶薩平等性諸菩薩摩訶薩於中學故名平等學由平等學疾證無上正等菩提復次善現空解脫門空解脫門自性空是菩薩摩訶薩平等性無相無願解脫門無相無願解脫門自性空是菩薩摩訶薩平等性諸菩薩摩訶薩於中學故名平等學由平等學疾證無上正等菩提復次善現極喜地極喜地自性空是菩薩摩訶薩平等性離垢地發光地焰慧地極難勝地現前地遠行地不動地善慧地法雲地離垢地發光地焰慧地極難勝地現前地遠行地不動地善慧地法雲地自性空是菩薩摩訶薩平等性諸菩薩摩訶薩於中學故名平等學由平等學疾證無上正等菩提復次善現五眼五眼自性空是菩薩摩訶薩平等性六神通六神通自性空是菩薩摩訶薩平等性諸菩薩摩訶薩於中學故名平等學由平等學疾證無上正等菩提復次善現佛十力佛十力自性空是菩薩摩訶薩平等性四無所畏四無礙解大慈大悲大喜大捨十八佛不共法四無所畏四無礙解大慈大悲大喜大捨十八佛不共法自性空是菩薩摩訶薩平等性諸菩薩摩訶薩於中學故名平等學由

平等學疾證無上正等菩提復次善現無忘失法無忘失法自性空是菩薩摩訶薩平等性恒住捨性恒住捨性自性空是菩薩摩訶薩平等性諸菩薩摩訶薩於中學故名平等學由平等學疾證無上正等菩提復次善現一切智一切智自性空是菩薩摩訶薩平等性道相智一切相智道相智一切相智自性空是菩薩摩訶薩平等性諸菩薩摩訶薩於中學故名平等學由平等學疾證無上正等菩提復次善現一切陀羅尼門一切陀羅尼門自性空是菩薩摩訶薩平等性一切三摩地門一切三摩地門自性空是菩薩摩訶薩平等性諸菩薩摩訶薩於中學故名平等學由平等學疾證無上正等菩提復次善現預流果預流果自性空是菩薩摩訶薩平等性一來不還阿羅漢果一來不還阿羅漢果自性空是菩薩摩訶薩平等性諸菩薩摩訶薩於中學故名平等學由平等學疾證無上正等菩提復次善現獨覺菩提獨覺菩提自性空是菩薩摩訶薩平等性諸菩薩摩訶薩於中學故名平等學由平等學疾證無上正等菩提復次善現一切菩薩摩訶薩行一切菩薩摩訶薩行自性空是菩薩摩訶薩平等性諸菩薩摩訶薩於中學故名平等學由平等學疾證無上正等菩提復次善現諸佛無上正等菩提諸佛無上正等菩提自性空是菩薩摩訶薩平等性諸菩薩摩訶薩於中學故名平等學由平等學疾證無上正等菩提具壽善現復白佛言世尊若菩薩摩訶薩爲色盡故學是學一切智智不爲受想行識盡故

學是學一切智智不若菩薩摩訶薩爲色離故學是學一切智智不爲受想行識離故學是學一切智智不若菩薩摩訶薩爲色滅故學是學一切智智不爲受想行識滅故學是學一切智智不若菩薩摩訶薩爲色無生故學是學一切智智不爲受想行識無生故學是學一切智智不若菩薩摩訶薩爲色無滅故學是學一切智智不爲受想行識無滅故學是學一切智智不若菩薩摩訶薩爲色本來寂靜故學是學一切智智不爲受想行識本來寂靜故學是學一切智智不若菩薩摩訶薩爲色自性涅槃故學是學一切智智不爲受想行識自性涅槃故學是學一切智智不世尊若菩薩摩訶薩爲眼處盡故學是學一切智智不爲耳鼻舌身意處盡故學是學一切智智不若菩薩摩訶薩爲眼處離故學是學一切智智不爲耳鼻舌身意處離故學是學一切智智不若菩薩摩訶薩爲眼處滅故學是學一切智智不爲耳鼻舌身意處滅故學是學一切智智不若菩薩摩訶薩爲眼處無生故學是學一切智智不爲耳鼻舌身意處無生故學是學一切智智不若菩薩摩訶薩爲眼處無滅故學是學一切智智不爲耳鼻舌身意處無滅故學是學一切智智不若菩薩摩訶薩爲眼處本來寂靜故學是學一切智智不爲耳鼻舌身意處本來寂靜故學是學一切智智不若菩薩摩訶薩爲眼處自性涅槃故學是學一切智智不爲耳鼻舌身意處自性涅槃故學是學一切智智不世尊若菩薩摩訶薩爲色處盡故學是學一切

智智不爲聲香味觸法處盡故學是學一切智智不若菩薩摩訶薩爲色處離故學是學一切智智不爲聲香味觸法處離故學是學一切智智不若菩薩摩訶薩爲色處滅故學是學一切智智不爲聲香味觸法處滅故學是學一切智智不若菩薩摩訶薩爲色處無生故學是學一切智智不爲聲香味觸法處無生故學是學一切智智不若菩薩摩訶薩爲色處無滅故學是學一切智智不爲聲香味觸法處無滅故學是學一切智智不若菩薩摩訶薩爲色處本來寂靜故學是學一切智智不爲聲香味觸法處本來寂靜故學是學一切智智不若菩薩摩訶薩爲色處自性涅槃故學是學一切智智不爲聲香味觸法處自性涅槃故學是學一切智智不世尊若

菩薩摩訶薩爲眼界盡故學是學一切智智不爲耳鼻舌身意界盡故學是學一切智智不若菩薩摩訶薩爲眼界離故學是學一切智智不爲耳鼻舌身意界離故學是學一切智智不若菩薩摩訶薩爲眼界滅故學是學一切智智不爲耳鼻舌身意界滅故學是學一切智智不若菩薩摩訶薩爲眼界無生故學是學一切智智不爲耳鼻舌身意界無生故學是學一切智智不若菩薩摩訶薩爲眼界無滅故學是學一切智智不爲耳鼻舌身意界無滅故學是學一切智智不若菩薩摩訶薩爲眼界本來寂靜故學是學一切智智不爲耳鼻舌身意界本來寂靜故學是學一切智智不若菩薩摩訶薩爲眼界自性涅槃故學是學一切智智不爲耳鼻舌身意界自

性涅槃故學是學一切智智不世尊若菩薩摩訶薩爲色界盡故學是學一切智智不爲聲香味觸法界盡故學是學一切智智不若菩薩摩訶薩爲色界離故學是學一切智智不爲聲香味觸法界離故學是學一切智智不若菩薩摩訶薩爲色界滅故學是學一切智智不爲聲香味觸法界滅故學是學一切智智不若菩薩摩訶薩爲色界無生故學是學一切智智不爲聲香味觸法界無生故學是學一切智智不若菩薩摩訶薩爲色界無滅故學是學一切智智不爲聲香味觸法界無滅故學是學一切智智不若菩薩摩訶薩爲色界本來寂靜故學是學一切智智不爲聲香味觸法界本來寂靜故學是學一切智智不若菩薩摩訶薩爲色界自性涅槃故學是學一切智智不爲聲香味觸法界自性涅槃故學是學一切智智不世尊若菩薩摩訶薩爲眼識界盡故學是學一切智智不爲耳鼻舌身意識界盡故學是學一切智智不若菩薩摩訶薩爲眼識界離故學是學一切智智不爲耳鼻舌身意識界離故學是學一切智智不若菩薩摩訶薩爲眼識界滅故學是學一切智智不爲耳鼻舌身意識界滅故學是學一切智智不若菩薩摩訶薩爲眼識界無生故學是學一切智智不爲耳鼻舌身意識界無生故學是學一切智智不若菩薩摩訶薩爲眼識界無滅故學是學一切智智不爲耳鼻舌身意識界無滅故學是學一切智智不若菩薩摩訶薩爲眼識界本來寂靜故學是學一切智智不爲耳鼻舌身意識界本

來寂靜故學是學一切智智不若菩薩摩訶薩爲眼識界自性涅槃故學是學一切智智不爲耳鼻舌身意識界自性涅槃故學是學一切智智不世尊若菩薩摩訶薩爲眼觸盡故學是學一切智智不爲耳鼻舌身意觸盡故學是學一切智智不若菩薩摩訶薩爲眼觸離故學是學一切智智不爲耳鼻舌身意觸離故學是學一切智智不若菩薩摩訶薩爲眼觸滅故學是學一切智智不爲耳鼻舌身意觸滅故學是學一切智智不若菩薩摩訶薩爲眼觸無生故學是學一切智智不爲耳鼻舌身意觸無生故學是學一切智智不若菩薩摩訶薩爲眼觸無滅故學是學一切智智不爲耳鼻舌身意觸無滅故學是學一切智智不若菩薩摩訶薩爲眼觸本來寂靜

故學是學一切智智不爲耳鼻舌身意觸本來寂靜故學是學一切智智不若菩薩摩訶薩爲眼觸自性涅槃故學是學一切智智不爲耳鼻舌身意觸自性涅槃故學是學一切智智不世尊若菩薩摩訶薩爲眼觸爲緣所生諸受盡故學是學一切智智不爲耳鼻舌身意觸爲緣所生諸受盡故學是學一切智智不若菩薩摩訶薩爲眼觸爲緣所生諸受離故學是學一切智智不爲耳鼻舌身意觸爲緣所生諸受離故學是學一切智智不若菩薩摩訶薩爲眼觸爲緣所生諸受滅故學是學一切智智不爲耳鼻舌身意觸爲緣所生諸受滅故學是學一切智智不若菩薩摩訶薩爲眼觸爲緣所生諸受無生故學是學一切智智不爲耳鼻舌身意觸爲緣所生諸

受無生故學是學一切智智不若菩薩摩訶
薩爲眼觸爲緣所生諸受無滅故學是學一
切智智不爲耳鼻舌身意觸爲緣所生諸受
無滅故學是學一切智智不若菩薩摩訶薩
爲眼觸爲緣所生諸受本來寂靜故學是學
一切智智不爲耳鼻舌身意觸爲緣所生諸
受本來寂靜故學是學一切智智不若菩薩
摩訶薩爲眼觸爲緣所生諸受自性涅槃故
學是學一切智智不爲耳鼻舌身意觸爲緣
所生諸受自性涅槃故學是學一切智智不
世尊若菩薩摩訶薩爲地界盡故學是學一
切智智不爲水火風空識界盡故學是學一
切智智不若菩薩摩訶薩爲地界離故學是
學一切智智不爲水火風空識界離故學是
學一切智智不若菩薩摩訶薩爲地界滅故

學是學一切智智不爲水火風空識界滅故
學是學一切智智不若菩薩摩訶薩爲地界
無生故學是學一切智智不爲水火風空識
界無生故學是學一切智智不若菩薩摩訶
薩爲地界無滅故學是學一切智智不爲水
火風空識界無滅故學是學一切智智不若
菩薩摩訶薩爲地界本來寂靜故學是學一
切智智不爲水火風空識界本來寂靜故學
是學一切智智不若菩薩摩訶薩爲地界自
性涅槃故學是學一切智智不爲水火風空
識界自性涅槃故學是學一切智智不世尊
若菩薩摩訶薩爲無明盡故學是學一切智
智不爲行識名色六處觸受愛取有生老死
盡故學是學一切智智不若菩薩摩訶薩爲
無明離故學是學一切智智不爲行識名色

六處觸受愛取有生老死離故學是學一切智智不若菩薩摩訶薩爲無明滅故學是學一切智智不爲行識名色六處觸受愛取有生老死滅故學是學一切智智不若菩薩摩訶薩爲無明無生故學是學一切智智不爲行識名色六處觸受愛取有生老死無生故學是學一切智智不若菩薩摩訶薩爲無明無滅故學是學一切智智不爲行識名色六處觸受愛取有生老死無滅故學是學一切智智不若菩薩摩訶薩爲無明本來寂靜故學是學一切智智不爲行識名色六處觸受愛取有生老死本來寂靜故學是學一切智智不若菩薩摩訶薩爲無明自性涅槃故學是學一切智智不爲行識名色六處觸受愛取有生老死自性涅槃故學是學一切智智不世尊若菩薩摩訶薩爲布施波羅蜜多盡故學是學一切智智不爲淨戒安忍精進靜慮般若波羅蜜多盡故學是學一切智智不若菩薩摩訶薩爲布施波羅蜜多離故學是學一切智智不爲淨戒安忍精進靜慮般若波羅蜜多離故學是學一切智智不若菩薩摩訶薩爲布施波羅蜜多滅故學是學一切智智不爲淨戒安忍精進靜慮般若波羅蜜多滅故學是學一切智智不若菩薩摩訶薩爲布施波羅蜜多無生故學是學一切智智不爲淨戒安忍精進靜慮般若波羅蜜多無生故學是學一切智智不若菩薩摩訶薩爲布施波羅蜜多無滅故學是學一切智智不爲淨戒安忍精進靜慮般若波羅蜜多無滅故學是學一切智智不若菩薩摩訶薩爲布

施波羅蜜多本來寂靜故學是學一切智智不爲淨戒安忍精進靜慮般若波羅蜜多本來寂靜故學是學一切智智不若菩薩摩訶薩爲布施波羅蜜多自性涅槃故學是學一切智智不爲淨戒安忍精進靜慮般若波羅蜜多自性涅槃故學是學一切智智不世尊若菩薩摩訶薩爲内空盡故學是學一切智智不爲外空内外空空空大空勝義空有爲空無爲空畢竟空無際空散空無變異空本性空自相空共相空一切法空不可得空無性空自性空無性自性空盡故學是學一切智智不若菩薩摩訶薩爲内空離故學是學一切智智不爲外空乃至無性自性空離故學是學一切智智不若菩薩摩訶薩爲内空滅故學是學一切智智不爲外空乃至無性自性空滅故學是學一切智智不若菩薩摩訶薩爲内空無生故學是學一切智智不爲外空乃至無性自性空無生故學是學一切智智不若菩薩摩訶薩爲内空無滅故學是學一切智智不爲外空乃至無性自性空無滅故學是學一切智智不若菩薩摩訶薩爲内空本來寂靜故學是學一切智智不爲外空乃至無性自性空本來寂靜故學是學一切智智不若菩薩摩訶薩爲内空自性涅槃故學是學一切智智不爲外空乃至無性自性空自性涅槃故學是學一切智智不世尊若菩薩摩訶薩爲眞如盡故學是學一切智智不爲法界法性不虚妄性不變異性平等性離生性法定法住實際虚空界不思議界盡故學是學一切智智不若菩薩摩訶薩爲

眞如離故學是學一切智智不爲法界乃至不思議界離故學是學一切智智不若菩薩摩訶薩爲眞如滅故學是學一切智智不爲法界乃至不思議界滅故學是學一切智智不若菩薩摩訶薩爲眞如無生故學是學一切智智不爲法界乃至不思議界無生故學是學一切智智不若菩薩摩訶薩爲眞如無滅故學是學一切智智不爲法界乃至不思議界無滅故學是學一切智智不若菩薩摩訶薩爲眞如本來寂靜故學是學一切智智不爲法界乃至不思議界本來寂靜故學是學一切智智不若菩薩摩訶薩爲眞如自性涅槃故學是學一切智智不爲法界乃至不思議界自性涅槃故學是學一切智智不世尊若菩薩摩訶薩爲苦聖諦盡故學是學一

切智智不爲集滅道聖諦盡故學是學一切智智不若菩薩摩訶薩爲苦聖諦離故學是學一切智智不爲集滅道聖諦離故學是學一切智智不若菩薩摩訶薩爲苦聖諦滅故學是學一切智智不爲集滅道聖諦滅故學是學一切智智不若菩薩摩訶薩爲苦聖諦無生故學是學一切智智不爲集滅道聖諦無生故學是學一切智智不若菩薩摩訶薩爲苦聖諦無滅故學是學一切智智不爲集滅道聖諦無滅故學是學一切智智不若菩薩摩訶薩爲苦聖諦本來寂靜故學是學一切智智不爲集滅道聖諦本來寂靜故學是學一切智智不若菩薩摩訶薩爲苦聖諦自性涅槃故學是學一切智智不爲集滅道聖諦自性涅槃故學是學一切智智不世尊若

菩薩摩訶薩爲四靜慮盡故學是學一切智
智不爲四無量四無色定盡故學是學一切
智智不若菩薩摩訶薩爲四靜慮離故學是
學一切智智不爲四無量四無色定離故學
是學一切智智不若菩薩摩訶薩爲四靜慮
滅故學是學一切智智不爲四無量四無色
定滅故學是學一切智智不若菩薩摩訶薩
爲四靜慮無生故學是學一切智智不爲四
無量四無色定無生故學是學一切智智不
若菩薩摩訶薩爲四靜慮無滅故學是學一
切智智不爲四無量四無色定無滅故學是
學一切智智不若菩薩摩訶薩爲四靜慮本
來寂靜故學是學一切智智不爲四無量四
無色定本來寂靜故學是學一切智智不若
菩薩摩訶薩爲四靜慮自性涅槃故學是學
一切智智不爲四無量四無色定自性涅槃
故學是學一切智智不世尊若菩薩摩訶薩
爲八解脫盡故學是學一切智智不爲八勝
處九次第定十遍處盡故學是學一切智智
不若菩薩摩訶薩爲八解脫離故學是學一
切智智不爲八勝處九次第定十遍處離故
學是學一切智智不若菩薩摩訶薩爲八解
脫滅故學是學一切智智不爲八勝處九次
第定十遍處滅故學是學一切智智不若菩
薩摩訶薩爲八解脫無生故學是學一切智
智不爲八勝處九次第定十遍處無生故學
是學一切智智不若菩薩摩訶薩爲八解脫
無滅故學是學一切智智不爲八勝處九次
第定十遍處無滅故學是學一切智智不若
菩薩摩訶薩爲八解脫本來寂靜故學是學

一切智智不爲八勝處九次第定十遍處本來寂靜故學是學一切智智不若菩薩摩訶薩爲八解脱自性涅槃故學是學一切智智不爲八勝處九次第定十遍處自性涅槃故學是學一切智智不

大般若波羅蜜多經卷第三百三十八

大般若波羅蜜多經卷第三百三十九

唐三藏法師玄奘奉　詔譯

初分巧便學品第五十五之三

世尊若菩薩摩訶薩爲四念住盡故學是學一切智智不爲四正斷四神足五根五力七等覺支八聖道支盡故學是學一切智智不若菩薩摩訶薩爲四念住離故學是學一切智智不爲四正斷乃至八聖道支離故學是學一切智智不若菩薩摩訶薩爲四念住滅故學是學一切智智不爲四正斷乃至八聖道支滅故學是學一切智智不若菩薩摩訶薩爲四念住無生故學是學一切智智不爲四正斷乃至八聖道支無生故學是學一切智智不若菩薩摩訶薩爲四念住無滅故學是學一切智智不爲四正斷乃至八聖道支無滅故學是學一切智智不若菩薩摩訶薩爲四念住本來寂靜故學是學一切智智不爲四正斷乃至八聖道支本來寂靜故學是學一切智智不若菩薩摩訶薩爲四念住自性涅槃故學是學一切智智不爲四正斷乃至八聖道支自性涅槃故學是學一切智智不世尊若菩薩摩訶薩爲空解脫門盡故學是學一切智智不爲無相無願解脫門盡故學是學一切智智不若菩薩摩訶薩爲空解脫門離故學是學一切智智不爲無相無願解脫門離故學是學一切智智不若菩薩摩訶薩爲空解脫門滅故學是學一切智智不爲無相無願解脫門滅故學是學一切智智不若菩薩摩訶薩爲空解脫門無生故學是學一切智智不爲無相無願解脫門無生故

學是學一切智智不若菩薩摩訶薩爲空解脫門無滅故學是學一切智智不爲無相無願解脫門無滅故學是學一切智智不若菩薩摩訶薩爲空解脫門本來寂靜故學是學一切智智不爲無相無願解脫門本來寂靜故學是學一切智智不若菩薩摩訶薩爲空解脫門自性涅槃故學是學一切智智不爲無相無願解脫門自性涅槃故學是學一切智智不世尊若菩薩摩訶薩爲極喜地盡故學是學一切智智不爲離垢地發光地焰慧地極難勝地現前地遠行地不動地善慧地法雲地盡故學是學一切智智不若菩薩摩訶薩爲極喜地離故學是學一切智智不爲離垢地乃至法雲地離故學是學一切智智不若菩薩摩訶薩爲極喜地滅故學是學一切智智不爲離垢地乃至法雲地滅故學是學一切智智不若菩薩摩訶薩爲極喜地無生故學是學一切智智不爲離垢地乃至法雲地無生故學是學一切智智不若菩薩摩訶薩爲極喜地無滅故學是學一切智智不爲離垢地乃至法雲地無滅故學是學一切智智不若菩薩摩訶薩爲極喜地本來寂靜故學是學一切智智不爲離垢地乃至法雲地本來寂靜故學是學一切智智不若菩薩摩訶薩爲極喜地自性涅槃故學是學一切智智不爲離垢地乃至法雲地自性涅槃故學是學一切智智不世尊若菩薩摩訶薩爲五眼盡故學是學一切智智不爲六神通盡故學是學一切智智不若菩薩摩訶薩爲五眼離故學是學一切智智不爲六神通離故

學是學一切智智不若菩薩摩訶薩爲五眼滅故學是學一切智智不爲六神通滅故學是學一切智智不若菩薩摩訶薩爲五眼無生故學是學一切智智不爲六神通無生故學是學一切智智不若菩薩摩訶薩爲五眼無滅故學是學一切智智不爲六神通無滅故學是學一切智智不若菩薩摩訶薩爲五眼本來寂靜故學是學一切智智不爲六神通本來寂靜故學是學一切智智不若菩薩摩訶薩爲五眼自性涅槃故學是學一切智智不爲六神通自性涅槃故學是學一切智智不世尊若菩薩摩訶薩爲佛十力盡故學是學一切智智不爲四無所畏四無礙解大慈大悲大喜大捨十八佛不共法盡故學是學一切智智不若菩薩摩訶薩爲佛十力離故學是學一切智智不爲四無所畏乃至十八佛不共法離故學是學一切智智不若菩薩摩訶薩爲佛十力滅故學是學一切智智不爲四無所畏乃至十八佛不共法滅故學是學一切智智不若菩薩摩訶薩爲佛十力無生故學是學一切智智不爲四無所畏乃至十八佛不共法無生故學是學一切智智不若菩薩摩訶薩爲佛十力無滅故學是學一切智智不爲四無所畏乃至十八佛不共法無滅故學是學一切智智不若菩薩摩訶薩爲佛十力本來寂靜故學是學一切智智不爲四無所畏乃至十八佛不共法本來寂靜故學是學一切智智不若菩薩摩訶薩爲佛十力自性涅槃故學是學一切智智不爲四無所畏乃至十八佛不共法自性涅槃故

學是學一切智智不世尊若菩薩摩訶薩爲
無忘失法盡故學是學一切智智不爲恒住
捨性盡故學是學一切智智不若菩薩摩訶
薩爲無忘失法離故學是學一切智智不爲
恒住捨性離故學是學一切智智不若菩薩
摩訶薩爲無忘失法滅故學是學一切智智
不爲恒住捨性滅故學是學一切智智不若
菩薩摩訶薩爲無忘失法無生故學是學一
切智智不爲恒住捨性無生故學是學一切
智智不若菩薩摩訶薩爲無忘失法無滅故
學是學一切智智不爲恒住捨性無滅故學
是學一切智智不若菩薩摩訶薩爲無忘失
法本來寂靜故學是學一切智智不爲恒住
捨性本來寂靜故學是學一切智智不若菩
薩摩訶薩爲無忘失法自性涅槃故學是學
一切智智不爲恒住捨性自性涅槃故學是
學一切智智不世尊若菩薩摩訶薩爲一切
智盡故學是學一切智智不爲道相智一切
相智盡故學是學一切智智不若菩薩摩訶
薩爲一切智離故學是學一切智智不爲道
相智一切相智離故學是學一切智智不若
菩薩摩訶薩爲一切智滅故學是學一切智
智不爲道相智一切相智滅故學是學一切
智智不若菩薩摩訶薩爲一切智無生故學
是學一切智智不爲道相智一切相智無生
故學是學一切智智不若菩薩摩訶薩爲一
切智無滅故學是學一切智智不爲道相智
一切相智無滅故學是學一切智智不若菩
薩摩訶薩爲一切智本來寂靜故學是學一
切智智不爲道相智一切相智本來寂靜故

學是學一切智智不若菩薩摩訶薩爲一切智自性涅槃故學是學一切智智不爲道相智一切相智自性涅槃故學是學一切智智不世尊若菩薩摩訶薩爲一切陀羅尼門盡故學是學一切智智不爲一切三摩地門盡故學是學一切智智不若菩薩摩訶薩爲一切陀羅尼門離故學是學一切智智不爲一切三摩地門離故學是學一切智智不若菩薩摩訶薩爲一切陀羅尼門滅故學是學一切智智不爲一切三摩地門滅故學是學一切智智不若菩薩摩訶薩爲一切陀羅尼門無生故學是學一切智智不爲一切三摩地門無生故學是學一切智智不若菩薩摩訶薩爲一切陀羅尼門無滅故學是學一切智智不爲一切三摩地門無滅故學是學一切智智不若菩薩摩訶薩爲一切陀羅尼門本來寂靜故學是學一切智智不爲一切三摩地門本來寂靜故學是學一切智智不若菩薩摩訶薩爲一切陀羅尼門自性涅槃故學是學一切智智不爲一切三摩地門自性涅槃故學是學一切智智不世尊若菩薩摩訶薩爲預流果盡故學是學一切智智不爲一來不還阿羅漢果盡故學是學一切智智不若菩薩摩訶薩爲預流果離故學是學一切智智不爲一來不還阿羅漢果離故學是學一切智智不若菩薩摩訶薩爲預流果滅故學是學一切智智不爲一來不還阿羅漢果滅故學是學一切智智不若菩薩摩訶薩爲預流果無生故學是學一切智智不爲一來不還阿羅漢果無生故學是學一切智智不

若菩薩摩訶薩爲預流果無滅故學是學一切智智不爲一來不還阿羅漢果無滅故學是學一切智智不若菩薩摩訶薩爲預流果本來寂靜故學是學一切智智不爲一來不還阿羅漢果本來寂靜故學是學一切智智不若菩薩摩訶薩爲預流果自性涅槃故學是學一切智智不爲一來不還阿羅漢果自性涅槃故學是學一切智智不世尊若菩薩摩訶薩爲獨覺菩提盡故學是學一切智智不若菩薩摩訶薩爲獨覺菩提離故學是學一切智智不若菩薩摩訶薩爲獨覺菩提滅故學是學一切智智不若菩薩摩訶薩爲獨覺菩提無生故學是學一切智智不若菩薩摩訶薩爲獨覺菩提無滅故學是學一切智智不若菩薩摩訶薩爲獨覺菩提本來寂靜故學是學一切智智不若菩薩摩訶薩爲獨覺菩提自性涅槃故學是學一切智智不世尊若菩薩摩訶薩爲一切菩薩摩訶薩行盡故學是學一切智智不若菩薩摩訶薩爲一切菩薩摩訶薩行離故學是學一切智智不若菩薩摩訶薩爲一切菩薩摩訶薩行滅故學是學一切智智不若菩薩摩訶薩爲一切菩薩摩訶薩行無生故學是學一切智智不若菩薩摩訶薩爲一切菩薩摩訶薩行無滅故學是學一切智智不若菩薩摩訶薩爲一切菩薩摩訶薩行本來寂靜故學是學一切智智不若菩薩摩訶薩爲一切菩薩摩訶薩行自性涅槃故學是學一切智智不世尊若菩薩摩訶薩爲諸佛無上正等菩提盡故學是學一切智智不若菩薩摩訶薩爲諸佛無

上正等菩提離故學是學一切智智不若菩
薩摩訶薩爲諸佛無上正等菩提滅故學是
學一切智智不若菩薩摩訶薩爲諸佛無上
正等菩提無生故學是學一切智智不若菩
薩摩訶薩爲諸佛無上正等菩提無滅故學
是學一切智智不若菩薩摩訶薩爲諸佛無
上正等菩提本來寂靜故學是學一切智智
不若菩薩摩訶薩爲諸佛無上正等菩提自
性涅槃故學是學一切智智不世尊若菩薩
摩訶薩爲有情盡故學是學一切智智不若
菩薩摩訶薩爲有情離故學是學一切智智
不若菩薩摩訶薩爲有情滅故學是學一切
智智不若菩薩摩訶薩爲有情無生故學是
學一切智智不若菩薩摩訶薩爲有情無滅
故學是學一切智智不若菩薩摩訶薩爲有

情本來寂靜故學是學一切智智不若菩薩
摩訶薩爲有情自性涅槃故學是學一切智
智不世尊若菩薩摩訶薩爲菩薩盡故學是
學一切智智不若菩薩摩訶薩爲菩薩離故
學是學一切智智不若菩薩摩訶薩爲菩薩
滅故學是學一切智智不若菩薩摩訶薩爲
菩薩無生故學是學一切智智不若菩薩摩
訶薩爲菩薩無滅故學是學一切智智不若
菩薩摩訶薩爲菩薩本來寂靜故學是學一
切智智不若菩薩摩訶薩爲菩薩自性涅槃
故學是學一切智智不世尊若菩薩摩訶薩
爲如來盡故學是學一切智智不若菩薩摩
訶薩爲如來離故學是學一切智智不若菩
薩摩訶薩爲如來滅故學是學一切智智不
若菩薩摩訶薩爲如來無生故學是學一切

智智不若菩薩摩訶薩爲如來無滅故學是學一切智智不若菩薩摩訶薩爲如來本來寂靜故學是學一切智智不若菩薩摩訶薩爲如來自性涅槃故學是學一切智智不佛言善現如汝所說若菩薩摩訶薩爲色盡故學是學一切智智不爲受想行識盡故學是學一切智智不若菩薩摩訶薩爲色離故學是學一切智智不爲受想行識離故學是學一切智智不若菩薩摩訶薩爲色滅故學是學一切智智不爲受想行識滅故學是學一切智智不若菩薩摩訶薩爲色無生故學是學一切智智不爲受想行識無生故學是學一切智智不若菩薩摩訶薩爲色無滅故學是學一切智智不爲受想行識無滅故學是學一切智智不若菩薩摩訶薩爲色本來寂靜故學是學一切智智不爲受想行識本來寂靜故學是學一切智智不若菩薩摩訶薩爲色自性涅槃故學是學一切智智不爲受想行識自性涅槃故學是學一切智智不者善現於汝意云何色眞如盡滅斷不善現荅言不也世尊不也善逝佛言善現於汝意云何受想行識眞如盡滅斷不善現荅言不也世尊不也善逝佛言善現若菩薩摩訶薩於眞如如是學是學一切智智善現當知眞如無盡無滅無斷不可作證若菩薩摩訶薩於眞如如是學是學一切智智佛言善現如汝所說若菩薩摩訶薩爲眼處盡故學是學一切智智不爲耳鼻舌身意處盡故學是學一切智智不若菩薩摩訶薩爲眼處離故學是學一切智智不爲耳鼻舌身意處離故學是

學一切智智不若菩薩摩訶薩爲眼處滅故學是學一切智智不爲耳鼻舌身意處滅故學是學一切智智不若菩薩摩訶薩爲眼處無生故學是學一切智智不爲耳鼻舌身意處無生故學是學一切智智不若菩薩摩訶薩爲眼處無滅故學是學一切智智不爲耳鼻舌身意處無滅故學是學一切智智不若菩薩摩訶薩爲眼處本來寂靜故學是學一切智智不爲耳鼻舌身意處本來寂靜故學是學一切智智不若菩薩摩訶薩爲眼處自性涅槃故學是學一切智智不爲耳鼻舌身意處自性涅槃故學是學一切智智不者善現於汝意云何眼處眞如盡滅斷不善現荅言不也世尊不也善逝佛言善現於汝意云何耳鼻舌身意處眞如盡滅斷不善現荅言不也世尊不也善逝佛言善現若菩薩摩訶薩於眞如如是學是學一切智智善現當知眞如無盡無滅無斷不可作證若菩薩摩訶薩於眞如如是學是學一切智智佛言善現如汝所說若菩薩摩訶薩爲色處盡故學是學一切智智不爲聲香味觸法處盡故學是學一切智智不若菩薩摩訶薩爲色處離故學是學一切智智不爲聲香味觸法處離故學是學一切智智不若菩薩摩訶薩爲色處滅故學是學一切智智不爲聲香味觸法處滅故學是學一切智智不若菩薩摩訶薩爲色處無生故學是學一切智智不爲聲香味觸法處無生故學是學一切智智不若菩薩摩訶薩爲色處無滅故學是學一切智智不爲聲香味觸法處無滅故學是學一切智智

不若菩薩摩訶薩爲色處本來寂靜故學是學一切智智不爲聲香味觸法處本來寂靜故學是學一切智智不若菩薩摩訶薩爲色處自性涅槃故學是學一切智智不爲聲香味觸法處自性涅槃故學是學一切智智不者善現於汝意云何色處眞如盡滅斷不善現荅言不也世尊不也善逝佛言善現於汝意云何聲香味觸法處眞如盡滅斷不善現荅言不也世尊不也善逝佛言善現若菩薩摩訶薩於眞如如是學是學一切智智善現當知眞如無盡無滅無斷不可作證若菩薩摩訶薩於眞如如是學是學一切智智佛言善現如汝所說若菩薩摩訶薩爲眼界盡故學是學一切智智不爲耳鼻舌身意界盡故學是學一切智智不若菩薩摩訶薩爲眼界離故學是學一切智智不爲耳鼻舌身意界離故學是學一切智智不若菩薩摩訶薩爲眼界滅故學是學一切智智不爲耳鼻舌身意界滅故學是學一切智智不若菩薩摩訶薩爲眼界無生故學是學一切智智不爲耳鼻舌身意界無生故學是學一切智智不若菩薩摩訶薩爲眼界無滅故學是學一切智智不爲耳鼻舌身意界無滅故學是學一切智智不若菩薩摩訶薩爲眼界本來寂靜故學是學一切智智不爲耳鼻舌身意界本來寂靜故學是學一切智智不若菩薩摩訶薩爲眼界自性涅槃故學是學一切智智不爲耳鼻舌身意界自性涅槃故學是學一切智智不者善現於汝意云何眼界眞如盡滅斷不善現荅言不也世尊不也善逝佛言善現

於汝意云何耳鼻舌身意界眞如盡滅斷不善現荅言不也世尊不也善逝佛言善現若菩薩摩訶薩於眞如如是學是學一切智智善現當知眞如無盡無滅無斷不可作證若菩薩摩訶薩於眞如如是學是學一切智智佛言善現如汝所說若菩薩摩訶薩爲色界盡故學是學一切智智不爲聲香味觸法界盡故學是學一切智智不若菩薩摩訶薩爲色界離故學是學一切智智不爲聲香味觸法界離故學是學一切智智不若菩薩摩訶薩爲色界滅故學是學一切智智不爲聲香味觸法界滅故學是學一切智智不若菩薩摩訶薩爲色界無生故學是學一切智智不爲聲香味觸法界無生故學是學一切智智不若菩薩摩訶薩爲色界無滅故學是學一切智智不爲聲香味觸法界無滅故學是學一切智智不若菩薩摩訶薩爲色界本來寂靜故學是學一切智智不爲聲香味觸法界本來寂靜故學是學一切智智不若菩薩摩訶薩爲色界自性涅槃故學是學一切智智不爲聲香味觸法界自性涅槃故學是學一切智智不者善現於汝意云何色界眞如盡滅斷不善現荅言不也世尊不也善逝佛言善現於汝意云何聲香味觸法界眞如盡滅斷不善現荅言不也世尊不也善逝佛言善現若菩薩摩訶薩於眞如如是學是學一切智智善現當知眞如無盡無滅無斷不可作證若菩薩摩訶薩於眞如如是學是學一切智智佛言善現如汝所說若菩薩摩訶薩爲眼識界盡故學是學一切智智不爲耳鼻舌

身意識界盡故學是學一切智智不若菩薩摩訶薩爲眼識界離故學是學一切智智不爲耳鼻舌身意識界離故學是學一切智智不若菩薩摩訶薩爲眼識界滅故學是學一切智智不爲耳鼻舌身意識界滅故學是學一切智智不若菩薩摩訶薩爲眼識界無生故學是學一切智智不爲耳鼻舌身意識界無生故學是學一切智智不若菩薩摩訶薩爲眼識界無滅故學是學一切智智不爲耳鼻舌身意識界無滅故學是學一切智智不若菩薩摩訶薩爲眼識界本來寂靜故學是學一切智智不爲耳鼻舌身意識界本來寂靜故學是學一切智智不若菩薩摩訶薩爲眼識界自性涅槃故學是學一切智智不爲耳鼻舌身意識界自性涅槃故學是學一切智智不者善現於汝意云何眼識界眞如盡滅斷不善現荅言不也世尊不也善逝佛言善現於汝意云何耳鼻舌身意識界眞如盡滅斷不善現荅言不也世尊不也善逝佛言善現若菩薩摩訶薩於眞如如是學是學一切智智善現當知眞如無盡無滅無斷不可作證若菩薩摩訶薩於眞如如是學是學一切智智佛言善現如汝所說若菩薩摩訶薩爲眼觸盡故學是學一切智智不爲耳鼻舌身意觸盡故學是學一切智智不若菩薩摩訶薩爲眼觸離故學是學一切智智不爲耳鼻舌身意觸離故學是學一切智智不若菩薩摩訶薩爲眼觸滅故學是學一切智智不爲耳鼻舌身意觸滅故學是學一切智智不若菩薩摩訶薩爲眼觸無生故學是學一切

智智不爲耳鼻舌身意觸無生故學是學一切智智不若菩薩摩訶薩爲眼觸無滅故學是學一切智智不爲耳鼻舌身意觸無滅故學是學一切智智不若菩薩摩訶薩爲眼觸本來寂靜故學是學一切智智不爲耳鼻舌身意觸本來寂靜故學是學一切智智不若菩薩摩訶薩爲眼觸自性涅槃故學是學一切智智不爲耳鼻舌身意觸自性涅槃故學是學一切智智不者善現於汝意云何眼觸眞如盡滅斷不善現荅言不也世尊不也善逝佛言善現於汝意云何耳鼻舌身意觸眞如盡滅斷不善現荅言不也世尊不也善逝佛言善現若菩薩摩訶薩於眞如如是學是學一切智智善現當知眞如無盡無滅無斷不可作證若菩薩摩訶薩於眞如如是學是學一切智智佛言善現如汝所說若菩薩摩訶薩爲眼觸爲緣所生諸受盡故學是學一切智智不爲耳鼻舌身意觸爲緣所生諸受盡故學是學一切智智不若菩薩摩訶薩爲眼觸爲緣所生諸受離故學是學一切智智不爲耳鼻舌身意觸爲緣所生諸受離故學是學一切智智不若菩薩摩訶薩爲眼觸爲緣所生諸受滅故學是學一切智智不爲耳鼻舌身意觸爲緣所生諸受滅故學是學一切智智不若菩薩摩訶薩爲眼觸爲緣所生諸受無生故學是學一切智智不爲耳鼻舌身意觸爲緣所生諸受無生故學是學一切智智不若菩薩摩訶薩爲眼觸爲緣所生諸受無滅故學是學一切智智不爲耳鼻舌身意觸爲緣所生諸受無滅故學是學一切智

智不若菩薩摩訶薩爲眼觸爲緣所生諸受
本來寂靜故學是學一切智智不爲耳鼻舌
身意觸爲緣所生諸受本來寂靜故學是學
一切智智不若菩薩摩訶薩爲眼觸爲緣所
生諸受自性涅槃故學是學一切智智不爲
耳鼻舌身意觸爲緣所生諸受自性涅槃故
學是學一切智智不者善現於汝意云何眼
觸爲緣所生諸受眞如盡滅斷不善現荅言
不也世尊不也善逝佛言善現於汝意云何
耳鼻舌身意觸爲緣所生諸受眞如盡滅斷
不善現荅言不也世尊不也善逝佛言善現
若菩薩摩訶薩於眞如如是學是學一切智
智善現當知眞如無盡無滅無斷不可作證
若菩薩摩訶薩於眞如如是學是學一切智
智佛言善現如汝所説若菩薩摩訶薩爲地

界盡故學是學一切智智不爲水火風空識
界盡故學是學一切智智不若菩薩摩訶薩
爲地界離故學是學一切智智不爲水火風
空識界離故學是學一切智智不若菩薩摩
訶薩爲地界滅故學是學一切智智不爲水
火風空識界滅故學是學一切智智不若菩
薩摩訶薩爲地界無生故學是學一切智智
不爲水火風空識界無生故學是學一切智
智不若菩薩摩訶薩爲地界無滅故學是學
一切智智不爲水火風空識界無滅故學是
學一切智智不若菩薩摩訶薩爲地界本來
寂靜故學是學一切智智不爲水火風空識
界本來寂靜故學是學一切智智不若菩薩
摩訶薩爲地界自性涅槃故學是學一切智
智不爲水火風空識界自性涅槃故學是學

一切智智不者善現於汝意云何地界眞如盡滅斷不善現荅言不也世尊不也善逝佛言善現於汝意云何水火風空識界眞如盡滅斷不善現荅言不也世尊不也善逝佛言善現若菩薩摩訶薩於眞如如是學是學一切智智善現當知眞如無盡無滅無斷不可作證若菩薩摩訶薩於眞如如是學是學一切智智佛言善現如汝所說若菩薩摩訶薩爲無明盡故學是學一切智智不爲行識名色六處觸受愛取有生老死盡故學是學一切智智不若菩薩摩訶薩爲無明離故學是學一切智智不爲行識名色六處觸受愛取有生老死離故學是學一切智智不若菩薩摩訶薩爲無明滅故學是學一切智智不爲行識名色六處觸受愛取有生老死滅故學是學一切智智不若菩薩摩訶薩爲無明無生故學是學一切智智不爲行識名色六處觸受愛取有生老死無生故學是學一切智智不若菩薩摩訶薩爲無明無滅故學是學一切智智不爲行識名色六處觸受愛取有生老死無滅故學是學一切智智不若菩薩摩訶薩爲無明本來寂靜故學是學一切智智不爲行識名色六處觸受愛取有生老死本來寂靜故學是學一切智智不若菩薩摩訶薩爲無明自性涅槃故學是學一切智智不爲行識名色六處觸受愛取有生老死自性涅槃故學是學一切智智不者善現於汝意云何無明眞如盡滅斷不善現荅言不也世尊不也善逝佛言善現於汝意云何行識名色六處觸受愛取有生老死眞如盡滅斷

不善現荅言不也世尊不也善逝佛言善現若菩薩摩訶薩於眞如如是學是學一切智智善現當知眞如無盡無滅無斷不可作證若菩薩摩訶薩於眞如如是學是學一切智智

大般若波羅蜜多經卷第三百三十九

大般若波羅蜜多經卷第三百四十

唐三藏法師玄奘奉　詔譯

初分巧便學品第五十五之四

佛言善現如汝所說若菩薩摩訶薩爲布施波羅蜜多盡故學是學一切智智不爲淨戒安忍精進靜慮般若波羅蜜多盡故學是學一切智智不若菩薩摩訶薩爲布施波羅蜜多離故學是學一切智智不爲淨戒安忍精進靜慮般若波羅蜜多離故學是學一切智智不若菩薩摩訶薩爲布施波羅蜜多滅故學是學一切智智不爲淨戒安忍精進靜慮般若波羅蜜多滅故學是學一切智智不若菩薩摩訶薩爲布施波羅蜜多無生故學是學一切智智不爲淨戒安忍精進靜慮般若波羅蜜多無生故學是學一切智智不若菩薩摩訶薩爲布施波羅蜜多無滅故學是學一切智智不爲淨戒安忍精進靜慮般若波羅蜜多無滅故學是學一切智智不若菩薩摩訶薩爲布施波羅蜜多本來寂靜故學是學一切智智不爲淨戒安忍精進靜慮般若波羅蜜多本來寂靜故學是學一切智智不若菩薩摩訶薩爲布施波羅蜜多自性涅槃故學是學一切智智不爲淨戒安忍精進靜慮般若波羅蜜多自性涅槃故學是學一切智智不者善現於汝意云何布施波羅蜜多眞如盡滅斷不善現荅言不也世尊不也善逝佛言善現於汝意云何淨戒安忍精進靜慮般若波羅蜜多眞如盡滅斷不善現荅言不也世尊不也善逝佛言善現若菩薩摩訶薩於眞如如是學是學一切智智善現當知

眞如無盡無滅無斷不可作證若菩薩摩訶薩於眞如如是學是學一切智智佛言善現如汝所説若菩薩摩訶薩爲内空盡故學是學一切智智不爲外空内外空空空大空勝義空有爲空無爲空畢竟空無際空散空無變異空本性空自相空共相空一切法空不可得空無性空自性空無性自性空盡故學是學一切智智不若菩薩摩訶薩爲内空離故學是學一切智智不爲外空乃至無性自性空離故學是學一切智智不若菩薩摩訶薩爲内空滅故學是學一切智智不爲外空乃至無性自性空滅故學是學一切智智不若菩薩摩訶薩爲内空無生故學是學一切智智不爲外空乃至無性自性空無生故學是學一切智智不若菩薩摩訶薩爲内空無滅故學是學一切智智不爲外空乃至無性自性空無滅故學是學一切智智不若菩薩摩訶薩爲内空本來寂靜故學是學一切智智不爲外空乃至無性自性空本來寂靜故學是學一切智智不若菩薩摩訶薩爲内空自性涅槃故學是學一切智智不爲外空乃至無性自性空自性涅槃故學是學一切智智不者善現於汝意云何内空眞如盡滅斷不善現荅言不也世尊不也善逝佛言善現於汝意云何外空乃至無性自性空眞如盡滅斷不善現荅言不也世尊不也善逝佛言善現若菩薩摩訶薩於眞如如是學是學一切智智善現當知眞如無盡無滅無斷不可作證若菩薩摩訶薩於眞如如是學是學一切智智佛言善現如汝所説若菩薩摩訶薩

爲眞如盡故學是學一切智智不爲法界法性不虛妄性不變異性平等性離生性法定法住實際虛空界不思議界盡故學是學一切智智不若菩薩摩訶薩爲眞如離故學是學一切智智不爲法界乃至不思議界離故學是學一切智智不若菩薩摩訶薩爲眞如滅故學是學一切智智不爲法界乃至不思議界滅故學是學一切智智不若菩薩摩訶薩爲眞如無生故學是學一切智智不爲法界乃至不思議界無生故學是學一切智智不若菩薩摩訶薩爲眞如無滅故學是學一切智智不爲法界乃至不思議界無滅故學是學一切智智不若菩薩摩訶薩爲眞如本來寂靜故學是學一切智智不爲法界乃至不思議界本來寂靜故學是學一切智智不若菩薩摩訶薩爲眞如自性涅槃故學是學一切智智不爲法界乃至不思議界自性涅槃故學是學一切智智不者善現於汝意云何眞如眞如盡滅斷不善現荅言不也世尊不也善逝佛言善現於汝意云何法界乃至不思議界眞如盡滅斷不善現荅言不也世尊不也善逝佛言善現若菩薩摩訶薩於眞如如是學是學一切智智善現當知眞如無盡無滅無斷不可作證若菩薩摩訶薩於眞如如是學是學一切智智佛言善現如汝所說若菩薩摩訶薩爲苦聖諦盡故學是學一切智智不爲集滅道聖諦盡故學是學一切智智不若菩薩摩訶薩爲苦聖諦離故學是學一切智智不爲集滅道聖諦離故學是學一切智智不若菩薩摩訶薩爲苦聖諦滅故

學是學一切智智不爲集滅道聖諦滅故學
是學一切智智不若菩薩摩訶薩爲苦聖諦
無生故學是學一切智智不爲集滅道聖諦
無生故學是學一切智智不若菩薩摩訶薩
爲苦聖諦無滅故學是學一切智智不爲集
滅道聖諦無滅故學是學一切智智不若菩
薩摩訶薩爲苦聖諦本來寂靜故學是學一
切智智不爲集滅道聖諦本來寂靜故學是
學一切智智不若菩薩摩訶薩爲苦聖諦自
性涅槃故學是學一切智智不爲集滅道聖
諦自性涅槃故學是學一切智智不者善現
於汝意云何苦聖諦眞如盡滅斷不善現荅
言不也世尊不也善逝佛言善現於汝意云
何集滅道聖諦眞如盡滅斷不善現荅言不
也世尊不也善逝佛言善現若菩薩摩訶薩

於眞如如是學是學一切智智善現當知眞
如無盡無滅無斷不可作證若菩薩摩訶薩
於眞如如是學是學一切智智佛言善現如
汝所說若菩薩摩訶薩爲四靜慮盡故學是
學一切智智不爲四無量四無色定盡故學
是學一切智智不若菩薩摩訶薩爲四靜慮
離故學是學一切智智不爲四無量四無色
定離故學是學一切智智不若菩薩摩訶薩
爲四靜慮滅故學是學一切智智不爲四無
量四無色定滅故學是學一切智智不若菩
薩摩訶薩爲四靜慮無生故學是學一切智
智不爲四無量四無色定無生故學是學一
切智智不若菩薩摩訶薩爲四靜慮無滅故
學是學一切智智不爲四無量四無色定無
滅故學是學一切智智不若菩薩摩訶薩爲

四靜慮本來寂靜故學是學一切智智不爲四無量四無色定本來寂靜故學是學一切智智不若菩薩摩訶薩爲四靜慮自性涅槃故學是學一切智智不爲四無量四無色定自性涅槃故學是學一切智智不者善現於汝意云何四靜慮眞如盡滅斷不善現荅言不也世尊不也善逝佛言善現於汝意云何四無量四無色定眞如盡滅斷不善現荅言不也世尊不也善逝佛言善現若菩薩摩訶薩於眞如如是學是學一切智智善現當知眞如無盡無滅無斷不可作證若菩薩摩訶薩於眞如如是學是學一切智智佛言善現如汝所説若菩薩摩訶薩爲八解脱盡故學是學一切智智不爲八勝處九次第定十遍處盡故學是學一切智智不若菩薩摩訶薩爲八解脱離故學是學一切智智不爲八勝處九次第定十遍處離故學是學一切智智不若菩薩摩訶薩爲八解脱滅故學是學一切智智不爲八勝處九次第定十遍處滅故學是學一切智智不若菩薩摩訶薩爲八解脱無生故學是學一切智智不爲八勝處九次第定十遍處無生故學是學一切智智不若菩薩摩訶薩爲八解脱無滅故學是學一切智智不爲八勝處九次第定十遍處無滅故學是學一切智智不若菩薩摩訶薩爲八解脱本來寂靜故學是學一切智智不爲八勝處九次第定十遍處本來寂靜故學是學一切智智不若菩薩摩訶薩爲八解脱自性涅槃故學是學一切智智不爲八勝處九次第定十遍處自性涅槃故學是學一切智智

不者善現於汝意云何八解脱眞如盡滅斷不善現荅言不也世尊不也善逝佛言善現於汝意云何八勝處九次第定十遍處眞如盡滅斷不善現荅言不也世尊不也善逝佛言善現若菩薩摩訶薩於眞如如是學是學一切智智善現當知眞如無盡無滅無斷不可作證若菩薩摩訶薩於眞如如是學是學一切智智佛言善現如汝所説若菩薩摩訶薩爲四念住盡故學是學一切智智不爲四正斷四神足五根五力七等覺支八聖道支盡故學是學一切智智不若菩薩摩訶薩爲四念住離故學是學一切智智不爲四正斷乃至八聖道支離故學是學一切智智不若菩薩摩訶薩爲四念住滅故學是學一切智智不爲四正斷乃至八聖道支滅故學是學一切智智不若菩薩摩訶薩爲四念住無生故學是學一切智智不爲四正斷乃至八聖道支無生故學是學一切智智不若菩薩摩訶薩爲四念住無滅故學是學一切智智不爲四正斷乃至八聖道支無滅故學是學一切智智不若菩薩摩訶薩爲四念住本來寂靜故學是學一切智智不爲四正斷乃至八聖道支本來寂靜故學是學一切智智不若菩薩摩訶薩爲四念住自性涅槃故學是學一切智智不爲四正斷乃至八聖道支自性涅槃故學是學一切智智不者善現於汝意云何四念住眞如盡滅斷不善現荅言不也世尊不也善逝佛言善現於汝意云何四正斷乃至八聖道支眞如盡滅斷不善現荅言不也世尊不也善逝佛言善現若菩薩摩訶

薩於眞如如是學是學一切智智善現當知眞如無盡無滅無斷不可作證若菩薩摩訶薩於眞如如是學是學一切智智佛言善現如汝所說若菩薩摩訶薩為空解脫門盡故學是學一切智智不為無相無願解脫門盡故學是學一切智智不若菩薩摩訶薩為空解脫門離故學是學一切智智不為無相無願解脫門離故學是學一切智智不若菩薩摩訶薩為空解脫門滅故學是學一切智智不為無相無願解脫門滅故學是學一切智智不若菩薩摩訶薩為空解脫門無生故學是學一切智智不為無相無願解脫門無生故學是學一切智智不若菩薩摩訶薩為空解脫門無滅故學是學一切智智不為無相無願解脫門無滅故學是學一切智智不若菩薩摩訶薩為空解脫門本來寂靜故學是學一切智智不為無相無願解脫門本來寂靜故學是學一切智智不若菩薩摩訶薩為空解脫門自性涅槃故學是學一切智智不為無相無願解脫門自性涅槃故學是學一切智智不者善現於汝意云何空解脫門眞如盡滅斷不善現荅言不也世尊不也善逝佛言善現於汝意云何無相無願解脫門眞如盡滅斷不善現荅言不也世尊不也善逝佛言善現若菩薩摩訶薩於眞如如是學是學一切智智善現當知眞如無盡無滅無斷不可作證若菩薩摩訶薩於眞如如是學是學一切智智佛言善現如汝所說若菩薩摩訶薩為極喜地盡故學是學一切智智不為離垢地發光地焰慧地極難勝地現前地遠

行地不動地善慧地法雲地盡故學是學一切智智不若菩薩摩訶薩爲極喜地離故學是學一切智智不爲離垢地乃至法雲地離故學是學一切智智不若菩薩摩訶薩爲極喜地滅故學是學一切智智不爲離垢地乃至法雲地滅故學是學一切智智不若菩薩摩訶薩爲極喜地無生故學是學一切智智不爲離垢地乃至法雲地無生故學是學一切智智不若菩薩摩訶薩爲極喜地無滅故學是學一切智智不爲離垢地乃至法雲地無滅故學是學一切智智不若菩薩摩訶薩爲極喜地本來寂靜故學是學一切智智不爲離垢地乃至法雲地本來寂靜故學是學一切智智不若菩薩摩訶薩爲極喜地自性涅槃故學是學一切智智不爲離垢地乃至法雲地自性涅槃故學是學一切智智不者善現於汝意云何極喜地眞如盡滅斷不善現荅言不也世尊不也善逝佛言善現於汝意云何離垢地乃至法雲地眞如盡滅斷不善現荅言不也世尊不也善逝佛言善現若菩薩摩訶薩於眞如如是學是學一切智智善現當知眞如無盡無滅無斷不可作證若菩薩摩訶薩於眞如如是學是學一切智智佛言善現如汝所說若菩薩摩訶薩爲五眼盡故學是學一切智智不爲六神通盡故學是學一切智智不若菩薩摩訶薩爲五眼離故學是學一切智智不爲六神通離故學是學一切智智不若菩薩摩訶薩爲五眼滅故學是學一切智智不爲六神通滅故學是學一切智智不若菩薩摩訶薩爲五眼無生故

學是學一切智智不爲六神通無生故學是學一切智智不若菩薩摩訶薩爲五眼無滅故學是學一切智智不爲六神通無滅故學是學一切智智不若菩薩摩訶薩爲五眼本來寂靜故學是學一切智智不爲六神通本來寂靜故學是學一切智智不若菩薩摩訶薩爲五眼自性涅槃故學是學一切智智不爲六神通自性涅槃故學是學一切智智不若善現於汝意云何五眼眞如盡滅斷不善現荅言不也世尊不也善逝佛言善現於汝意云何六神通眞如盡滅斷不善現荅言不也世尊不也善逝佛言善現若菩薩摩訶薩於眞如如是學是學一切智智善現當知眞如無盡無滅無斷不可作證若菩薩摩訶薩於眞如如是學是學一切智智佛言善現如汝所說若菩薩摩訶薩爲佛十力盡故學是學一切智智不爲四無所畏四無礙解大慈大悲大喜大捨十八佛不共法盡故學是學一切智智不若菩薩摩訶薩爲佛十力離故學是學一切智智不爲四無所畏乃至十八佛不共法離故學是學一切智智不若菩薩摩訶薩爲佛十力滅故學是學一切智智不爲四無所畏乃至十八佛不共法滅故學是學一切智智不若菩薩摩訶薩爲佛十力無生故學是學一切智智不爲四無所畏乃至十八佛不共法無生故學是學一切智智不若菩薩摩訶薩爲佛十力無滅故學是學一切智智不爲四無所畏乃至十八佛不共法無滅故學是學一切智智不若菩薩摩訶薩爲佛十力本來寂靜故學是學一切智智不

爲四無所畏乃至十八佛不共法本來寂靜故學是學一切智智不若菩薩摩訶薩爲佛十力自性涅槃故學是學一切智智不爲四無所畏乃至十八佛不共法自性涅槃故學是學一切智智不者善現於汝意云何佛十力眞如盡滅斷不善現荅言不也世尊不也善逝佛言善現於汝意云何四無所畏乃至十八佛不共法眞如盡滅斷不善現荅言不也世尊不也善逝佛言善現若菩薩摩訶薩於眞如如是學是學一切智智善現當知眞如無盡無滅無斷不可作證若菩薩摩訶薩於眞如如是學是學一切智智佛言善現如汝所說若菩薩摩訶薩爲無忘失法盡故學是學一切智智不爲恒住捨性盡故學是學一切智智不若菩薩摩訶薩爲無忘失法離故學是學一切智智不爲恒住捨性離故學是學一切智智不若菩薩摩訶薩爲無忘失法滅故學是學一切智智不爲恒住捨性滅故學是學一切智智不若菩薩摩訶薩爲無忘失法無生故學是學一切智智不爲恒住捨性無生故學是學一切智智不若菩薩摩訶薩爲無忘失法無滅故學是學一切智智不爲恒住捨性無滅故學是學一切智智不若菩薩摩訶薩爲無忘失法本來寂靜故學是學一切智智不爲恒住捨性本來寂靜故學是學一切智智不若菩薩摩訶薩爲無忘失法自性涅槃故學是學一切智智不爲恒住捨性自性涅槃故學是學一切智智不者善現於汝意云何無忘失法眞如盡滅斷不善現荅言不也世尊不也善逝佛言善現於

汝意云何恒住捨性眞如盡滅斷不善現荅言不也世尊不也善逝佛言善現若菩薩摩訶薩於眞如如是學是學一切智智善現當知眞如無盡無滅無斷不可作證若菩薩摩訶薩於眞如如是學是學一切智智佛言善現如汝所說若菩薩摩訶薩爲一切智盡故學是學一切智智不爲道相智一切相智盡故學是學一切智智不若菩薩摩訶薩爲一切智離故學是學一切智智不爲道相智一切相智離故學是學一切智智不若菩薩摩訶薩爲一切智滅故學是學一切智智不爲道相智一切相智滅故學是學一切智智不若菩薩摩訶薩爲一切智無生故學是學一切智智不爲道相智一切相智無生故學是學一切智智不若菩薩摩訶薩爲一切智無

滅故學是學一切智智不爲道相智一切相智無滅故學是學一切智智不若菩薩摩訶薩爲一切智本來寂靜故學是學一切智智不爲道相智一切相智本來寂靜故學是學一切智智不若菩薩摩訶薩爲一切智自性涅槃故學是學一切智智不爲道相智一切相智自性涅槃故學是學一切智智不者善現於汝意云何一切智眞如盡滅斷不善現荅言不也世尊不也善逝佛言善現於汝意云何道相智一切相智眞如盡滅斷不善現荅言不也世尊不也善逝佛言善現若菩薩摩訶薩於眞如如是學是學一切智智善現當知眞如無盡無滅無斷不可作證若菩薩摩訶薩於眞如如是學是學一切智智佛言善現如汝所說若菩薩摩訶薩爲一切陀羅

尼門盡故學是學一切智智不爲一切三摩地門盡故學是學一切智智不若菩薩摩訶薩爲一切陀羅尼門離故學是學一切智智不爲一切三摩地門離故學是學一切智智不若菩薩摩訶薩爲一切陀羅尼門滅故學是學一切智智不爲一切三摩地門滅故學是學一切智智不若菩薩摩訶薩爲一切陀羅尼門無生故學是學一切智智不爲一切三摩地門無生故學是學一切智智不若菩薩摩訶薩爲一切陀羅尼門無滅故學是學一切智智不爲一切三摩地門無滅故學是學一切智智不若菩薩摩訶薩爲一切陀羅尼門本來寂靜故學是學一切智智不爲一切三摩地門本來寂靜故學是學一切智智不若菩薩摩訶薩爲一切陀羅尼門自性涅槃故學是學一切智智不爲一切三摩地門自性涅槃故學是學一切智智不者善現於汝意云何一切陀羅尼門眞如盡滅斷不善現荅言不也世尊不也善逝佛言善現於汝意云何一切三摩地門眞如盡滅斷不善現荅言不也世尊不也善逝佛言善現若菩薩摩訶薩於眞如如是學是學一切智智善現當知眞如無盡無滅無斷不可作證若菩薩摩訶薩於眞如如是學是學一切智智佛言善現如汝所說若菩薩摩訶薩爲預流果盡故學是學一切智智不爲一來不還阿羅漢果盡故學是學一切智智不若菩薩摩訶薩爲預流果離故學是學一切智智不爲一來不還阿羅漢果離故學是學一切智智不若菩薩摩訶薩爲預流果滅故學是學一切智

智不爲一來不還阿羅漢果滅故學是學一切智智不若菩薩摩訶薩爲預流果無生故學是學一切智智不爲一來不還阿羅漢果無生故學是學一切智智不若菩薩摩訶薩爲預流果無滅故學是學一切智智不爲一來不還阿羅漢果無滅故學是學一切智智不若菩薩摩訶薩爲預流果本來寂靜故學是學一切智智不爲一來不還阿羅漢果本來寂靜故學是學一切智智不若菩薩摩訶薩爲預流果自性涅槃故學是學一切智智不爲一來不還阿羅漢果自性涅槃故學是學一切智智不者善現於汝意云何預流果眞如盡滅斷不善現荅言不也世尊不也善逝佛言善現於汝意云何一來不還阿羅漢果眞如盡滅斷不善現荅言不也世尊不也善逝佛言善現若菩薩摩訶薩於眞如如是學是學一切智智善現當知眞如無盡無滅無斷不可作證若菩薩摩訶薩於眞如如是學是學一切智智佛言善現如汝所說若菩薩摩訶薩爲獨覺菩提盡故學是學一切智智不若菩薩摩訶薩爲獨覺菩提離故學是學一切智智不若菩薩摩訶薩爲獨覺菩提滅故學是學一切智智不若菩薩摩訶薩爲獨覺菩提無生故學是學一切智智不若菩薩摩訶薩爲獨覺菩提無滅故學是學一切智智不若菩薩摩訶薩爲獨覺菩提本來寂靜故學是學一切智智不若菩薩摩訶薩爲獨覺菩提自性涅槃故學是學一切智智不者善現於汝意云何獨覺菩提眞如盡滅斷不善現荅言不也世尊不也善逝佛言善現

若菩薩摩訶薩於眞如如是學是學一切智智善現當知眞如無盡無滅無斷不可作證若菩薩摩訶薩於眞如如是學是學一切智智佛言善現如汝所說若菩薩摩訶薩爲一切菩薩摩訶薩行盡故學是學一切智智不若菩薩摩訶薩爲一切菩薩摩訶薩行離故學是學一切智智不若菩薩摩訶薩爲一切菩薩摩訶薩行滅故學是學一切智智不若菩薩摩訶薩爲一切菩薩摩訶薩行無生故學是學一切智智不若菩薩摩訶薩爲一切菩薩摩訶薩行無滅故學是學一切智智不若菩薩摩訶薩爲一切菩薩摩訶薩行本來寂靜故學是學一切智智不若菩薩摩訶薩爲一切菩薩摩訶薩行自性涅槃故學是學一切智智不者善現於汝意云何一切菩薩摩訶薩行眞如盡滅斷不善現答言不也世尊不也善逝佛言善現若菩薩摩訶薩於眞如如是學是學一切智智善現當知眞如無盡無滅無斷不可作證若菩薩摩訶薩於眞如如是學是學一切智智佛言善現如汝所說若菩薩摩訶薩爲諸佛無上正等菩提盡故學是學一切智智不若菩薩摩訶薩爲諸佛無上正等菩提離故學是學一切智智不若菩薩摩訶薩爲諸佛無上正等菩提滅故學是學一切智智不若菩薩摩訶薩爲諸佛無上正等菩提無生故學是學一切智智不若菩薩摩訶薩爲諸佛無上正等菩提無滅故學是學一切智智不若菩薩摩訶薩爲諸佛無上正等菩提本來寂靜故學是學一切智智不若菩薩摩訶薩爲諸佛無上正等菩

提自性涅槃故學是學一切智智不者善現於汝意云何諸佛無上正等菩提眞如盡滅斷不善現答言不也世尊不也善逝佛言善現若菩薩摩訶薩於眞如如是學是學一切智智善現當知眞如無盡無滅無斷不可作證若菩薩摩訶薩於眞如如是學是學一切智智佛言善現如汝所說若菩薩摩訶薩爲有情盡故學是學一切智智不若菩薩摩訶薩爲有情離故學是學一切智智不若菩薩摩訶薩爲有情滅故學是學一切智智不若菩薩摩訶薩爲有情無生故學是學一切智智不若菩薩摩訶薩爲有情無滅故學是學一切智智不若菩薩摩訶薩爲有情本來寂靜故學是學一切智智不若菩薩摩訶薩爲有情自性涅槃故學是學一切智智不者善

現於汝意云何有情眞如盡滅斷不善現答言不也世尊不也善逝佛言善現若菩薩摩訶薩於眞如如是學是學一切智智善現當知眞如無盡無滅無斷不可作證若菩薩摩訶薩於眞如如是學是學一切智智佛言善現如汝所說若菩薩摩訶薩爲菩薩盡故學是學一切智智不若菩薩摩訶薩爲菩薩離故學是學一切智智不若菩薩摩訶薩爲菩薩滅故學是學一切智智不若菩薩摩訶薩爲菩薩無生故學是學一切智智不若菩薩摩訶薩爲菩薩無滅故學是學一切智智不若菩薩摩訶薩爲菩薩本來寂靜故學是學一切智智不若菩薩摩訶薩爲菩薩自性涅槃故學是學一切智智不者善現於汝意云何菩薩眞如盡滅斷不善現答言不也世尊

不也善逝佛言善現若菩薩摩訶薩於眞如
如是學是學一切智智善現當知眞如無盡
無滅無斷不可作證若菩薩摩訶薩於眞如
如是學是學一切智智

大般若波羅蜜多經卷第三百四十

大般若波羅蜜多經卷第三百四十一

唐三藏法師玄奘奉　詔譯

初分巧便學品第五十五之五

佛言善現如汝所說若菩薩摩訶薩為如来盡故學是學一切智智不若菩薩摩訶薩為如来離故學是學一切智智不若菩薩摩訶薩為如来滅故學是學一切智智不若菩薩摩訶薩為如來無生故學是學一切智智不若菩薩摩訶薩為如来無滅故學是學一切智智不若菩薩摩訶薩為如来本来寂靜故學是學一切智智不若菩薩摩訶薩為如来自性涅槃故學是學一切智智不善現於汝意云何如来真如盡滅斷不善現荅言不也世尊不也善逝佛言善現若菩薩摩訶薩於真如如是學是學一切智智善現當知真如無盡無滅無斷不可作證若菩薩摩訶薩於真如如是學是學一切智智復次善現若菩薩摩訶薩如是學時是學布施波羅蜜多是學淨戒安忍精進靜慮般若波羅蜜多若菩薩摩訶薩學布施淨戒安忍精進靜慮般若波羅蜜多是學一切智智復次善現若菩薩摩訶薩如是學時是學內空是學外空內外空空空大空勝義空有為空無為空畢竟空無際空散空無變異空本性空自相空共相空一切法空不可得空無性空自性空無性自性空若菩薩摩訶薩學內空外空乃至無性自性空是學一切智智復次善現若菩薩摩訶薩如是學時是學真如是學法界法性不虛妄性不變異性平等性離生性法定法住實際虛空界不思議界若菩薩摩訶薩學

真如法界乃至不思議界是學一切智智復次善現若菩薩摩訶薩如是學時是學苦聖諦是學集滅道聖諦若菩薩摩訶薩學苦集滅道聖諦是學一切智智復次善現若菩薩摩訶薩如是學時是學四靜慮是學四無量四無色定若菩薩摩訶薩學四靜慮四無量四無色定是學一切智智復次善現若菩薩摩訶薩如是學時是學八解脫是學八勝處九次第定十遍處若菩薩摩訶薩學八解脫八勝處九次第定十遍處是學一切智智復次善現若菩薩摩訶薩如是學時是學四念住是學四正斷四神足五根五力七等覺支八聖道支若菩薩摩訶薩學四念住四正斷乃至八聖道支是學一切智智復次善現若菩薩摩訶薩如是學時是學空解脫門是學無相無願解脫門若菩薩摩訶薩學空無相無願解脫門是學一切智智復次善現若菩薩摩訶薩如是學時是學極喜地是學離垢地發光地焰慧地極難勝地現前地遠行地不動地善慧地法雲地若菩薩摩訶薩學極喜地離垢地乃至法雲地是學一切智智復次善現若菩薩摩訶薩如是學時是學五眼是學六神通若菩薩摩訶薩學五眼六神通是學一切智智復次善現若菩薩摩訶薩如是學時是學佛十力是學四無所畏四無礙解大慈大悲大喜大捨十八佛不共法若菩薩摩訶薩學佛十力四無所畏乃至十八佛不共法是學一切智智復次善現若菩薩摩訶薩如是學時是學無忘失法是學恒住捨性若菩薩摩訶薩學無忘失法恒住捨性是

學一切智智復次善現若菩薩摩訶薩如是學時是學一切智是學道相智一切相智若菩薩摩訶薩學一切智道相智一切相智是學一切智智復次善現若菩薩摩訶薩如是學時是學一切陀羅尼門是學一切三摩地門若菩薩摩訶薩學一切陀羅尼門一切三摩地門是學一切智智復次善現若菩薩摩訶薩如是學時是學一切菩薩摩訶薩行若菩薩摩訶薩學一切菩薩摩訶薩行是學一切智智復次善現若菩薩摩訶薩如是學時是學諸佛無上正等菩提若菩薩摩訶薩學諸佛無上正等菩提是學一切智智復次善現若菩薩摩訶薩如是學時至一切學圓滿彼岸若菩薩摩訶薩如是學時一切天魔及諸外道皆不能壞若菩薩摩訶薩如是學時

疾至菩薩不退轉地若菩薩摩訶薩如是學時行自祖父一切如來應正等覺所應行處若菩薩摩訶薩如是學時於能護法無倒隨轉若菩薩摩訶薩如是學時能行離暗所應作法若菩薩摩訶薩如是學時是學嚴淨自佛土法若菩薩摩訶薩如是學時是學成熟諸有情法若菩薩摩訶薩如是學時便能如實嚴淨佛土若菩薩摩訶薩如是學時便能如實成熟有情若菩薩摩訶薩如是學時則能發起大慈大悲哀愍一切若菩薩摩訶薩如是學時是學三轉十二行相微妙法輪若菩薩摩訶薩如是學時是學度脫一切有情置無餘依般涅槃界若菩薩摩訶薩如是學時是學不斷佛種妙行若菩薩摩訶薩如是學時是學諸佛爲有情類開甘露門若菩薩

摩訶薩如是學時是學安立無量無數無邊有情住三乘法若菩薩摩訶薩如是學時是學示現一切有情究竟寂滅眞無爲界是眞修學一切智智如是學者下劣有情所不能學若菩薩摩訶薩如是學時能實拔濟一切有情生老病死令勤修學所應學處復次善現若菩薩摩訶薩如是學時決定不復墮於地獄傍生鬼界若菩薩摩訶薩如是學時決定不生邊地達絮蔑戾車中若菩薩摩訶薩如是學時決定不生旃荼羅家補羯娑家及餘種種貧窮卑賤不律儀家若菩薩摩訶薩如是學時終不聾盲瘖瘂攣躄根支不具背僂癲癎及餘種種穢惡瘡病若菩薩摩訶薩如是學時生生常得眷屬圓滿形貌端嚴言詞威肅衆人愛敬若菩薩摩訶薩如是學時生生之處離害生命離不與取離欲邪行離虛誑語離麁惡語離離間語離雜穢語亦離貪欲瞋恚邪見若菩薩摩訶薩如是學時生生之處不以邪法而自活命終不攝受虛妄邪法亦不攝受破戒惡見謗法有情若菩薩摩訶薩如是學時終不生於躭樂少慧長壽天處所以者何是菩薩摩訶薩成就善巧方便勢力由此善巧方便力故雖能數入靜慮無量及無色定而不隨彼勢力受生甚深般若波羅蜜多所攝受故成就如是善巧方便於諸定中雖常獲得入出自在而不隨彼諸定勢力生長壽天廢修菩薩摩訶薩行復次善現若菩薩摩訶薩如是學時於佛十力四無所畏四無礙解大慈大悲大喜大捨及十八佛不共法等無量無數無邊佛法皆得清

淨決定不墮一切聲聞及獨覺地爾時具壽善現白佛言世尊若一切法本性清淨云何菩薩摩訶薩於諸法中復得清淨佛告善現如是如是如汝所說諸法本來自性清淨是菩薩摩訶薩於一切法本性淨中精勤修學甚深般若波羅蜜多如實通達無沒無滯遠離一切煩惱染著故說菩薩復得清淨復次善現雖一切法本性清淨而諸異生不知見覺是菩薩摩訶薩爲欲令彼知見覺故修行布施波羅蜜多修行淨戒安忍精進靜慮般若波羅蜜多安住内空安住外空内外空空空大空勝義空有爲空無爲空畢竟空無際空散空無變異空本性空自相空共相空一切法空不可得空無性空自性空無性自性空安住眞如安住法界法性不虛妄性不變異性平等性離生性法定法住實際虛空界不思議界安住苦聖諦安住集滅道聖諦修行四靜慮修行四無量四無色定修行八解脱修行八勝處九次第定十遍處修行四念住修行四正斷四神足五根五力七等覺支八聖道支修行空解脱門修行無相無願解脱門修行極喜地修行離垢地發光地焰慧地極難勝地現前地遠行地不動地善慧地法雲地修行五眼修行六神通修行佛十力修行四無所畏四無礙解大慈大悲大喜大捨十八佛不共法修行無忘失法修行恒住捨性修行一切陀羅尼門修行一切三摩地門修行一切智修行道相智一切相智善現是菩薩摩訶薩於一切法本性清淨如是學時於佛十力四無所畏四無礙解大慈大悲

大喜大捨十八佛不共法等無量無數無邊佛法皆得清淨不墮聲聞及獨覺地於諸有情心行差別皆能通達至極彼岸善巧方便令諸有情證一切法本性清淨善現當知譬如大地少處出生金銀珎寶多處出生砂石瓦礫諸有情類亦復如是少分能學甚深般若波羅蜜多多學聲聞獨覺地法善現當知譬如人趣少分能修轉輪王業多分受行諸小王業諸有情類亦復如是少分能修一切智智道多分受行聲聞獨覺道善現當知求趣無上正等菩提諸菩薩衆少得無上正等菩提多墮聲聞及獨覺地善現當知住菩薩乘諸善男子善女人等若不遠離甚深般若波羅蜜多善巧方便定能趣入不退轉地若有遠離甚深般若波羅蜜多善巧方便定於無上正等菩提當有退轉是故菩薩摩訶薩衆欲得菩薩不退轉地欲入菩薩不退轉數當勤修學甚深般若波羅蜜多善巧方便復次善現若菩薩摩訶薩如是修學甚深般若波羅蜜多善巧方便終不發起慳貪破戒瞋忿懈怠散亂惡慧相應之心終不發起貪欲瞋恚愚癡憍慢相應之心終不發起諸餘過失相應之心終不發起執取色相相應之心亦不發起執取受想行識相相應之心終不發起執取眼處相相應之心亦不發起執取耳鼻舌身意處相相應之心終不發起執取色處相相應之心亦不發起執取聲香味觸法處相相應之心終不發起執取眼界相相應之心亦不發起執取耳鼻舌身意界相相應之心終不發起執取色界相相應之心亦

不發起執取聲香味觸法界相相應之心終不發起執取眼識界相相應之心亦不發起執取耳鼻舌身意識界相相應之心終不發起執取眼觸相相應之心亦不發起執取耳鼻舌身意觸相相應之心終不發起執取眼觸爲緣所生諸受相相應之心亦不發起執取耳鼻舌身意觸爲緣所生諸受相相應之心終不發起執取地界相相應之心亦不發起執取水火風空識界相相應之心終不發起執取無明相相應之心亦不發起執取行識名色六處觸受愛取有生老死相相應之心終不發起執取布施波羅蜜多相相應之心亦不發起執取淨戒安忍精進靜慮般若波羅蜜多相相應之心終不發起執取內空相相應之心亦不發起執取外空內外空空空大空勝義空有爲空無爲空畢竟空無際空散空無變異空本性空自相空共相空一切法空不可得空無性空自性空無性自性空相相應之心終不發起執取真如相相應之心亦不發起執取法界法性不虛妄性不變異性平等性離生性法定法住實際虛空界不思議界相相應之心終不發起執取苦聖諦相相應之心亦不發起執取集滅道聖諦相相應之心終不發起執取四靜慮相相應之心亦不發起執取四無量四無色定相相應之心終不發起執取八解脫相相應之心亦不發起執取八勝處九次第定十遍處相相應之心終不發起執取四念住相相應之心亦不發起執取四正斷四神足五根五力七等覺支八聖道支相相應之心終不發

起執取空解脫門相相應之心亦不發起執取無相無願解脫門相相應之心終不發起執取極喜地相相應之心亦不發起執取離垢地發光地焰慧地極難勝地現前地遠行地不動地善慧地法雲地相相應之心終不發起執取五眼相相應之心亦不發起執取六神通相相應之心終不發起執取佛十力相相應之心亦不發起執取四無所畏四無礙解大慈大悲大喜大捨十八佛不共法相相應之心終不發起執取無忘失法相相應之心亦不發起執取恒住捨性相相應之心終不發起執取一切智相相應之心亦不發起執取道相智一切相智相相應之心終不發起執取一切陀羅尼門相相應之心亦不發起執取一切三摩地門相相應之心終不發起執取預流果相相應之心亦不發起執取一來不還阿羅漢果相相應之心終不發起執取獨覺菩提相相應之心終不發起執取一切菩薩摩訶薩行相相應之心終不發起執取諸佛無上正等菩提相相應之心何以故善現是菩薩摩訶薩行深般若波羅蜜多善巧方便都不見法是可得者無所得故不起執取色等法相相應之心復次善現若菩薩摩訶薩如是修學甚深般若波羅蜜多善巧方便能攝一切波羅蜜多能集一切波羅蜜多能導一切波羅蜜多何以故善現甚深般若波羅蜜多中含容一切波羅蜜多故善現譬如薩迦耶見普能攝受六十二見甚深般若波羅蜜多亦復如是含容一切波羅蜜多善現譬如諸殞沒者命根滅故諸根隨

滅甚深般若波羅蜜多亦復如是一切所學波羅蜜多悉皆隨從若無般若波羅蜜多亦無一切波羅蜜多是故善現若菩薩摩訶薩欲到一切波羅蜜多究竟彼岸應勤修學甚深般若波羅蜜多善現當知若菩薩摩訶薩修學如是甚深般若波羅蜜多於諸有情最爲上首何以故善現是菩薩摩訶薩已能修學無上處故復次善現於意云何於此三千大千世界諸有情類寧爲多不善現荅言甚多世尊甚多善逝贍部洲中諸有情類尚多無數何況三千大千世界諸有情類佛言善現假使三千大千世界諸有情類非前非後皆得人身得人身已非前非後皆證無上正等菩提有善男子善女人等住菩薩乘盡其形壽能以上妙衣服飲食卧具湯藥及餘資具供養恭敬尊重讚歎此諸如來應正等覺是善男子善女人等由此因緣得福多不善現荅言甚多世尊甚多善逝佛言善現若善男子善女人等住菩薩乘能於如是甚深般若波羅蜜多聽聞受持讀誦書寫思惟修習所獲福聚甚多於前無量無數何以故善現甚深般若波羅蜜多具大義利能令菩薩摩訶薩衆速引無上正等菩提勝前所得諸善根故是故善現若菩薩摩訶薩欲居一切有情上首當學如是甚深般若波羅蜜多若菩薩摩訶薩欲普饒益一切有情無救護者爲作救護無歸依者爲作歸依無投趣者爲作投趣無眼目者爲作眼目無光明者爲作光明失道路者示以道路未涅槃者令得涅槃當學如是甚深般若波羅蜜多若菩薩摩訶

薩欲得無上正等菩提欲行諸佛所行境界欲遊戲佛所遊戲處欲作諸佛大師子吼欲擊諸佛無上法鼓欲扣諸佛無上法鍾欲吹諸佛無上法螺欲昇諸佛無上法座欲說諸佛無上法義欲決一切有情疑網欲入諸佛甘露法界欲受諸佛微妙喜樂當學如是甚深般若波羅蜜多復次善現若菩薩摩訶薩修學如是甚深般若波羅蜜多無有一切功德善根而不能得時具壽善現白佛言世尊諸菩薩摩訶薩修學如是甚深般若波羅蜜多豈亦能得聲聞獨覺功德善根佛言善現聲聞獨覺功德善根此諸菩薩摩訶薩衆亦皆能得但於其中無住無著以勝智見正觀察已超過彼位趣入菩薩正性離生故此菩薩摩訶薩衆無有一切功德善根而不能得

復次善現若菩薩摩訶薩如是學時則爲隣近一切智智疾證無上正等菩提復次善現若菩薩摩訶薩如是學時則爲一切世間天人阿素洛等眞實福田復次善現若菩薩摩訶薩如是學時超諸世間沙門梵志聲聞獨覺福田之上速能證得一切智智復次善現若菩薩摩訶薩如是學時隨所生處不捨般若波羅蜜多不離般若波羅蜜多常行般若波羅蜜多復次善現若菩薩摩訶薩修學如是甚深般若波羅蜜多當知已於一切智智得不退轉遠離聲聞及獨覺地隣近無上正等菩提復次善現若菩薩摩訶薩行甚深般若波羅蜜多時作如是念此是般若波羅蜜多此是修時此是修處我能修此甚深般若波羅蜜多我由如是甚深般若波羅蜜多捨

離如是所應捨法必當證得一切智智若作是念非行般若波羅蜜多亦於般若波羅蜜多不能解了甚深般若波羅蜜多不作是念此是般若波羅蜜多此是修時此是修處此是修者此是般若波羅蜜多所應遠離煩惱障法此是般若波羅蜜多所證無上正等菩提若菩薩摩訶薩行甚深般若波羅蜜多時作如是念此非般若波羅蜜多此非修時此非修處此非修者非由般若波羅蜜多能有所離及有所得所以者何以一切法皆住真如法界實際無差別故若如此行是行般若波羅蜜多

初分願喻品第五十六之一

時天帝釋作是念言若菩薩摩訶薩修行般若波羅蜜多修行靜慮精進安忍淨戒布施波羅蜜多尚超一切有情之上況得無上正等菩提若菩薩摩訶薩安住內空安住外空內外空空空大空勝義空有為空無為空畢竟空無際空散空無變異空本性空自相空共相空一切法空不可得空無性空自性空無性自性空尚超一切有情之上況得無上正等菩提若菩薩摩訶薩安住真如安住法界法性不虛妄性不變異性平等性離生性法定法住實際虛空界不思議界尚超一切有情之上況得無上正等菩提若菩薩摩訶薩安住苦聖諦安住集滅道聖諦尚超一切有情之上況得無上正等菩提若菩薩摩訶薩修行四靜慮修行四無量四無色定尚超一切有情之上況得無上正等菩提若菩薩摩訶薩修行八解脫修行八勝處九次第定

十遍處尚超一切有情之上況得無上正等菩提若菩薩摩訶薩修行四念住修行四正斷四神足五根五力七等覺支八聖道支尚超一切有情之上況得無上正等菩提若菩薩摩訶薩修行空解脫門修行無相無願解脫門尚超一切有情之上況得無上正等菩提若菩薩摩訶薩修行極喜地修行離垢地發光地焰慧地極難勝地現前地遠行地不動地善慧地法雲地尚超一切有情之上況得無上正等菩提若菩薩摩訶薩修行五眼修行六神通尚超一切有情之上況得無上正等菩提若菩薩摩訶薩修行佛十力修行四無所畏四無礙解大慈大悲大喜大捨十八佛不共法尚超一切有情之上況得無上正等菩提若菩薩摩訶薩修行無忘失法修行恒住捨性尚超一切有情之上況得無上正等菩提若菩薩摩訶薩修行一切智修行道相智一切相智尚超一切有情之上況得無上正等菩提若菩薩摩訶薩修行一切陀羅尼門修行一切三摩地門尚超一切有情之上況得無上正等菩提若菩薩摩訶薩修行菩薩摩訶薩行尚超一切有情之上況得無上正等菩提若菩薩摩訶薩修行無上正等菩提尚超一切有情之上況得無上正等菩提若諸有情聞說一切智智名字心生信解尚爲獲得人中善利及得世間最勝壽命況發無上正等覺心或常聽聞如是般若波羅蜜多甚深經典若諸有情能發無上正等覺心聽聞般若波羅蜜多甚深經典諸餘有情皆應頂禮所獲功德世間天人阿素洛等

不能及故爾時世尊知天帝釋心之所念即便告言憍尸迦如是如是如汝所念時天帝釋深心歡喜即取天上微妙香花奉散如來應正等覺及諸菩薩摩訶薩衆既散花已作是願言若菩薩乘諸善男子善女人等求趣無上正等菩提以我所生善根功德令彼所求無上佛法速得圓滿令彼所求一切智智速得圓滿令彼所求自然人法速得圓滿令彼所求真無漏法速得圓滿令彼一切所欲聞法皆速圓滿若求聲聞獨覺乘者亦令所願疾得滿足作是願已即白佛言世尊若菩薩乘諸善男子善女人等已發無上正等覺心我終不生一念異意令其退轉大菩提心我亦不生一念異意令諸菩薩摩訶薩衆厭離無上正等菩提退住聲聞或獨覺地世尊若諸菩薩摩訶薩衆已於無上正等菩提心生樂欲我願彼心倍復增進速證無上正等菩提願彼菩薩摩訶薩衆見生死中種種苦已爲欲利樂世間天人阿素洛等發起種種堅固大願我既自度生死大海亦當精勤度未度者我既自解生死繫縛亦當精勤解未解者我於種種生死怖畏既自安隱亦當精勤安未安者我既自證究竟涅槃亦當精勤令未證者皆同證得世尊若善男子善女人等於初發心菩薩功德起隨喜心得幾所福於久發心菩薩功德起隨喜心得幾所福於不退轉地菩薩功德起隨喜心得幾所福於一生所繫菩薩功德起隨喜心得幾所福爾時佛告天帝釋言憍尸迦四大洲界可知斤兩是隨喜福不可稱量復次憍尸迦小千世

界可知斤兩是隨喜福不可稱量復次憍尸迦中千世界可知斤兩是隨喜福不可稱量復次憍尸迦我此三千大千世界可知斤兩是隨喜福不可稱量復次憍尸迦假使三千大千世界合爲一海若復有能取一毛髮析爲百分取一分端沾彼海水可知渧數是隨喜福不可數知何以故憍尸迦是善男子善女人等所隨喜福無邊際故時天帝釋復白佛言世尊若諸有情於諸菩薩功德善根不隨喜者當知皆是魔所魅著世尊若諸有情於諸菩薩功德善根不隨喜者當知皆是魔之眷屬世尊若諸有情於諸菩薩功德善根不隨喜者當知皆從魔天界沒來生是間所以者何若諸菩薩摩訶薩衆求趣無上正等菩提若有發心於彼功德深隨喜者皆爲破壞一切魔軍宮殿眷屬迴向無上正等菩提世尊若諸有情深心愛敬佛法僧寶於諸菩薩功德善根應生隨喜既隨喜已迴向無上正等菩提而不應生一二多想若能如是速證無上正等菩提度脫有情破魔眷屬爾時佛告天帝釋言如是如是如汝所說憍尸迦若善男子善女人等於諸菩薩功德善根深生隨喜迴向無上正等菩提是善男子善女人等速證無上正等菩提速能圓滿諸菩薩行速能供養一切如來應正等覺常遇善友恒聞般若波羅蜜多甚深經典是善男子善女人等成就如是功德善根隨所生處常爲一切世間天人阿素洛等供養恭敬尊重讚歎不見惡色不聞惡聲不齅惡香不嘗惡味不覺惡觸常不思念不如理法終不遠離諸

佛世尊從一佛土至一佛土親近諸佛種諸善根成熟有情嚴淨佛土何以故憍尸迦是善男子善女人等能於無量無數無邊最初發心菩薩摩訶薩功德善根深生隨喜迴向無上正等菩提能於無量無數無邊已住初地乃至十地菩薩摩訶薩功德善根深生隨喜迴向無上正等菩提能於無量無數無邊一生所繫菩薩摩訶薩功德善根深生隨喜迴向無上正等菩提由此因縁是善男子善女人等善根增進速近無上正等菩提證得無上大菩提已能度無量無數無邊諸有情類於無餘依般涅槃界而般涅槃以是故憍尸迦諸善男子善女人等於初發心菩薩摩訶薩功德善根應生隨喜迴向無上正等菩提於迴向時不應執著即心離心亦不應執著即心修行離心修行諸善男子善女人等於久發心菩薩摩訶薩功德善根應生隨喜迴向無上正等菩提於迴向時不應執著即心離心亦不應執著即心修行離心修行諸善男子善女人等於不退轉菩薩摩訶薩功德善根應生隨喜迴向無上正等菩提於迴向時不應執著即心離心亦不應執著即心修行離心修行諸善男子善女人等於一生所繫菩薩摩訶薩功德善根應生隨喜迴向無上正等菩提於迴向時不應執著即心離心亦不應執著即心修行離心修行若能如是無所執著隨喜迴向疾證無上正等菩提度諸天人阿素洛等令脫生死得涅槃樂爾時具壽善現白佛言世尊云何菩薩摩訶薩以如幻心能證無上正等菩提佛言善現於

意云何汝見菩薩摩訶薩等如幻心不善現答言不也世尊不也善逝我不見幻亦不見有如幻之心佛言善現於意云何若處無幻無如幻心汝見有是心能證無上正等菩提不善現答言不也世尊不也善逝我都不見有處無幻無如幻心更有是心能證無上正等菩提佛言善現於意云何若處離幻離如幻心汝見有是法能證無上正等菩提不善現答言不也世尊不也善逝我都不見有處離幻離如幻心更有是法能證無上正等菩提世尊我都不見即離心法説何等法是有是無以一切法畢竟離故若一切法畢竟離者不可施設此法是有此法是無若法不可施設有無則不可説能證無上正等菩提非無所有法能證菩提故所以者何以一切法皆無所有性不可得無染無淨何以故世尊般若波羅蜜多畢竟離故靜慮精進安忍淨戒布施波羅蜜多亦畢竟離故世尊内空畢竟離故外空内外空空空大空勝義空有為空無為空畢竟空無際空散空無變異空本性空自相空共相空一切法空不可得空無性空自性空無性自性空亦畢竟離故世尊眞如畢竟離故法界法性不虚妄性不變異性平等性離生性法定法住實際虚空界不思議界亦畢竟離故世尊苦聖諦畢竟離故集滅道聖諦亦畢竟離故世尊四靜慮畢竟離故四無量四無色定亦畢竟離故世尊八解脱畢竟離故八勝處九次第定十遍處亦畢竟離故世尊四念住畢竟離故四正斷四神足五根五力七等覺支八聖道支亦畢竟

離故世尊空解脫門畢竟離故無相無願解脫門亦畢竟離故世尊極喜地畢竟離故離垢地發光地焰慧地極難勝地現前地遠行地不動地善慧地法雲地亦畢竟離故世尊五眼畢竟離故六神通亦畢竟離故世尊佛十力畢竟離故四無所畏四無礙解大慈大悲大喜大捨十八佛不共法亦畢竟離故世尊無忘失法畢竟離故恒住捨性亦畢竟離故世尊一切智畢竟離故道相智一切相智亦畢竟離故世尊一切陀羅尼門畢竟離故一切三摩地門亦畢竟離故世尊一切菩薩摩訶薩行畢竟離故世尊諸佛無上正等菩提畢竟離故世尊一切智智亦畢竟離故世尊若法畢竟離是法不應修亦不應壞亦不應引甚深般若波羅蜜多畢竟離故不應能引世尊甚深般若波羅蜜多既畢竟離云何可說菩薩摩訶薩依甚深波羅蜜多證得無上正等菩提世尊諸佛無上正等菩提亦畢竟離云何離法能證離法是故般若波羅蜜多應不可說證得無上正等菩提

大般若波羅蜜多經卷第三百四十一

音釋

蔑隸車 梵語也亦名彌離車此云惡見蔑彌列切隸郎計切　補羯娑 梵語也此謂舁死屍等之賤類也羯居謁切　聾盲 聾盧紅切耳無聞也盲眉庚切目無童子也　瘖瘂 瘖於禽切瘂倚下切瘖瘂不能言也　攣躄 閭攣員切手拘攣也躄必亦切足不能行也　背僂 僂音婁背僂背脊傴僂也　癲癇 癲音顛癇音閑癲癇謂癲狂癇病也　瓦礫 礫音歷小石也　析 音昔分析也　渧 音滴水點也　魅 明祕切老精物也山林異氣所生也　齅 許救切以鼻攬氣也

大般若波羅蜜多經卷第三百四十二

唐三藏法師玄奘奉　詔譯

初分顧喻品第五十六之二

佛言善現善哉善哉如是如是如汝所說善現般若波羅蜜多畢竟離靜慮精進安忍淨戒布施波羅蜜多亦畢竟離善現內空畢竟離外空內外空空空大空勝義空有爲空無爲空畢竟空無際空散空無變異空本性空自相空共相空一切法空不可得空無性空自性空無性自性空亦畢竟離善現眞如畢竟離法界法性不虛妄性不變異性平等性離生性法定法住實際虛空界不思議界亦畢竟離善現苦聖諦畢竟離集滅道聖諦亦畢竟離善現四靜慮畢竟離四無量四無色定亦畢竟離善現八解脫畢竟離八勝處九次第定十遍處亦畢竟離善現四念住畢竟離四正斷四神足五根五力七等覺支八聖道支亦畢竟離善現空解脫門畢竟離無相無願解脫門亦畢竟離善現極喜地畢竟離離垢地發光地焰慧地極難勝地現前地遠行地不動地善慧地法雲地亦畢竟離善現五眼畢竟離六神通亦畢竟離善現佛十力畢竟離四無所畏四無礙解大慈大悲大喜大捨十八佛不共法亦畢竟離善現無忘失法畢竟離恒住捨性亦畢竟離善現一切智畢竟離道相智一切相智亦畢竟離善現一切陀羅尼門畢竟離一切三摩地門亦畢竟離善現一切菩薩摩訶薩行畢竟離善現諸佛無上正等菩提畢竟離善現一切智智亦畢竟離善現以般若波羅蜜多畢竟離靜慮

精進安忍淨戒布施波羅蜜多亦畢竟離故菩薩摩訶薩可得無上正等菩提善現以內空畢竟離外空內外空空空大空勝義空有爲空無爲空畢竟空無際空散空無變異空本性空自相空共相空一切法空不可得空無性空自性空無性自性空亦畢竟離故菩薩摩訶薩可得無上正等菩提善現以眞如畢竟離法界法性不虛妄性不變異性平等性離生性法定法住實際虛空界不思議界亦畢竟離故菩薩摩訶薩可得無上正等菩提善現以苦聖諦畢竟離集滅道聖諦亦畢竟離故菩薩摩訶薩可得無上正等菩提善現以四靜慮畢竟離四無量四無色定亦畢竟離故菩薩摩訶薩可得無上正等菩提善現以八解脫畢竟離八勝處九次第定十遍處亦畢竟離故菩薩摩訶薩可得無上正等菩提善現以四念住畢竟離四正斷四神足五根五力七等覺支八聖道支亦畢竟離故菩薩摩訶薩可得無上正等菩提善現以空解脫門畢竟離無相無願解脫門亦畢竟離故菩薩摩訶薩可得無上正等菩提善現以極喜地畢竟離離垢地發光地焰慧地極難勝地現前地遠行地不動地善慧地法雲地亦畢竟離故菩薩摩訶薩可得無上正等菩提善現以五眼畢竟離六神通亦畢竟離故菩薩摩訶薩可得無上正等菩提善現以佛十力畢竟離四無所畏四無礙解大慈大悲大喜大捨十八佛不共法亦畢竟離故菩薩摩訶薩可得無上正等菩提善現以無忘失法畢竟離恒住捨性亦畢竟離故菩薩摩訶

薩可得無上正等菩提善現以一切智畢竟離道相智一切相智亦畢竟離故菩薩摩訶薩可得無上正等菩提善現以一切陀羅尼門畢竟離一切三摩地門亦畢竟離故菩薩摩訶薩可得無上正等菩提善現以一切菩薩摩訶薩行畢竟離故菩薩摩訶薩可得無上正等菩提善現以諸佛無上正等菩提畢竟離故菩薩摩訶薩可得無上正等菩提善現以一切智智畢竟離故菩薩摩訶薩可得無上正等菩提復次善現若般若波羅蜜多非畢竟離應非般若波羅蜜多若靜慮精進安忍淨戒布施波羅蜜多非畢竟離應非靜慮精進安忍淨戒布施波羅蜜多善現若內空非畢竟離應非內空若外空內外空空空大空勝義空有為空無為空畢竟空無際空散空無變異空本性空自相空共相空一切法空不可得空無性空自性空無性自性空非畢竟離應非外空乃至無性自性空善現若真如非畢竟離應非真如若法界法性不虛妄性不變異性平等性離生性法定法住實際虛空界不思議界非畢竟離應非法界乃至不思議界善現若苦聖諦非畢竟離應非苦聖諦若集滅道聖諦非畢竟離應非集滅道聖諦善現若四靜慮非畢竟離應非四靜慮若四無量四無色定非畢竟離應非四無量四無色定善現若八解脫非畢竟離應非八解脫若八勝處九次第定十遍處非畢竟離應非八勝處九次第定十遍處善現若四念住非畢竟離應非四念住若四正斷四神足五根五力七等覺支八聖道支非畢竟

離應非四正斷乃至八聖道支善現若空解脫門非畢竟離應非空解脫門若無相無願解脫門非畢竟離應非無相無願解脫門善現若極喜地非畢竟離應非極喜地若離垢地發光地焰慧地極難勝地現前地遠行地不動地善慧地法雲地非畢竟離應非離垢地乃至法雲地善現若五眼非畢竟離應非五眼若六神通非畢竟離應非六神通善現若佛十力非畢竟離應非佛十力若四無所畏四無礙解大慈大悲大喜大捨十八佛不共法非畢竟離應非四無所畏乃至十八佛不共法善現若無忘失法非畢竟離應非無忘失法若恒住捨性非畢竟離應非恒住捨性善現若一切智非畢竟離應非一切智若道相智一切相智非畢竟離應非道相智一切相智善現若一切陀羅尼門非畢竟離應非一切陀羅尼門若一切三摩地門非畢竟離應非一切三摩地門善現若一切菩薩摩訶薩行非畢竟離應非一切菩薩摩訶薩行善現若諸佛無上正等菩提非畢竟離應非諸佛無上正等菩提善現若一切智智非畢竟離應非一切智智善現以般若波羅蜜多畢竟離故名爲般若波羅蜜多以靜慮精進安忍淨戒布施波羅蜜多畢竟離故名爲靜慮精進安忍淨戒布施波羅蜜多善現以內空畢竟離故名爲內空以外空內外空空空大空勝義空有爲空無爲空畢竟空無際空散空無變異空本性空自相空共相空一切法空不可得空無性空自性空無性自性空畢竟離故名爲外空乃至無性自性空善現

以眞如畢竟離故名爲眞如以法界法性不虛妄性不變異性平等性離生性法定法住實際虛空界不思議界畢竟離故名爲法界乃至不思議界善現以苦聖諦畢竟離故名爲苦聖諦以集滅道聖諦畢竟離故名爲集滅道聖諦善現以四靜慮畢竟離故名爲四靜慮以四無量四無色定畢竟離故名爲四無量四無色定善現以八解脫畢竟離故名爲八解脫以八勝處九次第定十遍處畢竟離故名爲八勝處九次第定十遍處善現以四念住畢竟離故名爲四念住以四正斷四神足五根五力七等覺支八聖道支畢竟離故名爲四正斷乃至八聖道支善現以空解脫門畢竟離故名爲空解脫門以無相無願解脫門畢竟離故名爲無相無願解脫門善現以極喜地畢竟離故名爲極喜地以離垢地發光地焰慧地極難勝地現前地遠行地不動地善慧地法雲地畢竟離故名爲離垢地乃至法雲地善現以五眼畢竟離故名爲五眼以六神通畢竟離故名爲六神通善現以佛十力畢竟離故名爲佛十力以四無所畏四無礙解大慈大悲大喜大捨十八佛不共法畢竟離故名爲四無所畏乃至十八佛不共法善現以無忘失法畢竟離故名爲無忘失法以恒住捨性畢竟離故名爲恒住捨性善現以一切智畢竟離故名爲一切智以道相智一切相智畢竟離故名爲道相智一切相智善現以一切陀羅尼門畢竟離故名爲一切陀羅尼門以一切三摩地門畢竟離故名爲一切三摩地門善現以一切菩薩摩

訶薩行畢竟離故名爲一切菩薩摩訶薩行善現以諸佛無上正等菩提畢竟離故名爲諸佛無上正等菩提善現以一切智智畢竟離故名爲一切智智是故善現菩薩摩訶薩非不依般若波羅蜜多能證無上正等菩提雖非離法能證離法而證無上正等菩提非不依止甚深般若波羅蜜多是故菩薩摩訶薩衆欲得無上正等菩提應勤修學甚深般若波羅蜜多時具壽善現白佛言世尊諸菩薩摩訶薩所行法義極爲甚深佛言善現如是如是如汝所說諸菩薩摩訶薩所行法義極爲甚深善現當知諸菩薩摩訶薩能爲難事雖行如是甚深法義而於聲聞獨覺地法能不作證爾時善現白言世尊如我解佛所說義者諸菩薩摩訶薩所作不難所以者何諸菩薩摩訶薩所證法義都不可得能證般若波羅蜜多亦不可得證法證者證處證時亦不可得世尊諸菩薩摩訶薩觀一切法既不可得有何法義可爲所證有何般若波羅蜜多可爲能證復有何等而可施設證法證者證處證時既爾云何可執由此證得無上正等菩提無上菩提尚不可證況證聲聞獨覺地法世尊是名菩薩無所得行若菩薩摩訶薩能行如是無所得行於一切法得無閡障世尊若菩薩摩訶薩聞如是語心不沉沒不驚不怖亦不憂悔是行般若波羅蜜多世尊是菩薩摩訶薩如是行時不見衆相不見我行不見不行不見般若波羅蜜多是我所行不見無上正等菩提是我所證亦復不見證處時等世尊是菩薩摩訶薩行甚深般若

波羅蜜多時不作是念我遠聲聞及獨覺地我近無上正等菩提世尊譬如虛空不作是念我去此法若遠若近所以者何虛空無動亦無差別無分別故行深般若波羅蜜多諸菩薩摩訶薩亦復如是不作是念我遠聲聞及獨覺地我近無上正等菩提所以者何甚深般若波羅蜜多無分別故世尊譬如幻士不作是念幻所似法去我為遠幻具幻師去我為近聚集徒衆亦近亦遠所以者何所幻作士無分別故行深般若波羅蜜多諸菩薩摩訶薩亦復如是不作是念我遠聲聞及獨覺地我近無上正等菩提所以者何甚深般若波羅蜜多無分別故世尊譬如影像不作是念我因彼現去我為近所不因法去我為遠所以者何所現影像無分別故行深般若

波羅蜜多諸菩薩摩訶薩亦復如是不作是念我遠聲聞及獨覺地我近無上正等菩提所以者何甚深般若波羅蜜多無分別故世尊行深般若波羅蜜多諸菩薩摩訶薩無愛無憎所以者何甚深般若波羅蜜多及一切法愛憎自性不可得故世尊如諸如來應正等覺無愛無憎行深般若波羅蜜多諸菩薩摩訶薩亦復如是無愛無憎所以者何諸佛菩薩愛憎斷故世尊如諸如來應正等覺永斷一切妄想分別行深般若波羅蜜多諸菩薩摩訶薩亦復如是伏斷一切妄想分別所以者何諸佛菩薩於一切法無分別故世尊如諸如來應正等覺不作是念我遠聲聞及獨覺地我近無上正等菩提行深般若波羅蜜多諸菩薩摩訶薩亦復如是不作是念我

遠聲聞及獨覺地我近無上正等菩提所以者何諸佛菩薩無分別故世尊如諸如來應正等覺所變化者不作是念我遠聲聞及獨覺地我近無上正等菩提所以者何所變化者無分別故行深般若波羅蜜多諸菩薩摩訶薩亦復如是不作是念我遠聲聞及獨覺地我近無上正等菩提所以者何甚深般若波羅蜜多無分別故世尊如如來等欲有所作化作化者令作彼事而所化者不作是念我能造作如是事業所以者何諸所化者無分別故甚深般若波羅蜜多亦復如是有所為故而勤修習既修習已雖能成辦所作事業而於所作都無分別所以者何甚深般若波羅蜜多無分別故世尊譬如工匠或彼弟子有所為故造諸機關或女或男若象馬等

此諸機關雖有所作而於彼事都無分別所以者何諸機關事無分別故甚深般若波羅蜜多亦復如是有所為故而成立之既成立已雖能成辦種種事業而於所作都無分別所以者何甚深般若波羅蜜多於一切法無分別故爾時具壽舍利子問具壽善現言善現為但般若波羅蜜多無分別靜慮精進安忍淨戒布施波羅蜜多亦無分別耶善現荅言舍利子非但般若波羅蜜多無分別靜慮精進安忍淨戒布施波羅蜜多亦無分別時舍利子復問善現言善現為色亦無分別受想行識亦無分別耶善現為眼處亦無分別耳鼻舌身意處亦無分別耶善現為色處亦無分別聲香味觸法處亦無分別耶善現為眼界亦無分別耳鼻舌身意界亦無分別耶

善現爲色界亦無分別聲香味觸法界亦無分別耶善現爲眼識界亦無分別耳鼻舌身意識界亦無分別耶善現爲眼觸亦無分別耳鼻舌身意觸亦無分別耶善現爲眼觸爲緣所生諸受亦無分別耳鼻舌身意觸爲緣所生諸受亦無分別耶善現爲地界亦無分別水火風空識界亦無分別耶善現爲無明亦無分別行識名色六處觸受愛取有生老死亦無分別耶善現爲內空亦無分別外空內外空空空大空勝義空有爲空無爲空畢竟空無際空散空無變異空本性空自相空共相空一切法空不可得空無性空自性空無性自性空亦無分別耶善現爲眞如亦無分別法界法性不虛妄性不變異性平等性離生性法定法住實際虛空界不思議界亦無分別耶善現爲苦聖諦亦無分別集滅道聖諦亦無分別耶善現爲四靜慮亦無分別四無量四無色定亦無分別耶善現爲八解脫亦無分別八勝處九次第定十遍處亦無分別耶善現爲四念住亦無分別四正斷四神足五根五力七等覺支八聖道支亦無分別耶善現爲空解脫門亦無分別無相無願解脫門亦無分別耶善現爲極喜地亦無分別離垢地發光地焰慧地極難勝地現前地遠行地不動地善慧地法雲地亦無分別耶善現爲五眼亦無分別六神通亦無分別耶善現爲佛十力亦無分別四無所畏四無礙解大慈大悲大喜大捨十八佛不共法亦無分別耶善現爲無忘失法亦無分別恒住捨性亦無分別耶善現爲一切智亦無分別道

相智一切相智亦無分別耶善現爲一切陀羅尼門亦無分別一切三摩地門亦無分別耶善現爲預流果亦無分別一來不還阿羅漢果獨覺菩提亦無分別耶善現爲一切菩薩摩訶薩行亦無分別諸佛無上正等菩提亦無分別耶善現爲有爲界亦無分別無爲界亦無分別耶善現荅言舍利子色亦無分別受想行識亦無分別舍利子眼處亦無分別耳鼻舌身意處亦無分別舍利子色處亦無分別聲香味觸法處亦無分別舍利子眼界亦無分別耳鼻舌身意界亦無分別舍利子色界亦無分別聲香味觸法界亦無分別舍利子眼識界亦無分別耳鼻舌身意識界亦無分別舍利子眼觸亦無分別耳鼻舌身意觸亦無分別舍利子眼觸爲緣所生諸受亦無分別耳鼻舌身意觸爲緣所生諸受亦無分別舍利子地界亦無分別水火風空識界亦無分別舍利子無明亦無分別行識名色六處觸受愛取有生老死亦無分別舍利子內空亦無分別外空內外空空空大空勝義空有爲空無爲空畢竟空無際空散空無變異空本性空自相空共相空一切法空不可得空無性空自性空無性自性空亦無分別舍利子眞如亦無分別法界法性不虛妄性不變異性平等性離生性法定法住實際虛空界不思議界亦無分別舍利子苦聖諦亦無分別集滅道聖諦亦無分別舍利子四靜慮亦無分別四無量四無色定亦無分別舍利子八解脫亦無分別八勝處九次第定十遍處亦無分別舍利子四念住亦無分別

四正斷四神足五根五力七等覺支八聖道支亦無分別舍利子空解脫門亦無分別無相無願解脫門亦無分別舍利子極喜地亦無分別離垢地發光地焰慧地極難勝地現前地遠行地不動地善慧地法雲地亦無分別舍利子五眼亦無分別六神通亦無分別舍利子佛十力亦無分別四無所畏四無礙解大慈大悲大喜大捨十八佛不共法亦無分別舍利子無忘失法亦無分別恒住捨性亦無分別舍利子一切智亦無分別道相智一切相智亦無分別舍利子一切陀羅尼門亦無分別一切三摩地門亦無分別舍利子預流果亦無分別一來不還阿羅漢果獨覺菩提亦無分別舍利子一切菩薩摩訶薩行亦無分別諸佛無上正等菩提亦無分別舍利子有爲界亦無分別無爲界亦無分別舍利子言善現若一切法皆無分別云何而有地獄傍生鬼界人天五趣差別云何復有修預流一來不還阿羅漢獨覺菩薩諸佛位異善現言舍利子有情顛倒煩惱因緣造作種種身語意業由此感得欲爲根本業異熟果依此施設地獄傍生鬼界人天五趣差別言云何有修預流等諸位異者舍利子無分別故有修預流及預流果無分別故有修一來及一來果無分別故有修不還及不還果無分別故有修阿羅漢及阿羅漢果無分別故有修獨覺及獨覺菩提無分別故有修菩薩摩訶薩及菩薩摩訶薩道無分別故有修如來應正等覺及佛無上正等菩提舍利子過去如來應正等覺由無分別分別斷故可施

設有未來如來應正等覺亦無分別分別斷故可施設有現在十方諸佛世界一切如來應正等覺現說法者亦無分別分別斷故可施設有舍利子由此因緣知一切法皆無分別以無分別真如法界法性實際爲定量故舍利子菩薩摩訶薩應行如是無分別相甚深般若波羅蜜多若行如是無分別相甚深般若波羅蜜多便能證得無分別相所求無上正等菩提

初分堅等讚品第五十七之一

時舍利子問善現言菩薩摩訶薩行深般若波羅蜜多時爲行堅實法爲行無堅實法耶善現荅言菩薩摩訶薩行深般若波羅蜜多時爲行無堅實法不爲行堅實法何以故舍利子般若波羅蜜多無堅實故靜慮精進安忍淨戒布施波羅蜜多亦無堅實故舍利子內空無堅實故外空內外空空空大空勝義空有爲空無爲空畢竟空無際空散空無變異空本性空自相空共相空一切法空不可得空無性空自性空無性自性空亦無堅實故舍利子真如無堅實故法界法性不虛妄性不變異性平等性離生性法定法住實際虛空界不思議界亦無堅實故舍利子苦聖諦無堅實故集滅道聖諦亦無堅實故舍利子四靜慮無堅實故四無量四無色定亦無堅實故舍利子八解脫無堅實故八勝處九次第定十遍處亦無堅實故舍利子四念住無堅實故四正斷四神足五根五力七等覺支八聖道支亦無堅實故舍利子空解脫門無堅實故無相無願解脫門亦無堅實故舍

利子極喜地無堅實故離垢地發光地焰慧地極難勝地現前地遠行地不動地善慧地法雲地亦無堅實故舍利子五眼無堅實故六神通亦無堅實故舍利子佛十力無堅實故四無所畏四無礙解大慈大悲大喜大捨十八佛不共法亦無堅實故舍利子無忘失法無堅實故恒住捨性亦無堅實故舍利子一切智無堅實故道相智一切相智亦無堅實故舍利子一切陀羅尼門無堅實故一切三摩地門亦無堅實故舍利子一切菩薩摩訶薩行無堅實故諸佛無上正等菩提亦無堅實故舍利子一切智智無堅實故所以者何舍利子菩薩摩訶薩行深般若波羅蜜多時於般若波羅蜜多尚不見無堅實可得況見有堅實可得於靜慮精進安忍淨戒布施波羅蜜多亦尚不見無堅實可得況見有堅實可得舍利子菩薩摩訶薩行深般若波羅蜜多時於內空尚不見無堅實可得況見有堅實可得於外空內外空空空大空勝義空有為空無為空畢竟空無際空散空無變異空本性空自相空共相空一切法空不可得空無性空自性空無性自性空亦尚不見無堅實可得況見有堅實可得舍利子菩薩摩訶薩行深般若波羅蜜多時於真如尚不見無堅實可得況見有堅實可得於法界法性不虛妄性不變異性平等性離生性法定法住實際虛空界不思議界亦尚不見無堅實可得況見有堅實可得舍利子菩薩摩訶薩行深般若波羅蜜多時於苦聖諦尚不見無堅實可得況見有堅實可得於集滅道聖諦

亦尚不見無堅實可得況見有堅實可得舍利子菩薩摩訶薩行深般若波羅蜜多時於四靜慮尚不見無堅實可得況見有堅實可得於四無量四無色定亦尚不見無堅實可得況見有堅實可得舍利子菩薩摩訶薩行深般若波羅蜜多時於八解脫尚不見無堅實可得況見有堅實可得於八勝處九次第定十遍處亦尚不見無堅實可得況見有堅實可得舍利子菩薩摩訶薩行深般若波羅蜜多時於四念住尚不見無堅實可得況見有堅實可得於四正斷四神足五根五力七等覺支八聖道支亦尚不見無堅實可得況見有堅實可得舍利子菩薩摩訶薩行深般若波羅蜜多時於空解脫門尚不見無堅實可得況見有堅實可得於無相無願解脫門

亦尚不見無堅實可得況見有堅實可得舍利子菩薩摩訶薩行深般若波羅蜜多時於極喜地尚不見無堅實可得況見有堅實可得於離垢地發光地焰慧地極難勝地現前地遠行地不動地善慧地法雲地亦尚不見無堅實可得況見有堅實可得舍利子菩薩摩訶薩行深般若波羅蜜多時於五眼尚不見無堅實可得況見有堅實可得於六神通亦尚不見無堅實可得況見有堅實可得舍利子菩薩摩訶薩行深般若波羅蜜多時於佛十力尚不見無堅實可得況見有堅實可得於四無所畏四無礙解大慈大悲大喜大捨十八佛不共法亦尚不見無堅實可得況見有堅實可得舍利子菩薩摩訶薩行深般若波羅蜜多時於無忘失法尚不見無堅實

可得況見有堅實可得於恒住捨性亦尚不見無堅實可得況見有堅實可得舍利子菩薩摩訶薩行深般若波羅蜜多時於一切智尚不見無堅實可得況見有堅實可得於道相智一切相智亦尚不見無堅實可得況見有堅實可得舍利子菩薩摩訶薩行深般若波羅蜜多時於一切陀羅尼門尚不見無堅實可得況見有堅實可得於一切三摩地門亦尚不見無堅實可得況見有堅實可得舍利子菩薩摩訶薩行深般若波羅蜜多時於一切菩薩摩訶薩行尚不見無堅實可得況見有堅實可得於佛無上正等菩提亦尚不見無堅實可得況見有堅實可得舍利子菩薩摩訶薩行深般若波羅蜜多時於一切智智尚不見無堅實可得況見有堅實可得爾時有無量欲色界天子咸作是念若善男子善女人等能發無上正等覺心如深般若波羅蜜多所說義行不證實際平等法性不墮聲聞及獨覺地是菩薩摩訶薩由此因緣甚爲希有能爲難事應當敬禮具壽善現知諸天子心之所念便告之言是菩薩摩訶薩不證實際平等法性不墮聲聞及獨覺地未甚希有不足爲難若菩薩摩訶薩知一切法及諸有情皆不可得而發無上正等覺心擐功德鎧爲度無量無數無邊百千有情令得究竟無餘涅槃是菩薩摩訶薩乃甚希有能爲難事天子當知是菩薩摩訶薩雖知有情都無所有而發無上正等覺心擐功德鎧爲欲調伏諸有情類如有爲欲調伏虛空所以者何諸天子虛空離故當知一切有情亦離虛

空空故當知一切有情亦空虛空不堅實故當知一切有情亦不堅實虛空無所有故當知一切有情亦無所有以是故諸天子是菩薩摩訶薩甚爲希有能爲難事諸天子當知諸菩薩摩訶薩擐大悲鎧爲欲調伏一切有情而諸有情都無所有如有擐鎧與虛空戰諸天子當知諸菩薩摩訶薩擐大悲鎧爲欲利樂一切有情而諸有情及大悲鎧俱不可得所以者何諸天子有情離故此大悲鎧當知亦離有情空故此大悲鎧當知亦空有情不堅實故此大悲鎧當知亦不堅實有情無所有故此大悲鎧當知亦無所有諸天子當知諸菩薩摩訶薩調伏利樂諸有情事亦不可得所以者何有情離故此調伏利樂事當知亦離有情空故此調伏利樂事當知亦空有情不堅實故此調伏利樂事當知亦不堅實有情無所有故此調伏利樂事當知亦無所有諸天子當知諸菩薩摩訶薩亦無所有所以者何諸天子有情離故當知菩薩摩訶薩亦離有情空故當知菩薩摩訶薩亦空有情不堅實故當知菩薩摩訶薩亦不堅實有情無所有故當知菩薩摩訶薩亦無所有諸天子若菩薩摩訶薩聞如是事心不沉沒不驚不怖亦不憂悔當知是菩薩摩訶薩行深般若波羅蜜多

大般若波羅蜜多經卷第三百四十二

音釋

擐 音患貫也　鎧 可亥切甲也

大般若波羅蜜多經卷第三百四十三

唐三藏法師玄奘奉詔譯

初分堅等讚品第五十七之二

何以故諸天子色離故有情離受想行識離故有情離諸天子眼處離故有情離耳鼻舌身意處離故有情離諸天子色處離故有情離聲香味觸法處離故有情離諸天子眼界離故有情離耳鼻舌身意界離故有情離諸天子色界離故有情離聲香味觸法界離故有情離諸天子眼識界離故有情離耳鼻舌身意識界離故有情離諸天子眼觸離故有情離耳鼻舌身意觸離故有情離諸天子眼觸爲緣所生諸受離故有情離耳鼻舌身意觸爲緣所生諸受離故有情離諸天子地界離故有情離水火風空識界離故有情離諸天子無明離故有情離行識名色六處觸受愛取有生老死離故有情離諸天子布施波羅蜜多離故有情離淨戒安忍精進靜慮般若波羅蜜多離故有情離諸天子內空離故有情離外空內外空空空大空勝義空有爲空無爲空畢竟空無際空散空無變異空本性空自相空共相空一切法空不可得空無性空自性空無性自性空離故有情離諸天子真如離故有情離法界法性不虛妄性不變異性平等性離生性法定法住實際虛空界不思議界離故有情離諸天子苦聖諦離故有情離集滅道聖諦離故有情離諸天子四靜慮離故有情離四無量四無色定離故有情離諸天子八解脫離故有情離八勝處九次第定十遍處離故有情離諸天子四念

住離故有情離四正斷四神足五根五力七等覺支八聖道支離故有情離諸天子空解脫門離故有情離無相無願解脫門離故有情離諸天子極喜地離故有情離離垢地發光地焰慧地極難勝地現前地遠行地不動地善慧地法雲地離故有情離諸天子五眼離故有情離六神通離故有情離諸天子佛十力離故有情離四無所畏四無礙解大慈大悲大喜大捨十八佛不共法離故有情離諸天子無忘失法離故有情離恒住捨性離故有情離諸天子一切智離故有情離道相智一切相智離故有情離諸天子一切陀羅尼門離故有情離一切三摩地門離故有情離諸天子預流果離故有情離一來不還阿羅漢果離故有情離諸天子獨覺菩提離故有情離諸天子一切菩薩摩訶薩行離故有情離諸天子諸佛無上正等菩提離故有情離諸天子一切智智離故有情離復次諸天子色離故布施淨戒安忍精進靜慮般若波羅蜜多離受想行識離故布施淨戒安忍精進靜慮般若波羅蜜多離諸天子色離故內空外空內外空空空大空勝義空有爲空無爲空畢竟空無際空散空無變異空本性空自相空共相空一切法空不可得空無性空自性空無性自性空離受想行識離故內空乃至無性自性空離諸天子色離故眞如法界法性不虛妄性不變異性平等性離生性法定法住實際虛空界不思議界離受想行識離故眞如乃至不思議界離諸天子色離故苦集滅道聖諦離受想行識離故苦集滅

道聖諦離諸天子色離故四靜慮四無量四無色定離受想行識離故四靜慮四無量四無色定離諸天子色離故八解脫八勝處九次第定十遍處離受想行識離故八解脫八勝處九次第定十遍處離諸天子色離故四念住四正斷四神足五根五力七等覺支八聖道支離受想行識離故四念住乃至八聖道支離諸天子色離故空無相無願解脫門離受想行識離故空無相無願解脫門離諸天子色離故極喜地離垢地發光地焰慧地極難勝地現前地遠行地不動地善慧地法雲地離受想行識離故極喜地乃至法雲地離諸天子色離故五眼六神通離受想行識離故五眼六神通離諸天子色離故佛十力四無所畏四無礙解大慈大悲大喜大捨十八佛不共法離受想行識離故佛十力乃至十八佛不共法離諸天子色離故無忘失法恒住捨性離受想行識離故無忘失法恒住捨性離諸天子色離故一切智道相智一切相智離受想行識離故一切智道相智一切相智離諸天子色離故一切陀羅尼門三摩地門離受想行識離故一切陀羅尼門三摩地門離諸天子色離故預流一來不還阿羅漢果離受想行識離故預流一來不還阿羅漢果離諸天子色離故獨覺菩提離受想行識離故獨覺菩提離諸天子色離故一切菩薩摩訶薩行離受想行識離故一切菩薩摩訶薩行離諸天子色離故諸佛無上正等菩提離受想行識離故諸佛無上正等菩提離諸天子色離故一切智智離受想行識離故

一切智智離復次諸天子眼處離故布施淨戒安忍精進靜慮般若波羅蜜多離耳鼻舌身意處離故布施淨戒安忍精進靜慮般若波羅蜜多離諸天子眼處離故內空外空內外空空空大空勝義空有為空無為空畢竟空無際空散空無變異空本性空自相空共相空一切法空不可得空無性空自性空無性自性空離耳鼻舌身意處離故內空乃至無性自性空離諸天子眼處離故真如法界法性不虛妄性不變異性平等性離生性法定法住實際虛空界不思議界離耳鼻舌身意處離故真如乃至不思議界離諸天子眼處離故苦集滅道聖諦離耳鼻舌身意處離故苦集滅道聖諦離諸天子眼處離故四靜慮四無量四無色定離耳鼻舌身意處離故四靜慮四無量四無色定離諸天子眼處離故八解脫八勝處九次第定十遍處離耳鼻舌身意處離故八解脫八勝處九次第定十遍處離諸天子眼處離故四念住四正斷四神足五根五力七等覺支八聖道支離耳鼻舌身意處離故四念住乃至八聖道支離諸天子眼處離故空無相無願解脫門離耳鼻舌身意處離故空無相無願解脫門離諸天子眼處離故極喜地離垢地發光地焰慧地極難勝地現前地遠行地不動地善慧地法雲地離耳鼻舌身意處離故極喜地乃至法雲地離諸天子眼處離故五眼六神通離耳鼻舌身意處離故五眼六神通離諸天子眼處離故佛十力四無所畏四無礙解大慈大悲大喜大捨十八佛不共法離耳鼻舌身意

處離故佛十力乃至十八佛不共法離諸天子眼處離故無忘失法恒住捨性離耳鼻舌身意處離故無忘失法恒住捨性離諸天子眼處離故一切智道相智一切相智離耳鼻舌身意處離故一切智道相智一切相智離諸天子眼處離故一切陀羅尼門三摩地門離耳鼻舌身意處離故一切陀羅尼門三摩地門離諸天子眼處離故預流一來不還阿羅漢果離耳鼻舌身意處離故預流一來不還阿羅漢果離諸天子眼處離故獨覺菩提離耳鼻舌身意處離故獨覺菩提離諸天子眼處離故一切菩薩摩訶薩行離耳鼻舌身意處離故一切菩薩摩訶薩行離諸天子眼處離故諸佛無上正等菩提離耳鼻舌身意處離故諸佛無上正等菩提離諸天子眼處

離故一切智智離耳鼻舌身意處離故一切智智離復次諸天子色處離故布施淨戒安忍精進靜慮般若波羅蜜多離聲香味觸法處離故布施淨戒安忍精進靜慮般若波羅蜜多離諸天子色處離故內空外空內外空空空大空勝義空有為空無為空畢竟空無際空散空無變異空本性空自相空共相空一切法空不可得空無性空自性空無性自性空離聲香味觸法處離故內空乃至無性自性空離諸天子色處離故真如法界法性不虛妄性不變異性平等性離生性法定法住實際虛空界不思議界離聲香味觸法處離故真如乃至不思議界離諸天子色處離故苦集滅道聖諦離聲香味觸法處離故苦集滅道聖諦離諸天子色處離故四靜慮四

無量四無色定離聲香味觸法處離故四靜
慮四無量四無色定離諸天子色處離故八
解脫八勝處九次第定十遍處離聲香味觸
法處離故八解脫八勝處九次第定十遍處
離諸天子色處離故四念住四正斷四神足
五根五力七等覺支八聖道支離聲香味觸
法處離故四念住乃至八聖道支離諸天子
色處離故空無相無願解脫門離聲香味觸
法處離故空無相無願解脫門離諸天子色
處離故極喜地離垢地發光地焰慧地極難
勝地現前地遠行地不動地善慧地法雲地
離聲香味觸法處離故極喜地乃至法雲地
離諸天子色處離故五眼六神通離聲香味
觸法處離故五眼六神通離諸天子色處離
故佛十力四無所畏四無礙解大慈大悲大
喜大捨十八佛不共法離聲香味觸法處離
故佛十力乃至十八佛不共法離諸天子色
處離故無忘失法恒住捨性離聲香味觸法
處離故無忘失法恒住捨性離諸天子色處
離故一切智道相智一切相智離聲香味觸
法處離故一切智道相智一切相智離諸天
子色處離故一切陀羅尼門三摩地門離聲
香味觸法處離故一切陀羅尼門三摩地門
離諸天子色處離故預流一來不還阿羅漢
果離聲香味觸法處離故預流一來不還阿
羅漢果離諸天子色處離故獨覺菩提離聲
香味觸法處離故獨覺菩提離諸天子色處
離故一切菩薩摩訶薩行離聲香味觸法處
離故一切菩薩摩訶薩行離諸天子色處離
故諸佛無上正等菩提離聲香味觸法處離

故諸佛無上正等菩提離諸天子色處離故一切智智離聲香味觸法處離故一切智智離復次諸天子眼界離故布施淨戒安忍精進靜慮般若波羅蜜多離耳鼻舌身意界離故布施淨戒安忍精進靜慮般若波羅蜜多離諸天子眼界離故内空外空内外空空空大空勝義空有爲空無爲空畢竟空無際空散空無變異空本性空自相空共相空一切法空不可得空無性空自性空無性自性空離耳鼻舌身意界離故内空乃至無性自性空離諸天子眼界離故眞如法界法性不虛妄性不變異性平等性離生性法定法住實際虛空界不思議界離耳鼻舌身意界離故眞如乃至不思議界離諸天子眼界離故苦集滅道聖諦離耳鼻舌身意界離故苦集滅道聖諦離諸天子眼界離故四靜慮四無量四無色定離耳鼻舌身意界離故四靜慮四無量四無色定離諸天子眼界離故八解脫八勝處九次第定十遍處離耳鼻舌身意界離故八解脫八勝處九次第定十遍處離諸天子眼界離故四念住四正斷四神足五根五力七等覺支八聖道支離耳鼻舌身意界離故四念住乃至八聖道支離諸天子眼界離故空無相無願解脫門離耳鼻舌身意界離故空無相無願解脫門離諸天子眼界離故極喜地離垢地發光地焰慧地極難勝地現前地遠行地不動地善慧地法雲地離耳鼻舌身意界離故極喜地乃至法雲地離諸天子眼界離故五眼六神通離耳鼻舌身意界離故五眼六神通離諸天子眼界離故佛

十力四無所畏四無礙解大慈大悲大喜大捨十八佛不共法離耳鼻舌身意界離故佛十力乃至十八佛不共法離諸天子眼界離故無忘失法恒住捨性離耳鼻舌身意界離故無忘失法恒住捨性離諸天子眼界離故一切智道相智一切相智離耳鼻舌身意界離故一切智道相智一切相智離諸天子眼界離故一切陀羅尼門三摩地門離耳鼻舌身意界離故一切陀羅尼門三摩地門離諸天子眼界離故預流一來不還阿羅漢果離耳鼻舌身意界離故預流一來不還阿羅漢果離諸天子眼界離故獨覺菩提離耳鼻舌身意界離故獨覺菩提離諸天子眼界離故一切菩薩摩訶薩行離耳鼻舌身意界離故一切菩薩摩訶薩行離諸天子眼界離故諸佛無上正等菩提離耳鼻舌身意界離故諸佛無上正等菩提離諸天子眼界離故一切智智離耳鼻舌身意界離故一切智智離復次諸天子色界離故布施淨戒安忍精進靜慮般若波羅蜜多離聲香味觸法界離故布施淨戒安忍精進靜慮般若波羅蜜多離諸天子色界離故内空外空内外空空空大空勝義空有爲空無爲空畢竟空無際空散空無變異空本性空自相空共相空一切法空不可得空無性空自性空無性自性空離聲香味觸法界離故内空乃至無性自性空離諸天子色界離故眞如法界法性不虛妄性不變異性平等性離生性法定法住實際虛空界不思議界離聲香味觸法界離故眞如乃至不思議界離諸天子色界離故苦集滅

道聖諦離聲香味觸法界離故苦集滅道聖諦離諸天子色界離故四靜慮四無量四無色定離聲香味觸法界離故四靜慮四無量四無色定離諸天子色界離故八解脫八勝處九次第定十遍處離聲香味觸法界離故八解脫八勝處九次第定十遍處離諸天子色界離故四念住四正斷四神足五根五力七等覺支八聖道支離聲香味觸法界離故四念住乃至八聖道支離諸天子色界離故空無相無願解脫門離聲香味觸法界離故空無相無願解脫門離諸天子色界離故極喜地離垢地發光地焰慧地極難勝地現前地遠行地不動地善慧地法雲地離聲香味觸法界離故極喜地乃至法雲地離諸天子色界離故五眼六神通離聲香味觸法界離故五眼六神通離諸天子色界離故佛十力四無所畏四無礙解大慈大悲大喜大捨十八佛不共法離聲香味觸法界離故佛十力乃至十八佛不共法離諸天子色界離故無忘失法恒住捨性離聲香味觸法界離故無忘失法恒住捨性離諸天子色界離故一切智道相智一切相智離聲香味觸法界離故一切智道相智一切相智離諸天子色界離故一切陀羅尼門三摩地門離聲香味觸法界離故一切陀羅尼門三摩地門離諸天子色界離故預流一來不還阿羅漢果離聲香味觸法界離故預流一來不還阿羅漢果離諸天子色界離故獨覺菩提離聲香味觸法界離故獨覺菩提離諸天子色界離故一切菩薩摩訶薩行離聲香味觸法界離故一切

菩薩摩訶薩行離諸天子色界離故諸佛無上正等菩提離聲香味觸法界離故諸佛無上正等菩提離諸天子色界離故一切智智離聲香味觸法界離故一切智智離復次諸天子眼識界離故布施淨戒安忍精進靜慮般若波羅蜜多離耳鼻舌身意識界離故布施淨戒安忍精進靜慮般若波羅蜜多離諸天子眼識界離故內空外空內外空空空大空勝義空有為空無為空畢竟空無際空散空無變異空本性空自相空共相空一切法空不可得空無性空自性空無性自性空離耳鼻舌身意識界離故內空乃至無性自性空離諸天子眼識界離故真如法界法性不虛妄性不變異性平等性離生性法定法住實際虛空界不思議界離耳鼻舌身意識界離故真如乃至不思議界離諸天子眼識界離故苦集滅道聖諦離耳鼻舌身意識界離故苦集滅道聖諦離諸天子眼識界離故四靜慮四無量四無色定離耳鼻舌身意識界離故四靜慮四無量四無色定離諸天子眼識界離故八解脫八勝處九次第定十遍處離耳鼻舌身意識界離故八解脫八勝處九次第定十遍處離諸天子眼識界離故四念住四正斷四神足五根五力七等覺支八聖道支離耳鼻舌身意識界離故四念住乃至八聖道支離諸天子眼識界離故空無相無願解脫門離耳鼻舌身意識界離故空無相無願解脫門離諸天子眼識界離故極喜地離垢地發光地焰慧地極難勝地現前地遠行地不動地善慧地法雲地離耳鼻舌身意

識界離故極喜地乃至法雲地離諸天子眼識界離故五眼六神通離耳鼻舌身意識界離故五眼六神通離諸天子眼識界離故佛十力四無所畏四無礙解大慈大悲大喜大捨十八佛不共法離耳鼻舌身意識界離故佛十力乃至十八佛不共法離諸天子眼識界離故無忘失法恒住捨性離耳鼻舌身意識界離故無忘失法恒住捨性離諸天子眼識界離故一切智道相智一切相智離耳鼻舌身意識界離故一切智道相智一切相智離諸天子眼識界離故一切陀羅尼門三摩地門離耳鼻舌身意識界離故一切陀羅尼門三摩地門離諸天子眼識界離故預流一來不還阿羅漢果離耳鼻舌身意識界離故預流一來不還阿羅漢果離諸天子眼識界離故獨覺菩提離耳鼻舌身意識界離故獨覺菩提離諸天子眼識界離故一切菩薩摩訶薩行離耳鼻舌身意識界離故一切菩薩摩訶薩行離諸天子眼識界離故諸佛無上正等菩提離耳鼻舌身意識界離故諸佛無上正等菩提離諸天子眼識界離故一切智智離耳鼻舌身意識界離故一切智智離復次諸天子眼觸離故布施淨戒安忍精進靜慮般若波羅蜜多離耳鼻舌身意觸離故布施淨戒安忍精進靜慮般若波羅蜜多離諸天子眼觸離故內空外空內外空空空大空勝義空有爲空無爲空畢竟空無際空散空無變異空本性空自相空共相空一切法空不可得空無性空自性空無性自性空離耳鼻舌身意觸離故內空乃至無性自性空離

諸天子眼觸離故眞如法界法性不虛妄性不變異性平等性離生性法定法住實際虛空界不思議界離耳鼻舌身意觸離故眞如乃至不思議界離諸天子眼觸離故苦集滅道聖諦離耳鼻舌身意觸離故苦集滅道聖諦離諸天子眼觸離故四靜慮四無量四無色定離耳鼻舌身意觸離故四靜慮四無量四無色定離諸天子眼觸離故八解脫八勝處九次第定十遍處離耳鼻舌身意觸離故八解脫八勝處九次第定十遍處離諸天子眼觸離故四念住四正斷四神足五根五力七等覺支八聖道支離耳鼻舌身意觸離故四念住乃至八聖道支離諸天子眼觸離故空無相無願解脫門離耳鼻舌身意觸離故空無相無願解脫門離諸天子眼觸離故極喜地離垢地發光地焰慧地極難勝地現前地遠行地不動地善慧地法雲地離耳鼻舌身意觸離故極喜地乃至法雲地離諸天子眼觸離故五眼六神通離耳鼻舌身意觸離故五眼六神通離諸天子眼觸離故佛十力四無所畏四無礙解大慈大悲大喜大捨十八佛不共法離耳鼻舌身意觸離故佛十力乃至十八佛不共法離諸天子眼觸離故無忘失法恒住捨性離耳鼻舌身意觸離故無忘失法恒住捨性離諸天子眼觸離故一切智道相智一切相智離耳鼻舌身意觸離故一切智道相智一切相智離諸天子眼觸離故一切陀羅尼門三摩地門離耳鼻舌身意觸離故一切陀羅尼門三摩地門離諸天子眼觸離故預流一來不還阿羅漢果離耳鼻

舌身意觸離故預流一來不還阿羅漢果離諸天子眼觸離故獨覺菩提離耳鼻舌身意觸離故獨覺菩提離諸天子眼觸離故一切菩薩摩訶薩行離耳鼻舌身意觸離故一切菩薩摩訶薩行離諸天子眼觸離故諸佛無上正等菩提離耳鼻舌身意觸離故諸佛無上正等菩提離諸天子眼觸離故一切智智離耳鼻舌身意觸離故一切智智離復次諸天子眼觸爲緣所生諸受離故布施淨戒安忍精進靜慮般若波羅蜜多離耳鼻舌身意觸爲緣所生諸受離故布施淨戒安忍精進靜慮般若波羅蜜多離諸天子眼觸爲緣所生諸受離故內空外空內外空空空大空勝義空有爲空無爲空畢竟空無際空散空無變異空本性空自相空共相空一切法空不可得空無性空自性空無性自性空離耳鼻舌身意觸爲緣所生諸受離故內空乃至無性自性空離諸天子眼觸爲緣所生諸受離故眞如法界法性不虛妄性不變異性平等性離生性法定法住實際虛空界不思議界離耳鼻舌身意觸爲緣所生諸受離故眞如乃至不思議界離諸天子眼觸爲緣所生諸受離故苦集滅道聖諦離耳鼻舌身意觸爲緣所生諸受離故苦集滅道聖諦離諸天子眼觸爲緣所生諸受離故四靜慮四無量四無色定離耳鼻舌身意觸爲緣所生諸受離故四靜慮四無量四無色定離諸天子眼觸爲緣所生諸受離故八解脫八勝處九次第定十遍處離耳鼻舌身意觸爲緣所生諸受離故八解脫八勝處九次第定十遍處離諸

天子眼觸爲緣所生諸受離故四念住四正斷四神足五根五力七等覺支八聖道支離耳鼻舌身意觸爲緣所生諸受離故四念住乃至八聖道支離諸天子眼觸爲緣所生諸受離故空無相無願解脱門離耳鼻舌身意觸爲緣所生諸受離故空無相無願解脱門離諸天子眼觸爲緣所生諸受離故極喜地離垢地發光地焰慧地極難勝地現前地遠行地不動地善慧地法雲地離耳鼻舌身意觸爲緣所生諸受離故極喜地乃至法雲地離諸天子眼觸爲緣所生諸受離故五眼六神通離耳鼻舌身意觸爲緣所生諸受離故五眼六神通離諸天子眼觸爲緣所生諸受離故佛十力四無所畏四無礙解大慈大悲大喜大捨十八佛不共法離耳鼻舌身意觸爲緣所生諸受離故佛十力乃至十八佛不共法離諸天子眼觸爲緣所生諸受離故無忘失法恒住捨性離耳鼻舌身意觸爲緣所生諸受離故無忘失法恒住捨性離諸天子眼觸爲緣所生諸受離故一切智道相智一切相智離耳鼻舌身意觸爲緣所生諸受離故一切智道相智一切相智離諸天子眼觸爲緣所生諸受離故一切陀羅尼門三摩地門離耳鼻舌身意觸爲緣所生諸受離故一切陀羅尼門三摩地門離諸天子眼觸爲緣所生諸受離故預流一來不還阿羅漢果離耳鼻舌身意觸爲緣所生諸受離故預流一來不還阿羅漢果離諸天子眼觸爲緣所生諸受離故獨覺菩提離耳鼻舌身意觸爲緣所生諸受離故獨覺菩提離諸天子眼觸爲

緣所生諸受離故一切菩薩摩訶薩行離耳鼻舌身意觸爲緣所生諸受離故一切菩薩摩訶薩行離諸天子眼觸爲緣所生諸受離故諸佛無上正等菩提離耳鼻舌身意觸爲緣所生諸受離故諸佛無上正等菩提離諸天子眼觸爲緣所生諸受離故一切智智離耳鼻舌身意觸爲緣所生諸受離故一切智智離復次諸天子地界離故布施淨戒安忍精進靜慮般若波羅蜜多離水火風空識界離故布施淨戒安忍精進靜慮般若波羅蜜多離諸天子地界離故內空外空內外空空空大空勝義空有爲空無爲空畢竟空無際空散空無變異空本性空自相空共相空一切法空不可得空無性空自性空無性自性空離水火風空識界離故內空乃至無性自性空離諸天子地界離故眞如法界法性不虛妄性不變異性平等性離生性法定法住實際虛空界不思議界離水火風空識界離故眞如乃至不思議界離諸天子地界離故苦集滅道聖諦離水火風空識界離故苦集滅道聖諦離諸天子地界離故四靜慮四無量四無色定離水火風空識界離故四靜慮四無量四無色定離諸天子地界離故八解脫八勝處九次第定十遍處離水火風空識界離故八解脫八勝處九次第定十遍處離諸天子地界離故四念住四正斷四神足五根五力七等覺支八聖道支離水火風空識界離故四念住乃至八聖道支離

大般若波羅蜜多經卷第三百四十三

大般若波羅蜜多經卷第三百四十四

唐三藏法師玄奘奉詔譯

初分堅等讚品第五十七之三

諸天子地界離故空無相無願解脫門離水火風空識界離故空無相無願解脫門離諸天子地界離故極喜地離垢地發光地焰慧地極難勝地現前地遠行地不動地善慧地法雲地離水火風空識界離故極喜地乃至法雲地離諸天子地界離故五眼六神通離水火風空識界離故五眼六神通離諸天子地界離故佛十力四無所畏四無礙解大慈大悲大喜大捨十八佛不共法離水火風空識界離故佛十力乃至十八佛不共法離諸天子地界離故無忘失法恒住捨性離水火風空識界離故無忘失法恒住捨性離諸天子地界離故一切智道相智一切相智離水火風空識界離故一切智道相智一切相智離諸天子地界離故一切陀羅尼門三摩地門離水火風空識界離故一切陀羅尼門三摩地門離諸天子地界離故預流一來不還阿羅漢果離水火風空識界離故預流一來不還阿羅漢果離諸天子地界離故獨覺菩提離水火風空識界離故獨覺菩提離諸天子地界離故一切菩薩摩訶薩行離水火風空識界離故一切菩薩摩訶薩行離諸天子地界離故諸佛無上正等菩提離水火風空識界離故諸佛無上正等菩提離諸天子地界離故一切智智離水火風空識界離故一切智智離復次諸天子無明離故布施淨戒安忍精進靜慮般若波羅蜜多離行識名色

六處觸受愛取有生老死離故布施淨戒安忍精進靜慮般若波羅蜜多離諸天子無明離故內空外空內外空空空大空勝義空有爲空無爲空畢竟空無際空散空無變異空本性空自相空共相空一切法空不可得空無性空自性空無性自性空離行識名色六處觸受愛取有生老死離故內空乃至無性自性空離諸天子無明離故眞如法界法性不虛妄性不變異性平等性離生性法定法住實際虛空界不思議界離行識名色六處觸受愛取有生老死離故眞如乃至不思議界離諸天子無明離故苦集滅道聖諦離行識名色六處觸受愛取有生老死離故苦集滅道聖諦離諸天子無明離故四靜慮四無量四無色定離行識名色六處觸受愛取有生老死離故四靜慮四無量四無色定離諸天子無明離故八解脫八勝處九次第定十遍處離行識名色六處觸受愛取有生老死離故八解脫八勝處九次第定十遍處離諸天子無明離故四念住四正斷四神足五根五力七等覺支八聖道支離行識名色六處觸受愛取有生老死離故四念住乃至八聖道支離諸天子無明離故空無相無願解脫門離行識名色六處觸受愛取有生老死離故空無相無願解脫門離諸天子無明離故極喜地離垢地發光地焰慧地極難勝地現前地遠行地不動地善慧地法雲地離行識名色六處觸受愛取有生老死離故極喜地乃至法雲地離諸天子無明離故五眼六神通離行識名色六處觸受愛取有生老死離

故五眼六神通離諸天子無明離故佛十力四無所畏四無礙解大慈大悲大喜大捨十八佛不共法離行識名色六處觸受愛取有生老死離故佛十力乃至十八佛不共法離諸天子無明離故無忘失法恒住捨性離行識名色六處觸受愛取有生老死離故無忘失法恒住捨性離諸天子無明離故一切智道相智一切相智離行識名色六處觸受愛取有生老死離故一切智道相智一切相智離諸天子無明離故一切陀羅尼門三摩地門離行識名色六處觸受愛取有生老死離故一切陀羅尼門三摩地門離諸天子無明離故預流一來不還阿羅漢果離行識名色六處觸受愛取有生老死離故預流一來不還阿羅漢果離諸天子無明離故獨覺菩提離行識名色六處觸受愛取有生老死離故獨覺菩提離諸天子無明離故一切菩薩摩訶薩行離行識名色六處觸受愛取有生老死離故一切菩薩摩訶薩行離諸天子無明離故諸佛無上正等菩提離行識名色六處觸受愛取有生老死離故諸佛無上正等菩提離諸天子無明離故一切智智離行識名色六處觸受愛取有生老死離故一切智智離復次諸天子布施波羅蜜多離故內空外空內外空空空大空勝義空有爲空無爲空畢竟空無際空散空無變異空本性空自相空共相空一切法空不可得空無性空自性空無性自性空離淨戒安忍精進靜慮般若波羅蜜多離故內空乃至無性自性空離諸天子布施波羅蜜多離故眞如法界法性不

虛妄性不變異性平等性離生性法定法住實際虛空界不思議界離淨戒安忍精進靜慮般若波羅蜜多離故眞如乃至不思議界離諸天子布施波羅蜜多離故苦集滅道聖諦離淨戒安忍精進靜慮般若波羅蜜多離故苦集滅道聖諦離諸天子布施波羅蜜多離故四靜慮四無量四無色定離淨戒安忍精進靜慮般若波羅蜜多離故四靜慮四無量四無色定離諸天子布施波羅蜜多離故八解脫八勝處九次第定十遍處離淨戒安忍精進靜慮般若波羅蜜多離故八解脫八勝處九次第定十遍處離諸天子布施波羅蜜多離故四念住四正斷四神足五根五力七等覺支八聖道支離淨戒安忍精進靜慮般若波羅蜜多離故四念住乃至八聖道支

離諸天子布施波羅蜜多離故空無相無願解脫門離淨戒安忍精進靜慮般若波羅蜜多離故空無相無願解脫門離諸天子布施波羅蜜多離故極喜地離垢地發光地焰慧地極難勝地現前地遠行地不動地善慧地法雲地離淨戒安忍精進靜慮般若波羅蜜多離故極喜地乃至法雲地離諸天子布施波羅蜜多離故五眼六神通離淨戒安忍精進靜慮般若波羅蜜多離故五眼六神通離諸天子布施波羅蜜多離故佛十力四無所畏四無礙解大慈大悲大喜大捨十八佛不共法離淨戒安忍精進靜慮般若波羅蜜多離故佛十力乃至十八佛不共法離諸天子布施波羅蜜多離故無忘失法恒住捨性離淨戒安忍精進靜慮般若波羅蜜多離故無

忘失法恒住捨性離諸天子布施波羅蜜多離故一切智道相智一切相智離淨戒安忍精進靜慮般若波羅蜜多離故一切智道相智一切相智離諸天子布施波羅蜜多離淨戒安忍精進靜慮般若波羅蜜多離故一切陀羅尼門三摩地門離諸天子布施波羅蜜多離故預流一來不還阿羅漢果離淨戒安忍精進靜慮般若波羅蜜多離故預流一來不還阿羅漢果離諸天子布施波羅蜜多離故獨覺菩提離淨戒安忍精進靜慮般若波羅蜜多離故獨覺菩提離諸天子布施波羅蜜多離故一切菩薩摩訶薩行離淨戒安忍精進靜慮般若波羅蜜多離故一切菩薩摩訶薩行離諸天子布施波羅蜜多離故諸佛無上正等菩提離淨戒安忍精進靜慮般若波羅蜜多離故諸佛無上正等菩提離諸天子布施波羅蜜多離故一切智智離淨戒安忍精進靜慮般若波羅蜜多離故一切智智離復次諸天子內空離故布施淨戒安忍精進靜慮般若波羅蜜多離外空內外空空空大空勝義空有為空無為空畢竟空無際空散空無變異空本性空自相空共相空一切法空不可得空無性空自性空無性自性空離故布施淨戒安忍精進靜慮般若波羅蜜多離諸天子內空離故真如法界法性不虛妄性不變異性平等性離生性法定法住實際虛空界不思議界離外空乃至無性自性空離故真如乃至不思議界離諸天子內空離故苦集滅道聖諦離外空乃至無性自性空離故苦集

滅道聖諦離諸天子內空離故四靜慮四無量四無色定離外空乃至無性自性空離故四靜慮四無量四無色定離諸天子內空離故八解脫八勝處九次第定十遍處離外空乃至無性自性空離故八解脫八勝處九次第定十遍處離諸天子內空離故四念住四正斷四神足五根五力七等覺支八聖道支離外空乃至無性自性空離故四念住乃至八聖道支離諸天子內空離故空無相無願解脫門離外空乃至無性自性空離故空無相無願解脫門離諸天子內空離故極喜地離垢地發光地焰慧地極難勝地現前地遠行地不動地善慧地法雲地離外空乃至無性自性空離故極喜地乃至法雲地離諸天子內空離故五眼六神通離外空乃至無性自性空離故五眼六神通離諸天子內空離故佛十力四無所畏四無礙解大慈大悲大喜大捨十八佛不共法離外空乃至無性自性空離故佛十力乃至十八佛不共法離諸天子內空離故無忘失法恒住捨性離外空乃至無性自性空離故無忘失法恒住捨性離諸天子內空離故一切智道相智一切相智離外空乃至無性自性空離故一切智道相智一切相智離諸天子內空離故一切陀羅尼門三摩地門離外空乃至無性自性空離故一切陀羅尼門三摩地門離諸天子內空離故預流一來不還阿羅漢果離外空乃至無性自性空離故預流一來不還阿羅漢果離諸天子內空離故獨覺菩提離外空乃至無性自性空離故獨覺菩提離諸天子內

空離故一切菩薩摩訶薩行離外空乃至無性自性空離故一切菩薩摩訶薩行離諸天子内空離故諸佛無上正等菩提離外空乃至無性自性空離故諸佛無上正等菩提離諸天子内空離空一切智智離外空乃至無性自性空離故一切智智離復次諸天子真如離故布施淨戒安忍精進靜慮般若波羅蜜多離法界法性不虚妄性不變異性平等性離生性法定法住實際虚空界不思議界離故布施淨戒安忍精進靜慮般若波羅蜜多離諸天子真如離故内空外空内外空空空大空勝義空有爲空無爲空畢竟空無際空散空無變異空本性空自相空共相空一切法空不可得空無性空自性空無性自性空離法界乃至不思議界離故内空乃至無性自性空離諸天子真如離故苦集滅道聖諦離法界乃至不思議界離故苦集滅道聖諦離諸天子真如離故四靜慮四無量四無色定離法界乃至不思議界離故四靜慮四無量四無色定離諸天子真如離故八解脱八勝處九次第定十遍處離法界乃至不思議界離故八解脱八勝處九次第定十遍處離諸天子真如離故四念住四正斷四神足五根五力七等覺支八聖道支離法界乃至不思議界離故四念住乃至八聖道支離諸天子真如離故空無相無願解脱門離法界乃至不思議界離故空無相無願解脱門離諸天子真如離故極喜地離垢地發光地焰慧地極難勝地現前地遠行地不動地善慧地法雲地離法界乃至不思議界離故極喜

地乃至法雲地離諸天子眞如離故五眼六神通離法界乃至不思議界離故五眼六神通離諸天子眞如離故佛十力四無所畏四無礙解大慈大悲大喜大捨十八佛不共法離法界乃至不思議界離故佛十力乃至十八佛不共法離諸天子眞如離故無忘失法恒住捨性離法界乃至不思議界離故無忘失法恒住捨性離諸天子眞如離故一切智道相智一切相智離法界乃至不思議界離故一切智道相智一切相智離諸天子眞如離故一切陀羅尼門三摩地門離法界乃至不思議界離故一切陀羅尼門三摩地門離諸天子眞如離故預流一來不還阿羅漢果離法界乃至不思議界離故預流一來不還阿羅漢果離諸天子眞如離故獨覺菩提離法界乃至不思議界離故獨覺菩提離諸天子眞如離故一切菩薩摩訶薩行離法界乃至不思議界離故一切菩薩摩訶薩行離諸天子眞如離故諸佛無上正等菩提離法界乃至不思議界離故諸佛無上正等菩提離諸天子眞如離故一切智智離法界乃至不思議界離故一切智智離復次諸天子苦聖諦離故布施淨戒安忍精進靜慮般若波羅蜜多離集滅道聖諦離故布施淨戒安忍精進靜慮般若波羅蜜多離諸天子苦聖諦離故內空外空內外空空空大空勝義空有爲空無爲空畢竟空無際空散空無變異空本性空自相空共相空一切法空不可得空無性空自性空無性自性空離集滅道聖諦離故內空乃至無性自性空離諸天子苦聖諦

離故眞如法界法性不虛妄性不變異性平等性離生性法定法住實際虛空界不思議界離集滅道聖諦離故眞如乃至不思議界離諸天子苦聖諦離故四靜慮四無量四無色定離集滅道聖諦離故四靜慮四無量四無色定離諸天子苦聖諦離故八解脫八勝處九次第定十遍處離集滅道聖諦離故八解脫八勝處九次第定十遍處離諸天子苦聖諦離故四念住四正斷四神足五根五力七等覺支八聖道支離集滅道聖諦離故四念住乃至八聖道支離諸天子苦聖諦離故空無相無願解脫門離集滅道聖諦離故空無相無願解脫門離諸天子苦聖諦離故極喜地離垢地發光地焰慧地極難勝地現前地遠行地不動地善慧地法雲地離集滅道聖諦離故極喜地乃至法雲地離諸天子苦聖諦離故五眼六神通離集滅道聖諦離故五眼六神通離諸天子苦聖諦離故佛十力四無所畏四無礙解大慈大悲大喜大捨十八佛不共法離集滅道聖諦離故佛十力乃至十八佛不共法離諸天子苦聖諦離故無忘失法恒住捨性離集滅道聖諦離故無忘失法恒住捨性離諸天子苦聖諦離故一切智道相智一切相智離集滅道聖諦離故一切智道相智一切相智離諸天子苦聖諦離故一切陀羅尼門三摩地門離集滅道聖諦離故一切陀羅尼門三摩地門離諸天子苦聖諦離故預流一來不還阿羅漢果離集滅道聖諦離故預流一來不還阿羅漢果離諸天子苦聖諦離故獨覺菩提離集滅道聖諦

離故獨覺菩提離諸天子苦聖諦離故一切菩薩摩訶薩行離集滅道聖諦離故一切菩薩摩訶薩行離諸天子苦聖諦離故諸佛無上正等菩提離集滅道聖諦離故諸佛無上正等菩提離諸天子苦聖諦離故一切智智離集滅道聖諦離故一切智智離復次諸天子四靜慮離故布施淨戒安忍精進靜慮般若波羅蜜多離四無量四無色定離故布施淨戒安忍精進靜慮般若波羅蜜多離諸天子四靜慮離故內空外空內外空空空大空勝義空有為空無為空畢竟空無際空散空無變異空本性空自相空共相空一切法空不可得空無性空自性空無性自性空離四無量四無色定離故內空乃至無性自性空離諸天子四靜慮離故真如法界法性不虛妄性不變異性平等性離生性法定法住實際虛空界不思議界離四無量四無色定離故真如乃至不思議界離諸天子四靜慮離故苦集滅道聖諦離四無量四無色定離故苦集滅道聖諦離諸天子四靜慮離故八解脫八勝處九次第定十遍處離四無量四無色定離故八解脫八勝處九次第定十遍處離諸天子四靜慮離故四念住四正斷四神足五根五力七等覺支八聖道支離四無量四無色定離故四念住乃至八聖道支離諸天子四靜慮離故空無相無願解脫門離四無量四無色定離故空無相無願解脫門離諸天子四靜慮離故極喜地離垢地發光地焰慧地極難勝地現前地遠行地不動地善慧地法雲地離四無量四無色定離故極喜

地乃至法雲地離諸天子四静慮離故五眼六神通離四無量四無色定離故五眼六神通離諸天子四静慮離故佛十力四無所畏四無礙解大慈大悲大喜大捨十八佛不共法離四無量四無色定離故佛十力乃至十八佛不共法離諸天子四静慮離故無忘失法恒住捨性離四無量四無色定離故無忘失法恒住捨性離諸天子四静慮離故一切智道相智一切相智離四無量四無色定離故一切智道相智一切相智離諸天子四静慮離故一切陀羅尼門三摩地門離四無量四無色定離故一切陀羅尼門三摩地門離諸天子四静慮離故預流一來不還阿羅漢果離四無量四無色定離故預流一來不還阿羅漢果離諸天子四静慮離故獨覺菩提

離四無量四無色定離故獨覺菩提離諸天子四静慮離故一切菩薩摩訶薩行離四無量四無色定離故一切菩薩摩訶薩行離諸天子四静慮離故諸佛無上正等菩提離四無量四無色定離故諸佛無上正等菩提離諸天子四静慮離故一切智智離四無量四無色定離故一切智智離復次諸天子八解脱離故布施淨戒安忍精進静慮般若波羅蜜多離八勝處九次第定十遍處離故布施淨戒安忍精進静慮般若波羅蜜多離諸天子八解脱離故内空外空内外空空空大空勝義空有為空無為空畢竟空無際空散空無變異空本性空自相空共相空一切法空不可得空無性空自性空無性自性空離八勝處九次第定十遍處離故内空乃至無性

自性空離諸天子八解脫離故眞如法界法
性不虛妄性不變異性平等性離生性法定
法住實際虛空界不思議界離八勝處九次
第定十遍處離故眞如乃至不思議界離諸
天子八解脫離故苦集滅道聖諦離八勝處
九次第定十遍處離故苦集滅道聖諦離諸
天子八解脫離故四靜慮四無量四無色定
離八勝處九次第定十遍處離故四靜慮四
無量四無色定離諸天子八解脫離故四念
住四正斷四神足五根五力七等覺支八聖
道支離八勝處九次第定十遍處離故四念
住乃至八聖道支離諸天子八解脫離故空
無相無願解脫門離八勝處九次第定十遍
處離故空無相無願解脫門離諸天子八解
脫離故極喜地離垢地發光地焰慧地極難

勝地現前地遠行地不動地善慧地法雲地
離八勝處九次第定十遍處離故極喜地乃
至法雲地離諸天子八解脫離故五眼六神
通離八勝處九次第定十遍處離故五眼六
神通離諸天子八解脫離故佛十力四無所
畏四無礙解大慈大悲大喜大捨十八佛不
共法離八勝處九次第定十遍處離故佛十
力乃至十八佛不共法離諸天子八解脫離
故無忘失法恒住捨性離八勝處九次第定
十遍處離故無忘失法恒住捨性離諸天子
八解脫離故一切智道相智一切相智離八
勝處九次第定十遍處離故一切智道相智
一切相智離諸天子八解脫離故一切陀羅
尼門三摩地門離八勝處九次第定十遍處
離故一切陀羅尼門三摩地門離諸天子八

解脫離故預流一來不還阿羅漢果離八勝處九次第定十遍處離故預流一來不還阿羅漢果離諸天子八解脫離故獨覺菩提離八勝處九次第定十遍處離故獨覺菩提離諸天子八解脫離故一切菩薩摩訶薩行離八勝處九次第定十遍處離故一切菩薩摩訶薩行離諸天子八解脫離故諸佛無上正等菩提離八勝處九次第定十遍處離故諸佛無上正等菩提離諸天子八解脫離故一切智智離八勝處九次第定十遍處離故一切智智離復次諸天子四念住離故布施淨戒安忍精進靜慮般若波羅蜜多離四正斷四神足五根五力七等覺支八聖道支離故布施淨戒安忍精進靜慮般若波羅蜜多離諸天子四念住離故內空外空內外空空空大空勝義空有為空無為空畢竟空無際空散空無變異空本性空自相空共相空一切法空不可得空無性空自性空無性自性空離四正斷乃至八聖道支離故內空乃至無性自性空離諸天子四念住離故真如法界法性不虛妄性不變異性平等性離生性法定法住實際虛空界不思議界離四正斷乃至八聖道支離故真如乃至不思議界離諸天子四念住離故苦集滅道聖諦離四正斷乃至八聖道支離故苦集滅道聖諦離諸天子四念住離故四靜慮四無量四無色定離四正斷乃至八聖道支離故四靜慮四無量四無色定離諸天子四念住離故八解脫八勝處九次第定十遍處離四正斷乃至八聖道支離故八解脫八勝處九次第定十遍處

離諸天子四念住離故空無相無願解脫門離四正斷乃至八聖道支離故空無相無願解脫門離諸天子四念住離故極喜地離垢地發光地焰慧地極難勝地現前地遠行地不動地善慧地法雲地離四正斷乃至八聖道支離故極喜地乃至法雲地離諸天子四念住離故五眼六神通離四正斷乃至八聖道支離故五眼六神通離諸天子四念住離故佛十力四無所畏四無礙解大慈大悲大喜大捨十八佛不共法離四正斷乃至八聖道支離故佛十力乃至十八佛不共法離諸天子四念住離故無忘失法恒住捨性離四正斷乃至八聖道支離故無忘失法恒住捨性離諸天子四念住離故一切智道相智一切相智離四正斷乃至八聖道支離故一切智道相智一切相智離諸天子四念住離故一切陀羅尼門三摩地門離四正斷乃至八聖道支離故一切陀羅尼門三摩地門離諸天子四念住離故預流一來不還阿羅漢果離四正斷乃至八聖道支離故預流一來不還阿羅漢果離諸天子四念住離故獨覺菩提離四正斷乃至八聖道支離故獨覺菩提離諸天子四念住離故一切菩薩摩訶薩行離四正斷乃至八聖道支離故一切菩薩摩訶薩行離諸天子四念住離故諸佛無上正等菩提離四正斷乃至八聖道支離故諸佛無上正等菩提離諸天子四念住離故一切智智離四正斷乃至八聖道支離故一切智智離復次諸天子空解脫門離故布施淨戒安忍精進靜慮般若波羅蜜多離無相無願

解脱門離故布施淨戒安忍精進靜慮般若波羅蜜多離諸天子空解脱門離故內空外空內外空空空大空勝義空有爲空無爲空畢竟空無際空散空無變異空本性空自相空共相空一切法空不可得空無性空自性空無性自性空離無相無願解脱門離故內空乃至無性自性空離諸天子空解脱門離故眞如法界法性不虛妄性不變異性平等性離生性法定法住實際虛空界不思議界離無相無願解脱門離故眞如乃至不思議界離諸天子空解脱門離故苦集滅道聖諦離無相無願解脱門離故苦集滅道聖諦離諸天子空解脱門離故四靜慮四無量四無色定離無相無願解脱門離故四靜慮四無量四無色定離諸天子空解脱門離故八解脱八勝處九次第定十遍處離無相無願解脱門離故八解脱八勝處九次第定十遍處離諸天子空解脱門離故四念住四正斷四神足五根五力七等覺支八聖道支離無相無願解脱門離故四念住乃至八聖道支離諸天子空解脱門離故極喜地離垢地發光地焰慧地極難勝地現前地遠行地不動地善慧地法雲地離無相無願解脱門離故極喜地乃至法雲地離諸天子空解脱門離故五眼六神通離無相無願解脱門離故五眼六神通離諸天子空解脱門離故佛十力四無所畏四無礙解大慈大悲大喜大捨十八佛不共法離無相無願解脱門離故佛十力乃至十八佛不共法離諸天子空解脱門離故無忘失法恒住捨性離無相無願解脱門

離故無忘失法恒住捨性離諸天子空解脫
門離故一切智道相智一切相智離無相無
願解脫門離故一切智道相智一切相智離
諸天子空解脫門離故一切陀羅尼門三摩
地門離無相無願解脫門離故一切陀羅尼
門三摩地門離諸天子空解脫門離故預流
一來不還阿羅漢果離無相無願解脫門離
故預流一來不還阿羅漢果離諸天子空解
脫門離故獨覺菩提離無相無願解脫門離
故獨覺菩提離諸天子空解脫門離故一切
菩薩摩訶薩行離無相無願解脫門離故一
切菩薩摩訶薩行離諸天子空解脫門離故
諸佛無上正等菩提離無相無願解脫門離
故諸佛無上正等菩提離諸天子空解脫門
離故一切智智離無相無願解脫門離故一
切智智離

大般若波羅蜜多經卷第三百四十四

大般若波羅蜜多經卷第三百四十五

唐三藏法師玄奘奉　詔譯

初分堅等讚品第五十七之四

復次諸天子極喜地離故布施淨戒安忍精進靜慮般若波羅蜜多離離垢地發光地焰慧地極難勝地現前地遠行地不動地善慧地法雲地離故布施淨戒安忍精進靜慮般若波羅蜜多離諸天子極喜地離故内空外空内外空空空大空勝義空有爲空無爲空畢竟空無際空散空無變異空本性空自相空共相空一切法空不可得空無性空自性空無性自性空離離垢地乃至法雲地離故内空乃至無性自性空離諸天子極喜地離故眞如法界法性不虚妄性不變異性平等性離生性法定法住實際虚空界不思議界離離垢地乃至法雲地離故眞如乃至不思議界離諸天子極喜地離故苦集滅道聖諦離離垢地乃至法雲地離故苦集滅道聖諦離諸天子極喜地離故四靜慮四無量四無色定離離垢地乃至法雲地離故四靜慮四無量四無色定離諸天子極喜地離故八解脱八勝處九次第定十遍處離離垢地乃至法雲地離故八解脱八勝處九次第定十遍處離諸天子極喜地離故四念住四正斷四神足五根五力七等覺支八聖道支離離垢地乃至法雲地離故四念住乃至八聖道支離諸天子極喜地離故空無相無願解脱門離離垢地乃至法雲地離故空無相無願解脱門離諸天子極喜地離故五眼六神通離離垢地乃至法雲地離故五眼六神通離諸

天子極喜地離故佛十力四無所畏四無礙解大慈大悲大喜大捨十八佛不共法離離垢地乃至法雲地離故佛十力乃至十八佛不共法離諸天子極喜地離故無忘失法恒住捨性離離垢地乃至法雲地離故無忘失法恒住捨性離諸天子極喜地離故一切智道相智一切相智離離垢地乃至法雲地離故一切智道相智一切相智離諸天子極喜地離故一切陀羅尼門三摩地門離離垢地乃至法雲地離故一切陀羅尼門三摩地門離諸天子極喜地離故預流一來不還阿羅漢果離離垢地乃至法雲地離故預流一來不還阿羅漢果離諸天子極喜地離故獨覺菩提離離垢地乃至法雲地離故獨覺菩提離諸天子極喜地離故一切菩薩摩訶薩行離離垢地乃至法雲地離故一切菩薩摩訶薩行離諸天子極喜地離故諸佛無上正等菩提離離垢地乃至法雲地離故諸佛無上正等菩提離諸天子極喜地離故一切智智離離垢地乃至法雲地離故一切智智離復次諸天子五眼離故布施淨戒安忍精進靜慮般若波羅蜜多離六神通離故布施淨戒安忍精進靜慮般若波羅蜜多離諸天子五眼離故內空外空內外空空空大空勝義空有爲空無爲空畢竟空無際空散空無變異空本性空自相空共相空一切法空不可得空無性空自性空無性自性空離六神通離故內空乃至無性自性空離諸天子五眼離故眞如法界法性不虛妄性不變異性平等性離生性法定法住實際虛空界不思議界

離六神通離故眞如乃至不思議界離諸天子五眼離故苦集滅道聖諦離六神通離故苦集滅道聖諦離諸天子五眼離故四靜慮四無量四無色定離六神通離故四靜慮四無量四無色定離諸天子五眼離故八解脫八勝處九次第定十遍處離六神通離故八解脫八勝處九次第定十遍處離諸天子五眼離故四念住四正斷四神足五根五力七等覺支八聖道支離六神通離故四念住乃至八聖道支離諸天子五眼離故空無相無願解脫門離六神通離故空無相無願解脫門離諸天子五眼離故極喜地離垢地發光地焰慧地極難勝地現前地遠行地不動地善慧地法雲地離六神通離故極喜地乃至法雲地離諸天子五眼離故佛十力四無所畏四無礙解大慈大悲大喜大捨十八佛不共法離六神通離故佛十力乃至十八佛不共法離諸天子五眼離故無忘失法恒住捨性離六神通離故無忘失法恒住捨性離諸天子五眼離故一切智道相智一切相智離六神通離故一切智道相智一切相智離諸天子五眼離故一切陀羅尼門三摩地門離六神通離故一切陀羅尼門三摩地門離諸天子五眼離故預流一來不還阿羅漢果離六神通離故預流一來不還阿羅漢果離諸天子五眼離故獨覺菩提離六神通離故獨覺菩提離諸天子五眼離故一切菩薩摩訶薩行離六神通離故一切菩薩摩訶薩行離諸天子五眼離故諸佛無上正等菩提離六神通離故諸佛無上正等菩提離諸天子五

眼離故一切智智離六神通離故一切智智離復次諸天子佛十力離故布施淨戒安忍精進靜慮般若波羅蜜多離四無所畏四無礙解大慈大悲大喜大捨十八佛不共法離故布施淨戒安忍精進靜慮般若波羅蜜多離諸天子佛十力離故内空外空内外空空空大空勝義空有爲空無爲空畢竟空無際空散空無變異空本性空自相空共相空一切法空不可得空無性空自性空無性自性空離以無所畏乃至十八佛不共法離故内空乃至無性自性空離諸天子佛十力離故眞如法界法性不虛妄性不變異性平等性離生性法定法住實際虛空界不思議界離四無所畏乃至十八佛不共法離故眞如乃至不思議界離諸天子佛十力離故苦集滅道聖諦離四無所畏乃至十八佛不共法離故苦集滅道聖諦離諸天子佛十力離故四靜慮四無量四無色定離四無所畏乃至十八佛不共法離故四靜慮四無量四無色定離諸天子佛十力離故八解脫八勝處九次第定十遍處離四無所畏乃至十八佛不共法離故八解脫八勝處九次第定十遍處離諸天子佛十力離故四念住四正斷四神足五根五力七等覺支八聖道支離四無所畏乃至十八佛不共法離故四念住乃至八聖道支離諸天子佛十力離故空無相無願解脫門離四無所畏乃至十八佛不共法離故空無相無願解脫門離諸天子佛十力離故極喜地離垢地發光地焰慧地極難勝地現前地遠行地不動地善慧地法雲地離四無

所畏乃至十八佛不共法離故極喜地乃至法雲地離諸天子佛十力離故五眼六神通離四無所畏乃至十八佛不共法離故五眼六神通離諸天子佛十力離故無忘失法恒住捨性離四無所畏乃至十八佛不共法離故無忘失法恒住捨性離諸天子佛十力離故一切智道相智一切相智離四無所畏乃至十八佛不共法離故一切智道相智一切相智離諸天子佛十力離故一切陀羅尼門三摩地門離四無所畏乃至十八佛不共法離故一切陀羅尼門三摩地門離諸天子佛十力離故預流一來不還阿羅漢果離四無所畏乃至十八佛不共法離故預流一來不還阿羅漢果離諸天子佛十力離故獨覺菩提離四無所畏乃至十八佛不共法離故獨覺菩提離諸天子佛十力離故一切菩薩摩訶薩行離四無所畏乃至十八佛不共法離故一切菩薩摩訶薩行離諸天子佛十力離故諸佛無上正等菩提離四無所畏乃至十八佛不共法離故諸佛無上正等菩提離諸天子佛十力離故一切智智離四無所畏乃至十八佛不共法離故一切智智離復次諸天子無忘失法離故布施淨戒安忍精進靜慮般若波羅蜜多離恒住捨性離故布施淨戒安忍精進靜慮般若波羅蜜多離諸天子無忘失法離故內空外空內外空空空大空勝義空有爲空無爲空畢竟空無際空散空無變異空本性空自相空共相空一切法空不可得空無性空自性空無性自性空離恒住捨性離故內空乃至無性自性空離諸天

子無忘失法離故眞如法界法性不虛妄性不變異性平等性離生性法定法住實際虛空界不思議界離恒住捨性離故眞如乃至不思議界離諸天子無忘失法離故苦集滅道聖諦離恒住捨性離故苦集滅道聖諦離諸天子無忘失法離故四靜慮四無量四無色定離恒住捨性離故四靜慮四無量四無色定離諸天子無忘失法離故八解脫八勝處九次第定十遍處離恒住捨性離故八解脫八勝處九次第定十遍處離諸天子無忘失法離故四念住四正斷四神足五根五力七等覺支八聖道支離恒住捨性離故四念住乃至八聖道支離諸天子無忘失法離故空無相無願解脫門離恒住捨性離故空無相無願解脫門離諸天子無忘失法離故極

喜地離垢地發光地焰慧地極難勝地現前地遠行地不動地善慧地法雲地離恒住捨性離故極喜地乃至法雲地離諸天子無忘失法離故五眼六神通離恒住捨性離故五眼六神通離諸天子無忘失法離故佛十力四無所畏四無礙解大慈大悲大喜大捨十八佛不共法離恒住捨性離故佛十力乃至十八佛不共法離諸天子無忘失法離故一切智道相智一切相智離恒住捨性離故一切智道相智一切相智離諸天子無忘失法離故一切陀羅尼門三摩地門離恒住捨性離故一切陀羅尼門三摩地門離諸天子無忘失法離故預流一來不還阿羅漢果離恒住捨性離故預流一來不還阿羅漢果離諸天子無忘失法離故獨覺菩提離恒住捨性

離故獨覺菩提離諸天子無忘失法離故一切菩薩摩訶薩行離恒住捨性離故一切菩薩摩訶薩行離諸天子無忘失法離故諸佛無上正等菩提離恒住捨性離故諸佛無上正等菩提離諸天子無忘失法離故一切智智離恒住捨性離故一切智智離復次諸天子一切智離故布施淨戒安忍精進靜慮般若波羅蜜多離道相智一切相智離故布施淨戒安忍精進靜慮般若波羅蜜多離諸天子一切智離故內空外空內外空空空大空勝義空有爲空無爲空畢竟空無際空散空無變異空本性空自相空共相空一切法空不可得空無性空自性空無性自性空離道相智一切相智離故內空乃至無性自性空離諸天子一切智離故眞如法界法性不虛妄性不變異性平等性離生性法定法住實際虛空界不思議界離道相智一切相智離故眞如乃至不思議界離諸天子一切智離故苦集滅道聖諦離道相智一切相智離故苦集滅道聖諦離諸天子一切相智離故靜慮四無量四無色定離道相智一切相智離故四靜慮四無量四無色定離諸天子一切智離故八解脫八勝處九次第定十遍處離道相智一切相智離故八解脫八勝處九次第定十遍處離諸天子一切智離故四念住四正斷四神足五根五力七等覺支八聖道支離道相智一切相智離故四念住乃至八聖道支離諸天子一切智離故空無相無願解脫門離道相智一切相智離故空無相無願解脫門離諸天子一切智離故極喜地離

垢地發光地焰慧地極難勝地現前地遠行地不動地善慧地法雲地離道相智一切相智離故極喜地乃至法雲地離諸天子一切智離故五眼六神通離道相智一切相智離故五眼六神通離諸天子一切智離故佛十力四無所畏四無礙解大慈大悲大喜大捨十八佛不共法離道相智一切相智離故佛十力乃至十八佛不共法離諸天子一切智離故無忘失法恒住捨性離道相智一切相智離故無忘失法恒住捨性離諸天子一切智離故一切陀羅尼門三摩地門離道相智一切相智離故一切陀羅尼門三摩地門離諸天子一切智離故預流一來不還阿羅漢果離道相智一切相智離故預流一來不還阿羅漢果離諸天子一切智離故獨覺菩提離道相智一切相智離故獨覺菩提離諸天子一切智離故一切菩薩摩訶薩行離道相智一切相智離故一切菩薩摩訶薩行離諸天子一切智離故諸佛無上正等菩提離道相智一切相智離故諸佛無上正等菩提離諸天子一切智離故一切智智離道相智一切相智離故一切智智離復次諸天子一切陀羅尼門離故布施淨戒安忍精進靜慮般若波羅蜜多離一切三摩地門離故布施淨戒安忍精進靜慮般若波羅蜜多離諸天子一切陀羅尼門離故內空外空內外空空空大空勝義空有為空無為空畢竟空無際空散空無變異空本性空自相空共相空一切法空不可得空無性空自性空無性自性空離一切三摩地門離故內空乃至無性自性

空離諸天子一切陀羅尼門離故眞如法界法性不虚妄性不變異性平等性離生性法定法住實際虚空界不思議界離一切三摩地門離故眞如乃至不思議界離諸天子一切陀羅尼門離故苦集滅道聖諦離一切三摩地門離故苦集滅道聖諦離諸天子一切陀羅尼門離故四靜慮四無量四無色定離一切三摩地門離故四靜慮四無量四無色定離諸天子一切陀羅尼門離故八解脱八勝處九次第定十遍處離一切三摩地門離故八解脱八勝處九次第定十遍處離諸天子一切陀羅尼門離故四念住四正斷四神足五根五力七等覺支八聖道支離一切三摩地門離故四念住乃至八聖道支離諸天子一切陀羅尼門離故空無相無願解脱門離一切三摩地門離故空無相無願解脱門離諸天子一切陀羅尼門離故極喜地離垢地發光地焰慧地極難勝地現前地遠行地不動地善慧地法雲地離一切三摩地門離故極喜地乃至法雲地離諸天子一切陀羅尼門離故五眼六神通離一切三摩地門離故五眼六神通離諸天子一切陀羅尼門離故佛十力四無所畏四無礙解大慈大悲大喜大捨十八佛不共法離一切三摩地門離故佛十力乃至十八佛不共法離諸天子一切陀羅尼門離故無忘失法恒住捨性離一切三摩地門離故無忘失法恒住捨性離諸天子一切陀羅尼門離故一切智道相智一切相智離一切三摩地門離故一切智道相智一切相智離諸天子一切陀羅尼門離故

預流一來不還阿羅漢果離一切三摩地門離故預流一來不還阿羅漢果離諸天子一切陀羅尼門離故獨覺菩提離一切三摩地門離故獨覺菩提離諸天子一切陀羅尼門離故一切菩薩摩訶薩行離一切三摩地門離故一切菩薩摩訶薩行離諸天子一切陀羅尼門離故諸佛無上正等菩提離一切三摩地門離故諸佛無上正等菩提離諸天子一切陀羅尼門離故一切智智離一切三摩地門離故一切智智離復次諸天子預流果離故布施淨戒安忍精進靜慮般若波羅蜜多離一來不還阿羅漢果離故布施淨戒安忍精進靜慮般若波羅蜜多離諸天子預流果離故內空外空內外空空空大空勝義空有爲空無爲空畢竟空無際空散空無變異空本性空自相空共相空一切法空不可得空無性空自性空無性自性空離一來不還阿羅漢果離故內空乃至無性自性空離諸天子預流果離故真如法界法性不虛妄性不變異性平等性離生性法定法住實際虛空界不思議界離一來不還阿羅漢果離故真如乃至不思議界離諸天子預流果離故苦集滅道聖諦離一來不還阿羅漢果離故苦集滅道聖諦離諸天子預流果離故四靜慮四無量四無色定離一來不還阿羅漢果離故四靜慮四無量四無色定離諸天子預流果離故八解脫八勝處九次第定十遍處離一來不還阿羅漢果離故八解脫八勝處九次第定十遍處離諸天子預流果離故四念住四正斷四神足五根五力七等覺支八

聖道支離一來不還阿羅漢果離故四念住乃至八聖道支離諸天子預流果離故空無相無願解脱門離一來不還阿羅漢果離故空無相無願解脱門離諸天子預流果離故極喜地離垢地發光地焰慧地極難勝地現前地遠行地不動地善慧地法雲地離一來不還阿羅漢果離故極喜地乃至法雲地離諸天子預流果離故五眼六神通離一來不還阿羅漢果離故五眼六神通離諸天子預流果離故佛十力四無所畏四無礙解大慈大悲大喜大捨十八佛不共法離一來不還阿羅漢果離故佛十力乃至十八佛不共法離諸天子預流果離故無忘失法恒住捨性離一來不還阿羅漢果離故無忘失法恒住捨性離諸天子預流果離故一切智道相智一切相智離一來不還阿羅漢果離故一切智道相智一切相智離諸天子預流果離故一切陀羅尼門三摩地門離一來不還阿羅漢果離故一切陀羅尼門三摩地門離諸天子預流果離故獨覺菩提離一來不還阿羅漢果離故獨覺菩提離諸天子預流果離故一切菩薩摩訶薩行離一來不還阿羅漢果離故一切菩薩摩訶薩行離諸天子預流果離故諸佛無上正等菩提離一來不還阿羅漢果離故諸佛無上正等菩提離諸天子預流果離故一切智智離一來不還阿羅漢果離故一切智智離復次諸天子獨覺菩提離故布施淨戒安忍精進靜慮般若波羅蜜多離諸天子獨覺菩提離故内空外空内外空空空大空勝義空有爲空無爲空畢竟空無

際空散空無變異空本性空自相空共相空一切法空不可得空無性空自性空無性自性空離諸天子獨覺菩提離故眞如法界法性不虛妄性不變異性平等性離生性法定法住實際虛空界不思議界離諸天子獨覺菩提離故苦集滅道聖諦離諸天子獨覺菩提離故四靜慮四無量四無色定離諸天子獨覺菩提離故八解脱八勝處九次第定十遍處離諸天子獨覺菩提離故四念住四正斷四神足五根五力七等覺支八聖道支離諸天子獨覺菩提離故空無相無願解脱門離諸天子獨覺菩提離故極喜地離垢地發光地焰慧地極難勝地現前地遠行地不動地善慧地法雲地離諸天子獨覺菩提離故五眼六神通離諸天子獨覺菩提離故佛十力四無所畏四無礙解大慈大悲大喜大捨十八佛不共法離諸天子獨覺菩提離故無忘失法恒住捨性離諸天子獨覺菩提離故一切智道相智一切相智離諸天子獨覺菩提離故一切陀羅尼門三摩地門離諸天子獨覺菩提離故預流一來不還阿羅漢果離諸天子獨覺菩提離故一切菩薩摩訶薩行離諸天子獨覺菩提離故諸佛無上正等菩提離諸天子獨覺菩提離故一切智智離復次諸天子一切菩薩摩訶薩行離故布施淨戒安忍精進靜慮般若波羅蜜多離諸天子一切菩薩摩訶薩行離故内空外空内外空空空大空勝義空有爲空無爲空畢竟空無際空散空無變異空本性空自相空共相空一切法空不可得空無性空自性空無性自

性空離諸天子一切菩薩摩訶薩行離故眞如法界法性不虚妄性不變異性平等性離生性法定法住實際虚空界不思議界離諸天子一切菩薩摩訶薩行離故苦集滅道聖諦離諸天子一切菩薩摩訶薩行離故四靜慮四無量四無色定離諸天子一切菩薩摩訶薩行離故八解脱八勝處九次第定十遍處離諸天子一切菩薩摩訶薩行離故四念住四正斷四神足五根五力七等覺支八聖道支離諸天子一切菩薩摩訶薩行離故空無相無願解脱門離諸天子一切菩薩摩訶薩行離故極喜地離垢地發光地焰慧地極難勝地現前地遠行地不動地善慧地法雲地離諸天子一切菩薩摩訶薩行離故五眼六神通離諸天子一切菩薩摩訶薩行離故

佛十力四無所畏四無礙解大慈大悲大喜大捨十八佛不共法離諸天子一切菩薩摩訶薩行離故無忘失法恒住捨性離諸天子一切菩薩摩訶薩行離故一切智道相智一切相智離諸天子一切菩薩摩訶薩行離故一切陀羅尼門三摩地門離諸天子一切菩薩摩訶薩行離故預流一來不還阿羅漢果離諸天子一切菩薩摩訶薩行離故獨覺菩提離諸天子一切菩薩摩訶薩行離故諸佛無上正等菩提離諸天子一切菩薩摩訶薩行離故一切智智離復次諸天子諸佛無上正等菩提離故布施淨戒安忍精進靜慮般若波羅蜜多離諸天子諸佛無上正等菩提離故内空外空内外空空空大空勝義空有爲空無爲空畢竟空無際空散空無變異空

本性空自相空共相空一切法空不可得空無性空自性空無性自性空離諸天子諸佛無上正等菩提離故眞如法界法性不虛妄性不變異性平等性離生性法定法住實際虛空界不思議界離諸天子諸佛無上正等菩提離故苦集滅道聖諦離諸天子諸佛無上正等菩提離故四靜慮四無量四無色定離諸天子諸佛無上正等菩提離故八解脫八勝處九次第定十遍處離諸天子諸佛無上正等菩提離故四念住四正斷四神足五根五力七等覺支八聖道支離諸天子諸佛無上正等菩提離故空無相無願解脫門離諸天子諸佛無上正等菩提離故極喜地離垢地發光地焰慧地極難勝地現前地遠行地不動地善慧地法雲地離諸天子諸佛無上正等菩提離故五眼六神通離諸天子諸佛無上正等菩提離故佛十力四無所畏四無礙解大慈大悲大喜大捨十八佛不共法離諸天子諸佛無上正等菩提離故無忘失法恒住捨性離諸天子諸佛無上正等菩提離故一切智道相智一切相智離諸天子諸佛無上正等菩提離故一切陀羅尼門三摩地門離諸天子諸佛無上正等菩提離故預流一來不還阿羅漢果離諸天子諸佛無上正等菩提離故獨覺菩提離諸天子諸佛無上正等菩提離故一切菩薩摩訶薩行離諸天子諸佛無上正等菩提離故一切智智離

復次諸天子一切智智離故布施淨戒安忍精進靜慮般若波羅蜜多離諸天子一切智智離故內空外空內外空空空大空勝義空

有爲空無爲空畢竟空無際空散空無變異空本性空自相空共相空一切法空不可得空無性空自性空無性自性空離諸天子一切智智離故眞如法界法性不虛妄性不變異性平等性離生性法定法住實際虛空界不思議界離諸天子一切智智離故苦集滅道聖諦離諸天子一切智智離故四靜慮四無量四無色定離諸天子一切智智離故八解脫八勝處九次第定十遍處離諸天子一切智智離故四念住四正斷四神足五根五力七等覺支八聖道支離諸天子一切智智離故空無相無願解脫門離諸天子一切智智離故極喜地離垢地發光地焰慧地極難勝地現前地遠行地不動地善慧地法雲地離諸天子一切智智離故五眼六神通離諸天子一切智智離故佛十力四無所畏四無礙解大慈大悲大喜大捨十八佛不共法離諸天子一切智智離故無忘失法恒住捨性離諸天子一切智智離故一切智道相智一切相智離諸天子一切智智離故一切陀羅尼門三摩地門離諸天子一切智智離故預流一來不還阿羅漢果離諸天子一切智智離故獨覺菩提離諸天子一切智智離故一切菩薩摩訶薩行離諸天子一切智智離故諸佛無上正等菩提離諸天子若菩薩摩訶薩聞說諸法無不遠離心不沉沒不驚不怖亦不憂悔當知是菩薩摩訶薩行深般若波羅蜜多

大般若波羅蜜多經卷第三百四十五

大般若波羅蜜多經卷第三百四十六

唐三藏法師玄奘奉　詔譯

初分堅等讚品第五十七之五

爾時佛告具壽善現言善現何因緣故諸菩薩摩訶薩於深般若波羅蜜多心不沉沒具壽善現白佛言世尊以一切法皆非有故諸菩薩摩訶薩於深般若波羅蜜多心不沉沒世尊以一切法皆遠離故諸菩薩摩訶薩於深般若波羅蜜多心不沉沒世尊以一切法皆寂靜故諸菩薩摩訶薩於深般若波羅蜜多心不沉沒世尊以一切法無所有故諸菩薩摩訶薩於深般若波羅蜜多心不沉沒世尊以一切法無生滅故諸菩薩摩訶薩於深般若波羅蜜多心不沉沒世尊由如是等種種因緣諸菩薩摩訶薩於深般若波羅蜜多心不沉沒何以故世尊諸菩薩摩訶薩於一切法若能沉沒若所沉沒若沉沒時若沉沒處若沉沒者由此沉沒皆不可得以一切法不可得故世尊若菩薩摩訶薩聞說是事心不沉沒不驚不怖亦不憂悔當知是菩薩摩訶薩行深般若波羅蜜多所以者何是菩薩摩訶薩觀一切法皆不可得不可施設是能沉沒是所沉沒是沉沒時是沉沒處是沉沒者由此沉沒由是因緣諸菩薩摩訶薩聞如是事心不沉沒不驚不怖亦不憂悔世尊若菩薩摩訶薩能如是行甚深般若波羅蜜多諸天帝釋大梵天王諸世界主常所禮敬佛告善現若菩薩摩訶薩能如是行甚深般若波羅蜜多非但常爲諸天帝釋大梵天王諸世界主之所禮敬是菩薩摩訶薩亦爲過此

極光淨天若遍淨天若廣果天若淨居天及餘天衆常所禮敬善現是菩薩摩訶薩能如是行甚深般若波羅蜜多亦爲十方無量無數無邊世界一切如來應正等覺常所護念善現是菩薩摩訶薩能如是行甚深般若波羅蜜多則令般若波羅蜜多速得圓滿亦令靜慮精進安忍淨戒布施波羅蜜多速得圓滿善現是菩薩摩訶薩能如是行甚深般若波羅蜜多則令內空速得圓滿亦令外空內外空空空大空勝義空有爲空無爲空畢竟空無際空散空無變異空本性空自相空共相空一切法空不可得空無性空自性空無性自性空速得圓滿善現是菩薩摩訶薩能如是行甚深般若波羅蜜多則令真如速得圓滿亦令法界法性不虛妄性不變異性平等性離生性法定法住實際虛空界不思議界速得圓滿善現是菩薩摩訶薩能如是行甚深般若波羅蜜多則令苦聖諦速得圓滿亦令集滅道聖諦速得圓滿善現是菩薩摩訶薩能如是行甚深般若波羅蜜多則令四靜慮速得圓滿亦令四無量四無色定速得圓滿善現是菩薩摩訶薩能如是行甚深般若波羅蜜多則令八解脫速得圓滿亦令八勝處九次第定十遍處速得圓滿善現是菩薩摩訶薩能如是行甚深般若波羅蜜多則令四念住速得圓滿亦令四正斷四神足五根五力七等覺支八聖道支速得圓滿善現是菩薩摩訶薩能如是行甚深般若波羅蜜多則令空解脫門速得圓滿亦令無相無願解脫門速得圓滿善現是菩薩摩訶薩能如

是行甚深般若波羅蜜多則令極喜地速得圓滿亦令離垢地發光地焰慧地極難勝地現前地遠行地不動地善慧地法雲地速得圓滿善現是菩薩摩訶薩能如是行甚深般若波羅蜜多則令五眼速得圓滿亦令六神通速得圓滿善現是菩薩摩訶薩能如是行甚深般若波羅蜜多則令佛十力速得圓滿亦令四無所畏四無礙解大慈大悲大喜大捨十八佛不共法速得圓滿善現是菩薩摩訶薩能如是行甚深般若波羅蜜多則令無忘失法速得圓滿亦令恒住捨性速得得圓滿善現是菩薩摩訶薩能如是行甚深般若波羅蜜多則令一切智速得圓滿亦令道相智一切相智速得圓滿善現是菩薩摩訶薩能如是行甚深般若波羅蜜多則令一切陀羅尼門速得圓滿亦令一切三摩地門速得圓滿善現是菩薩摩訶薩能如是行甚深般若波羅蜜多則令一切菩薩摩訶薩行速得圓滿善現是菩薩摩訶薩能如是行甚深般若波羅蜜多則令諸佛無上正等菩提速得圓滿善現是菩薩摩訶薩能如是行甚深般若波羅蜜多則令一切智智速得圓滿復次善現若菩薩摩訶薩能如是行甚深般若波羅蜜多常為諸佛之所護念速得圓滿一切功德是菩薩摩訶薩當知行佛所應行處速證無上正等菩提善現當知是菩薩摩訶薩其心堅固假使十方殑伽沙等世界有情皆變為魔是一一魔各復化作如是數魔是諸惡魔皆有無量無邊神力如是諸魔不能留難是菩薩摩訶薩令不能行甚深般若波羅蜜

多亦令不證所求無上正等菩提復次善現若菩薩摩訶薩成就二法一切惡魔不能沮壞令不能行甚深般若波羅蜜多亦令不證所求無上正等菩提何等為二一觀諸法皆畢竟空二不棄捨一切有情復次善現若菩薩摩訶薩成就二法一切惡魔不能沮壞令不能行甚深般若波羅蜜多亦令不證所求無上正等菩提何等為二一如所言皆悉能作二為諸佛常所護念復次善現若菩薩摩訶薩能如是行甚深般若波羅蜜多諸天子等常來禮敬親近供養請問勸發言善男子汝欲疾證所求無上正等菩提當勤住空無相無願何以故善男子若勤住空無相無願無依怙者當作依怙無歸依者當作歸依無救護者當作救護無投趣者當作投趣無洲渚者當作洲渚無室宅者當作室宅為闇瞑者當作光明為盲聾者當作眼目何以故善男子如是住空無相無願即為安住甚深般若波羅蜜多若能安住甚深般若波羅蜜多則能疾證所求無上正等菩提復次善現若菩薩摩訶薩能如是住甚深般若波羅蜜多則為十方無量無數無邊世界現在諸佛處大衆中自然歡喜稱揚讚歎是菩薩摩訶薩名字種性及諸功德所謂安住甚深般若波羅蜜多殊勝功德善現當知如我今者為衆宣說甚深般若波羅蜜多於大衆前自然歡喜稱揚讚歎寶幢菩薩尸棄菩薩摩訶薩等及現在住不動佛所淨修梵行住深般若波羅蜜多諸菩薩摩訶薩名字種性及諸功德所謂安住甚深般若波羅蜜多殊勝功德現

在東方無量無數無邊世界一切如來應正等覺為衆宣說甚深般若波羅蜜多於彼亦有諸菩薩摩訶薩淨修梵行不離般若波羅蜜多彼諸如來應正等覺各於衆前自然歡喜稱揚讚歎彼菩薩摩訶薩名字種性及諸功德所謂不離甚深般若波羅蜜多殊勝功德南西北方四維上下亦復如是善現當知有菩薩摩訶薩從初發心修行般若波羅蜜多漸次圓滿大菩提道乃至證得一切智智亦為十方無量無數無邊世界現在諸佛說正法時於大衆前自然歡喜稱揚讚歎是菩薩摩訶薩名字種性及諸功德所謂修行甚深般若波羅蜜多殊勝功德所以者何善現是菩薩摩訶薩能為難事不斷佛種利益安樂一切有情爾時具壽善現白佛言世尊何等菩薩摩訶薩蒙諸如來應正等覺因說正法於大衆前自然歡喜稱揚讚歎名字種性及諸功德為退轉位為不退轉佛告善現有菩薩摩訶薩住不退轉位行深般若波羅蜜多蒙諸如來應正等覺因說正法於大衆前自然歡喜稱揚讚歎名字種性及諸功德復有菩薩摩訶薩雖未受記而行般若波羅蜜多亦蒙如來應正等覺因說正法於大衆前自然歡喜稱揚讚歎名字種性及諸功德具壽善現復白佛言此所說者是何菩薩佛言善現有菩薩摩訶薩隨不動佛為菩薩時所行而學已得安住不退轉位是菩薩摩訶薩蒙諸如來應正等覺因說正法於大衆前自然歡喜稱揚讚歎名字種性及諸功德復有菩薩摩訶薩隨寶幢菩薩尸棄菩薩摩訶薩

等所行而學是菩薩摩訶薩雖未受記而行般若波羅蜜多亦蒙如來應正等覺因說正法於大衆前自然歡喜稱揚讚歎名字種性及諸功德復次善現有菩薩摩訶薩行深般若波羅蜜多於一切法無生性中深生信解而未證得無生法忍於深般若波羅蜜多深生信解亦未證得無生法忍於一切法畢竟空性深生信解亦未證得無生法忍於一切法皆寂靜性深生信解亦未證得無生法忍於一切法皆遠離性深生信解亦未證得無生法忍於一切法無所有性深生信解亦未證得無生法忍於一切法不自在性深生信解亦未證得無生法忍於一切法不堅實性深生信解亦未證得無生法忍善現如是等菩薩摩訶薩蒙諸如來應正等覺因說正法於大衆前自然歡喜稱揚讚歎名字種性及諸功德善現若菩薩摩訶薩蒙諸如來應正等覺因說正法於大衆前自然歡喜稱揚讚歎名字種性及諸功德是菩薩摩訶薩超過聲聞及獨覺地定證無上正等菩提善現若菩薩摩訶薩行深般若波羅蜜多蒙諸如來應正等覺因說正法於大衆前自然歡喜稱揚讚歎名字種性及諸功德是菩薩摩訶薩定當安住不退轉地住是地已必當證得一切智智復次善現若菩薩摩訶薩聞說如是甚深般若波羅蜜多心無疑惑亦不迷悶但作是念如佛所說甚深般若波羅蜜多其理必然無有顛倒是菩薩摩訶薩由於般若波羅蜜多深生淨信漸次當於不動佛所及諸菩薩摩訶薩所廣聞般若波羅蜜多於其義

趣深生信解既信解已當得住於不退轉地住是地已定當證得一切智智善現若菩薩摩訶薩但聞如是甚深般若波羅蜜多不生誹謗尚多獲得殊勝善根況能信解受持讀誦依眞如理繫念思惟安住眞如精勤修學是諸菩薩速當安住不退轉地疾證無上正等菩提時具壽善現白佛言世尊諸法實性皆不可得云何菩薩摩訶薩安住眞如精勤修學速當安住不退轉地疾證無上正等菩提佛言善現如佛所化安住眞如修諸菩薩摩訶薩行速當安住不退轉地疾證無上正等菩提為諸有情宣說正法諸菩薩摩訶薩亦復如是安住眞如修諸菩薩摩訶薩行速當安住不退轉地疾證無上正等菩提具壽善現復白佛言如來所化都無所有法離眞

如又不可得誰住眞如修菩薩行速當安住不退轉地疾證無上正等菩提為諸有情宣說正法世尊眞如尚不可得何況得有安住眞如修菩薩行速當安住不退轉地疾證無上正等菩提為諸有情宣說正法此若實有無有是處佛言善現如是如是如汝所說如來所化都無所有法離眞如又不可得誰住眞如修菩薩行速當安住不退轉地疾證無上正等菩提為諸有情宣說正法善現眞如尚不可得何況得有安住眞如修菩薩行速當安住不退轉地疾證無上正等菩提為諸有情宣說正法此若實有無有是處所以者何善現如來出世若不出世諸法法爾不離眞如法界法性不虛妄性不變異性平等性離生性法定法住實際虛空界不思議界善

現決定無有安住眞如修菩薩行速當安住不退轉地疾證無上正等菩提為諸有情說正法者何以故善現諸法眞如無生無滅亦無住異少分可得善現若法無生無滅亦無住異少分可得誰於其中可得安住修諸菩薩摩訶薩行速當安住不退轉地疾證無上正等菩提為諸有情宣說正法此若實有無有是處爾時天帝釋白佛言世尊如是般若波羅蜜多微妙甚深極難信解諸菩薩摩訶薩行深般若波羅蜜多雖知諸法皆不可得而求無上正等菩提甚為難事何以故世尊決定無有安住眞如修諸菩薩摩訶薩行速當安住不退轉地疾證無上正等菩提為諸有情說正法事諸菩薩摩訶薩行深般若波羅蜜多觀一切法都無所有於深法性心不沉沒不怖不驚無疑無滯如是等事甚為希有爾時具壽善現語天帝釋言憍尸迦如汝所說諸菩薩摩訶薩行深般若波羅蜜多觀一切法都無所有於深法性心不沉沒不怖不驚無疑無滯如是等事甚希有者憍尸迦諸菩薩摩訶薩行深般若波羅蜜多觀一切法無不皆空謂觀一切有色法空無色法亦空觀一切有見法空無見法亦空觀一切有對法空無對法亦空觀一切有漏法空無漏法亦空觀一切有為法空無為法亦空觀一切世間法空出世間法亦空觀一切寂靜法空不寂靜法亦空觀一切遠離法空不遠離法亦空觀一切過去法空未來現在法亦空觀一切善法空不善無記法亦空觀一切欲界法空色無色界法亦空觀一切學法空無

學非學非無學法亦空觀一切見所斷法空修所斷非所斷法亦空觀一切有法空無法非有非無法亦空憍尸迦諸菩薩摩訶薩行深般若波羅蜜多觀如是等一切法空諸法空中都無所有誰沉誰沒誰怖誰驚誰疑誰滯是故憍尸迦諸菩薩摩訶薩行深般若波羅蜜多於深法性心不沉沒不怖不驚無疑無滯未爲希有時天帝釋白善現言尊者所說一切依空是故所言常無罣礙譬如以箭仰射虚空若近若遠俱無罣礙尊者所說亦復如是

初分囑累品第五十八之一

爾時天帝釋白佛言世尊我如是說如是讚如是記爲順如來應正等覺法語律語於法隨法無顛倒記不佛言憍尸迦汝如是說如是讚如是記誠順如來應正等覺法語律語於法隨法無顛倒記時天帝釋復白佛言希有世尊大德善現諸有所說無不皆依空無相無願大德善現諸有所說無不皆依四念住四正斷四神足五根五力七等覺支八聖道支大德善現諸有所說無不皆依四靜慮四無量四無色定大德善現諸有所說無不皆依八解脫八勝處九次第定十遍處大德善現諸有所說無不皆依布施淨戒安忍精進靜慮般若波羅蜜多大德善現諸有所說無不皆依内空外空内外空空空大空勝義空有爲空無爲空畢竟空無際空散空無變異空本性空自相空共相空一切法空不可得空無性空自性空無性自性空大德善現諸有所說無不皆依眞如法界法性不虛妄

性不變異性平等性離生性法定法住實際虛空界不思議界大德善現諸有所說無不皆依苦集滅道聖諦大德善現諸有所說無不皆依五眼六神通大德善現諸有所說無不皆依一切陀羅尼門一切三摩地門大德善現諸有所說無不皆依佛十力四無所畏四無礙解大慈大悲大喜大捨十八佛不共法大德善現諸有所說無不皆依無忘失法恒住捨性大德善現諸有所說無不皆依一切智道相智一切相智大德善現諸有所說無不皆依一切菩薩摩訶薩行大德善現諸有所說無不皆依諸佛無上正等菩提爾時佛告天帝釋言憍尸迦具壽善現安住空故觀布施波羅蜜多尚不可得況有行布施波羅蜜多者觀淨戒安忍精進靜慮般若波羅

蜜多尚不可得況有行淨戒安忍精進靜慮般若波羅蜜多者具壽善現安住空故觀四念住尚不可得況有修四念住者觀四正斷四神足五根五力七等覺支八聖道支尚不可得況有修四正斷乃至八聖道支者具壽善現安住空故觀四靜慮尚不可得況有修四靜慮者觀四無量四無色定尚不可得況有修四無量四無色定者具壽善現安住空故觀八解脫尚不可得況有修八解脫者觀八勝處九次第定十遍處尚不可得況有修八勝處九次第定十遍處者具壽善現安住空故觀內空尚不可得況有證內空者觀外空內外空空空大空勝義空有為空無為空畢竟空無際空散空無變異空本性空自相空共相空一切法空不可得空無性空自性

空無性自性空尚不可得況有證外空乃至無性自性空者具壽善現安住空故觀眞如尚不可得況有證眞如者觀法界法性不虛妄性不變異性平等性離生性法定法住實際虛空界不思議界尚不可得況有證法界乃至不思議界者具壽善現安住空故觀苦聖諦尚不可得況有證苦聖諦者觀集滅道聖諦尚不可得況有證集滅道聖諦者具壽善現安住空故觀空解脫門尚不可得況有修空解脫門者觀無相無願解脫門尚不可得況有修無相無願解脫門者具壽善現安住空故觀五眼尚不可得況有修五眼者觀六神通尚不可得況有修六神通者具壽善現安住空故觀一切陀羅尼門尚不可得況有修一切陀羅尼門者觀一切三摩地門尚不可得況有修一切三摩地門者具壽善現安住空故觀佛十力尚不可得況有修佛十力者觀四無所畏四無礙解大慈大悲大喜大捨十八佛不共法尚不可得況有修四無所畏乃至十八佛不共法者具壽善現安住空故觀無忘失法尚不可得況有修無忘失法者觀恒住捨性尚不可得況有修恒住捨性者具壽善現安住空故觀一切智尚不可得況有修一切智者觀道相智一切相智尚不可得況有修道相智一切相智者具壽善現安住空故觀一切菩薩摩訶薩行尚不可得況有修一切菩薩摩訶薩行者具壽善現安住空故觀諸佛無上正等菩提尚不可得況有證諸佛無上正等菩提者具壽善現安住空故觀諸如來尚不可得況有轉法輪者

具壽善現安住空故觀無生滅法尚不可得，況有證無生滅者具壽善現安住空故觀三十二相八十隨好尚不可得況有具此相好身者何以故憍尸迦具壽善現於一切法住遠離住寂靜住無所得住空住無相住無願住憍尸迦具壽善現於一切法住如是等無量勝住憍尸迦善現所住比諸菩薩摩訶薩衆所住般若波羅蜜多最勝行住百分不及一千分不及一百千分不及一俱胝分不及一百俱胝分不及一千俱胝分不及一百千俱胝分不及一那庾多分不及一百那庾多分不及一千那庾多分不及一百千那庾多分不及一百千俱胝那庾多分不及一數分計分筭分喻分乃至鄔波尼殺曇分亦不及一何以故憍尸迦除如來住是諸菩薩摩訶薩衆所住般若波羅蜜多最勝行住於諸聲聞獨覺等住爲最爲勝爲長爲尊爲妙爲微妙爲上爲無上以是故憍尸迦若菩薩摩訶薩欲住一切有情上者當住般若波羅蜜多最勝行住何以故憍尸迦諸菩薩摩訶薩安住般若波羅蜜多最勝行住超諸聲聞獨覺等地證入菩薩正性離生速能圓滿一切佛法斷諸煩惱相續習氣疾證無上正等菩提得名如來應正等覺成就圓滿一切智智爾時會中有無量無數三十三天歡喜踊躍各取天上微妙香華奉散如來及苾芻衆于時衆中六千苾芻從座而起偏覆左肩右膝著地向佛合掌佛神力故各於掌中微妙香華自然盈滿是諸苾芻歡喜踊躍得未曾有各以此華奉散如來應正等覺既散佛已俱發

願言我等用斯勝善根力願常安住甚深般若波羅蜜多最勝行住聲聞獨覺所不能住速趣無上正等菩提超諸聲聞及獨覺地爾時世尊知諸苾芻心行清白即便微笑如佛常法於微笑時種種色光從口中出所謂青黄赤白紅縹等光遍照此三千大千佛之世界還遶佛身經三帀已從頂上入具壽慶喜即從座起禮佛合掌白言世尊何因何緣現此微笑諸佛現笑非無因緣惟願如來哀愍為說佛告慶喜此發勝願六千苾芻於未來世星喻劫中當得無上正等菩提皆同一號名散花如來應正等覺明行圓滿善逝世間解無上丈夫調御士天人師佛薄伽梵彼諸如來應正等覺苾芻弟子佛土壽量皆悉齊等同受千歲是諸如來應正等覺切生出家及成佛已隨所在處若晝若夜常雨五色微妙香華以是因緣故我微笑慶喜當知若菩薩摩訶薩欲得安住最勝住者當學般若波羅蜜多慶喜當知若菩薩摩訶薩欲得安住如來住者當學般若波羅蜜多慶喜當知若善男子善女人等精勤修學甚深般若波羅蜜多是善男子善女人等先世或從人間沒已還生此處或從覩史多天上沒來生人間彼於先世或在人中或復天上由得廣聞甚深般若波羅蜜多能於今生精勤修學甚深般若波羅蜜多慶喜當知如來現見精勤修學甚深般若波羅蜜多無所願者彼人決定是大菩薩復次慶喜若善男子善女人等能於如是甚深般若波羅蜜多愛樂聽聞受持讀誦究竟通利如理思惟為菩薩乘諸善男

子善女人等宣說開示教誡教授當知彼人是大菩薩曾於過去親從如來應正等覺聞說如是甚深般若波羅蜜多聞已愛樂受持讀誦究竟通利如理思惟廣為他說故於今生能辦是事慶喜當知彼善男子善女人等曾於過去無量佛所多種善根故於今生能辦是事彼善男子善女人等應作是念我先不從聲聞獨覺聞說如是甚深般若波羅蜜多定從如來應正等覺聞說如是甚深般若波羅蜜多我先不於聲聞獨覺種諸善根定於如來應正等覺種諸善根由是因緣今得聞此甚深般若波羅蜜多愛樂受持讀誦通利如理思惟廣為他說能無厭倦慶喜當知若善男子善女人等能於如是甚深般若波羅蜜多愛樂聽聞受持讀誦究竟通利如理思惟於義於法於深意趣隨順修行是善男子善女人等則為現見我等如來應正等覺慶喜當知若善男子善女人等聞說如是甚深般若波羅蜜多深心信受不毀不謗不可沮壞是善男子善女人等已曾供養無量諸佛於諸佛所多種善根亦為無量善友攝受慶喜當知若善男子善女人等能於如來應正等覺勝福田所種諸善根雖定當得或聲聞果或獨覺果或如來果而證無上正等菩提要於如是甚深般若波羅蜜多善解無礙修行布施波羅蜜多修行淨戒安忍精進靜慮般若波羅蜜多安住內空安住外空內外空空空大空勝義空有為空無為空畢竟空無際空散空無變異空本性空自相空共相空一切法空不可得空無性空自性空無性

自性空安住眞如安住法界法性不虛妄性不變異性平等性離生性法定法住實際虛空界不思議界安住苦聖諦安住集滅道聖諦修行四念住修行四正斷四神足五根五力七等覺支八聖道支修行四靜慮修行四無量四無色定修行八解脫修行八勝處九次第定十遍處修行空解脫門修行無相無願解脫門修行五眼修行六神通修行佛十力修行四無所畏四無礙解大慈大悲大喜大捨十八佛不共法修行無忘失法修行恒住捨性修行一切陀羅尼門修行一切三摩地門修行一切智修行道相智一切相智令得圓滿慶喜當知若菩薩摩訶薩能於如是甚深般若波羅蜜多善解無礙修行布施波羅蜜多修行淨戒安忍精進靜慮般若波羅蜜多安住內空安住外空內外空空空大空勝義空有爲空無爲空畢竟空無際空散空無變異空本性空自相空共相空一切法空不可得空無性空自性空無性自性空安住眞如安住法界法性不虛妄性不變異性平等性離生性法定法住實際虛空界不思議界安住苦聖諦安住集滅道聖諦修行四念住修行四正斷四神足五根五力七等覺支八聖道支修行四靜慮修行四無量四無色定修行八解脫修行八勝處九次第定十遍處修行空解脫門修行無相無願解脫門修行五眼修行六神通修行佛十力修行四無所畏四無礙解大慈大悲大喜大捨十八佛不共法修行無忘失法修行恒住捨性修行一切陀羅尼門修行一切三摩 地門修行一

切智修行道相智一切相智令得圓滿是菩薩摩訶薩不得無上正等菩提而住聲聞獨覺地者無有是處是故菩薩摩訶薩欲證無上正等菩提應於如是甚深般若波羅蜜多善解無礙修行布施淨戒安忍精進靜慮般若波羅蜜多乃至修行一切智道相智一切相智令得圓滿是故慶喜我以般若波羅蜜多甚深經典付囑於汝應正受持讀誦通利勿令忘失慶喜當知除此般若波羅蜜多甚深經典受持諸餘我所說法設有忘失其罪猶小若於般若波羅蜜多甚深經典不善受持下至一句有忘失者其罪甚大慶喜當知若於般若波羅蜜多甚深經典下至一句能善受持不忘失者獲福無量若有於此不善受持下至一句有忘失者所獲重罪同前福量是故慶喜我以般若波羅蜜多甚深經典慇懃付汝當正受持讀誦通利如理思惟廣爲他說分別開示令受持者究竟解了文義意趣

大般若波羅蜜多經卷第三百四十六

音釋

殑伽 梵語也此云天堂來河名也以從高處來故殑其陵其拯二切伽具牙切 沮壞 沮慈呂切止遏也 闇瞑 闇音暗瞑莫定切謂昏晦也 盲瞽 瞽音古目無明也 誹謗 誹敷尾切謗補曠切 繫 音係 俱胝 梵語也此云百億胝涅尼切 那庾多 梵語也此云萬億庾弋渚切 鄔波尼殺曇 梵語也此謂數之極鄔安古切 苾芻 苾薄密切芻楚俱切草名含五義一體性柔軟二引蔓旁布三馨香遠聞四能療疼痛五不背日光以比丘之德似之故名此丘爲苾芻 紅縹 縹普沼切青白色也

大般若波羅蜜多經卷第三百四十七

唐三藏法師玄奘奉　詔譯

初分囑累品第五十八之二

慶喜當知若善男子善女人等於此般若波羅蜜多甚深經典受持讀誦究竟通利如理思惟廣爲他説分別開示令其易了則爲受持過去未來現在諸佛所證無上正等菩提

慶喜當知若善男子善女人等於此般若波羅蜜多甚深經典受持讀誦究竟通利如理思惟廣爲他説分別開示令其易了則爲攝受過去未來現在諸佛所證無上正等菩提

慶喜當知若善男子善女人等現於我所欲以種種上妙花鬘塗散等香衣服瓔珞寶幢幡蓋妓樂燈明供養恭敬尊重讚歎無懈怠者當於般若波羅蜜多甚深經典受持讀誦究竟通利如理思惟廣爲他説分別開示令其易解或復書寫衆寶莊嚴恒以種種上妙花鬘塗散等香衣服瓔珞寶幢幡蓋妓樂燈明供養恭敬尊重讚歎無得懈怠慶喜當知若善男子善女人等供養恭敬尊重讚歎甚深般若波羅蜜多則爲供養恭敬尊重讚歎於我亦爲供養恭敬尊重讚歎現在十方世界一切如來應正等覺現説法者及與過去未來諸佛慶喜當知若善男子善女人等聞説般若波羅蜜多甚深經典深心信受恭敬愛樂則爲信受恭敬愛樂過去未來現在諸佛慶喜汝若愛樂於我不捨於我亦當愛樂不捨般若波羅蜜多甚深經典下至一句勿令忘失慶喜我説如是般若波羅蜜多甚深經典付囑因緣雖有無量以要言之如我既

是汝等大師甚深般若波羅蜜多當知亦是汝等大師汝敬重我亦當敬重甚深般若波羅蜜多是故慶喜我以無量善巧方便付汝般若波羅蜜多甚深經典汝當受持勿令忘失慶喜我今以此般若波羅蜜多甚深經典對諸天人阿素洛等無量大衆付囑於汝慶喜我今實言告汝諸有淨信欲不捨佛欲不捨法欲不捨僧亦欲不捨過去未來現在諸佛所證無上正等菩提定不應捨如是般若波羅蜜多甚深經典慶喜此是我等諸佛教誡教授諸弟子法若善男子善女人等於此般若波羅蜜多甚深經典愛樂聽聞受持讀誦如理思惟以無量門廣爲他説分别開示施設安立令其易解是善男子善女人等速證無上正等菩提能近圓滿一切智智何以故一切如來應正等覺所得無上正等菩提皆依如是甚深般若波羅蜜多而得生故慶喜當知過去如來應正等覺亦依如是甚深般若波羅蜜多出生無上正等菩提未來如來應正等覺亦依如是甚深般若波羅蜜多出生無上正等菩提現在所有東西南北四維上下諸世界中一切如來應正等覺現説法者亦從如是甚深般若波羅蜜多出生無上正等菩提是故慶喜若菩薩摩訶薩欲得無上正等菩提當勤精進修學般若波羅蜜多何以故如是般若波羅蜜多是諸菩薩摩訶薩母生諸菩薩摩訶薩故慶喜當知若菩薩摩訶薩勤學六種波羅蜜多皆當速證所求無上正等菩提是故慶喜我以此六波羅蜜多甚深經典對諸大衆更付囑汝當正受

持勿令忘失何以故如是六種波羅蜜多甚深經典是諸如來應正等覺無盡法藏一切佛法從此生故慶喜當知現在所有東西南北四維上下諸世界中一切如來應正等覺現所說法皆是此六波羅蜜多無盡法藏之所流出過去如來應正等覺曾所說法皆是此六波羅蜜多無盡法藏之所流出未來如來應正等覺當所說法皆是此六波羅蜜多無盡法藏之所流出慶喜當知過去如來應正等覺亦依此六波羅蜜多無盡法藏精勤修學已證無上正等菩提未來如來應正等覺亦依此六波羅蜜多無盡法藏精勤修學當證無上正等菩提現在所有東西南北四維上下諸世界中一切如來應正等覺現說法者亦依此六波羅蜜多無盡法藏精勤修學現證無上正等菩提慶喜當知過去如來應正等覺諸弟子衆皆依此六波羅蜜多無盡法藏精勤修學於無餘依妙涅槃界已般涅槃未來如來應正等覺諸弟子衆皆依此六波羅蜜多無盡法藏精勤修學於無餘依妙涅槃界當般涅槃現在所有東西南北四維上下諸世界中一切如來應正等覺諸弟子衆皆依此六波羅蜜多無盡法藏精勤修學於無餘依妙涅槃界今般涅槃復次慶喜假使汝爲諸聲聞乘補特伽羅說聲聞法由此法故三千大千世界有情一切皆得阿羅漢果猶未爲我作弟子事汝若能爲住菩薩乘補特伽羅宣說一句甚深般若波羅蜜多相應之法則名爲我作弟子事我於此事深生隨喜勝汝教化三千大千世界有情一切

皆得阿羅漢果復次慶喜假使三千大千世界諸有情類由他教力非前非後皆得授記俱時證得阿羅漢果是諸阿羅漢所有殊勝施性福業事戒性福業事修性福業事於汝意云何彼福業事寧為多不慶喜白言甚多世尊甚多善逝佛告慶喜若有聲聞弟子能為菩薩摩訶薩宣說般若波羅蜜多相應之法經一日夜所獲福聚甚多於彼慶喜當知置一日夜但經一日復置一日但經半日復置半日但經一時復置一時但經食頃復置食頃但經須臾復置須臾但經俄爾復置俄爾但瞬息頃是聲聞人能為菩薩宣說般若波羅蜜多相應之法所獲福聚甚多於前何以故此聲聞人所獲福聚超過一切聲聞獨覺諸善根故復次慶喜若菩薩摩訶薩為聲聞乘補特伽羅宣說種種聲聞乘法假使三千大千世界諸有情類由此法故一切證得阿羅漢果皆具種種殊勝功德於汝意云何是菩薩摩訶薩由此因緣所獲福聚寧為多不慶喜白言甚多世尊甚多善逝是菩薩摩訶薩所獲福聚無量無邊佛告慶喜若菩薩摩訶薩為聲聞乘補特伽羅或獨覺乘補特伽羅或無上乘補特伽羅宣說般若波羅蜜多相應之法經一日夜所獲福聚甚多於前慶喜當知置一日夜但經一日復置一日但經半日復置半日但經一時復置一時但經食頃復置食頃但經須臾復置須臾但經俄爾復置俄爾但瞬息頃是菩薩摩訶薩能為三乘補特伽羅宣說般若波羅蜜多相應之法所獲福聚甚多於前無量無數何以故甚

深般若波羅蜜多相應法施超過一切聲聞獨覺相應法施及彼二乘諸善根故所以者何是菩薩摩訶薩自求無上正等菩提亦以大乘相應之法示現教導讚勵慶喜化諸有情令於無上正等菩提得不退轉慶喜當知是菩薩摩訶薩自修布施波羅蜜多亦教他修布施波羅蜜多自修淨戒安忍精進靜慮般若波羅蜜多亦教他修淨戒安忍精進靜慮般若波羅蜜多由是因緣善根增長若於無上正等菩提有退轉者無有是處是菩薩摩訶薩自修四念住亦教他修四念住自修四正斷四神足五根五力七等覺支八聖道支亦教他修四正斷乃至八聖道支由是因緣善根增長若於無上正等菩提有退轉者無有是處是菩薩摩訶薩自住內空亦教他住內空自住外空內外空空空大空勝義空有為空無為空畢竟空無際空散空無變異空本性空自相空共相空一切法空不可得空無性空自性空無性自性空亦教他住外空乃至無性自性空由是因緣善根增長若於無上正等菩提有退轉者無有是處是菩薩摩訶薩自住真如亦教他住真如自住法界法性不虛妄性不變異性平等性離生性法定法住實際虛空界不思議界亦教他住法界乃至不思議界由是因緣善根增長若於無上正等菩提有退轉者無有是處是菩薩摩訶薩自住苦聖諦亦教他住苦聖諦自住集滅道聖諦亦教他住集滅道聖諦由是因緣善根增長若於無上正等菩提有退轉者無有是處是菩薩摩訶薩自修四靜慮亦

教他修四靜慮自修四無量四無色定亦教他修四無量四無色定由是因緣善根增長若於無上正等菩提有退轉者無有是處是菩薩摩訶薩自修八解脫亦教他修八解脫自修八勝處九次第定十遍處亦教他修八勝處九次第定十遍處由是因緣善根增長若於無上正等菩提有退轉者無有是處是菩薩摩訶薩自修空解脫門亦教他修空解脫門自修無相無願解脫門亦教他修無相無願解脫門由是因緣善根增長若於無上正等菩提有退轉者無有是處是菩薩摩訶薩自修五眼亦教他修五眼自修六神通亦教他修六神通由是因緣善根增長若於無上正等菩提有退轉者無有是處是菩薩摩訶薩自修佛十力亦教他修佛十力自修四無所畏四無礙解大慈大悲大喜大捨十八佛不共法亦教他修四無所畏乃至十八佛不共法由是因緣善根增長若於無上正等菩提有退轉者無有是處是菩薩摩訶薩自修無忘失法亦教他修無忘失法自修恒住捨性亦教他修恒住捨性由是因緣善根增長若於無上正等菩提有退轉者無有是處是菩薩摩訶薩自修一切陀羅尼門亦教他修一切陀羅尼門自修一切三摩地門亦教他修一切三摩地門由是因緣善根增長若於無上正等菩提有退轉者無有是處是菩薩摩訶薩自修一切智亦教他修一切智自修道相智一切相智亦教他修道相智一切相智由是因緣善根增長若於無上正等菩提有退轉者無有是處是菩薩摩訶薩自修

一切菩薩摩訶薩行亦教他修一切菩薩摩訶薩行由是因緣善根增長若於無上正等菩提有退轉者無有是處是菩薩摩訶薩自修無上正等菩提亦教他修無上正等菩提由是因緣善根增長若於無上正等菩提有退轉者無有是處是菩薩摩訶薩自修無生法忍亦教他修無生法忍由是因緣善根增長若於無上正等菩提有退轉者無有是處是菩薩摩訶薩自嚴淨佛土亦教他嚴淨佛土自成熟有情亦教他成熟有情由是因緣善根增長若於無上正等菩提有退轉者無有是處是菩薩摩訶薩自學轉無上法輪亦教他學轉無上法輪由是因緣善根增長若於無上正等菩提有退轉者無有是處是菩薩摩訶薩自以無量微妙相好莊嚴其身亦教他以無量微妙相好莊嚴其身由是因緣善根增長若於無上正等菩提有退轉者無有是處是菩薩摩訶薩自順逆觀十二緣起亦教他順逆觀十二緣起由是因緣善根增長若於無上正等菩提有退轉者無有是處是菩薩摩訶薩自觀一切法無我無有情無命者無生者無養者無士夫無補特伽羅無意生無儒童無作者無受者無知者無見者亦教他觀一切法無我乃至無見者由是因緣善根增長若於無上正等菩提有退轉者無有是處是菩薩摩訶薩自觀一切法如幻如夢如像如響如光影如陽焰如變化事如尋香城雖皆似有而無實性亦教他觀一切法如幻乃至如尋香城雖皆似有而無實相由是因緣善根增長若於無上正等菩提有

退轉者無有是處爾時世尊四衆圍遶讃説般若波羅蜜多付囑慶喜令受持已復於一切天龍藥叉健達縛阿素洛揭路荼緊捺落莫呼洛伽人非人等大衆會前現神通力令衆皆見不動如來應正等覺聲聞菩薩前後圍遶爲海會衆宣説妙法及見彼土衆相莊嚴其聲聞僧皆阿羅漢諸漏已盡無復煩惱得真自在心善解脱慧善解脱如調慧馬亦如大龍已作所作已辦所辦棄諸重擔逮得已利盡諸有結正知解脱至心自在第一究竟彼諸菩薩摩訶薩衆一切皆是衆望所識得陀羅尼及無礙辯成就無量殊勝功德佛攝神力於是大衆忽不復見不動如來應正等覺聲聞菩薩及海會衆并彼佛土衆相莊嚴彼不動佛菩薩聲聞國土莊嚴衆會等事皆非此處眼根所行所以者何佛攝神力於彼遠境無見緣故爾時佛告具壽慶喜不動如來應正等覺國土衆會汝復見不慶喜白言我不復見彼事非此眼所行故佛告慶喜如彼佛土衆會等事非此土眼所行境界一切法亦如是皆非眼根之所行境法不行法法不見法法不知法慶喜當知一切法無行者無見者無知者無動無作所以者何以一切法皆無作用能取所取性遠離故以一切法不可思議能所思議性遠離故以一切法如幻事等衆緣和合相似有故以一切法無作受者妄現似有無堅實故慶喜當知若菩薩摩訶薩如是知如是見如是行者是行般若波羅蜜多亦不執著此諸法相慶喜當知若菩薩摩訶薩如是學時是學般若波羅蜜

多慶喜當知若菩薩摩訶薩欲得一切波羅蜜多速圓滿者當學般若波羅蜜多所以者何如是學者於諸學中爲最爲勝爲長爲尊爲妙爲微妙爲上爲無上利益安樂一切世間無依護者爲作依護諸佛世尊開許稱讚慶喜當知諸佛菩薩住此學中能以右手舉取三千大千世界或擲他方或置本處其中有情不知不覺何以故甚深般若波羅蜜多功德威力難思議故慶喜當知過去未來現在諸佛及諸菩薩摩訶薩衆學此般若波羅蜜多於去來今及無爲法悉皆獲得無礙智見是故慶喜我說學此甚深般若波羅蜜多於諸學中爲最爲勝爲長爲尊爲妙爲微妙爲上爲無上慶喜當知諸有欲取甚深般若波羅蜜多量邊際者如愚癡者欲取虛空量及邊際何以故甚深般若波羅蜜多功德無量無邊際故慶喜當知我終不說甚深般若波羅蜜多如名身等有量邊際何以故一切名身句身文身是有量法甚深般若波羅蜜多非有量法非諸名身句身文身能量般若波羅蜜多亦非般若波羅蜜多是彼所量爾時具壽慶喜白佛言世尊何因緣故甚深般若波羅蜜多說爲無量佛告慶喜甚深般若波羅蜜多性無盡故說爲無量甚深般若波羅蜜多性遠離故說爲無量甚深般若波羅蜜多性寂靜故說爲無量甚深般若波羅蜜多如實際故說爲無量甚深般若波羅蜜多如虛空故說爲無量慶喜當知過去如來應正等覺皆學般若波羅蜜多證得無上正等菩提爲諸有情宣說開示而此般若波羅蜜

多亦無有盡未來如來應正等覺皆學般若波羅蜜多證得無上正等菩提爲諸有情宣說開示而此般若波羅蜜多亦無有盡現在十方無量無數無邊世界一切如來應正等覺皆學般若波羅蜜多證得無上正等菩提爲諸有情宣說開示而此般若波羅蜜多亦無有盡何以故甚深般若波羅蜜多譬如虛空不可盡故諸有欲盡甚深般若波羅蜜多則爲欲盡虛空邊際慶喜當知般若波羅蜜多不可盡故已不盡今不盡當不盡靜慮精進安忍淨戒布施波羅蜜多亦不可盡故已不盡今不盡當不盡慶喜當知內空不可盡故已不盡今不盡當不盡外空內外空空空大空勝義空有爲空無爲空畢竟空無際空散空無變異空本性空自相空共相空一切法空不可得空無性空自性空無性自性空亦不可盡故已不盡今不盡當不盡慶喜當知眞如不可盡故已不盡今不盡當不盡法界法性不虛妄性不變異性平等性離生性法定法住實際虛空界不思議界亦不可盡故已不盡今不盡當不盡慶喜當知苦聖諦不可盡故已不盡今不盡當不盡集滅道聖諦亦不可盡故已不盡今不盡當不盡慶喜當知四靜慮不可盡故已不盡今不盡當不盡四無量四無色定亦不可盡故已不盡今不盡當不盡慶喜當知八解脫不可盡故已不盡今不盡當不盡八勝處九次第定十遍處亦不可盡故已不盡今不盡當不盡慶喜當知四念住不可盡故已不盡今不盡當不盡四正斷四神足五根五力七等覺支八聖

道支亦不可盡故已不盡今不盡當不盡慶喜當知空解脫門不可盡故已不盡今不盡當不盡無相無願解脫門亦不可盡故已不盡今不盡當不盡慶喜當知五眼不可盡故已不盡今不盡當不盡六神通亦不可盡故已不盡今不盡當不盡慶喜當知佛十力不可盡故已不盡今不盡當不盡四無所畏四無礙解大慈大悲大喜大捨十八佛不共法亦不可盡故已不盡今不盡當不盡慶喜當知無忘失法不可盡故已不盡今不盡當不盡恒住捨性亦不可盡故已不盡今不盡當不盡慶喜當知一切陀羅尼門不可盡故已不盡今不盡當不盡一切三摩地門亦不可盡故已不盡今不盡當不盡慶喜當知一切智不可盡故已不盡今不盡當不盡道相智一切相智亦不可盡故已不盡今不盡當不盡慶喜當知一切菩薩摩訶薩行不可盡故已不盡今不盡當不盡諸佛無上正等菩提亦不可盡故已不盡今不盡當不盡所以者何此等諸法無生無滅亦無住異云何可得施設有盡爾時世尊出廣長舌遍覆面輪還攝舌相告慶喜言於意云何如是舌相所出語言有虛妄不慶喜白佛不也世尊不也善逝佛告慶喜汝從今後應爲四衆廣說如是甚深般若波羅蜜多分別開示施設安立令其易解慶喜當知如是般若波羅蜜多甚深經中廣說一切菩提分法及諸法相是故一切求聲聞乘補特伽羅求獨覺乘補特伽羅求無上乘補特伽羅皆應於此甚深般若波羅蜜多所說法門常勤修學勿懷厭捨若能

如是速當安住自所求地復次慶喜甚深般若波羅蜜多是能悟入一切相一切字一切陀羅尼門諸菩薩摩訶薩於此一切陀羅尼門皆應修學若菩薩摩訶薩受持如是陀羅尼門速能證得一切辯才諸無礙解是故慶喜我說如是甚深般若波羅蜜多乃是過去未來現在一切如來應正等覺無盡法藏慶喜我今分明告汝若有於此甚深般若波羅蜜多受持讀誦究竟通利如理思惟則為受持一切過去未來現在諸佛無上正等菩提慶喜我說甚深般若波羅蜜多是能遊趣菩提道者之堅固足亦是一切無上佛法大陀羅尼汝等若能受持如是甚深般若波羅蜜多陀羅尼者則為總持一切佛法

初分無盡品第五十九之一

爾時具壽善現竊作是念諸佛無上正等菩提最為甚深如是般若波羅蜜多亦最甚深我當問佛作是念已白佛言世尊甚深般若波羅蜜多為無盡不佛言如是甚深般若波羅蜜多實為無盡猶如虛空不可盡故具壽善現復白佛言世尊云何菩薩摩訶薩應引般若波羅蜜多佛告善現當知色無盡故菩薩摩訶薩應引般若波羅蜜多受想行識無盡故菩薩摩訶薩應引般若波羅蜜多善現當知眼處無盡故菩薩摩訶薩應引般若波羅蜜多耳鼻舌身意處無盡故菩薩摩訶薩應引般若波羅蜜多善現當知色處無盡故菩薩摩訶薩應引般若波羅蜜多聲香味觸法處無盡故菩薩摩訶薩應引般若波羅蜜多善現當知眼界無盡故菩薩摩訶薩應引

般若波羅蜜多色界眼識界及眼觸眼觸爲緣所生諸受無盡故菩薩摩訶薩應引般若波羅蜜多善現當知耳界無盡故菩薩摩訶薩應引般若波羅蜜多聲界耳識界及耳觸耳觸爲緣所生諸受無盡故菩薩摩訶薩應引般若波羅蜜多善現當知鼻界無盡故菩薩摩訶薩應引般若波羅蜜多香界鼻識界及鼻觸鼻觸爲緣所生諸受無盡故菩薩摩訶薩應引般若波羅蜜多善現當知舌界無盡故菩薩摩訶薩應引般若波羅蜜多味界舌識界及舌觸舌觸爲緣所生諸受無盡故菩薩摩訶薩應引般若波羅蜜多善現當知身界無盡故菩薩摩訶薩應引般若波羅蜜多觸界身識界及身觸身觸爲緣所生諸受無盡故菩薩摩訶薩應引般若波羅蜜多善現當知地界無盡故菩薩摩訶薩應引般若波羅蜜多法界意識界及意觸意觸爲緣所生諸受無盡故菩薩摩訶薩應引般若波羅蜜多善現當知地界無盡故菩薩摩訶薩應引般若波羅蜜多水火風空識界無盡故菩薩摩訶薩應引般若波羅蜜多善現當知無明無盡故菩薩摩訶薩應引般若波羅蜜多行識名色六處觸受愛取有生老死愁歎苦憂惱無盡故菩薩摩訶薩應引般若波羅蜜多善現當知布施波羅蜜多無盡故菩薩摩訶薩應引般若波羅蜜多淨戒安忍精進靜慮般若波羅蜜多無盡故菩薩摩訶薩應引般若波羅蜜多善現當知內空無盡故菩薩摩訶薩應引般若波羅蜜多外空內外空空空大空勝義空有爲空無爲空畢竟空無際

空散空無變異空本性空自相空共相空一切法空不可得空無性空自性空無性自性空無盡故菩薩摩訶薩應引般若波羅蜜多善現當知眞如無盡故菩薩摩訶薩應引般若波羅蜜多法界法性不虚妄性不變異性平等性離生性法定法住實際虚空界不思議界無盡故菩薩摩訶薩應引般若波羅蜜多善現當知苦聖諦無盡故菩薩摩訶薩應引般若波羅蜜多集滅道聖諦無盡故菩薩摩訶薩應引般若波羅蜜多善現當知四静慮無盡故菩薩摩訶薩應引般若波羅蜜多四無量四無色定無盡故菩薩摩訶薩應引般若波羅蜜多善現當知八解脱無盡故菩薩摩訶薩應引般若波羅蜜多八勝處九次第定十遍處無盡故菩薩摩訶薩應引般若波羅蜜多善現當知四念住無盡故菩薩摩訶薩應引般若波羅蜜多四正斷四神足五根五力七等覺支八聖道支無盡故菩薩摩訶薩應引般若波羅蜜多善現當知空解脱門無盡故菩薩摩訶薩應引般若波羅蜜多無相無願解脱門無盡故菩薩摩訶薩應引般若波羅蜜多善現當知五眼無盡故菩薩摩訶薩應引般若波羅蜜多六神通無盡故菩薩摩訶薩應引般若波羅蜜多善現當知佛十力無盡故菩薩摩訶薩應引般若波羅蜜多四無所畏四無礙解大慈大悲大喜大捨十八佛不共法無盡故菩薩摩訶薩應引般若波羅蜜多善現當知無忘失法無盡故菩薩摩訶薩應引般若波羅蜜多恒住捨性無盡故菩薩摩訶薩應引般若波羅蜜多善

現當知一切智無盡故菩薩摩訶薩應引般若波羅蜜多道相智一切相智無盡故菩薩摩訶薩應引般若波羅蜜多善現當知一切陀羅尼門無盡故菩薩摩訶薩應引般若波羅蜜多一切三摩地門無盡故菩薩摩訶薩應引般若波羅蜜多善現當知預流果無盡故菩薩摩訶薩應引般若波羅蜜多一來不還阿羅漢果無盡故菩薩摩訶薩應引般若波羅蜜多善現當知獨覺菩提無盡故菩薩摩訶薩應引般若波羅蜜多善現當知一切菩薩摩訶薩行無盡故菩薩摩訶薩應引般若波羅蜜多善現當知諸佛無上正等菩提無盡故菩薩摩訶薩應引般若波羅蜜多復次善現當知色虛空無盡故菩薩摩訶薩應引般若波羅蜜多受想行識虛空無盡故菩薩摩訶薩應引般若波羅蜜多善現當知眼處虛空無盡故菩薩摩訶薩應引般若波羅蜜多耳鼻舌身意處虛空無盡故菩薩摩訶薩應引般若波羅蜜多善現當知色處虛空無盡故菩薩摩訶薩應引般若波羅蜜多聲香味觸法處虛空無盡故菩薩摩訶薩應引般若波羅蜜多善現當知眼界虛空無盡故菩薩摩訶薩應引般若波羅蜜多色界眼識界及眼觸眼觸爲緣所生諸受虛空無盡故菩薩摩訶薩應引般若波羅蜜多善現當知耳界虛空無盡故菩薩摩訶薩應引般若波羅蜜多聲界耳識界及耳觸耳觸爲緣所生諸受虛空無盡故菩薩摩訶薩應引般若波羅蜜多善現當知鼻界虛空無盡故菩薩摩訶薩應引般若波羅蜜多香界鼻識界及鼻

觸鼻觸爲緣所生諸受虛空無盡故菩薩摩訶薩應引般若波羅蜜多善現當知舌界虛空無盡故菩薩摩訶薩應引般若波羅蜜多味界舌識界及舌觸舌觸爲緣所生諸受虛空無盡故菩薩摩訶薩應引般若波羅蜜多善現當知身界虛空無盡故菩薩摩訶薩應引般若波羅蜜多觸界身識界及身觸身觸爲緣所生諸受虛空無盡故菩薩摩訶薩應引般若波羅蜜多善現當知意界虛空無盡故菩薩摩訶薩應引般若波羅蜜多法界意識界及意觸意觸爲緣所生諸受虛空無盡故菩薩摩訶薩應引般若波羅蜜多善現當知地界虛空無盡故菩薩摩訶薩應引般若波羅蜜多水火風空識界虛空無盡故菩薩摩訶薩應引般若波羅蜜多善現當知無明虛空無盡故菩薩摩訶薩應引般若波羅蜜多行識名色六處觸受愛取有生老死愁歎苦憂惱虛空無盡故菩薩摩訶薩應引般若波羅蜜多

大般若波羅蜜多經卷第三百四十七

音釋

花鬘 鬘莫班切 瓔珞 瓔音英珞音洛頸飾也 補特伽羅 梵語也亦云福伽羅或富特伽羅此云數取趣謂數數往來諸趣也 瞬息頃 瞬音舜頃丘潁切瞬息頃動目吸氣之間也 健達縛 梵語也此云香陰帝釋樂神也健渠建切 揭路荼 梵語也此云金翅鳥揭居謁切荼同都切 緊捺洛 梵語也此云疑神又云人非人捺乃八切 擲 音直投也

大般若波羅蜜多經卷第三百四十八

唐三藏法師玄奘奉詔譯

初分無盡品第五十九之二

善現當知布施波羅蜜多虚空無盡故菩薩摩訶薩應引般若波羅蜜多淨戒安忍精進靜慮般若波羅蜜多虚空無盡故菩薩摩訶薩應引般若波羅蜜多善現當知内空虚空無盡故菩薩摩訶薩應引般若波羅蜜多外空内外空空空大空勝義空有爲空無爲空畢竟空無際空散空無變異空本性空自相空共相空一切法空不可得空無性空自性空無性自性空虚空無盡故菩薩摩訶薩應引般若波羅蜜多善現當知眞如虚空無盡故菩薩摩訶薩應引般若波羅蜜多法界法性不虚妄性不變異性平等性離生性法定法住實際虚空界不思議界虚空無盡故菩薩摩訶薩應引般若波羅蜜多善現當知苦聖諦虚空無盡故菩薩摩訶薩應引般若波羅蜜多集滅道聖諦虚空無盡故菩薩摩訶薩應引般若波羅蜜多善現當知四靜慮虚空無盡故菩薩摩訶薩應引般若波羅蜜多四無量四無色定虚空無盡故菩薩摩訶薩應引般若波羅蜜多善現當知八解脱虚空無盡故菩薩摩訶薩應引般若波羅蜜多八勝處九次第定十遍處虚空無盡故菩薩摩訶薩應引般若波羅蜜多善現當知四念住虚空無盡故菩薩摩訶薩應引般若波羅蜜多四正斷四神足五根五力七等覺支八聖道支虚空無盡故菩薩摩訶薩應引般若波羅蜜多善現當知空解脱門虚空無盡故菩

薩摩訶薩應引般若波羅蜜多無相無願解脫門虛空無盡故菩薩摩訶薩應引般若波羅蜜多善現當知五眼虛空無盡故菩薩摩訶薩應引般若波羅蜜多六神通虛空無盡故菩薩摩訶薩應引般若波羅蜜多善現當知佛十力虛空無盡故菩薩摩訶薩應引般若波羅蜜多四無所畏四無礙解大慈大悲大喜大捨十八佛不共法虛空無盡故菩薩摩訶薩應引般若波羅蜜多善現當知無忘失法虛空無盡故菩薩摩訶薩應引般若波羅蜜多恒住捨性虛空無盡故菩薩摩訶薩應引般若波羅蜜多善現當知一切智虛空無盡故菩薩摩訶薩應引般若波羅蜜多道相智一切相智虛空無盡故菩薩摩訶薩應引般若波羅蜜多善現當知一切陀羅尼門虛空無盡故菩薩摩訶薩應引般若波羅蜜多一切三摩地門虛空無盡故菩薩摩訶薩應引般若波羅蜜多善現當知預流果虛空無盡故菩薩摩訶薩應引般若波羅蜜多一來不還阿羅漢果虛空無盡故菩薩摩訶薩應引般若波羅蜜多善現當知獨覺菩提虛空無盡故菩薩摩訶薩應引般若波羅蜜多善現當知一切菩薩摩訶薩行虛空無盡故菩薩摩訶薩應引般若波羅蜜多善現當知諸佛無上正等菩提虛空無盡故菩薩摩訶薩應引般若波羅蜜多復次善現菩薩摩訶薩觀無明如虛空無盡故應引般若波羅蜜多菩薩摩訶薩觀行如虛空無盡故應引般若波羅蜜多菩薩摩訶薩觀識如虛空無盡故應引般若波羅蜜多菩薩摩訶薩觀名色

如虛空無盡故應引般若波羅蜜多菩薩摩訶薩觀六處如虛空無盡故應引般若波羅蜜多菩薩摩訶薩觀觸如虛空無盡故應引般若波羅蜜多菩薩摩訶薩觀受如虛空無盡故應引般若波羅蜜多菩薩摩訶薩觀愛如虛空無盡故應引般若波羅蜜多菩薩摩訶薩觀取如虛空無盡故應引般若波羅蜜多菩薩摩訶薩觀有如虛空無盡故應引般若波羅蜜多菩薩摩訶薩觀生如虛空無盡故應引般若波羅蜜多菩薩摩訶薩觀老死愁歎苦憂惱如虛空無盡故應引般若波羅蜜多如是善現菩薩摩訶薩應引般若波羅蜜多善現當知諸菩薩摩訶薩如是觀察十二緣起遠離二邊是諸菩薩不共妙觀善現當知諸菩薩摩訶薩處菩提座如實觀察十二緣起猶如虛空不可盡故速能證得一切智智善現當知若菩薩摩訶薩以如虛空無盡行相行深般若波羅蜜多如實觀察十二緣起不墮聲聞及獨覺地當住無上正等菩提善現諸有住菩薩乘補特伽羅若於無上正等菩提有退轉者皆悉不依引發般若波羅蜜多善巧作意由彼不了云何菩薩摩訶薩修行般若波羅蜜多能以如虛空無盡行相如實觀察十二緣起引發般若波羅蜜多善現當知諸有安住菩薩乘者若於無上正等菩提而有退轉皆由遠離引發般若波羅蜜多善巧方便善現當知若菩薩摩訶薩能於無上正等菩提不退轉者皆依引發甚深般若波羅蜜多善巧方便是菩薩摩訶薩由依如是善巧方便修行般若波羅蜜多以如

虛空無盡行相如實觀察十二緣起引發般若波羅蜜多是菩薩摩訶薩由依如是善巧方便修行般若波羅蜜多以如虛空無盡行相如實觀察甚深般若波羅蜜多由此引發甚深般若波羅蜜多復次善現若菩薩摩訶薩如是觀察緣起法時不見有法無因而生不見有法無因而滅不見有法常住不滅不見有法有我有情命者生者養者士夫補特伽羅意生儒童作者使作者起者使起者受者使受者知者使知者見者使見者不見有法若常若無常若樂若苦若我若無我若淨若不淨若寂靜若不寂靜若遠離若不遠離善現當知諸菩薩摩訶薩欲行般若波羅蜜多應當如是觀察緣起而行般若波羅蜜多善現當知若時菩薩摩訶薩行深般若波羅蜜多是時菩薩摩訶薩不見色若常若無常若樂若苦若我若無我若淨若不淨若寂靜若不寂靜若遠離若不遠離亦不見受想行識若常若無常若樂若苦若我若無我若淨若不淨若寂靜若不寂靜若遠離若不遠離若時菩薩摩訶薩行深般若波羅蜜多是時菩薩摩訶薩不見眼處若常若無常若樂若苦若我若無我若淨若不淨若寂靜若不寂靜若遠離若不遠離亦不見耳鼻舌身意處若常若無常若樂若苦若我若無我若淨若不淨若寂靜若不寂靜若遠離若不遠離若時菩薩摩訶薩行深般若波羅蜜多是時菩薩摩訶薩不見色處若常若無常若樂若苦若我若無我若淨若不淨若寂靜若不寂靜若遠離若不遠離亦不見聲香味觸法處若

常若無常若樂若苦若我若無我若淨若不淨若寂靜若不寂靜若遠離若不遠離若時菩薩摩訶薩行深般若波羅蜜多是時菩薩摩訶薩不見眼界若常若無常若樂若苦若我若無我若淨若不淨若寂靜若不寂靜若遠離若不遠離亦不見耳鼻舌身意界若常若無常若樂若苦若我若無我若淨若不淨若寂靜若不寂靜若遠離若不遠離若時菩薩摩訶薩行深般若波羅蜜多是時菩薩摩訶薩不見色界若常若無常若樂若苦若我若無我若淨若不淨若寂靜若不寂靜若遠離若不遠離亦不見聲香味觸法界若常若無常若樂若苦若我若無我若淨若不淨若寂靜若不寂靜若遠離若不遠離若時菩薩摩訶薩行深般若波羅蜜多是時菩薩摩訶薩不見眼識界若常若無常若樂若苦若我若無我若淨若不淨若寂靜若不寂靜若遠離若不遠離亦不見耳鼻舌身意識界若常若無常若樂若苦若我若無我若淨若不淨若寂靜若不寂靜若遠離若不遠離若時菩薩摩訶薩行深般若波羅蜜多是時菩薩摩訶薩不見眼觸若常若無常若樂若苦若我若無我若淨若不淨若寂靜若不寂靜若遠離若不遠離亦不見耳鼻舌身意觸若常若無常若樂若苦若我若無我若淨若不淨若寂靜若不寂靜若遠離若不遠離若時菩薩摩訶薩行深般若波羅蜜多是時菩薩摩訶薩不見眼觸爲緣所生諸受若常若無常若樂若苦若我若無我若淨若不淨若寂靜若不寂靜若遠離若不遠離亦不見耳鼻舌身

意觸爲緣所生諸受若常若無常若樂若苦若我若無我若淨若不淨若寂靜若不寂靜若遠離若不遠離若時菩薩摩訶薩行深般若波羅蜜多是時菩薩摩訶薩不見地界若常若無常若樂若苦若我若無我若淨若不淨若寂靜若不寂靜若遠離若不遠離亦不見水火風空識界若常若無常若樂若苦若我若無我若淨若不淨若寂靜若不寂靜若遠離若不遠離若時菩薩摩訶薩行深般若波羅蜜多是時菩薩摩訶薩不見無明若常若無常若樂若苦若我若無我若淨若不淨若寂靜若不寂靜若遠離若不遠離亦不見行識名色六處觸受愛取有生老死愁歎苦憂惱若常若無常若樂若苦若我若無我若淨若不淨若寂靜若不寂靜若遠離若不遠離若時菩薩摩訶薩行深般若波羅蜜多是時菩薩摩訶薩不見布施波羅蜜多若常若無常若樂若苦若我若無我若淨若不淨若寂靜若不寂靜若遠離若不遠離亦不見淨戒安忍精進靜慮般若波羅蜜多若常若無常若樂若苦若我若無我若淨若不淨若寂靜若不寂靜若遠離若不遠離若時菩薩摩訶薩行深般若波羅蜜多是時菩薩摩訶薩不見內空若常若無常若樂若苦若我若無我若淨若不淨若寂靜若不寂靜若遠離若不遠離亦不見外空內外空空空大空勝義空有爲空無爲空畢竟空無際空散空無變異空本性空自相空共相空一切法空不可得空無性空自性空無性自性空若常若無常若樂若苦若我若無我若淨若不淨若寂

靜若不寂靜若遠離若不遠離若時菩薩摩訶薩行深般若波羅蜜多是時菩薩摩訶薩不見真如若常若無常若樂若苦若我若無我若淨若不淨若寂靜若不寂靜若遠離若不遠離亦不見法界法性不虛妄性不變異性平等性離生性法定法住實際虛空界不思議界若常若無常若樂若苦若我若無我若淨若不淨若寂靜若不寂靜若遠離若不遠離若時菩薩摩訶薩行深般若波羅蜜多是時菩薩摩訶薩不見苦聖諦若常若無常若樂若苦若我若無我若淨若不淨若寂靜若不寂靜若遠離若不遠離亦不見集滅道聖諦若常若無常若樂若苦若我若無我若淨若不淨若寂靜若不寂靜若遠離若不遠離若時菩薩摩訶薩行深般若波羅蜜多是時菩薩摩訶薩不見四靜慮若常若無常若樂若苦若我若無我若淨若不淨若寂靜若不寂靜若遠離若不遠離亦不見四無量四無色定若常若無常若樂若苦若我若無我若淨若不淨若寂靜若不寂靜若遠離若不遠離若時菩薩摩訶薩行深般若波羅蜜多是時菩薩摩訶薩不見八解脫若常若無常若樂若苦若我若無我若淨若不淨若寂靜若不寂靜若遠離若不遠離亦不見八勝處九次第定十遍處若常若無常若樂若苦若我若無我若淨若不淨若寂靜若不寂靜若遠離若不遠離若時菩薩摩訶薩行深般若波羅蜜多是時菩薩摩訶薩不見四念住若常若無常若樂若苦若我若無我若淨若不淨若寂靜若不寂靜若遠離若不遠離亦不

見四正斷四神足五根五力七等覺支八聖道支若常若無常若樂若苦若我若無我若淨若不淨若寂靜若不寂靜若遠離若不遠離若時菩薩摩訶薩行深般若波羅蜜多是時菩薩摩訶薩不見空解脱門若常若無常若樂若苦若我若無我若淨若不淨若寂靜若不寂靜若遠離若不遠離亦不見無相無願解脱門若常若無常若樂若苦若我若無我若淨若不淨若寂靜若不寂靜若遠離若不遠離若時菩薩摩訶薩行深般若波羅蜜多是時菩薩摩訶薩不見五眼若常若無常若樂若苦若我若無我若淨若不淨若寂靜若不寂靜若遠離若不遠離亦不見六神通若常若無常若樂若苦若我若無我若淨若不淨若寂靜若不寂靜若遠離若不遠離若時菩薩摩訶薩行深般若波羅蜜多是時菩薩摩訶薩不見佛十力若常若無常若樂若苦若我若無我若淨若不淨若寂靜若不寂靜若遠離若不遠離亦不見四無所畏四無礙解大慈大悲大喜大捨十八佛不共法若常若無常若樂若苦若我若無我若淨若不淨若寂靜若不寂靜若遠離若不遠離若時菩薩摩訶薩行深般若波羅蜜多是時菩薩摩訶薩不見無忘失法若常若無常若樂若苦若我若無我若淨若不淨若寂靜若不寂靜若遠離若不遠離亦不見恒住捨性若常若無常若樂若苦若我若無我若淨若不淨若寂靜若不寂靜若遠離若不遠離若時菩薩摩訶薩行深般若波羅蜜多是時菩薩摩訶薩不見一切智若常若無常若樂若苦若

我若無我若淨若不淨若寂靜若不寂靜若遠離若不遠離亦不見道相智一切相智若常若無常若樂若苦若我若無我若淨若不淨若寂靜若不寂靜若遠離若不遠離若時菩薩摩訶薩行深般若波羅蜜多是時菩薩摩訶薩不見一切陀羅尼門若常若無常若樂若苦若我若無我若淨若不淨若寂靜若不寂靜若遠離若不遠離亦不見一切三摩地門若常若無常若樂若苦若我若無我若淨若不淨若寂靜若不寂靜若遠離若不遠離若時菩薩摩訶薩行深般若波羅蜜多是時菩薩摩訶薩不見預流果若常若無常若樂若苦若我若無我若淨若不淨若寂靜若不寂靜若遠離若不遠離亦不見一來不還阿羅漢果若常若無常若樂若苦若我若無我若淨若不淨若寂靜若不寂靜若遠離若不遠離若時菩薩摩訶薩行深般若波羅蜜多是時菩薩摩訶薩不見獨覺菩提若常若無常若樂若苦若我若無我若淨若不淨若寂靜若不寂靜若遠離若不遠離若時菩薩摩訶薩行深般若波羅蜜多是時菩薩摩訶薩不見一切菩薩摩訶薩行若常若無常若樂若苦若我若無我若淨若不淨若寂靜若不寂靜若遠離若不遠離若時菩薩摩訶薩行深般若波羅蜜多是時菩薩摩訶薩不見諸佛無上正等菩提若常若無常若樂若苦若我若無我若淨若不淨若寂靜若不寂靜若遠離若不遠離復次善現若時菩薩摩訶薩行深般若波羅蜜多是時菩薩摩訶薩雖行般若波羅蜜多而不見有所行般若波羅

蜜多亦復不見有法能見所行般若波羅蜜多若時菩薩摩訶薩行深般若波羅蜜多是時菩薩摩訶薩雖行静慮精進安忍淨戒布施波羅蜜多而不見有所行静慮乃至布施波羅蜜多亦復不見有法能見所行静慮乃至布施波羅蜜多若時菩薩摩訶薩行深般若波羅蜜多是時菩薩摩訶薩雖住内空而不見有所住内空亦復不見有法能見所住内空若時菩薩摩訶薩行深般若波羅蜜多是時菩薩摩訶薩雖住外空内外空空空大空勝義空有為空無為空畢竟空無際空散空無變異空本性空自相空共相空一切法空不可得空無性空自性空無性自性空而不見有所住外空乃至無性自性空亦復不見有法能見所住外空乃至無性自性空若時菩薩摩訶薩行深般若波羅蜜多是時菩薩摩訶薩雖住真如而不見有所住真如亦復不見有法能見所住真如若時菩薩摩訶薩行深般若波羅蜜多是時菩薩摩訶薩雖住法界法性不虚妄性不變異性平等性離生性法定法住實際虚空界不思議界而不見有所住法界乃至不思議界亦復不見有法能見所住法界乃至不思議界若時菩薩摩訶薩行深般若波羅蜜多是時菩薩摩訶薩雖住苦聖諦而不見有所住苦聖諦亦復不見有法能見所住苦聖諦若時菩薩摩訶薩行深般若波羅蜜多是時菩薩摩訶薩雖住集滅道聖諦而不見有所住集滅道聖諦亦復不見有法能見所住集滅道聖諦若時菩薩摩訶薩行深般若波羅蜜多是時菩薩

摩訶薩雖修四靜慮而不見有所修四靜慮亦復不見有法能見所修四靜慮若時菩薩摩訶薩行深般若波羅蜜多是時菩薩摩訶薩雖修四無量四無色定而不見有所修四無量四無色定亦復不見有法能見所修四無量四無色定若時菩薩摩訶薩行深般若波羅蜜多是時菩薩摩訶薩雖修八解脫而不見有所修八解脫亦復不見有法能見所修八解脫若時菩薩摩訶薩行深般若波羅蜜多是時菩薩摩訶薩雖修八勝處九次第定十遍處而不見有所修八勝處九次第定十遍處亦復不見有法能見所修八勝處九次第定十遍處若時菩薩摩訶薩行深般若波羅蜜多是時菩薩摩訶薩雖修四念住而不見有所修四念住亦復不見有法能見所修四念住若時菩薩摩訶薩行深般若波羅蜜多是時菩薩摩訶薩雖修四正斷四神足五根五力七等覺支八聖道支而不見有所修四正斷乃至八聖道支亦復不見有法能見所修四正斷乃至八聖道支若時菩薩摩訶薩行深般若波羅蜜多是時菩薩摩訶薩雖修空解脫門而不見有所修空解脫門亦復不見有法能見所修空解脫門若時菩薩摩訶薩行深般若波羅蜜多是時菩薩摩訶薩雖修無相無願解脫門而不見有所修無相無願解脫門亦復不見有法能見所修無相無願解脫門若時菩薩摩訶薩行深般若波羅蜜多是時菩薩摩訶薩雖修五眼而不見有所修五眼亦復不見有法能見所修五眼若時菩薩摩訶薩行深般若波羅蜜多是

時菩薩摩訶薩雖修六神通而不見有所修六神通亦復不見有法能見所修六神通若時菩薩摩訶薩行深般若波羅蜜多是時菩薩摩訶薩雖修佛十力而不見有所修佛十力亦復不見有法能見所修佛十力若時菩薩摩訶薩行深般若波羅蜜多是時菩薩摩訶薩雖修四無所畏四無礙解大慈大悲大喜大捨十八佛不共法而不見有所修四無所畏乃至十八佛不共法亦復不見有法能見所修四無所畏乃至十八佛不共法若時菩薩摩訶薩行深般若波羅蜜多是時菩薩摩訶薩雖修無忘失法而不見有所修無忘失法亦復不見有法能見所修無忘失法若時菩薩摩訶薩行深般若波羅蜜多是時菩薩摩訶薩雖修恒住捨性而不見有所修恒住捨性亦復不見有法能見所修恒住捨性若時菩薩摩訶薩行深般若波羅蜜多是時菩薩摩訶薩雖修一切智而不見有所修一切智亦復不見有法能見所修一切智若時菩薩摩訶薩行深般若波羅蜜多是時菩薩摩訶薩雖修道相智一切相智而不見有所修道相智一切相智亦復不見有法能見所修道相智一切相智若時菩薩摩訶薩行深般若波羅蜜多是時菩薩摩訶薩雖修一切陀羅尼門而不見有所修一切陀羅尼門亦復不見有法能見所修一切陀羅尼門若時菩薩摩訶薩行深般若波羅蜜多是時菩薩摩訶薩雖修一切三摩地門而不見有所修一切三摩地門亦復不見有法能見所修一切三摩地門若時菩薩摩訶薩行深般若波

羅蜜多是時菩薩摩訶薩雖修一切菩薩摩訶薩行而不見有所修一切菩薩摩訶薩行亦復不見有法能見所修一切菩薩摩訶薩行若時菩薩摩訶薩行深般若波羅蜜多是時菩薩摩訶薩雖修諸佛無上正等菩提而不見有所修無上正等菩提亦復不見有法能見所修無上正等菩提善現當知諸菩薩摩訶薩於一切法都無所得而爲方便應行如是甚深般若波羅蜜多善現若時菩薩摩訶薩於一切法以無所得而爲方便修行如是甚深般若波羅蜜多是時惡魔生大憂惱如中毒箭譬如有人新喪父母深生痛切惡魔爾時見諸菩薩摩訶薩於一切法以無所得而爲方便修行如是甚深般若波羅蜜多生大憂惱如中毒箭亦復如是爾時具壽善現白佛言世尊爲一惡魔見諸菩薩摩訶薩於一切法以無所得而爲方便行深般若波羅蜜多生大愁惱如中毒箭爲遍三千大千世界一切惡魔見諸菩薩摩訶薩於一切法以無所得而爲方便行深般若波羅蜜多生大愁惱如中毒箭佛言善現遍滿三千大千世界一切惡魔見諸菩薩摩訶薩於一切法以無所得而爲方便行深般若波羅蜜多生大愁惱如中毒箭各於其座不能自安善現當知諸菩薩摩訶薩應常安住甚深般若波羅蜜多最勝行住若菩薩摩訶薩常能安住甚深般若波羅蜜多最勝行住世間天人阿素洛等伺求其短無能得便亦復不能令生憂惱是故善現若菩薩摩訶薩欲證無上正等菩提當勤安住甚深般若波羅蜜多最勝

行住復次善現若菩薩摩訶薩能正安住甚
深般若波羅蜜多最勝行住則能修滿布施
淨戒安忍精進靜慮般若波羅蜜多若菩薩
摩訶薩能正修行甚深般若波羅蜜多便能
具足修滿一切波羅蜜多爾時具壽善現白
佛言世尊云何菩薩摩訶薩能正修行甚深
般若波羅蜜多便能具足修滿布施淨戒安
忍精進靜慮般若波羅蜜多佛告善現若菩
薩摩訶薩無倒修行甚深般若波羅蜜多時
以一切智智心而修布施復持如是布施功
德與一切有情平等共有迴向無上正等菩
提善現是爲菩薩摩訶薩能正修行甚深般
若波羅蜜多便能具足修滿布施波羅蜜多
若菩薩摩訶薩無倒修行甚深般若波羅蜜
多時以一切智智心而修淨戒復持如是淨
戒功德與一切有情平等共有迴向無上正
等菩提善現是爲菩薩摩訶薩能正修行甚
深般若波羅蜜多便能具足修滿淨戒波羅
蜜多若菩薩摩訶薩無倒修行甚深般若波
羅蜜多時以一切智智心而修安忍復持如
是安忍功德與一切有情平等共有迴向無
上正等菩提善現是爲菩薩摩訶薩能正修
行甚深般若波羅蜜多便能具足修滿安忍
波羅蜜多若菩薩摩訶薩無倒修行甚深般
若波羅蜜多時以一切智智心而修精進復
持如是精進功德與一切有情平等共有迴
向無上正等菩提善現是爲菩薩摩訶薩能
正修行甚深般若波羅蜜多便能具足修滿
精進波羅蜜多若菩薩摩訶薩無倒修行甚
深般若波羅蜜多時以一切智智心而修靜

慮復持如是靜慮功德與一切有情平等共有迴向無上正等菩提善現是爲菩薩摩訶薩能正修行甚深般若波羅蜜多便能具足修滿靜慮波羅蜜多若菩薩摩訶薩無倒修行甚深般若波羅蜜多時以一切智智心而修般若復持如是般若功德與一切有情平等共有迴向無上正等菩提善現是爲菩薩摩訶薩能正修行甚深般若波羅蜜多便能具足修滿般若波羅蜜多如是善現諸菩薩摩訶薩能正修行甚深般若波羅蜜多便能具足修滿布施淨戒安忍精進靜慮般若波羅蜜多

大般若波羅蜜多經卷第三百四十八

大般若波羅蜜多經卷第三百四十九

唐三藏法師玄奘奉詔譯

初分相引攝品第六十之一

爾時具壽善現白佛言世尊云何菩薩摩訶薩安住布施波羅蜜多引攝淨戒波羅蜜多佛言善現若菩薩摩訶薩以無攝受無慳悋心修布施時持是布施與諸有情平等共有迴向無上正等菩提於諸有情住慈身業住慈語業住慈意業善現是爲菩薩摩訶薩安住布施波羅蜜多引攝淨戒波羅蜜多具壽善現復白佛言世尊云何菩薩摩訶薩安住布施波羅蜜多引攝安忍波羅蜜多佛言善現若菩薩摩訶薩以無攝受無慳悋心修布施時持是布施與諸有情平等共有迴向無上正等菩提設有受者非理毀罵加害凌辱菩薩於彼不起變異瞋毒害心唯生憐愍慈悲之心善現是爲菩薩摩訶薩安住布施波羅蜜多引攝安忍波羅蜜多具壽善現復白佛言世尊云何菩薩摩訶薩安住布施波羅蜜多引攝精進波羅蜜多佛言善現若菩薩摩訶薩以無攝受無慳悋心修布施時持是布施與諸有情平等共有迴向無上正等菩提設有受者非理毀罵加害凌辱爾時菩薩便作是念諸有造作如是類業還自感得如是類果我今不應計彼所作廢修自業復作是念我應於彼及餘有情倍更增長捨心施心無所顧惜作是念已發起增上身心精進惠捨不息善現是爲菩薩摩訶薩安住布施波羅蜜多引攝精進波羅蜜多具壽善現復白佛言世尊云何菩薩摩訶薩安住布施波

羅蜜多引攝靜慮波羅蜜多佛言善現若菩薩摩訶薩以無攝受無慳悋心修布施時持是布施與諸有情平等共有迴向無上正等菩提菩薩爾時心無散亂終不迴求諸妙欲境亦不迴求欲有色有及無色有亦不迴求聲聞獨覺所住之地但與有情平等共有迴求無上正等菩提如是之心流注不散善現是為菩薩摩訶薩安住布施波羅蜜多引攝靜慮波羅蜜多具壽善現復白佛言世尊云何菩薩摩訶薩安住布施波羅蜜多引攝般若波羅蜜多佛言善現若菩薩摩訶薩以無攝受無慳悋心修布施時持是布施與諸有情平等共有迴向無上正等菩提菩薩爾時觀諸受者施者施物皆如幻事不見此施於諸有情有益有損勝義空故善現是為菩薩摩訶薩安住布施波羅蜜多引攝般若波羅蜜多爾時具壽善現白佛言世尊云何菩薩摩訶薩安住淨戒波羅蜜多引攝布施波羅蜜多佛言善現若菩薩摩訶薩安住淨戒波羅蜜多具身律儀具語律儀具意律儀造諸福業由具律儀造福業故離斷生命離不與取離欲邪行離虛誑語離麤惡語離離間語離雜穢語離貪欲離瞋恚離邪見菩薩如是安住淨戒波羅蜜多不求聲聞獨覺等地唯求無上正等菩提如是菩薩安住淨戒波羅蜜多廣行惠施隨諸有情須食與食須飲與飲須乘與乘須衣與衣須香與香須鬘與鬘須瓔珞與瓔珞須塗香與塗香須卧具與卧具須房舍與房舍須燈燭與燈燭須珎財與珎財須資具與資具隨諸所須悉皆施與復

持如是布施善根與諸有情平等共有迴向無上正等菩提不求聲聞獨覺等地善現是爲菩薩摩訶薩安住淨戒波羅蜜多引攝布施波羅蜜多具壽善現復白佛言世尊云何菩薩摩訶薩安住淨戒波羅蜜多引攝安忍波羅蜜多佛言善現若菩薩摩訶薩安住淨戒波羅蜜多設諸有情競來分解菩薩支節各取持去菩薩於彼不生一念瞋恨之心但作是念我今獲得廣大善利謂諸有情斷我支節隨意持去我因彼故具足安忍波羅蜜多今我此身不淨危脆由捨此故獲得如來清淨堅固金剛之身善現是爲菩薩摩訶薩安住淨戒波羅蜜多引攝安忍波羅蜜多具壽善現復白佛言世尊云何菩薩摩訶薩安住淨戒波羅蜜多引攝精進波羅蜜多佛言善現若菩薩摩訶薩安住淨戒波羅蜜多身心精進常無懈怠擐大悲鎧作是念言一切有情沉淪可畏暴惡難出生死大海我當拔置安隱甘露涅槃界中善現是爲菩薩摩訶薩安住淨戒波羅蜜多引攝精進波羅蜜多具壽善現復白佛言世尊云何菩薩摩訶薩安住淨戒波羅蜜多引攝靜慮波羅蜜多佛言善現若菩薩摩訶薩安住淨戒波羅蜜多雖入初靜慮或入第二第三第四靜慮或入空無邊處或入識無邊處無所有處非想非非想處或入滅定而不墮聲聞獨覺等地亦不證實際由本願力所任持故作是念言諸有情類沒在可畏暴惡難出生死大海我今遊履清淨靜慮波羅蜜多方便拔濟安置常樂涅槃界中善現是爲菩薩摩訶薩安住淨

戒波羅蜜多引攝靜慮波羅蜜多具壽善現復白佛言世尊云何菩薩摩訶薩安住淨戒波羅蜜多引攝般若波羅蜜多佛言善現若菩薩摩訶薩安住淨戒波羅蜜多不見有法若善若不善不見有法若有記若無記不見有法若有漏若無漏不見有法若墮世間若出世間不見有法若有爲若無爲不見有法若墮有數若墮無數不見有法若墮有相若墮無相亦不見法若有若無唯觀諸法不離眞如法界而轉由此般若波羅蜜多方便善巧不墮聲聞獨覺等地專求無上正等菩提善現是爲菩薩摩訶薩安住淨戒波羅蜜多引攝般若波羅蜜多爾時具壽善現白佛言世尊云何菩薩摩訶薩安住安忍波羅蜜多引攝布施波羅蜜多佛言善現若菩薩摩訶薩安住安忍波羅蜜多從初發心乃至安坐妙菩提座於其中間設有種種有情之類非理毀罵輕懱凌辱乃至分分斷割支節菩薩爾時都無瞋忿但作是念此諸有情深可憐愍爲煩惱毒擾亂身心不得自在無依無護貧苦所逼我當施彼隨意所須不應於中有所悋惜恒作是念一切有情須食施食須飲施飲須乘施乘須衣施衣須香華施香華須卧具施卧具須舍宅施舍宅須燈燭施燈燭須金施金須銀施銀須末尼施末尼須眞珠施眞珠須吠瑠璃施吠瑠璃須末羅羯多施末羅羯多須螺貝施螺貝須璧玉施璧玉須珊瑚施珊瑚須石藏施石藏須金剛施金剛須帝青施帝青須餘寶施餘寶須醫藥施醫藥須財穀施財穀須資具施資具隨諸所須

悉皆施與復持如是布施善根與諸有情平等共有迴向無上正等菩提以無所得而爲方便如是迴向大菩提時遠離三心謂誰迴向用何迴向迴向何處如是三心皆永不起善現是爲菩薩摩訶薩安住安忍波羅蜜多引攝布施波羅蜜多具壽善現復白佛言世尊云何菩薩摩訶薩安住安忍波羅蜜多引攝淨戒波羅蜜多佛言善現若菩薩摩訶薩安住安忍波羅蜜多從初發心乃至安坐妙菩提座於其中間乃至爲救自命因緣於諸有情終不斷命損害支節亦常於彼離不與取離欲邪行離虛誑語離麤惡語離離間語離雜穢語離貪欲離瞋恚離邪見菩薩如是修淨戒時不求聲聞獨覺等地持此善根與諸有情平等共有迴向無上正等菩提以無所得而爲方便如是迴向大菩提時遠離三心謂誰迴向用何迴向迴向何處如是三心皆永不起善現是爲菩薩摩訶薩安住安忍波羅蜜多引攝淨戒波羅蜜多具壽善現復白佛言世尊云何菩薩摩訶薩安住安忍波羅蜜多引攝精進波羅蜜多佛言善現若菩薩摩訶薩安住安忍波羅蜜多發起勇猛增上精進恒作是念若一有情在一踰繕那外或十踰繕那外或百踰繕那外或千踰繕那外或百千踰繕那外或一俱胝踰繕那外或十俱胝踰繕那外或百俱胝踰繕那外或千俱胝踰繕那外或百千俱胝踰繕那外或一那庾多踰繕那外或十那庾多踰繕那外或百那庾多踰繕那外或千那庾多踰繕那外或百千那庾多踰繕那外或百千俱胝那庾

多踰繕那外或一世界外或十世界外或百世界外或千世界外或百千世界外或一俱胝世界外或十俱胝世界外或百俱胝世界外或千俱胝世界外或百千俱胝世界外或一那庾多世界外或十那庾多世界外或百那庾多世界外或千那庾多世界外或百千那庾多世界外或百千俱胝那庾多世界外應可度者我必當往方便教化令其受持或一學處或二或三乃至具戒況教令得或預流果或一來果或不還果或阿羅漢果或獨覺菩提或令安住諸佛無上正等菩提尚無懈倦況教無量無邊有情皆令獲得世出世間利益安樂復持如是精進善根與諸有情平等共有迴向無上正等菩提以無所得而爲方便如是迴向大菩提時遠離三心謂誰迴向用何迴向迴向何處如是三心皆永不起善現是爲菩薩摩訶薩安住安忍波羅蜜多引攝精進波羅蜜多具壽善現復白佛言世尊云何菩薩摩訶薩安住安忍波羅蜜多引攝靜慮波羅蜜多佛言善現若菩薩摩訶薩安住安忍波羅蜜多攝心無亂離欲惡不善法有尋有伺離生喜樂入初靜慮具足住如是或入第二第三第四靜慮具足住或入空無邊處定具足住或入識無邊處無所有處非想非非想處定具足住或入滅定具足住是諸定中隨所生起心心所法及所引善一切合集與諸有情平等共有迴向無上正等菩提以無所得而爲方便如是迴向大菩提時遠離三心謂誰迴向用何迴向迴向何處如是三心皆永不起於諸靜慮及靜慮支

俱無所得善現是為菩薩摩訶薩安住安忍波羅蜜多引攝靜慮波羅蜜多具壽善現復白佛言世尊云何菩薩摩訶薩安住安忍波羅蜜多引攝般若波羅蜜多佛言善現若菩薩摩訶薩安住安忍波羅蜜多修行般若波羅蜜多菩薩爾時雖以遠離行相或以寂靜行相或以無盡行相或以永滅行相觀一切法而於法性能不作證乃至能坐妙菩提座證得無上正等菩提從此座起轉正法輪利益安樂諸有情類復持如是妙慧善根與諸有情平等共有迴向無上正等菩提以無所得而為方便如是迴向大菩提時遠離三心謂誰迴向用何迴向迴向何處如是三心皆永不起善現是為菩薩摩訶薩安住安忍波羅蜜多引攝般若波羅蜜多如是引攝非取非捨爾時具壽善現白佛言世尊云何菩薩摩訶薩安住精進波羅蜜多引攝布施波羅蜜多佛言善現若菩薩摩訶薩安住精進波羅蜜多身心精進常無懈怠求諸善法曾無厭倦恒作是念我必應得所求無上正等菩提不應不得是菩薩摩訶薩常求利樂一切有情恒作是念若一有情在一踰繕那外或十踰繕那外或百踰繕那外或千踰繕那外或百千踰繕那外或一俱胝踰繕那外或十俱胝踰繕那外或百俱胝踰繕那外或千俱胝踰繕那外或百千俱胝踰繕那外或一那庾多踰繕那外或十那庾多踰繕那外或百那庾多踰繕那外或千那庾多踰繕那外或百千那庾多踰繕那外或百千俱胝那庾多踰繕那外或一世界外或十世界外或百世

界外或千世界外或百千世界外或一俱胝世界外或十俱胝世界外或百俱胝世界外或千俱胝世界外或百千俱胝世界外或一那庾多世界外或十那庾多世界外或百那庾多世界外或千那庾多世界外或百千那庾多世界外或百千俱胝那庾多世界外應可度者我必當往方便教化若菩薩乘補特伽羅令住無上正等菩提若聲聞乘補特伽羅令住預流一來不還阿羅漢果若獨覺乘補特伽羅令其安住獨覺菩提若餘有情令其安住十善業道如是皆以法施財施而充足之方便引攝復持如是布施善根不求聲聞獨覺等地唯與一切有情共有迴向無上正等菩提以無所得而為方便如是迴向大菩提時遠離三心謂誰迴向用何迴向迴向何處如是三心皆永不起善現是為菩薩摩訶薩安住精進波羅蜜多引攝布施波羅蜜多具壽善現復白佛言世尊云何菩薩摩訶薩安住精進波羅蜜多引攝淨戒波羅蜜多佛言善現若菩薩摩訶薩安住精進波羅蜜多從初發心乃至安坐妙菩提座自離害生命亦勸他離害生命無倒稱揚離害生命法歡喜讚歎離害生命者自離不與取亦勸他離不與取無倒稱揚離不與取法歡喜讚歎離不與取者自離欲邪行亦勸他離欲邪行無倒稱揚離欲邪行法歡喜讚歎離欲邪行者自離虛誑語亦勸他離虛誑語無倒稱揚離虛誑語法歡喜讚歎離虛誑語者自離麤惡語亦勸他離麤惡語無倒稱揚離麤惡語法歡喜讚歎離麤惡語者自離離間語亦勸

他離離間語無倒稱揚離離間語法歡喜讚歎離雜間語者自離雜穢語亦勸他離雜穢語無倒稱揚離雜穢語法歡喜讚歎離雜穢語者自離貪欲亦勸他離貪欲無倒稱揚離貪欲法歡喜讚歎離貪欲者自離瞋恚亦勸他離瞋恚無倒稱揚離瞋恚法歡喜讚歎離瞋恚者自離邪見亦勸他離邪見無倒稱揚離邪見法歡喜讚歎離邪見者是菩薩摩訶薩持此淨戒波羅蜜多不求欲界不求色界不求無色界不求聲聞地不求獨覺地但持如是淨戒善根與諸有情平等共有迴向無上正等菩提以無所得而爲方便如是迴向大菩提時遠離三心謂誰迴向用何迴向迴向何處如是三心皆永不起善現是爲菩薩摩訶薩安住精進波羅蜜多引攝淨戒波羅蜜多具壽善現復白佛言世尊云何菩薩摩訶薩安住精進波羅蜜多引攝安忍波羅蜜多佛言善現若菩薩摩訶薩安住精進波羅蜜多從初發心乃至安坐妙菩提座於其中間人非人等競來惱觸或復斫刺斷割支節隨意持去菩薩爾時不作是念誰斫刺我誰斷割我誰復持去但作是念我今獲得廣大善利彼諸有情爲益我故來斷割我身分支節然我本爲諸有情故而受此身彼來自取已之所有而成我事菩薩如是審諦思惟諸法實相而修安忍持此安忍殊勝善根不求聲聞獨覺等地但持如是安忍善根與諸有情平等共有迴向無上正等菩提以無所得而爲方便如是迴向大菩提時遠離三心謂誰迴向用何迴向迴向何處如是三心皆永

不起善現是爲菩薩摩訶薩安住精進波羅蜜多引攝安忍波羅蜜多具壽善現復白佛言世尊云何菩薩摩訶薩安住精進波羅蜜多引攝靜慮波羅蜜多佛言善現若菩薩摩訶薩安住精進波羅蜜多修習諸定是菩薩摩訶薩離欲惡不善法有尋有伺離生喜樂入初靜慮具足住尋伺寂靜住内等淨心一趣性無尋無伺定生喜樂入第二靜慮具足住離喜住捨具念正知領身受樂聖者於中能說能捨具念樂住入第三靜慮具足住斷樂斷苦先喜憂没不苦不樂捨念清淨入第四靜慮具足住是菩薩摩訶薩於諸有情起與樂想作意入慈無量具足住於諸有情起拔苦想作意入悲無量具足住於諸有情起慶喜想作意入喜無量具足住於諸有情起離苦樂平等想作意入捨無量具足住是菩薩摩訶薩於諸色中起厭麤想作意入空無邊處定具足住於諸識中起寂靜想作意入識無邊處定具足住於無所有中起寂靜想作意入無所有處定具足住於非有想非無想中起寂靜想作意入非想非非想處定具足住於滅想受定起止息想作意入滅想受定具足住是菩薩摩訶薩雖修如是靜慮無量無色滅定而不攝取彼異熟果但隨有情應可受化作利樂處而於中生既生彼已用四攝事而攝取之方便安立令於布施淨戒安忍精進靜慮般若波羅蜜多精勤修學是菩薩摩訶薩依諸靜慮起勝神通從一佛國至一佛國親近供養諸佛世尊請問甚深諸法性相精勤引發殊勝善根是菩薩摩訶薩

合集如是種種善根與諸有情平等共有迴向無上正等菩提以無所得而爲方便如是迴向大菩提時遠離三心謂誰迴向用何迴向迴向何處如是三心皆永不起善現是爲菩薩摩訶薩安住精進波羅蜜多引攝靜慮波羅蜜多具壽善現復白佛言世尊云何菩薩摩訶薩安住精進波羅蜜多引攝般若波羅蜜多佛言善現若菩薩摩訶薩安住精進波羅蜜多是菩薩摩訶薩能於布施波羅蜜多不見名不見事不見性不見相能於淨戒安忍精進靜慮般若波羅蜜多亦不見名不見事不見性不見相若菩薩摩訶薩安住精進波羅蜜多是菩薩摩訶薩能於四念住不見名不見事不見性不見相能於四正斷四神足五根五力七等覺支八聖道支亦不見名不見事不見性不見相若菩薩摩訶薩安住精進波羅蜜多是菩薩摩訶薩能於内空不見名不見事不見性不見相能於外空内外空空空大空勝義空有爲空無爲空畢竟空無際空散空無變異空本性空自相空共相空一切法空不可得空無性空自性空無性自性空亦不見名不見事不見性不見相若菩薩摩訶薩安住精進波羅蜜多是菩薩摩訶薩能於真如不見名不見事不見性不見相能於法界法性不虚妄性不變異性平等性離生性法定法住實際虚空界不思議界亦不見名不見事不見性不見相若菩薩摩訶薩安住精進波羅蜜多是菩薩摩訶薩能於苦聖諦不見名不見事不見性不見相能於集滅道聖諦亦不見名不見事不見性

不見相若菩薩摩訶薩安住精進波羅蜜多是菩薩摩訶薩能於四靜慮不見名不見事不見性不見相能於四無量四無色定亦不見名不見事不見性不見相若菩薩摩訶薩安住精進波羅蜜多是菩薩摩訶薩能於八解脱不見名不見事不見性不見相能於八勝處九次第定十遍處亦不見名不見事不見性不見相若菩薩摩訶薩安住精進波羅蜜多是菩薩摩訶薩能於空解脱門不見名不見事不見性不見相能於無相無願解脱門亦不見名不見事不見性不見相若菩薩摩訶薩安住精進波羅蜜多是菩薩摩訶薩能於五眼不見名不見事不見性不見相能於六神通亦不見名不見事不見性不見相若菩薩摩訶薩安住精進波羅蜜多是菩薩摩訶薩能於佛十力不見名不見事不見性不見相能於四無所畏四無礙解大慈大悲大喜大捨十八佛不共法亦不見名不見事不見性不見相若菩薩摩訶薩安住精進波羅蜜多是菩薩摩訶薩能於無忘失法不見名不見事不見性不見相能於恒住捨性亦不見名不見事不見性不見相若菩薩摩訶薩安住精進波羅蜜多是菩薩摩訶薩能於一切智不見名不見事不見性不見相能於道相智一切相智亦不見名不見事不見性不見相若菩薩摩訶薩安住精進波羅蜜多是菩薩摩訶薩能於一切陀羅尼門不見名不見事不見性不見相能於一切三摩地門亦不見名不見事不見性不見相若菩薩摩訶薩安住精進波羅蜜多是菩薩摩訶薩能

於一切菩薩摩訶薩行不見名不見事不見性不見相能於諸佛無上正等菩提亦不見名不見事不見性不見相若菩薩摩訶薩安住精進波羅蜜多是菩薩摩訶薩能於預流果不見名不見事不見性不見相能於一來不還阿羅漢果及獨覺菩提亦不見名不見事不見性不見相若菩薩摩訶薩安住精進波羅蜜多是菩薩摩訶薩能於色不見名不見事不見性不見相能於受想行識亦不見名不見事不見性不見相若菩薩摩訶薩安住精進波羅蜜多是菩薩摩訶薩能於眼處不見名不見事不見性不見相能於耳鼻舌身意處亦不見名不見事不見性不見相若菩薩摩訶薩安住精進波羅蜜多是菩薩摩訶薩能於色處不見名不見事不見性不見相能於聲香味觸法處亦不見名不見事不見性不見相若菩薩摩訶薩安住精進波羅蜜多是菩薩摩訶薩能於眼界不見名不見事不見性不見相能於耳鼻舌身意界亦不見名不見事不見性不見相若菩薩摩訶薩安住精進波羅蜜多是菩薩摩訶薩能於色界不見名不見事不見性不見相能於聲香味觸法界亦不見名不見事不見性不見相若菩薩摩訶薩安住精進波羅蜜多是菩薩摩訶薩能於眼識界不見名不見事不見性不見相能於耳鼻舌身意識界亦不見名不見事不見性不見相若菩薩摩訶薩安住精進波羅蜜多是菩薩摩訶薩能於眼觸不見名不見事不見性不見相能於耳鼻舌身意觸亦不見名不見事不見性不見相若菩薩

摩訶薩安住精進波羅蜜多是菩薩摩訶薩能於眼觸為緣所生諸受不見名不見事不見性不見相能於耳鼻舌身意觸為緣所生諸受亦不見名不見事不見性不見相若菩薩摩訶薩安住精進波羅蜜多是菩薩摩訶薩能於地界不見名不見事不見性不見相能於水火風空識界亦不見名不見事不見性不見相若菩薩摩訶薩安住精進波羅蜜多是菩薩摩訶薩能於無明不見名不見事不見性不見相能於行識名色六處觸受愛取有生老死愁歎苦憂惱亦不見名不見事不見性不見相若菩薩摩訶薩安住精進波羅蜜多是菩薩摩訶薩能於有色無色法不見名不見事不見性不見相能於有見無見法有對無對法有漏無漏法有為無為法亦不見名不見事不見性不見相如是菩薩摩訶薩於一切法若名若事若性若相都無所見於諸法中不起想念無所執著如說能作復以如是妙慧善根與諸有情平等共有迴向無上正等菩提以無所得而為方便如是迴向大菩提時遠離三心謂誰迴向用何迴向迴向何處如是三心皆永不起善現是為菩薩摩訶薩安住精進波羅蜜多引攝般若波羅蜜多爾時具壽善現白佛言世尊云何菩薩摩訶薩安住靜慮波羅蜜多引攝布施波羅蜜多佛言善現若菩薩摩訶薩安住靜慮波羅蜜多於諸有情行財法施是菩薩摩訶薩離欲惡不善法有尋有伺離生喜樂入初靜慮具足住尋伺寂靜住內等淨心一趣性無尋無伺定生喜樂入第二靜慮具足住

離喜住捨具念正知領身受樂聖者於中能說能捨具念樂住入第三靜慮具足住斷樂斷苦先喜憂沒不苦不樂捨念清淨入第四靜慮具足住於諸有情起與樂想作意入慈無量具足住於諸有情起拔苦想作意入悲無量具足住於諸有情起慶喜想作意入喜無量具足住於諸有情起離苦樂平等想作意入捨無量具足住於諸色中起厭麤想作意入空無邊處定具足住於諸識中起寂靜想作意入識無邊處定具足住於無所有中起寂靜想作意入無所有處定具足住於非有想非無想中起寂靜想作意入非想非非想處定具足住於滅想受定起止息想作意入滅想受定具足住是菩薩摩訶薩安住如是所說靜慮波羅蜜多以無亂心於諸有情

行財法施常自行財法施亦常勸他行財法施常無倒稱揚行財法施法常歡喜讚歎行財法施者是菩薩摩訶薩持此善根不求聲聞獨覺等地但持如是布施善根與諸有情平等共有迴向無上正等菩提以無所得而為方便如是迴向大菩提時遠離三心謂誰迴向用何迴向迴向何處如是三心皆永不起善現是為菩薩摩訶薩安住靜慮波羅蜜多引攝布施波羅蜜多具壽善現復白佛言世尊云何菩薩摩訶薩安住靜慮波羅蜜多引攝淨戒波羅蜜多佛言善現若菩薩摩訶薩安住靜慮波羅蜜多受持淨戒常不發起貪俱行心瞋俱行心癡俱行心常不發起害俱行心慳俱行心嫉俱行心常不發起樂毀淨戒俱行之心但常發起一切智智相應作

意復持如是功德善根不求聲聞獨覺等地與諸有情平等共有迴向無上正等菩提以無所得而爲方便如是迴向大菩提時遠離三心謂誰迴向用何迴向迴向何處如是三心皆永不起善現是爲菩薩摩訶薩安住靜慮波羅蜜多引攝淨戒波羅蜜多

大般若波羅蜜多經卷第三百四十九

音釋

慳悋（慳丘閑切悋良刃切）危脆（脆七醉切物易斷也）輕懱（懱彌列切輕懱輕易也）踰繕那（梵語也亦云由旬此云限量如此方一驛地或四十里六十里八十里也踰音俞繕時戰切）斫刺（斫音灼刺七賜切刺傷也殺也）

大般若波羅蜜多經卷第三百五十

唐三藏法師玄奘奉　詔譯

初分相引攝品第六十之二

具壽善現復白佛言世尊云何菩薩摩訶薩安住靜慮波羅蜜多引攝安忍波羅蜜多佛言善現若菩薩摩訶薩安住靜慮波羅蜜多修學安忍觀色如聚沫觀受如浮泡觀想如陽焰觀行如芭蕉觀識如幻事作是觀時於五取蘊不堅固想常現在前復作是念諸法皆空無我我所色是誰色受是誰受想是誰想行是誰行識是誰識如是觀時復作是念諸法皆空離我我所誰能割截誰受割截誰能毀罵誰受毀罵誰復於中發起瞋恨菩薩如是依止靜慮審諦觀察能具安忍復持如是安忍善根與諸有情平等共有迴向無上正等菩提以無所得而為方便如是迴向大菩提時遠離三心謂誰迴向用何迴向迴向何處如是三心皆永不起善現是為菩薩摩訶薩安住靜慮波羅蜜多引攝安忍波羅蜜多具壽善現復白佛言世尊云何菩薩摩訶薩安住靜慮波羅蜜多引攝精進波羅蜜多佛言善現若菩薩摩訶薩安住靜慮波羅蜜多發起種種勇猛精進謂菩薩摩訶薩離欲惡不善法有尋有伺離生喜樂入初靜慮具足住尋伺寂靜住內等淨心一趣性無尋無伺定生喜樂入第二靜慮具足住離喜住捨具念正知領身受樂聖者於中能說能捨具念樂住入第三靜慮具足住斷樂斷苦先喜憂沒不苦不樂捨念清淨入第四靜慮具足住菩薩如是修靜慮時於諸靜慮及靜慮支

皆不取相發起殊勝神境智通能作無邊大神變事所謂震動十方世界變一為多變多為一或隱或顯迅速無礙山崖牆壁直過如空凌虛往來猶如飛鳥地中出沒如出沒水水上經行如經行地身出煙焰如燎高原體注衆流如銷雪嶺日月神德威勢難當以手捫摩光明隱蔽乃至淨居轉身自在如斯神變其數無邊發起殊勝天耳智通明了清淨過人天耳能如實聞十方世界情非情類種種音聲所謂遍聞諸地獄聲傍生聲鬼界聲人聲天聲聲聞聲獨覺聲菩薩聲諸佛聲訶毀生死聲讚歎涅槃聲棄背有為聲趣向菩提聲厭惡有漏聲欣樂無漏聲稱揚三寶聲制伏邪道聲論議決擇聲諷誦經典聲勸斷惡法聲令修善法聲拔濟苦難聲如是等聲若大若小悉聞無礙引發殊勝他心智通能如實知十方世界他有情類心心所法所謂遍知他有情類若有貪心若離貪心若有瞋心若離瞋心若有癡心若離癡心若有愛心若離愛心若有取心若離取心若聚心若散心若小心若大心若舉心若下心若寂靜心若不寂靜心若掉心若不掉心若定心若不定心若解脫心若不解脫心若有漏心若無漏心若修心若不修心若有上心若無上心如是等心皆如實知引發殊勝宿住智通如實念知十方世界無量有情諸宿住事所謂隨念若自若他一心十心百心千心多百千心頃諸宿住事或復隨念一日十日百日千日多百千日諸宿住事或復隨念一月十月百月千月多百千月諸宿住事或復隨念一

年十年百年千年多百千年諸宿住事或復隨念一劫十劫百劫千劫多百千劫乃至無量無數百千俱胝那庾多劫諸宿住事或復隨念前際所有諸宿住事如是處時有如是名如是姓如是種類如是食如是久住如是壽限如是長壽如是受樂如是受苦從彼處没來生此間從此間没往生彼處如是狀貌如是言說若略若廣若自若他諸宿住事皆隨念知引發殊勝天眼智通明了清淨過人天眼能如實見十方世界有情無情種種色像所謂普見諸有情類死時生時妙色麤色善趣惡趣若勝若劣諸如是等種種色像因此復知諸有情類隨業力用受生差別如是有情成就身惡行成就語惡行成就意惡行毁謗賢聖邪見因緣身壞命終當墮惡趣或生地獄或生傍生或生鬼界或生邊地下賤

勦惡有情類中受諸苦惱如是有情成就身妙行成就語妙行成就意妙行稱讚賢聖正見因緣身壞命終當昇善趣或生天上或生人中受諸快樂如是有情種種業類受果差別皆如實知菩薩住此五妙神通從一佛國往一佛國親近供養諸佛世尊請問諸佛甚深法義種植無量微妙善根成熟有情嚴淨佛土勤修種種諸菩薩行持此善根不求聲聞獨覺等地與諸有情平等共有迴向無上正等菩提以無所得而爲方便如是迴向大菩提時遠離三心謂誰迴向用何迴向迴向何處如是三心皆永不起善現是爲菩薩摩訶薩安住靜慮波羅蜜多引攝精進波羅蜜多具壽善現復白佛言世尊云何菩薩摩訶

薩安住靜慮波羅蜜多引攝般若波羅蜜多
佛言善現若菩薩摩訶薩安住靜慮波羅蜜
多觀色不可得觀受想行識不可得觀眼處
不可得觀耳鼻舌身意處不可得觀色處不
可得觀聲香味觸法處不可得觀眼界不可
得觀耳鼻舌身意界不可得觀色界不可得
觀聲香味觸法界不可得觀眼識界不可得
觀耳鼻舌身意識界不可得觀眼觸不可得
觀耳鼻舌身意觸不可得觀眼觸爲緣所生
諸受不可得觀耳鼻舌身意觸爲緣所生諸
受不可得觀地界不可得觀水火風空識界
不可得觀無明不可得觀行識名色六處觸
受愛取有生老死愁歎苦憂惱不可得觀布
施波羅蜜多不可得觀淨戒安忍精進靜慮
般若波羅蜜多不可得觀內空不可得觀外
空內外空空空大空勝義空有爲空無爲空
畢竟空無際空散空無變異空本性空自相
空共相空一切法空不可得空無性空自性
空無性自性空不可得觀眞如不可得觀法
界法性不虛妄性不變異性平等性離生性
法定法住實際虛空界不思議界不可得觀
苦聖諦不可得觀集滅道聖諦不可得觀四
靜慮不可得觀四無量四無色定不可得觀
八解脫不可得觀八勝處九次第定十遍處
不可得觀四念住不可得觀四正斷四神足
五根五力七等覺支八聖道支不可得觀空
解脫門不可得觀無相無願解脫門不可得
觀五眼不可得觀六神通不可得觀佛十力
不可得觀四無所畏四無礙解大慈大悲大
喜大捨十八佛不共法不可得觀無忘失法

不可得觀恒住捨性不可得觀一切智不可得觀道相智一切相智不可得觀一切陀羅尼門不可得觀一切三摩地門不可得觀預流果不可得觀一來不還阿羅漢果不可得觀獨覺菩提不可得觀一切菩薩摩訶薩行不可得觀諸佛無上正等菩提不可得觀有爲界不可得觀無爲界不可得如是菩薩觀一切法不可得故無作無作故無生無生故無滅無滅故畢竟清淨常住無變所以者何以一切法如來出世若不出世安住法性安住法界安住法住安住法定無生無滅恒無變易是菩薩摩訶薩心常無亂恒時安住一切智智相應作意如實觀察一切法性都無所有復持如是妙慧善根與諸有情平等共有迴向無上正等菩提以無所得而爲方便如是迴向大菩提時遠離三心謂誰迴向用何迴向迴向何處如是三心皆永不起善現是爲菩薩摩訶薩安住靜慮波羅蜜多引攝般若波羅蜜多爾時具壽善現白佛言世尊云何菩薩摩訶薩安住般若波羅蜜多引攝布施波羅蜜多佛言善現若菩薩摩訶薩安住般若波羅蜜多觀一切法空無所有具壽善現即白佛言云何菩薩摩訶薩觀一切法空無所有佛言善現是菩薩摩訶薩安住般若波羅蜜多觀內空性內空性不可得觀外空性外空性不可得觀內外空性內外空性不可得觀空空性空空性不可得觀大空性大空性不可得觀勝義空性勝義空性不可得觀有爲空性有爲空性不可得觀無爲空性無爲空性不可得觀畢竟空性畢竟空性

不可得觀無際空性無際空性不可得觀散空性散空性不可得觀無變異空性無變異空性不可得觀本性空性本性空性不可得觀自相空性自相空性不可得觀共相空性共相空性不可得觀一切法空性一切法空性不可得觀不可得空性不可得空性不可得觀無性空性無性空性不可得觀自性空性自性空性不可得觀無性自性空性無性自性空性不可得是菩薩摩訶薩安住如是諸空觀中不得色若空若不空不得受想行識若空若不空不得眼處若空若不空不得耳鼻舌身意處若空若不空不得色處若空若不空不得聲香味觸法處若空若不空不得眼界若空若不空不得耳鼻舌身意界若空若不空不得色界若空若不空不得聲香

味觸法界若空若不空不得眼識界若空若不空不得耳鼻舌身意識界若空若不空不得眼觸若空若不空不得耳鼻舌身意觸若空若不空不得眼觸為緣所生諸受若空若不空不得耳鼻舌身意觸為緣所生諸受若空若不空不得地界若空若不空不得水火風空識界若空若不空不得無明若空若不空不得行識名色六處觸受愛取有生老死愁歎苦憂惱若空若不空不得布施波羅蜜多若空若不空不得淨戒安忍精進靜慮般若波羅蜜多若空若不空不得內空若空若不空不得外空內外空空空大空勝義空有爲空無爲空畢竟空無際空散空無變異空本性空自相空共相空一切法空不可得空無性空自性空無性自性空若空若不空不

得眞如若空若不空不得法界法性不虛妄性不變異性平等性離生性法定法住實際虛空界不思議界若空若不空不得苦聖諦若空若不空不得集滅道聖諦若空若不空不得四靜慮若空若不空不得四無量四無色定若空若不空不得八解脫若空若不空不得八勝處九次第定十遍處若空若不空不得四念住若空若不空不得四正斷四神足五根五力七等覺支八聖道支若空若不空不得空解脫門若空若不空不得無相無願解脫門若空若不空不得五眼若空若不空不得六神通若空若不空不得佛十力若空若不空不得四無所畏四無礙解大慈大悲大喜大捨十八佛不共法若空若不空不得無忘失法若空若不空不得恒住捨性若空若不空不得一切智若空若不空不得道相智一切相智若空若不空不得一切陀羅尼門若空若不空不得一切三摩地門若空若不空不得預流果若空若不空不得一來不還阿羅漢果若空若不空不得獨覺菩提若空若不空不得一切菩薩摩訶薩行若空若不空不得諸佛無上正等菩提若空若不空不得有爲界若空若不空不得無爲界若空若不空是菩薩摩訶薩如是安住甚深般若波羅蜜多於諸有情所有布施若食若飲若乘若衣若諸香花卧具舍宅燈燭牀座若諸金銀末尼眞珠末羅羯多螺貝璧玉珊瑚石藏帝青金剛吠瑠璃等種種珍寶若諸醫藥塗香末香財穀資具諸如是等皆觀爲空若能施若所施若施福如是一切亦觀爲空

是時菩薩慳心著心畢竟不起所以者何是菩薩摩訶薩行深般若波羅蜜多從初發心乃至安坐妙菩提座如是分別一切不起如諸如來應正等覺未嘗暫起慳心著心是菩薩摩訶薩亦復如是行深般若波羅蜜多慳心著心皆永不起善現當知甚深般若波羅蜜多是諸菩薩摩訶薩師能令菩薩摩訶薩衆不起一切妄想分別諸菩薩摩訶薩安住如是甚深般若波羅蜜多所行布施皆無染著復持如是布施善根與諸有情平等共有迴向無上正等菩提以無所得而爲方便如是迴向大菩提時遠離三心謂誰迴向用何迴向迴向何處如是三心皆永不起善現是爲菩薩摩訶薩安住般若波羅蜜多引攝布施波羅蜜多具壽善現復白佛言世尊云何

菩薩摩訶薩安住般若波羅蜜多引攝淨戒波羅蜜多佛言善現若菩薩摩訶薩安住般若波羅蜜多不起聲聞獨覺等心何以故是菩薩摩訶薩觀諸聲聞獨覺等地皆不可得迴向聲聞獨覺等心及彼身語亦不可得是菩薩摩訶薩安住般若波羅蜜多從初發心乃至安坐妙菩提座於其中間自離斷生命亦勸他離斷生命無倒稱揚離斷生命法歡喜讚歎離斷生命者自離不與取亦勸他離不與取無倒稱揚離不與取法歡喜讚歎離不與取者自離欲邪行亦勸他離欲邪行無倒稱揚離欲邪行法歡喜讚歎離欲邪行者自離虛誑語亦勸他離虛誑語無倒稱揚離虛誑語法歡喜讚歎離虛誑語者自離麤惡語亦勸他離麤惡語無倒稱揚離麤惡語法

歡喜讚歎離麤惡語者自離離間語亦勸他離離間語無倒稱揚離離間語法歡喜讚歎離離間語者自離雜穢語亦勸他離雜穢語無倒稱揚離雜穢語法歡喜讚歎離雜穢語者自離貪欲亦勸他離貪欲無倒稱揚離貪欲法歡喜讚歎離貪欲者自離瞋恚亦勸他離瞋恚無倒稱揚離瞋恚法歡喜讚歎離瞋恚者自離邪見亦勸他離邪見無倒稱揚離邪見法歡喜讚歎離邪見者是菩薩摩訶薩持此淨戒所生善根不求欲界色界無色界不求聲聞及獨覺地但持如是淨戒善根與諸有情平等共有迴向無上正等菩提以無所得而為方便如是迴向大菩提時遠離三心謂誰迴向用何迴向迴向何處如是三心皆永不起善現是為菩薩摩訶薩安住般若

波羅蜜多引攝淨戒波羅蜜多具壽善現復白佛言世尊云何菩薩摩訶薩安住般若波羅蜜多引攝安忍波羅蜜多佛言善現若菩薩摩訶薩安住般若波羅蜜多起隨順忍得此忍已常作是念一切法中無有一法若起若盡若生若滅若老若病若能罵者若受罵者若能謗者若受謗者若能割者若受割者若能截者若受截者若能刺者若受刺者若能破者若受破者若能縛者若受縛者若能打者若受打者若能惱者若受惱者若能殺者若受殺者如是一切性相皆空不應於中妄想分別是菩薩摩訶薩從初發心乃至安坐妙菩提座於其中間假使一切有情之類皆來毀謗訶責凌辱以諸刀杖瓦石塊等加害捶打割截斫刺乃至分解身諸支節菩薩

爾時心無變異但作是念甚可恠哉諸法性中都無毀謗訶責淩辱加害等事而諸有情妄想分別謂爲實有發起種種煩惱惡業現在當來受諸苦惱是菩薩摩訶薩復持如是安忍善根與諸有情平等共有迴向無上正等菩提以無所得而爲方便如是迴向大菩提時遠離三心謂誰迴向用何迴向何處如是三心皆永不起善現是爲菩薩摩訶薩安住般若波羅蜜多引攝安忍波羅蜜多具壽善現復白佛言世尊云何菩薩摩訶薩安住般若波羅蜜多引攝精進波羅蜜多佛言善現若菩薩摩訶薩安住般若波羅蜜多勇猛精進爲諸有情宣說正法身心無倦是菩薩摩訶薩住四神足方便善巧身心精進常無懈息能往一世界或十世界或百世界或千世界或百千世界或百千俱胝那庾多世界諸有情所宣說正法方便教導令住布施波羅蜜多方便教導令住淨戒安忍精進靜慮般若波羅蜜多方便教導令住內空方便教導令住外空內外空空空大空勝義空有爲空無爲空畢竟空無際空散空無變異空本性空自相空共相空一切法空不可得空無性空自性空無性自性空方便教導令住眞如方便教導令住法界法性不虛妄性不變異性平等性離生性法定法住實際虛空界不思議界方便教導令住苦聖諦方便教導令住集滅道聖諦方便教導令住四靜慮方便教導令住四無量四無色定方便教導令住八解脫方便教導令住八勝處九次第定十遍處方便教導令住四念住方便教

道令住四正斷四神足五根五力七等覺支八聖道支方便教導令住空解脱門方便教導令住無相無願解脱門方便教導令住五眼方便教導令住六神通方便教導令住佛十力方便教導令住四無所畏四無礙解大慈大悲大喜大捨十八佛不共法方便教導令住無忘失法方便教導令住恒住捨性方便教導令住一切智方便教導令住道相智一切相智方便教導令住一切陀羅尼門方便教導令住一切三摩地門方便教導令住預流果方便教導令住一來不還阿羅漢果方便教導令住獨覺菩提方便教導令住一切菩薩摩訶薩行方便教導令住諸佛無上正等菩提雖令安住如上所説種種功德而不令其住著有爲或無爲界是菩薩摩訶薩復持如是精進善根與諸有情平等共有迴向無上正等菩提以無所得而爲方便如是迴向大菩提時遠離三心謂誰迴向用何迴向迴向何處如是三心皆永不起善現是爲菩薩摩訶薩安住般若波羅蜜多引攝精進波羅蜜多具壽善現復白佛言世尊云何菩薩摩訶薩安住般若波羅蜜多引攝靜慮波羅蜜多佛言善現若菩薩摩訶薩安住般若波羅蜜多除佛三摩地於餘所有諸三摩地若聲聞三摩地若獨覺三摩地若菩薩三摩地皆能自在隨意入出是菩薩摩訶薩安住自在三摩地中於八解脱皆能自在順逆入出云何爲八謂内有色想觀外諸色是初解脱内無色想觀外諸色是第二解脱淨勝解身作證是第三解脱超一切色想滅有對想

不思惟種種想入無邊空空無邊處定具足住是第四解脱超一切空無邊處定入無邊識識無邊處定具足住是第五解脱超一切識無邊處定入無少所有無所有處定具足住是第六解脱超一切無所有處定入非想非非想處定具足住是第七解脱超一切非想非非想處定入滅想受定具足住是第八解脱是菩薩摩訶薩能於如是八解脱中若順若逆入出自在復能於彼九次第定自在隨意順逆入出云何爲九謂離欲惡不善法有尋有伺離生喜樂入初靜慮具足住是初次第定尋伺寂靜住内等淨心一趣性無尋無伺定生喜樂入第二靜慮具足住是第二次第定離喜住捨具念正知領身受樂聖者於中能説能捨具念樂住入第三靜慮具足住是第三次第定斷樂斷苦先喜憂沒不苦不樂捨念清淨入第四靜慮具足住是第四次第定超一切色想滅有對想不思惟種種想入無邊空空無邊處定具足住是第五次第定超一切空無邊處定入無邊識識無邊處定具足住是第六次第定超一切識無邊處定入無少所有無所有處定具足住是第七次第定超一切無所有處定入非想非非想處定具足住是第八次第定超一切非想非非想處定入滅想受定具足住是第九次第定是菩薩摩訶薩能於如是九次第定若順若逆入出自在善現當知是菩薩摩訶薩於八解脱九次第定善成熟已復能入菩薩摩訶薩師子頻申三摩地云何名爲菩薩摩訶薩師子頻申三摩地善現若菩薩摩訶薩

離欲惡不善法有尋有伺離生喜樂入初靜慮具足住尋伺寂靜住內等淨心一趣性無尋無伺定生喜樂入第二靜慮具足住離喜住捨具念正知領身受樂聖者於中能說能捨具念樂住入第三靜慮具足住斷樂斷苦先喜憂沒不苦不樂捨念清淨入第四靜慮具足住超一切色想滅有對想不思惟種種想入無邊空空無邊處定具足住超一切空無邊處定入無邊識識無邊處定具足住超一切識無邊處定入無少所有無所有處定具足住超一切無所有處定入非想非非想處定具足住超一切非想非非想處定入滅想受定具足住復從滅想受定起還入非想非非想處定從非想非非想處定起入無所有處定從無所有處定起入識無邊處定從

識無邊處定起入空無邊處定從空無邊處定起入第四靜慮從第四靜慮起入第三靜慮從第三靜慮起入第二靜慮從第二靜慮起入初靜慮善現是為菩薩摩訶薩師子頻申三摩地善現當知是菩薩摩訶薩於師子頻申三摩地善成熟已復能入菩薩摩訶薩集散三摩地云何名為菩薩摩訶薩集散三摩地善現若菩薩摩訶薩離欲惡不善法有尋有伺離生喜樂入初靜慮具足住從初靜慮起入第二靜慮具足住從第二靜慮起入第三靜慮具足住從第三靜慮起入第四靜慮具足住從第四靜慮起入空無邊處定具足住從空無邊處定起入識無邊處定具足住從識無邊處定起入無所有處定具足住從無所有處定起入非想非非想處定具足

住從非想非非想處定起入滅想受定具足住從滅想受定起入初靜慮從初靜慮起入滅想受定從滅想受定起入第二靜慮從第二靜慮起入滅想受定從滅想受定起入第三靜慮從第三靜慮起入滅想受定從滅想受定起入第四靜慮從第四靜慮起入滅想受定從滅想受定起入空無邊處定從空無邊處定起入滅想受定從滅想受定起入識無邊處定從識無邊處定起入滅想受定從滅想受定起入無所有處定從無所有處定起入滅想受定從滅想受定起入非想非非想處定從非想非非想處定起入滅想受定從滅想受定起住不定心從不定心入滅想受定從滅想受定起住不定心從不定心入非想非非想處定從非想非非想處定起住不定心從不定心入無所有處定從無所有處定起住不定心從不定心入識無邊處定從識無邊處定起住不定心從不定心入空無邊處定從空無邊處定起住不定心從不定心入第四靜慮從第四靜慮起住不定心從不定心入第三靜慮從第三靜慮起住不定心從不定心入第二靜慮從第二靜慮起住不定心從不定心入初靜慮從初靜慮起住不定心善現是爲菩薩摩訶薩集散三摩地若菩薩摩訶薩安住集散三摩地中得一切法平等實性是菩薩摩訶薩復持如是靜慮善根與諸有情平等共有迴向無上正等菩提以無所得而爲方便如是迴向大菩提時遠離三心謂誰迴向用何迴向迴向何處如是三心皆永不起善現是爲菩薩摩訶薩

安住般若波羅蜜多引攝靜慮波羅蜜多

大般若波羅蜜多經卷第三百五十

音釋

泡（泡音抛水漚也）芭蕉（芭音巴蕉音焦）迅速（迅思晉切迅速疾也）山崖（崖宜皆切）燎（音料燒也）捫摩（捫音門謂捫撫摩抄也）厭惡（厭於艷切惡烏故切）掉（杜弔切搖也）捶打（捶主蘂切打音頂捶打以杖擊也）

大般若波羅蜜多經卷第三百五十一

唐三藏法師玄奘奉　詔譯

初分多問不二品第六十一之一

爾時具壽善現白佛言世尊若菩薩摩訶薩成就如是方便善巧發心已來爲經幾時佛言善現是菩薩摩訶薩發心已來經於無數百千俱胝那庾多劫具壽善現復白佛言世尊若菩薩摩訶薩成就如是方便善巧已曾親近供養幾佛佛言善現是菩薩摩訶薩已曾親近供養殑伽沙等諸佛具壽善現復白佛言世尊若菩薩摩訶薩成就如是方便善巧已曾種植幾所善根佛言善現是菩薩摩訶薩發心已來無有布施波羅蜜多而不圓滿精勤修習無有淨戒波羅蜜多而不圓滿精勤修習無有安忍波羅蜜多而不圓滿精勤修習無有精進波羅蜜多而不圓滿精勤修習無有靜慮波羅蜜多而不圓滿精勤修習無有般若波羅蜜多而不圓滿精勤修習是菩薩摩訶薩發心已來無有內空而不圓滿精勤安住無有外空內外空空空大空勝義空有爲空無爲空畢竟空無際空散空無變異空本性空自相空共相空一切法空不可得空無性空自性空無性自性空而不圓滿精勤安住是菩薩摩訶薩發心已來無有眞如而不圓滿精勤安住無有法界法性不虛妄性不變異性平等性離生性法定法住實際虛空界不思議界而不圓滿精勤安住是菩薩摩訶薩發心已來無有苦聖諦而不圓滿精勤安住無有集滅道聖諦而不圓滿精勤安住是菩薩摩訶薩發心已來無有四

靜慮而不圓滿精勤修習無有四無量四無色定而不圓滿精勤修習是菩薩摩訶薩發心已來無有八解脱而不圓滿精勤修習無有八勝處九次第定十遍處而不圓滿精勤修習是菩薩摩訶薩發心已來無有四念住而不圓滿精勤修習無有四正斷四神足五根五力七等覺支八聖道支而不圓滿精勤修習是菩薩摩訶薩發心已來無有空解脱門而不圓滿精勤修習無有無相無願解脱門而不圓滿精勤修習是菩薩摩訶薩發心已來無有五眼而不圓滿精勤修習無有六神通而不圓滿精勤修習是菩薩摩訶薩發心已來無有佛十力而不圓滿精勤修習無有四無所畏四無礙解大慈大悲大喜大捨十八佛不共法而不圓滿精勤修習是菩薩摩訶薩發心已來無有無忘失法而不圓滿精勤修習無有恒住捨性而不圓滿精勤修習是菩薩摩訶薩發心已來無有一切智而不圓滿精勤修習無有道相智一切相智而不圓滿精勤修習是菩薩摩訶薩發心已來無有陀羅尼門而不圓滿精勤修習無有三摩地門而不圓滿精勤修習是菩薩摩訶薩發心已來無有菩薩摩訶薩行而不圓滿精勤修習無有無上正等菩提而不圓滿精勤修習善現是菩薩摩訶薩發心已來種植如上圓滿善根由此因緣成就如是方便善巧具壽善現復白佛言世尊若菩薩摩訶薩成就如是方便善巧甚爲希有佛言善現如是如是如汝所説是菩薩摩訶薩成就如是方便善巧甚爲希有善現當知如日月輪周行

照燭四大洲界作大事業其中所有若情非情隨彼光明勢力而轉各成已事如是般若波羅蜜多照燭餘五波羅蜜多作大事業布施等五波羅蜜多隨順般若波羅蜜多勢力而轉各成已事善現當知布施等五波羅蜜多皆由般若波羅蜜多所攝受故乃得名爲波羅蜜多若離般若波羅蜜多布施等五不得名爲波羅蜜多善現當知如轉輪王若無七寶不得名爲轉輪聖王要具七寶乃得名爲轉輪聖王布施等五波羅蜜多亦復如是若非般若波羅蜜多之所攝受不得名爲波羅蜜多要爲般若波羅蜜多之所攝受乃得名爲波羅蜜多善現當知如有女人端正巨富若無強夫所守護者易爲惡人之所侵凌布施等五波羅蜜多亦復如是若無般若波羅蜜多力所攝護易爲天魔及彼眷屬之所沮壞善現當知如有女人端正巨富若有強夫所守護者不爲惡人之所侵凌布施等五波羅蜜多亦復如是若有般若波羅蜜多力所攝護一切天魔及彼眷屬不能沮壞善現當知如有軍將臨戰陣時善備種種鎧鉀刀杖隣國怨敵所不能害布施等五波羅蜜多亦復如是若不遠離甚深般若波羅蜜多天魔眷屬增上慢人乃至菩薩旃荼羅等皆不能壞善現當知如贍部洲諸小王等隨時朝侍轉輪聖王因轉輪王得遊勝處布施等五波羅蜜多亦復如是隨順般若波羅蜜多由彼勢力所引導故速趣無上正等菩提善現當知如贍部洲東方諸水無不皆趣殑伽大河與殑伽河俱入大海布施等五波羅蜜多

亦復如是無不皆爲甚深般若波羅蜜多所攝引故能到無上正等菩提善現當知如人右手能作衆事甚深般若波羅蜜多亦復如是能引一切殊勝善法善現當知如人左手所作不便布施等五波羅蜜多亦復如是不能引生殊勝善法善現當知譬如衆流若大若小皆入大海同一鹹味布施等五波羅蜜多亦復如是皆爲般若波羅蜜多所攝引故同至無上正等菩提由此皆名能到彼岸善現當知如轉輪王欲有所趣四軍導從輪寶居先王及四軍念欲飲食輪則爲住既飲食已王念欲行輪則前去其輪去住隨王意欲至所趣方不復前去布施等五波羅蜜多亦復如是與諸善法欲趣無上正等菩提要因般若波羅蜜多以爲前導進止俱隨不相捨離若至佛果更不前進善現當知如轉輪王七寶具足所謂輪寶象寶馬寶主藏臣寶女寶將寶如意珠寶其轉輪王欲有所至四軍七寶前後導從爾時輪寶雖最居先而不分別前後之相布施等五波羅蜜多亦復如是與諸善法欲趣無上正等菩提必以般若波羅蜜多爲其前導然此般若波羅蜜多不作是念我於布施淨戒安忍精進靜慮波羅蜜多最爲前導彼隨從我布施等五波羅蜜多不作是念甚深般若波羅蜜多居我等前我隨從彼何以故善現波羅蜜多及一切法自性皆鈍無所能爲虛妄不實空無所有不自在相譬如陽焰光影水月鏡中像等其中都無分別作用眞實自體爾時具壽善現白佛言世尊若一切法自性皆空云何菩薩摩訶

薩精勤修學布施淨戒安忍精進靜慮般若波羅蜜多當得無上正等菩提佛言善現諸菩薩摩訶薩於此六種波羅蜜多勤修學時恒作是念世間有情心皆顛倒没生死苦不能自脱我若不修善巧方便不能解脱彼生死苦我當爲彼諸有情類精勤修學布施淨戒安忍精進靜慮般若波羅蜜多善巧方便善現是菩薩摩訶薩作是念已爲諸有情捨内外物捨已復作如是思惟我於此物都無所捨何以故此内外物自性皆空非關於我不可捨故善現是菩薩摩訶薩由此觀察修行布施波羅蜜多速得圓滿疾證無上正等菩提善現是菩薩摩訶薩爲諸有情終不犯戒所以者何是菩薩摩訶薩恒作是念我爲有情求趣無上正等菩提若斷生命不與而取行欲邪行是所不應我爲有情求趣無上正等菩提作虚誑語作離間語作麤惡語作雜穢語是所不應我爲有情求趣無上正等菩提發起貪欲瞋恚邪見是所不應我爲有情求趣無上正等菩提求妙欲境求天富樂求作帝釋魔梵王等是所不應我爲有情求趣無上正等菩提求住聲聞或獨覺地是所不應善現是菩薩摩訶薩由此觀察修行淨戒波羅蜜多速得圓滿疾證無上正等菩提善現是菩薩摩訶薩爲諸有情不起瞋恨假使恒被毀謗凌辱辛楚苦言切於心髓終不發起一念瞋恨設復常遭刀仗瓦石杖塊等物捶打其身割截斫刺節節支解亦不發起一念惡心所以者何是菩薩摩訶薩觀察一切聲知谷響色如聚沫我爲饒益一切有情

不應於中妄起瞋恨善現是菩薩摩訶薩由此觀察修行安忍波羅蜜多速得圓滿疾證無上正等菩提善現是菩薩摩訶薩爲諸有情勤求善法乃至無上正等菩提於其中間常無懈怠何以故是菩薩摩訶薩恒作是念我若懈怠不能拔濟諸有情類生老病死亦不能得所求無上正等菩提善現是菩薩摩訶薩由此觀察修行精進波羅蜜多速得圓滿疾證無上正等菩提善現是菩薩摩訶薩爲諸有情修諸勝定乃至無上正等菩提終不發起貪瞋癡等散亂之心所以者何是菩薩摩訶薩恒作是念若我發起貪俱行心瞋俱行心癡俱行心及於餘事散亂之心則不能成饒益他事亦不能得所求無上正等菩提善現是菩薩摩訶薩由此觀察修行靜慮

波羅蜜多速得圓滿疾證無上正等菩提善現是菩薩摩訶薩爲諸有情常不遠離甚深般若波羅蜜多乃至無上正等菩提常勤修學世出世間微妙勝慧所以者何是菩薩摩訶薩恒作是念若異般若波羅蜜多終不能成利樂他事亦不能得所求無上正等菩提善現是菩薩摩訶薩由此觀察修行般若波羅蜜多速得圓滿疾證無上正等菩提爾時具壽善現白佛言世尊若六波羅蜜多無差別相皆是般若波羅蜜多所攝受故皆由般若波羅蜜多修成滿故應合成一波羅蜜多所謂般若波羅蜜多云何可說甚深般若波羅蜜多於布施等波羅蜜多爲最爲勝爲長爲尊爲妙爲微妙爲上爲無上佛言善現如是如是如汝所說布施等六波羅蜜多無差

別相若無般若波羅蜜多布施等五不得名爲波羅蜜多要因般若波羅蜜多布施等五乃得名爲波羅蜜多由此前五波羅蜜多攝在般若波羅蜜多故但有一波羅蜜多所謂般若波羅蜜多是故一切波羅蜜多無差別相善現當知如諸有情雖有種種身相差別若有隣近妙高山王咸同一色布施等五波羅蜜多亦復如是雖有種種品類差別而爲般若波羅蜜多所攝受故皆由般若波羅蜜多修成滿故依止般若波羅蜜多方能趣入一切智智乃得名爲到彼岸故皆同一味相無差別不可施設此是布施波羅蜜多此是淨戒安忍精進靜慮般若波羅蜜多何以故善現如是六種波羅蜜多同能趣入一切智智能到彼岸相無差別由此因緣布施等六波羅蜜多無差別相具壽善現復白佛言波羅蜜多及一切法若隨實義皆無此彼勝劣差別何緣故說甚深般若波羅蜜多於布施等波羅蜜多爲最爲勝爲長爲尊爲妙爲微妙爲上爲無上佛言善現如是如是如汝所說若隨實義波羅蜜多及一切法皆無此彼勝劣差別但依世俗言說作用說有此彼勝劣差別施設布施波羅蜜多施設淨戒安忍精進靜慮般若波羅蜜多爲欲度脫諸有情類世俗作用生老病死然諸有情生老病死皆非實有但假施設所以者何有情無故當知諸法亦無所有甚深般若波羅蜜多了達一切都無所有能拔有情世俗作用生老病死由此故說甚深般若波羅蜜多於布施等波羅蜜多爲最爲勝爲長爲尊爲妙爲微妙

爲上爲無上善現當知如轉輪王所有女寶於人中女爲最爲勝爲長爲尊爲妙爲微妙爲上爲無上如是般若波羅蜜多於布施等波羅蜜多爲最爲勝爲長爲尊爲妙爲微妙爲上爲無上具壽善現復白佛言佛以何意但說般若波羅蜜多於布施等波羅蜜多爲最爲勝爲長爲尊爲妙爲微妙爲上爲無上佛言善現由此般若波羅蜜多能善攝取一切善法和合趣入一切智智安住不動以無所住而爲方便具壽善現復白佛言如是般若波羅蜜多於諸善法有取捨不佛言不也甚深般若波羅蜜多於一切法無取無捨何以故善現以一切法皆不可取不可捨故爾時具壽善現復白佛言世尊甚深般若波羅蜜多於何等法無取無捨佛言善現甚深般若波羅蜜多於色無取無捨於受想行識無取無捨甚深般若波羅蜜多於眼處無取無捨於耳鼻舌身意處無取無捨甚深般若波羅蜜多於色處無取無捨於聲香味觸法處無取無捨甚深般若波羅蜜多於眼界無取無捨於耳鼻舌身意界無取無捨甚深般若波羅蜜多於色界無取無捨於聲香味觸法界無取無捨甚深般若波羅蜜多於眼識界無取無捨於耳鼻舌身意識界無取無捨甚深般若波羅蜜多於眼觸無取無捨於耳鼻舌身意觸無取無捨甚深般若波羅蜜多於眼觸爲緣所生諸受無取無捨於耳鼻舌身意觸爲緣所生諸受無取無捨甚深般若波羅蜜多於地界無取無捨於水火風空識界無取無捨甚深般若波羅蜜多於無明無取

無捨於行識名色六處觸受愛取有生老死愁歎苦憂惱無取無捨甚深般若波羅蜜多於布施波羅蜜多無取無捨於淨戒安忍精進靜慮般若波羅蜜多無取無捨甚深般若波羅蜜多於內空無取無捨於外空內外空空空大空勝義空有爲空無爲空畢竟空無際空散空無變異空本性空自相空共相空一切法空不可得空無性空自性空無性自性空無取無捨甚深般若波羅蜜多於眞如無取無捨於法界法性不虛妄性不變異性平等性離生性法定法住實際虛空界不思議界無取無捨甚深般若波羅蜜多於苦聖諦無取無捨於集滅道聖諦無取無捨甚深般若波羅蜜多於四靜慮無取無捨於四無量四無色定無取無捨甚深般若波羅蜜多於八解脫無取無捨於八勝處九次第定十遍處無取無捨甚深般若波羅蜜多於四念住無取無捨於四正斷四神足五根五力七等覺支八聖道支無取無捨甚深般若波羅蜜多於空解脫門無取無捨於無相無願解脫門無取無捨甚深般若波羅蜜多於五眼無取無捨於六神通無取無捨甚深般若波羅蜜多於佛十力無取無捨於四無所畏四無礙解大慈大悲大喜大捨十八佛不共法無取無捨甚深般若波羅蜜多於無忘失法無取無捨於恒住捨性無取無捨甚深般若波羅蜜多於一切智無取無捨於道相智一切相智無取無捨甚深般若波羅蜜多於一切陀羅尼門無取無捨於一切三摩地門無取無捨甚深般若波羅蜜多於預流果無取

無捨於一來不還阿羅漢果無取無捨甚深般若波羅蜜多於獨覺菩提無取無捨甚深般若波羅蜜多於一切菩薩摩訶薩行無取無捨甚深般若波羅蜜多於諸佛無上正等菩提無取無捨具壽善現復白佛言世尊甚深般若波羅蜜多云何於色無取無捨云何於受想行識無取無捨甚深般若波羅蜜多云何於眼處無取無捨云何於耳鼻舌身意處無取無捨甚深般若波羅蜜多云何於色處無取無捨云何於聲香味觸法處無取無捨甚深般若波羅蜜多云何於眼界無取無捨云何於耳鼻舌身意界無取無捨甚深般若波羅蜜多云何於色界無取無捨云何於聲香味觸法界無取無捨甚深般若波羅蜜多云何於眼識界無取無捨云何於耳鼻舌身意識界無取無捨甚深般若波羅蜜多云何於眼觸無取無捨云何於耳鼻舌身意觸無取無捨甚深般若波羅蜜多云何於眼觸爲緣所生諸受無取無捨云何於耳鼻舌身意觸爲緣所生諸受無取無捨甚深般若波羅蜜多云何於地界無取無捨云何於水火風空識界無取無捨甚深般若波羅蜜多云何於無明無取無捨云何於行識名色六處觸受愛取有生老死愁歎苦憂惱無取無捨甚深般若波羅蜜多云何於布施波羅蜜多無取無捨云何於淨戒安忍精進靜慮般若波羅蜜多無取無捨甚深般若波羅蜜多云何於內空無取無捨云何於外空內外空空空大空勝義空有爲空無爲空畢竟空無際空散空無變異空本性空自相空共相空一

切法空不可得空無性空自性空無性自性空無取無捨甚深般若波羅蜜多云何於真如無取無捨云何於法界法性不虛妄性不變異性平等性離生性法定法住實際虛空界不思議界無取無捨甚深般若波羅蜜多云何於苦聖諦無取無捨云何於集滅道聖諦無取無捨甚深般若波羅蜜多云何於四靜慮無取無捨云何於四無量四無色定無取無捨甚深般若波羅蜜多云何於八解脫無取無捨云何於八勝處九次第定十遍處無取無捨甚深般若波羅蜜多云何於四念住無取無捨云何於四正斷四神足五根五力七等覺支八聖道支無取無捨甚深般若波羅蜜多云何於空解脫門無取無捨云何於無相無願解脫門無取無捨甚深般若波羅蜜多云何於五眼無取無捨云何於六神通無取無捨甚深般若波羅蜜多云何於佛十力無取無捨云何於四無所畏四無礙解大慈大悲大喜大捨十八佛不共法無取無捨甚深般若波羅蜜多云何於無忘失法無取無捨云何於恒住捨性無取無捨甚深般若波羅蜜多云何於一切智無取無捨云何於道相智一切相智無取無捨甚深般若波羅蜜多云何於一切陀羅尼門無取無捨云何於一切三摩地門無取無捨甚深般若波羅蜜多云何於預流果無取無捨云何於一來不還阿羅漢果無取無捨甚深般若波羅蜜多云何於獨覺菩提無取無捨甚深般若波羅蜜多云何於一切菩薩摩訶薩行無取無捨甚深般若波羅蜜多云何於諸佛無上

正等菩提無取無捨佛言善現甚深般若波羅蜜多不思惟色如是於色無取無捨不思惟受想行識如是於受想行識無取無捨甚深般若波羅蜜多不思惟眼處如是於眼處無取無捨不思惟耳鼻舌身意處如是於耳鼻舌身意處無取無捨甚深般若波羅蜜多不思惟色處如是於色處無取無捨不思惟聲香味觸法處如是於聲香味觸法處無取無捨甚深般若波羅蜜多不思惟眼界如是於眼界無取無捨不思惟耳鼻舌身意界如是於耳鼻舌身意界無取無捨甚深般若波羅蜜多不思惟色界如是於色界無取無捨不思惟聲香味觸法界如是於聲香味觸法界無取無捨甚深般若波羅蜜多不思惟眼識界如是於眼識界無取無捨不思惟耳鼻舌身意識界如是於耳鼻舌身意識界無取無捨甚深般若波羅蜜多不思惟眼觸如是於眼觸無取無捨不思惟耳鼻舌身意觸如是於耳鼻舌身意觸無取無捨甚深般若波羅蜜多不思惟眼觸爲緣所生諸受如是於眼觸爲緣所生諸受無取無捨不思惟耳鼻舌身意觸爲緣所生諸受如是於耳鼻舌身意觸爲緣所生諸受無取無捨甚深般若波羅蜜多不思惟地界如是於地界無取無捨不思惟水火風空識界如是於水火風空識界無取無捨甚深般若波羅蜜多不思惟無明如是於無明無取無捨不思惟行識名色六處觸受愛取有生老死愁歎苦憂惱如是於行乃至老死愁歎苦憂惱無取無捨甚深般若波羅蜜多不思惟布施波羅蜜多如是

於布施波羅蜜多無取無捨不思惟淨戒安忍精進靜慮般若波羅蜜多如是於淨戒乃至般若波羅蜜多無取無捨甚深般若波羅蜜多不思惟內空如是於內空無取無捨不思惟外空內外空空空大空勝義空有爲空無爲空畢竟空無際空散空無變異空本性空自相空共相空一切法空不可得空無性空自性空無性自性空如是於外空乃至無性自性空無取無捨甚深般若波羅蜜多不思惟眞如如是於眞如無取無捨不思惟法界法性不虛妄性不變異性平等性離生性法定法住實際虛空界不思議界如是於法界乃至不思議界無取無捨甚深般若波羅蜜多不思惟苦聖諦如是於苦聖諦無取無捨不思惟集滅道聖諦如是於集滅道聖諦無取無捨甚深般若波羅蜜多不思惟四靜慮如是於四靜慮無取無捨不思惟四無量四無色定如是於四無量四無色定無取無捨甚深般若波羅蜜多不思惟八解脫如是於八解脫無取無捨不思惟八勝處九次第定十遍處如是於八勝處九次第定十遍處無取無捨甚深般若波羅蜜多不思惟四念住如是於四念住無取無捨不思惟四正斷四神足五根五力七等覺支八聖道支如是於四正斷乃至八聖道支無取無捨甚深般若波羅蜜多不思惟空解脫門如是於空解脫門無取無捨不思惟無相無願解脫門如是於無相無願解脫門無取無捨甚深般若波羅蜜多不思惟五眼如是於五眼無取無捨不思惟六神通如是於六神通無取無捨

甚深般若波羅蜜多不思惟佛十力如是於佛十力無取無捨不思惟四無所畏四無礙解大慈大悲大喜大捨十八佛不共法如是於四無所畏乃至十八佛不共法無取無捨甚深般若波羅蜜多不思惟無忘失法如是於無忘失法無取無捨不思惟恒住捨性如是於恒住捨性無取無捨甚深般若波羅蜜多不思惟一切智如是於一切智無取無捨不思惟道相智一切相智如是於道相智一切相智無取無捨甚深般若波羅蜜多不思惟一切陀羅尼門如是於一切陀羅尼門無取無捨不思惟一切三摩地門如是於一切三摩地門無取無捨甚深般若波羅蜜多不思惟預流果如是於預流果無取無捨不思惟一來不還阿羅漢果如是於一來不還阿羅漢果無取無捨甚深般若波羅蜜多不思惟獨覺菩提如是於獨覺菩提無取無捨甚深般若波羅蜜多不思惟一切菩薩摩訶薩行如是於一切菩薩摩訶薩行無取無捨甚深般若波羅蜜多不思惟諸佛無上正等菩提如是於諸佛無上正等菩提無取無捨具壽善現復白佛言世尊甚深般若波羅蜜多云何不思惟色云何不思惟受想行識甚深般若波羅蜜多云何不思惟眼處云何不思惟耳鼻舌身意處甚深般若波羅蜜多云何不思惟色處云何不思惟聲香味觸法處甚深般若波羅蜜多云何不思惟眼界云何不思惟耳鼻舌身意界甚深般若波羅蜜多云何不思惟色界云何不思惟聲香味觸法界甚深般若波羅蜜多云何不思惟眼識界云

何不思惟耳鼻舌身意識界甚深般若波羅蜜多云何不思惟眼觸云何不思惟耳鼻舌身意觸甚深般若波羅蜜多云何不思惟眼觸爲緣所生諸受云何不思惟耳鼻舌身意觸爲緣所生諸受甚深般若波羅蜜多云何不思惟地界云何不思惟水火風空識界甚深般若波羅蜜多云何不思惟無明云何不思惟行識名色六處觸受愛取有生老死愁歎苦憂惱甚深般若波羅蜜多云何不思惟布施波羅蜜多云何不思惟淨戒安忍精進靜慮般若波羅蜜多甚深般若波羅蜜多云何不思惟內空云何不思惟外空內外空空空大空勝義空有爲空無爲空畢竟空無際空散空無變異空本性空自相空共相空一切法空不可得空無性空自性空無性自性

空甚深般若波羅蜜多云何不思惟眞如云何不思惟法界法性不虛妄性不變異性平等性離生性法定法住實際虛空界不思議界甚深般若波羅蜜多云何不思惟苦聖諦云何不思惟集滅道聖諦甚深般若波羅蜜多云何不思惟四靜慮云何不思惟四無量四無色定甚深般若波羅蜜多云何不思惟八解脫云何不思惟八勝處九次第定十遍處甚深般若波羅蜜多云何不思惟四念住云何不思惟四正斷四神足五根五力七等覺支八聖道支甚深般若波羅蜜多云何不思惟空解脫門云何不思惟無相無願解脫門甚深般若波羅蜜多云何不思惟五眼云何不思惟六神通甚深般若波羅蜜多云何不思惟佛十力云何不思惟四無所畏四無

礙解大慈大悲大喜大捨十八佛不共法甚深般若波羅蜜多云何不思惟無忘失法云何不思惟恒住捨性甚深般若波羅蜜多云何不思惟一切智云何不思惟道相智一切相智甚深般若波羅蜜多云何不思惟一切陀羅尼門云何不思惟一切三摩地門甚深般若波羅蜜多云何不思惟預流果云何不思惟一來不還阿羅漢果甚深般若波羅蜜多云何不思惟獨覺菩提甚深般若波羅蜜多云何不思惟一切菩薩摩訶薩行甚深般若波羅蜜多云何不思惟諸佛無上正等菩提

大般若波羅蜜多經卷第三百五十一

音釋

俱胝 梵語也此云百億胝張尼切　那庾多 梵語也此云萬億庾弋渚切　殑伽 梵語也此云天堂來河名也以從高處來故殑其拯其陵二切伽具才切　沮壞 沮才呂切止遏也　鎧鉀 鎧可亥切鉀音甲　鹹 音咸鹽味　鈍 徒困切不利也　塊 傾對切土塊也　捶打 捶主蘂切打音頂以杖擊也

大般若波羅蜜多經卷第三百五十二

唐三藏法師玄奘奉　詔譯

初分多問不二品第六十一之二

佛言善現甚深般若波羅蜜多於色不思惟一切相亦不思惟一切所緣如是不思惟色於受想行識不思惟一切相亦不思惟一切所緣如是不思惟受想行識甚深般若波羅蜜多於眼處不思惟一切相亦不思惟一切所緣如是不思惟眼處於耳鼻舌身意處不思惟一切相亦不思惟一切所緣如是不思惟耳鼻舌身意處甚深般若波羅蜜多於色處不思惟一切相亦不思惟一切所緣如是不思惟色處於聲香味觸法處不思惟一切相亦不思惟一切所緣如是不思惟聲香味觸法處甚深般若波羅蜜多於眼界不思惟一切相亦不思惟一切所緣如是不思惟眼界於耳鼻舌身意界不思惟一切相亦不思惟一切所緣如是不思惟耳鼻舌身意界甚深般若波羅蜜多於色界不思惟一切相亦不思惟一切所緣如是不思惟色界於聲香味觸法界不思惟一切相亦不思惟一切所緣如是不思惟聲香味觸法界甚深般若波羅蜜多於眼識界不思惟一切相亦不思惟一切所緣如是不思惟眼識界於耳鼻舌身意識界不思惟一切相亦不思惟一切所緣如是不思惟耳鼻舌身意識界甚深般若波羅蜜多於眼觸不思惟一切相亦不思惟一切所緣如是不思惟眼觸於耳鼻舌身意觸不思惟一切相亦不思惟一切所緣如是不思惟耳鼻舌身意觸甚深般若波羅蜜多於

眼觸爲緣所生諸受不思惟一切相亦不思惟一切所緣如是不思惟眼觸爲緣所生諸受於耳鼻舌身意觸爲緣所生諸受不思惟一切相亦不思惟一切所緣如是不思惟耳鼻舌身意觸爲緣所生諸受甚深般若波羅蜜多於地界不思惟一切相亦不思惟一切所緣如是不思惟地界於水火風空識界不思惟一切相亦不思惟一切所緣如是不思惟水火風空識界甚深般若波羅蜜多於無明不思惟一切相亦不思惟一切所緣如是不思惟無明於行識名色六處觸受愛取有生老死愁歎苦憂惱不思惟一切相亦不思惟一切所緣如是不思惟行乃至老死愁歎苦憂惱甚深般若波羅蜜多於布施波羅蜜多不思惟一切相亦不思惟一切所緣如是不思惟布施波羅蜜多於淨戒安忍精進靜慮般若波羅蜜多不思惟一切相亦不思惟一切所緣如是不思惟淨戒乃至般若波羅蜜多甚深般若波羅蜜多於內空不思惟一切相亦不思惟一切所緣如是不思惟內空於外空內外空空空大空勝義空有爲空無爲空畢竟空無際空散空無變異空本性空自相空共相空一切法空不可得空無性空自性空無性自性空不思惟一切相亦不思惟一切所緣如是不思惟外空乃至無性自性空甚深般若波羅蜜多於眞如不思惟一切相亦不思惟一切所緣如是不思惟眞如於法界法性不虛妄性不變異性平等性離生性法定法住實際虛空界不思議界不思惟一切相亦不思惟一切所緣如是不思惟

法界乃至不思議界甚深般若波羅蜜多於苦聖諦不思惟一切相亦不思惟一切所緣如是不思惟苦聖諦於集滅道聖諦不思惟一切相亦不思惟一切所緣如是不思惟集滅道聖諦甚深般若波羅蜜多於四靜慮不思惟一切相亦不思惟一切所緣如是不思惟四靜慮不四無量四無色定不思惟一切相亦思惟一切切所緣如是不思惟四無量四無色定甚深般若波羅蜜多於八解脫不思惟一切相亦不思惟一切所緣如是不思惟八解脫於八勝處九次第定十遍處不思惟一切相亦不思惟一切所緣如是不思惟八勝處九次第定十遍處甚深般若波羅蜜多於四念住不思惟一切相亦不思惟一切所緣如是不思惟四念住於四正斷四神足五根五力七等覺支八聖道支不思惟一切相亦不思惟一切所緣如是不思惟四正斷乃至八聖道支甚深般若波羅蜜多於空解脫門不思惟一切相亦不思惟一切所緣如是不思惟空解脫門於無相無願解脫門不思惟一切相亦不思惟一切所緣如是不思惟無相無願解脫門甚深般若波羅蜜多於五眼不思惟一切相亦不思惟一切所緣如是不思惟五眼於六神通不思惟一切相亦不思惟一切所緣如是不思惟六神通甚深般若波羅蜜多於佛十力不思惟一切相亦不思惟一切所緣如是不思惟佛十力於四無所畏四無礙解大慈大悲大喜大捨十八佛不共法不思惟一切相亦不思惟一切所緣如是不思惟四無所畏乃至十八佛不共

法甚深般若波羅蜜多於無忘失法不思惟一切相亦不思惟一切所緣如是不思惟無忘失法於恒住捨性不思惟一切相亦不思惟一切所緣如是不思惟恒住捨性甚深般若波羅蜜多於一切智不思惟一切相亦不思惟一切所緣如是不思惟一切智於道相智一切相智不思惟一切相亦不思惟一切所緣如是不思惟道相智一切相智甚深般若波羅蜜多於一切陀羅尼門不思惟一切相亦不思惟一切所緣如是不思惟一切陀羅尼門於一切三摩地門不思惟一切相亦不思惟一切所緣如是不思惟一切三摩地門甚深般若波羅蜜多於預流果不思惟一切相亦不思惟一切所緣如是不思惟預流果於一來不還阿羅漢果不思惟一切相亦不思惟一切所緣如是不思惟一來不還阿羅漢果甚深般若波羅蜜多於獨覺菩提不思惟一切相亦不思惟一切所緣如是不思惟獨覺菩提甚深般若波羅蜜多於一切菩薩摩訶薩行不思惟一切相亦不思惟一切所緣如是不思惟一切菩薩摩訶薩行甚深般若波羅蜜多於諸佛無上正等菩提不思惟一切相亦不思惟一切所緣如是不思惟諸佛無上正等菩提具壽善現復白佛言世尊若菩薩摩訶薩不思惟色亦不思惟受想行識云何增長所種善根若不增長所種善根云何圓滿波羅蜜多若不圓滿波羅蜜多云何能得一切智智世尊若菩薩摩訶薩不思惟眼處亦不思惟耳鼻舌身意處云何增長所種善根若不增長所種善根云何圓滿

波羅蜜多若不圓滿波羅蜜多云何能得一切智智世尊若菩薩摩訶薩不思惟色處亦不思惟聲香味觸去處云何增長所種善根若不增長所種善根云何圓滿波羅蜜多若不圓滿波羅蜜多云何能得一切智智世尊若菩薩摩訶薩不思惟眼界亦不思惟耳鼻舌身意界云何增長所種善根若不增長所種善根云何圓滿波羅蜜多若不圓滿波羅蜜多云何能得一切智智世尊若菩薩摩訶薩不思惟色界亦不思惟聲香味觸法界云何增長所種善根若不增長所種善根云何圓滿波羅蜜多若不圓滿波羅蜜多云何能得一切智智世尊若菩薩摩訶薩不思惟眼識界亦不思惟耳鼻舌身意識界云何增長所種善根若不增長所種善根云何圓滿波

羅蜜多若不圓滿波羅蜜多云何能得一切智智世尊若菩薩摩訶薩不思惟眼觸亦不思惟耳鼻舌身意觸云何增長所種善根若不增長所種善根云何圓滿波羅蜜多若不圓滿波羅蜜多云何能得一切智智世尊若菩薩摩訶薩不思惟眼觸爲緣所生諸受亦不思惟耳鼻舌身意觸爲緣所生諸受云何增長所種善根若不增長所種善根云何圓滿波羅蜜多若不圓滿波羅蜜多云何能得一切智智世尊若菩薩摩訶薩不思惟地界亦不思惟水火風空識界云何增長所種善根若不增長所種善根云何圓滿波羅蜜多若不圓滿波羅蜜多云何能得一切智智世尊若菩薩摩訶薩不思惟無明亦不思惟行識名色六處觸受愛取有生老死愁歎苦憂

惱云何增長所種善根若不增長所種善根云何圓滿波羅蜜多若不圓滿波羅蜜多云何能得一切智智世尊若菩薩摩訶薩不思惟布施波羅蜜多亦不思惟淨戒安忍精進靜慮般若波羅蜜多云何增長所種善根若不增長所種善根云何圓滿波羅蜜多若不圓滿波羅蜜多云何能得一切智智世尊若菩薩摩訶薩不思惟內空亦不思惟外空內外空空空大空勝義空有爲空無爲空畢竟空無際空散空無變異空本性空自相空共相空一切法空不可得空無性空自性空無性自性空云何增長所種善根若不增長所種善根云何圓滿波羅蜜多若不圓滿波羅蜜多云何能得一切智智世尊若菩薩摩訶薩不思惟眞如亦不思惟法界法性不虛妄性不變異性平等性離生性法定法住實際虛空界不思議界云何增長所種善根若不增長所種善根云何圓滿波羅蜜多若不圓滿波羅蜜多云何能得一切智智世尊若菩薩摩訶薩不思惟苦聖諦亦不思惟集滅道聖諦云何增長所種善根若不增長所種善根云何圓滿波羅蜜多若不圓滿波羅蜜多云何能得一切智智世尊若菩薩摩訶薩不思惟四靜慮亦不思惟四無量四無色定云何增長所種善根若不增長所種善根云何圓滿波羅蜜多若不圓滿波羅蜜多云何能得一切智智世尊若菩薩摩訶薩不思惟八解脫亦不思惟八勝處九次第定十遍處云何增長所種善根若不增長所種善根云何圓滿波羅蜜多若不圓滿波羅蜜多云何能

得一切智智世尊若菩薩摩訶薩不思惟四念住亦不思惟四正斷四神足五根五力七等覺支八聖道支云何增長所種善根若不增長所種善根云何圓滿波羅蜜多若不圓滿波羅蜜多云何能得一切智智世尊若菩薩摩訶薩不思惟空解脫門亦不思惟無相無願解脫門云何增長所種善根若不增長所種善根云何圓滿波羅蜜多若不圓滿波羅蜜多云何能得一切智智世尊若菩薩摩訶薩不思惟五眼亦不思惟六神通云何增長所種善根若不增長所種善根云何圓滿波羅蜜多若不圓滿波羅蜜多云何能得一切智智世尊若菩薩摩訶薩不思惟佛十力亦不思惟四無所畏四無礙解大慈大悲大喜大捨十八佛不共法云何增長所種善根若不增長所種善根云何圓滿波羅蜜多若不圓滿波羅蜜多云何能得一切智智世尊若菩薩摩訶薩不思惟無忘失法亦不思惟恒住捨性云何增長所種善根若不增長所種善根云何圓滿波羅蜜多若不圓滿波羅蜜多云何能得一切智智世尊若菩薩摩訶薩不思惟一切智亦不思惟道相智一切相智云何增長所種善根若不增長所種善根云何圓滿波羅蜜多若不圓滿波羅蜜多云何能得一切智智世尊若菩薩摩訶薩不思惟一切陀羅尼門亦不思惟一切三摩地門云何增長所種善根若不增長所種善根云何圓滿波羅蜜多若不圓滿波羅蜜多云何能得一切智智世尊若菩薩摩訶薩不思惟預流果亦不思惟一來不還阿羅漢果云何

增長所種善根若不增長所種善根云何圓滿波羅蜜多若不圓滿波羅蜜多云何能得一切智智世尊若菩薩摩訶薩不思惟獨覺菩提云何增長所種善根若不增長所種善根云何圓滿波羅蜜多若不圓滿波羅蜜多云何能得一切智智世尊若菩薩摩訶薩不思惟一切菩薩摩訶薩行云何增長所種善根若不增長所種善根云何圓滿波羅蜜多若不圓滿波羅蜜多云何能得一切智智世尊若菩薩摩訶薩不思惟諸佛無上正等菩提云何增長所種善根若不增長所種善根云何圓滿波羅蜜多若不圓滿波羅蜜多云何能得一切智智佛言善現若時菩薩摩訶薩不思惟色亦不思惟受想行識是時菩薩摩訶薩便能增長所種善根所種善根得增長故便能圓滿波羅蜜多波羅蜜多得圓滿故便能證得一切智智善現若時菩薩摩訶薩不思惟眼處亦不思惟耳鼻舌身意處是時菩薩摩訶薩便能增長所種善根所種善根得增長故便能圓滿波羅蜜多波羅蜜多得圓滿故便能證得一切智智善現若時菩薩摩訶薩不思惟色處亦不思惟聲香味觸法處是時菩薩摩訶薩便能增長所種善根所種善根得增長故便能圓滿波羅蜜多波羅蜜多得圓滿故便能證得一切智智善現若時菩薩摩訶薩不思惟眼界亦不思惟耳鼻舌身意界是時菩薩摩訶薩便能增長所種善根所種善根得增長故便能圓滿波羅蜜多波羅蜜多得圓滿故便能證得一切智智善現若時菩薩摩訶薩不思惟色界亦不

思惟聲香味觸法界是時菩薩摩訶薩便能增長所種善根所種善根得增長故便能圓滿波羅蜜多波羅蜜多得圓滿故便能證得一切智智善現若時菩薩摩訶薩不思惟眼識界亦不思惟耳鼻舌身意識界是時菩薩摩訶薩便能增長所種善根所種善根得增長故便能圓滿波羅蜜多波羅蜜多得圓滿故便能證得一切智智善現若時菩薩摩訶薩不思惟眼觸亦不思惟耳鼻舌身意觸是時菩薩摩訶薩便能增長所種善根所種善根得增長故便能圓滿波羅蜜多波羅蜜多得圓滿故便能證得一切智智善現若時菩薩摩訶薩不思惟眼觸爲緣所生諸受亦不思惟耳鼻舌身意觸爲緣所生諸受是時菩薩摩訶薩便能增長所種善根所種善根得增長故便便能滿波羅蜜多波羅蜜多得圓滿故便能證得一切智智善現若時菩薩摩訶薩不思惟地界亦不思惟水火風空識界是時菩薩摩訶薩便能增長所種善根所種善根得增長故便能圓滿波羅蜜多波羅蜜多得圓滿故便能證得一切智智善現若時菩薩摩訶薩不思惟無明亦不思惟行識名色六處觸受愛取有生老死愁歎苦憂惱是時菩薩摩訶薩便能增長所種善根所種善根得增長故便能圓滿波羅蜜多波羅蜜多得圓滿故便能證得一切智智善現若時菩薩摩訶薩不思惟布施波羅蜜多亦不思惟淨戒安忍精進靜慮般若波羅蜜多是時菩薩摩訶薩便能增長所種善根所種善根得增長故便能圓滿波羅蜜多波羅蜜多得圓

滿故便能證得一切智智善現若時菩薩摩訶薩不思惟內空亦不思惟外空內外空空空大空勝義空有爲空無爲空畢竟空無際空散空無變異空本性空自相空共相空一切法空不可得空無性空自性空無性自性空是時菩薩摩訶薩便能增長所種善根所種善根得增長故便能圓滿波羅蜜多波羅蜜多得圓滿故便能證得一切智智善現若時菩薩摩訶薩不思惟眞如亦不思惟法界法性不虛妄性不變異性平等性離生性法定法住實際虛空界不思議界是時菩薩摩訶薩便能增長所種善根所種善根得增長故便能圓滿波羅蜜多波羅蜜多得圓滿故便能證得一切智智善現若時菩薩摩訶薩不思惟苦聖諦亦不思惟集滅道聖諦是時菩薩摩訶薩便能增長所種善根所種善根得增長故便能圓滿波羅蜜多波羅蜜多得圓滿故便能證得一切智智善現若時菩薩摩訶薩不思惟四靜慮亦不思惟四無量四無色定是時菩薩摩訶薩便能增長所種善根所種善根得增長故便能圓滿波羅蜜多波羅蜜多得圓滿故便能證得一切智智善現若時菩薩摩訶薩不思惟八解脫亦不思惟八勝處九次第定十遍處是時菩薩摩訶薩便能增長所種善根所種善根得增長故便能圓滿波羅蜜多波羅蜜多得圓滿故便能證得一切智智善現若時菩薩摩訶薩不思惟四念住亦不思惟四正斷四神足五根五力七等覺支八聖道支是時菩薩摩訶薩便能增長所種善根所種善根得增長故便

能圓滿波羅蜜多波羅蜜多得圓滿故便能證得一切智智善現若時菩薩摩訶薩不思惟空解脫門亦不思惟無相無願解脫門是時菩薩摩訶薩便能增長所種善根所種善根得增長故便能圓滿波羅蜜多波羅蜜多得圓滿故便能證得一切智智善現若時菩薩摩訶薩不思惟五眼亦不思惟六神通是時菩薩摩訶薩便能增長所種善根所種善根得增長故便能圓滿波羅蜜多波羅蜜多得圓滿故便能證得一切智智善現若時菩薩摩訶薩不思惟佛十力亦不思惟四無所畏四無礙解大慈大悲大喜大捨十八佛不共法是時菩薩摩訶薩便能增長所種善根所種善根得增長故便能圓滿波羅蜜多波羅蜜多得圓滿故便能證得一切智智善現若時菩薩摩訶薩不思惟無忘失法亦不思惟恒住捨性是時菩薩摩訶薩便能增長所種善根所種善根得增長故便能圓滿波羅蜜多波羅蜜多得圓滿故便能證得一切智智善現若時菩薩摩訶薩不思惟一切智亦不思惟道相智一切相智是時菩薩摩訶薩便能增長所種善根所種善根得增長故便能圓滿波羅蜜多波羅蜜多得圓滿故便能證得一切智智善現若時菩薩摩訶薩不思惟一切陀羅尼門亦不思惟一切三摩地門是時菩薩摩訶薩便能增長所種善根所種善根得增長故便能圓滿波羅蜜多波羅蜜多得圓滿故便能證得一切智智善現若時菩薩摩訶薩不思惟預流果亦不思惟一來不還阿羅漢果是時菩薩摩訶薩便能增長

所種善根所種善根得增長故便能圓滿波羅蜜多波羅蜜多得圓滿故便能證得一切智智善現若時菩薩摩訶薩不思惟獨覺菩提是時菩薩摩訶薩便能增長所種善根所種善根得增長故便能圓滿波羅蜜多波羅蜜多得圓滿故便能證得一切智智善現若時菩薩摩訶薩不思惟一切菩薩摩訶薩行是時菩薩摩訶薩便能增長所種善根所種善根得增長故便能圓滿波羅蜜多波羅蜜多得圓滿故便能證得一切智智善現若時菩薩摩訶薩不思惟諸佛無上正等菩提是時菩薩摩訶薩便能增長所種善根所種善根得增長故便能圓滿波羅蜜多波羅蜜多得圓滿故便能證得一切智智所以者何善現諸菩薩摩訶薩要不思惟色亦不思惟受想行識乃能具足修諸菩薩摩訶薩行證得無上正等菩提是現諸菩薩摩訶薩要不思惟眼處亦不思惟耳鼻舌身意處乃能具足修諸菩薩摩訶薩行證得無上正等菩提善現諸菩薩摩訶薩要不思惟色處亦不思惟聲香味觸法處乃能具足修諸菩薩摩訶薩行證得無上正等菩提善現諸菩薩摩訶薩要不思惟眼界亦不思惟耳鼻舌身意界乃能具足修諸菩薩摩訶薩行證得無上正等菩提善現諸菩薩摩訶薩要不思惟色界亦不思惟聲香味觸法界乃能具足修諸菩薩摩訶薩行證得無上正等菩提善現諸菩薩摩訶薩要不思惟眼識界亦不思惟耳鼻舌身意識界乃能具足修諸菩薩摩訶薩行證得無上正等菩提善現諸菩薩摩訶薩要不

思惟眼觸亦不思惟耳鼻舌身意觸乃能具足修諸菩薩摩訶薩行證得無上正等菩提善現諸菩薩摩訶薩要不思惟眼觸爲緣所生諸受亦不思惟耳鼻舌身意觸爲緣所生諸受乃能具足修諸菩薩摩訶薩行證得無上正等菩提善現諸菩薩摩訶薩要不思惟地界亦不思惟水火風空識界乃能具足修諸菩薩摩訶薩行證得無上正等菩提善現諸菩薩摩訶薩要不思惟無明亦不思惟行識名色六處觸受愛取有生老死愁歎苦憂惱乃能具足修諸菩薩摩訶薩行證得無上正等菩提善現諸菩薩摩訶薩要不思惟布施波羅蜜多亦不思惟淨戒安忍精進靜慮般若波羅蜜多乃能具足修諸菩薩摩訶薩行證得無上正等菩提善現諸菩薩摩訶薩要不思惟內空亦不思惟外空內外空空空大空勝義空有爲空無爲空畢竟空無際空散空無變異空本性空自相空共相空一切法空不可得空無性空自性空無性自性空乃能具足修諸菩薩摩訶薩行證得無上正等菩提善現諸菩薩摩訶薩要不思惟眞如亦不思惟法界法性不虛妄性不變異性平等性離生性法定法住實際虛空界不思議界乃能具足修諸菩薩摩訶薩行證得無上正等菩提善現諸菩薩摩訶薩要不思惟苦聖諦亦不思惟集滅道聖諦乃能具足修諸菩薩摩訶薩行證得無上正等菩提善現諸菩薩摩訶薩要不思惟四靜慮亦不思惟四無量四無色定乃能具足修諸菩薩摩訶薩行證得無上正等菩提善現諸菩薩摩訶薩

要不思惟八解脫亦不思惟八勝處九次第定十遍處乃能具足修諸菩薩摩訶薩行證得無上正等菩提善現諸菩薩摩訶薩要不思惟四念住亦不思惟四正斷四神足五根五力七等覺支八聖道支乃能具足修諸菩薩摩訶薩行證得無上正等菩提善現諸菩薩摩訶薩要不思惟空解脫門亦不思惟無相無願解脫門乃能具足修諸菩薩摩訶薩行證得無上正等菩提善現諸菩薩摩訶薩要不思惟五眼亦不思惟六神通乃能具足修諸菩薩摩訶薩行證得無上正等菩提善現諸菩薩摩訶薩要不思惟佛十力亦不思惟四無所畏四無礙解大慈大悲大喜大捨十八佛不共法乃能具足修諸菩薩摩訶薩行證得無上正等菩提善現諸菩薩摩訶薩

要不思惟無忘失法亦不思惟恒住捨性乃能具足修諸菩薩摩訶薩行證得無上正等菩提善現諸菩薩摩訶薩要不思惟一切智亦不思惟道相智一切相智乃能具足修諸菩薩摩訶薩行證得無上正等菩提善現諸菩薩摩訶薩要不思惟一切陀羅尼門亦不思惟一切三摩地門乃能具足修諸菩薩摩訶薩行證得無上正等菩提善現諸菩薩摩訶薩要不思惟預流果亦不思惟一來不還阿羅漢果乃能具足修諸菩薩摩訶薩行證得無上正等菩提善現諸菩薩摩訶薩要不思惟獨覺菩提乃能具足修諸菩薩摩訶薩行證得無上正等菩提善現諸菩薩摩訶薩要不思惟一切菩薩摩訶薩行乃能具足修諸菩薩摩訶薩行證得無上正等菩提善現

諸菩薩摩訶薩要不思惟諸佛無上正等菩提乃能具足修諸菩薩摩訶薩行證得無上正等菩提具壽善現復白佛言世尊何緣諸菩薩摩訶薩要不思惟色亦不思惟受想行識乃能具足修諸菩薩摩訶薩行證得無上正等菩提世尊何緣諸菩薩摩訶薩要不思惟眼處亦不思惟耳鼻舌身意處乃能具足修諸菩薩摩訶薩行證得無上正等菩提世尊何緣諸菩薩摩訶薩要不思惟色處亦不思惟聲香味觸法處乃能具足修諸菩薩摩訶薩行證得無上正等菩提世尊何緣諸菩薩摩訶薩要不思惟眼界亦不思惟耳鼻舌身意界乃能具足修諸菩薩摩訶薩行證得無上正等菩提世尊何緣諸菩薩摩訶薩要不思惟色界亦不思惟聲香味觸法界乃能具足修諸菩薩摩訶薩行證得無上正等菩提世尊何緣諸菩薩摩訶薩要不思惟眼識界亦不思惟耳鼻舌身意識界乃能具足修諸菩薩摩訶薩行證得無上正等菩提世尊何緣諸菩薩摩訶薩要不思惟眼觸亦不思惟耳鼻舌身意觸乃能具足修諸菩薩摩訶薩行證得無上正等菩提世尊何緣諸菩薩摩訶薩要不思惟眼觸爲緣所生諸受亦不思惟耳鼻舌身意觸爲緣所生諸受乃能具足修諸菩薩摩訶薩行證得無上正等菩提世尊何緣諸菩薩摩訶薩要不思惟地界亦不思惟水火風空識界乃能具足修諸菩薩摩訶薩行證得無上正等菩提世尊何緣諸菩薩摩訶薩要不思惟無明亦不思惟行識名色六處觸受愛取有生老死愁歎苦憂惱

乃能具足修諸菩薩摩訶薩行證得無上正等菩提世尊何緣諸菩薩摩訶薩要不思惟布施波羅蜜多亦不思惟淨戒安忍精進靜慮般若波羅蜜多乃能具足修諸菩薩摩訶薩行證得無上正等菩提世尊何緣諸菩薩摩訶薩要不思惟内空亦不思惟外空内外空空空大空勝義空有爲空無爲空畢竟空無際空散空無變異空本性空自相空共相空一切法空不可得空無性空自性空無性自性空乃能具足修諸菩薩摩訶薩行證得無上正等菩提世尊何緣諸菩薩摩訶薩要不思惟眞如亦不思惟法界法性不虛妄性不變異性平等性離生性法定法住實際虛空界不思議界乃能具足修諸菩薩摩訶薩行證得無上正等菩提世尊何緣諸菩薩摩訶薩要不思惟苦聖諦亦不思惟集滅道聖諦乃能具足修諸菩薩摩訶薩行證得無上正等菩提世尊何緣諸菩薩摩訶薩要不思惟四靜慮亦不思惟四無量四無色定乃能具足修諸菩薩摩訶薩行證得無上正等菩提世尊何緣諸菩薩摩訶薩要不思惟八解脫亦不思惟八勝處九次第定十遍處乃能具足修諸菩薩摩訶薩行證得無上正等菩提世尊何緣諸菩薩摩訶薩要不思惟四念住亦不思惟四正斷四神足五根五力七等覺支八聖道支乃能具足修諸菩薩摩訶薩行證得無上正等菩提世尊何緣諸菩薩摩訶薩要不思惟空解脫門亦不思惟無相無願解脫門乃能具足修諸菩薩摩訶薩行證得無上正等菩提世尊何緣諸菩薩摩訶薩

要不思惟五眼亦不思惟六神通乃能具足修諸菩薩摩訶薩行證得無上正等菩提世尊何緣諸菩薩摩訶薩要不思惟佛十力亦不思惟四無所畏四無礙解大慈大悲大喜大捨十八佛不共法乃能具足修諸菩薩摩訶薩行證得無上正等菩提世尊何緣諸菩薩摩訶薩要不思惟無忘失法亦不思惟恒住捨性乃能具足修諸菩薩摩訶薩行證得無上正等菩提世尊何緣諸菩薩摩訶薩要不思惟一切智亦不思惟道相智一切相智乃能具足修諸菩薩摩訶薩行證得無上正等菩提世尊何緣諸菩薩摩訶薩要不思惟一切陀羅尼門亦不思惟一切三摩地門乃能具足修諸菩薩摩訶薩行證得無上正等菩提世尊何緣諸菩薩摩訶薩要不思惟預流果亦不思惟一來不還阿羅漢果乃能具足修諸菩薩摩訶薩行證得無上正等菩提世尊何緣諸菩薩摩訶薩要不思惟獨覺菩提乃能具足修諸菩薩摩訶薩行證得無上正等菩提世尊何緣諸菩薩摩訶薩要不思惟一切菩薩摩訶薩行乃能具足修諸菩薩摩訶薩行證得無上正等菩提世尊何緣諸菩薩摩訶薩要不思惟諸佛無上正等菩提乃能具足修諸菩薩摩訶薩行證得無上正等菩提

大般若波羅蜜多經卷第三百五十二

大般若波羅蜜多經卷第三百五十三

唐三藏法師玄奘奉　詔譯

初分多問不二品第六十一之三

佛言：善現若菩薩摩訶薩思惟色思惟受想行識則染著欲界色無色界若染著欲界色無色界不能具足修諸菩薩摩訶薩行證得無上正等菩提若菩薩摩訶薩不思惟色不思惟受想行識則不染著欲界色無色界若不染著欲界色無色界則能具足修諸菩薩摩訶薩行證得無上正等菩提是故善現若菩薩摩訶薩欲修菩薩摩訶薩行欲證無上正等菩提當勤修學甚深般若波羅蜜多不應思惟染著諸法善現若菩薩摩訶薩思惟眼處思惟耳鼻舌身意處則染著欲界色無色界若染著欲界色無色界不能具足修諸菩薩摩訶薩行證得無上正等菩提若菩薩摩訶薩不思惟眼處不思惟耳鼻舌身意處則不染著欲界色無色界若不染著欲界色無色界則能具足修諸菩薩摩訶薩行證得無上正等菩提是故善現若菩薩摩訶薩欲修菩薩摩訶薩行欲證無上正等菩提當勤修學甚深般若波羅蜜多不應思惟染著諸法善現若菩薩摩訶薩思惟色處思惟聲香味觸法處則染著欲界色無色界若染著欲界色無色界不能具足修諸菩薩摩訶薩行證得無上正等菩提若菩薩摩訶薩不思惟色處不思惟聲香味觸法處則不染著欲界色無色界若不染著欲界色無色界則能具足修諸菩薩摩訶薩行證得無上正等菩提是故善現若菩薩摩訶薩欲修菩薩摩訶薩

行欲證無上正等菩提當勤修學甚深般若波羅蜜多不應思惟染著諸法善現若菩薩摩訶薩思惟眼界思惟耳鼻舌身意界則染著欲界色無色界若染著欲界色無色界不能具足修諸菩薩摩訶薩行證得無上正等菩提若菩薩摩訶薩不思惟眼界不思惟耳鼻舌身意界則不染著欲界色無色界若不染著欲界色無色界則能具足修諸菩薩摩訶薩行證得無上正等菩提是故善現若菩薩摩訶薩欲修菩薩摩訶薩行欲證無上正等菩提當勤修學甚深般若波羅蜜多不應思惟染著諸法善現若菩薩摩訶薩思惟色界思惟聲香味觸法界則染著欲界色無色界若染著欲界色無色界不能具足修諸菩薩摩訶薩行證得無上正等菩提若菩薩摩訶薩不思惟色界不思惟聲香味觸法界則不染著欲界色無色界若不染著欲界色無色界則能具足修諸菩薩摩訶薩行證得無上正等菩提是故善現若菩薩摩訶薩欲修菩薩摩訶薩行欲證無上正等菩提當勤修學甚深般若波羅蜜多不應思惟染著諸法善現若菩薩摩訶薩思惟眼識界思惟耳鼻舌身意識界則染著欲界色無色界若染著欲界色無色界不能具足修諸菩薩摩訶薩行證得無上正等菩提若菩薩摩訶薩不思惟眼識界不思惟耳鼻舌身意識界則不染著欲界色無色界若不染著欲界色無色界則能具足修諸菩薩摩訶薩行證得無上正等菩提是故善現若菩薩摩訶薩欲修菩薩摩訶薩行欲證無上正等菩提當勤修學甚

深般若波羅蜜多不應思惟染著諸法善現若菩薩摩訶薩思惟眼觸思惟耳鼻舌身意觸則染著欲界色無色界若染著欲界色無色界不能具足修諸菩薩摩訶薩行證得無上正等菩提若菩薩摩訶薩不思惟眼觸不思惟耳鼻舌身意觸則不染著欲界色無色界若不染著欲界色無色界則能具足修諸菩薩摩訶薩行證得無上正等菩提是故善現若菩薩摩訶薩欲修菩薩摩訶薩行欲證無上正等菩提當勤修學甚深般若波羅蜜多不應思惟染著諸法善現若菩薩摩訶薩思惟眼觸爲緣所生諸受思惟耳鼻舌身意觸爲緣所生諸受則染著欲界色無色界若染著欲界色無色界不能具足修諸菩薩摩訶薩行證得無上正等菩提若菩薩摩訶薩不思惟眼觸爲緣所生諸受不思惟耳鼻舌身意觸爲緣所生諸受則不染著欲界色無色界若不染著欲界色無色界則能具足修諸菩薩摩訶薩行證得無上正等菩提是故善現若菩薩摩訶薩欲修菩薩摩訶薩行欲證無上正等菩提當勤修學甚深般若波羅蜜多不應思惟染著諸法善現若菩薩摩訶薩思惟地界思惟水火風空識界則染著欲界色無色界若染著欲界色無色界不能具足修諸菩薩摩訶薩行證得無上正等菩提若菩薩摩訶薩不思惟地界不思惟水火風空識界則不染著欲界色無色界若不染著欲界色無色界則能具足修諸菩薩摩訶薩行證得無上正等菩提是故善現若菩薩摩訶薩欲修菩薩摩訶薩行欲證無上正等菩

提當勤修學甚深般若波羅蜜多不應思惟染著諸法善現若菩薩摩訶薩思惟無明思惟行識名色六處觸受愛取有生老死愁歎苦憂惱則染著欲界色無色界若染著欲界色無色界不能具足修諸菩薩摩訶薩行證得無上正等菩提若菩薩摩訶薩不思惟無明不思惟行乃至老死愁歎苦憂惱則不染著欲界色無色界若不染著欲界色無色界則能具足修諸菩薩摩訶薩行證得無上正等菩提是故善現若菩薩摩訶薩欲修菩薩摩訶薩行欲證無上正等菩提當勤修學甚深般若波羅蜜多不應思惟染著諸法善現若菩薩摩訶薩思惟布施波羅蜜多思惟淨戒安忍精進靜慮般若波羅蜜多則染著欲界色無色界若染著欲界色無色界不能具足修諸菩薩摩訶薩行證得無上正等菩提若菩薩摩訶薩不思惟布施波羅蜜多不思惟淨戒乃至般若波羅蜜多則不染著欲界色無色界若不染著欲界色無色界則能具足修諸菩薩摩訶薩行證得無上正等菩提是故善現若菩薩摩訶薩欲修菩薩摩訶薩行欲證無上正等菩提當勤修學甚深般若波羅蜜多不應思惟染著諸法善現若菩薩摩訶薩思惟内空思惟外空内外空空空大空勝義空有爲空無爲空畢竟空無際空散空無變異空本性空自相空共相空一切法空不可得空無性空自性空無性自性空則染著欲界色無色界若染著欲界色無色界不能具足修諸菩薩摩訶薩行證得無上正等菩提若菩薩摩訶薩不思惟内空不思惟

外空乃至無性自性空則不染著欲界色無色界若不染著欲界色無色界則能具足修諸菩薩摩訶薩行證得無上正等菩提是故善現若菩薩摩訶薩欲修菩薩摩訶薩行欲證無上正等菩提當勤修學甚深般若波羅蜜多不應思惟染著諸法善現若菩薩摩訶薩思惟眞如思惟法界法性不虛妄性不變異性平等性離生性法定法住實際虛空界不思議界則染著欲界色無色界若染著欲界色無色界不能具足修諸菩薩摩訶薩行證得無上正等菩提若菩薩摩訶薩不思惟眞如不思惟法界乃至不思議界則不染著欲界色無色界若不染著欲界色無色界則能具足修諸菩薩摩訶薩行證得無上正等菩提是故善現若菩薩摩訶薩欲修菩薩摩訶薩行欲證無上正等菩提當勤修學甚深般若波羅蜜多不應思惟染著諸法善現若菩薩摩訶薩思惟苦聖諦思惟集滅道聖諦則染著欲界色無色界若染著欲界色無色界不能具足修諸菩薩摩訶薩行證得無上正等菩提若菩薩摩訶薩不思惟苦聖諦不思惟集滅道聖諦則不染著欲界色無色界若不染著欲界色無色界則能具足修諸菩薩摩訶薩行證得無上正等菩提是故善現若菩薩摩訶薩欲修菩薩摩訶薩行欲證無上正等菩提當勤修學甚深般若波羅蜜多不應思惟染著諸法善現若菩薩摩訶薩思惟四靜慮思惟四無量四無色定則染著欲界色無色界若染著欲界色無色界不能具足修諸菩薩摩訶薩行證得無上正等菩提

若菩薩摩訶薩不思惟四靜慮不思惟四無量四無色定則不染著欲界色無色界若不染著欲界色無色界則能具足修諸菩薩摩訶薩行證得無上正等菩提是故善現若菩薩摩訶薩欲修菩薩摩訶薩行欲證無上正等菩提當勤修學甚深般若波羅蜜多不應思惟染著諸法善現若菩薩摩訶薩思惟八解脫思惟八勝處九次第定十遍處則染著欲界色無色界若染著欲界色無色界不能具足修諸菩薩摩訶薩行證得無上正等菩提若菩薩摩訶薩不思惟八解脫不思惟八勝處九次第定十遍處則不染著欲界色無色界若不染著欲界色無色界則能具足修諸菩薩摩訶薩行證得無上正等菩提是故善現若菩薩摩訶薩欲修菩薩摩訶薩行欲證無上正等菩提當勤修學甚深般若波羅蜜多不應思惟染著諸法善現若菩薩摩訶薩思惟四念住思惟四正斷四神足五根五力七等覺支八聖道支則染著欲界色無色界若染著欲界色無色界不能具足修諸菩薩摩訶薩行證得無上正等菩提若菩薩摩訶薩不思惟四念住不思惟四正斷乃至八聖道支則不染著欲界色無色界若不染著欲界色無色界則能具足修諸菩薩摩訶薩行證得無上正等菩提是故善現若菩薩摩訶薩欲修菩薩摩訶薩行欲證無上正等菩提當勤修學甚深般若波羅蜜多不應思惟染著諸法善現若菩薩摩訶薩思惟空解脫門思惟無相無願解脫門則染著欲界色無色界若染著欲界色無色界不能具足修諸

菩薩摩訶薩行證得無上正等菩提若菩薩摩訶薩不思惟空解脫門不思惟無相無願解脫門則不染著欲界色無色界若不染著欲界色無色界則能具足修諸菩薩摩訶薩行證得無上正等菩提是故善現若菩薩摩訶薩欲修菩薩摩訶薩行欲證無上正等菩提當勤修學甚深般若波羅蜜多不應思惟染著諸法善現若菩薩摩訶薩思惟五眼思惟六神通則染著欲界色無色界若染著欲界色無色界不能具足修諸菩薩摩訶薩行證得無上正等菩提若菩薩摩訶薩不思惟五眼不思惟六神通則不染著欲界色無色界若不染著欲界色無色界則能具足修諸菩薩摩訶薩行證得無上正等菩提是故善現若菩薩摩訶薩欲修菩薩摩訶薩行欲證

無上正等菩提當勤修學甚深般若波羅蜜多不應思惟染著諸法善現若菩薩摩訶薩思惟佛十力思惟四無所畏四無礙解大慈大悲大喜大捨十八佛不共法則染著欲界色無色界若不染著欲界色無色不能具足修諸菩薩摩訶薩行證得無上正等菩提若菩薩摩訶薩不思惟佛十力不思惟四無所畏乃至十八佛不共法則不染著欲界色無色界若不染著欲界色無色界則能具足修諸菩薩摩訶薩行證得無上正等菩提是故善現若菩薩摩訶薩欲修菩薩摩訶薩行欲證無上正等菩提當勤修學甚深般若波羅蜜多不應思惟染著諸法善現若菩薩摩訶薩思惟無忘失法思惟恒住捨性則染著欲界色無色界若染著欲界色無色界不能具

足修諸菩薩摩訶薩行證得無上正等菩提若菩薩摩訶薩不思惟無忘失法不思惟恒住捨性則不染著欲界色無色界若不染著欲界色無色界則能具足修諸菩薩摩訶薩行證得無上正等菩提是故善現若菩薩摩訶薩欲修菩薩摩訶薩行欲證無上正等菩提當勤修學甚深般若波羅蜜多不應思惟染著諸法善現若菩薩摩訶薩思惟一切智思惟道相智一切相智則染著欲界色無色界若染著欲界色無色界不能具足修諸菩薩摩訶薩行證得無上正等菩提若菩薩摩訶薩不思惟一切智不思惟道相智一切相智則不染著欲界色無色界若不染著欲界色無色界則能具足修諸菩薩摩訶薩行證得無上正等菩提是故善現若菩薩摩訶薩欲修菩薩摩訶薩行欲證無上正等菩提當勤修學甚深般若波羅蜜多不應思惟染著諸法善現若菩薩摩訶薩思惟一切陀羅尼門思惟一切三摩地門則染著欲界色無色界若染著欲界色無色界不能具足修諸菩薩摩訶薩行證得無上正等菩提若菩薩摩訶薩不思惟一切陀羅尼門不思惟一切三摩地門則不染著欲界色無色界若不染著欲界色無色界則能具足修諸菩薩摩訶薩行證得無上正等菩提是故善現若菩薩摩訶薩欲修菩薩摩訶薩行欲證無上正等菩提當勤修學甚深般若波羅蜜多不應思惟染著諸法善現若菩薩摩訶薩思惟預流果思惟一來不還阿羅漢果則染著欲界色無色界若染著欲界色無色界不能具足修諸

菩薩摩訶薩行證得無上正等菩提若菩薩摩訶薩不思惟預流果不思惟一來不還阿羅漢果則不染著欲界色無色界若不染著欲界色無色界則能具足修諸菩薩摩訶薩行證得無上正等菩提是故善現若菩薩摩訶薩欲修菩薩摩訶薩行欲證無上正等菩提當勤修學甚深般若波羅蜜多不應思惟染著諸法善現若菩薩摩訶薩思惟獨覺菩提則染著欲界色無色界若染著欲界色無色界不能具足修諸菩薩摩訶薩行證得無上正等菩提若菩薩摩訶薩不思惟獨覺菩提則不染著欲界色無色界若不染著欲界色無色界則能具足修諸菩薩摩訶薩行證得無上正等菩提是故善現若菩薩摩訶薩欲修菩薩摩訶薩行欲證無上正等菩提當勤修學甚深般若波羅蜜多不應思惟染著諸法善現若菩薩摩訶薩思惟一切菩薩摩訶薩行則染著欲界色無色界若染著欲界色無色界不能具足修諸菩薩摩訶薩行證得無上正等菩提若菩薩摩訶薩不思惟一切菩薩摩訶薩行則不染著欲界色無色界若不染著欲界色無色界則能具足修諸菩薩摩訶薩行證得無上正等菩提是故善現若菩薩摩訶薩欲修菩薩摩訶薩行欲證無上正等菩提當勤修學甚深般若波羅蜜多不應思惟染著諸法善現若菩薩摩訶薩思惟諸佛無上正等菩提則染著欲界色無色界若染著欲界色無色界不能具足修諸菩薩摩訶薩行證得無上正等菩提若菩薩摩訶薩不思惟諸佛無上正等菩提則不染著

欲界色無色界若不染著欲界色無色界則能具足修諸菩薩摩訶薩行證得無上正等菩提是故善現若菩薩摩訶薩欲修菩薩摩訶薩行欲證無上正等菩提當勤修學甚深般若波羅蜜多不應思惟染著諸法具壽善現復白佛言世尊若菩薩摩訶薩精勤修學甚深般若波羅蜜多當於何住

佛言善現若菩薩摩訶薩精勤修學甚深般若波羅蜜多不應住色亦不應住受想行識善現若菩薩摩訶薩精勤修學甚深般若波羅蜜多不應住眼處亦不應住耳鼻舌身意處善現若菩薩摩訶薩精勤修學甚深般若波羅蜜多不應住色處亦不應住聲香味觸法處善現若菩薩摩訶薩精勤修學甚深般若波羅蜜多不應住眼界亦不應住耳鼻舌身意界善現若菩薩摩訶薩精勤修學甚深般若波羅蜜多不應住色界亦不應住聲香味觸法界善現若菩薩摩訶薩精勤修學甚深般若波羅蜜多不應住眼識界亦不應住耳鼻舌身意識界善現若菩薩摩訶薩精勤修學甚深般若波羅蜜多不應住眼觸亦不應住耳鼻舌身意觸善現若菩薩摩訶薩精勤修學甚深般若波羅蜜多不應住眼觸爲緣所生諸受亦不應住耳鼻舌身意觸爲緣所生諸受善現若菩薩摩訶薩精勤修學甚深般若波羅蜜多不應住地界亦不應住水火風空識界善現若菩薩摩訶薩精勤修學甚深般若波羅蜜多不應住無明亦不應住行識名色六處觸受愛取有生老死愁歎苦憂惱善現若菩薩摩訶薩精勤修學甚深般

若波羅蜜多不應住布施波羅蜜多亦不應住淨戒安忍精進靜慮般若波羅蜜多善現若菩薩摩訶薩精勤修學甚深般若波羅蜜多不應住內空亦不應住外空內外空空空大空勝義空有爲空無爲空畢竟空無際空散空無變異空本性空自相空共相空一切法空不可得空無性空自性空無性自性空善現若菩薩摩訶薩精勤修學甚深般若波羅蜜多不應住眞如亦不應住法界法性不虛妄性不變異性平等性離生性法定法住實際虛空界不思議界善現若菩薩摩訶薩精勤修學甚深般若波羅蜜多不應住苦聖諦亦不應住集滅道聖諦善現若菩薩摩訶薩精勤修學甚深般若波羅蜜多不應住四靜慮亦不應住四無量四無色定善現若菩

薩摩訶薩精勤修學甚深般若波羅蜜多不應住八解脫亦不應住八勝處九次第定十遍處善現若菩薩摩訶薩精勤修學甚深般若波羅蜜多不應住四念住亦不應住四正斷四神足五根五力七等覺支八聖道支善現若菩薩摩訶薩精勤修學甚深般若波羅蜜多不應住空解脫門亦不應住無相無願解脫門善現若菩薩摩訶薩精勤修學甚深般若波羅蜜多不應住五眼亦不應住六神通善現若菩薩摩訶薩精勤修學甚深般若波羅蜜多不應住佛十力亦不應住四無所畏四無礙解大慈大悲大喜大捨十八佛不共法善現若菩薩摩訶薩精勤修學甚深般若波羅蜜多不應住無忘失法亦不應住恒住捨性善現若菩薩摩訶薩精勤修學甚深

般若波羅蜜多不應住一切智亦不應住道相智一切相智善現若菩薩摩訶薩精勤修學甚深般若波羅蜜多不應住一切陀羅尼門亦不應住一切三摩地門善現若菩薩摩訶薩精勤修學甚深般若波羅蜜多不應住預流果亦不應住一來不還阿羅漢果善現若菩薩摩訶薩精勤修學甚深般若波羅蜜多不應住獨覺菩提善現若菩薩摩訶薩精勤修學甚深般若波羅蜜多不應住一切菩薩摩訶薩行善現若菩薩摩訶薩精勤修學甚深般若波羅蜜多不應住諸佛無上正等菩提具壽善現復白佛言世尊何緣菩薩摩訶薩精勤修學甚深般若波羅蜜多不應住色亦不應住受想行識世尊何緣菩薩摩訶薩精勤修學甚深般若波羅蜜多不應住眼處亦不應住耳鼻舌身意處世尊何緣菩薩摩訶薩精勤修學甚深般若波羅蜜多不應住色處亦不應住聲香味觸法處世尊何緣菩薩摩訶薩精勤修學甚深般若波羅蜜多不應住眼界亦不應住耳鼻舌身意界世尊何緣菩薩摩訶薩精勤修學甚深般若波羅蜜多不應住色界亦不應住聲香味觸法界世尊何緣菩薩摩訶薩精勤修學甚深般若波羅蜜多不應住眼識界亦不應住耳鼻舌身意識界世尊何緣菩薩摩訶薩精勤修學甚深般若波羅蜜多不應住眼觸亦不應住耳鼻舌身意觸世尊何緣菩薩摩訶薩精勤修學甚深般若波羅蜜多不應住眼觸爲緣所生諸受亦不應住耳鼻舌身意觸爲緣所生諸受世尊何緣菩薩摩訶薩精勤修學甚

深般若波羅蜜多不應住地界亦不應住水火風空識界世尊何緣菩薩摩訶薩精勤修學甚深般若波羅蜜多不應住無明亦不應住行識名色六處觸受愛取有生老死愁歎苦憂惱世尊何緣菩薩摩訶薩精勤修學甚深般若波羅蜜多不應住布施波羅蜜多亦不應住淨戒安忍精進靜慮般若波羅蜜多世尊何緣菩薩摩訶薩精勤修學甚深般若波羅蜜多不應住內空亦不應住外空內外空空空大空勝義空有爲空無爲空畢竟空無際空散空無變異空本性空自相空共相空一切法空不可得空無性空自性空無性自性空世尊何緣菩薩摩訶薩精勤修學甚深般若波羅蜜多不應住眞如亦不應住法界法性不虛妄性不變異性平等性離生性法定法住實際虛空界不思議界世尊何緣菩薩摩訶薩精勤修學甚深般若波羅蜜多不應住苦聖諦亦不應住集滅道聖諦世尊何緣菩薩摩訶薩精勤修學甚深般若波羅蜜多不應住四靜慮亦不應住四無量四無色定世尊何緣菩薩摩訶薩精勤修學甚深般若波羅蜜多不應住八解脫亦不應住八勝處九次第定十遍處世尊何緣菩薩摩訶薩精勤修學甚深般若波羅蜜多不應住四念住亦不應住四正斷四神足五根五力七等覺支八聖道支世尊何緣菩薩摩訶薩精勤修學甚深般若波羅蜜多不應住空解脫門亦不應住無相無願解脫門世尊何緣菩薩摩訶薩精勤修學甚深般若波羅蜜多不應住五眼亦不應住六神通世尊何緣菩薩

摩訶薩精勤修學甚深般若波羅蜜多不應住佛十力亦不應住四無所畏四無礙解大慈大悲大喜大捨十八佛不共法世尊何緣菩薩摩訶薩精勤修學甚深般若波羅蜜多不應住無忘失法亦不應住恒住捨性世尊何緣菩薩摩訶薩精勤修學甚深般若波羅蜜多不應住一切智亦不應住道相智一切相智世尊何緣菩薩摩訶薩精勤修學甚深般若波羅蜜多不應住一切陀羅尼門亦不應住一切三摩地門世尊何緣菩薩摩訶薩精勤修學甚深般若波羅蜜多不應住預流果亦不應住一來不還阿羅漢果世尊何緣菩薩摩訶薩精勤修學甚深般若波羅蜜多不應住獨覺菩提世尊何緣菩薩摩訶薩精勤修學甚深般若波羅蜜多不應住一切菩薩摩訶薩行世尊何緣菩薩摩訶薩精勤修學甚深般若波羅蜜多不應住諸佛無上正等菩提佛言善現若菩薩摩訶薩精勤修學甚深般若波羅蜜多於一切法無執著故不應住色亦不應住受想行識不應住眼處亦不應住耳鼻舌身意處不應住色處亦不應住聲香味觸法處不應住眼界亦不應住耳鼻舌身意界不應住色界亦不應住聲香味觸法界不應住眼識界亦不應住耳鼻舌身意識界不應住眼觸亦不應住耳鼻舌身意觸不應住眼觸爲緣所生諸受亦不應住耳鼻舌身意觸爲緣所生諸受不應住地界亦不應住水火風空識界不應住無明亦不應住行識名色六處觸受愛取有生老死愁歎苦憂惱不應住布施波羅蜜多亦不應住淨

戒安忍精進靜慮般若波羅蜜多不應住內
空亦不應住外空內外空空空大空勝義空
有爲空無爲空畢竟空無際空散空無變異
空本性空自相空共相空一切法空不可得
空無性空自性空無性自性空不應住眞如
亦不應住法界法性不虛妄性不變異性平
等性離生性法定法住實際虛空界不思議
界不應住苦聖諦亦不應住集滅道聖諦不
應住四靜慮亦不應住四無量四無色定不
應住八解脫亦不應住八勝處九次第定十
遍處不應住四念住亦不應住四正斷四神
足五根五力七等覺支八聖道支不應住空
解脫門亦不應住無相無願解脫門不應住
五眼亦不應住六神通不應住佛十力亦不
應住四無所畏四無礙解大慈大悲大喜大
捨十八佛不共法不應住無忘失法亦不應
住恒住捨性不應住一切智亦不應住道相
智一切相智不應住一切陀羅尼門亦不應
住一切三摩地門不應住預流果亦不應住
一來不還阿羅漢果不應住獨覺菩提不應
住一切菩薩摩訶薩行不應住諸佛無上正
等菩提何以故善現是菩薩摩訶薩不見有
法可於其中而起執著及安住故善現如是
菩薩摩訶薩以無執著及無安住而爲方便
行深般若波羅蜜多復次善現若菩薩摩訶
薩作如是念若能如是無所執著無所安住
行深般若波羅蜜多是行般若波羅蜜多若
能如是無所執著無所安住修深般若波羅
蜜多是修般若波羅蜜多我應如是行深般
若波羅蜜多我應如是修深般若波羅蜜多

善現是菩薩摩訶薩由如是念取相執著遠離般若波羅蜜多若遠離般若波羅蜜多則遠離靜慮精進安忍淨戒布施波羅蜜多亦遠離内空外空内外空空空大空勝義空有爲空無爲空畢竟空無際空散空無變異空本性空自相空共相空一切法空不可得空無性空自性空無性自性空亦遠離眞如法界法性不虛妄性不變異性平等性離生性法定法住實際虛空界不思議界亦遠離苦聖諦集滅道聖諦亦遠離四靜慮四無量四無色定亦遠離八解脱八勝處九次第定十遍處亦遠離四念住四正斷四神足五根五力七等覺支八聖道支亦遠離空解脱門無相無願解脱門亦遠離五眼六神通亦遠離佛十力四無所畏四無礙解大慈大悲大喜大捨十八佛不共法亦遠離無忘失法恒住捨性亦遠離一切智道相智一切相智亦遠離一切陀羅尼門一切三摩地門亦遠離一切菩薩摩訶薩行亦遠離諸佛無上正等菩提何以故善現甚深般若波羅蜜多於一切法無所執著非深般若波羅蜜多有執著性所以者何善現甚深般若波羅蜜多都無自性可於諸法有所執著是故善現諸菩薩摩訶薩修行般若波羅蜜多於一切法及深般若波羅蜜多皆無執著復次善現若菩薩摩訶薩修行般若波羅蜜多時起如是想此是般若波羅蜜多我行般若波羅蜜多則是遍行諸法實相善現是菩薩摩訶薩由起此想便退般若波羅蜜多若退般若波羅蜜多則退靜慮精進安忍淨戒布施波羅蜜多亦退

內空外空內外空空空大空勝義空有爲空無爲空畢竟空無際空散空無變異空本性空自相空共相空一切法空不可得空無性空自性空無性自性空亦退真如法界法性不虛妄性不變異性平等性離生性法定法住實際虛空界不思議界亦退苦聖諦集滅道聖諦亦退四靜慮四無量四無色定亦退八解脫八勝處九次第定十遍處亦退四念住四正斷四神足五根五力七等覺支八聖道支亦退空解脫門無相無願解脫門亦退五眼六神通亦退佛十力四無所畏四無礙解大慈大悲大喜大捨十八佛不共法亦退無忘失法恒住捨性亦退一切智道相智一切相智亦退一切陀羅尼門一切三摩地門亦退一切菩薩摩訶薩行亦退諸佛無上正等菩提何以故善現甚深般若波羅蜜多是一切種白法根本若退般若波羅蜜多則爲退失一切白法

大般若波羅蜜多經卷第三百五十三

大般若波羅蜜多經卷第三百五十四

唐三藏法師玄奘奉　詔譯

初分多問不二品第六十一之四

復次善現若菩薩摩訶薩作如是念甚深般若波羅蜜多遍能攝受布施淨戒安忍精進靜慮般若波羅蜜多亦遍攝受內空外空內外空空空大空勝義空有爲空無爲空畢竟空無際空散空無變異空本性空自相空共相空一切法空不可得空無性空自性空無性自性空亦遍攝受眞如法界法性不虛妄性不變異性平等性離生性法定法住實際虛空界不思議界亦遍攝受苦聖諦集滅道聖諦亦遍攝受四靜慮四無量四無色定亦遍攝受八解脫八勝處九次第定十遍處亦遍攝受四念住四正斷四神足五根五力七等覺支八聖道支亦遍攝受空解脫門無相無願解脫門亦遍攝受五眼六神通亦遍攝受佛十力四無所畏四無礙解大慈大悲大喜大捨十八佛不共法亦遍攝受無忘失法恒住捨性亦遍攝受一切智道相智一切相智亦遍攝受一切陀羅尼門一切三摩地門亦遍攝受一切菩薩摩訶薩行亦遍攝受諸佛無上正等菩提善現是菩薩摩訶薩若作是念則退失般若波羅蜜多若退失般若波羅蜜多則不能攝受布施淨戒安忍精進靜慮般若波羅蜜多亦不能攝受內空外空內外空空空大空勝義空有爲空無爲空畢竟空無際空散空無變異空本性空自相空共相空一切法空不可得空無性空自性空無性自性空亦不能攝受眞如法界法性不虛

安性不變異性平等性離生性法定法住實際虛空界不思議界亦不能攝受苦聖諦集滅道聖諦亦不能攝受四靜慮四無量四無色定亦不能攝受八解脫八勝處九次第定十遍處亦不能攝受四念住四正斷四神足五根五力七等覺支八聖道支亦不能攝受空解脫門無相無願解脫門亦不能攝受五眼六神通亦不能攝受佛十力四無所畏四無礙解大慈大悲大喜大捨十八佛不共法亦不能攝受無忘失法恒住捨性亦不能攝受一切智道相智一切相智亦不能攝受一切陀羅尼門一切三摩地門亦不能攝受一切菩薩摩訶薩行亦不能攝受諸佛無上正等菩提何以故善現非離般若波羅蜜多能遍攝受殊勝善法及證無上正等菩提復次善現若菩薩摩訶薩作如是念安住般若波羅蜜多便於無上正等菩提定得受記善現是菩薩摩訶薩若作是念則爲退失甚深般若波羅蜜多若退失般若波羅蜜多則於無上正等菩提不得受記何以故善現非離般若波羅蜜多可於無上正等菩提而得受記

復次善現若菩薩摩訶薩作如是念安住般若波羅蜜多則遍引發布施淨戒安忍精進靜慮般若波羅蜜多亦遍安住內空外空內外空空空大空勝義空有爲空無爲空畢竟空無際空散空無變異空本性空自相空共相空一切法空不可得空無性空自性空無性自性空亦遍安住真如法界法性不虛妄性不變異性平等性離生性法定法住實際虛空界不思議界亦遍安住苦聖諦集滅道

聖諦亦遍引發四靜慮四無量四無色定亦遍引發八解脫八勝處九次第定十遍處亦遍引發四念住四正斷四神足五根五力七等覺支八聖道支亦遍引發空解脫門無相無願解脫門亦遍引發五眼六神通亦遍引發佛十力四無所畏四無礙解十八佛不共法亦遍引發無忘失法恒住捨性亦遍引發一切陀羅尼門一切三摩地門亦遍引發一切智道相智一切相智亦遍引發大慈大悲大喜大捨善現是菩薩摩訶薩若作是念則退失般若波羅蜜多若退失般若波羅蜜多則不能引發布施淨戒安忍精進靜慮般若波羅蜜多亦不能安住內空外空內外空空空大空勝義空有爲空無爲空畢竟空無際空散空無變異空本性空自相空共相空一切法空不可得空無性空自性空無性自性空亦不能安住眞如法界法性不虛妄性不變異性平等性離生性法定法住實際虛空界不思議界亦不能安住苦聖諦集滅道聖諦亦不能引發四靜慮四無量四無色定亦不能引發八解脫八勝處九次第定十遍處亦不能引發四念住四正斷四神足五根五力七等覺支八聖道支亦不能引發空解脫門無相無願解脫門亦不能引發五眼六神通亦不能引發佛十力四無所畏四無礙解十八佛不共法亦不能引發無忘失法恒住捨性亦不能引發一切陀羅尼門一切三摩地門亦不能引發一切智道相智一切相智亦不能引發大慈大悲大喜大捨何以故善現非離般若波羅蜜多而能引發安住善法

復次善現若菩薩摩訶薩作如是念佛知諸法無攝受相自證無上正等菩提得菩提已爲諸有情宣説開示諸法實相善現是菩薩摩訶薩若作是念則爲退失甚深般若波羅蜜多何以故善現如來於法無知無覺無説無示所以者何諸法實性不可知覺不可施設云何得有知覺説示一切法者若言實有知覺説示一切法者無有是處爾時具壽善現白佛言世尊云何菩薩摩訶薩修行般若波羅蜜多遠離如是種種過失佛言善現若菩薩摩訶薩修行般若波羅蜜多作如是念諸法無所有不可取若法無所有不可取則無有能現等覺者亦無有能宣説開示若如是行是行般若波羅蜜多離諸過失若菩薩摩訶薩著無所有不可取法則離般若波羅蜜多何以故善現甚深般若波羅蜜多於一切法無所執著無所攝受若於諸法有所執著有所攝受則離般若波羅蜜多時具壽善現白佛言世尊般若波羅蜜多於般若波羅蜜多爲遠離爲不遠離靜慮精進安忍淨戒布施波羅蜜多於靜慮乃至布施波羅蜜多爲遠離爲不遠離世尊内空於内空爲遠離爲不遠離外空内外空空空大空勝義空有爲空無爲空畢竟空無際空散空無變異空本性空自相空共相空一切法空不可得空無性空自性空無性自性空於外空乃至無性自性空爲遠離爲不遠離世尊眞如於眞如爲遠離爲不遠離法界法性不虚妄性不變異性平等性離生性法定法住實際虚空界不思議界於法界乃至不思議界爲遠離

爲不遠離世尊苦聖諦於苦聖諦爲遠離爲
不遠離集滅道聖諦於集滅道聖諦爲遠離
爲不遠離世尊四靜慮於四靜慮爲遠離爲
不遠離四無量四無色定於四無量四無色
定爲遠離爲不遠離世尊八解脫於八解脫
爲遠離爲不遠離八勝處九次第定十遍處
於八勝處九次第定十遍處爲遠離爲不遠
離世尊四念住於四念住爲遠離爲不遠離
四正斷四神足五根五力七等覺支八聖道
支於四正斷乃至八聖道支爲遠離爲不遠
離世尊空解脫門於空解脫門爲遠離爲不
遠離無相無願解脫門於無相無願解脫門
爲遠離爲不遠離世尊五眼於五眼爲遠離
爲不遠離六神通於六神通爲遠離爲不遠
離世尊佛十力於佛十力爲遠離爲不遠離
四無所畏四無礙解大慈大悲大喜大捨十
八佛不共法於四無所畏乃至十八佛不共
法爲遠離爲不遠離世尊無忘失法於無忘
失法爲遠離爲不遠離恒住捨性於恒住捨
性爲遠離爲不遠離世尊一切陀羅尼門於
一切陀羅尼門爲遠離爲不遠離一切三摩
地門於一切三摩地門爲遠離爲不遠離世
尊一切智於一切智爲遠離爲不遠離道相
智一切相智於道相智一切相智爲遠離爲
不遠離世尊若般若波羅蜜多於般若波羅
蜜多設遠離設不遠離云何菩薩摩訶薩能
無執著引發般若波羅蜜多世尊若靜慮精
進安忍淨戒布施波羅蜜多於靜慮乃至布
施波羅蜜多設遠離設不遠離云何菩薩摩
訶薩能無執著引發靜慮乃至布施波羅蜜

多世尊若内空於内空設遠離設不遠離云何菩薩摩訶薩能無執著安住内空世尊若外空内外空空空大空勝義空有為空無為空畢竟空無際空散空無變異空本性空自相空共相空一切法空不可得空無性空自性空無性自性空於外空乃至無性自性空設遠離設不遠離云何菩薩摩訶薩能無執著安住外空乃至無性自性空世尊若真如於真如設遠離設不遠離云何菩薩摩訶薩能無執著安住真如世尊若法界法性不虛妄性不變異性平等性離生性法定法住實際虛空界不思議界於法界乃至不思議界設遠離設不遠離云何菩薩摩訶薩能無執著安住法界乃至不思議界世尊若苦聖諦於苦聖諦設遠離設不遠離云何菩薩摩訶薩能無執著安住苦聖諦世尊若集滅道聖諦於集滅道聖諦設遠離設不遠離云何菩薩摩訶薩能無執著安住集滅道聖諦世尊若四靜慮於四靜慮設遠離設不遠離云何菩薩摩訶薩能無執著引發四靜慮世尊若四無量四無色定於四無量四無色定設遠離設不遠離云何菩薩摩訶薩能無執著引發四無量四無色定世尊若八解脫於八解脫設遠離設不遠離云何菩薩摩訶薩能無執著引發八解脫世尊若八勝處九次第定十遍處於八勝處九次第定十遍處設遠離設不遠離云何菩薩摩訶薩能無執著引發八勝處九次第定十遍處世尊若四念住於四念住設遠離設不遠離云何菩薩摩訶薩能無執著引發四念住世尊若四正斷四神

足五根五力七等覺支八聖道支於四正斷乃至八聖道支設遠離設不遠離云何菩薩摩訶薩能無執著引發四正斷乃至八聖道支世尊若空解脫門於空解脫門設遠離設不遠離云何菩薩摩訶薩能無執著引發空解脫門世尊若無相無願解脫門於無相無願解脫門設遠離設不遠離云何菩薩摩訶薩能無執著引發無相無願解脫門世尊若五眼於五眼設遠離設不遠離云何菩薩摩訶薩能無執著引發五眼世尊若六神通於六神通設遠離設不遠離云何菩薩摩訶薩能無執著引發六神通世尊若佛十力於佛十力設遠離設不遠離云何菩薩摩訶薩能無執著引發佛十力世尊若四無所畏四無礙解大慈大悲大喜大捨十八佛不共法於四無所畏乃至十八佛不共法設遠離設不遠離云何菩薩摩訶薩能無執著引發四無所畏乃至十八佛不共法世尊若無忘失法於無忘失法設遠離設不遠離云何菩薩摩訶薩能無執著引發無忘失法世尊若恒住捨性於恒住捨性設遠離設不遠離云何菩薩摩訶薩能無執著引發恒住捨性世尊若一切陀羅尼門於一切陀羅尼門設遠離設不遠離云何菩薩摩訶薩能無執著引發一切陀羅尼門世尊若一切三摩地門於一切三摩地門設遠離設不遠離云何菩薩摩訶薩能無執著引發一切三摩地門世尊若一切智於一切智設遠離設不遠離云何菩薩摩訶薩能無執著引發一切智世尊若道相智一切相智於道相智一切相智設遠離設

不遠離云何菩薩摩訶薩能無執著引發道相智一切相智佛言善現般若波羅蜜多於般若波羅蜜多非遠離非不遠離是故菩薩摩訶薩能無執著引發般若波羅蜜多善現靜慮精進安忍淨戒布施波羅蜜多於靜慮乃至布施波羅蜜多非遠離非不遠離是故菩薩摩訶薩能無執著引發靜慮乃至布施波羅蜜多善現內空於內空非遠離非不遠離是故菩薩摩訶薩能無執著安住內空善現外空內外空空空大空勝義空有爲空無爲空畢竟空無際空散空無變異空本性空自相空共相空一切法空不可得空無性空自性空無性自性空於外空乃至無性自性空非遠離非不遠離是故菩薩摩訶薩能無執著安住外空乃至無性自性空善現真如於真如非遠離非不遠離是故菩薩摩訶薩能無執著安住真如善現法界法性不虛妄性不變異性平等性離生性法定法住實際虛空界不思議界於法界乃至不思議界非遠離非不遠離是故菩薩摩訶薩能無執著安住法界乃至不思議界善現苦聖諦於苦聖諦非遠離非不遠離是故菩薩摩訶薩能無執著安住苦聖諦善現集滅道聖諦於集滅道聖諦非遠離非不遠離是故菩薩摩訶薩能無執著安住集滅道聖諦善現四靜慮於四靜慮非遠離非不遠離是故菩薩摩訶薩能無執著引發四靜慮善現四無量四無色定於四無量四無色定非遠離非不遠離是故菩薩摩訶薩能無執著引發四無量四無色定善現八解脫於八解脫非遠離非不

遠離是故善薩摩訶薩能無執著引發八解脱善現八勝處九次第定十徧處於八勝處九次第定十徧處非遠離非不遠離是故菩薩摩訶薩能無執著引發八勝處九次第定十徧處善現四念住於四念住非遠離非不遠離是故菩薩摩訶薩能無執著引發四念住善現四正斷四神足五根五力七等覺支八聖道支於四正斷乃至八聖道支非遠離非不遠離是故菩薩摩訶薩能無執著引發四正斷乃至八聖道支善現空解脱門於空解脱門非遠離非不遠離是故菩薩摩訶薩能無執著引發空解脱門善現無相無願解脱門於無相無願解脱門非遠離非不遠離是故菩薩摩訶薩能無執著引發無相無願解脱門善現五眼於五眼非遠離非不遠離是故菩薩摩訶薩能無執著引發五眼善現六神通於六神通非遠離非不遠離是故菩薩摩訶薩能無執著引發六神通善現佛十力於佛十力非遠離非不遠離是故菩薩摩訶薩能無執著引發佛十力善現四無所畏四無礙解大慈大悲大喜大捨十八佛不共法於四無所畏乃至十八佛不共法非遠離非不遠離是故菩薩摩訶薩能無執著引發四無所畏乃至十八佛不共法善現無忘失法於無忘失法非遠離非不遠離是故菩薩摩訶薩能無執著引發無忘失法善現恒住捨性於恒住捨性非遠離非不遠離是故菩薩摩訶薩能無執著引發恒住捨性善現一切陀羅尼門於一切陀羅尼門非遠離非不遠離是故菩薩摩訶薩能無執著引發一切

陀羅尼門善現一切三摩地門於一切三摩地門非遠離非不遠離是故菩薩摩訶薩能無執著引發一切三摩地門善現一切智於一切智非遠離非不遠離是故菩薩摩訶薩能無執著引發一切智善現道相智一切相智於道相智一切相智非遠離非不遠離是故菩薩摩訶薩能無執著引發道相智一切相智何以故善現非即自性非離自性而能安住引發自性復次善現菩薩摩訶薩行深般若波羅蜜多時不執著色謂此是色此色屬彼亦不執著受想行識謂此是受想行識此受想行識屬彼善現菩薩摩訶薩行深般若波羅蜜多時不執著眼處謂此是眼處此眼處屬彼亦不執著耳鼻舌身意處謂此是耳鼻舌身意處此耳鼻舌身意處屬彼善現

菩薩摩訶薩行深般若波羅蜜多時不執著色處謂此是色處此色處屬彼亦不執著聲香味觸法處謂此是聲香味觸法處此聲香味觸法處屬彼善現菩薩摩訶薩行深般若波羅蜜多時不執著眼界謂此是眼界此眼界屬彼亦不執著耳鼻舌身意界謂此是耳鼻舌身意界此耳鼻舌身意界屬彼善現菩薩摩訶薩行深般若波羅蜜多時不執著色界謂此是色界此色界屬彼亦不執著聲香味觸法界謂此是聲香味觸法界此聲香味觸法界屬彼善現菩薩摩訶薩行深般若波羅蜜多時不執著眼識界謂此是眼識界此眼識界屬彼亦不執著耳鼻舌身意識界謂此是耳鼻舌身意識界此耳鼻舌身意識界屬彼善現菩薩摩訶薩行深般若波羅蜜多

時不執著眼觸謂此是眼觸此眼觸屬彼亦不執著耳鼻舌身意觸謂此是耳鼻舌身意觸此耳鼻舌身意觸屬彼善現菩薩摩訶薩行深般若波羅蜜多時不執著眼觸爲緣所生諸受謂此是眼觸爲緣所生諸受此眼觸爲緣所生諸受屬彼亦不執著耳鼻舌身意觸爲緣所生諸受謂此是耳鼻舌身意觸爲緣所生諸受此耳鼻舌身意觸爲緣所生諸受屬彼善現菩薩摩訶薩行深般若波羅蜜多時不執著地界謂此是地界此地界屬彼亦不執著水火風空識界謂此是水火風空識界此水火風空識界屬彼善現菩薩摩訶薩行深般若波羅蜜多時不執著無明謂此是無明此無明屬彼亦不執著行識名色六處觸受愛取有生老死愁歎苦憂惱謂此是行乃至老死愁歎苦憂惱此行乃至老死愁歎苦憂惱屬彼善現菩薩摩訶薩行深般若波羅蜜多時不執著布施波羅蜜多謂此是布施波羅蜜多此布施波羅蜜多屬彼亦不執著淨戒安忍精進靜慮般若波羅蜜多謂此是淨戒乃至般若波羅蜜多此淨戒乃至般若波羅蜜多屬彼善現菩薩摩訶薩行深般若波羅蜜多時不執著內空謂此是內空此內空屬彼亦不執著外空內外空空空大空勝義空有爲空無爲空畢竟空無際空散空無變異空本性空自相空共相空一切法空不可得空無性空自性空無性自性空謂此是外空乃至無性自性空此外空乃至無性自性空屬彼善現菩薩摩訶薩行深般若波羅蜜多時不執著真如謂此是真如此真

如屬彼亦不執著法界法性不虚妄性不變異性平等性離生性法定法住實際虚空界不思議界謂此是法界乃至不思議界此法界乃至不思議界屬彼善現菩薩摩訶薩行深般若波羅蜜多時不執著苦聖諦謂此是苦聖諦此苦聖諦屬彼亦不執著集滅道聖諦謂此是集滅道聖諦此集滅道聖諦屬彼善現菩薩摩訶薩行深般若波羅蜜多時不執著四靜慮謂此是四靜慮此四靜慮屬彼亦不執著四無量四無色定謂此是四無量四無色定此四無量四無色定屬彼善現菩薩摩訶薩行深般若波羅蜜多時不執著八解脱謂此是八解脱此八解脱屬彼亦不執著八勝處九次第定十遍處謂此是八勝處九次第定十遍處此八勝處九次第定十遍

處屬彼善現菩薩摩訶薩行深般若波羅蜜多時不執著四念住謂此是四念住此四念住屬彼亦不執著四正斷四神足五根五力七等覺支八聖道支謂此是四正斷乃至八聖道支此四正斷乃至八聖道支屬彼善現菩薩摩訶薩行深般若波羅蜜多時不執著空解脱門謂此是空解脱門此空解脱門屬彼亦不執著無相無願解脱門謂此是無相無願解脱門此無相無願解脱門屬彼善現菩薩摩訶薩行深般若波羅蜜多時不執著五眼謂此是五眼此五眼屬彼亦不執著六神通謂此是六神通此六神通屬彼善現菩薩摩訶薩行深般若波羅蜜多時不執著佛十力謂此是佛十力此佛十力屬彼亦不執著四無所畏四無礙解大慈大悲大喜大捨

十八佛不共法謂此是四無所畏乃至十八佛不共法此四無所畏乃至十八佛不共法屬彼善現菩薩摩訶薩行深般若波羅蜜多時不執著無忘失法謂此是無忘失法此無忘失法屬彼亦不執著恒住捨性謂此是恒住捨性此恒住捨性屬彼善現菩薩摩訶薩行深般若波羅蜜多時不執著一切智謂此是一切智此一切智屬彼亦不執著道相智一切相智謂此是道相智一切相智此道相智一切相智屬彼善現菩薩摩訶薩行深般若波羅蜜多時不執著一切陀羅尼門謂此是一切陀羅尼門此一切陀羅尼門屬彼亦不執著一切三摩地門謂此是一切三摩地門此一切三摩地門屬彼善現菩薩摩訶薩行深般若波羅蜜多時不執著預流果謂此是預流果此預流果屬彼亦不執著一來不還阿羅漢果謂此是一來不還阿羅漢果此一來不還阿羅漢果屬彼善現菩薩摩訶薩行深般若波羅蜜多時不執著獨覺菩提謂此是獨覺菩提此獨覺菩提屬彼善現菩薩摩訶薩行深般若波羅蜜多時不執著一切菩薩摩訶薩行謂此是一切菩薩摩訶薩行此一切菩薩摩訶薩行屬彼善現菩薩摩訶薩行深般若波羅蜜多時不執著諸佛無上正等菩提謂此是諸佛無上正等菩提此諸佛無上正等菩提屬彼善現是菩薩摩訶薩於如是一切法無執著故便能引發般若波羅蜜多亦能引發靜慮精進安忍淨戒布施波羅蜜多善現是菩薩摩訶薩於如是一切法無執著故便能安住內空亦能安住外空

内外空空空大空勝義空有爲空無爲空畢竟空無際空散空無變異空本性空自相空共相空一切法空不可得空無性空自性空無性自性空善現是菩薩摩訶薩於如是一切法無執著故便能安住眞如亦能安住法界法性不虛妄性不變異性平等性離生性法定法住實際虛空界不思議界善現是菩薩摩訶薩於如是一切法無執著故便能安住苦聖諦亦能安住集滅道聖諦善現是菩薩摩訶薩於如是一切法無執著故便能引發四靜慮亦能引發四無量四無色定善現是菩薩摩訶薩於如是一切法無執著故便能引發八解脫亦能引發八勝處九次第定十遍處善現是菩薩摩訶薩於如是一切法無執著故便能引發四念住亦能引發四正斷四神足五根五力七等覺支八聖道支善現是菩薩摩訶薩於如是一切法無執著故便能引發空解脫門亦能引發無相無願解脫門善現是菩薩摩訶薩於如是一切法無執著故便能引發五眼亦能引發六神通善現是菩薩摩訶薩於如是一切法無執著故便能引發佛十力亦能引發四無所畏四無礙解大慈大悲大喜大捨十八佛不共法善現是菩薩摩訶薩於如是一切法無執著故便能引發無忘失法亦能引發恒住捨性善現是菩薩摩訶薩於如是一切法無執著故便能引發一切陀羅尼門亦能引發一切三摩地門善現是菩薩摩訶薩於如是一切法無執著故便能引發一切智亦能引發道相智一切相智何以故善現若菩薩摩訶薩行

深般若波羅蜜多時於諸法中有所執著謂此是法此法屬彼則不能隨意引發安住殊勝功德復次善現菩薩摩訶薩行深般若波羅蜜多時不觀色若常若無常若樂若苦若我若無我若淨若不淨若寂靜若不寂靜若遠離若不遠離亦不觀受想行識若常若無常若樂若苦若我若無我若淨若不淨若寂靜若不寂靜若遠離若不遠離善現菩薩摩訶薩行深般若波羅蜜多時不觀眼處若常若無常若樂若苦若我若無我若淨若不淨若寂靜若不寂靜若遠離若不遠離亦不觀耳鼻舌身意處若常若無常若樂若苦若我若無我若淨若不淨若寂靜若不寂靜若遠離若不遠離善現菩薩摩訶薩行深般若波羅蜜多時不觀色處若常若無常若樂若苦若我若無我若淨若不淨若寂靜若不寂靜若遠離若不遠離亦不觀聲香味觸法處若常若無常若樂若苦若我若無我若淨若不淨若寂靜若不寂靜若遠離若不遠離善現菩薩摩訶薩行深般若波羅蜜多時不觀眼界若常若無常若樂若苦若我若無我若淨若不淨若寂靜若不寂靜若遠離若不遠離亦不觀耳鼻舌身意界若常若無常若樂若苦若我若無我若淨若不淨若寂靜若不寂靜若遠離若不遠離善現菩薩摩訶薩行深般若波羅蜜多時不觀色界若常若無常若樂若苦若我若無我若淨若不淨若寂靜若不寂靜若遠離若不遠離亦不觀聲香味觸法界若常若無常若樂若苦若我若無我若淨若不淨若寂靜若不寂靜若遠離若不遠

離善現菩薩摩訶薩行深般若波羅蜜多時不觀眼識界若常若無常若樂若苦若我若無我若淨若不淨若寂靜若不寂靜若遠離若不遠離亦不觀耳鼻舌身意識界若常若無常若樂若苦若我若無我若淨若不淨若寂靜若不寂靜若遠離若不遠離善現菩薩摩訶薩行深般若波羅蜜多時不觀眼觸若常若無常若樂若苦若我若無我若淨若不淨若寂靜若不寂靜若遠離若不遠離亦不觀耳鼻舌身意觸若常若無常若樂若苦若我若無我若淨若不淨若寂靜若不寂靜若遠離若不遠離善現菩薩摩訶薩行深般若波羅蜜多時不觀眼觸爲緣所生諸受若常若無常若樂若苦若我若無我若淨若不淨若寂靜若不寂靜若遠離若不遠離亦不觀耳鼻舌身意觸爲緣所生諸受若常若無常若樂若苦若我若無我若淨若不淨若寂靜若不寂靜若遠離若不遠離善現菩薩摩訶薩行深般若波羅蜜多時不觀地界若常若無常若樂若苦若我若無我若淨若不淨若寂靜若不寂靜若遠離若不遠離亦不觀水火風空識界若常若無常若樂若苦若我若無我若淨若不淨若寂靜若不寂靜若遠離若不遠離善現菩薩摩訶薩行深般若波羅蜜多時不觀無明若常若無常若樂若苦若我若無我若淨若不淨若寂靜若不寂靜若遠離若不遠離亦不觀行識名色六處觸受愛取有生老死愁歎苦憂惱若常若無常若樂若苦若我若無我若淨若不淨若寂靜若不寂靜若遠離若不遠離

大般若波羅蜜多經卷第三百五十四

大般若波羅蜜多經卷第三百五十五

唐三藏法師玄奘奉詔譯

初分多問不二品第六十一之五

善現菩薩摩訶薩行深般若波羅蜜多時不觀布施波羅蜜多若常若無常若樂若苦若我若無我若淨若不淨若寂靜若不寂靜若遠離若不遠離亦不觀淨戒安忍精進靜慮般若波羅蜜多若常若無常若樂若苦若我若無我若淨若不淨若寂靜若不寂靜若遠離若不遠離善現菩薩摩訶薩行深般若波羅蜜多時不觀內空若常若無常若樂若苦若我若無我若淨若不淨若寂靜若不寂靜若遠離若不遠離亦不觀外空內外空空空大空勝義空有爲空無爲空畢竟空無際空散空無變異空本性空自相空共相空一切法空不可得空無性空自性空無性自性空若常若無常若樂若苦若我若無我若淨若不淨若寂靜若不寂靜若遠離若不遠離善現菩薩摩訶薩行深般若波羅蜜多時不觀眞如若常若無常若樂若苦若我若無我若淨若不淨若寂靜若不寂靜若遠離若不遠離亦不觀法界法性不虛妄性不變異性平等性離生性法定法住實際虛空界不思議界若常若無常若樂若苦若我若無我若淨若不淨若寂靜若不寂靜若遠離若不遠離善現菩薩摩訶薩行深般若波羅蜜多時不觀苦聖諦若常若無常若樂若苦若我若無我若淨若不淨若寂靜若不寂靜若遠離若不遠離亦不觀集滅道聖諦若常若無常若樂若苦若我若無我若淨若不淨若寂靜若

不寂靜若遠離若不遠離善現菩薩摩訶薩行深般若波羅蜜多時不觀四靜慮若常若無常若樂若苦若我若無我若淨若不淨若寂靜若不寂靜若遠離若不遠離亦不觀四無量四無色定若常若無常若樂若苦若我若無我若淨若不淨若寂靜若不寂靜若遠離若不遠離善現菩薩摩訶薩行深般若波羅蜜多時不觀八解脫若常若無常若樂若苦若我若無我若淨若不淨若寂靜若不寂靜若遠離若不遠離亦不觀八勝處九次第定十遍處若常若無常若樂若苦若我若無我若淨若不淨若寂靜若不寂靜若遠離若不遠離善現菩薩摩訶薩行深般若波羅蜜多時不觀四念住若常若無常若樂若苦若我若無我若淨若不淨若寂靜若不寂靜若遠離若不遠離亦不觀四正斷四神足五根五力七等覺支八聖道支若常若無常若樂若苦若我若無我若淨若不淨若寂靜若不寂靜若遠離若不遠離善現菩薩摩訶薩行深般若波羅蜜多時不觀空解脫門若常若無常若樂若苦若我若無我若淨若不淨若寂靜若不寂靜若遠離若不遠離亦不觀無相無願解脫門若常若無常若樂若苦若我若無我若淨若不淨若寂靜若不寂靜若遠離若不遠離善現菩薩摩訶薩行深般若波羅蜜多時不觀五眼若常若無常若樂若苦若我若無我若淨若不淨若寂靜若不寂靜若遠離若不遠離亦不觀六神通若常若無常若樂若苦若我若無我若淨若不淨若寂靜若不寂靜若遠離若不遠離善現菩薩摩

訶薩行深般若波羅蜜多時不觀佛十力若常若無常若樂若苦若我若無我若淨若不淨若寂靜若不寂靜若遠離若不遠離亦不觀四無所畏四無礙解大慈大悲大喜大捨十八佛不共法若常若無常若樂若苦若我若無我若淨若不淨若寂靜若不寂靜若遠離若不遠離善現菩薩摩訶薩行深般若波羅蜜多時不觀無忘失法若常若無常若樂若苦若我若無我若淨若不淨若寂靜若不寂靜若遠離若不遠離亦不觀恒住捨性若常若無常若樂若苦若我若無我若淨若不淨若寂靜若不寂靜若遠離若不遠離善現菩薩摩訶薩行深般若波羅蜜多時不觀一切智若常若無常若樂若苦若我若無我若淨若不淨若寂靜若不寂靜若遠離若不遠離亦不觀道相智一切相智若常若無常若樂若苦若我若無我若淨若不淨若寂靜若不寂靜若遠離若不遠離善現菩薩摩訶薩行深般若波羅蜜多時不觀一切陀羅尼門若常若無常若樂若苦若我若無我若淨若不淨若寂靜若不寂靜若遠離若不遠離亦不觀一切三摩地門若常若無常若樂若苦若我若無我若淨若不淨若寂靜若不寂靜若遠離若不遠離善現菩薩摩訶薩行深般若波羅蜜多時不觀預流果若常若無常若樂若苦若我若無我若淨若不淨若寂靜若不寂靜若遠離若不遠離亦不觀一來不還阿羅漢果若常若無常若樂若苦若我若無我若淨若不淨若寂靜若不寂靜若遠離若不遠離善現菩薩摩訶薩行深般若波羅蜜

多時不觀獨覺菩提若常若無常若樂若苦若我若無我若淨若不淨若寂靜若不寂靜若遠離若不遠離善現菩薩摩訶薩行深般若波羅蜜多時不觀一切菩薩摩訶薩行若常若無常若樂若苦若我若無我若淨若不淨若寂靜若不寂靜若遠離若不遠離善現菩薩摩訶薩行深般若波羅蜜多時不觀諸佛無上正等菩提若常若無常若樂若苦若我若無我若淨若不淨若寂靜若不寂靜若遠離若不遠離善現是菩薩摩訶薩於如是一切法不觀察故便能引發般若波羅蜜多亦能引發靜慮精進安忍淨戒布施波羅蜜多善現是菩薩摩訶薩於如是一切法不觀察故便能安住內空亦能安住外空內外空空空大空勝義空有爲空無爲空畢竟空無際空散空無變異空本性空自相空共相空一切法空不可得空無性空自性空無性自性空善現是菩薩摩訶薩於如是一切法不觀察故便能安住眞如亦能安住法界法性不虛妄性不變異性平等性離生性法定法住實際虛空界不思議界善現是菩薩摩訶薩於如是一切法不觀察故便能安住苦聖諦亦能安住集滅道聖諦善現是菩薩摩訶薩於如是一切法不觀察故便能引發四靜慮亦能引發四無量四無色定善現是菩薩摩訶薩於如是一切法不觀察故便能引發八解脫亦能引發八勝處九次第定十遍處善現是菩薩摩訶薩於如是一切法不觀察故便能引發四念住亦能引發四正斷四神足五根五力七等覺支八聖道支善現是菩

薩摩訶薩於如是一切法不觀察故便能引發空解脫門亦能引發無相無願解脫門善現是菩薩摩訶薩於如是一切法不觀察故便能引發五眼亦能引發六神通善現是菩薩摩訶薩於如是一切法不觀察故便能引發佛十力亦能引發四無所畏四無礙解大慈大悲大喜大捨十八佛不共法善現是菩薩摩訶薩於如是一切法不觀察故便能引發無忘失法亦能引發恒住捨性善現是菩薩摩訶薩於如是一切法不觀察故便能引發一切陀羅尼門亦能引發一切三摩地門善現是菩薩摩訶薩於如是一切法不觀察故便能引發一切智亦能引發道相智一切相智何以故善現若菩薩摩訶薩行深般若波羅蜜多時於諸法中有所觀察若常若無常若樂若苦若我若無我若淨若不淨若寂靜若不寂靜若遠離若不遠離則不能隨意引發安住殊勝功德復次善現若菩薩摩訶薩行深般若波羅蜜多則爲行靜慮波羅蜜多亦爲行精進安忍淨戒布施波羅蜜多善現若菩薩摩訶薩行深般若波羅蜜多則爲行內空亦爲行外空內外空空空大空勝義空有爲空無爲空畢竟空無際空散空無變異空本性空自相空共相空一切法空不可得空無性空自性空無性自性空善現若菩薩摩訶薩行深般若波羅蜜多則爲行眞如亦爲行法界法性不虛妄性不變異性平等性離生性法定法住實際虛空界不思議界善現若菩薩摩訶薩行深般若波羅蜜多則爲行苦聖諦亦爲行集滅道聖諦善現若菩

薩摩訶薩行深般若波羅蜜多則爲行四靜慮亦爲行四無量四無色定善現若菩薩摩訶薩行深般若波羅蜜多則爲行八解脫亦爲行八勝處九次第定十遍處善現若菩薩摩訶薩行深般若波羅蜜多則爲行四念住亦爲行四正斷四神足五根五力七等覺支八聖道支善現若菩薩摩訶薩行深般若波羅蜜多則爲行空解脫門亦爲行無相無願解脫門善現若菩薩摩訶薩行深般若波羅蜜多則爲行五眼亦爲行六神通善現若菩薩摩訶薩行深般若波羅蜜多則爲行佛十力亦爲行四無所畏四無礙解大慈大悲大喜大捨十八佛不共法善現若菩薩摩訶薩行深般若波羅蜜多則爲行無忘失法亦爲行恒住捨性善現若菩薩摩訶薩行深般若波羅蜜多則爲行一切陀羅尼門亦爲行一切三摩地門善現若菩薩摩訶薩行深般若波羅蜜多則爲行一切智亦爲行道相智一切相智復次善現甚深般若波羅蜜多隨所行處所有一切波羅蜜多及餘一切菩提分法皆悉隨從甚深般若波羅蜜多隨所至處所有一切波羅蜜多及餘一切菩提分法皆悉隨至善現如轉輪聖王有四支勇軍隨彼輪王所行之處是四勇軍皆悉隨從隨彼輪王所至之處是四勇軍皆悉隨至甚深般若波羅蜜多亦復如是隨有所行及有所至所有一切波羅蜜多及餘一切菩提分法皆悉隨逐究竟至於一切智智善現如善御者駕駟馬車令避險路行於正道隨本意欲能往所至甚深般若波羅蜜多亦復如是善御一

切波羅蜜多及餘一切菩提分法令避生死涅槃險路行於自利利他正道至本所求一切智智時具壽善現白佛言世尊菩薩摩訶薩云何爲道云何非道佛言善現諸異生道非諸菩薩摩訶薩道諸聲聞道非諸菩薩摩訶薩道諸獨覺道非諸菩薩摩訶薩道自利利他道是諸菩薩摩訶薩道一切智智道是諸菩薩摩訶薩道不住生死及涅槃道是諸菩薩摩訶薩道善現是爲菩薩摩訶薩道及非道具壽善現復白佛言世尊甚深般若波羅蜜多出現世間能爲大事所謂示現諸菩薩摩訶薩道非道相令諸菩薩摩訶薩知是道是非道速能證得一切智智佛言善現如是如是如汝所説甚深般若波羅蜜多出現世間能爲大事所謂示現諸菩薩摩訶薩道

非道相令諸菩薩摩訶薩知是道是非道速能證得一切智智復次善現甚深般若波羅蜜多出現世間能爲大事所謂度脱無量無數無邊有情皆令獲得利益安樂善現甚深般若波羅蜜多雖作無邊利樂他事而於此事無所取著善現甚深般若波羅蜜多雖能示現色所作事而於此事無所取著雖能示現受想行識所作事而於此事無所取著善現甚深般若波羅蜜多雖能示現眼處所作事而於此事無所取著雖能示現耳鼻舌身意處所作事而於此事無所取著善現甚深般若波羅蜜多雖能示現色處所作事而於此事無所取著雖能示現聲香味觸法處所作事而於此事無所取著善現甚深般若波羅蜜多雖能示現眼界所作事而於此事無

所取著雖能示現耳鼻舌身意界所作事而於此事無所取著善現甚深般若波羅蜜多雖能示現色界所作事而於此事無所取著雖能示現聲香味觸法界所作事而於此事無所取著善現甚深般若波羅蜜多雖能示現眼識界所作事而於此事無所取著雖能示現耳鼻舌身意識界所作事而於此事無所取著善現甚深般若波羅蜜多雖能示現眼觸所作事而於此事無所取著雖能示現耳鼻舌身意觸所作事而於此事無所取著善現甚深般若波羅蜜多雖能示現眼觸爲緣所生諸受所作事而於此事無所取著雖能示現耳鼻舌身意觸爲緣所生諸受所作事而於此事無所取著善現甚深般若波羅蜜多雖能示現地界所作事而於此事無所取著雖能示現水火風空識界所作事而於此事無所取著善現甚深般若波羅蜜多雖能示現無明所作事而於此事無所取著雖能示現行識名色六處觸受愛取有生老死愁歎苦憂惱所作事而於此事無所取著善現甚深般若波羅蜜多雖能示現布施波羅蜜多所作事而於此事無所取著雖能示現淨戒安忍精進靜慮般若波羅蜜多所作事而於此事無所取著善現甚深般若波羅蜜多雖能示現內空所作事而於此事無所取著雖能示現外空內外空空空大空勝義空有爲空無爲空畢竟空無際空散空無變異空本性空自相空共相空一切法空不可得空無性空自性空無性自性空所作事而於此事無所取著善現甚深般若波羅蜜多雖

能示現真如所作事而於此事無所取著雖能示現法界法性不虛妄性不變異性平等性離生性法定法住實際虛空界不思議界所作事而於此事無所取著善現甚深般若波羅蜜多雖能示現苦聖諦所作事而於此事無所取著雖能示現集滅道聖諦所作事而於此事無所取著善現甚深般若波羅蜜多雖能示現四靜慮所作事而於此事無所取著雖能示現四無量四無色定所作事而於此事無所取著善現甚深般若波羅蜜多雖能示現八解脫所作事而於此事無所取著雖能示現八勝處九次第定十遍處所作事而於此事無所取著善現甚深般若波羅蜜多雖能示現四念住所作事而於此事無所取著雖能示現四正斷四神足五根五力七等覺支八聖道支所作事而於此事無所取著善現甚深般若波羅蜜多雖能示現空解脫門所作事而於此事無所取著雖能示現無相無願解脫門所作事而於此事無所取著善現甚深般若波羅蜜多雖能示現五眼所作事而於此事無所取著雖能示現六神通所作事而於此事無所取著善現甚深般若波羅蜜多雖能示現佛十力所作事而於此事無所取著雖能示現四無所畏四無礙解大慈大悲大喜大捨十八佛不共法所作事而於此事無所取著善現甚深般若波羅蜜多雖能示現無忘失法所作事而於此事無所取著雖能示現恒住捨性所作事而於此事無所取著善現甚深般若波羅蜜多雖能示現一切智所作事而於此事無所取

著雖能示現道相智一切相智所作事而於此事無所取著善現甚深般若波羅蜜多雖能示現一切陀羅尼門所作事而於此事無所取著雖能示現一切三摩地門所作事而於此事無所取著善現甚深般若波羅蜜多雖能示現預流果所作事而於此事無所取著雖能示現一來不還阿羅漢果所作事而於此事無所取著善現甚深般若波羅蜜多雖能示現獨覺菩提所作事而於此事無所取著善現甚深般若波羅蜜多雖能示現一切菩薩摩訶薩行所作事而於此事無所取著善現甚深般若波羅蜜多雖能示現諸佛無上正等菩提所作事而於此事無所取著善現甚深般若波羅蜜多引導菩薩摩訶薩令趣無上正等菩提於其中間定不退轉善現甚深般若波羅蜜多雖令菩薩摩訶薩遠離聲聞獨覺等地親近無上正等菩提而於諸法無起無滅以法住性爲定量故爾時具壽善現白佛言世尊若甚深般若波羅蜜多於一切法無起無滅云何菩薩摩訶薩行深般若波羅蜜多時應修布施波羅蜜多云何菩薩摩訶薩行深般若波羅蜜多時應修淨戒波羅蜜多云何菩薩摩訶薩行深般若波羅蜜多時應修安忍波羅蜜多云何菩薩摩訶薩行深般若波羅蜜多時應修精進波羅蜜多云何菩薩摩訶薩行深般若波羅蜜多時應修靜慮波羅蜜多云何菩薩摩訶薩行深般若波羅蜜多時應修般若波羅蜜多佛言善現菩薩摩訶薩行深般若波羅蜜多時應緣一切智智爲諸有情而修布施波羅蜜

多菩薩摩訶薩行深般若波羅蜜多時應緣一切智智爲諸有情而修淨戒波羅蜜多菩薩摩訶薩行深般若波羅蜜多時應緣一切智智爲諸有情而修安忍波羅蜜多菩薩摩訶薩行深般若波羅蜜多時應緣一切智智爲諸有情而修精進波羅蜜多菩薩摩訶薩行深般若波羅蜜多時應緣一切智智爲諸有情而修靜慮波羅蜜多菩薩摩訶薩行深般若波羅蜜多時應緣一切智智爲諸有情而修般若波羅蜜多善現是菩薩摩訶薩持此善根與諸有情平等共有迴向無上正等菩提於迴向時遠離三心謂誰迴向用何迴向迴向何處善現是菩薩摩訶薩持此善根如是迴向所求無上正等菩提則修六種波羅蜜多速得圓滿亦修菩薩慈悲喜捨速得圓滿由此疾得一切智智乃至安坐妙菩提座常不遠離如是六種波羅蜜多善現若菩薩摩訶薩不離六種波羅蜜多則不遠離一切智智是故善現若菩薩摩訶薩欲得速證所求無上正等菩提當勤精進修學六種波羅蜜多當勤精進修行六種波羅蜜多善現若菩薩摩訶薩常勤精進修學修行如是六種波羅蜜多一切善根速得圓滿疾證無上正等菩提是故善現諸菩薩摩訶薩應與六種波羅蜜多常共相應不相捨離爾時具壽善現白佛言世尊云何菩薩摩訶薩能與六種波羅蜜多常共相應不相捨離佛言善現若菩薩摩訶薩如實觀色非相應非不相應如實觀受想行識非相應非不相應是菩薩摩訶薩能與六種波羅蜜多常共相應不相

捨離善現若菩薩摩訶薩如實觀眼處非相應非不相應如實觀耳鼻舌身意處非相應非不相應是菩薩摩訶薩能與六種波羅蜜多常共相應不相捨離善現若菩薩摩訶薩如實觀色處非相應非不相應如實觀聲香味觸法處非相應非不相應是菩薩摩訶薩能與六種波羅蜜多常共相應不相捨離善現若菩薩摩訶薩如實觀眼界非相應非不相應如實觀耳鼻舌身意界非相應非不相應是菩薩摩訶薩能與六種波羅蜜多常共相應不相捨離善現若菩薩摩訶薩如實觀色界非相應非不相應如實觀聲香味觸法界非相應非不相應是菩薩摩訶薩能與六種波羅蜜多常共相應不相捨離善現若菩薩摩訶薩如實觀眼識界非相應非不相應如實觀耳鼻舌身意識界非相應非不相應是菩薩摩訶薩能與六種波羅蜜多常共相應不相捨離善現若菩薩摩訶薩如實觀眼觸非相應非不相應如實觀耳鼻舌身意觸非相應非不相應是菩薩摩訶薩能與六種波羅蜜多常共相應不相捨離善現若菩薩摩訶薩如實觀眼觸爲緣所生諸受非相應非不相應如實觀耳鼻舌身意觸爲緣所生諸受非相應非不相應是菩薩摩訶薩能與六種波羅蜜多常共相應不相捨離善現若菩薩摩訶薩如實觀地界非相應非不相應如實觀水火風空識界非相應非不相應是菩薩摩訶薩能與六種波羅蜜多常共相應不相捨離善現若菩薩摩訶薩如實觀無明非相應非不相應如實觀行識名色六處觸

受愛取有生老死愁歎苦憂惱非相應非不相應是菩薩摩訶薩能與六種波羅蜜多常共相應不相捨離善現若菩薩摩訶薩如實觀布施波羅蜜多非相應非不相應如實觀淨戒安忍精進靜慮般若波羅蜜多非相應非不相應是菩薩摩訶薩能與六種波羅蜜多常共相應不相捨離善現若菩薩摩訶薩如實觀内空非相應非不相應如實觀外空内外空空空大空勝義空有爲空無爲空畢竟空無際空散空無變異空本性空自相空共相空一切法空不可得空無性空自性空無性自性空非相應非不相應是菩薩摩訶薩能與六種波羅蜜多常共相應不相捨離善現若菩薩摩訶薩如實觀眞如非相應非不相應如實觀法界法性不虚妄性不變異性平等性離生性法定法住實際虚空界不思議界非相應非不相應是菩薩摩訶薩能與六種波羅蜜多常共相應不相捨離善現若菩薩摩訶薩如實觀苦聖諦非相應非不相應如實觀集滅道聖諦非相應非不相應是菩薩摩訶薩能與六種波羅蜜多常共相應不相捨離善現若菩薩摩訶薩如實觀四靜慮非相應非不相應如實觀四無量四無色定非相應非不相應是菩薩摩訶薩能與六種波羅蜜多常共相應不相捨離善現若菩薩摩訶薩如實觀八解脱非相應非不相應如實觀八勝處九次第定十遍處非相應非不相應是菩薩摩訶薩能與六種波羅蜜多常共相應不相捨離善現若菩薩摩訶薩如實觀四念住非相應非不相應如實觀四

正斷四神足五根五力七等覺支八聖道支
非相應非不相應是菩薩摩訶薩能與六種
波羅蜜多常共相應不相捨離善現若菩薩
摩訶薩如實觀空解脫門非相應非不相應
如實觀無相無願解脫門非相應非不相應
是菩薩摩訶薩能與六種波羅蜜多常共相
應不相捨離善現若菩薩摩訶薩如實觀五
眼非相應非不相應如實觀六神通非相應
非不相應是菩薩摩訶薩能與六種波羅蜜
多常共相應不相捨離善現若菩薩摩訶薩
如實觀佛十力非相應非不相應如實觀四
無所畏四無礙解大慈大悲大喜大捨十八
佛不共法非相應非不相應是菩薩摩訶薩
能與六種波羅蜜多常共相應不相捨離善
現若菩薩摩訶薩如實觀無忘失法非相應
非不相應如實觀恒住捨性非相應非不相
應是菩薩摩訶薩能與六種波羅蜜多常共
相應不相捨離善現若菩薩摩訶薩如實觀
一切智非相應非不相應如實觀道相智一
切相智非相應非不相應是菩薩摩訶薩能
與六種波羅蜜多常共相應不相捨離善現
若菩薩摩訶薩如實觀一切陀羅尼門非相
應非不相應如實觀一切三摩地門非相應
非不相應是菩薩摩訶薩能與六種波羅蜜
多常共相應不相捨離善現若菩薩摩訶薩
如實觀預流果非相應非不相應如實觀一
來不還阿羅漢果非相應非不相應是菩薩
摩訶薩能與六種波羅蜜多常共相應不相
捨離善現若菩薩摩訶薩如實觀獨覺菩提
非相應非不相應是菩薩摩訶薩能與六種

波羅蜜多常共相應不相捨離善現若菩薩摩訶薩如實觀一切菩薩摩訶薩行非相應非不相應是菩薩摩訶薩能與六種波羅蜜多常共相應不相捨離善現若菩薩摩訶薩如實觀諸佛無上正等菩提非相應非不相應是菩薩摩訶薩能與六種波羅蜜多常共相應不相捨離復次善現若菩薩摩訶薩恒作是念我不應住色亦不應住受想行識何以故色非能住非所住受想行識亦非能住非所住故善現是菩薩摩訶薩能與六種波羅蜜多常共相應不相捨離善現若菩薩摩訶薩恒作是念我不應住眼處亦不應住耳鼻舌身意處何以故眼處非能住非所住耳鼻舌身意處亦非能住非所住故善現是菩薩摩訶薩能與六種波羅蜜多常共相應不相捨離善現若菩薩摩訶薩恒作是念我不應住色處亦不應住聲香味觸法處何以故色處非能住非所住聲香味觸法處亦非能住非所住故善現是菩薩摩訶薩能與六種波羅蜜多常共相應不相捨離

大般若波羅蜜多經卷第三百五十五

大般若波羅蜜多經卷第三百五十六

唐三藏法師玄奘奉　詔譯

初分多問不二品第六十一之六

善現若菩薩摩訶薩恒作是念我不應住眼界亦不應住耳鼻舌身意界何以故眼界非能住非所住耳鼻舌身意界亦非能住非所住故善現是菩薩摩訶薩能與六種波羅蜜多常共相應不相捨離善現若菩薩摩訶薩恒作是念我不應住色界亦不應住聲香味觸法界何以故色界非能住非所住聲香味觸法界亦非能住非所住故善現是菩薩摩訶薩能與六種波羅蜜多常共相應不相捨離善現若菩薩摩訶薩恒作是念我不應住眼識界亦不應住耳鼻舌身意識界何以故眼識界非能住非所住耳鼻舌身意識界亦非能住非所住故善現是菩薩摩訶薩能與六種波羅蜜多常共相應不相捨離善現若菩薩摩訶薩恒作是念我不應住眼觸亦不應住耳鼻舌身意觸何以故眼觸非能住非所住耳鼻舌身意觸亦非能住非所住故善現是菩薩摩訶薩能與六種波羅蜜多常共相應不相捨離善現若菩薩摩訶薩恒作是念我不應住眼觸為緣所生諸受亦不應住耳鼻舌身意觸為緣所生諸受何以故眼觸為緣所生諸受非能住非所住耳鼻舌身意觸為緣所生諸受亦非能住非所住故善現是菩薩摩訶薩能與六種波羅蜜多常共相應不相捨離善現若菩薩摩訶薩恒作是念我不應住地界亦不應住水火風空識界何以故地界非能住非所住水火風空識界亦

非能住非所住故善現是菩薩摩訶薩能與六種波羅蜜多常共相應不相捨離善現若菩薩摩訶薩恒作是念我不應住無明亦不應住行識名色六處觸受愛取有生老死愁歎苦憂惱何以故無明非能住非所住行乃至老死愁歎苦憂惱亦非能住非所住故善現是菩薩摩訶薩能與六種波羅蜜多常共相應不相捨離善現若菩薩摩訶薩恒作是念我不應住布施波羅蜜多亦不應住淨戒安忍精進靜慮般若波羅蜜多何以故布施波羅蜜多非能住非所住淨戒乃至般若波羅蜜多亦非能住非所住故善現是菩薩摩訶薩能與六種波羅蜜多常共相應不相捨離善現若菩薩摩訶薩恒作是念我不應住內空亦不應住外空內外空空空大空勝義

空有爲空無爲空畢竟空無際空散空無變異空本性空自相空共相空一切法空不可得空無性空自性空無性自性空何以故內空非能住非所住外空乃至無性自性空亦非能住非所住故善現是菩薩摩訶薩能與六種波羅蜜多常共相應不相捨離善現若菩薩摩訶薩恒作是念我不應住眞如亦不應住法界法性不虛妄性不變異性平等性離生性法定法住實際虛空界不思議界何以故眞如非能住非所住法界乃至不思議界亦非能住非所住故善現是菩薩摩訶薩能與六種波羅蜜多常共相應不相捨離善現若菩薩摩訶薩恒作是念我不應住苦聖諦亦不應住集滅道聖諦何以故苦聖諦非能住非所住集滅道聖諦亦非能住非所住

故善現是菩薩摩訶薩能與六種波羅蜜多常共相應不相捨離善現若菩薩摩訶薩恒作是念我不應住四靜慮亦不應住四無量四無色定何以故四靜慮非能住非所住四無量四無色定亦非能住非所住故善現是菩薩摩訶薩能與六種波羅蜜多常共相應不相捨離善現若菩薩摩訶薩恒作是念我不應住八解脫亦不應住八勝處九次第定十遍處何以故八解脫非能住非所住八勝處九次第定十遍處亦非能住非所住故善現是菩薩摩訶薩能與六種波羅蜜多常共相應不相捨離善現若菩薩摩訶薩恒作是念我不應住四念住亦不應住四正斷四神足五根五力七等覺支八聖道支何以故四念住非能住非所住四正斷乃至八聖道支亦非能住非所住故善現是菩薩摩訶薩能與六種波羅蜜多常共相應不相捨離善現若菩薩摩訶薩恒作是念我不應住空解脫門亦不應住無相無願解脫門何以故空解脫門非能住非所住無相無願解脫門亦非能住非所住故善現是菩薩摩訶薩能與六種波羅蜜多常共相應不相捨離善現若菩薩摩訶薩恒作是念我不應住五眼亦不應住六神通何以故五眼非能住非所住六神通亦非能住非所住故善現是菩薩摩訶薩能與六種波羅蜜多常共相應不相捨離善現若菩薩摩訶薩恒作是念我不應住佛十力亦不應住四無所畏四無礙解大慈大悲大喜大捨十八佛不共法何以故佛十力非能住非所住四無所畏乃至十八佛不共法

亦非能住非所住故善現是菩薩摩訶薩能與六種波羅蜜多常共相應不相捨離善現若菩薩摩訶薩恒作是念我不應住無忘失法亦不應住恒住捨性何以故無忘失法非能住非所住恒住捨性亦非能住非所住故善現是菩薩摩訶薩能與六種波羅蜜多常共相應不相捨離善現若菩薩摩訶薩恒作是念我不應住一切智亦不應住道相智一切相智何以故一切智非能住非所住道相智一切相智亦非能住非所住故善現是菩薩摩訶薩能與六種波羅蜜多常共相應不相捨離善現若菩薩摩訶薩恒作是念我不應住一切陀羅尼門亦不應住一切三摩地門何以故一切陀羅尼門非能住非所住一切三摩地門亦非能住非所住故善現是菩薩摩訶薩能與六種波羅蜜多常共相應不相捨離善現若菩薩摩訶薩恒作是念我不應住預流果亦不應住一來不還阿羅漢果何以故預流果非能住非所住一來不還阿羅漢果亦非能住非所住故善現是菩薩摩訶薩能與六種波羅蜜多常共相應不相捨離善現若菩薩摩訶薩恒作是念我不應住獨覺菩提何以故獨覺菩提非能住非所住故善現是菩薩摩訶薩能與六種波羅蜜多常共相應不相捨離善現若菩薩摩訶薩恒作是念我不應住一切菩薩摩訶薩行何以故一切菩薩摩訶薩行非能住非所住故善現是菩薩摩訶薩能與六種波羅蜜多常共相應不相捨離善現若菩薩摩訶薩恒作是念我不應住諸佛無上正等菩提何以故諸

佛無上正等菩提非能住非所住故善現是菩薩摩訶薩能與六種波羅蜜多常共相應不相捨離善現若菩薩摩訶薩能以如是無住方便修行六種波羅蜜多是菩薩摩訶薩速證無上正等菩提善現譬如有人欲食菴没羅菓或半娜娑菓先取其子於良美地而種植之隨時溉灌守護營理漸次生長芽莖枝葉時節和合便有花果果成熟已取而食之如是善現菩薩摩訶薩欲得無上正等菩提先學六種波羅蜜多復於有情或以布施或以愛語或以利行或以同事而攝受之既攝受已教令安住布施淨戒安忍精進靜慮般若波羅蜜多既安住已解脫一切生老病死證得常住畢竟安樂菩薩如是當得無上正等菩提轉妙法輪度無量衆是故善現若菩薩摩訶薩欲於諸法不藉他緣而自悟解欲能成熟一切有情欲於佛土能善嚴淨欲疾安坐妙菩提座欲能降伏一切魔軍欲速證得一切智智欲轉法輪脱有情類生老病死當學六種波羅蜜多以四攝事方便攝受諸有情類菩薩如是勤修學時應於般若波羅蜜多常勤修學爾時具壽善現白佛言世尊佛說菩薩摩訶薩應於般若波羅蜜多常勤學耶佛言善現如是如是我說菩薩摩訶薩應於般若波羅蜜多常勤修學善現若菩薩摩訶薩欲於諸法得大自在當學般若波羅蜜多何以故善現甚深般若波羅蜜多能令菩薩於一切法得自在故復次善現甚深般若波羅蜜多是諸善法生長方便所趣向門譬如大海是諸寶物生長方便及一切水

所趣向門如是善現甚深般若波羅蜜多是諸善法生長方便所趣向門是故善現求聲聞乘補特伽羅求獨覺乘補特伽羅求菩薩乘補特伽羅皆當於此甚深般若波羅蜜多常勤修學善現諸菩薩摩訶薩於此般若波羅蜜多勤修學時應勤修學布施波羅蜜多應勤修學淨戒安忍精進靜慮般若波羅蜜多應勤安住内空應勤安住外空内外空空空大空勝義空有爲空無爲空畢竟空無際空散空無變異空本性空自相空共相空一切法空不可得空無性空自性空無性自性空應勤安住眞如應勤安住法界法性不虛妄性不變異性平等性離生性法定法住實際虛空界不思議界應勤安住苦聖諦應勤安住集滅道聖諦應勤修學四靜慮應勤修學四無量四無色定應勤修學八解脫應勤修學八勝處九次第定十遍處應勤修學四念住應勤修學四正斷四神足五根五力七等覺支八聖道支應勤修學空解脫門應勤修學無相無願解脫門應勤修學五眼應勤修學六神通應勤修學佛十力應勤修學四無所畏四無礙解大慈大悲大喜大捨十八佛不共法應勤修學無忘失法應勤修學恒住捨性應勤修學一切陀羅尼門應勤修學一切三摩地門應勤修學一切智應勤修學道相智一切相智善現如善射人甲冑堅固執好弓箭不懼怨敵菩薩摩訶薩亦復如是攝受般若波羅蜜多攝受靜慮精進安忍淨戒布施波羅蜜多攝受内空攝受外空内外空空空大空勝義空有爲空無爲空畢竟空

無際空散空無變異空本性空自相空共相空一切法空不可得空無性空自性空無性自性空攝受眞如攝受法界法性不虛妄性不變異性平等性離生性法定法住實際虛空界不思議界攝受苦聖諦攝受集滅道聖諦攝受四靜慮攝受四無量四無色定攝受八解脫攝受八勝處九次第定十遍處攝受四念住攝受四正斷四神足五根五力七等覺支八聖道支攝受空解脫門攝受無相無願解脫門攝受五眼攝受六神通攝受佛十力攝受四無所畏四無礙解大慈大悲大喜大捨十八佛不共法攝受無忘失法攝受恒住捨性攝受一切陀羅尼門攝受一切三摩地門攝受一切智攝受道相智一切相智攝受如是諸功德時皆以般若波羅蜜多而為方便由此因緣一切魔軍外道他論皆不能伏是故善現若菩薩摩訶薩欲證無上正等菩提當勤修學甚深般若波羅蜜多善現若菩薩摩訶薩如是行般若波羅蜜多時便為過去未來現在諸佛護念時具壽善現白佛言世尊云何菩薩摩訶薩如是行般若波羅蜜多時便為過去未來現在諸佛護念佛言善現若菩薩摩訶薩如是行般若波羅蜜多時能行布施波羅蜜多能行淨戒安忍精進靜慮般若波羅蜜多故為過去未來現在諸佛護念善現若菩薩摩訶薩如是行般若波羅蜜多時能行內空能行外空內外空空空大空勝義空有為空無為空畢竟空無際空散空無變異空本性空自相空共相空一切法空不可得空無性空自性空無性自性空

故爲過去未來現在諸佛護念善現若菩薩摩訶薩如是行般若波羅蜜多時能行眞如能行法界法性不虛妄性不變異性平等性離生性法定法住實際虛空界不思議界故爲過去未來現在諸佛護念善現若菩薩摩訶薩如是行般若波羅蜜多時能行苦聖諦能行集滅道聖諦故爲過去未來現在諸佛護念善現若菩薩摩訶薩如是行般若波羅蜜多時能行四靜慮能行四無量四無色定故爲過去未來現在諸佛護念善現若菩薩摩訶薩如是行般若波羅蜜多時能行八解脫能行八勝處九次第定十遍處故爲過去未來現在諸佛護念善現若菩薩摩訶薩如是行般若波羅蜜多時能行四念住能行四正斷四神足五根五力七等覺支八聖道支故爲過去未來現在諸佛護念善現若菩薩摩訶薩如是行般若波羅蜜多時能行空解脫門能行無相無願解脫門故爲過去未來現在諸佛護念善現若菩薩摩訶薩如是行般若波羅蜜多時能行五眼能行六神通故爲過去未來現在諸佛護念善現若菩薩摩訶薩如是行般若波羅蜜多時能行佛十力能行四無所畏四無礙解大慈大悲大喜大捨十八佛不共法故爲過去未來現在諸佛護念善現若菩薩摩訶薩如是行般若波羅蜜多時能行無忘失法能行恒住捨性故爲過去未來現在諸佛護念善現若菩薩摩訶薩如是行般若波羅蜜多時能行一切陀羅尼門能行一切三摩地門故爲過去未來現在諸佛護念善現若菩薩摩訶薩如是行般

若波羅蜜多時能行一切智能行道相智一切相智故爲過去未來現在諸佛護念具壽善現復白佛言世尊是菩薩摩訶薩云何行布施波羅蜜多時便爲過去未來現在諸佛護念云何行淨戒安忍精進靜慮般若波羅蜜多時便爲過去未來現在諸佛護念世尊是菩薩摩訶薩云何行內空時便爲過去未來現在諸佛護念云何行外空內外空空空大空勝義空有爲空無爲空畢竟空無際空散空無變異空本性空自相空共相空一切法空不可得空無性空自性空無性自性空時便爲過去未來現在諸佛護念世尊是菩薩摩訶薩云何行眞如時便爲過去未來現在諸佛護念云何行法界法性不虛妄性不變異性平等性離生性法定法住實際虛空界不思議界時便爲過去未來現在諸佛護念世尊是菩薩摩訶薩云何行苦聖諦時便爲過去未來現在諸佛護念云何行集滅道聖諦時便爲過去未來現在諸佛護念世尊是菩薩摩訶薩云何行四靜慮時便爲過去未來現在諸佛護念云何行四無量四無色定時便爲過去未來現在諸佛護念世尊是菩薩摩訶薩云何行八解脫時便爲過去未來現在諸佛護念云何行八勝處九次第定十遍處時便爲過去未來現在諸佛護念世尊是菩薩摩訶薩云何行四念住時便爲過去未來現在諸佛護念云何行四正斷四神足五根五力七等覺支八聖道支時便爲過去未來現在諸佛護念世尊是菩薩摩訶薩云何行空解脫門時便爲過去未來現在諸

佛護念云何行無相無願解脫門時便爲過去未來現在諸佛護念世尊是菩薩摩訶薩云何行五眼時便爲過去未來現在諸佛護念云何行六神通時便爲過去未來現在諸佛護念世尊是菩薩摩訶薩云何行佛十力時便爲過去未來現在諸佛護念云何行四無所畏四無礙解大慈大悲大喜大捨十八佛不共法時便爲過去未來現在諸佛護念世尊是菩薩摩訶薩云何行無忘失法時便爲過去未來現在諸佛護念云何行恒住捨性時便爲過去未來現在諸佛護念世尊是菩薩摩訶薩云何行一切陀羅尼門時便爲過去未來現在諸佛護念云何行一切三摩地門時便爲過去未來現在諸佛護念世尊是菩薩摩訶薩云何行一切智時便爲過去

未來現在諸佛護念云何行道相智一切相智時便爲過去未來現在諸佛護念佛言善現是菩薩摩訶薩行布施波羅蜜多時觀布施波羅蜜多不可得故爲過去未來現在諸佛護念行淨戒安忍精進靜慮般若波羅蜜多時觀淨戒乃至般若波羅蜜多不可得故爲過去未來現在諸佛護念善現是菩薩摩訶薩行內空時觀內空不可得故爲過去未來現在諸佛護念行外空內外空空空大空勝義空有爲空無爲空畢竟空無際空散空無變異空本性空自相空共相空一切法空不可得空無性空自性空無性自性空時觀外空乃至無性自性空不可得故爲過去未來現在諸佛護念善現是菩薩摩訶薩行真如時觀真如不可得故爲過去未來現在諸

佛護念行法界法性不虛妄性不變異性平等性離生性法定法住實際虛空界不思議界時觀法界乃至不思議界不可得故爲過去未來現在諸佛護念善現是菩薩摩訶薩行苦聖諦時觀苦聖諦不可得故爲過去未來現在諸佛護念行集滅道聖諦時觀集滅道聖諦不可得故爲過去未來現在諸佛護念善現是菩薩摩訶薩行四靜慮時觀四靜慮不可得故爲過去未來現在諸佛護念行四無量四無色定時觀四無量四無色定不可得故爲過去未來現在諸佛護念善現是菩薩摩訶薩行八解脱時觀八解脱不可得故爲過去未來現在諸佛護念行八勝處九次第定十遍處時觀八勝處九次第定十遍處不可得故爲過去未來現在諸佛護念善現是菩薩摩訶薩行四念住時觀四念住不可得故爲過去未來現在諸佛護念行四正斷四神足五根五力七等覺支八聖道支時觀四正斷乃至八聖道支不可得故爲過去未來現在諸佛護念善現是菩薩摩訶薩行空解脱門時觀空解脱門不可得故爲過去未來現在諸佛護念行無相無願解脱門時觀無相無願解脱門不可得故爲過去未來現在諸佛護念善現是菩薩摩訶薩行五眼時觀五眼不可得故爲過去未來現在諸佛護念行六神通時觀六神通不可得故爲過去未來現在諸佛護念善現是菩薩摩訶薩行佛十力時觀佛十力不可得故爲過去未來現在諸佛護念行四無所畏四無礙解大慈大悲大喜大捨十八佛不共法時觀四無

所畏乃至十八佛不共法不可得故爲過去未來現在諸佛護念善現是菩薩摩訶薩行無忘失法時觀無忘失法不可得故爲過去未來現在諸佛護念行恒住捨性時觀恒住捨性不可得故爲過去未來現在諸佛護念善現是菩薩摩訶薩行一切陀羅尼門時觀一切陀羅尼門不可得故爲過去未來現在諸佛護念行一切三摩地門時觀一切三摩地門不可得故爲過去未來現在諸佛護念善現是菩薩摩訶薩行一切智時觀一切智不可得故爲過去未來現在諸佛護念行道相智一切相智時觀道相智一切相智不可得故爲過去未來現在諸佛護念復次善現過去未來現在諸佛如色不可得故護念是菩薩摩訶薩如受想行識不可得故護念是菩薩摩訶薩善現過去未來現在諸佛如眼處不可得故護念是菩薩摩訶薩如耳鼻舌身意處不可得故護念是菩薩摩訶薩善現過去未來現在諸佛如色處不可得故護念是菩薩摩訶薩如聲香味觸法處不可得故護念是菩薩摩訶薩善現過去未來現在諸佛如眼界不可得故護念是菩薩摩訶薩如耳鼻舌身意界不可得故護念是菩薩摩訶薩善現過去未來現在諸佛如色界不可得故護念是菩薩摩訶薩如聲香味觸法界不可得故護念是菩薩摩訶薩善現過去未來現在諸佛如眼識界不可得故護念是菩薩摩訶薩如耳鼻舌身意識界不可得故護念是菩薩摩訶薩善現過去未來現在諸佛如眼觸不可得故護念是菩薩摩訶薩如耳鼻

舌身意觸不可得故護念是菩薩摩訶薩善現過去未來現在諸佛如眼觸爲緣所生諸受不可得故護念是菩薩摩訶薩如耳鼻舌身意觸爲緣所生諸受不可得故護念是菩薩摩訶薩善現過去未來現在諸佛如地界不可得故護念是菩薩摩訶薩如水火風空識界不可得故護念是菩薩摩訶薩善現過去未來現在諸佛如無明不可得故護念是菩薩摩訶薩如行識名色六處觸受愛取有生老死愁歎苦憂惱不可得故護念是菩薩摩訶薩善現過去未來現在諸佛如布施波羅蜜多不可得故護念是菩薩摩訶薩如淨戒安忍精進靜慮般若波羅蜜多不可得故護念是菩薩摩訶薩善現過去未來現在諸佛如內空不可得故護念是菩薩摩訶薩如外空內外空空空大空勝義空有爲空無爲空畢竟空無際空散空無變異空本性空自相空共相空一切法空不可得空無性空自性空無性自性空不可得故護念是菩薩摩訶薩善現過去未來現在諸佛如眞如不可得故護念是菩薩摩訶薩如法界法性不虛妄性不變異性平等性離生性法定法住實際虛空界不思議界不可得故護念是菩薩摩訶薩善現過去未來現在諸佛如苦聖諦不可得故護念是菩薩摩訶薩如集滅道聖諦不可得故護念是菩薩摩訶薩善現過去未來現在諸佛如四靜慮不可得故護念是菩薩摩訶薩如四無量四無色定不可得故護念是菩薩摩訶薩善現過去未來現在諸佛如八解脫不可得故護念是菩薩摩訶薩

如八勝處九次第定十遍處不可得故護念
是菩薩摩訶薩善現過去未來現在諸佛如
四念住不可得故護念是菩薩摩訶薩如四
正斷四神足五根五力七等覺支八聖道支
不可得故護念是菩薩摩訶薩善現過去未
來現在諸佛如空解脱門不可得故護念是
菩薩摩訶薩如無相無願解脱門不可得故
護念是菩薩摩訶薩善現過去未來現在諸
佛如五眼不可得故護念是菩薩摩訶薩如
六神通不可得故護念是菩薩摩訶薩善現
過去未來現在諸佛如佛十力不可得故護
念是菩薩摩訶薩如四無所畏四無礙解大
慈大悲大喜大捨十八佛不共法不可得故
護念是菩薩摩訶薩善現過去未來現在諸
佛如無忘失法不可得故護念是菩薩摩訶
薩如恒住捨性不可得故護念是菩薩摩訶
薩善現過去未來現在諸佛如一切智不可
得故護念是菩薩摩訶薩如道相智一切相
智不可得故護念是菩薩摩訶薩善現過去
未來現在諸佛如一切陀羅尼門不可得故
護念是菩薩摩訶薩如一切三摩地門不可
得故護念是菩薩摩訶薩善現過去未來現
在諸佛如預流果不可得故護念是菩薩摩
訶薩如一來不還阿羅漢果不可得故護念
是菩薩摩訶薩善現過去未來現在諸佛如
獨覺菩提不可得故護念是菩薩摩訶薩善
現過去未來現在諸佛如一切菩薩摩訶薩
行不可得故護念是菩薩摩訶薩善現過去
未來現在諸佛如諸佛無上正等菩提不可
得故護念是菩薩摩訶薩復次善現過去未

來現在諸佛不以色故護念是菩薩摩訶薩
不以受想行識故護念是菩薩摩訶薩善現
過去未來現在諸佛不以眼處故護念是菩
薩摩訶薩不以耳鼻舌身意處故護念是菩
薩摩訶薩善現過去未來現在諸佛不以色
處故護念是菩薩摩訶薩不以聲香味觸法
處故護念是菩薩摩訶薩善現過去未來現
在諸佛不以眼界故護念是菩薩摩訶薩不
以耳鼻舌身意界故護念是菩薩摩訶薩善
現過去未來現在諸佛不以色界故護念是
菩薩摩訶薩不以聲香味觸法界故護念是
菩薩摩訶薩善現過去未來現在諸佛不以
眼識界故護念是菩薩摩訶薩不以耳鼻舌
身意識界故護念是菩薩摩訶薩善現過去
未來現在諸佛不以眼觸故護念是菩薩摩
訶薩不以耳鼻舌身意觸故護念是菩薩摩
訶薩善現過去未來現在諸佛不以眼觸爲
緣所生諸受故護念是菩薩摩訶薩不以耳
鼻舌身意觸爲緣所生諸受故護念是菩薩
摩訶薩善現過去未來現在諸佛不以地界
故護念是菩薩摩訶薩不以水火風空識界
故護念是菩薩摩訶薩善現過去未來現在
諸佛不以無明故護念是菩薩摩訶薩不以
行識名色六處觸受愛取有生老死愁歎苦
憂惱故護念是菩薩摩訶薩善現過去未來
現在諸佛不以布施波羅蜜多故護念是菩
薩摩訶薩不以淨戒安忍精進靜慮般若波
羅蜜多故護念是菩薩摩訶薩善現過去未
來現在諸佛不以內空故護念是菩薩摩訶
薩不以外空內外空空空大空勝義空有爲

空無為空畢竟空無際空散空無變異空本性空自相空共相空一切法空不可得空無性空自性空無性自性空故護念是菩薩摩訶薩善現過去未來現在諸佛不以眞如故護念是菩薩摩訶薩不以法界法性不虛妄性不變異性平等性離生性法定法住實際虛空界不思議界故護念是菩薩摩訶薩善現過去未來現在諸佛不以苦聖諦故護念是菩薩摩訶薩不以集滅道聖諦故護念是菩薩摩訶薩善現過去未來現在諸佛不以四靜慮故護念是菩薩摩訶薩不以四無量四無色定故護念是菩薩摩訶薩善現過去未來現在諸佛不以八解脫故護念是菩薩摩訶薩不以八勝處九次第定十遍處故護念是菩薩摩訶薩

大般若波羅蜜多經卷第三百五十六

音釋

娜（奴可切）　漑灌（漑古愛切灌音貫）　藉（才夜切借也）　冑（直又切兜鍪也）

大般若波羅蜜多經卷第三百五十七

唐三藏法師玄奘奉　詔譯

初分多問不二品第六十一之七

善現過去未來現在諸佛不以四念住故護念是菩薩摩訶薩不以四正斷四神足五根五力七等覺支八聖道支故護念是菩薩摩訶薩善現過去未來現在諸佛不以空解脫門故護念是菩薩摩訶薩不以無相無願解脫門故護念是菩薩摩訶薩善現過去未來現在諸佛不以五眼故護念是菩薩摩訶薩不以六神通故護念是菩薩摩訶薩善現過去未來現在諸佛不以佛十力故護念是菩薩摩訶薩不以四無所畏四無礙解大慈大悲大喜大捨十八佛不共法故護念是菩薩摩訶薩善現過去未來現在諸佛不以無忘失法故護念是菩薩摩訶薩不以恒住捨性故護念是菩薩摩訶薩善現過去未來現在諸佛不以一切智故護念是菩薩摩訶薩不以道相智一切相智故護念是菩薩摩訶薩善現過去未來現在諸佛不以一切陀羅尼門故護念是菩薩摩訶薩不以一切三摩地門故護念是菩薩摩訶薩善現過去未來現在諸佛不以預流果故護念是菩薩摩訶薩不以一來不還阿羅漢果故護念是菩薩摩訶薩善現過去未來現在諸佛不以獨覺菩提故護念是菩薩摩訶薩善現過去未來現在諸佛不以一切菩薩摩訶薩行故護念是菩薩摩訶薩善現過去未來現在諸佛不以諸佛無上正等菩提故護念是菩薩摩訶薩

爾時具壽善現白佛言世尊諸菩薩摩訶薩

雖多處學而無所學佛言善現如是如是如汝所說諸菩薩摩訶薩雖多處學而無所學何以故善現實無有法可令菩薩摩訶薩於中學故具壽善現復白佛言世尊如來爲諸菩薩摩訶薩或略或廣宣說六種波羅蜜多相應之法若菩薩摩訶薩欲證無上正等菩提於此六種波羅蜜多相應法教若略若廣皆應聽聞受持讀誦令其通利既通利已如理思惟既思惟已審正觀察正觀察時心心所法於所緣相皆不復轉佛言善現如是如是如汝所說復次善現諸菩薩摩訶薩於諸如來所說六種波羅蜜多相應法教若略若廣勤修學時應於諸法如實了知略廣之相具壽善現復白佛言世尊云何菩薩摩訶薩於一切法如實了知略廣之相佛言善現若菩薩摩訶薩如實了知色眞如相如實了知受想行識眞如相是菩薩摩訶薩於一切法如實了知略廣之相善現若菩薩摩訶薩如實了知眼處眞如相如實了知耳鼻舌身意處眞如相是菩薩摩訶薩於一切法如實了知略廣之相善現若菩薩摩訶薩如實了知色處眞如相如實了知聲香味觸法處眞如相是菩薩摩訶薩於一切法如實了知略廣之相善現若菩薩摩訶薩如實了知眼界眞如相如實了知耳鼻舌身意界眞如相是菩薩摩訶薩於一切法如實了知略廣之相善現若菩薩摩訶薩如實了知色界眞如相如實了知聲香味觸法界眞如相是菩薩摩訶薩於一切法如實了知略廣之相善現若菩薩摩訶薩如實了知眼識界眞如相如實了

知耳鼻舌身意識界真如相是菩薩摩訶薩於一切法如實了知略廣之相善現若菩薩摩訶薩如實了知眼觸真如相如實了知耳鼻舌身意觸真如相是菩薩摩訶薩於一切法如實了知略廣之相善現若菩薩摩訶薩如實了知眼觸爲緣所生諸受真如相如實了知耳鼻舌身意觸爲緣所生諸受真如相是菩薩摩訶薩於一切法如實了知略廣之相善現若菩薩摩訶薩如實了知地界真如相如實了知水火風空識界真如相是菩薩摩訶薩於一切法如實了知略廣之相善現若菩薩摩訶薩如實了知無明真如相如實了知行識名色六處觸受愛取有生老死愁歎苦憂惱真如相是菩薩摩訶薩於一切法如實了知略廣之相善現若菩薩摩訶薩如實了知布施波羅蜜多真如相如實了知淨戒安忍精進靜慮般若波羅蜜多真如相是菩薩摩訶薩於一切法如實了知略廣之相善現若菩薩摩訶薩如實了知內空真如相如實了知外空內外空空空大空勝義空有爲空無爲空畢竟空無際空散空無變異空本性空自相空共相空一切法空不可得空無性空自性空無性自性空真如相是菩薩摩訶薩於一切法如實了知略廣之相善現若菩薩摩訶薩如實了知真如真如相如實了知法界法性不虛妄性不變異性平等性離生性法定法住實際虛空界不思議界真如相是菩薩摩訶薩於一切法如實了知略廣之相善現若菩薩摩訶薩如實了知苦聖諦真如相如實了知集滅道聖諦真如相是

菩薩摩訶薩於一切法如實了知略廣之相善現若菩薩摩訶薩如實了知四靜慮眞如相如實了知四無量四無色定眞如相是菩薩摩訶薩於一切法如實了知略廣之相善現若菩薩摩訶薩如實了知八解脱眞如相如實了知八勝處九次第定十遍處眞如相是菩薩摩訶薩於一切法如實了知略廣之相善現若菩薩摩訶薩如實了知四念住眞如相如實了知四正斷四神足五根五力七等覺支八聖道支眞如相是菩薩摩訶薩於一切法如實了知略廣之相善現若菩薩摩訶薩如實了知空解脱門眞如相如實了知無相無願解脱門眞如相是菩薩摩訶薩於一切法如實了知略廣之相善現若菩薩摩訶薩如實了知五眼眞如相如實了知六神通眞如相是菩薩摩訶薩於一切法如實了知略廣之相善現若菩薩摩訶薩如實了知佛十力眞如相如實了知四無所畏四無礙解大慈大悲大喜大捨十八佛不共法眞如相是菩薩摩訶薩於一切法如實了知略廣之相善現若菩薩摩訶薩如實了知無忘失法眞如相如實了知恒住捨性眞如相是菩薩摩訶薩於一切法如實了知略廣之相善現若菩薩摩訶薩如實了知一切智眞如相如實了知道相智一切相智眞如相是菩薩摩訶薩於一切法如實了知略廣之相善現若菩薩摩訶薩如實了知一切陀羅尼門眞如相如實了知一切三摩地門眞如相是菩薩摩訶薩於一切法如實了知略廣之相善現若菩薩摩訶薩如實了知預流果眞如相

如實了知一來不還阿羅漢果真如相是菩薩摩訶薩於一切法如實了知略廣之相善現若菩薩摩訶薩如實了知獨覺菩提真如相是菩薩摩訶薩於一切法如實了知略廣之相善現若菩薩摩訶薩如實了知一切菩薩摩訶薩行真如相是菩薩摩訶薩於一切法如實了知略廣之相善現若菩薩摩訶薩如實了知諸佛無上正等菩提真如相是菩薩摩訶薩於一切法如實了知略廣之相爾時具壽善現白佛言世尊云何色真如相云何受想行識真如相諸菩薩摩訶薩如實了知而於中學於一切法如實了知略廣之相佛言善現色真如無生無滅亦無住異而可施設是名色真如相受想行識真如無生無滅亦無住異而可施設是名受想行識真如相諸菩薩摩訶薩如實了知當於中學於一切法如實了知略廣之相世尊云何眼處真如相云何耳鼻舌身意處真如相諸菩薩摩訶薩如實了知而於中學於一切法如實了知略廣之相善現眼處真如無生無滅亦無住異而可設施是名眼處真如相耳鼻舌身意處真如無生無滅亦無住異而可施設是名耳鼻舌身意處真如相諸菩薩摩訶薩如實了知當於中學於一切法如實了知略廣之相世尊云何色處真如相云何聲香味觸法處真如相諸菩薩摩訶薩如實了知而於中學於一切法如實了知略廣之相善現色處真如無生無滅亦無住異而可施設是名色處真如相聲香味觸法處真如無生無滅亦無住異而可施設是名聲香味觸法處真

如相諸菩薩摩訶薩如實了知當於中學於一切法如實了知略廣之相世尊云何眼界眞如相云何耳鼻舌身意界眞如相諸菩薩摩訶薩如實了知而於中學於一切法如實了知略廣之相善現眼界眞如無生無滅亦無住異而可施設是名眼界眞如相耳鼻舌身意界眞如無生無滅亦無住異而可施設是名耳鼻舌身意界眞如相諸菩薩摩訶薩如實了知當於中學於一切法如實了知略廣之相世尊云何色界眞如相云何聲香味觸法界眞如相諸菩薩摩訶薩如實了知而於中學於一切法如實了知略廣之相善現色界眞如無生無滅亦無住異而可施設是名色界眞如相聲香味觸法界眞如無生無滅亦無住異而可施設是名聲香味觸法界眞如相諸菩薩摩訶薩如實了知當於中學於一切法如實了知略廣之相世尊云何眼識界眞如相云何耳鼻舌身意識界眞如相諸菩薩摩訶薩如實了知而於中學於一切法如實了知略廣之相善現眼識界眞如無生無滅亦無住異而可施設是名眼識界眞如相耳鼻舌身意識界眞如無生無滅亦無住異而可施設是名耳鼻舌身意識界眞如相諸菩薩摩訶薩如實了知當於中學於一切法如實了知略廣之相世尊云何眼觸眞如相云何耳鼻舌身意觸眞如相諸菩薩摩訶薩如實了知而於中學於一切法如實了知略廣之相善現眼觸眞如無生無滅亦無住異而可施設是名眼觸眞如相耳鼻舌身意觸眞如無生無滅亦無住異而可施設是

名耳鼻舌身意觸眞如相諸菩薩摩訶薩如實了知當於中學於一切法如實了知略廣之相世尊云何眼觸爲緣所生諸受眞如相云何耳鼻舌身意觸爲緣所生諸受眞如相諸菩薩摩訶薩如實了知而於中學於一切法如實了知略廣之相善現眼觸爲緣所生諸受眞如無生無滅亦無住異而可施設是名眼觸爲緣所生諸受眞如相耳鼻舌身意觸爲緣所生諸受眞如無生無滅亦無住異而可施設是名耳鼻舌身意觸爲緣所生諸受眞如相諸菩薩摩訶薩如實了知當於中學於一切法如實了知略廣之相世尊云何地界眞如相云何水火風空識界眞如相諸菩薩摩訶薩如實了知而於中學於一切法如實了知略廣之相善現地界眞如無生無滅亦無住異而可施設是名地界眞如相水火風空識界眞如無生無滅亦無住異而可施設是名水火風空識界眞如相諸菩薩摩訶薩如實了知當於中學於一切法如實了知略廣之相世尊云何無明眞如相云何行識名色六處觸受愛取有生老死愁歎苦憂惱眞如相諸菩薩摩訶薩如實了知而於中學於一切法如實了知略廣之相善現無明眞如無生無滅亦無住異而可施設是名無明眞如相行乃至老死愁歎苦憂惱眞如無生無滅亦無住異而可施設是名行乃至老死愁歎苦憂惱眞如相諸菩薩摩訶薩如實了知當於中學於一切法如實了知略廣之相世尊云何布施波羅蜜多眞如相云何淨戒安忍精進靜慮般若波羅蜜多眞如相諸

菩薩摩訶薩如實了知而於中學於一切法如實了知略廣之相善現布施波羅蜜多眞如無生無滅亦無住異而可施設是名布施波羅蜜多眞如相淨戒乃至般若波羅蜜多眞如無生無滅亦無住異而可施設是名淨戒乃至般若波羅蜜多眞如相諸菩薩摩訶薩如實了知當於中學於一切法如實了知略廣之相世尊云何內空眞如相云何外空內外空空空大空勝義空有爲空無爲空畢竟空無際空散空無變異空本性空自相空共相空一切法空不可得空無性空自性空無性自性空眞如相諸菩薩摩訶薩如實了知而於中學於一切法如實了知略廣之相善現內空眞如無生無滅亦無住異而可施設是名內空眞如相外空乃至無性自性空眞如無生無滅亦無住異而可施設是名外空乃至無性自性空眞如相諸菩薩摩訶薩如實了知當於中學於一切法如實了知略廣之相世尊云何眞如眞如相云何法界法性不虛妄性不變異性平等性離生性法定法住實際虛空界不思議界眞如相諸菩薩摩訶薩如實了知而於中學於一切法如實了知略廣之相善現眞如眞如無生無滅亦無住異而可施設是名眞如眞如相法界乃至不思議界眞如無生無滅亦無住異而可施設是名法界乃至不思議界眞如相諸菩薩摩訶薩如實了知當於中學於一切法如實了知略廣之相世尊云何苦聖諦眞如相云何集滅道聖諦眞如相諸菩薩摩訶薩如實了知而於中學於一切法如實了知略廣

之相善現苦聖諦眞如無生無滅亦無住異而可施設是名苦聖諦眞如相集滅道聖諦眞如無生無滅亦無住異而可施設是名集滅道聖諦眞如相諸菩薩摩訶薩如實了知當於中學於一切法如實了知略廣之相世尊云何四靜慮眞如相云何四無量四無色定眞如相諸菩薩摩訶薩如實了知而於中學於一切法如實了知略廣之相善現四靜慮眞如無生無滅亦無住異而可施設是名四靜慮眞如相四無量四無色定眞如無生無滅亦無住異而可施設是名四無量四無色定眞如相諸菩薩摩訶薩如實了知當於中學於一切法如實了知略廣之相世尊云何八解脫眞如相云何八勝處九次第定十遍處眞如相諸菩薩摩訶薩如實了知而於中學於一切法如實了知略廣之相善現八解脫眞如無生無滅亦無住異而可施設是名八解脫眞如相八勝處九次第定十遍處眞如無生無滅亦無住異而可施設是名八勝處九次第定十遍處眞如相諸菩薩摩訶薩如實了知當於中學於一切法如實了知略廣之相世尊云何四念住眞如相云何四正斷四神足五根五力七等覺支八聖道支眞如相諸菩薩摩訶薩如實了知而於中學於一切法如實了知略廣之相善現四念住眞如無生無滅亦無住異而可施設是名四念住眞如相四正斷乃至八聖道支眞如無生無滅亦無住異而可施設是名四正斷乃至八聖道支眞如相諸菩薩摩訶薩如實了知當於中學於一切法如實了知略廣之相

世尊云何空解脫門眞如相云何無相無願解脫門眞如相諸菩薩摩訶薩如實了知而於中學於一切法如實了知略廣之相善現空解脫門眞如無生無滅亦無住異而可施設是名空解脫門眞如相無相無願解脫門眞如無生無滅亦無住異而可施設是名無相無願解脫門眞如相諸菩薩摩訶薩如實了知當於中學於一切法如實了知略廣之相世尊云何五眼眞如相云何六神通眞如相諸菩薩摩訶薩如實了知而於中學於一切法如實了知略廣之相善現五眼眞如無生無滅亦無住異而可施設是名五眼眞如相六神通眞如無生無滅亦無住異而可施設是名六神通眞如相諸菩薩摩訶薩如實了知當於中學於一切法如實了知略廣之相世尊云何佛十力眞如相云何四無所畏四無礙解大慈大悲大喜大捨十八佛不共法眞如相諸菩薩摩訶薩如實了知而於中學於一切法如實了知略廣之相善現佛十力眞如無生無滅亦無住異而可施設是名佛十力眞如相四無所畏乃至十八佛不共法眞如無生無滅亦無住異而可施設是名四無所畏乃至十八佛不共法眞如相諸菩薩摩訶薩如實了知當於中學於一切法如實了知略廣之相世尊云何無忘失法眞如相云何恒住捨性眞如相諸菩薩摩訶薩如實了知而於中學於一切法如實了知略廣之相善現無忘失法眞如無生無滅亦無住異而可施設是名無忘失法眞如相恒住捨性眞如無生無滅亦無住異而可施設是名

恒住捨性眞如相諸菩薩摩訶薩如實了知當於中學於一切法如實了知略廣之相世尊云何一切智眞如相云何道相智一切相智眞如相諸菩薩摩訶薩如實了知而於中學於一切法如實了知略廣之相善現一切智眞如無生無滅亦無住異而可施設是名一切智眞如相道相智一切相智眞如無生無滅亦無住異而可施設是名道相智一切相智眞如相諸菩薩摩訶薩如實了知當於中學於一切法如實了知略廣之相世尊云何一切陀羅尼門眞如相云何一切三摩地門眞如相諸菩薩摩訶薩如實了知而於中學於一切法如實了知略廣之相善現一切陀羅尼門眞如無生無滅亦無住異而可施設是名一切陀羅尼門眞如相一切三摩地門眞如無生無滅亦無住異而可施設是名一切三摩地門眞如相諸菩薩摩訶薩如實了知當於中學於一切法如實了知略廣之相世尊云何預流果眞如相云何一來不還阿羅漢果眞如相諸菩薩摩訶薩如實了知而於中學於一切法如實了知略廣之相善現預流果眞如無生無滅亦無住異而可施設是名預流果眞如相一來不還阿羅漢果眞如無生無滅亦無住異而可施設是名一來不還阿羅漢果眞如相諸菩薩摩訶薩如實了知當於中學於一切法如實了知略廣之相世尊云何獨覺菩提眞如相諸菩薩摩訶薩如實了知而於中學於一切法如實了知略廣之相善現獨覺菩提眞如無生無滅亦無住異而可施設是名獨覺菩提眞如相

諸菩薩摩訶薩如實了知當於中學於一切法如實了知略廣之相世尊云何一切菩薩摩訶薩行眞如相諸菩薩摩訶薩如實了知而於中學於一切法如實了知略廣之相善現一切菩薩摩訶薩行眞如無生無滅亦無住異而可施設是名一切菩薩摩訶薩行眞如相諸菩薩摩訶薩如實了知當於中學於一切法如實了知略廣之相世尊云何諸佛無上正等菩提眞如相諸菩薩摩訶薩如實了知而於中學於一切法如實了知略廣之相善現諸佛無上正等菩提眞如無生無滅亦無住異而可施設是名諸佛無上正等菩提眞如相諸菩薩摩訶薩如實了知當於中學於一切法如實了知略廣之相復次善現若菩薩摩訶薩如實了知色實際相如實了

知受想行識實際相是菩薩摩訶薩於一切法如實了知略廣之相善現若菩薩摩訶薩如實了知眼處實際相如實了知耳鼻舌身意處實際相是菩薩摩訶薩於一切法如實了知略廣之相善現若菩薩摩訶薩如實了知色處實際相如實了知聲香味觸法處實際相是菩薩摩訶薩於一切法如實了知略廣之相善現若菩薩摩訶薩如實了知眼界實際相如實了知耳鼻舌身意界實際相是菩薩摩訶薩於一切法如實了知略廣之相善現若菩薩摩訶薩如實了知色界實際相如實了知聲香味觸法界實際相是菩薩摩訶薩於一切法如實了知略廣之相善現若菩薩摩訶薩如實了知眼識界實際相如實了知耳鼻舌身意識界實際相是菩薩摩訶

薩於一切法如實了知略廣之相善現若菩薩摩訶薩如實了知眼觸實際相如實了知耳鼻舌身意觸實際相是菩薩摩訶薩於一切法如實了知略廣之相善現若菩薩摩訶薩如實了知眼觸爲緣所生諸受實際相如實了知耳鼻舌身意觸爲緣所生諸受實際相是菩薩摩訶薩於一切法如實了知略廣之相善現若菩薩摩訶薩如實了知地界實際相如實了知水火風空識界實際相是菩薩摩訶薩於一切法如實了知略廣之相善現若菩薩摩訶薩如實了知無明實際相如實了知行識名色六處觸受愛取有生老死愁歎苦憂惱實際相是菩薩摩訶薩於一切法如實了知略廣之相善現若菩薩摩訶薩如實了知布施波羅蜜多實際相如實了知淨戒安忍精進靜慮般若波羅蜜多實際相是菩薩摩訶薩於一切法如實了知略廣之相善現若菩薩摩訶薩如實了知內空實際相如實了知外空內外空空空大空勝義空有爲空無爲空畢竟空無際空散空無變異空本性空自性空共相空一切法空不可得空無性空自性空無性自性空實際相是菩薩摩訶薩於一切法如實了知略廣之相善現若菩薩摩訶薩如實了知眞如實際相如實了知法界法性不虛妄性不變異性平等性離生性法定法住實際虛空界不思議界實際相是菩薩摩訶薩於一切法如實了知略廣之相善現若菩薩摩訶薩如實了知苦聖諦實際相如實了知集滅道聖諦實際相是菩薩摩訶薩於一切法如實了知略廣之

相善現若菩薩摩訶薩如實了知四靜慮實際相如實了知四無量四無色定實際相是菩薩摩訶薩於一切法如實了知略廣之相善現若菩薩摩訶薩如實了知八解脫實際相如實了知八勝處九次第定十遍處實際相是菩薩摩訶薩於一切法如實了知略廣之相善現若菩薩摩訶薩如實了知四念住實際相如實了知四正斷四神足五根五力七等覺支八聖道支實際相是菩薩摩訶薩於一切法如實了知略廣之相善現若菩薩摩訶薩如實了知空解脫門實際相如實了知無相無願解脫門實際相是菩薩摩訶薩於一切法如實了知略廣之相善現若菩薩摩訶薩如實了知五眼實際相如實了知六神通實際相是菩薩摩訶薩於一切法如實了知略廣之相善現若菩薩摩訶薩如實了知佛十力實際相如實了知四無所畏四無礙解大慈大悲大喜大捨十八佛不共法實際相是菩薩摩訶薩於一切法如實了知略廣之相善現若菩薩摩訶薩如實了知無忘失法實際相如實了知恒住捨性實際相是菩薩摩訶薩於一切法如實了知略廣之相善現若菩薩摩訶薩如實了知一切智實際相如實了知道相智一切相智實際相是菩薩摩訶薩於一切法如實了知略廣之相善現若菩薩摩訶薩如實了知一切陀羅尼門實際相如實了知一切三摩地門實際相是菩薩摩訶薩於一切法如實了知略廣之相善現若菩薩摩訶薩如實了知預流果實際相如實了知一來不還阿羅漢果實際相是

菩薩摩訶薩於一切法如實了知略廣之相善現若菩薩摩訶薩如實了知獨覺菩提實際相是菩薩摩訶薩於一切法如實了知略廣之相善現若菩薩摩訶薩如實了知一切菩薩摩訶薩行實際相是菩薩摩訶薩於一切法如實了知略廣之相善現若菩薩摩訶薩如實了知諸佛無上正等菩提實際相是菩薩摩訶薩於一切法如實了知略廣之相爾時具壽善現白佛言世尊云何色實際相云何受想行識實際相諸菩薩摩訶薩如實了知而於中學於一切法如實了知略廣之相佛言善現無色際是名色實際相無受想行識際是名受想行識實際相諸菩薩摩訶薩如實了知當於中學於一切法如實了知略廣之相世尊云何眼處實際相云何耳鼻舌身意處實際相諸菩薩摩訶薩如實了知而於中學於一切法如實了知略廣之相善現無眼處際是名眼處實際相無耳鼻舌身意處際是名耳鼻舌身意處實際相諸菩薩摩訶薩如實了知當於中學於一切法如實了知略廣之相世尊云何色處實際相云何聲香味觸法處實際相諸菩薩摩訶薩如實了知而於中學於一切法如實了知略廣之相善現無色處際是名色處實際相無聲香味觸法處際是名聲香味觸法處實際相諸菩薩摩訶薩如實了知當於中學於一切法如實了知略廣之相世尊云何眼界實際相云何耳鼻舌身意界實際相諸菩薩摩訶薩如實了知而於中學於一切法如實了知略廣之相善現無眼界際是名眼界實際相無

耳鼻舌身意界際是名耳鼻舌身意界實際相諸菩薩摩訶薩如實了知當於中學於一切法如實了知略廣之相世尊云何色界實際相云何聲香味觸法界實際相諸菩薩摩訶薩如實了知而於中學於一切法如實了知略廣之相善現無色界際是名色界實際相無聲香味觸法界際是名聲香味觸法界實際相諸菩薩摩訶薩如實了知當於中學於一切法如實了知略廣之相世尊云何眼識界實際相云何耳鼻舌身意識界實際相諸菩薩摩訶薩如實了知而於中學於一切法如實了知略廣之相善現無眼識界際是名眼識界實際相無耳鼻舌身意識界際是名耳鼻舌身意識界實際相諸菩薩摩訶薩如實了知當於中學於一切法如實了知略

廣之相世尊云何眼觸實際相云何耳鼻舌身意觸實際相諸菩薩摩訶薩如實了知而於中學於一切法如實了知略廣之相善現無眼觸際是名眼觸實際相無耳鼻舌身意觸際是名耳鼻舌身意觸實際相諸菩薩摩訶薩如實了知當於中學於一切法如實了知略廣之相世尊云何眼觸爲緣所生諸受實際相云何耳鼻舌身意觸爲緣所生諸受實際相諸菩薩摩訶薩如實了知而於中學於一切法如實了知略廣之相善現無眼觸爲緣所生諸受際是名眼觸爲緣所生諸受實際相無耳鼻舌身意觸爲緣所生諸受際是名耳鼻舌身意觸爲緣所生諸受實際相諸菩薩摩訶薩如實了知當於中學於一切法如實了知略廣之相世尊云何地界實際

相云何水火風空識界實際相諸菩薩摩訶薩如實了知而於中學於一切法如實了知略廣之相善現無地界際是名地界實際相無水火風空識界際是名水火風空識界實際相諸菩薩摩訶薩如實了知當於中學於一切法如實了知略廣之相世尊云何無明實際相云何行識名色六處觸受愛取有生老死愁歎苦憂惱實際相諸菩薩摩訶薩如實了知而於中學於一切法如實了知略廣之相善現無無明際是名無明實際相無行乃至老死愁歎苦憂惱際是名行乃至老死愁歎苦憂惱實際相諸菩薩摩訶薩如實了知當於中學於一切法如實了知略廣之相

大般若波羅蜜多經卷第三百五十七

大般若波羅蜜多經卷第三百五十八

唐三藏法師玄奘奉詔譯

初分多問不二品第六十一之八

世尊云何布施波羅蜜多實際相云何淨戒安忍精進靜慮般若波羅蜜多實際相諸菩薩摩訶薩如實了知而於中學於一切法如實了知略廣之相善現無布施波羅蜜多際是名布施波羅蜜多實際相無淨戒乃至般若波羅蜜多際是名淨戒乃至般若波羅蜜多實際相諸菩薩摩訶薩如實了知當於中學於一切法如實了知略廣之相世尊云何內空實際相云何外空內外空空空大空勝義空有爲空無爲空畢竟空無際空散空無變異空本性空自相空共相空一切法空不可得空無性空自性空無性自性空實際相諸菩薩摩訶薩如實了知而於中學於一切法如實了知略廣之相善現無內空際是名內空實際相無外空乃至無性自性空際是名外空乃至無性自性空實際相諸菩薩摩訶薩如實了知當於中學於一切法如實了知略廣之相世尊云何眞如實際相云何法界法性不虛妄性不變異性平等性離生性法定法住實際虛空界不思議界實際相諸菩薩摩訶薩如實了知而於中學於一切法如實了知略廣之相善現無眞如際是名眞如實際相無法界乃至不思議界際是名法界乃至不思議界實際相諸菩薩摩訶薩如實了知當於中學於一切法如實了知略廣之相世尊云何苦聖諦實際相云何集滅道聖諦實際相諸菩薩摩訶薩如實了知而於

中學於一切法如實了知略廣之相善現無苦聖諦際是名苦聖諦實際相無集滅道聖諦際是名集滅道聖諦實際相諸菩薩摩訶薩如實了知當於中學於一切法如實了知略廣之相世尊云何四靜慮實際相云何四無量四無色定實際相諸菩薩摩訶薩如實了知而於中學於一切法如實了知略廣之相善現無四靜慮際是名四靜慮實際相無四無量四無色定際是名四無量四無色定實際相諸菩薩摩訶薩如實了知當於中學於一切法如實了知略廣之相世尊云何八解脫實際相云何八勝處九次第定十遍處實際相諸菩薩摩訶薩如實了知而於中學於一切法如實了知略廣之相善現無八解脫際是名八解脫實際相無八勝處九次第定十遍處際是名八勝處九次第定十遍處實際相諸菩薩摩訶薩如實了知當於中學於一切法如實了知略廣之相世尊云何四念住實際相云何四正斷四神足五根五力七等覺支八聖道支實際相諸菩薩摩訶薩如實了知而於中學於一切法如實了知略廣之相善現無四念住際是名四念住實際相無四正斷乃至八聖道支際是名四正斷乃至八聖道支實際相諸菩薩摩訶薩如實了知當於中學於一切法如實了知略廣之相世尊云何空解脫門實際相云何無相無願解脫門實際相諸菩薩摩訶薩如實了知而於中學於一切法如實了知略廣之相善現無空解脫門際是名空解脫門實際相無無相無願解脫門際是名無相無願解脫門

實際相諸菩薩摩訶薩如實了知當於中學於一切法如實了知略廣之相世尊云何五眼實際相云何六神通實際相諸菩薩摩訶薩如實了知而於中學於一切法如實了知略廣之相善現無五眼際是名五眼實際相無六神通際是名六神通實際相諸菩薩摩訶薩如實了知當於中學於一切法如實了知略廣之相世尊云何佛十力實際相云何四無所畏四無礙解大慈大悲大喜大捨十八佛不共法實際相諸菩薩摩訶薩如實了知而於中學於一切法如實了知略廣之相善現無佛十力際是名佛十力實際相無四無所畏乃至十八佛不共法際是名四無所畏乃至十八佛不共法實際相諸菩薩摩訶薩如實了知當於中學於一切法如實了知

略廣之相世尊云何無忘失法實際相云何恒住捨性實際相諸菩薩摩訶薩如實了知而於中學於一切法如實了知略廣之相善現無無忘失法際是名無忘失法實際相無恒住捨性際是名恒住捨性實際相諸菩薩摩訶薩如實了知當於中學於一切法如實了知略廣之相世尊云何一切智實際相云何道相智一切相智實際相諸菩薩摩訶薩如實了知而於中學於一切法如實了知略廣之相善現無一切智際是名一切智實際相無道相智一切相智際是名道相智一切相智實際相諸菩薩摩訶薩如實了知當於中學於一切法如實了知略廣之相世尊云何一切陀羅尼門實際相云何一切三摩地門實際相諸菩薩摩訶薩如實了知而於中

學於一切法如實了知略廣之相善現無一切陀羅尼門際是名一切陀羅尼門實際相無一切三摩地門際是名一切三摩地門實際相諸菩薩摩訶薩如實了知當於中學於一切法如實了知略廣之相世尊云何預流果實際相云何一來不還阿羅漢果實際相諸菩薩摩訶薩如實了知而於中學於一切法如實了知略廣之相善現無預流果際是名預流果實際相無一來不還阿羅漢果際是名一來不還阿羅漢果實際相諸菩薩摩訶薩如實了知當於中學於一切法如實了知略廣之相世尊云何獨覺菩提實際相諸菩薩摩訶薩如實了知而於中學於一切法如實了知略廣之相善現無獨覺菩提際是名獨覺菩提實際相諸菩薩摩訶薩如實了知當於中學於一切法如實了知略廣之相世尊云何一切菩薩摩訶薩行實際相諸菩薩摩訶薩如實了知而於中學於一切法如實了知略廣之相善現無一切菩薩摩訶薩行際是名一切菩薩摩訶薩行實際相諸菩薩摩訶薩如實了知當於中學於一切法如實了知略廣之相世尊云何諸佛無上正等菩提實際相諸菩薩摩訶薩如實了知而於中學於一切法如實了知略廣之相善現無諸佛無上正等菩提際是名諸佛無上正等菩提實際相諸菩薩摩訶薩如實了知當於中學於一切法如實了知略廣之相復次善現若菩薩摩訶薩如實了知色法界相如實了知受想行識法界相是菩薩摩訶薩於一切法如實了知略廣之相善現若菩薩摩訶

薩如實了知眼處法界相如實了知耳鼻舌身意處法界相是菩薩摩訶薩於一切法如實了知略廣之相善現若菩薩摩訶薩如實了知色處法界相如實了知聲香味觸法處法界相是菩薩摩訶薩於一切法如實了知略廣之相善現若菩薩摩訶薩如實了知眼界法界相如實了知耳鼻舌身意界法界相是菩薩摩訶薩於一切法如實了知略廣之相善現若菩薩摩訶薩如實了知色界法界相如實了知聲香味觸法界法界相是菩薩摩訶薩於一切法如實了知略廣之相善現若菩薩摩訶薩如實了知眼識界法界相如實了知耳鼻舌身意識界法界相是菩薩摩訶薩於一切法如實了知略廣之相善現若菩薩摩訶薩如實了知眼觸法界相如實了知耳鼻舌身意觸法界相是菩薩摩訶薩於一切法如實了知略廣之相善現若菩薩摩訶薩如實了知眼觸爲緣所生諸受法界相如實了知耳鼻舌身意觸爲緣所生諸受法界相是菩薩摩訶薩於一切法如實了知略廣之相善現若菩薩摩訶薩如實了知地界法界相如實了知水火風空識界法界相是菩薩摩訶薩於一切法如實了知略廣之相善現若菩薩摩訶薩如實了知無明法界相如實了知行識名色六處觸受愛取有生老死愁歎苦憂惱法界相是菩薩摩訶薩於一切法如實了知略廣之相善現若菩薩摩訶薩如實了知布施波羅蜜多法界相如實了知淨戒安忍精進靜慮般若波羅蜜多法界相是菩薩摩訶薩於一切法如實了知略廣

之相善現若菩薩摩訶薩如實了知內空法界相如實了知外空內外空空空大空勝義空有爲空無爲空畢竟空無際空散空無變異空本性空自相空共相空一切法空不可得空無性空自性空無性自性空法界相是菩薩摩訶薩於一切法如實了知略廣之相善現若菩薩摩訶薩如實了知眞如法界相如實了知法界法性不虛妄性不變異性平等性離生性法定法住實際虛空界不思議界法界相是菩薩摩訶薩於一切法如實了知略廣之相善現若菩薩摩訶薩如實了知苦聖諦法界相如實了知集滅道聖諦法界相是菩薩摩訶薩於一切法如實了知略廣之相善現若菩薩摩訶薩如實了知四靜慮法界相如實了知四無量四無色定法界相是菩薩摩訶薩於一切法如實了知略廣之相善現若菩薩摩訶薩如實了知八解脫法界相如實了知八勝處九次第定十遍處法界相是菩薩摩訶薩於一切法如實了知略廣之相善現若菩薩摩訶薩如實了知四念住法界相如實了知四正斷四神足五根五力七等覺支八聖道支法界相是菩薩摩訶薩於一切法如實了知略廣之相善現若菩薩摩訶薩如實了知空解脫門法界相如實了知無相無願解脫門法界相是菩薩摩訶薩於一切法如實了知略廣之相善現若菩薩摩訶薩如實了知五眼法界相如實了知六神通法界相是菩薩摩訶薩於一切法如實了知略廣之相善現若菩薩摩訶薩如實了知佛十力法界相如實了知四無所畏四

無礙解大慈大悲大喜大捨十八佛不共法法界相是菩薩摩訶薩於一切法如實了知略廣之相善現若菩薩摩訶薩如實了知無忘失法法界相如實了知恒住捨性法界相是菩薩摩訶薩於一切法如實了知略廣之相善現若菩薩摩訶薩如實了知一切智法界相如實了知道相智一切相智法界相是菩薩摩訶薩於一切法如實了知略廣之相善現若菩薩摩訶薩如實了知一切陀羅尼門法界相如實了知一切三摩地門法界相是菩薩摩訶薩於一切法如實了知略廣之相善現若菩薩摩訶薩如實了知預流果法界相如實了知一來不還阿羅漢果法界相是菩薩摩訶薩於一切法如實了知略廣之相善現若菩薩摩訶薩如實了知獨覺菩提法界相是菩薩摩訶薩於一切法如實了知略廣之相善現若菩薩摩訶薩如實了知一切菩薩摩訶薩行法界相是菩薩摩訶薩於一切法如實了知略廣之相善現若菩薩摩訶薩如實了知諸佛無上正等菩提法界相是菩薩摩訶薩於一切法如實了知略廣之相爾時具壽善現白佛言世尊云何色法界相云何受想行識法界相諸菩薩摩訶薩如實了知而於中學於一切法如實了知略廣之相佛言善現色界虛空界是名色法界此色法界無斷無別而可施設是名色法界相受想行識界虛空界是名受想行識法界此受想行識法界亦無斷無別而可施設是名受想行識法界相諸菩薩摩訶薩如實了知當於中學於一切法如實了知略廣之相世

尊云何眼處法界相云何耳鼻舌身意處法界相諸菩薩摩訶薩如實了知而於中學於一切法如實了知略廣之相善現眼處界虛空界是名眼處法界此眼處法界無斷無別而可施設是名眼處法界相耳鼻舌身意處界虛空界是名耳鼻舌身意處法界此耳鼻舌身意處法界亦無斷無別而可施設是名耳鼻舌身意處法界相諸菩薩摩訶薩如實了知當於中學於一切法如實了知略廣之相世尊云何色處法界相云何聲香味觸法處法界相諸菩薩摩訶薩如實了知而於中學於一切法如實了知略廣之相善現色處界虛空界是名色處法界此色處法界無斷無別而可施設是名色處法界相聲香味觸法處界虛空界是名聲香味觸法處法界此聲香味觸法處法界亦無斷無別而可施設是名聲香味觸法處法界相諸菩薩摩訶薩如實了知當於中學於一切法如實了知略廣之相世尊云何眼界法界相云何耳鼻舌身意界法界相諸菩薩摩訶薩如實了知而於中學於一切法如實了知略廣之相善現眼界法界虛空界是名眼界法界此眼界法界無斷無別而可施設是名眼界法界相耳鼻舌身意界法界虛空界是名耳鼻舌身意界法界此耳鼻舌身意界法界亦無斷無別而可施設是名耳鼻舌身意界法界相諸菩薩摩訶薩如實了知當於中學於一切法如實了知略廣之相世尊云何色界法界相云何聲香味觸法界法界相諸菩薩摩訶薩如實了知而於中學於一切法如實了知略廣

之相善現色界法界虛空界是名色界法界此色界法界無斷無別而可施設是名色界法界相聲香味觸法界法界虛空界是名聲香味觸法界法界此聲香味觸法界法界亦無斷無別而可施設是名聲香味觸法界法界相諸菩薩摩訶薩如實了知當於中學於一切法如實了知略廣之相世尊云何眼識界法界相云何耳鼻舌身意識界法界相諸菩薩摩訶薩如實了知而於中學於一切法如實了知略廣之相善現眼識界法界虛空界是名眼識界法界此眼識界法界無斷無別而可施設是名眼識界法界相耳鼻舌身意識界法界虛空界是名耳鼻舌身意識界法界此耳鼻舌身意識界法界亦無斷無別而可施設是名耳鼻舌身意識界法界相諸菩薩摩訶薩如實了知當於中學於一切法如實了知略廣之相世尊云何眼觸法界相云何耳鼻舌身意觸法界相諸菩薩摩訶薩如實了知而於中學於一切法如實了知略廣之相善現眼觸界虛空界是名眼觸法界此眼觸法界無斷無別而可施設是名眼觸法界相耳鼻舌身意觸界虛空界是名耳鼻舌身意觸法界此耳鼻舌身意觸法界亦無斷無別而可施設是名耳鼻舌身意觸法界相諸菩薩摩訶薩如實了知當於中學於一切法如實了知略廣之相世尊云何眼觸爲緣所生諸受法界相云何耳鼻舌身意觸爲緣所生諸受法界相諸菩薩摩訶薩如實了知而於中學於一切法如實了知略廣之相善現眼觸爲緣所生諸受界虛空界是名眼

觸爲緣所生諸受法界此眼觸爲緣所生諸受法界無斷無别而可施設是名眼觸爲緣所生諸受法界相耳鼻舌身意觸爲緣所生諸受界虛空界是名耳鼻舌身意觸爲緣所生諸受法界此耳鼻舌身意觸爲緣所生諸受法界亦無斷無别而可施設是名耳鼻舌身意觸爲緣所生諸受法界相諸菩薩摩訶薩如實了知當於中學於一切法如實了知略廣之相世尊云何地界法界相云何水火風空識界法界相諸菩薩摩訶薩如實了知而於中學於一切法如實了知略廣之相善現地界法界虛空界是名地界法界此地界法界無斷無别而可施設是名地界法界相水火風空識界法界虛空界是名水火風空識界法界此水火風空識界法界亦無斷無别而可施設是名水火風空識界法界相諸菩薩摩訶薩如實了知當於中學於一切法如實了知略廣之相世尊云何無明法界相云何行識名色六處觸受愛取有生老死愁歎苦憂惱法界相諸菩薩摩訶薩如實了知而於中學於一切法如實了知略廣之相善現無明界虛空界是名無明法界此無明法界無斷無别而可施設是名無明法界相行乃至老死愁歎苦憂惱界虛空界是名行乃至老死愁歎苦憂惱法界此行乃至老死愁歎苦憂惱法界亦無斷無别而可施設是名行乃至老死愁歎苦憂惱法界相諸菩薩摩訶薩如實了知當於中學於一切法如實了知略廣之相世尊云何布施波羅蜜多法界相云何淨戒安忍精進靜慮般若波羅蜜多

法界相諸菩薩摩訶薩如實了知而於中學於一切法如實了知略廣之相善現布施波羅蜜多界虛空界是名布施波羅蜜多法界此布施波羅蜜多法界無斷無別而可施設是名布施波羅蜜多法界相淨戒乃至般若波羅蜜多界虛空界是名淨戒乃至般若波羅蜜多法界此淨戒乃至般若波羅蜜多法界亦無斷無別而可施設是名淨戒乃至般若波羅蜜多法界相諸菩薩摩訶薩如實了知當於中學於一切法如實了知略廣之相世尊云何內空法界相云何外空內外空空空大空勝義空有為空無為空畢竟空無際空散空無變異空本性空自相空共相空一切法空不可得空無性空自性空無性自性空法界相諸菩薩摩訶薩如實了知而於中學於一切法如實了知略廣之相善現內空界虛空界是名內空法界此內空法界無斷無別而可施設是名內空法界相外空乃至無性自性空界虛空界是名外空乃至無性自性空法界此外空乃至無性自性空法界亦無斷無別而可施設是名外空乃至無性自性空法界相諸菩薩摩訶薩如實了知當於中學於一切法如實了知略廣之相世尊云何真如法界相云何法界法性不虛妄性不變異性平等性離生性法定法住實際虛空界不思議界法界相諸菩薩摩訶薩如實了知而於中學於一切法如實了知略廣之相善現真如界虛空界是名真如法界此真如法界無斷無別而可施設是名真如法界相法界乃至不思議界法界虛空界是名法

界乃至不思議界法界此法界乃至不思議界法界亦無斷無別而可施設是名法界乃至不思議界法界相諸菩薩摩訶薩如實了知當於中學於一切法如實了知略廣之相世尊云何苦聖諦法界相云何集滅道聖諦法界相諸菩薩摩訶薩如實了知而於中學於一切法如實了知略廣之相善現苦聖諦界虛空界是名苦聖諦法界此苦聖諦法界無斷無別而可施設是名苦聖諦法界相集滅道聖諦界虛空界是名集滅道聖諦法界此集滅道聖諦法界亦無斷無別而可施設是名集滅道聖諦法界相諸菩薩摩訶薩如實了知當於中學於一切法如實了知略廣之相世尊云何四靜慮法界相云何四無量四無色定法界相諸菩薩摩訶薩如實了知而於中學於一切法如實了知略廣之相善現四靜慮界虛空界是名四靜慮法界此四靜慮法界無斷無別而可施設是名四靜慮法界相四無量四無色定界虛空界是名四無量四無色定法界此四無量四無色定法界亦無斷無別而可施設是名四無量四無色定法界相諸菩薩摩訶薩如實了知當於中學於一切法如實了知略廣之相世尊云何八解脫法界相云何八勝處九次第定十遍處法界相諸菩薩摩訶薩如實了知而於中學於一切法如實了知略廣之相善現八解脫界虛空界是名八解脫法界此八解脫法界無斷無別而可施設是名八解脫法界相八勝處九次第定十遍處界虛空界是名八勝處九次第定十遍處法界此八勝處九

次第定十遍處法界亦無斷無別而可施設是名八勝處九次第定十遍處法界相諸菩薩摩訶薩如實了知當於中學於一切法如實了知略廣之相世尊云何四念住法界相云何四正斷四神足五根五力七等覺支八聖道支法界相諸菩薩摩訶薩如實了知而於中學於一切法如實了知略廣之相善現四念住界虛空界是名四念住法界此四念住法界無斷無別而可施設是名四念住法界相四正斷乃至八聖道支界虛空界是名四正斷乃至八聖道支法界此四正斷乃至八聖道支法界亦無斷無別而可施設是名四正斷乃至八聖道支法界相諸菩薩摩訶薩如實了知當於中學於一切法如實了知略廣之相世尊云何空解脫門法界相云何無相無願解脫門法界相諸菩薩摩訶薩如實了知而於中學於一切法如實了知略廣之相善現空解脫門界虛空界是名空解脫門法界此空解脫門法界無斷無別而可施設是名空解脫門法界相無相無願解脫門界虛空界是名無相無願解脫門法界此無相無願解脫門法界亦無斷無別而可施設是名無相無願解脫門法界相諸菩薩摩訶薩如實了知當於中學於一切法如實了知略廣之相世尊云何五眼法界相云何六神通法界相諸菩薩摩訶薩如實了知而於中學於一切法如實了知略廣之相善現五眼界虛空界是名五眼法界此五眼法界無斷無別而可施設是名五眼法界相六神通界虛空界是名六神通法界此六神通法界亦

無斷無别而可施設是名六神通法界相諸菩薩摩訶薩如實了知當於中學於一切法如實了知略廣之相世尊云何佛十力法界相云何四無所畏四無礙解大慈大悲大喜大捨十八佛不共法法界相諸菩薩摩訶薩如實了知而於中學於一切法如實了知略廣之相善現佛十力界虚空界是名佛十力法界此佛十力法界無斷無别而可施設是名佛十力法界相四無所畏乃至十八佛不共法法界虚空界是名四無所畏乃至十八佛不共法法界此四無所畏乃至十八佛不共法法界亦無斷無别而可施設是名四無所畏乃至十八佛不共法法界相諸菩薩摩訶薩如實了知當於中學於一切法如實了知略廣之相世尊云何無忘失法法界相云何恒住捨性法界相諸菩薩摩訶薩如實了知而於中學於一切法如實了知略廣之相善現無忘失法法界虚空界是名無忘失法法界此無忘失法法界無斷無别而可施設是名無忘失法法界相恒住捨性界虚空界是名恒住捨性法界此恒住捨性法界亦無斷無别而可施設是名恒住捨性法界相諸菩薩摩訶薩如實了知當於中學於一切法如實了知略廣之相世尊云何一切智法界相云何道相智一切相智法界相諸菩薩摩訶薩如實了知而於中學於一切法如實了知略廣之相善現一切智界虚空界是名一切智法界此一切智法界無斷無别而可施設是名一切智法界相道相智一切相智界虚空界是名道相智一切相智法界此道相

智一切相智法界亦無斷無别而可施設是名道相智一切相智法界相諸菩薩摩訶薩如實了知當於中學於一切法如實了知略廣之相世尊云何一切陀羅尼門法界相云何一切三摩地門法界相諸菩薩摩訶薩如實了知而於中學於一切法如實了知略廣之相善現一切陀羅尼門界虚空界是名一切陀羅尼門法界此一切陀羅尼門法界無斷無别而可施設是名一切陀羅尼門法界相一切三摩地門界虚空界是名一切三摩地門法界此一切三摩地門法界亦無斷無别而可施設是名一切三摩地門法界相諸菩薩摩訶薩如實了知當於中學於一切法如實了知略廣之相世尊云何預流果法界相云何一來不還阿羅漢果法界相諸菩薩摩訶薩如實了知而於中學於一切法如實了知略廣之相善現預流果界虚空界是名預流果法界此預流果法界無斷無别而可施設是名預流果法界相一來不還阿羅漢果界虚空界是名一來不還阿羅漢果法界此一來不還阿羅漢果法界亦無斷無别而可施設是名一來不還阿羅漢果法界相諸菩薩摩訶薩如實了知當於中學於一切法如實了知略廣之相世尊云何獨覺菩提法界相諸菩薩摩訶薩如實了知而於中學於一切法如實了知略廣之相善現獨覺菩提界虚空界是名獨覺菩提法界此獨覺菩提法界無斷無别而可施設是名獨覺菩提法界相諸菩薩摩訶薩如實了知當於中學於一切法如實了知略廣之相世尊云何一切

菩薩摩訶薩行法界相諸菩薩摩訶薩如實了知而於中學於一切法如實了知略廣之相善現一切菩薩摩訶薩行界虛空界是名一切菩薩摩訶薩行法界此一切菩薩摩訶薩行法界無斷無别而可施設是名一切菩薩摩訶薩行法界相諸菩薩摩訶薩如實了知當於中學於一切法如實了知略廣之相

世尊云何諸佛無上正等菩提法界相諸菩薩摩訶薩如實了知而於中學於一切法如實了知略廣之相善現諸佛無上正等菩提界虛空界是名諸佛無上正等菩提法界此諸佛無上正等菩提法界無斷無别而可施設是名諸佛無上正等菩提法界相諸菩薩摩訶薩如實了知當於中學於一切法如實了知略廣之相

大般若波羅蜜多經卷第三百五十八

大般若波羅蜜多經卷第三百五十九

唐三藏法師玄奘奉詔譯

初分多問不二品第六十一之九

爾時具壽善現白佛言世尊菩薩摩訶薩復云何應知一切法略廣相佛言善現若菩薩摩訶薩如實了知一切法不合不散是菩薩摩訶薩如是當知一切法略廣相具壽善現復白佛言世尊何等一切法不合不散佛言善現色不合不散受想行識亦不合不散眼處不合不散耳鼻舌身意處亦不合不散色處不合不散聲香味觸法處亦不合不散眼界不合不散耳鼻舌身意界亦不合不散色界不合不散聲香味觸法界亦不合不散眼識界不合不散耳鼻舌身意識界亦不合不散眼觸不合不散耳鼻舌身意觸亦不合不散眼觸爲緣所生諸受不合不散耳鼻舌身意觸爲緣所生諸受亦不合不散地界不合不散水火風空識界亦不合不散無明不合不散行識名色六處觸受愛取有生老死愁歎苦憂惱亦不合不散布施波羅蜜多不合不散淨戒安忍精進靜慮般若波羅蜜多亦不合不散内空不合不散外空内外空空空大空勝義空有爲空無爲空畢竟空無際空散空無變異空本性空自相空共相空一切法空不可得空無性空自性空無性自性空亦不合不散眞如不合不散法界法性不虛妄性不變異性平等性離生性法定法住實際虛空界不思議界亦不合不散苦聖諦不合不散集滅道聖諦亦不合不散四靜慮不合不散四無量四無色定亦不合不散八解

脫不合不散八勝處九次第定十遍處亦不合不散四念住不合不散四正斷四神足五根五力七等覺支八聖道支亦不合不散空解脫門不合不散無相無願解脫門亦不合不散五眼不合不散六神通亦不合不散佛十力不合不散四無所畏四無礙解大慈大悲大喜大捨十八佛不共法亦不合不散無忘失法不合不散恒住捨性亦不合不散一切智不合不散道相智一切相智亦不合不散一切陀羅尼門不合不散一切三摩地門亦不合不散預流果不合不散一來不還阿羅漢果亦不合不散獨覺菩提不合不散一切菩薩摩訶薩行不合不散諸佛無上正等菩提不合不散有爲界不合不散無爲界亦不合不散何以故善現如是諸法皆無自性若無自性則無所有若無所有則不可說有合有散諸菩薩摩訶薩於一切法如是了知則能了知略廣之相時具壽善現白佛言世尊如是名爲略攝六種波羅蜜多諸菩薩摩訶薩若於中學能多所作世尊如是略攝波羅蜜多初修業菩薩摩訶薩常應於中學乃至住十地菩薩摩訶薩亦應於中學世尊若菩薩摩訶薩學此略攝波羅蜜多於一切法知略廣相佛言善現如是如是如汝所說善現如是法門利根菩薩摩訶薩能入中根菩薩摩訶薩亦能入善現如是法門定根菩薩摩訶薩能入不定根菩薩摩訶薩亦能入善現如是法門無障無礙若菩薩摩訶薩專於中學無不能入善現如是法門非懈怠者劣精進者失正念者散亂心者習惡慧者之所

能入善現如是法門不懈怠者勝精進者住正念者善攝心者修妙慧者方能趣入善現若菩薩摩訶薩欲住不退轉地欲住第十地欲住一切智智地當勤方便入此法門善現若菩薩摩訶薩如此般若波羅蜜多所說而學是菩薩摩訶薩能隨證得布施淨戒安忍精進靜慮般若波羅蜜多亦隨證得內空外空內外空空空大空勝義空有爲空無爲空畢竟空無際空散空無變異空本性空自相空共相空一切法空不可得空無性空自性空無性自性空亦隨證得眞如法界法性不虛妄性不變異性平等性離生性法定法住實際虛空界不思議界亦隨證得苦集滅道聖諦亦隨證得四靜慮四無量四無色定亦隨證得八解脫八勝處九次第定十遍處亦隨證得四念住四正斷四神足五根五力七等覺支八聖道支亦隨證得空無相無願解脫門亦隨證得五眼六神通亦隨證得佛十力四無所畏四無礙解大慈大悲大喜大捨十八佛不共法亦隨證得無忘失法恒住捨性亦隨證得一切智道相智一切相智亦隨證得一切陀羅尼門一切三摩地門善現若菩薩摩訶薩如是依此甚深般若波羅蜜多所說而學是菩薩摩訶薩如是如是轉近所求一切智智善現若菩薩摩訶薩如此般若波羅蜜多所說而學是菩薩摩訶薩所有魔事隨起即滅是故善現若菩薩摩訶薩欲疾滅除一切業障欲正攝受方便善巧當學般若波羅蜜多復次善現若時菩薩摩訶薩行是般若波羅蜜多修是般若波羅蜜多習是

般若波羅蜜多是時菩薩摩訶薩便爲十方無量無數無邊世界一切如來應正等覺現在住持說正法者皆共護念所以者何過去未來現在諸佛無不皆從如是般若波羅蜜多而出生故是故善現若菩薩摩訶薩能行般若波羅蜜多應作是念過去未來現在諸佛所證得法我亦當得如是善現諸菩薩摩訶薩應勤修學如是般若波羅蜜多若勤修學如是般若波羅蜜多是菩薩摩訶薩疾證無上正等菩提是故善現諸菩薩摩訶薩常應不離一切智智相應作意修行般若波羅蜜多復次善現若菩薩摩訶薩於此般若波羅蜜多如實修行經彈指頃是菩薩摩訶薩所獲福聚其量甚多假使有人教化三千大千世界諸有情類皆令安住布施淨戒安忍精進靜慮般若或令安住解脫及解脫知見或令安住預流一來不還阿羅漢果或令安住獨覺菩提是人雖獲無量福聚而猶不及彼菩薩摩訶薩於此般若波羅蜜多如實修行經彈指頃何以故善現如是般若波羅蜜多能生一切布施淨戒安忍精進靜慮般若能生一切解脫及解脫知見能生預流一來不還阿羅漢果能生獨覺菩提能生無上正等菩提現在十方無量無數無邊世界一切如來應正等覺無不皆由如是般若波羅蜜多令得出現於過去世一切如來應正等覺無不皆由如是般若波羅蜜多已得出現於未來世一切如來應正等覺無不皆由如是般若波羅蜜多當得出現復次善現若菩薩摩訶薩能不遠離一切智智相應作意修行

般若波羅蜜多經須臾頃或經半日或經一日或經一月或經一歲或經百歲或經一劫或經百劫乃至或復經無數劫是菩薩摩訶薩所獲福聚其量甚多勝過教化於十方面各如殑伽沙等世界諸有情類皆令安住布施淨戒安忍精進靜慮般若或令安住解脱及解脱知見或令安住預流一來不還阿羅漢果或令安住獨覺菩提所獲福聚何以故善現由此般若波羅蜜多出生過去未來現在一切如來應正等覺爲諸有情如實施設布施淨戒安忍精進靜慮般若爲諸有情如實施設解脱及解脱知見爲諸有情如實施設預流一來不還阿羅漢果爲諸有情如實施設獨覺菩提爲諸有情如實施設諸佛無上正等菩提故以此福聚勝過於彼復次善現若菩薩摩訶薩如此般若波羅蜜多所説而住當知是菩薩摩訶薩不復退轉常爲諸佛之所護念成就最勝方便善巧已曾親近供養無量百千俱胝那庾多佛於諸佛所已種無量殊勝善根當知是菩薩摩訶薩已爲無量眞善知識之所攝受已久修習布施淨戒安忍精進靜慮般若波羅蜜多已久安住内空外空内外空空空大空勝義空有爲空無爲空畢竟空無際空散空無變異空本性空自相空共相空一切法空不可得空無性空自性空無性自性空已久安住眞如法界法性不虚妄性不變異性平等性離生性法定法住實際虚空界不思議界已久安住苦集滅道聖諦已久修習四靜慮四無量四無色定已久修習八解脱八勝處九次第定十

遍處已久修習四念住四正斷四神足五根五力七等覺支八聖道支已久修習空無相無願解脫門已久修習五眼六神通已久修習佛十力四無所畏四無礙解大慈大悲大喜大捨十八佛不共法已久修習無忘失法恒住捨性已久修習一切陀羅尼門一切三摩地門已久修習一切智道相智一切相智當知是菩薩摩訶薩住童子地一切所願無不滿足常見諸佛曾無暫捨於諸善根恒不捨離常能成熟一切有情亦常嚴淨所有佛土從一佛土趣一佛土恭敬供養諸佛世尊聽受修行無上乘法當知是菩薩摩訶薩已得無斷無盡辯才已得殊勝陀羅尼法成就最上微妙色身已得諸佛授圓滿記於隨所樂爲度有情受諸有身已得自在當知是菩

薩摩訶薩善知所緣門善知行相門善知字門善知非字門善知言善知不言善知一增語善知二增語善知多增語善知女增語善知男增語善知非女男增語善知過去增語善知未來增語善知現在增語善知諸文善知諸義當知是菩薩摩訶薩善知色善知受善知想善知行善知識善知蘊善知界善知處善知緣起善知緣起支善知世間性善知涅槃性善知法界相善知行相善知非行相善知有爲相善知無爲相善知有爲無爲相善知相相善知非相相善知有善知非有善知自性善知他性善知合善知散善知合散善知相應善知不相應善知相應不相應善知眞如善知不虛妄性善知不變異性善知法性善知法界善知法定善知法住善知緣

性善知非緣性善知諸聖諦善知靜慮善知無量善知無色定善知六波羅蜜多善知四念住善知四正斷善知四神足善知五根善知五力善知七等覺支善知八聖道支善知八解脫善知八勝處善知九次第定善知十遍處善知陀羅尼門善知三摩地門善知空解脫門善知無相解脫門善知無願解脫門善知一切空法門善知五眼善知六神通善知佛十力善知四無所畏善知四無礙解善知大慈大悲大喜大捨善知十八佛不共法善知無忘失法善知恒住捨性善知一切智善知道相智善知一切相智善知有爲界善知無爲界善知界善知非界當知是菩薩摩訶薩善知色作意善知受想行識作意善知眼處作意善知耳鼻舌身意處作意善知色處作意善知聲香味觸法處作意善知眼界作意善知耳鼻舌身意界作意善知色界作意善知聲香味觸法界作意善知眼識界作意善知耳鼻舌身意識界作意善知眼觸作意善知耳鼻舌身意觸作意善知眼觸爲緣所生諸受作意善知耳鼻舌身意觸爲緣所生諸受作意善知地界作意善知水火風空識界作意善知無明作意善知行識名色六處觸受愛取有生老死愁歎苦憂惱作意善知布施波羅蜜多作意善知淨戒安忍精進靜慮般若波羅蜜多作意善知內空作意善知外空內外空空空大空勝義空有爲空無爲空畢竟空無際空散空無變異空本性空自相空共相空一切法空不可得空無性空自性空無性自性空作意善知真如作意善

知法界法性不虛妄性不變異性平等性離生性法定法住實際虛空界不思議界作意善知苦聖諦作意善知集滅道聖諦作意善知四念住作意善知四正斷四神足五根五力七等覺支八聖道支作意善知四靜慮作意善知四無量四無色定作意善知八解脫作意善知八勝處九次第定十遍處作意善知一切陀羅尼門作意善知一切三摩地門作意善知空解脫門作意善知無相無願解脫門作意善知五眼作意善知六神通作意善知佛十力作意善知四無所畏四無礙解大慈大悲大喜大捨十八佛不共法作意善知無忘失法作意善知恒住捨性作意善知一切智作意善知道相智一切相智作意當知是菩薩摩訶薩善知色色相空善知受想行識受想行識相空善知眼處眼處相空善知耳鼻舌身意處耳鼻舌身意處相空善知色處色處相空善知聲香味觸法處聲香味觸法處相空善知眼界眼界相空善知耳鼻舌身意界耳鼻舌身意界相空善知色界色界相空善知聲香味觸法界聲香味觸法界相空善知眼識界眼識界相空善知耳鼻舌身意識界耳鼻舌身意識界相空善知眼觸眼觸相空善知耳鼻舌身意觸耳鼻舌身意觸相空善知眼觸爲緣所生諸受眼觸爲緣所生諸受相空善知耳鼻舌身意觸爲緣所生諸受耳鼻舌身意觸爲緣所生諸受相空善知地界地界相空善知水火風空識界水火風空識界相空善知無明無明相空善知行識名色六處觸受愛取有生老死愁歎苦

憂惱行乃至老死愁歎苦憂惱相空善知布施波羅蜜多布施波羅蜜多相空善知淨戒安忍精進靜慮般若波羅蜜多淨戒乃至般若波羅蜜多相空善知內空內空相空善知外空內外空空空大空勝義空有爲空無爲空畢竟空無際空散空無變異空本性空自相空共相空一切法空不可得空無性空自性空無性自性空外空乃至無性自性空相空善知眞如眞如相空善知法界法性不虛妄性不變異性平等性離生性法定法住實際虛空界不思議界法界乃至不思議界相空善知苦聖諦苦聖諦相空善知集滅道聖諦集滅道聖諦相空善知四念住四念住相空善知四正斷四神足五根五力七等覺支八聖道支四正斷乃至八聖道支相空善知四靜慮四靜慮相空善知四無量四無色定四無量四無色定相空善知八解脫八解脫相空善知八勝處九次第定十遍處八勝處九次第定十遍處相空善知一切陀羅尼門一切陀羅尼門相空善知一切三摩地門一切三摩地門相空善知空解脫門空解脫門相空善知無相無願解脫門無相無願解脫門相空善知五眼五眼相空善知六神通六神通相空善知佛十力佛十力相空善知四無所畏四無礙解大慈大悲大喜大捨十八佛不共法四無所畏乃至十八佛不共法相空善知無忘失法無忘失法相空善知恒住捨性恒住捨性相空善知一切智一切智相空善知道相智一切相智道相智一切相智相空善知預流果預流果相空善知一來不

還阿羅漢果一來不還阿羅漢果相空善知獨覺菩提獨覺菩提相空善知一切菩薩摩訶薩行一切菩薩摩訶薩行相空善知諸佛無上正等菩提諸佛無上正等菩提相空當知是菩薩摩訶薩善知止息道善知不止息道善知生善知滅善知住異善知貪瞋癡善知無貪無瞋無癡善知見善知非見善知邪見善知非邪見善知一切見纏隨眠結縛善知一切見纏隨眠結縛斷善知名善知色善知名色善知因緣善知等無間緣善知所緣緣善知增上緣善知行善知解善知相善知狀善知苦善知集善知滅善知道善知地獄善知地獄道善知傍生善知傍生道善知鬼界善知鬼界道善知人善知人道善知天善知天道善知預流善知預流果善知預流道善知一來善知一來果善知一來道善知不還善知不還果善知不還道善知阿羅漢善知阿羅漢果善知阿羅漢道善知獨覺善知獨覺菩提善知獨覺道善知菩薩摩訶薩善知菩薩摩訶薩行善知如來應正等覺善知無上正等菩提善知一切智善知一切智道善知道相智善知道相智道善知一切相智善知一切相智道善知根善知根圓滿善知根勝劣善知慧善知疾慧善知力慧善知利慧善知速慧善知達慧善知廣慧善知深慧善知大慧善知無等慧善知真實慧善知珍寶慧善知過去世善知未來世善知現在世善知方便善知意樂善知增上意樂善知顧有情善知文義相善知諸聖法善知安立三乘方便善現若菩薩摩訶薩行般若波羅蜜

多引般若波羅蜜多修般若波羅蜜多獲如是等功德勝利爾時具壽善現白佛言世尊菩薩摩訶薩云何當行般若波羅蜜多云何當引般若波羅蜜多云何當修般若波羅蜜多佛言善現菩薩摩訶薩觀色寂靜故可破壞故不自在故體虛妄故不堅實故應行般若波羅蜜多觀受想行識寂靜故可破壞故不自在故體虛妄故不堅實故應行般若波羅蜜多善現菩薩摩訶薩觀眼處寂靜故可破壞故不自在故體虛妄故不堅實故應行般若波羅蜜多觀耳鼻舌身意處寂靜故可破壞故不自在故體虛妄故不堅實故應行般若波羅蜜多善現菩薩摩訶薩觀色處寂靜故可破壞故不自在故體虛妄故不堅實故應行般若波羅蜜多觀聲香味觸法處寂靜故可破壞故不自在故體虛妄故不堅實故應行般若波羅蜜多善現菩薩摩訶薩觀眼界寂靜故可破壞故不自在故體虛妄故不堅實故應行般若波羅蜜多觀耳鼻舌身意界寂靜故可破壞故不自在故體虛妄故不堅實故應行般若波羅蜜多善現菩薩摩訶薩觀色界寂靜故可破壞故不自在故體虛妄故不堅實故應行般若波羅蜜多觀聲香味觸法界寂靜故可破壞故不自在故體虛妄故不堅實故應行般若波羅蜜多善現菩薩摩訶薩觀眼識界寂靜故可破壞故不自在故體虛妄故不堅實故應行般若波羅蜜多觀耳鼻舌身意識界寂靜故可破壞故不自在故體虛妄故不堅實故應行般若波羅蜜多善現菩薩摩訶薩觀眼觸寂靜故可

破壞故不自在故體虛妄故不堅實故應行般若波羅蜜多觀耳鼻舌身意觸寂靜故可破壞故不自在故體虛妄故不堅實故應行般若波羅蜜多善現菩薩摩訶薩觀眼觸爲緣所生諸受寂靜故可破壞故不自在故體虛妄故不堅實故應行般若波羅蜜多觀耳鼻舌身意觸爲緣所生諸受寂靜故可破壞故不自在故體虛妄故不堅實故應行般若波羅蜜多善現菩薩摩訶薩觀地界寂靜故可破壞故不自在故體虛妄故不堅實故應行般若波羅蜜多觀水火風空識界寂靜故可破壞故不自在故體虛妄故不堅實故應行般若波羅蜜多善現菩薩摩訶薩觀無明寂靜故可破壞故不自在故體虛妄故不堅實故應行般若波羅蜜多觀行識名色六處觸受愛取有生老死愁歎苦憂惱寂靜故可破壞故不自在故體虛妄故不堅實故應行般若波羅蜜多善現汝問菩薩摩訶薩云何當引般若波羅蜜多者菩薩摩訶薩如引虛空空應引般若波羅蜜多善現汝問菩薩摩訶薩云何當修般若波羅蜜多者菩薩摩訶薩如修虛空空應修般若波羅蜜多具壽善現復白佛言世尊菩薩摩訶薩爲經幾時當行般若波羅蜜多當引般若波羅蜜多當修般若波羅蜜多佛言善現菩薩摩訶薩從初發心乃至安坐妙菩提座應行般若波羅蜜多應引般若波羅蜜多應修般若波羅蜜多具壽善現復白佛言世尊菩薩摩訶薩住何等心無間當行般若波羅蜜多當引般若波羅蜜多當修般若波羅蜜多佛言善現菩薩

摩訶薩從初發心乃至安坐妙菩提座不容發起諸餘作意唯常安住一切智智相應作意應行般若波羅蜜多應引般若波羅蜜多應修般若波羅蜜多是菩薩摩訶薩應如是行般若波羅蜜多應如是引般若波羅蜜多應如是修般若波羅蜜多乃至能令心心所法於境不轉世尊菩薩摩訶薩行般若波羅蜜多引般若波羅蜜多修般若波羅蜜多當得一切智智不不也善現世尊菩薩摩訶薩不行般若波羅蜜多不引般若波羅蜜多不修般若波羅蜜多當得一切智智不不也善現世尊菩薩摩訶薩亦行亦不行般若波羅蜜多亦引亦不引般若波羅蜜多亦修亦不修般若波羅蜜多當得一切智智不不也善現世尊菩薩摩訶薩非行非不行般若波羅蜜多非引非不引般若波羅蜜多非修非不修般若波羅蜜多當得一切智智不不也善現世尊若爾菩薩摩訶薩云何當得一切智智善現菩薩摩訶薩當得一切智智如真如世尊云何真如善現如實際世尊云何實際善現如法界世尊云何法界善現如我界有情界命者界生者界養者界士夫界補特伽羅界世尊云何我界有情界命者界生者界養者界士夫界補特伽羅界佛告善現於意云何若我若有情若命者若生者若養者若士夫若補特伽羅為可得不善現白言不也世尊佛言善現若我若有情若命者若生者若養者若士夫若補特伽羅既不可得我當云何可施設我界有情界命者界生者界養者界士夫界補特伽羅界如是善現若菩薩

摩訶薩不施設般若波羅蜜多亦不施設一切智智及一切法是菩薩摩訶薩定當證得一切智智時具壽善現復白佛言世尊爲但般若波羅蜜多不可施設爲靜慮精進安忍淨戒布施波羅蜜多亦不可施設耶佛言善現非但般若波羅蜜多不可施設靜慮精進安忍淨戒布施波羅蜜多亦不可施設善現若聲聞法若獨覺法若菩薩法若諸佛法若有爲法若無爲法如是等一切法皆不可施設具壽善現復白佛言世尊若一切法皆不可施設云何可施設是地獄是傍生是鬼界是人是天是預流是一來是不還是阿羅漢是獨覺是菩薩是諸佛是一切法耶佛言善現於意云何有情施設及法施設實可得不善現白言不也世尊佛言善現若有情施設及法施設實不可得我云何可施設是地獄是傍生是鬼界是人是天是預流是一來是不還是阿羅漢是獨覺是菩薩是諸佛是一切法如是善現菩薩摩訶薩行般若波羅蜜多時應學一切法皆不可施設具壽善現白佛言世尊菩薩摩訶薩行般若波羅蜜多時豈不應於色學亦應於受想行識學世尊菩薩摩訶薩行般若波羅蜜多時豈不應於眼處學亦應於耳鼻舌身意處學世尊菩薩摩訶薩行般若波羅蜜多時豈不應於色處學亦應於聲香味觸法處學世尊菩薩摩訶薩行般若波羅蜜多時豈不應於眼界學亦應於耳鼻舌身意界學世尊菩薩摩訶薩行般若波羅蜜多時豈不應於色界學亦應於聲香味觸法界學世尊菩薩摩訶薩行般若波

羅蜜多時豈不應於眼識界學亦應於耳鼻舌身意識界學世尊菩薩摩訶薩行般若波羅蜜多時豈不應於眼觸學亦應於耳鼻舌身意觸學世尊菩薩摩訶薩行般若波羅蜜多時豈不應於眼觸爲緣所生諸受學亦應於耳鼻舌身意觸爲緣所生諸受學世尊菩薩摩訶薩行般若波羅蜜多時豈不應於地界學亦應於水火風空識界學世尊菩薩摩訶薩行般若波羅蜜多時豈不應於無明學亦應於行識名色六處觸受愛取有生老死愁歎苦憂惱學世尊菩薩摩訶薩行般若波羅蜜多時豈不應於布施波羅蜜多學亦應於淨戒安忍精進靜慮般若波羅蜜多學世尊菩薩摩訶薩行般若波羅蜜多時豈不應於內空學亦應於外空內外空空空大空勝義空有爲空無爲空畢竟空無際空散空無變異空本性空自相空共相空一切法空不可得空無性空自性空無性自性空學世尊菩薩摩訶薩行般若波羅蜜多時豈不應於真如學亦應於法界法性不虛妄性不變異性平等性離生性法定法住實際虛空界不思議界學世尊菩薩摩訶薩行般若波羅蜜多時豈不應於苦聖諦學亦應於集滅道聖諦學世尊菩薩摩訶薩行般若波羅蜜多時豈不應於四念住學亦應於四正斷四神足五根五力七等覺支八聖道支學世尊菩薩摩訶薩行般若波羅蜜多時豈不應於四靜慮學亦應於四無量四無色定學世尊菩薩摩訶薩行般若波羅蜜多時豈不應於八解脫學亦應於八勝處九次第定十遍處學世

尊善薩摩訶薩行般若波羅蜜多時豈不應於一切三摩地門學亦應於一切陀羅尼門學世尊菩薩摩訶薩行般若波羅蜜多時豈不應於空解脫門學亦應於無相無願解脫門學世尊菩薩摩訶薩行般若波羅蜜多時豈不應於五眼學亦應於六神通學世尊善薩摩訶薩行般若波羅蜜多時豈不應於佛十力學亦應於四無所畏四無礙解大慈大悲大喜大捨十八佛不共法學世尊菩薩摩訶薩行般若波羅蜜多時豈不應於無忘失法學亦應於恒住捨性學世尊菩薩摩訶薩行般若波羅蜜多時豈不應於一切智學亦應於道相智一切相智學世尊菩薩摩訶薩行般若波羅蜜多時豈不應於預流果學亦應於一來不還阿羅漢果學世尊菩薩摩訶薩行般若波羅蜜多時豈不應於獨覺菩提學世尊菩薩摩訶薩行般若波羅蜜多時豈不應於一切菩薩摩訶薩行學世尊菩薩摩訶薩行般若波羅蜜多時豈不應於諸佛無上正等菩提學

大般若波羅蜜多經卷第三百五十九

大般若波羅蜜多經卷第三百六十

唐三藏法師玄奘奉　詔譯

初分多問不二品第六十一之十

佛言善現菩薩摩訶薩行般若波羅蜜多時應於色學不增不減亦應於受想行識學不增不減善現菩薩摩訶薩行般若波羅蜜多時應於眼處學不增不減亦應於耳鼻舌身意處學不增不減善現菩薩摩訶薩行般若波羅蜜多時應於色處學不增不減亦應於聲香味觸法處學不增不減善現菩薩摩訶薩行般若波羅蜜多時應於眼界學不增不減亦應於耳鼻舌身意界學不增不減善現菩薩摩訶薩行般若波羅蜜多時應於色界學不增不減亦應於聲香味觸法界學不增不減善現菩薩摩訶薩行般若波羅蜜多時應於眼識界學不增不減亦應於耳鼻舌身意識界學不增不減善現菩薩摩訶薩行般若波羅蜜多時應於眼觸學不增不減亦應於耳鼻舌身意觸學不增不減善現菩薩摩訶薩行般若波羅蜜多時應於眼觸爲緣所生諸受學不增不減亦應於耳鼻舌身意觸爲緣所生諸受學不增不減善現菩薩摩訶薩行般若波羅蜜多時應於地界學不增不減亦應於水火風空識界學不增不減善現菩薩摩訶薩行般若波羅蜜多時應於無明學不增不減亦應於行識名色六處觸受愛取有生老死愁歎苦憂惱學不增不減善現菩薩摩訶薩行般若波羅蜜多時應於布施波羅蜜多學不增不減亦應於淨戒安忍精進靜慮般若波羅蜜多學不增不減善現菩

薩摩訶薩行般若波羅蜜多時應於內空學不增不減亦應於外空內外空空空大空勝義空有爲空無爲空畢竟空無際空散空無變異空本性空自相空共相空一切法空不可得空無性空自性空無性自性空學不增不減善現菩薩摩訶薩行般若波羅蜜多時應於眞如學不增不減亦應於法界法性不虛妄性不變異性平等性離生性法定法住實際虛空界不思議界學不增不減善現菩薩摩訶薩行般若波羅蜜多時應於苦聖諦學不增不減亦應於集滅道聖諦學不增不減善現菩薩摩訶薩行般若波羅蜜多時應於四念住學不增不減亦應於四正斷四神足五根五力七等覺支八聖道支學不增不減善現菩薩摩訶薩行般若波羅蜜多時應於四靜慮學不增不減亦應於四無量四無色定學不增不減善現菩薩摩訶薩行般若波羅蜜多時應於八解脫學不增不減亦應於八勝處九次第定十遍處學不增不減善現菩薩摩訶薩行般若波羅蜜多時應於一切三摩地門學不增不減亦應於一切陀羅尼門學不增不減善現菩薩摩訶薩行般若波羅蜜多時應於空解脫門學不增不減亦應於無相無願解脫門學不增不減善現菩薩摩訶薩行般若波羅蜜多時應於五眼學不增不減亦應於六神通學不增不減善現菩薩摩訶薩行般若波羅蜜多時應於佛十力學不增不減亦應於四無所畏四無礙解大慈大悲大喜大捨十八佛不共法學不增不減善現菩薩摩訶薩行般若波羅蜜多時

應於無忘失法學不增不減亦應於恒住捨性學不增不減善現菩薩摩訶薩行般若波羅蜜多時應於一切智學不增不減亦應於道相智一切相智學不增不減善現菩薩摩訶薩行般若波羅蜜多時應於預流果學不增不減亦應於一來不還阿羅漢果學不增不減善現菩薩摩訶薩行般若波羅蜜多時應於獨覺菩提學不增不減善現菩薩摩訶薩行般若波羅蜜多時應於一切菩薩摩訶薩行學不增不減善現菩薩摩訶薩行般若波羅蜜多時應於諸佛無上正等菩提學不增不減具壽善現白佛言世尊菩薩摩訶薩行般若波羅蜜多時云何應於色學不增不減云何應於受想行識學不增不減世尊菩薩摩訶薩行般若波羅蜜多時云何應於眼處學不增不減云何應於耳鼻舌身意處學不增不減世尊菩薩摩訶薩行般若波羅蜜多時云何應於色處學不增不減云何應於聲香味觸法處學不增不減世尊菩薩摩訶薩行般若波羅蜜多時云何應於眼界學不增不減云何應於耳鼻舌身意界學不增不減世尊菩薩摩訶薩行般若波羅蜜多時云何應於色界學不增不減云何應於聲香味觸法界學不增不減世尊菩薩摩訶薩行般若波羅蜜多時云何應於眼識界學不增不減云何應於耳鼻舌身意識界學不增不減世尊菩薩摩訶薩行般若波羅蜜多時云何應於眼觸學不增不減云何應於耳鼻舌身意觸學不增不減世尊菩薩摩訶薩行般若波羅蜜多時云何應於眼觸爲緣所生諸受

學不增不減云何應於耳鼻舌身意觸爲緣所生諸受學不增不減世尊菩薩摩訶薩行般若波羅蜜多時云何應於地界學不增不減云何應於水火風空識界學不增不減世尊菩薩摩訶薩行般若波羅蜜多時云何應於無明學不增不減云何應於行識名色六處觸受愛取有生老死愁歎苦憂惱學不增不減世尊菩薩摩訶薩行般若波羅蜜多時云何應於布施波羅蜜多學不增不減云何應於淨戒安忍精進靜慮般若波羅蜜多學不增不減世尊菩薩摩訶薩行般若波羅蜜多時云何應於内空學不增不減云何應於外空内外空空空大空勝義空有爲空無爲空畢竟空無際空散空無變異空本性空自相空共相空一切法空不可得空無性空自性空無性自性空學不增不減世尊菩薩摩訶薩行般若波羅蜜多時云何應於眞如學不增不減云何應於法界法性不虛妄性不變異性平等性離生性法定法住實際虛空界不思議界學不增不減世尊菩薩摩訶薩行般若波羅蜜多時云何應於苦聖諦學不增不減云何應於集滅道聖諦學不增不減世尊菩薩摩訶薩行般若波羅蜜多時云何應於四念住學不增不減云何應於四正斷四神足五根五力七等覺支八聖道支學不增不減世尊菩薩摩訶薩行般若波羅蜜多時云何應於四靜慮學不增不減云何應於四無量四無色定學不增不減世尊菩薩摩訶薩行般若波羅蜜多時云何應於八解脫學不增不減云何應於八勝處九次第定十

遍處學不增不減世尊菩薩摩訶薩行般若波羅蜜多時云何應於一切三摩地門學不增不減云何應於一切陀羅尼門學不增不減世尊菩薩摩訶薩行般若波羅蜜多時云何應於空解脫門學不增不減云何應於無相無願解脫門學不增不減世尊菩薩摩訶薩行般若波羅蜜多時云何應於五眼學不增不減云何應於六神通學不增不減世尊菩薩摩訶薩行般若波羅蜜多時云何應於佛十力學不增不減云何應於四無所畏四無礙解大慈大悲大喜大捨十八佛不共法學不增不減世尊菩薩摩訶薩行般若波羅蜜多時云何應於無忘失法學不增不減云何應於恒住捨性學不增不減世尊菩薩摩訶薩行般若波羅蜜多時云何應於一切智學不增不減云何應於道相智一切相智學不增不減世尊菩薩摩訶薩行般若波羅蜜多時云何應於預流果學不增不減云何應於一來不還阿羅漢果學不增不減世尊菩薩摩訶薩行般若波羅蜜多時云何應於獨覺菩提學不增不減世尊菩薩摩訶薩行般若波羅蜜多時云何應於一切菩薩摩訶薩行學不增不減世尊菩薩摩訶薩行般若波羅蜜多時云何應於諸佛無上正等菩提學不增不減佛言善現菩薩摩訶薩行般若波羅蜜多時應於色不生不滅故學亦應於受想行識不生不滅故學善現菩薩摩訶薩行般若波羅蜜多時應於眼處不生不滅故學亦應於耳鼻舌身意處不生不滅故學善現菩薩摩訶薩行般若波羅蜜多時應於色處

不生不滅故學亦應於聲香味觸法處不生不滅故學善現菩薩摩訶薩行般若波羅蜜多時應於眼界不生不滅故學亦應於耳鼻舌身意界不生不滅故學善現菩薩摩訶薩行般若波羅蜜多時應於色界不生不滅故學亦應於聲香味觸法界不生不滅故學善現菩薩摩訶薩行般若波羅蜜多時應於眼識界不生不滅故學亦應於耳鼻舌身意識界不生不滅故學善現菩薩摩訶薩行般若波羅蜜多時應於眼觸不生不滅故學亦應於耳鼻舌身意觸不生不滅故學善現菩薩摩訶薩行般若波羅蜜多時應於眼觸爲緣所生諸受不生不滅故學亦應於耳鼻舌身意觸爲緣所生諸受不生不滅故學善現菩薩摩訶薩行般若波羅蜜多時應於地界不生不滅故學亦應於水火風空識界不生不滅故學善現菩薩摩訶薩行般若波羅蜜多時應於無明不生不滅故學亦應於行識名色六處觸受愛取有生老死愁歎苦憂惱不生不滅故學善現菩薩摩訶薩行般若波羅蜜多時應於布施波羅蜜多不生不滅故學亦應於淨戒安忍精進靜慮般若波羅蜜多不生不滅故學善現菩薩摩訶薩行般若波羅蜜多持應於內空不生不滅故學亦應於外空內外空空空大空勝義空有爲空無爲空畢竟空無際空散空無變異空本性空自相空共相空一切法空不可得空無性空自性空無性自性空不生不滅故學善現菩薩摩訶薩行般若波羅蜜多時應於眞如不生不滅故學亦應於法界法性不虛妄性不變

異性平等性離生性法定法住實際虛空界不思議界不生不滅故學善現菩薩摩訶薩行般若波羅蜜多時應於苦聖諦不生不滅故學亦應於集滅道聖諦不生不滅故學善現菩薩摩訶薩行般若波羅蜜多時應於四念住不生不滅故學亦應於四正斷四神足五根五力七等覺支八聖道支不生不滅故學善現菩薩摩訶薩行般若波羅蜜多時應於四靜慮不生不滅故學亦應於四無量四無色定不生不滅故學善現菩薩摩訶薩行般若波羅蜜多時應於八解脫不生不滅故學亦應於八勝處九次第定十遍處不生不滅故學善現菩薩摩訶薩行般若波羅蜜多時應於一切三摩地門不生不滅故學亦應於一切陀羅尼門不生不滅故學善現菩薩摩訶薩行般若波羅蜜多時應於空解脫門不生不滅故學亦應於無相無願解脫門不生不滅故學善現菩薩摩訶薩行般若波羅蜜多時應於五眼不生不滅故學亦應於六神通不生不滅故學善現菩薩摩訶薩行般若波羅蜜多時應於佛十力不生不滅故學亦應於四無所畏四無礙解大慈大悲大喜大捨十八佛不共法不生不滅故學善現菩薩摩訶薩行般若波羅蜜多時應於無忘失法不生不滅故學亦應於恒住捨性不生不滅故學善現菩薩摩訶薩行般若波羅蜜多時應於一切智不生不滅故學亦應於道相智一切相智不生不滅故學善現菩薩摩訶薩行般若波羅蜜多時應於預流果不生不滅故學亦應於一來不還阿羅漢果不生不

滅故學善現菩薩摩訶薩行般若波羅蜜多時應於獨覺菩提不生不滅故學善現菩薩摩訶薩行般若波羅蜜多時應於一切菩薩摩訶薩行不生不滅故學善現菩薩摩訶薩行般若波羅蜜多時應於諸佛無上正等菩提不生不滅故學具壽善現白佛言世尊菩薩摩訶薩行般若波羅蜜多時云何應於色不生不滅故學云何應於受想行識不生不滅故學世尊菩薩摩訶薩行般若波羅蜜多時云何應於眼處不生不滅故學云何應於耳鼻舌身意處不生不滅故學世尊菩薩摩訶薩行般若波羅蜜多時云何應於色處不生不滅故學云何應於聲香味觸法處不生不滅故學世尊菩薩摩訶薩行般若波羅蜜多時云何應於眼界不生不滅故學云何應於耳鼻舌身意界不生不滅故學世尊菩薩摩訶薩行般若波羅蜜多時云何應於色界不生不滅故學云何應於聲香味觸法界不生不滅故學世尊菩薩摩訶薩行般若波羅蜜多時云何應於眼識界不生不滅故學云何應於耳鼻舌身意識界不生不滅故學世尊菩薩摩訶薩行般若波羅蜜多時云何應於眼觸不生不滅故學云何應於耳鼻舌身意觸不生不滅故學世尊菩薩摩訶薩行般若波羅蜜多時云何應於眼觸爲緣所生諸受不生不滅故學云何應於耳鼻舌身意觸爲緣所生諸受不生不滅故學世尊菩薩摩訶薩行般若波羅蜜多時云何應於地界不生不滅故學云何應於水火風空識界不生不滅故學世尊菩薩摩訶薩行般若波羅蜜

多時云何應於無明不生不滅故學云何應於行識名色六處觸受愛取有生老死愁歎苦憂惱不生不滅故學世尊菩薩摩訶薩行般若波羅蜜多時云何應於布施波羅蜜多不生不滅故學云何應於淨戒安忍精進靜慮般若波羅蜜多不生不滅故學世尊菩薩摩訶薩行般若波羅蜜多時云何應於內空不生不滅故學云何應於外空內外空空空大空勝義空有爲空無爲空畢竟空無際空散空無變異空本性空自相空共相空一切法空不可得空無性空自性空無性自性空不生不滅故學世尊菩薩摩訶薩行般若波羅蜜多時云何應於真如不生不滅故學云何應於法界法性不虛妄性不變異性平等性離生性法定法住實際虛空界不思議界不生不滅故學世尊菩薩摩訶薩行般若波羅蜜多時云何應於苦聖諦不生不滅故學云何應於集滅道聖諦不生不滅故學世尊菩薩摩訶薩行般若波羅蜜多時云何應於四念住不生不滅故學云何應於四正斷四神足五根五力七等覺支八聖道支不生不滅故學世尊菩薩摩訶薩行般若波羅蜜多時云何應於四靜慮不生不滅故學云何應於四無量四無色定不生不滅故學世尊菩薩摩訶薩行般若波羅蜜多時云何應於八解脫不生不滅故學云何應於八勝處九次第定十遍處不生不滅故學世尊菩薩摩訶薩行般若波羅蜜多時云何應於一切三摩地門不生不滅故學云何應於一切陀羅尼門不生不滅故學世尊菩薩摩訶薩行般若

波羅蜜多時云何應於空解脫門不生不滅故學云何應於無相無願解脫門不生不滅故學世尊菩薩摩訶薩行般若波羅蜜多時云何應於五眼不生不滅故學云何應於六神通不生不滅故學世尊菩薩摩訶薩行般若波羅蜜多時云何應於佛十力不生不滅故學云何應於四無所畏四無礙解大慈大悲大喜大捨十八佛不共法不生不滅故學世尊菩薩摩訶薩行般若波羅蜜多時云何應於無忘失法不生不滅故學云何應於恒住捨性不生不滅故學世尊菩薩摩訶薩行般若波羅蜜多時云何應於一切智不生不滅故學云何應於道相智一切相智不生不滅故學世尊菩薩摩訶薩行般若波羅蜜多時云何應於預流果不生不滅故學云何應於一來不還阿羅漢果不生不滅故學世尊菩薩摩訶薩行般若波羅蜜多時云何應於獨覺菩提不生不滅故學世尊菩薩摩訶薩行般若波羅蜜多時云何應於一切菩薩摩訶薩行不生不滅故學世尊菩薩摩訶薩行般若波羅蜜多時云何應於諸佛無上正等菩提不生不滅故學佛言善現菩薩摩訶薩行般若波羅蜜多時應於色不起作諸行若有若無故學應於受想行識亦不起作諸行若有若無故學善現菩薩摩訶薩行般若波羅蜜多時應於眼處不起作諸行若有若無故學應於耳鼻舌身意處亦不起作諸行若有若無故學善現菩薩摩訶薩行般若波羅蜜多時應於色處不起作諸行若有若無故學應於聲香味觸法處亦不起作諸行若有

若無故學善現菩薩摩訶薩行般若波羅蜜多時應於眼界不起作諸行若有若無故學應於耳鼻舌身意界亦不起作諸行若有若無故學善現菩薩摩訶薩行般若波羅蜜多時應於色界不起作諸行若有若無故學應於聲香味觸法界亦不起作諸行若有若無故學善現菩薩摩訶薩行般若波羅蜜多時應於眼識界不起作諸行若有若無故學應於耳鼻舌身意識界亦不起作諸行若有若無故學善現菩薩摩訶薩行般若波羅蜜多時應於眼觸不起作諸行若有若無故學應於耳鼻舌身意觸亦不起作諸行若有若無故學善現菩薩摩訶薩行般若波羅蜜多時應於眼觸爲緣所生諸受不起作諸行若有若無故學應於耳鼻舌身意觸爲緣所生諸受亦不起作諸行若有若無故學善現菩薩摩訶薩行般若波羅蜜多時應於地界不起作諸行若有若無故學應於水火風空識界亦不起作諸行若有若無故學善現菩薩摩訶薩行般若波羅蜜多時應於無明不起作諸行若有若無故學應於行識名色六處觸受愛取有生老死愁歎苦憂惱亦不起作諸行若有若無故學善現菩薩摩訶薩行般若波羅蜜多時應於布施波羅蜜多不起作諸行若有若無故學應於淨戒安忍精進靜慮般若波羅蜜多亦不起作諸行若有若無故學善現菩薩摩訶薩行般若波羅蜜多時應於內空不起作諸行若有若無故學應於外空內外空空空大空勝義空有爲空無爲空畢竟空無際空散空無變異空本性空自相

空共相空一切法空不可得空無性空自性空無性自性空亦不起作諸行若有若無故學善現菩薩摩訶薩行般若波羅蜜多時應於眞如不起作諸行若有若無故學應於法界法性不虛妄性不變異性平等性離生性法定法住實際虛空界不思議界亦不起作諸行若有若無故學善現菩薩摩訶薩行般若波羅蜜多時應於苦聖諦不起作諸行若有若無故學應於集滅道聖諦亦不起作諸行若有若無故學善現菩薩摩訶薩行般若波羅蜜多時應於四念住不起作諸行若有若無故學應於四正斷四神足五根五力七等覺支八聖道支亦不起作諸行若有若無故學善現菩薩摩訶薩行般若波羅蜜多時應於四靜慮不起作諸行若有若無故學應

於四無量四無色定亦不起作諸行若有若無故學善現菩薩摩訶薩行般若波羅蜜多時應於八解脫不起作諸行若有若無故學應於八勝處九次第定十遍處亦不起作諸行若有若無故學善現菩薩摩訶薩行般若波羅蜜多時應於一切三摩地門不起作諸行若有若無故學應於一切陀羅尼門亦不起作諸行若有若無故學善現菩薩摩訶薩行般若波羅蜜多時應於空解脫門不起作諸行若有若無故學應於無相無願解脫門亦不起作諸行若有若無故學善現菩薩摩訶薩行般若波羅蜜多時應於五眼不起作諸行若有若無故學應於六神通亦不起作諸行若有若無故學善現菩薩摩訶薩行般若波羅蜜多時應於佛十力不起作諸行若

有若無故學應於四無所畏四無礙解大慈大悲大喜大捨十八佛不共法亦不起作諸行若有若無故學善現菩薩摩訶薩行般若波羅蜜多時應於無忘失法不起作諸行若有若無故學應於恒住捨性亦不起作諸行若有若無故學善現菩薩摩訶薩行般若波羅蜜多時應於一切智不起作諸行若有若無故學應於道相智一切相智亦不起作諸行若有若無故學善現菩薩摩訶薩行般若波羅蜜多時應於預流果不起作諸行若有若無故學應於一來不還阿羅漢果亦不起作諸行若有若無故學善現菩薩摩訶薩行般若波羅蜜多時應於獨覺菩提不起作諸行若有若無故學善現菩薩摩訶薩行般若波羅蜜多時應於一切菩薩摩訶薩行不起作諸行若有若無故學善現菩薩摩訶薩行般若波羅蜜多時應於諸佛無上正等菩提不起作諸行若有若無故學具壽善現白佛言世尊菩薩摩訶薩行般若波羅蜜多時云何應於色不起作諸行若有若無故學云何應於受想行識亦不起作諸行若有若無故學世尊菩薩摩訶薩行般若波羅蜜多時云何應於眼處不起作諸行若有若無故學云何應於耳鼻舌身意處亦不起作諸行若有若無故學世尊菩薩摩訶薩行般若波羅蜜多時云何應於色處不起作諸行若有若無故學云何應於聲香味觸法處亦不起作諸行若有若無故學世尊菩薩摩訶薩行般若波羅蜜多時云何應於眼界不起作諸行若有若無故學云何應於耳鼻舌身意界亦不

起作諸行若有若無故學世尊菩薩摩訶薩行般若波羅蜜多時云何應於色界不起作諸行若有若無故學云何應於聲香味觸法界亦不起作諸行若有若無故學世尊菩薩摩訶薩行般若波羅蜜多時云何應於眼識界不起作諸行若有若無故學云何應於耳鼻舌身意識界亦不起作諸行若有若無故學世尊菩薩摩訶薩行般若波羅蜜多時云何應於眼觸不起作諸行若有若無故學云何應於耳鼻舌身意觸亦不起作諸行若有若無故學世尊菩薩摩訶薩行般若波羅蜜多時云何應於眼觸爲緣所生諸受不起作諸行若有若無故學云何應於耳鼻舌身意觸爲緣所生諸受亦不起作諸行若有若無故學世尊菩薩摩訶薩行般若波羅蜜多時

云何應於地界不起作諸行若有若無故學云何應於水火風空識界亦不起作諸行若有若無故學世尊菩薩摩訶薩行般若波羅蜜多時云何應於無明不起作諸行若有若無故學云何應於行識名色六處觸受愛取有生老死愁歎苦憂惱亦不起作諸行若有若無故學世尊菩薩摩訶薩行般若波羅蜜多時云何應於布施波羅蜜多不起作諸行若有若無故學云何應於淨戒安忍精進靜慮般若波羅蜜多亦不起作諸行若有若無故學世尊菩薩摩訶薩行般若波羅蜜多時云何應於內空不起作諸行若有若無故學云何應於外空內外空空空大空勝義空有爲空無爲空畢竟空無際空散空無變異空本性空自相空共相空一切法空不可得空

無性空自性空無性自性空亦不起作諸行若有若無故學世尊菩薩摩訶薩行般若波羅蜜多時云何應於眞如不起作諸行若有若無故學云何應於法界法性不虛妄性不變異性平等性離生性法定法住實際虛空界不思議界亦不起作諸行若有若無故學世尊菩薩摩訶薩行般若波羅蜜多時云何應於苦聖諦不起作諸行若有若無故學云何應於集滅道聖諦亦不起作諸行若有若無故學世尊菩薩摩訶薩行般若波羅蜜多時云何應於四念住不起作諸行若有若無故學云何應於四正斷四神足五根五力七等覺支八聖道支亦不起作諸行若有若無故學世尊菩薩摩訶薩行般若波羅蜜多時云何應於四靜慮不起作諸行若有若無故學云何應於四無量四無色定亦不起作諸行若有若無故學世尊菩薩摩訶薩行般若波羅蜜多時云何應於八解脫不起作諸行若有若無故學云何應於八勝處九次第定十遍處亦不起作諸行若有若無故學世尊菩薩摩訶薩行般若波羅蜜多時云何應於一切三摩地門不起作諸行若有若無故學云何應於一切陀羅尼門亦不起作諸行若有若無故學世尊菩薩摩訶薩行般若波羅蜜多時云何應於空解脫門不起作諸行若有若無故學云何應於無相無願解脫門亦不起作諸行若有若無故學世尊菩薩摩訶薩行般若波羅蜜多時云何應於五眼不起作諸行若有若無故學云何應於六神通亦不起作諸行若有若無故學世尊菩薩摩訶

薩行般若波羅蜜多時云何應於佛十力不起作諸行若有若無故學云何應於四無所畏四無礙解大慈大悲大喜大捨十八佛不共法亦不起作諸行若有若無故學世尊菩薩摩訶薩行般若波羅蜜多時云何應於無忘失法不起作諸行若有若無故學云何應於恒住捨性亦不起作諸行若有若無故學世尊菩薩摩訶薩行般若波羅蜜多時云何應於一切智不起作諸行若有若無故學云何應於道相智一切相智亦不起作諸行若有若無故學世尊菩薩摩訶薩行般若波羅蜜多時云何應於預流果不起作諸行若有若無故學云何應於一來不還阿羅漢果亦不起作諸行若有若無故學世尊菩薩摩訶薩行般若波羅蜜多時云何應於獨覺菩提不起作諸行若有若無故學世尊菩薩摩訶薩行般若波羅蜜多時云何應於一切菩薩摩訶薩行不起作諸行若有若無故學世尊菩薩摩訶薩行般若波羅蜜多時云何應於諸佛無上正等菩提不起作諸行若有若無故學

大般若波羅蜜多經卷第三百六十

大般若波羅蜜多經卷第三百六十一

唐三藏法師玄奘奉　詔譯

初分多問不二品第六十一之十一

佛言善現菩薩摩訶薩行般若波羅蜜多時應觀諸法自相皆空故學如是善現菩薩摩訶薩行般若波羅蜜多時應於色不起作諸行若有若無故學應於受想行識亦不起作諸行若有若無故學善現菩薩摩訶薩行般若波羅蜜多時應觀諸法自相皆空故學如是善現菩薩摩訶薩行般若波羅蜜多時應於眼處不起作諸行若有若無故學應於耳鼻舌身意處亦不起作諸行若有若無故學善現菩薩摩訶薩行般若波羅蜜多時應觀諸法自相皆空故學如是善現菩薩摩訶薩行般若波羅蜜多時應於色處不起作諸行若有若無故學應於聲香味觸法處亦不起作諸行若有若無故學善現菩薩摩訶薩行般若波羅蜜多時應觀諸法自相皆空故學如是善現菩薩摩訶薩行般若波羅蜜多時應於眼界不起作諸行若有若無故學應於耳鼻舌身意界亦不起作諸行若有若無故學善現菩薩摩訶薩行般若波羅蜜多時應觀諸法自相皆空故學如是善現菩薩摩訶薩行般若波羅蜜多時應於色界不起作諸行若有若無故學應於聲香味觸法界亦不起作諸行若有若無故學善現菩薩摩訶薩行般若波羅蜜多時應觀諸法自相皆空故學如是善現菩薩摩訶薩行般若波羅蜜多時應於眼識界不起作諸行若有若無故學應於耳鼻舌身意識界亦不起作諸行若有

若無故學善現菩薩摩訶薩行般若波羅蜜多時應觀諸法自相皆空故學如是善現菩薩摩訶薩行般若波羅蜜多時應於眼觸不起作諸行若有若無故學應於耳鼻舌身意觸亦不起作諸行若有若無故學善現菩薩摩訶薩行般若波羅蜜多時應觀諸法自相皆空故學如是善現菩薩摩訶薩行般若波羅蜜多時應於眼觸爲緣所生諸受不起作諸行若有若無故學應於耳鼻舌身意觸爲緣所生諸受亦不起作諸行若有若無故學善現菩薩摩訶薩行般若波羅蜜多時應觀諸法自相皆空故學如是善現菩薩摩訶薩行般若波羅蜜多時應於地界不起作諸行若有若無故學應於水火風空識界亦不起作諸行若有若無故學善現菩薩摩訶薩行般若波羅蜜多時應觀諸法自相皆空故學如是善現菩薩摩訶薩行般若波羅蜜多時應於無明不起作諸行若有若無故學應於行識名色六處觸受愛取有生老死愁歎苦憂惱亦不起作諸行若有若無故學善現菩薩摩訶薩行般若波羅蜜多時應觀諸法自相皆空故學如是善現菩薩摩訶薩行般若波羅蜜多時應於布施波羅蜜多不起作諸行若有若無故學應於淨戒安忍精進靜慮般若波羅蜜多亦不起作諸行若有若無故學善現菩薩摩訶薩行般若波羅蜜多時應觀諸法自相皆空故學如是善現菩薩摩訶薩行般若波羅蜜多時應於內空不起作諸行若有若無故學應於外空內外空空空大空勝義空有爲空無爲空畢竟空無際空散

空無變異空本性空自相空共相空一切法空不可得空無性空自性空無性自性空亦不起作諸行若有若無故學善現菩薩摩訶薩行般若波羅蜜多時應觀諸法自相皆空故學如是善現菩薩摩訶薩行般若波羅蜜多時應於真如不起作諸行若有若無故學應於法界法性不虛妄性不變異性平等性離生性法定法住實際虛空界不思議界亦不起作諸行若有若無故學善現菩薩摩訶薩行般若波羅蜜多時應觀諸法自相皆空故學如是善現菩薩摩訶薩行般若波羅蜜多時應於苦聖諦不起作諸行若有若無故學應於集滅道聖諦亦不起作諸行若有若無故學善現菩薩摩訶薩行般若波羅蜜多時應觀諸法自相皆空故學如是善現菩薩摩訶薩行般若波羅蜜多時應於四念住不起作諸行若有若無故學應於四正斷四神足五根五力七等覺支八聖道支亦不起作諸行若有若無故學善現菩薩摩訶薩行般若波羅蜜多時應觀諸法自相皆空故學如是善現菩薩摩訶薩行般若波羅蜜多時應於四靜慮不起作諸行若有若無故學應於四無量四無色定亦不起作諸行若有若無故學善現菩薩摩訶薩行般若波羅蜜多時應觀諸法自相皆空故學如是善現菩薩摩訶薩行般若波羅蜜多時應於八解脫不起作諸行若有若無故學應於八勝處九次第定十徧處亦不起作諸行若有若無故學善現菩薩摩訶薩行般若波羅蜜多時應觀諸法自相皆空故學如是善現菩薩摩訶薩行

般若波羅蜜多時應於一切三摩地門不起作諸行若有若無故學應於一切陀羅尼門亦不起作諸行若有若無故學善現菩薩摩訶薩行般若波羅蜜多時應觀諸法自相皆空故學如是善現菩薩摩訶薩行般若波羅蜜多時應於空解脫門不起作諸行若有若無故學應於無相無願解脫門亦不起作諸行若有若無故學善現菩薩摩訶薩行般若波羅蜜多時應觀諸法自相皆空故學如是善現菩薩摩訶薩行般若波羅蜜多時應於五眼不起作諸行若有若無故學應於六神通亦不起作諸行若有若無故學善現菩薩摩訶薩行般若波羅蜜多時應觀諸法自相皆空故學如是善現菩薩摩訶薩行般若波羅蜜多時應於佛十力不起作諸行若有若無故學應於四無所畏四無礙解大慈大悲大喜大捨十八佛不共法亦不起作諸行若有若無故學善現菩薩摩訶薩行般若波羅蜜多時應觀諸法自相皆空故學如是善現菩薩摩訶薩行般若波羅蜜多時應於無忘失法不起作諸行若有若無故學應於恒住捨性亦不起作諸行若有若無故學善現菩薩摩訶薩行般若波羅蜜多時應觀諸法自相皆空故學如是善現菩薩摩訶薩行般若波羅蜜多時應於一切智不起作諸行若有若無故學應於道相智一切相智亦不起作諸行若有若無故學善現菩薩摩訶薩行般若波羅蜜多時應觀諸法自相皆空故學如是善現菩薩摩訶薩行般若波羅蜜多時應於預流果不起作諸行若有若無故學應於

一來不還阿羅漢果亦不起作諸行若有若無故學善現菩薩摩訶薩行般若波羅蜜多時應觀諸法自相皆空故學如是善現菩薩摩訶薩行般若波羅蜜多時應於獨覺菩提不起作諸行若有若無故學善現菩薩摩訶薩行般若波羅蜜多時應觀諸法自相皆空故學如是善現菩薩摩訶薩行般若波羅蜜多時應於一切菩薩摩訶薩行不起作諸行若有若無故學善現菩薩摩訶薩行般若波羅蜜多時應觀諸法自相皆空故學如是善現菩薩摩訶薩行般若波羅蜜多時應於諸佛無上正等菩提不起作諸行若有若無故學具壽善現白佛言世尊云何菩薩摩訶薩行般若波羅蜜多時應觀諸法自相皆空故學佛言善現菩薩摩訶薩行般若波羅蜜多時應觀色色相空故學應觀受想行識受想行識相空故學如是善現菩薩摩訶薩行般若波羅蜜多時應觀諸法自相皆空故學善現菩薩摩訶薩行般若波羅蜜多時應觀眼處眼處相空故學應觀耳鼻舌身意處耳鼻舌身意處相空故學如是善現菩薩摩訶薩行般若波羅蜜多時應觀諸法自相皆空故學善現菩薩摩訶薩行般若波羅蜜多時應觀色處色處相空故學應觀聲香味觸法處聲香味觸法處相空故學如是善現菩薩摩訶薩行般若波羅蜜多時應觀諸法自相皆空故學善現菩薩摩訶薩行般若波羅蜜多時應觀眼界眼界相空故學應觀耳鼻舌身意界耳鼻舌身意界相空故學如是善現菩薩摩訶薩行般若波羅蜜多時應觀諸法自

相皆空故學善現菩薩摩訶薩行般若波羅蜜多時應觀色界色界相空故學應觀聲香味觸法界聲香味觸法界相空故學如是善現菩薩摩訶薩行般若波羅蜜多時應觀諸法自相皆空故學善現菩薩摩訶薩行般若波羅蜜多時應觀眼識界眼識界相空故學應觀耳鼻舌身意識界耳鼻舌身意識界相空故學如是善現菩薩摩訶薩行般若波羅蜜多時應觀諸法自相皆空故學善現菩薩摩訶薩行般若波羅蜜多時應觀眼觸眼觸相空故學應觀耳鼻舌身意觸耳鼻舌身意觸相空故學如是善現菩薩摩訶薩行般若波羅蜜多時應觀諸法自相皆空故學善現菩薩摩訶薩行般若波羅蜜多時應觀眼觸爲緣所生諸受眼觸爲緣所生諸受相空故學應觀耳鼻舌身意觸爲緣所生諸受耳鼻舌身意觸爲緣所生諸受相空故學如是善現菩薩摩訶薩行般若波羅蜜多時應觀諸法自相皆空故學善現菩薩摩訶薩行般若波羅蜜多時應觀地界地界相空故學應觀水火風空識界水火風空識界相空故學如是善現菩薩摩訶薩行般若波羅蜜多時應觀諸法自相皆空故學善現菩薩摩訶薩行般若波羅蜜多時應觀無明無明相空故學應觀行識名色六處觸受愛取有生老死愁歎苦憂惱相空至老死愁歎苦憂惱相空故學如是善現菩薩摩訶薩行般若波羅蜜多時應觀諸法自相皆空故學善現菩薩摩訶薩行般若波羅蜜多時應觀布施波羅蜜多布施波羅蜜多相空故學應觀淨戒安忍精

進靜慮般若波羅蜜多淨戒乃至般若波羅蜜多相空故學如是善現菩薩摩訶薩行般若波羅蜜多時應觀諸法自相皆空故學善現菩薩摩訶薩行般若波羅蜜多時應觀內空內空相空故學應觀外空內外空空空大空勝義空有為空無為空畢竟空無際空散空無變異空本性空自相空共相空一切法空不可得空無性空自性空無性自性空外空乃至無性自性空相空故學如是善現菩薩摩訶薩行般若波羅蜜多時應觀諸法自相皆空故學善現菩薩摩訶薩行般若波羅蜜多時應觀眞如眞如相空故學應觀法界法性不虛妄性不變異性平等性離生性法定法住實際虛空界不思議界法界乃至不思議界相空故學如是善現菩薩摩訶薩行般若波羅蜜多時應觀諸法自相皆空故學善現菩薩摩訶薩行般若波羅蜜多時應觀苦聖諦苦聖諦相空故學應觀集滅道聖諦集滅道聖諦相空故學如是善現菩薩摩訶薩行般若波羅蜜多時應觀諸法自相皆空故學善現菩薩摩訶薩行般若波羅蜜多時應觀四念住四念住相空故學應觀四正斷四神足五根五力七等覺支八聖道支四正斷乃至八聖道支相空故學如是善現菩薩摩訶薩行般若波羅蜜多時應觀諸法自相皆空故學善現菩薩摩訶薩行般若波羅蜜多時應觀四靜慮四靜慮相空故學應觀四無量四無色定四無量四無色定相空故學如是善現菩薩摩訶薩行般若波羅蜜多時應觀諸法自相皆空故學善現菩薩摩訶薩

行般若波羅蜜多時應觀八解脫八解脫相空故學應觀八勝處八勝處九次第定十徧處八勝處九次第定十徧處相空故學如是善現菩薩摩訶薩行般若波羅蜜多時應觀諸法自相皆空故學善現菩薩摩訶薩行般若波羅蜜多時應觀一切三摩地門一切三摩地門相空故學應觀一切陀羅尼門一切陀羅尼門相空故學如是善現菩薩摩訶薩行般若波羅蜜多時應觀諸法自相皆空故學善現菩薩摩訶薩行般若波羅蜜多時應觀空解脫門空解脫門相空故學應觀無相無願解脫門無相無願解脫門相空故學如是善現菩薩摩訶薩行般若波羅蜜多時應觀諸法自相皆空故學善現菩薩摩訶薩行般若波羅蜜多時應觀五眼五眼相空故學應觀六神通六神通相空故學如是善現菩薩摩訶薩行般若波羅蜜多時應觀諸法自相皆空故學善現菩薩摩訶薩行般若波羅蜜多時應觀佛十力佛十力相空故學應觀四無所畏四無礙解大慈大悲大喜大捨十八佛不共法四無所畏乃至十八佛不共法相空故學如是善現菩薩摩訶薩行般若波羅蜜多時應觀諸法自相皆空故學善現菩薩摩訶薩行般若波羅蜜多時應觀無忘失法無忘失法相空故學應觀恒住捨性恒住捨性相空故學如是善現菩薩摩訶薩行般若波羅蜜多時應觀諸法自相皆空故學善現菩薩摩訶薩行般若波羅蜜多時應觀一切智一切智相空故學應觀道相智一切相智道相智一切相智相空故學如是善現菩薩摩訶

薩行般若波羅蜜多時應觀諸法自相皆空故學善現菩薩摩訶薩行般若波羅蜜多時應觀預流果預流果相空故學應觀一來不還阿羅漢果一來不還阿羅漢果相空故學如是善現菩薩摩訶薩行般若波羅蜜多時應觀諸法自相皆空故學善現菩薩摩訶薩行般若波羅蜜多時應觀獨覺菩提獨覺菩提相空故學如是善現菩薩摩訶薩行般若波羅蜜多時應觀諸法自相皆空故學善現菩薩摩訶薩行般若波羅蜜多時應觀一切菩薩摩訶薩行一切菩薩摩訶薩行相空故學如是善現菩薩摩訶薩行般若波羅蜜多時應觀諸法自相皆空故學善現菩薩摩訶薩行般若波羅蜜多時應觀諸佛無上正等菩提諸佛無上正等菩提相空故學如是善現菩薩摩訶薩行般若波羅蜜多時應觀諸法自相皆空故學具壽善現白佛言世尊若色色相空受想行識受想行識相空云何菩薩摩訶薩當行般若波羅蜜多世尊若眼處眼處相空耳鼻舌身意處耳鼻舌身意處相空云何菩薩摩訶薩當行般若波羅蜜多世尊若色處色處相空聲香味觸法處聲香味觸法處相空云何菩薩摩訶薩當行般若波羅蜜多世尊若眼界眼界相空耳鼻舌身意界耳鼻舌身意界相空云何菩薩摩訶薩當行般若波羅蜜多世尊若色界色界相空聲香味觸法處聲香味觸法界相空云何菩薩摩訶薩當行般若波羅蜜多世尊若眼識界眼識界相空耳鼻舌身意識界耳鼻舌身意識界相空云何菩薩摩訶薩當行般若波羅

蜜多世尊若眼觸眼觸相空耳鼻舌身意觸耳鼻舌身意觸相空云何菩薩摩訶薩當行般若波羅蜜多世尊若眼觸爲緣所生諸受眼觸爲緣所生諸受相空耳鼻舌身意觸爲緣所生諸受耳鼻舌身意觸爲緣所生諸受相空云何菩薩摩訶薩當行般若波羅蜜多世尊若地界地界相空水火風空識界水火風空識界相空云何菩薩摩訶薩當行般若波羅蜜多世尊若無明無明相空行識名色六處觸受愛取有生老死愁歎苦憂惱行乃至老死愁歎苦憂惱相空云何菩薩摩訶薩當行般若波羅蜜多世尊若布施波羅蜜多布施波羅蜜多相空淨戒安忍精進靜慮般若波羅蜜多淨戒乃至般若波羅蜜多相空云何菩薩摩訶薩當行般若波羅蜜多世尊若內空內空相空外空內外空空空大空勝義空有爲空無爲空畢竟空無際空散空無變異空本性空自相空共相空一切法空不可得空無性空自性空無性自性空外空乃至無性自性空相空云何菩薩摩訶薩當行般若波羅蜜多世尊若眞如眞如相空法界法性不虛妄性不變異性平等性離生性法定法住實際虛空界不思議界法界乃至不思議界相空云何菩薩摩訶薩當行般若波羅蜜多世尊若苦聖諦苦聖諦相空集滅道聖諦集滅道聖諦相空云何菩薩摩訶薩當行般若波羅蜜多世尊若四念住四念住相空四正斷四神足五根五力七等覺支八聖道支四正斷乃至八聖道支相空云何菩薩摩訶薩當行般若波羅蜜多世尊若四靜慮

四靜慮相空四無量四無色定四無量四無色定相空云何菩薩摩訶薩當行般若波羅蜜多世尊若八解脫八解脫相空八勝處九次第定十徧處八勝處九次第定十徧處相空云何菩薩摩訶薩當行般若波羅蜜多世尊若一切三摩地門一切三摩地門相空一切陀羅尼門一切陀羅尼門相空云何菩薩摩訶薩當行般若波羅蜜多世尊若空解脫門空解脫門相空無相無願解脫門無相無願解脫門相空云何菩薩摩訶薩當行般若波羅蜜多世尊若五眼五眼相空六神通六神通相空云何菩薩摩訶薩當行般若波羅蜜多世尊若佛十力佛十力相空四無所畏四無礙解大慈大悲大喜大捨十八佛不共法四無所畏乃至十八佛不共法相空云何菩薩摩訶薩當行般若波羅蜜多世尊若無忘失法無忘失法相空恒住捨性恒住捨性相空云何菩薩摩訶薩當行般若波羅蜜多世尊若一切智一切智相空道相智一切相智道相智一切相智相空云何菩薩摩訶薩當行般若波羅蜜多世尊若預流果預流果相空一來不還阿羅漢果一來不還阿羅漢果相空云何菩薩摩訶薩當行般若波羅蜜多世尊若獨覺菩提獨覺菩提相空云何菩薩摩訶薩當行般若波羅蜜多世尊若一切菩薩摩訶薩當行切菩薩摩訶薩行相空云何菩薩摩訶薩當行般若波羅蜜多世尊若諸佛無上正等菩提諸佛無上正等菩提相空云何菩薩摩訶薩當行般若波羅蜜多佛言善現菩薩摩訶薩都無所行是行般若波

羅蜜多具壽善現白佛言世尊何緣菩薩摩訶薩都無所行是行般若波羅蜜多佛言善現由此般若波羅蜜多不可得菩薩摩訶薩亦不可得行亦不可得若能行者若由此行若所行處皆不可得是故善現菩薩摩訶薩都無所行是行般若波羅蜜多以於其中一切戲論不可得故具壽善現白佛言世尊若菩薩摩訶薩都無所行是行般若波羅蜜多初修業菩薩摩訶薩云何當行般若波羅蜜多佛言善現菩薩摩訶薩從初發心應於一切法常學無所得善現是菩薩摩訶薩修布施時以無所得而爲方便應修布施修淨戒安忍精進靜慮般若時以無所得而爲方便應修淨戒乃至般若善現是菩薩摩訶薩住內空時以無所得而爲方便應住內空住外空內外空空空大空勝義空有爲空無爲空畢竟空無際空散空無變異空本性空自相空共相空一切法空不可得空無性空自性空無性自性空時以無所得而爲方便應住外空乃至無性自性空善現是菩薩摩訶薩住眞如時以無所得而爲方便應住眞如住法界法性不虛妄性不變異性平等性離生性法定法住實際虛空界不思議界時以無所得而爲方便應住法界乃至不思議界善現是菩薩摩訶薩修四念住時以無所得而爲方便應修四念住修四正斷四神足五根五力七等覺支八聖道支時以無所得而爲方便應修四正斷乃至八聖道支善現是菩薩摩訶薩住苦聖諦時以無所得而爲方便應住苦聖諦住集滅道聖諦時以無所得而

爲方便應住集滅道聖諦善現是菩薩摩訶薩修四靜慮時以無所得而爲方便應修四靜慮修四無量四無色定時以無所得而爲方便應修四無量四無色定善現是菩薩摩訶薩修空解脱門時以無所得而爲方便應修空解脱門修無相無願解脱門時以無所得而爲方便應修無相無願解脱門善現是菩薩摩訶薩修八解脱時以無所得而爲方便應修八解脱修八勝處九次第定十徧處時以無所得而爲方便應修八勝處九次第定十徧處善現是菩薩摩訶薩修三摩地門時以無所得而爲方便應修三摩地門修陀羅尼門時以無所得而爲方便應修陀羅尼門善現是菩薩摩訶薩修五眼時以無所得而爲方便應修五眼修六神通時以無所得而爲方便應修六神通善現是菩薩摩訶薩修佛十力時以無所得而爲方便應修佛十力修四無所畏四無礙解大慈大悲大喜大捨十八佛不共法時以無所得而爲方便應修四無所畏乃至十八佛不共法善現是菩薩摩訶薩修無忘失法時以無所得而爲方便應修無忘失法修恒住捨性時以無所得而爲方便應修恒住捨性善現是菩薩摩訶薩修一切智時以無所得而爲方便應修一切智修道相智一切相智時以無所得而爲方便應修道相智一切相智具壽善現白佛言世尊云何名有所得云何名無所得佛言善現諸有二者名有所得諸無二者名無所得世尊云何名有二云何名無二善現諸眼諸色爲二諸耳諸聲爲二諸鼻諸香爲二諸

舌諸味爲二諸身諸觸爲二諸意諸法爲二有色無色爲二有見無見爲二有對無對爲二有漏無漏爲二有爲無爲爲二世間出世間爲二生死涅槃爲二異生法異生爲二預流法預流爲二一來法一來爲二不還法不還爲二阿羅漢法阿羅漢爲二獨覺菩提獨覺爲二菩薩摩訶薩行菩薩摩訶薩爲二諸佛無上正等菩提諸佛爲二如是一切有戲論者皆名有二善現非眼非色爲無二非耳非聲爲無二非鼻非香爲無二非舌非味爲無二非身非觸爲無二非意非法爲無二非有色非無色爲無二非有見非無見爲無二非有對非無對爲無二非有漏非無漏爲無二非有爲非無爲爲無二非世間非出世間爲無二非生死非涅槃爲無二非異生法非異生爲無二非預流法非預流爲無二非一來法非一來爲無二非不還法非不還爲無二非阿羅漢法非阿羅漢爲無二非獨覺菩提非獨覺爲無二非菩薩摩訶薩行非菩薩摩訶薩爲無二非諸佛無上正等菩提非諸佛爲無二如是一切離戲論者皆名無二具壽善現白佛言世尊爲由有所得故無所得爲由無所得故無所得佛言善現非由有所得故無所得亦非由無所得故無所得然有所得無所得平等性是名無所得如是善現菩薩摩訶薩於有所得無所得平等性中應勤修學善現菩薩摩訶薩如是學時名學般若波羅蜜多無所得義離諸過失具壽善現白佛言世尊若菩薩摩訶薩行般若波羅蜜多時不著有所得不著無所得是菩薩摩訶

薩修行般若波羅蜜多云何從一地至一地漸次圓滿若無從一地至一地漸次圓滿云何當得所求無上正等菩提佛言善現菩薩摩訶薩行般若波羅蜜多時非住有所得中修行般若波羅蜜多能從一地至一地漸次圓滿證得無上正等菩提亦非住無所得中修行般若波羅蜜多能從一地至一地漸次圓滿證得無上正等菩提何以故善現般若波羅蜜多無所得故無上正等菩提無所得故能行般若波羅蜜多者行處行時無所得故此無所得法亦無所得故善現菩薩摩訶薩應當如是修行般若波羅蜜多具壽善現白佛言世尊若般若波羅蜜多不可得無上正等菩提不可得能行般若波羅蜜多者行處行時亦不可得云何菩薩摩訶薩修行般

若波羅蜜多時於一切法常樂決擇謂此是色此是受想行識此是眼處此是耳鼻舌身意處此是色處此是聲香味觸法處此是眼界此是耳鼻舌身意界此是色界此是聲香味觸法界此是眼識界此是耳鼻舌身意識界此是眼觸此是耳鼻舌身意觸此是眼觸爲緣所生諸受此是耳鼻舌身意觸爲緣所生諸受此是地界此是水火風空識界此是無明此是行識名色六處觸受愛取有生老死愁歎苦憂惱此是布施波羅蜜多此是淨戒安忍精進靜慮般若波羅蜜多此是內空此是外空內外空空空大空勝義空有爲空無爲空畢竟空無際空散空無變異空本性空自相空共相空一切法空不可得空無性空自性空無性自性空此是眞如此是法界

法性不虛妄性不變異性平等性離生性法定法住實際虛空界不思議界此是四念住此是四正斷四神足五根五力七等覺支八聖道支此是苦聖諦此是集滅道聖諦此是四靜慮此是四無量四無色定此是空解脫門此是無相無願解脫門此是八解脫此是八勝處九次第定十徧處此是三摩地門此是陀羅尼門此是五眼此是六神通此是佛十力此是四無所畏四無礙解大慈大悲大喜大捨十八佛不共法此是無忘失法此是恒住捨性此是一切智此是道相智一切相智此是預流果此是一來不還阿羅漢果此是獨覺菩提此是一切菩薩摩訶薩行此是諸佛無上正等菩提

大般若波羅蜜多經卷第三百六十一

大般若波羅蜜多經卷第三百六十二

唐三藏法師玄奘奉詔譯

初分多問不二品第六十一之十二

佛言善現菩薩摩訶薩修行般若波羅蜜多時雖於諸法常樂決擇而不得色亦不得受想行識不得眼處亦不得耳鼻舌身意處不得色處亦不得聲香味觸法處不得眼界亦不得耳鼻舌身意界不得色界亦不得聲香味觸法界不得眼識界亦不得耳鼻舌身意識界不得眼觸亦不得耳鼻舌身意觸不得眼觸爲緣所生諸受亦不得耳鼻舌身意觸爲緣所生諸受不得地界亦不得水火風空識界不得無明亦不得行識名色六處觸受愛取有生老死愁歎苦憂惱不得布施波羅蜜多亦不得淨戒安忍精進靜慮般若波羅蜜多不得內空亦不得外空內外空空空大空勝義空有爲空無爲空畢竟空無際空散空無變異空本性空自相空共相空一切法空不可得空無性空自性空無性自性空不得眞如亦不得法界法性不虛妄性不變異性平等性離生性法定法住實際虛空界不思議界不得四念住亦不得四正斷四神足五根五力七等覺支八聖道支不得苦聖諦亦不得集滅道聖諦不得四靜慮亦不得四無量四無色定不得空解脫門亦不得無相無願解脫門不得八解脫亦不得八勝處九次第定十徧處不得三摩地門亦不得陀羅尼門不得五眼亦不得六神通不得佛十力亦不得四無所畏四無礙解大慈大悲大喜大捨十八佛不共法不得無忘失法亦不得

恒住捨性不得一切智亦不得道相智一切相智不得預流果亦不得一來不還阿羅漢果不得獨覺菩提不得一切菩薩摩訶薩行不得諸佛無上正等菩提具壽善現白佛言世尊菩薩摩訶薩行般若波羅蜜多時若不得色亦不得受想行識若不得眼處亦不得耳鼻舌身意處若不得色處亦不得聲香味觸法處若不得眼界亦不得耳鼻舌身意界若不得色界亦不得聲香味觸法界若不得眼識界亦不得耳鼻舌身意識界若不得眼觸亦不得耳鼻舌身意觸若不得眼觸爲緣所生諸受亦不得耳鼻舌身意觸爲緣所生諸受若不得地界亦不得水火風空識界若不得無明亦不得行識名色六處觸受愛取有生老死愁歎苦憂惱若不得布施波羅蜜多亦不得淨戒安忍精進靜慮般若波羅蜜多若不得內空亦不得外空內外空空空大空勝義空有爲空無爲空畢竟空無際空散空無變異空本性空自相空共相空一切法空不可得空無性空自性空無性自性空若不得眞如亦不得法界法性不虛妄性不變異性平等性離生性法定法住實際虛空界不思議界若不得四念住亦不得四正斷四神足五根五力七等覺支八聖道支若不得苦聖諦亦不得集滅道聖諦若不得四靜慮亦不得四無量四無色定若不得空解脫門亦不得無相無願解脫門若不得八解脫亦不得八勝處九次第定十徧處若不得三摩地門亦不得陀羅尼門若不得五眼亦不得六神通若不得佛十力亦不得四無所畏四

無礙解大慈大悲大喜大捨十八佛不共法若不得無忘失法亦不得恒住捨性若不得一切智亦不得道相智一切相智若不得預流果亦不得一來不還阿羅漢果若不得獨覺菩提若不得一切菩薩摩訶薩行若不得諸佛無上正等菩提云何能圓滿布施淨戒安忍精進靜慮般若波羅蜜多若不能圓滿布施淨戒安忍精進靜慮般若波羅蜜多云何能入菩薩摩訶薩正性離生位若不能入菩薩摩訶薩正性離生位云何能嚴淨佛土若不能嚴淨佛土云何能成熟有情若不能成熟有情云何能得一切智智若不能得一切智智云何能轉正法輪作諸佛事若不能轉正法輪作諸佛事云何能解脫無量百千俱胝那庾多諸有情類生死衆苦及令證得常樂涅槃佛言善現菩薩摩訶薩不爲色故修行般若波羅蜜多亦不爲受想行識故修行般若波羅蜜多善現菩薩摩訶薩不爲眼處故修行般若波羅蜜多亦不爲耳鼻舌身意處故修行般若波羅蜜多善現菩薩摩訶薩不爲色處故修行般若波羅蜜多亦不爲聲香味觸法處故修行般若波羅蜜多善現菩薩摩訶薩不爲眼界故修行般若波羅蜜多亦不爲耳鼻舌身意界故修行般若波羅蜜多善現菩薩摩訶薩不爲色界故修行般若波羅蜜多亦不爲聲香味觸法界故修行般若波羅蜜多善現菩薩摩訶薩不爲眼識界故修行般若波羅蜜多亦不爲耳鼻舌身意識界故修行般若波羅蜜多善現菩薩摩訶薩不爲眼觸故修行般若波羅蜜多亦不

爲耳鼻舌身意觸故修行般若波羅蜜多善現菩薩摩訶薩不爲眼觸爲緣所生諸受故修行般若波羅蜜多亦不爲耳鼻舌身意觸爲緣所生諸受故修行般若波羅蜜多善現菩薩摩訶薩不爲地界故修行般若波羅蜜多亦不爲水火風空識界故修行般若波羅蜜多善現菩薩摩訶薩不爲無明故修行般若波羅蜜多亦不爲行識名色六處觸受愛取有生老死愁歎苦憂惱故修行般若波羅蜜多善現菩薩摩訶薩不爲布施波羅蜜多故修行般若波羅蜜多亦不爲淨戒安忍精進靜慮般若波羅蜜多故修行般若波羅蜜多善現菩薩摩訶薩不爲内空故修行般若波羅蜜多亦不爲外空内外空空空大空勝義空有爲空無爲空畢竟空無際空散空無變異空本性空自相空共相空一切法空不可得空無性空自性空無性自性空故修行般若波羅蜜多善現菩薩摩訶薩不爲眞如故修行般若波羅蜜多亦不爲法界法性不虚妄性不變異性平等性離生性法定法住實際虚空界不思議界故修行般若波羅蜜多善現菩薩摩訶薩不爲四念住故修行般若波羅蜜多亦不爲四正斷四神足五根五力七等覺支八聖道支故修行般若波羅蜜多善現菩薩摩訶薩不爲苦聖諦故修行般若波羅蜜多亦不爲集滅道聖諦故修行般若波羅蜜多善現菩薩摩訶薩不爲四靜慮故修行般若波羅蜜多亦不爲四無量四無色定故修行般若波羅蜜多善現菩薩摩訶薩不爲空解脱門故修行般若波羅蜜多亦

不爲無相無願解脱門故修行般若波羅蜜多善現菩薩摩訶薩不爲八解脱故修行般若波羅蜜多亦不爲八勝處九次第定十徧處故修行般若波羅蜜多善現菩薩摩訶薩不爲三摩地門故修行般若波羅蜜多亦不爲陀羅尼門故修行般若波羅蜜多善現菩薩摩訶薩不爲五眼故修行般若波羅蜜多亦不爲六神通故修行般若波羅蜜多善現菩薩摩訶薩不爲佛十力故修行般若波羅蜜多亦不爲四無所畏四無礙解大慈大悲大喜大捨十八佛不共法故修行般若波羅蜜多善現菩薩摩訶薩不爲無忘失法故修行般若波羅蜜多亦不爲恒住捨性故修行般若波羅蜜多善現菩薩摩訶薩不爲一切智故修行般若波羅蜜多亦不爲道相智一切相智故修行般若波羅蜜多善現菩薩摩訶薩不爲預流果故修行般若波羅蜜多亦不爲一來不還阿羅漢果故修行般若波羅蜜多善現菩薩摩訶薩不爲獨覺菩提故修行般若波羅蜜多善現菩薩摩訶薩不爲一切菩薩摩訶薩行故修行般若波羅蜜多善現菩薩摩訶薩不爲諸佛無上正等菩提故修行般若波羅蜜多具壽善現白佛言世尊菩薩摩訶薩爲何事故修行般若波羅蜜多佛言善現菩薩摩訶薩無所爲故修行般若波羅蜜多所以者何善現一切法無所爲無所作般若波羅蜜多亦無所爲無所作無上正等菩提亦無所爲無所作菩薩摩訶薩亦無所爲無所作如是善現菩薩摩訶薩應以無所爲無所作而爲方便修行般若波羅蜜

多具壽善現白佛言世尊若一切法皆無所爲無所作不應安立三乘差別謂聲聞乘若獨覺乘若無上乘佛言善現非無所爲無所作法安立可得要有所爲有所作法安立可得所以者何善現有諸愚夫無聞異生執著色亦執著受想行識執著眼處亦執著耳鼻舌身意處執著色處亦執著聲香味觸法處執著眼界亦執著耳鼻舌身意界執著色界亦執著聲香味觸法界執著眼識界亦執著耳鼻舌身意識界執著眼觸亦執著耳鼻舌身意觸執著眼觸爲緣所生諸受亦執著耳鼻舌身意觸爲緣所生諸受執著地界亦執著水火風空識界執著無明亦執著行識名色六處觸受愛取有生老死愁歎苦憂惱執著布施波羅蜜多亦執著淨戒安忍精進靜慮般若波羅蜜多執著内空亦執著外空内外空空空大空勝義空有爲空無爲空畢竟空無際空散空無變異空本性空自相空共相空一切法空不可得空無性空自性空無性自性空執著真如亦執著法界法性不虛妄性不變異性平等性離生性法定法住實際虛空界不思議界執著四念住亦執著四正斷四神足五根五力七等覺支八聖道支執著苦聖諦亦執著集滅道聖諦執著四靜慮亦執著四無量四無色定執著空解脱門亦執著無相無願解脱門執著八解脱亦執著八勝處九次第定十徧處執著三摩地門亦執著陀羅尼門執著五眼亦執著六神通執著佛十力亦執著四無所畏四無礙解大慈大悲大喜大捨十八佛不共法執著無忘

失法亦執著恒住捨性執著一切智亦執著道相智一切相智執著預流果亦執著一來不還阿羅漢果執著獨覺菩提執著一切菩薩摩訶薩行執著諸佛無上正等菩提善現是諸愚夫無聞異生由執著故念色得色念受想行識得受想行識念眼處得眼處念耳鼻舌身意處得耳鼻舌身意處念色處得色處念聲香味觸法處得聲香味觸法處念眼界得眼界念耳鼻舌身意界得耳鼻舌身意界念色界得色界念聲香味觸法界得聲香味觸法界念眼識界得眼識界念耳鼻舌身意識界得耳鼻舌身意識界念眼觸得眼觸念耳鼻舌身意觸得耳鼻舌身意觸念眼觸爲緣所生諸受得眼觸爲緣所生諸受念耳鼻舌身意觸爲緣所生諸受得耳鼻舌身意觸爲緣所生諸受念地界得地界念水火風空識界得水火風空識界念無明得無明念行識名色六處觸受愛取有生老死愁歎苦憂惱得行乃至老死愁歎苦憂惱念布施波羅蜜多得布施波羅蜜多念淨戒安忍精進靜慮般若波羅蜜多得淨戒乃至般若波羅蜜多念內空得內空念外空內外空空空大空勝義空有爲空無爲空畢竟空無際空散空無變異空本性空自相空共相空一切法空不可得空無性空自性空無性自性空得外空乃至無性自性空念眞如得眞如念法界法性不虛妄性不變異性平等性離生性法定法住實際虛空界不思議界得法界乃至不思議界念苦聖諦得苦聖諦念集滅道聖諦得集滅道聖諦念四念住得四念住念

四正斷四神足五根五力七等覺支八聖道支得四正斷乃至八聖道支念四靜慮得四靜慮念四無量四無色定得四無量四無色定念八解脫得八解脫念八勝處九次第定十徧處得八勝處九次第定十徧處念一切三摩地門得一切三摩地門念一切陀羅尼門得一切陀羅尼門念空解脫門得空解脫門念無相無願解脫門得無相無願解脫門念五眼得五眼念六神通得六神通念佛十力得佛十力念四無所畏四無礙解大慈大悲大喜大捨十八佛不共法得四無所畏乃至十八佛不共法念無忘失法得無忘失法念恒住捨性得恒住捨性念一切智得一切智念道相智一切相智得道相智一切相智念預流果得預流果念一來不還阿羅漢果得一來不還阿羅漢果念獨覺菩提得獨覺菩提念一切菩薩摩訶薩行得一切菩薩摩訶薩行念諸佛無上正等菩提得諸佛無上正等菩提善現是諸愚夫無聞異生作如是念色實可得受想行識亦實可得我當決定證得無上正等菩提脫諸有情生死衆苦令獲究竟常樂涅槃眼處實可得耳鼻舌身意處亦實可得我當決定證得無上正等菩提脫諸有情生死衆苦令獲究竟常樂涅槃色處實可得聲香味觸法處亦實可得我當決定證得無上正等菩提脫諸有情生死衆苦令獲究竟常樂涅槃眼界實可得耳鼻舌身意界亦實可得我當決定證得無上正等菩提脫諸有情生死衆苦令獲究竟常樂涅槃色界實可得聲香味觸法界亦實可得我當

決定證得無上正等菩提脱諸有情生死衆苦令獲究竟常樂涅槃眼識界實可得耳鼻舌身意識界亦實可得我當決定證得無上正等菩提脱諸有情生死衆苦令獲究竟常樂涅槃眼觸實可得耳鼻舌身意觸亦實可得我當決定證得無上正等菩提脱諸有情生死衆苦令獲究竟常樂涅槃眼觸爲緣所生諸受實可得耳鼻舌身意觸爲緣所生諸受亦實可得我當決定證得無上正等菩提脱諸有情生死衆苦令獲究竟常樂涅槃地界實可得水火風空識界亦實可得我當決定證得無上正等菩提脱諸有情生死衆苦令獲究竟常樂涅槃無明實可得行識名色六處觸受愛取有生老死愁歎苦憂惱亦實可得我當決定證得無上正等菩提脱諸有情生死衆苦令獲究竟常樂涅槃布施波羅蜜多實可得淨戒安忍精進靜慮般若波羅蜜多亦實可得我當決定證得無上正等菩提脱諸有情生死衆苦令獲究竟常樂涅槃內空實可得外空內外空空空大空勝義空有爲空無爲空畢竟空無際空散空無變異空本性空自相空共相空一切法空不可得空無性空自性空無性自性空亦實可得我當決定證得無上正等菩提脱諸有情生死衆苦令獲究竟常樂涅槃眞如實可得法界法性不虚妄性不變異性平等性離生性法定法住實際虚空界不思議界亦實可得我當決定證得無上正等菩提脱諸有情生死衆苦令獲究竟常樂涅槃苦聖諦實可得集滅道聖諦亦實可得我當決定證得無上正

等菩提脫諸有情生死衆苦令獲究竟常樂涅槃四念住實可得四正斷四神足五根五力七等覺支八聖道支亦實可得我當決定證得無上正等菩提脫諸有情生死衆苦令獲究竟常樂涅槃四靜慮實可得四無量四無色定亦實可得我當決定證得無上正等菩提脫諸有情生死衆苦令獲究竟常樂涅槃八解脫實可得八勝處九次第定十徧處亦實可得我當決定證得無上正等菩提脫諸有情生死衆苦令獲究竟常樂涅槃一切三摩地門實可得一切陀羅尼門亦實可得我當決定證得無上正等菩提脫諸有情生死衆苦令獲究竟常樂涅槃空解脫門實可得無相無願解脫門亦實可得我當決定證得無上正等菩提脫諸有情生死衆苦令獲究竟常樂涅槃五眼實可得六神通亦實可得我當決定證得無上正等菩提脫諸有情生死衆苦令獲究竟常樂涅槃佛十力實可得四無所畏四無礙解大慈大悲大喜大捨十八佛不共法亦實可得我當決定證得無上正等菩提脫諸有情生死衆苦令獲究竟常樂涅槃無忘失法實可得恒住捨性亦實可得我當決定證得無上正等菩提脫諸有情生死衆苦令獲究竟常樂涅槃一切智實可得道相智一切相智亦實可得我當決定證得無上正等菩提脫諸有情生死衆苦令獲究竟常樂涅槃預流果實可得一來不還阿羅漢果亦實可得我當決定證得無上正等菩提脫諸有情生死衆苦令獲究竟常樂涅槃獨覺菩提實可得我當決定證得無上

正等菩提脫諸有情生死衆苦令獲究竟常樂涅槃一切菩薩摩訶薩行實可得我當決定證得無上正等菩提脫諸有情生死衆苦令獲究竟常樂涅槃諸佛無上正等菩提實可得我當決定證得無上正等菩提脫諸有情生死衆苦令獲究竟常樂涅槃善現是諸愚夫無聞異生顛倒因緣作如是念則爲謗佛何以故善現佛以五眼求色尚不可得求受想行識亦尚不可得若有決定當得無上正等菩提及脫有情生死衆苦令獲究竟常樂涅槃無有是處善現佛以五眼求眼處尚不可得求耳鼻舌身意處亦尚不可得若有決定當得無上正等菩提及脫有情生死衆苦令獲究竟常樂涅槃無有是處善現佛以五眼求色處尚不可得求聲香味觸法處亦尚不可得若有決定當得無上正等菩提及脫有情生死衆苦令獲究竟常樂涅槃無有是處善現佛以五眼求眼界尚不可得求耳鼻舌身意界亦尚不可得若有決定當得無上正等菩提及脫有情生死衆苦令獲究竟常樂涅槃無有是處善現佛以五眼求色界尚不可得求聲香味觸法界亦尚不可得若有決定當得無上正等菩提及脫有情生死衆苦令獲究竟常樂涅槃無有是處善現佛以五眼求眼識界尚不可得求耳鼻舌身意識界亦尚不可得若有決定當得無上正等菩提及脫有情生死衆苦令獲究竟常樂涅槃無有是處善現佛以五眼求眼觸尚不可得求耳鼻舌身意觸亦尚不可得若有決定當得無上正等菩提及脫有情生死衆苦令

獲究竟常樂涅槃無有是處善現佛以五眼求眼觸爲緣所生諸受尚不可得求耳鼻舌身意觸爲緣所生諸受亦尚不可得若有決定當得無上正等菩提及脫有情老死衆苦令獲究竟常樂涅槃無有是處善現佛以五眼求地界尚不可得求水火風空識界亦尚不可得若有決定當得無上正等菩提及脫有情生死衆苦令獲究竟常樂涅槃無有是處善現佛以五眼求無明尚不可得求行識名色六處觸受愛取有生老死愁歎苦憂惱亦尚不可得若有決定當得無上正等菩提及脫有情生死衆苦令獲究竟常樂涅槃無有是處善現佛以五眼求布施波羅蜜多尚不可得求淨戒安忍精進靜慮般若波羅蜜多亦尚不可得若有決定當得無上正等菩提及脫有情生死衆苦令獲究竟常樂涅槃無有是處善現佛以五眼求內空尚不可得求外空內外空空空大空勝義空有爲空無爲空畢竟空無際空散空無變異空本性空自相空共相空一切法空不可得空無性空自性空無性自性空亦尚不可得若有決定當得無上正等菩提及脫有情生死衆苦令獲究竟常樂涅槃無有是處善現佛以五眼求眞如尚不可得求法界法性不虛妄性不變異性平等性離生性法定法住實際虛空界不思議界亦尚不可得若有決定當得無上正等菩提及脫有情生死衆苦令獲究竟常樂涅槃無有是處善現佛以五眼求苦聖諦尚不可得求集滅道聖諦亦尚不可得若有決定當得無上正等菩提及脫有情生死

衆苦令獲究竟常樂涅槃無有是處善現佛以五眼求四念住尚不可得求四正斷四神足五根五力七等覺支八聖道支亦尚不可得若有決定當得無上正等菩提及脫有情生死衆苦令獲究竟常樂涅槃無有是處善現佛以五眼求四靜慮尚不可得求四無量四無色定亦尚不可得若有決定當得無上正等菩提及脫有情生死衆苦令獲究竟常樂涅槃無有是處善現佛以五眼求八解脫尚不可得求八勝處九次第定十徧處亦尚不可得若有決定當得無上正等菩提及脫有情生死衆苦令獲究竟常樂涅槃無有是處善現佛以五眼求一切三摩地門尚不可得求一切陀羅尼門亦尚不可得若有決定當得無上正等菩提及脫有情生死衆苦令獲究竟常樂涅槃無有是處善現佛以五眼求空解脫門尚不可得求無相無願解脫門亦尚不可得若有決定當得無上正等菩提及脫有情生死衆苦令獲究竟常樂涅槃無有是處善現佛以五眼求五眼尚不可得求六神通亦尚不可得若有決定當得無上正等菩提及脫有情生死衆苦令獲究竟常樂涅槃無有是處善現佛以五眼求佛十力尚不可得求四無所畏四無礙解大慈大悲大喜大捨十八佛不共法亦尚不可得若有決定當得無上正等菩提及脫有情生死衆苦令獲究竟常樂涅槃無有是處善現佛以五眼求無忘失法尚不可得求恒住捨性亦尚不可得若有決定當得無上正等菩提及脫有情生死衆苦令獲究竟常樂涅槃無有是

處善現佛以五眼求一切智尚不可得求道相智一切相智亦尚不可得若有決定當得無上正等菩提及脫有情生死衆苦令獲究竟常樂涅槃無有是處善現佛以五眼求預流果尚不可得求一來不還阿羅漢果亦尚不可得若有決定當得無上正等菩提及脫有情生死衆苦令獲究竟常樂涅槃無有是處善現佛以五眼求獨覺菩提尚不可得若有決定當得無上正等菩提及脫有情生死衆苦令獲究竟常樂涅槃無有是處善現佛以五眼求一切菩薩摩訶薩行尚不可得若有決定當得無上正等菩提及脫有情生死衆苦令獲究竟常樂涅槃無有是處善現佛以五眼求諸佛無上正等菩提尚不可得若有決定當得無上正等菩提及脫有情生死衆苦令獲究竟常樂涅槃無有是處具壽善現白佛言世尊若諸如來應正等覺皆以五眼求色不可得求受想行識亦不可得求眼處不可得求耳鼻舌身意處亦不可得求色處不可得求聲香味觸法處亦不可得求眼界不可得求耳鼻舌身意界亦不可得求色界不可得求聲香味觸法界亦不可得求眼識界不可得求耳鼻舌身意識界亦不可得求眼觸不可得求耳鼻舌身意觸亦不可得求眼觸爲緣所生諸受不可得求耳鼻舌身意觸爲緣所生諸受亦不可得求地界不可得求水火風空識界亦不可得求無明不可得求行識名色六處觸受愛取有生老死愁歎苦憂惱亦不可得求布施波羅蜜多不可得求淨戒安忍精進靜慮般若波羅蜜多亦

不可得求內空不可得求外空內外空空空大空勝義空有爲空無爲空畢竟空無際空散空無變異空本性空自相空共相空一切法空不可得空無性空自性空無性自性空亦不可得求眞如不可得求法界法性不虛妄性不變異性平等性離生性法定法住實際虛空界不思議界亦不可得求四念住不可得求四正斷四神足五根五力七等覺支八聖道支亦不可得求苦聖諦不可得求集滅道聖諦亦不可得求四靜慮不可得求四無量四無色定亦不可得求空解脫門不可得求無相無願解脫門亦不可得求八解脫不可得求八勝處九次第定十徧處亦不可得求三摩地門不可得求陀羅尼門亦不可得求五眼不可得求六神通亦不可得求佛十力不可得求四無所畏四無礙解大慈大悲大喜大捨十八佛不共法亦不可得求無忘失法不可得求恒住捨性亦不可得求一切智不可得求道相智一切相智亦不可得求預流果不可得求一來不還阿羅漢果亦不可得求獨覺菩提不可得求一切菩薩摩訶薩行亦不可得求諸佛無上正等菩提不可得故諸有情類亦不可得則定無有證得無上正等菩提及脫有情生死衆苦令獲究竟常樂涅槃云何世尊證得無上正等菩提安立有情三聚差別謂正性定聚邪性定聚及不定聚佛言善現我以五眼如實觀察決定無我能證無上正等菩提安立有情三聚差別謂正性定聚邪性定聚及不定聚然諸有情愚癡顚倒於非實法起實法想於非實

有情起實有情想我爲遣除彼虚妄執依世俗說不依勝義

大般若波羅蜜多經卷第三百六十二

大般若波羅蜜多經卷第三百六十三

唐三藏法師玄奘奉　詔譯

初分多問不二品第六十一之十三

具壽善現復白佛言世尊爲住勝義證得無上正等菩提耶不也善現世尊爲住顛倒證得無上正等菩提耶不也善現世尊若不住勝義證得無上正等菩提亦不住顛倒證得無上正等菩提者將無世尊不證得無上正等菩提耶不也善現我雖證得無上正等菩提然不住有爲界亦不住無爲界善現如諸如來所變化者雖不住有爲界亦不住無爲界然有去來坐立等事善現是所化者若行布施波羅蜜多亦行淨戒安忍精進靜慮般若波羅蜜多是所化者若住內空亦住外空內外空空空大空勝義空有爲空無爲空畢竟空無際空散空無變異空本性空自相空共相空一切法空不可得空無性空自性空無性自性空是所化者若住眞如亦住法界法性不虛妄性不變異性平等性離生性法定法住實際虛空界不思議界是所化者若修四念住亦修四正斷四神足五根五力七等覺支八聖道支是所化者若住苦聖諦亦住集滅道聖諦是所化者若修四靜慮亦修四無量四無色定是所化者若修八解脫亦修八勝處九次第定十徧處是所化者若修一切三摩地門亦修一切陀羅尼門是所化者若修空解脫門亦修無相無願解脫門是所化者若修五眼亦修六神通是所化者若修佛十力亦修四無所畏四無礙解大慈大悲大喜大捨十八佛不共法是所化者若修

無忘失法亦修恒住捨性是所化者若修一切智亦修道相智一切相智是所化者若證無上正等菩提轉妙法輪作諸佛事是所化者復轉化作無量有情於中建立正性定等三聚差別善現於汝意云何是諸如來所變化者爲實有去來乃至恒住修證無上正等菩提轉妙法輪作諸佛事安立三聚有差別不善現白言不也世尊不也善逝佛言善現如來亦爾知一切法皆如變化說一切法皆如變化雖有所作而無真實雖度有情而無所度如所化者度化有情如是善現菩薩摩訶薩修行般若波羅蜜多應知諸佛所變化者雖有所爲而無執著具壽善現白佛言世尊若一切法皆如變化如來亦爾佛與化人有何差別佛言善現佛與化人及一切法等無差別何以故善現佛所作業佛所化人亦能作故善現白言設無有佛佛所化人能作業不佛言能作善現白言其事云何佛言善現如過去世有一如來應正等覺名善寂慧自應度者皆已度訖時無菩薩堪受佛記遂化作一佛令住世間自入無餘依大涅槃界時彼化佛於半劫中作諸佛事過半劫已授一菩薩摩訶薩記現入涅槃爾時天人阿素洛等皆謂彼佛今入涅槃然化佛身實無起滅如是善現菩薩摩訶薩修行般若波羅蜜多應信諸法皆如變化具壽善現白佛言世尊若如來身與化無異云何能作真淨福田若諸有情爲解脫故於如來所恭敬供養其福無盡乃至最後入無餘依般涅槃界如是若有爲解脫故供養化佛所獲福聚亦應無

盡乃至最後入無餘依般涅槃界佛言善現如如來身由法性故能與天人阿素洛等作淨福田化佛亦爾由法性故能與天人阿素洛等作淨福田如如來身受他供養令彼施主窮生死際其福無盡如是化佛受他供養亦令施主窮生死際其福無盡善現且置供養如來及與化佛所獲福聚若善男子善女人等於如來所起慈敬心思惟憶念是善男子善女人等善根無盡乃至最後作苦邊際善現復置以慈敬心憶念如來所獲福聚若善男子善女人等爲供養佛下至一花用散虛空是善男子善女人等善根無盡乃至最後作苦邊際善現復置爲供養佛下至一花用散虛空所獲福聚若善男子善女人等下至一稱南無佛陀是善男子善女人等善根無盡乃至最後作苦邊際如是善現於如來所恭敬供養獲如是等大功德利其量難測是故善現當知如來與化佛身等無差別諸法法性爲定量故如是善現菩薩摩訶薩應以諸法法性而爲定量修行般若波羅蜜多善巧方便入諸法法性已而於諸法不壞法性謂不分別此是般若波羅蜜多此是般若波羅蜜多法性此是靜慮精進安忍淨戒布施波羅蜜多此是靜慮乃至布施波羅蜜多法性此是內空此是內空法性此是外空內外空空空大空勝義空有爲空無爲空畢竟空無際空散空無變異空本性空自相空共相空一切法空不可得空無性空自性空無性自性空此是外空乃至無性自性空法性此是眞如此是眞如法性此是法界法性不

虛妄性不變異性平等性離生性法定法住實際虛空界不思議界此是法界乃至不思議界法性此是四念住此是四念住法性此是四正斷四神足五根五力七等覺支八聖道支此是四正斷乃至八聖道支法性此是苦聖諦此是苦聖諦法性此是集滅道聖諦此是集滅道聖諦法性此是四靜慮此是四靜慮法性此是四無量四無色定此是四無量四無色定法性此是八解脫此是八解脫法性此是八勝處九次第定十徧處此是八勝處九次第定十徧處法性此是一切三摩地門此是一切三摩地門法性此是一切陀羅尼門此是一切陀羅尼門法性此是空解脫門此是空解脫門法性此是無相無願解脫門此是無相無願解脫門法性此是五眼此是五眼法性此是六神通此是六神通法性此是佛十力此是佛十力法性此是四無所畏四無礙解大慈大悲大喜大捨十八佛不共法此是四無所畏乃至十八佛不共法法性此是無忘失法此是無忘失法法性此是恒住捨性此是恒住捨性法性此是一切智此是一切智法性此是道相智一切相智此是道相智一切相智法性此是預流果此是預流果法性此是一來不還阿羅漢果此是一來不還阿羅漢果法性此是獨覺菩提此是獨覺菩提法性此是一切菩薩摩訶薩行此是一切菩薩摩訶薩行法性此是諸佛無上正等菩提此是諸佛無上正等菩提法性善現菩薩摩訶薩修行般若波羅蜜多不應如是分別諸法法性差別而壞法性具壽

善現白佛言世尊若菩薩摩訶薩不應壞諸法法性云何如來自壞諸法法性謂佛常說此是色此是受想行識此是眼處此是耳鼻舌身意處此是色處此是聲香味觸法處此是眼界此是耳鼻舌身意界此是色界此是聲香味觸法界此是眼識界此是耳鼻舌身意識界此是眼觸此是耳鼻舌身意觸此是眼觸爲緣所生諸受此是耳鼻舌身意觸爲緣所生諸受此是地界此是水火風空識界此是無明此是行識名色六處觸受愛取有生老死愁歎苦憂惱此是内法此是外法此是善法此是非善法此是有漏法此是無漏法此是世間法此是出世間法此是共法此是不共法此是有諍法此是無諍法此是有爲法此是無爲法佛旣曾說如是等法將無自壞諸法法性佛言善現我不自壞諸法法性但以名相方便假說諸法法性令諸有情而得悟入諸法法性無差別理是故善現我曾不壞諸法法性具壽善現白佛言世尊若佛但以名相宣說諸法法性令諸有情而得悟入云何佛於無名無相法以名相說令他悟入耶佛言善現我隨世俗假立名相方便宣說諸法法性而無執著善現如諸愚夫聞說苦等執著名相不知假說非諸如來及佛弟子聞說苦等執著名相然如實知隨世俗說無有眞實諸法名相善現若諸聖者於名著名於相著相如是亦應於空著空於無相著無相於無願著無願於眞如著眞如於實際著實際於法界著法界於無爲著無爲善現是一切法但有假名但有假相而無眞實

聖者於中亦不住著但假名相如是善現菩薩摩訶薩住一切法但假名相應行般若波羅蜜多而於其中不應住著具壽善現白佛言世尊若一切法但有名相菩薩摩訶薩爲何事故發菩提心既發心已受諸勤苦行菩薩行修行布施波羅蜜多修行淨戒安忍精進靜慮般若波羅蜜多安住內空安住外空內外空空空大空勝義空有爲空無爲空畢竟空無際空散空無變異空本性空自相空共相空一切法空不可得空無性空自性空無性自性空安住眞如安住法界法性不虛妄性不變異性平等性離生性法定法住實際虛空界不思議界修行四念住修行四正斷四神足五根五力七等覺支八聖道支安住苦聖諦安住集滅道聖諦修行四靜慮修行四無量四無色定修行八解脫修行八勝處九次第定十徧處修行一切三摩地門修行一切陀羅尼門修行空解脫門修行無相無願解脫門修行五眼修行六神通修行佛十力修行四無所畏四無礙解大慈大悲大喜大捨十八佛不共法修行無忘失法修行恒住捨性修行一切智修行道相智一切相智皆令圓滿佛言善現如汝所說若一切法但有名相菩薩摩訶薩爲何事故發菩提心行菩薩行者善現以一切法但有名相如是名相但假施設名相性空諸有情類顚倒執著流轉生死不得解脫是故菩薩摩訶薩發菩提心行菩薩行漸次證得一切相智轉正法輪以三乘法度脫有情令出生死入無餘依般涅槃界而諸名相無生無滅亦無住異

施設可得爾時具壽善現白佛言世尊佛說一切相智爲一切相智耶佛言善現我說一切相智爲一切相智具壽善現復白佛言世尊如來常說一切智道相智一切相智如是三智其相云何有何差別佛言善現一切智者是共聲聞及獨覺智道相智者是共菩薩摩訶薩智一切相智者是諸如來應正等覺不共妙智具壽善現復白佛言世尊何緣一切智是共聲聞及獨覺智佛言善現一切智者謂五蘊十二處十八界等聲聞獨覺亦能了知而不能知一切道相及一切法一切種相具壽善現復白佛言世尊何緣道相智是共菩薩摩訶薩智佛言善現諸菩薩摩訶薩應學徧知一切道相謂聲聞道相獨覺道相菩薩道相如來道相諸菩薩摩訶薩於此諸道常應修學令速圓滿雖令此道作所應作而不令其證於實際具壽善現復白佛言世尊菩薩摩訶薩修如來道得圓滿已豈於實際不作證耶佛言善現諸菩薩摩訶薩若未圓滿嚴淨佛土成熟有情修諸大願猶於實際未應作證若已圓滿嚴淨佛土成熟有情修諸大願於其實際乃應作證世尊菩薩摩訶薩爲住於道證實際耶不也善現世尊菩薩摩訶薩爲住非道證實際耶不也善現世尊菩薩摩訶薩爲住道非道證實際耶不也善現世尊菩薩摩訶薩爲住非道非非道證實際耶不也善現具壽善現白佛言世尊若爾菩薩摩訶薩爲何所住而證實際佛告善現於意云何汝爲住道得盡諸漏心解脫耶不也世尊善現汝爲住非道得盡諸漏心解

脫耶不也世尊善現汝爲住道非道得盡諸漏心解脫耶不也世尊善現汝爲住非道非非道得盡諸漏心解脫耶不也世尊非我有住得盡諸漏心永解脫然我盡漏心得解脫都無所住佛言善現菩薩摩訶薩亦復如是修行般若波羅蜜多都無所住而證實際具壽善現復白佛言世尊何緣一切相智名一切相智耶佛言善現知一切法皆同一相謂寂滅相是故名爲一切相智復次善現諸行狀相能表諸法如來如實能徧覺知是故說名一切相智具壽善現白佛言世尊若一切智若道相智若一切相智如是三智諸煩惱斷有差別不有有餘斷無餘斷不佛言善現非諸煩惱斷有差別然諸如來應正等覺一切煩惱習氣相續皆已永斷聲聞獨覺習氣相續猶未永斷世尊諸煩惱斷得無爲不如是善現世尊聲聞獨覺不得無爲煩惱斷不不也善現世尊無爲法中有差別不不也善現世尊若無爲法無差別者佛何故說一切如來應正等覺習氣相續皆已永斷聲聞獨覺習氣相續猶未永斷善現習氣相續實非煩惱然諸聲聞及諸獨覺煩惱已斷猶有少分似貪瞋癡身語意轉即說此爲習氣相續此在愚夫異生相續能引無義非在聲聞獨覺相續能引無義如是一切習氣相續諸佛永無爾時具壽善現白佛言世尊道與涅槃俱無自性佛何故說此是預流此是一來此是不還此是阿羅漢此是獨覺此是菩薩摩訶薩此是如來應正等覺佛言善現若預流若一來若不還若阿羅漢若獨覺若菩薩摩

訶薩若諸如來應正等覺如是一切無爲所顯世尊無爲法中實有預流乃至如來應正等覺差别義不不也善現世尊若爾何故佛說預流乃至如來應正等覺一切皆是無爲所顯善現我依世俗言說顯示不依勝義非勝義中可有顯示何以故善現非勝義中有語言路或分別慧或復二種然彼彼邊斷立彼彼後際具壽善現白佛言世尊旣一切法自相皆空前際尚無況有後際如何可立有後際耶佛言善現如是如是如汝所說諸所有法自相皆空前際尚無況有後際立後際有定無是處然諸有情不能解了諸所有法自相皆空爲饒益彼方便爲說此是前際此是後際然一切法自相空中前際後際俱不可得如是善現菩薩摩訶薩達一切法自相空已應行般若波羅蜜多善現若菩薩摩訶薩達一切法自相皆空修行般若波羅蜜多於諸法中無所執著謂不執著内法外法善法非善法世間法出世間法有漏法無漏法有爲法無爲法若聲聞法若獨覺法若菩薩法若如來法如是一切皆不執著具壽善現白佛言世尊如來常說般若波羅蜜多般若波羅蜜多以何義故名爲般若波羅蜜多佛言善現如是般若波羅蜜多到一切法究竟彼岸故名般若波羅蜜多復次善現由此般若波羅蜜多一切聲聞獨覺菩薩及諸如來應正等覺能到彼岸故名般若波羅蜜多復次善現一切如來應正等覺及諸菩薩摩訶薩衆用是般若波羅蜜多依勝義理分析諸法如析諸色至極微量猶不見有少實可得

故名般若波羅蜜多復次善現於此般若波羅蜜多包含眞如實際法界故名般若波羅蜜多復次善現非此般若波羅蜜多有少分法若合若散若有色若無色若有見若無見若有對若無對若有漏若無漏若有爲若無爲所以者何善現如是般若波羅蜜多無色無見無對一相所謂無相故名般若波羅蜜多復次善現如是般若波羅蜜多能生一切殊勝善法能發一切智慧辯才能引一切世出世樂故名般若波羅蜜多復次善現如是般若波羅蜜多甚深堅實不可動壞若菩薩摩訶薩行是般若波羅蜜多一切惡魔及彼眷屬聲聞獨覺外道梵志惡友怨讐皆不能壞何以故善現由此般若波羅蜜多辯一切法自相皆空諸惡魔等皆不可得故名般若

波羅蜜多善現諸菩薩摩訶薩應如實行如是般若波羅蜜多甚深義趣復次善現若菩薩摩訶薩欲行般若波羅蜜多甚深義趣應行無常義苦義空義無我義應行苦智義集智義滅智義道智義應行法智義類智義世俗智義他心智義應行盡智義無生智義如說智義善現諸菩薩摩訶薩爲行般若波羅蜜多甚深義趣應行般若波羅蜜多具壽善現白佛言世尊此甚深般若波羅蜜多中義與非義俱不可得云何菩薩摩訶薩爲行般若波羅蜜多甚深義趣應行般若波羅蜜多佛言善現菩薩摩訶薩爲行般若波羅蜜多甚深義趣應作是念我不應行貪欲義非義我不應行瞋恚義非義我不應行愚癡義非義我不應行邪見義非義我不應行邪定義

非義我不應行諸惡見趣義非義所以者何善現貪欲瞋恚愚癡邪見邪定見趣眞如實際不與諸法爲義非義復次善現菩薩摩訶薩爲行般若波羅蜜多甚深義趣應作是念我不應行色義非義我不應行受想行識義非義我不應行眼處義非義我不應行耳鼻舌身意處義非義我不應行色處義非義我不應行聲香味觸法處義非義我不應行眼界義非義我不應行耳鼻舌身意界義非義我不應行色界義非義我不應行聲香味觸法界義非義我不應行眼識界義非義我不應行耳鼻舌身意識界義非義我不應行眼觸義非義我不應行耳鼻舌身意觸義非義我不應行眼觸爲緣所生諸受義非義我不應行耳鼻舌身意觸爲緣所生諸受義非義我不應行地界義非義我不應行水火風空識界義非義我不應行無明義非義我不應行行識名色六處觸受愛取有生老死愁歎苦憂惱義非義我不應行布施波羅蜜多義非義我不應行淨戒安忍精進靜慮般若波羅蜜多義非義我不應行內空義非義我不應行外空內外空空空大空勝義空有爲空無爲空畢竟空無際空散空無變異空本性空自相空共相空一切法空不可得空無性空自性空無性自性空義非義我不應行眞如義非義我不應行法界法性不虛妄性不變異性平等性離生性法定法住實際虛空界不思議界義非義我不應行四念住義非義我不應行四正斷四神足五根五力七等覺支八聖道支義非義我不應行苦聖諦義

非義我不應行集滅道聖諦義非義我不應行四靜慮義非義我不應行四無量四無色定義非義我不應行八解脫義非義我不應行八勝處九次第定十徧處義非義我不應行一切三摩地門義非義我不應行一切陀羅尼門義非義我不應行空解脫門義非義我不應行無相無願解脫門義非義我不應行五眼義非義我不應行六神通義非義我不應行佛十力義非義我不應行四無所畏四無礙解大慈大悲大喜大捨十八佛不共法義非義我不應行無忘失法義非義我不應行恒住捨性義非義我不應行一切智義非義我不應行道相智一切相智義非義我不應行預流果義非義我不應行一來不還阿羅漢果義非義我不應行獨覺菩提義非義我不應行一切菩薩摩訶薩行義非義我不應行諸佛無上正等菩提義非義所以者何善現如來得無上正等菩提時不見有法能與少法爲義非義善現如來出世若不出世諸法法性法住法定法爾常住無法於法爲義非義如是善現菩薩摩訶薩應離義非義常行般若波羅蜜多甚深義趣具壽善現白佛言世尊何故般若波羅蜜多不與諸法爲義非義佛言善現甚深般若波羅蜜多於有爲法及無爲法俱無所作非恩非怨無益無損是故般若波羅蜜多不與諸法爲義非義具壽善現復白佛言世尊豈不諸佛及佛弟子一切賢聖皆以無爲爲第一義佛言善現如是如是如汝所說佛及弟子一切賢聖皆以無爲法爲第一義然無爲法不與諸法

爲益爲損善現譬如虛空眞如不與諸法爲益爲損菩薩摩訶薩甚深般若波羅蜜多亦復如是不與諸法爲益爲損是故般若波羅蜜多不與諸法爲義非義具壽善現白佛言世尊菩薩摩訶薩豈不要學甚深無爲般若波羅蜜多乃能證得一切智智佛言善現如是如是如汝所說菩薩摩訶薩要學甚深無爲般若波羅蜜多乃能證得一切智智不以二法而爲方便世尊爲以不二法得不二法耶不也善現世尊爲以二法得不二法耶不也善現世尊若無二法不以二法不二法得菩薩摩訶薩云何當得一切智智善現二不二法俱不可得是故所得一切智智非有所得故得亦非無所得故得有所得法無所得法不可得故若如是知乃能證得一切智智

初分實說品第六十二之一

爾時具壽善現白佛言世尊如是般若波羅蜜多極爲甚深世尊諸菩薩摩訶薩不得有情亦復不得有情施設而爲有情求趣無上正等菩提甚爲難事世尊譬如有人欲於無色無見無對無所依止空中種樹彼極爲難諸菩薩摩訶薩亦復如是不得有情亦復不得有情施設而爲有情求趣無上正等菩提甚爲難事佛言善現如是如是如汝所說如是般若波羅蜜多極爲甚深諸菩薩摩訶薩不得有情亦復不得有情施設而爲有情求趣無上正等菩提甚爲難事善現諸菩薩摩訶薩雖不見有眞實有情及彼施設而諸有情愚癡顛倒執爲實有輪迴生死受苦無窮爲度彼故求趣無上正等菩提得菩提已斷

彼我執及令解脫生死衆苦善現譬如有人良田種樹是人雖復不見此樹根莖枝葉花果受者而種樹已隨時溉灌勤守護之此樹後時漸得生長枝葉花果皆悉茂盛衆人受用愈疾獲安善現諸菩薩摩訶薩亦復如是雖不見有有情佛果而爲有情求趣無上正等菩提漸次修行布施淨戒安忍精進靜慮般若波羅蜜多旣圓滿已證得無上正等菩提令諸有情受用佛樹諸葉花果各得饒益善現當知葉饒益者謂諸有情因此佛樹脫惡趣苦花饒益者謂諸有情因此佛樹或生刹帝利大族或生婆羅門大族或生長者大族或生居士大族或生四大王衆天或生三十三天或生夜摩天或生覩史多天或生樂變化天或生他化自在天或生梵衆天或生梵輔天或生梵會天或生大梵天或生光天或生少光天或生無量光天或生極光淨天或生淨天或生少淨天或生無量淨天或生徧淨天或生廣天或生少廣天或生無量廣天或生廣果天或生無煩天或生無熱天或生善現天或生善見天或生色究竟天或生空無邊處天或生識無邊處天或生無所有處天或生非想非非想處天果饒益者謂諸有情因此佛樹或住預流果或住一來果或住不還果或住阿羅漢果或住獨覺菩提或住無上正等菩提是諸有情得成佛已復用佛樹枝葉花果饒益有情令諸有情脫惡趣苦得人天樂漸次安立令入三乘般涅槃界謂聲聞乘般涅槃界或獨覺乘般涅槃界或無上乘般涅槃界善現是菩薩摩訶薩雖作

如是大饒益事而都不見眞實有情得涅槃者唯見妄想衆苦寂滅如是善現諸菩薩摩訶薩修行般若波羅蜜多不得有情及彼施設然爲除彼我執顛倒求趣無上正等菩提由此因縁甚爲難事爾時具壽善現白佛言世尊當知菩薩摩訶薩即是如來應正等覺何以故世尊因諸菩薩摩訶薩故便能永斷一切地獄亦能永斷一切傍生亦能永斷一切鬼界亦能永斷一切無暇亦能永斷一切貧窮亦能永斷一切劣趣亦能永斷一切欲界色無色界佛言善現如是如是如汝所說應知菩薩摩訶薩即是如來應正等覺善現若無菩薩摩訶薩發趣無上正等菩提世間則無過去未來現在諸佛證得無上正等菩提亦無獨覺出現於世亦無阿羅漢出現於世亦無不還出現於世亦無一來出現於世亦無預流出現於世亦無有能永斷地獄亦無有能永斷傍生亦無有能永斷鬼界亦無有能永斷無暇亦無有能永斷貧窮亦無有能永斷劣趣亦無有能永斷欲界色無色界是故善現如汝所説當知菩薩摩訶薩即是如來應正等覺者如是如是應知菩薩摩訶薩即是如來應正等覺何以故善現若由此眞如施設如來即由此眞如施設獨覺若由此眞如施設獨覺即由此眞如施設聲聞若由此眞如施設聲聞即由此眞如施設一切賢聖若由此眞如施設一切賢聖即由此眞如施設色若由此眞如施設色即由此眞如施設受想行識若由此眞如施設受想行識即由此眞如施設眼處若由此眞如施設眼

處即由此眞如施設耳鼻舌身意處若由此眞如施設耳鼻舌身意處即由此眞如施設色處若由此眞如施設色處即由此眞如施設聲香味觸法處若由此眞如施設聲香味觸法處即由此眞如施設眼界若由此眞如施設眼界即由此眞如施設耳鼻舌身意界若由此眞如施設耳鼻舌身意界即由此眞如施設色界若由此眞如施設色界即由此眞如施設聲香味觸法界若由此眞如施設聲香味觸法界即由此眞如施設眼識界若由此眞如施設眼識界即由此眞如施設耳鼻舌身意識界若由此眞如施設耳鼻舌身意識界即由此眞如施設眼觸若由此眞如施設眼觸即由此眞如施設耳鼻舌身意觸若由此眞如施設耳鼻舌身意觸即由此眞如施設眼觸爲緣所生諸受若由此眞如施設眼觸爲緣所生諸受即由此眞如施設耳鼻舌身意觸爲緣所生諸受若由此眞如施設耳鼻舌身意觸爲緣所生諸受即由此眞如施設地界

大般若波羅蜜多經卷第三百六十三

音釋

分析　析先的切亦分也

怨讎　怨於袁切亦讎也　讎時流切仇也

瞋恚　瞋稱人切怒而張目也　恚於避切恨怒也

溉灌　溉古愛切注也　灌音貫澆也

大般若波羅蜜多經卷第三百六十四

唐三藏法師玄奘奉　詔譯

初分實説品第六十二之二

若由此真如施設地界即由此真如施設水火風空識界若由此真如施設水火風空識界即由此真如施設無明若由此真如施設無明即由此真如施設行識名色六處觸受愛取有生老死愁歎苦憂惱若由此真如施設行乃至老死愁歎苦憂惱即由此真如施設布施波羅蜜多若由此真如施設布施波羅蜜多即由此真如施設淨戒安忍精進靜慮般若波羅蜜多若由此真如施設淨戒乃至般若波羅蜜多即由此真如施設內空若由此真如施設內空即由此真如施設外空內外空空空大空勝義空有爲空無爲空畢竟空無際空散空無變異空本性空自相空共相空一切法空不可得空無性空自性空無性自性空若由此真如施設外空乃至無性自性空即由此真如施設四念住若由此真如施設四念住即由此真如施設四正斷四神足五根五力七等覺支八聖道支若由此真如施設四正斷乃至八聖道支即由此真如施設苦聖諦若由此真如施設苦聖諦即由此真如施設集滅道聖諦若由此真如施設集滅道聖諦即由此真如施設四靜慮若由此真如施設四靜慮即由此真如施設四無量四無色定若由此真如施設四無量四無色定即由此真如施設八解脱若由此真如施設八解脱即由此真如施設八勝處九次第定十徧處若由此真如施設八勝處

九次第定十徧處即由此眞如施設一切三摩地門若由此眞如施設一切三摩地門即由此眞如施設一切陀羅尼門若由此眞如施設一切陀羅尼門即由此眞如施設空解脫門若由此眞如施設空解脫門即由此眞如施設無相無願解脫門若由此眞如施設無相無願解脫門即由此眞如施設五眼若由此眞如施設五眼即由此眞如施設六神通若由此眞如施設六神通即由此眞如施設佛十力若由此眞如施設佛十力即由此眞如施設四無所畏四無礙解大慈大悲大喜大捨十八佛不共法若由此眞如施設四無所畏乃至十八佛不共法即由此眞如施設無忘失法若由此眞如施設無忘失法即由此眞如施設恒住捨性若由此眞如施設恒住捨性即由此眞如施設一切智若由此眞如施設一切智即由此眞如施設道相智一切相智若由此眞如施設道相智一切相智即由此眞如施設一切菩薩摩訶薩行若由此眞如施設一切菩薩摩訶薩行即由此眞如施設諸佛無上正等菩提若由此眞如施設諸佛無上正等菩提即由此眞如施設有爲界若由此眞如施設有爲界即由此眞如施設無爲界若由此眞如施設無爲界即由此眞如施設一切如來應正等覺若由此眞如施設一切如來應正等覺即由此眞如施設一切菩薩摩訶薩若由此眞如施設一切菩薩摩訶薩即由此眞如施設一切有情若由此眞如施設一切有情即由此眞如施設一切法如是善現一切法眞如一切有情

真如一切如來應正等覺真如一切菩薩摩訶薩真如實皆無異由無異故說名真如諸菩薩摩訶薩於此真如修學圓滿證得無上正等菩提故名如來應正等覺是故善現應知菩薩摩訶薩即是如來應正等覺以一切法一切有情皆以真如爲定量故如是善現菩薩摩訶薩應學真如甚深般若波羅蜜多善現諸菩薩摩訶薩若學真如甚深般若波羅蜜多則能學一切法真如若能學一切法真如則能圓滿一切法真如若能圓滿一切法真如則於一切法真如得自在住若於一切法真如得自在住則能善知一切有情根性勝劣若能善知一切有情根性勝劣則能具知一切有情勝解差別若能具知一切有情勝解差別則知有情自業受果若知有情自業受果則能具足願智若能具足願智則能淨修三世妙智若能淨修三世妙智則能無倒行菩薩行若能無倒行菩薩行則能如實成熟有情若能如實成熟有情則能如實嚴淨佛土若能如實嚴淨佛土則能證得一切智智若能證得一切智智則能轉妙法輪若能轉妙法輪則能安立有情於三乘道若能安立有情於三乘道則令有情入無餘依般涅槃界善現諸菩薩摩訶薩見如是等自利利他一切功德應發無上正等覺心勇猛精進修行般若波羅蜜多堅固無退具壽善現白佛言世尊若菩薩摩訶薩能發無上正等覺心如說修行甚深般若波羅蜜多世間天人阿素洛等皆應稽首恭敬供養佛言善現如是如是如汝所說若菩薩摩訶薩能發

無上正等覺心如說修行甚深般若波羅蜜多世間天人阿素洛等皆應稽首恭敬供養爾時具壽善現白佛言世尊若菩薩摩訶薩普為度脫諸有情故初發無上正等覺心獲幾所福佛言善現若菩薩摩訶薩普為度脫諸有情故初發無上正等覺心其所獲福無量無邊筭數譬喻所不能及善現假使充滿小千世界一切有情皆趣聲聞或獨覺地於意云何是諸有情其福多不善現荅言甚多世尊甚多善逝彼所獲福無量無邊佛言善現彼所獲福於為度脫一切有情初發無上正等覺心一菩薩摩訶薩所獲福聚百分不及一千分不及一百千分不及一俱胝分不及一百俱胝分不及一千俱胝分不及一百千俱胝那庾多分亦不及一何以故善現聲聞獨覺皆因菩薩摩訶薩有非菩薩摩訶薩因證聲聞獨覺而有善現置小千界一切有情皆趣聲聞或獨覺地所獲福聚假使充滿中千世界一切有情皆趣聲聞或獨覺地於意云何是諸有情其福多不善現荅言甚多世尊甚多善逝彼所獲福無量無邊佛言善現彼所獲福於為度脫一切有情初發無上正等覺心一菩薩摩訶薩所獲福聚百分不及一千分不及一百千分不及一俱胝分不及一百俱胝分不及一千俱胝分不及一百千俱胝那庾多分亦不及一善現置中千界一切有情皆趣聲聞或獨覺地所獲福聚假使充滿三千大千世界一切有情皆趣聲聞或獨覺地於意云何是諸有情其福多不善現荅言甚多世尊甚多善逝彼所獲福無量

無邊佛言善現彼所獲福於爲度脫一切有情初發無上正等覺心一菩薩摩訶薩所獲福聚百分不及一千分不及一百千分不及一俱胝分不及一百俱胝分不及一千俱胝分不及一百千俱胝那庾多分亦不及一善現置大千界一切有情皆趣聲聞或獨覺地所獲福聚假使充滿三千大千世界一切有情皆住淨觀地於意云何是諸有情其福多不善現荅言甚多世尊甚多善逝彼所獲福無量無邊佛言善現彼所獲福於爲度脫一切有情初發無上正等覺心一菩薩摩訶薩所獲福聚百分不及一千分不及一百千分不及一俱胝分不及一百俱胝分不及一千俱胝分不及一百千俱胝那庾多分亦不及一善現置大千界一切有情皆住淨觀地所獲福聚假使充滿三千大千世界一切有情皆住種性地於意云何是諸有情其福多不善現荅言甚多世尊甚多善逝彼所獲福無量無邊佛言善現彼所獲福於爲度脫一切有情初發無上正等覺心一菩薩摩訶薩所獲福聚百分不及一千分不及一百千分不及一俱胝分不及一百俱胝分不及一千俱胝分不及一百千俱胝那庾多分亦不及一善現置大千界一切有情皆住種性地所獲福聚假使充滿三千大千世界一切有情皆住第八地於意云何是諸有情其福多不善現荅言甚多世尊甚多善逝彼所獲福無量無邊佛言善現彼所獲福於爲度脫一切有情初發無上正等覺心一菩薩摩訶薩所獲福聚百分不及一千分不及一百千分不及

一俱胝分不及一百俱胝分不及一千俱胝分不及一百千俱胝那庾多分亦不及一善現置大千界一切有情皆住第八地所獲福聚假使充滿三千大千世界一切有情皆住見地於意云何是諸有情其福多不善現荅言甚多世尊甚多善逝彼所獲福無量無邊佛言善現彼所獲福於爲度脫一切有情初發無上正等覺心一菩薩摩訶薩所獲福聚百分不及一千分不及一百千分不及一俱胝分不及一百俱胝分不及一千俱胝分不及一百千俱胝那庾多分亦不及一善現置大千界一切有情皆住見地所獲福聚假使充滿三千大千世界一切有情皆住薄地於意云何是諸有情其福多不善現荅言甚多世尊甚多善逝彼所獲福無量無邊佛言善現彼所獲福於爲度脫一切有情初發無上正等覺心一菩薩摩訶薩所獲福聚百分不及一千分不及一百千分不及一俱胝分不及一百俱胝分不及一千俱胝分不及一百千俱胝那庾多分亦不及一善現置大千界一切有情皆住薄地所獲福聚假使充滿三千大千世界一切有情皆住離欲地於意云何是諸有情其福多不善現荅言甚多世尊甚多善逝彼所獲福無量無邊佛言善現彼所獲福於爲度脫一切有情初發無上正等覺心一菩薩摩訶薩所獲福聚百分不及一千分不及一百千分不及一俱胝分不及一百俱胝分不及一千俱胝分不及一百千俱胝那庾多分亦不及一善現置大千界一切有情皆住離欲地所獲福聚假使充滿三千

大千世界一切有情皆住已辦地於意云何是諸有情其福多不善現荅言甚多世尊甚多善逝彼所獲福無量無邊佛言善現彼所獲福於爲度脱一切有情初發無上正等覺心一菩薩摩訶薩所獲福聚百分不及一千分不及一百千分不及一俱胝分不及一百俱胝分不及一千俱胝分不及一百千俱胝那庾多分亦不及一善現置大千界一切有情皆住已辦地所獲福聚假使充滿三千大千世界一切有情皆住獨覺地於意云何是諸有情其福多不善現荅言甚多世尊甚多善逝彼所獲福無量無邊佛言善現彼所獲福於爲度脱一切有情初發無上正等覺心一菩薩摩訶薩所獲福聚百分不及一千分不及一百千分不及一俱胝分不及一百俱胝分不及一千俱胝分不及一百千俱胝那庾多分亦不及一善現假使充滿三千大千世界一切有情皆爲度脱諸有情故初發無上正等覺心是諸菩薩摩訶薩所獲福聚於入菩薩正性離生一菩薩摩訶薩所獲福聚百分不及一千分不及一百千分不及一俱胝分不及一百俱胝分不及一千俱胝分不及一百千俱胝那庾多分亦不及一善現假使充滿三千大千世界一切有情皆入菩薩正性離生是諸菩薩摩訶薩所獲福聚於行菩提向一菩薩摩訶薩所獲福聚百分不及一千分不及一百千分不及一俱胝分不及一百俱胝分不及一千俱胝分不及一百千俱胝那庾多分亦不及一善現假使充滿三千大千世界一切有情皆行菩提向是諸菩

薩摩訶薩所獲福聚於一如來應正等覺所獲福聚百分不及一千分不及一百千分不及一俱胝分不及一百俱胝分不及一千俱胝分不及一百千俱胝那庾多分亦不及一爾時具壽善現白佛言世尊初發無上正等覺心菩薩摩訶薩何所思惟佛言善現初發無上正等覺心菩薩摩訶薩恒正思惟一切相智具壽善現復白佛言世尊一切相智有何性何所緣何增上何行相有何相佛言善現一切相智無性爲性無相無因無所警覺無生無現又汝所問一切相智何所緣何增上何行相有何相者善現一切相智無性爲所緣正念爲增上寂靜爲行相無相爲相善現一切相智如是所緣如是增上如是行相如是相具壽善現復白佛言世尊

爲但一切相智無性爲性爲色受想行識亦無性爲性爲眼處耳鼻舌身意處亦無性爲性爲色處聲香味觸法處亦無性爲性爲眼界耳鼻舌身意界亦無性爲性爲色界聲香味觸法界亦無性爲性爲眼識界耳鼻舌身意識界亦無性爲性爲眼觸耳鼻舌身意觸亦無性爲性爲眼觸爲緣所生諸受耳鼻舌身意觸爲緣所生諸受亦無性爲性爲地界水火風空識界亦無性爲性爲無明行識名色六處觸受愛取有生老死愁歎苦憂惱亦無性爲性爲内法外法亦無性爲性爲四靜慮四無量四無色定亦無性爲性爲四念住四正斷四神足五根五力七等覺支八聖道支亦無性爲性爲空解脫門無相無願解脫門亦無性爲性爲八解脫八勝處九次第定

十徧處亦無性爲性爲布施波羅蜜多淨戒安忍精進靜慮般若波羅蜜多亦無性爲性爲内空外空内外空空空大空勝義空有爲空無爲空畢竟空無際空散空無變異空本性空自相空共相空一切法空不可得空無性空自性空無性自性空亦無性爲性爲苦聖諦集滅道聖諦亦無性爲性爲一切三摩地門一切陀羅尼門亦無性爲性爲佛十力四無所畏四無礙解十八佛不共法亦無性爲性爲大慈大悲大喜大捨亦無性爲性爲無忘失法恒住捨性亦無性爲性爲一切智道相智亦無性爲性爲初眼第二第三第四第五眼亦無性爲性爲初神通第二第三第四第五第六神通亦無性爲性爲有爲界無爲界亦無性爲性佛言善現非但一切相智無性爲性色受想行識亦無性爲性眼處耳鼻舌身意處亦無性爲性色處聲香味觸法處亦無性爲性眼界耳鼻舌身意界亦無性爲性色界聲香味觸法界亦無性爲性眼識界耳鼻舌身意識界亦無性爲性眼觸耳鼻舌身意觸亦無性爲性眼觸爲緣所生諸受耳鼻舌身意觸爲緣所生諸受亦無性爲性地界水火風空識界亦無性爲性無明行識名色六處觸受愛取有生老死愁歎苦憂惱亦無性爲性内法外法亦無性爲性四靜慮四無量四無色定亦無性爲性四念住四正斷四神足五根五力七等覺支八聖道支亦無性爲性空解脱門無相無願解脱門亦無性爲性八解脱八勝處九次第定十徧處亦無性爲性布施波羅蜜多淨戒安忍精進靜

處般若波羅蜜多亦無性爲性內空外空內外空空空大空勝義空有爲空無爲空畢竟空無際空散空無變異空本性空自相空共相空一切法空不可得空無性空自性空無性自性空亦無性爲性苦聖諦集滅道聖諦亦無性爲性一切三摩地門一切陀羅尼門亦無性爲性佛十力四無所畏四無礙解十八佛不共法亦無性爲性大慈大悲大喜大捨亦無性爲性無忘失法恒住捨性亦無性爲性一切智道相智亦無性爲性初眼第二第三第四第五眼亦無性爲性初神通第二第三第四第五第六神通亦無性爲性有爲界無爲界亦無性爲性具壽善現白佛言世尊何緣一切相智無性爲性何緣色受想行識亦無性爲性何緣眼處耳鼻舌身意處亦無性爲性何緣色處聲香味觸法處亦無性爲性何緣眼界耳鼻舌身意界亦無性爲性何緣色界聲香味觸法界亦無性爲性何緣眼識界耳鼻舌身意識界亦無性爲性何緣眼觸耳鼻舌身意觸亦無性爲性何緣眼觸爲緣所生諸受耳鼻舌身意觸爲緣所生諸受亦無性爲性何緣地界水火風空識界亦無性爲性何緣無明行識名色六處觸受愛取有生老死愁歎苦憂惱亦無性爲性何緣內法外法亦無性爲性何緣四靜慮四無量四無色定亦無性爲性何緣四念住四正斷四神足五根五力七等覺支八聖道支亦無性爲性何緣空解脫門無相無願解脫門亦無性爲性何緣八解脫八勝處九次第定十徧處亦無性爲性何緣布施波羅蜜多淨戒

安忍精進靜慮般若波羅蜜多亦無性爲性何緣内空外空内外空空空大空勝義空有爲空無爲空畢竟空無際空散空無變異空本性空自相空共相空一切法空不可得空無性空自性空無性自性空亦無性爲性何緣苦聖諦集滅道聖諦亦無性爲性何緣一切三摩地門一切陀羅尼門亦無性爲性何緣佛十力四無所畏四無礙解十八佛不共法亦無性爲性何緣大慈大悲大喜大捨亦無性爲性何緣無忘失法恒住捨性亦無性爲性何緣一切智道相智亦無性爲性何緣初眼第二第三第四第五眼亦無性爲性何緣初神通第二第三第四第五第六神通亦無性爲性何緣有爲界無爲界亦無性爲性佛言善現一切相智自性無故若法自性無

是法無性爲性色受想行識自性無故若法自性無是法無性爲性眼處耳鼻舌身意處自性無故若法自性無是法無性爲性色處聲香味觸法處自性無故若法自性無是法無性爲性眼界耳鼻舌身意界自性無故若法自性無是法無性爲性色界聲香味觸法界自性無故若法自性無是法無性爲性眼識界耳鼻舌身意識界自性無故若法自性無是法無性爲性眼觸耳鼻舌身意觸自性無故若法自性無是法無性爲性眼觸爲緣所生諸受耳鼻舌身意觸爲緣所生諸受自性無故若法自性無是法無性爲性地界水火風空識界自性無故若法自性無是法無性爲性無明行識名色六處觸受愛取有生老死愁歎苦憂惱自性無故若法自性無是

法無性爲性内法外法自性無故若法自性無是法無性爲性四靜慮四無量四無色定自性無故若法自性無是法無性爲性四念住四正斷四神足五根五力七等覺支八聖道支自性無故若法自性無是法無性爲性空解脱門無相無願解脱門自性無故若法自性無是法無性爲性八解脱八勝處九次第定十徧處自性無故若法自性無是法無性爲性布施波羅蜜多淨戒安忍精進靜慮般若波羅蜜多自性無故若法自性無是法無性爲性内空外空内外空空空大空勝義空有爲空無爲空畢竟空無際空散空無變異空本性空自相空共相空一切法空不可得空無性空自性空無性自性空自性無故若法自性無是法無性爲性苦聖諦集滅道聖諦自性無故若法自性無是法無性爲性一切三摩地門一切陀羅尼門自性無故若法自性無是法無性爲性佛十力四無所畏四無礙解十八佛不共法自性無故若法自性無是法無性爲性大慈大悲大喜大捨自性無故若法自性無是法無性爲性無忘失法恒住捨性自性無故若法自性無是法無性爲性一切智道相智自性無故若法自性無是法無性爲性初眼第二第三第四第五眼自性無故若法自性無是法無性爲性初神通第二第三第四第五第六神通自性無故若法自性無是法無性爲性有爲界無爲界自性無故若法自性無是法無性爲性具壽善現白佛言世尊何緣一切相智自性無佛言善現一切相智無和合自性故若法無

和合自性是法則以無性爲性世尊何緣色受想行識自性無善現色受想行識無和合自性故若法無和合自性是法則以無性爲性世尊何緣眼處耳鼻舌身意處自性無善現眼處耳鼻舌身意處無和合自性故若法無和合自性是法則以無性爲性世尊何緣色處聲香味觸法處自性無善現色處聲香味觸法處無和合自性故若法無和合自性是法則以無性爲性世尊何緣眼界耳鼻舌身意界自性無善現眼界耳鼻舌身意界無和合自性故若法無和合自性是法則以無性爲性世尊何緣色界聲香味觸法界自性無善現色界聲香味觸法界無和合自性故若法無和合自性是法則以無性爲性世尊何緣眼識界耳鼻舌身意識界自性無善現眼識界耳鼻舌身意識界無和合自性故若法無和合自性是法則以無性爲性世尊何緣眼觸耳鼻舌身意觸自性無善現眼觸耳鼻舌身意觸無和合自性故若法無和合自性是法則以無性爲性世尊何緣眼觸爲緣所生諸受耳鼻舌身意觸爲緣所生諸受自性無善現眼觸爲緣所生諸受耳鼻舌身意觸爲緣所生諸受無和合自性故若法無和合自性是法則以無性爲性世尊何緣地界水火風空識界自性無善現地界水火風空識界無和合自性故若法無和合自性是法則以無性爲性世尊何緣無明行識名色六處觸受愛取有生老死愁歎苦憂惱自性無善現無明乃至老死愁歎苦憂惱無和合自性故若法無和合自性是法則以無性爲性

世尊何緣內法外法自性無善現內法外法無和合自性故若法無和合自性是法則以無性爲性世尊何緣四靜慮四無量四無色定自性無善現四靜慮四無量四無色定無和合自性故若法無和合自性是法則以無性爲性世尊何緣四念住四正斷四神足五根五力七等覺支八聖道支自性無善現四念住乃至八聖道支無和合自性故若法無和合自性是法則以無性爲性世尊何緣空解脫門無相無願解脫門自性無善現空解脫門無相無願解脫門無和合自性故若法無和合自性是法則以無性爲性世尊何緣八解脫八勝處九次第定十徧處自性無善現八解脫乃至十徧處無和合自性故若法無和合自性是法則以無性爲性世尊何緣

布施波羅蜜多淨戒安忍精進靜慮般若波羅蜜多自性無善現布施波羅蜜多乃至般若波羅蜜多無和合自性故若法無和合自性是法則以無性爲性世尊何緣內空外空內外空空空大空勝義空有爲空無爲空畢竟空無際空散空無變異空本性空自相空共相空一切法空不可得空無性空自性空無性自性空自性無善現內空乃至無性自性空無和合自性故若法無和合自性是法則以無性爲性世尊何緣苦聖諦集滅道聖諦自性無善現苦聖諦集滅道聖諦無和合自性故若法無和合自性是法則以無性爲性世尊何緣一切三摩地門一切陀羅尼門自性無善現一切三摩地門一切陀羅尼門無和合自性故若法無和合自性是法則以

無性爲性世尊何緣佛十力四無所畏四無礙解十八佛不共法自性無善現佛十力乃至十八佛不共法無和合自性故若法無和合自性是法則以無性爲性世尊何緣大慈大悲大喜大捨自性無善現大慈大悲大喜大捨無和合自性故若法無和合自性是法則以無性爲性世尊何緣無忘失法恒住捨性自性無善現無忘失法恒住捨性無和合自性故若法無和合自性是法則以無性爲性世尊何緣一切智道相智一切相智自性無善現一切智道相智一切相智無和合自性故若法無和合自性是法則以無性爲性世尊何緣初眼第二第三第四第五眼自性無善現初眼第二第三第四第五眼無和合自性故若法無和合自性是法則以無性爲性世尊何緣初神通第二第三第四第五第六神通自性無善現初神通第二第三第四第五第六神通無和合自性故若法無和合自性是法則以無性爲性世尊何緣有爲界無爲界自性無善現有爲界無爲界無和合自性故若法無和合自性是法則以無性爲性善現由是因緣諸菩薩摩訶薩應知一切法皆以無性爲其自性

大般若波羅蜜多經卷第三百六十四

大般若波羅蜜多經卷第三百六十五

唐三藏法師玄奘奉　詔譯

初分實說品第六十二之三

復次善現一切法皆以空爲自性一切法皆以無相爲自性一切法皆以無願爲自性善現由是因緣諸菩薩摩訶薩應知一切法皆以無性爲其自性復次善現一切法皆以眞如爲自性一切法皆以法界爲自性一切法皆以法性爲自性一切法皆以不虛妄性爲自性一切法皆以不變異性爲自性一切法皆以平等性爲自性一切法皆以離生性爲自性一切法皆以法定爲自性一切法皆以法住爲自性一切法皆以實際爲自性一切法皆以虛空界爲自性一切法皆以不思議界爲自性善現由是因緣諸菩薩摩訶薩應知一切法皆以無性爲其自性爾時具壽善現白佛言世尊若一切法皆以無性爲自性者初發無上正等覺心菩薩摩訶薩成就何等善巧方便能行布施波羅蜜多成熟有情嚴淨佛土能行淨戒安忍精進靜慮般若波羅蜜多成熟有情嚴淨佛土成就何等善巧方便能住內空成熟有情嚴淨佛土能住外空內外空空空大空勝義空有爲空無爲空畢竟空無際空散空無變異空本性空自相空共相空一切法空不可得空無性空自性空無性自性空成熟有情嚴淨佛土成就何等善巧方便能住眞如成熟有情嚴淨佛土能住法界法性不虛妄性不變異性平等性離生性法定法住實際虛空界不思議界成熟有情嚴淨佛土成就何等善巧方便能行

四念住成熟有情嚴淨佛土能行四正斷四神足五根五力七等覺支八聖道支成熟有情嚴淨佛土成就何等善巧方便能住苦聖諦成熟有情嚴淨佛土能住集滅道聖諦成熟有情嚴淨佛土成就何等善巧方便能行初靜慮成熟有情嚴淨佛土能行第二第三第四靜慮成熟有情嚴淨佛土成就何等善巧方便能行慈無量成熟有情嚴淨佛土能行悲喜捨無量成熟有情嚴淨佛土成就何等善巧方便能行空無邊處定成熟有情嚴淨佛土能行識無邊處無所有處非想非非想處定成熟有情嚴淨佛土成就何等善巧方便能行八解脫成熟有情嚴淨佛土能行八勝處九次第定十徧處成熟有情嚴淨佛土成就何等善巧方便能行一切三摩地門成熟有情嚴淨佛土能行一切陀羅尼門成熟有情嚴淨佛土成就何等善巧方便能行空解脫門成熟有情嚴淨佛土能行無相無願解脫門成熟有情嚴淨佛土成就何等善巧方便能行五眼成熟有情嚴淨佛土能行六神通成熟有情嚴淨佛土成就何等善巧方便能行佛十力成熟有情嚴淨佛土能行四無所畏四無礙解十八佛不共法成熟有情嚴淨佛土成就何等善巧方便能行大慈成熟有情嚴淨佛土能行大悲大喜大捨成熟有情嚴淨佛土成就何等善巧方便能行無忘失法成熟有情嚴淨佛土能行恒住捨性成熟有情嚴淨佛土成就何等善巧方便能行一切智成熟有情嚴淨佛土能行道相智一切相智成熟有情嚴淨佛土佛言善現

是菩薩摩訶薩成就如是善巧方便謂雖修學知一切法皆以無性爲其自性而常精勤成熟有情嚴淨佛土雖常精勤成熟有情嚴淨佛土而勤修學知諸有情及諸佛土皆以無性爲其自性善現是菩薩摩訶薩雖行布施波羅蜜多學菩提道而知菩提道無性爲自性雖行淨戒安忍精進靜慮般若波羅蜜多學菩提道而知菩提道無性爲自性雖住内空學菩提道而知菩提道無性爲自性雖住外空内外空空空大空勝義空有爲空無爲空畢竟空無際空散空無變異空本性空自相空共相空一切法空不可得空無性空自性空無性自性空學菩提道而知菩提道無性爲自性雖住眞如學菩提道而知菩提道無性爲自性雖住法界法性不虚妄性不變異性平等性離生性法定法住實際虚空界不思議界學菩提道而知菩提道無性爲自性雖行四念住學菩提道而知菩提道無性爲自性雖行四正斷四神足五根五力七等覺支八聖道支學菩提道而知菩提道無性爲自性雖住苦聖諦學菩提道而知菩提道無性爲自性雖住集滅道聖諦學菩提道而知菩提道無性爲自性雖行初靜慮學菩提道而知菩提道無性爲自性雖行第二第三第四靜慮學菩提道而知菩提道無性爲自性雖行慈無量學菩提道而知菩提道無性爲自性雖行悲喜捨無量學菩提道而知菩提道無性爲自性雖行空無邊處定學菩提道而知菩提道無性爲自性雖行識無邊處無所有處非想非非想處定學菩提道而

知菩提道無性爲自性雖行八解脱學菩提道而知菩提道無性爲自性雖行八勝處九次第定十徧處學菩提道而知菩提道無性爲自性雖行一切三摩地門學菩提道而知菩提道無性爲自性雖行一切陀羅尼門學菩提道而知菩提道無性爲自性雖行空解脱門學菩提道而知菩提道無性爲自性雖行無相無願解脱門學菩提道而知菩提道無性爲自性雖行五眼學菩提道而知菩提道無性爲自性雖行六神通學菩提道而知菩提道無性爲自性雖行佛十力學菩提道而知菩提道無性爲自性雖行四無所畏四無礙解十八佛不共法學菩提道而知菩提道無性爲自性雖行大慈學菩提道而知菩提道無性爲自性雖行大悲大喜大捨學菩提道而知菩提道無性爲自性雖行無忘失法學菩提道而知菩提道無性爲自性雖行恒住捨性學菩提道而知菩提道無性爲自性雖行一切智學菩提道而知菩提道無性爲自性雖行道相智一切相智學菩提道而知菩提道無性爲自性善現是菩薩摩訶薩如是修行布施波羅蜜多學菩提道如是修行淨戒安忍精進靜慮般若波羅蜜多學菩提道如是安住內空學菩提道如是安住外空內外空空空大空勝義空有爲空無爲空畢竟空無際空散空無變異空本性空自相空共相空一切法空不可得空無性空自性空無性自性空學菩提道如是安住真如學菩提道如是安住法界法性不虛妄性不變異性平等性離生性法定法住實際虛空界

不思議界學菩提道如是修行四念住學菩提道如是修行四正斷四神足五根五力七等覺支八聖道支學菩提道如是安住苦聖諦學菩提道如是安住集滅道聖諦學菩提道如是修行初靜慮學菩提道如是修行第二第三第四靜慮學菩提道如是修行慈無量學菩提道如是修行悲喜捨無量學菩提道如是修行空無邊處定學菩提道如是修行識無邊處無所有處非想非非想處定學菩提道如是修行八解脫學菩提道如是修行八勝處九次第定十徧處學菩提道如是修行一切三摩地門學菩提道如是修行一切陀羅尼門學菩提道如是修行空解脫門學菩提道如是修行無相無願解脫門學菩提道如是修行五眼學菩提道如是修行六神通學菩提道如是修行佛十力學菩提道如是修行四無所畏四無礙解十八佛不共法學菩提道如是修行大慈學菩提道如是修行大悲大喜大捨學菩提道如是修行無忘失法學菩提道如是修行恒住捨性學菩提道如是修行一切智學菩提道如是修行道相智一切相智學菩提道乃至未得如來十力四無所畏四無礙解十八佛不共法大慈大悲大喜大捨無忘失法恒住捨性一切智道相智一切相智皆名學菩提道未得圓滿若於此道已得圓滿則於一切波羅蜜多亦已圓滿波羅蜜多已圓滿故由一剎那相應妙慧證得如來一切相智爾時一切微細煩惱習氣相續永不生故名無餘斷則名如來應正等覺以無障礙清淨佛眼徧觀十方

三界諸法尚不得無況當得有如是善現諸菩薩摩訶薩應行般若波羅蜜多觀一切法皆以無性爲其自性善現是名菩薩摩訶薩最勝善巧方便謂行般若波羅蜜多觀一切法尚不得無況當得有善現是菩薩摩訶薩修行布施波羅蜜多時於此布施施者受者諸所施物及菩提心尚不覩無況觀爲有修行淨戒波羅蜜多時於此淨戒護淨戒處持淨戒者守淨戒心尚不覩無況觀爲有修行安忍波羅蜜多時於此安忍修安忍處能安忍者修安忍心尚不覩無況觀爲有修行精進波羅蜜多時於此精進修精進處能精進者修精進心尚不覩無況觀爲有修行靜慮波羅蜜多時於此靜慮修靜慮處能靜慮者修靜慮心尚不覩無況觀爲有修行般若波羅蜜多時於此般若修般若處修般若者修般若心尚不覩無況觀爲有善現是菩薩摩訶薩安住內空外空內外空空空大空勝義空有爲空無爲空畢竟空無際空散空無變異空本性空自相空共相空一切法空不可得空無性空自性空無性自性空時於此內空乃至無性自性空能安住者由此安住修安住處尚不覩無況觀爲有善現是菩薩摩訶薩安住眞如法界法性不虛妄性不變異性平等性離生性法定法住實際虛空界不思議界時於此眞如乃至不思議界能安住者由此安住修安住處尚不覩無況觀爲有善現是菩薩摩訶薩修行四念住四正斷四神足五根五力七等覺支八聖道支時於此四念住乃至八聖道支能修行者由此修行

及修行處尚不觀無況觀爲有善現是菩薩摩訶薩安住苦聖諦集滅道聖諦時於此苦聖諦集滅道聖諦能安住者由此安住修安住處尚不觀無況觀爲有善現是菩薩摩訶薩修行四靜慮四無量四無色定時於此四靜慮四無量四無色定能修行者由此修行及修行處尚不觀無況觀爲有善現是菩薩摩訶薩修行八解脫八勝處九次第定十徧處時於此八解脫八勝處九次第定十徧處能修行者由此修行及修行處尚不觀無況觀爲有善現是菩薩摩訶薩修行一切三摩地門一切陀羅尼門時於此一切三摩地門一切陀羅尼門能修行者由此修行及修行處尚不觀無況觀爲有善現是菩薩摩訶薩修行空解脫門無相無願解脫門時於此空解脫門無相無願解脫門能修行者由此修行及修行處尚不觀無況觀爲有善現是菩薩摩訶薩修行五眼六神通時於此五眼六神通能修行者由此修行及修行處尚不觀無況觀爲有善現是菩薩摩訶薩修行佛十力四無所畏四無礙解大慈大悲大喜大捨十八佛不共法時於此佛十力乃至十八佛不共法能修行者由此修行及修行處尚不觀無況觀爲有善現是菩薩摩訶薩修行無忘失法恒住捨性時於此無忘失法恒住捨性能修行者由此修行及修行處尚不觀無況觀爲有善現是菩薩摩訶薩修行一切智道相智一切相智時於此一切智道相智一切相智能修行者由此修行及修行處尚不觀無況觀爲有善現是菩薩摩訶薩隨證得

一切智智時於此一切智智能隨證得者由此隨證得及隨證得處尚不觀無況觀爲有何以故善現是菩薩摩訶薩常作是念諸法皆以無性爲性如是無性本性自爾非佛所作非獨覺作非聲聞作亦非餘作以一切法皆無作者離作者故爾時具壽善現白佛言世尊豈不諸法離諸法性佛言善現如是如是如汝所說諸法無不離諸法性具壽善現復白佛言世尊若一切法離法性者云何離法能知離法若有若無何以故世尊無法不應能知無法有法不應能知有法無法不應能知有法有法不應能知無法世尊如是一切法皆無知爲性云何菩薩摩訶薩修行般若波羅蜜多顯示諸法若有若無佛言善現諸菩薩摩訶薩修行般若波羅蜜多隨世俗故顯示諸法若有若無非隨勝義世尊世俗勝義爲有異不不也善現非異世俗別有勝義何以故善現世俗眞如即是勝義諸有情類顛倒妄執於此眞如不知不見菩薩摩訶薩哀愍彼故隨世俗相顯示諸法若有若無復次善現諸有情類於蘊等法起實有想不知非有菩薩摩訶薩哀愍彼故分別諸法若有若無如何當令彼有情類知蘊等法皆非實有善現諸菩薩摩訶薩應行如是甚深般若波羅蜜多

初分巧便行品第六十三之一

爾時具壽善現白佛言世尊如來常說菩薩行菩薩行何等名爲菩薩行耶佛言善現菩薩行者謂爲無上正等菩提故行是名菩薩行具壽善現復白佛言世尊菩薩摩訶薩當

於何處行菩薩行佛言善現菩薩摩訶薩當於色空行菩薩行當於受想行識空行菩薩行菩薩摩訶薩當於眼處空行菩薩行當於耳鼻舌身意處空行菩薩行菩薩摩訶薩當於色處空行菩薩行當於聲香味觸法處空行菩薩行菩薩摩訶薩當於眼界空行菩薩行當於耳鼻舌身意界空行菩薩行菩薩摩訶薩當於色界空行菩薩行當於聲香味觸法界空行菩薩行菩薩摩訶薩當於眼識界空行菩薩行當於耳鼻舌身意識界空行菩薩行菩薩摩訶薩當於眼觸空行菩薩行當於耳鼻舌身意觸空行菩薩行菩薩摩訶薩當於眼觸爲緣所生諸受空行菩薩行當於耳鼻舌身意觸爲緣所生諸受空行菩薩行菩薩摩訶薩當於地界空行菩薩行當於水火風空識界空行菩薩行菩薩摩訶薩當於無明空行菩薩行當於行識名色六處觸受愛取有生老死愁歎苦憂惱空行菩薩行菩薩摩訶薩當於内法空行菩薩行當於外法空行菩薩行菩薩摩訶薩當於布施波羅蜜多空行菩薩行當於淨戒安忍精進靜慮般若波羅蜜多空行菩薩行菩薩摩訶薩當於内空空行菩薩行當於外空内外空空空大空勝義空有爲空無爲空畢竟空無際空散空無變異空本性空自相空共相空一切法空不可得空無性空自性空無性自性空空行菩薩行菩薩摩訶薩當於初靜慮空行菩薩行當於第二第三第四靜慮空行菩薩行菩薩摩訶薩當於慈無量空行菩薩行當於悲喜捨無量空行菩薩行菩薩摩訶薩當於

空無邊處定空行菩薩行當於識無邊處定無所有處定非想非非想處定空行菩薩行菩薩摩訶薩當於四念住空行菩薩行當於四正斷四神足五根五力七等覺支八聖道支空行菩薩行菩薩摩訶薩當於和合空行菩薩行當於不和合空行菩薩行菩薩摩訶薩當於空解脱門空行菩薩行當於無相無願解脱門空行菩薩行菩薩摩訶薩當於八解脱空行菩薩行當於八勝處九次第定十徧處空行菩薩行菩薩摩訶薩當於苦聖諦空行菩薩行當於集滅道聖諦空行菩薩行菩薩摩訶薩當於佛十力空行菩薩行當於四無所畏四無礙解十八佛不共法空行菩薩行菩薩摩訶薩當於大慈空行菩薩行當於大悲大喜大捨空行菩薩行菩薩摩訶薩當於五眼空行菩薩行當於六神通空行菩薩行菩薩摩訶薩當於一切三摩地門空行菩薩行當於一切陀羅尼門空行菩薩行菩薩摩訶薩當於嚴淨佛土空行菩薩行當於成熟有情空行菩薩行菩薩摩訶薩當於引發辯才陀羅尼空行菩薩行當於引發文字陀羅尼空行菩薩行菩薩摩訶薩當於悟入文字陀羅尼空行菩薩行當於悟入無文字陀羅尼空行菩薩行菩薩摩訶薩當於有爲界空行菩薩行當於無爲界空行菩薩行菩薩摩訶薩如是行菩薩行時如佛無上正等菩提於諸法中不作二相善現若菩薩摩訶薩如是行般若波羅蜜多時名爲無上正等菩提行菩薩行爾時具壽善現白佛言世尊如來常説佛陀佛陀以何義故名爲佛陀佛

言善現隨覺實義故名佛陀復次善現現覺
實法故名佛陀復次善現通達實義故名佛
陀復次善現於一切法如實現覺故名佛陀
復次善現於一切法自相共相有相無相自
然開覺故名佛陀復次善現於三世法及無
爲法一切種相無障智轉故名佛陀復次善
現如實開覺一切有情令離顛倒惡業衆苦
故名佛陀復次善現能如實覺一切法相所
謂無相故名佛陀爾時具壽善現白佛言世
尊如來常說菩提菩提以何義故名爲菩提
佛言善現證法空義是菩提義證眞如義是
菩提義證實際義是菩提義證法性義是菩
提義證法界義是菩提義復次善現假立名
相施設言說能眞實覺最上勝妙故名菩提
復次善現不可破壞不可分別故名菩提復
次善現法眞如性不虛妄性不變異性無顛
倒性故名菩提復次善現唯假名相謂爲菩
提而無眞實名相可得故名菩提復次善現
諸佛所有眞淨妙覺故名菩提復次善現諸
佛由此現覺諸法一切種相故名菩提爾時
具壽善現白佛言世尊菩薩摩訶薩爲菩提
故行布施淨戒安忍精進靜慮般若波羅蜜
多時於何等法爲益爲損爲增爲減爲生爲
滅爲染爲淨世尊菩薩摩訶薩爲菩提故住
內空外空內外空空空大空勝義空有爲空
無爲空畢竟空無際空散空無變異空本性
空自相空共相空一切法空不可得空無性
空自性空無性自性空時於何等法爲益爲
損爲增爲減爲生爲滅爲染爲淨世尊菩薩
摩訶薩爲菩提故住眞如法界法性不虛妄

性不變異性平等性離生性法定法住實際虛空界不思議界時於何等法爲益爲損爲增爲減爲生爲滅爲染爲淨世尊菩薩摩訶薩爲菩提故修四念住四正斷四神足五根五力七等覺支八聖道支時於何等法爲益爲損爲增爲減爲生爲滅爲染爲淨世尊菩薩摩訶薩爲菩提故住苦聖諦集滅道聖諦時於何等法爲益爲損爲增爲減爲生爲滅爲染爲淨世尊菩薩摩訶薩爲菩提故修四靜慮四無量四無色定時於何等法爲益爲損爲增爲減爲生爲滅爲染爲淨世尊菩薩摩訶薩爲菩提故修八解脫八勝處九次第定十徧處時於何等法爲益爲損爲增爲減爲生爲滅爲染爲淨世尊菩薩摩訶薩爲菩提故修三摩地門陀羅尼門時於何等法爲益爲損爲增爲減爲生爲滅爲染爲淨世尊菩薩摩訶薩爲菩提故修空解脫門無相無願解脫門時於何等法爲益爲損爲增爲減爲生爲滅爲染爲淨世尊菩薩摩訶薩爲菩提故修五眼六神通時於何等法爲益爲損爲增爲減爲生爲滅爲染爲淨世尊菩薩摩訶薩爲菩提故修佛十力四無所畏四無礙解十八佛不共法時於何等法爲益爲損爲增爲減爲生爲滅爲染爲淨世尊菩薩摩訶薩爲菩提故修大慈大悲大喜大捨時於何等法爲益爲損爲增爲減爲生爲滅爲染爲淨世尊菩薩摩訶薩爲菩提故修無忘失法恒住捨性時於何等法爲益爲損爲增爲減爲生爲滅爲染爲淨世尊菩薩摩訶薩爲菩提故修一切智道相智一切相智時於何等

法爲益爲損爲增爲減爲生爲滅爲染爲淨佛言善現菩薩摩訶薩爲菩提故行布施淨戒安忍精進靜慮般若波羅蜜多時於一切法無益無損無增無減無生無滅無染無淨善現菩薩摩訶薩爲菩提故住内空外空内外空空空大空勝義空有爲空無爲空畢竟空無際空散空無變異空本性空自相空共相空一切法空不可得空無性空自性空無性自性空時於一切法無益無損無增無減無生無滅無染無淨善現菩薩摩訶薩爲菩提故住眞如法界法性不虛妄性不變異性平等性離生性法定法住實際虛空界不思議界時於一切法無益無損無增無減無生無滅無染無淨善現菩薩摩訶薩爲菩提故修四念住四正斷四神足五根五力七等覺支八聖道支時於一切法無益無損無增無減無生無滅無染無淨善現菩薩摩訶薩爲菩提故住苦聖諦集滅道聖諦時於一切法無益無損無增無減無生無滅無染無淨善現菩薩摩訶薩爲菩提故修四靜慮四無量四無色定時於一切法無益無損無增無減無生無滅無染無淨善現菩薩摩訶薩爲菩提故修八解脫八勝處九次第定十徧處時於一切法無益無損無增無減無生無滅無染無淨善現菩薩摩訶薩爲菩提故修三摩地門陀羅尼門時於一切法無益無損無增無減無生無滅無染無淨善現菩薩摩訶薩爲菩提故修空解脫門無相無願解脫門時於一切法無益無損無增無減無生無滅無染無淨善現菩薩摩訶薩爲菩提故修五眼

六神通時於一切法無益無損無增無減無生無滅無染無淨善現菩薩摩訶薩爲菩提故修佛十力四無所畏四無礙解十八佛不共法時於一切法無益無損無增無減無生無滅無染無淨善現菩薩摩訶薩爲菩提故修大慈大悲大喜大捨時於一切法無益無損無增無減無生無滅無染無淨善現菩薩摩訶薩爲菩提故修無忘失法恒住捨性時於一切法無益無損無增無減無生無滅無染無淨善現菩薩摩訶薩爲菩提故修一切智道相智一切相智時於一切法無益無損無增無減無生無滅無染無淨何以故善現菩薩摩訶薩爲菩提故行深般若波羅蜜多於一切法都無所緣而爲方便不爲益損不爲增減不爲生滅不爲染淨現在前故具壽善現白佛言世尊若菩薩摩訶薩爲菩提故行深般若波羅蜜多於一切法都無所緣而爲方便不爲益不爲損不爲增不爲減不爲生不爲滅不爲染不爲淨故現在前者云何菩薩摩訶薩行深般若波羅蜜多時攝受布施波羅蜜多攝受淨戒安忍精進靜慮般若波羅蜜多云何菩薩摩訶薩行深般若波羅蜜多時攝受內空攝受外空內外空空空大空勝義空有爲空無爲空畢竟空無際空散空無變異空本性空自相空共相空一切法空不可得空無性空自性空無性自性空云何菩薩摩訶薩行深般若波羅蜜多時攝受真如攝受法界法性不虛妄性不變異性平等性離生性法定法住實際虛空界不思議界云何菩薩摩訶薩行深般若波羅蜜多時

攝受四念住攝受四正斷四神足五根五力七等覺支八聖道支云何菩薩摩訶薩行深般若波羅蜜多時攝受苦聖諦攝受集滅道聖諦云何菩薩摩訶薩行深般若波羅蜜多時攝受四靜慮攝受四無量四無色定云何菩薩摩訶薩行深般若波羅蜜多時攝受八解脫攝受八勝處九次第定十徧處云何菩薩摩訶薩行深般若波羅蜜多時攝受三摩地門攝受陀羅尼門云何菩薩摩訶薩行深般若波羅蜜多時攝受空解脫門攝受無相無願解脫門云何菩薩摩訶薩行深般若波羅蜜多時攝受五眼攝受六神通云何菩薩摩訶薩行深般若波羅蜜多時攝受佛十力攝受四無所畏四無礙解十八佛不共法云何菩薩摩訶薩行深般若波羅蜜多時攝受大慈攝受大悲大喜大捨云何菩薩摩訶薩行深般若波羅蜜多時攝受無忘失法攝受恒住捨性云何菩薩摩訶薩行深般若波羅蜜多時攝受一切智攝受道相智一切相智云何菩薩摩訶薩行深般若波羅蜜多時超諸聲聞及獨覺地趣入菩薩正性離生修行菩薩十地正行證得無上正等菩提

大般若波羅蜜多經卷第三百六十五

大般若波羅蜜多經卷第三百六十六

唐三藏法師玄奘奉　詔譯

初分巧便行品第六十三之二

佛言善現菩薩摩訶薩行深般若波羅蜜多時不以二故攝受布施波羅蜜多不以二故攝受淨戒安忍精進靜慮般若波羅蜜多菩薩摩訶薩行深般若波羅蜜多時不以二故攝受内空不以二故攝受外空内外空空空大空勝義空有爲空無爲空畢竟空無際空散空無變異空本性空自相空共相空一切法空不可得空無性空自性空無性自性空菩薩摩訶薩行深般若波羅蜜多時不以二故攝受眞如不以二故攝受法界法性不虚妄性不變異性平等性離生性法定法住實際虚空界不思議界菩薩摩訶薩行深般若波羅蜜多時不以二故攝受四念住不以二故攝受四正斷四神足五根五力七等覺支八聖道支菩薩摩訶薩行深般若波羅蜜多時不以二故攝受苦聖諦不以二故攝受集滅道聖諦菩薩摩訶薩行深般若波羅蜜多時不以二故攝受四靜慮不以二故攝受四無量四無色定菩薩摩訶薩行深般若波羅蜜多時不以二故攝受八解脱不以二故攝受八勝處九次第定十徧處菩薩摩訶薩行深般若波羅蜜多時不以二故攝受三摩地門不以二故攝受陀羅尼門菩薩摩訶薩行深般若波羅蜜多時不以二故攝受空解脱門不以二故攝受無相無願解脱門菩薩摩訶薩行深般若波羅蜜多時不以二故攝受五眼不以二故攝受六神通菩薩摩訶薩行

深般若波羅蜜多時不以二故攝受佛十力不以二故攝受四無所畏四無礙解十八佛不共法菩薩摩訶薩行深般若波羅蜜多時不以二故攝受大慈不以二故攝受大悲大喜大捨菩薩摩訶薩行深般若波羅蜜多時不以二故攝受無忘失法不以二故攝受恒住捨性菩薩摩訶薩行深般若波羅蜜多時不以二故攝受一切智不以二故攝受道相智一切相智菩薩摩訶薩行深般若波羅蜜多時不以二故超諸聲聞及獨覺地不以二故趣入菩薩正性離生不以二故修行菩薩十地正行不以二故證得無上正等菩提具壽善現白佛言世尊若菩薩摩訶薩行深般若波羅蜜多時不以二故攝受布施波羅蜜多不以二故攝受淨戒安忍精進靜慮般若波羅蜜多不以二故攝受內空不以二故攝受外空內外空空空大空勝義空有為空無為空畢竟空無際空散空無變異空本性空自相空共相空一切法空不可得空無性空自性空無性自性空不以二故攝受真如不以二故攝受法界法性不虛妄性不變異性平等性離生性法定法住實際虛空界不思議界不以二故攝受四念住不以二故攝受四正斷四神足五根五力七等覺支八聖道支不以二故攝受苦聖諦不以二故攝受集滅道聖諦不以二故攝受四靜慮不以二故攝受四無量四無色定不以二故攝受八解脫不以二故攝受八勝處九次第定十徧處不以二故攝受三摩地門不以二故攝受陀羅尼門不以二故攝受空解脫門不以二故

攝受無相無願解脫門不以二故攝受五眼不以二故攝受六神通不以二故攝受佛十力不以二故攝受四無所畏四無礙解十八佛不共法不以二故攝受大慈不以二故攝受大悲大喜大捨不以二故攝受無忘失法不以二故攝受恒住捨性不以二故攝受一切智不以二故攝受道相智一切相智不以二故超諸聲聞及獨覺地不以二故趣入菩薩正性離生不以二故修行菩薩十地正行不以二故證得無上正等菩提者云何菩薩摩訶薩從初發心乃至最後心起於一切時善法增長佛言善現若菩薩摩訶薩以二故行則諸善法不得增長何以故善現一切愚夫異生皆依二故所起種種善法不得增長菩薩摩訶薩行不二故從初發心乃至最後心起於一切時善法增長是故善現諸菩薩摩訶薩善根堅固不可制伏世間天人阿素洛等不能破壞令墮聲聞或獨覺地世間種種惡不善法不能制伏令行布施波羅蜜多時所起善法不得增長不能制伏令行淨戒安忍精進靜慮般若波羅蜜多時所起善法不得增長不能制伏令住內空時所起善法不得增長不能制伏令住外空內外空空空大空勝義空有為空無為空畢竟空無際空散空無變異空本性空自相空共相空一切法空不可得空無性空自性空無性自性空時所起善法不得增長不能制伏令住眞如時所起善法不得增長不能制伏令住法界法性不虛妄性不變異性平等性離生性法定法住實際虛空界不思議界時所起善法

不得增長不能制伏令修四念住時所起善法不得增長不能制伏令修四正斷四神足五根五力七等覺支八聖道支時所起善法不得增長不能制伏令住苦聖諦時所起善法不得增長不能制伏令住集滅道聖諦時所起善法不得增長不能制伏令修四靜慮時所起善法不得增長不能制伏令修四無量四無色定時所起善法不得增長不能制伏令修三摩地門時所起善法不得增長不能制伏令修陀羅尼門時所起善法不得增長不能制伏令修空解脫門時所起善法不得增長不能制伏令修無相無願解脫門時所起善法不得增長不能制伏令修五眼時所起善法不得增長不能制伏令修六神通時所起善法不得增長不能制伏令修佛十力時所起善法不得增長不能制伏令修四無所畏四無礙解十八佛不共法時所起善法不得增長不能制伏令修大慈時所起善法不得增長不能制伏令修大悲大喜大捨時所起善法不得增長不能制伏令修無忘失法時所起善法不得增長不能制伏令修恒住捨性時所起善法不得增長不能制伏令修一切智時所起善法不得增長不能制伏令修道相智一切相智時所起善法不得增長是故善現菩薩摩訶薩應如是行甚深般若波羅蜜多爾時具壽善現白佛言世尊菩薩摩訶薩爲善根故行深般若波羅蜜多耶佛言不也善現菩薩摩訶薩不爲善根故行深般若波羅蜜多亦不爲不善根故行深般若波羅蜜多何以故善現菩薩摩訶薩法

應如是若未恭敬供養諸佛若未圓滿殊勝善根若真善友未多攝受終不能得一切智智具壽善現復白佛言世尊云何菩薩摩訶薩恭敬供養諸佛圓滿殊勝善根得真善友多所攝受乃能證得一切智智佛言善現諸菩薩摩訶薩從初發心恭敬供養無量如來應正等覺從諸佛所聞說契經應頌記別伽陀自說本事本生方廣希法譬喻論議聞已總持持已身語恭敬供養轉讀溫習令善通利既通利已心善觀察善觀察已深見意趣見意趣已復善通達善通達已得陀羅尼得陀羅尼已起無礙解起無礙解已乃至證得一切智智隨所生處於所聞持正法教義終不忘失於諸佛所種植無量廣大善根由諸善根所攝受故終不枉生惡趣難處復由善根所攝受故於一切時意樂清淨意樂淨故常能嚴淨所求佛土亦常成熟所化有情復由善根所攝受故常不遠離真善知識謂諸如來應正等覺及諸菩薩摩訶薩衆獨覺聲聞并餘能讚佛法僧者常得親近恭敬供養如是善現菩薩摩訶薩恭敬供養諸佛圓滿殊勝善根得真善友多所攝受速能證得一切智智是故善現菩薩摩訶薩行深般若波羅蜜多欲疾證得一切智智應勤恭敬供養諸佛攝受圓滿殊勝善根常求親近真善知識恒無厭倦爾時具壽善現白佛言世尊若菩薩摩訶薩不恭敬供養諸佛不圓滿殊勝善根不得善友多所攝受是菩薩摩訶薩必不能得一切智智佛言善現若不恭敬供養諸佛不能圓滿殊勝善根不得善友多所攝

受者尚不應得菩薩摩訶薩名況能證得一切智智何以故善現或有恭敬供養諸佛種植圓滿殊勝善根得真善友多所攝受尚不能得一切智智況不恭敬供養諸佛不能圓滿殊勝善根不得善友多所攝受而能證得一切智智彼若能得一切智智無有是處是故善現若菩薩摩訶薩欲得菩薩摩訶薩名欲疾證得一切智智當勤恭敬供養諸佛種植圓滿殊勝善根親近供養真善知識勿生猒倦具壽善現白佛言世尊何因縁故有菩薩摩訶薩雖已恭敬供養諸佛種植圓滿殊勝善根得真善友多所攝受而不能得一切智智佛言善現彼菩薩摩訶薩遠離方便善巧力故不能證得一切智智謂彼菩薩摩訶薩不從諸佛聞說如是方便善巧恭敬供養諸佛世尊種植圓滿殊勝善根親近供養真善知識故不能得一切智智爾時具壽善現白佛言世尊何等名爲方便善巧菩薩摩訶薩成就如是方便善巧諸有所爲定能證得一切智智佛言善現若菩薩摩訶薩從初發心修行布施波羅蜜多時以一切智智相應作意或施如來應正等覺或施獨覺或施聲聞或施菩薩摩訶薩或施諸餘沙門婆羅門或施外道修梵行者或施貧窮道行苦行及來求者或施一切人非人等是菩薩摩訶薩成就如是一切智智相應作意雖行布施而無施想無受者想無施者想亦無一切我我所想何以故是菩薩摩訶薩觀一切法自相皆空無起無成無轉無滅入諸法相知一切法無作無能入諸行相是菩薩摩訶薩成就

如是方便善巧恒時增長殊勝善根由勝善根常增長故能行布施波羅蜜多成熟有情嚴淨佛土雖行布施而不忻求施所得果謂不貪著由施所得諸可愛境亦不躭求由施所得生死勝報但爲救護無救護者及欲解脫未解脫者修行布施波羅蜜多復次善現若菩薩摩訶薩從初發心修行淨戒波羅蜜多時以一切智智相應作意受持淨戒其心不爲貪欲所覆亦復不爲瞋恚所覆亦復不爲愚癡所覆亦復不爲隨眠諸纏及餘種種惡不善法障菩提者之所覆蔽所謂慳悋惡惑忿恚懈怠劣心亂心惡慧諸慢過慢慢過慢我慢增上慢卑慢邪慢亦常不起聲聞獨覺相應作意何以故是菩薩摩訶薩觀一切法自相皆空無起無成無轉無滅入諸法相知一切法無作無能入諸行相是菩薩摩訶薩成就如是方便善巧恒時增長殊勝善根由勝善根常增長故能行淨戒波羅蜜多成熟有情嚴淨佛土雖行淨戒而不忻求戒所得果謂不貪著由戒所得諸可愛境亦不躭求由戒所得生死勝報但爲救護無救護者及欲解脫未解脫者修行淨戒波羅蜜多復次善現若菩薩摩訶薩從初發心修行安忍波羅蜜多時以一切智智相應作意修學安忍是菩薩摩訶薩乃至爲護自命因緣亦不發起一念忿恚惡言加報怨恨之心是菩薩摩訶薩假使有來欲害其命劫奪資財侵陵妻室虛誑罔冒離間親友麤言罵辱雜穢嘲誚或捶或打或割或截或爲種種不饒益事於彼有情都無忿恨唯欲作彼利益安樂何

以故善現是菩薩摩訶薩觀一切法自相皆空無起無成無轉無滅入諸法相知一切法無作無能入諸行相是菩薩摩訶薩成就如是方便善巧恒時增長殊勝善根由勝善根常增長故能行安忍波羅蜜多成熟有情嚴淨佛土雖行安忍而不忻求忍所得果謂不貪著由忍所得諸可愛境亦不躭求由忍所得生死勝報但爲救護無救護者及欲解脫未解脫者修行安忍波羅蜜多復次善現若菩薩摩訶薩從初發心修行精進波羅蜜多時以一切智智相應作意發起正勤被堅固鎧勇猛無怯遠離懈怠懶惰之心是菩薩摩訶薩爲求無上正等菩提勇猛正勤不懼衆苦亦能方便遮止制伏謂於人苦阿素洛苦鬼界苦傍生苦地獄苦及餘衆苦皆不怯懼亦能方便遮止制伏勤修善法常無懈廢何以故善現是菩薩摩訶薩觀一切法自相皆空無起無成無轉無滅入諸法相知一切法無作無能入諸行相是菩薩摩訶薩成就如是方便善巧恒時增長殊勝善根由勝善根常增長故能行精進波羅蜜多成熟有情嚴淨佛土雖行精進而不忻求勤所得果謂不貪著由勤所得諸可愛境亦不躭求由勤所得生死勝報但爲救護無救護者及欲解脫未解脫者修行精進波羅蜜多復次善現若菩薩摩訶薩從初發心修行靜慮波羅蜜多時以一切智智相應作意修學諸定是菩薩摩訶薩眼見色已不取諸相不取隨好即於是處防護眼根不放逸住勿令心起世間貪愛惡不善法諸煩惱漏專修念定守護眼根

是菩薩摩訶薩耳聞聲已不取諸相不取隨好即於是處防護耳根不放逸住勿令心起世間貪愛惡不善法諸煩惱漏專修念定守護耳根是菩薩摩訶薩鼻嗅香已不取諸相不取隨好即於是處防護鼻根不放逸住勿令心起世間貪愛惡不善法諸煩惱漏專修念定守護鼻根是菩薩摩訶薩舌嘗味已不取諸相不取隨好即於是處防護舌根不放逸住勿令心起世間貪愛惡不善法諸煩惱漏專修念定守護舌根是菩薩摩訶薩身覺觸已不取諸相不取隨好即於是處防護身根不放逸住勿令心起世間貪愛惡不善法諸煩惱漏專修念定守護身根是菩薩摩訶薩意了法已不取諸相不取隨好即於是處防護意根不放逸住勿令心起世間貪愛惡不善法諸煩惱漏專修念定守護意根是菩薩摩訶薩若行若住若坐若卧若語若默常不捨離三摩呬多奢摩他位是菩薩摩訶薩若手若足俱不躁擾語不剛強言不諠雜眼及諸根皆不紛擾不掉不動亦不倨傲身不散亂語不散亂心不散亂身寂靜語寂靜心寂靜若隱若露無異威儀於諸飲食衣服卧具病緣醫藥及餘資産皆生喜足易滿易養易可供事軌則所行無不調善雖處諠雜而行遠離於利於衰於樂於苦於讃於毀於稱於譏於活於殺平等無變不高不下於冤於親於善於惡心無憎愛無喜無憂於諸聖言於非聖言於遠離於憒閙其心平等無有改易於可愛色不可愛色於諸隨順違逆事中都不分別心常安定何以故善現是菩薩摩

訶薩觀一切法自相皆空無起無成無轉無滅入諸法相知一切法無作無能入諸行相是菩薩摩訶薩成就如是方便善巧恒時增長殊勝善根由勝善根常增長故能行靜慮波羅蜜多成熟有情嚴淨佛土雖行靜慮而不忻求定所得果謂不貪著由定所得諸可愛境亦不躭求由定所得生死勝報但爲救護無救護者及欲解脱未解脱者修行靜慮波羅蜜多復次善現若菩薩摩訶薩從初發心修行般若波羅蜜多時以一切智智相應作意修學般若是菩薩摩訶薩無諸惡慧他不能引遠離一切我我所執遠離一切我見有情見命者見生者見養者見士夫見補特伽羅見意生見儒童見作者見受者見知者見見者見遠離一切有無有見諸惡見趣遠離憍慢無分别無變異而修妙慧何以故善現是菩薩摩訶薩觀一切法自相皆空無起無成無轉無滅入諸法相知一切法無作無能入諸行相是菩薩摩訶薩成就如是方便善巧恒時增長殊勝善根由勝善根常增長故能行般若波羅蜜多成熟有情嚴淨佛土雖行般若而不忻求慧所得果謂不貪著由慧所得諸可愛境亦不躭求由慧所得生死勝報但爲救護無救護者及欲解脱未解脱者修行般若波羅蜜多復次善現若菩薩摩訶薩從初發心修行般若波羅蜜多時以一切智智相應作意入初靜慮入第二第三第四靜慮入慈無量入悲喜捨無量入空無邊處定入識無邊處無所有處非想非非想處定是菩薩摩訶薩雖於靜慮無量無色入出

自在而不貪愛彼異熟果何以故善現是菩薩摩訶薩成就最勝方便善巧由此方便善巧力故觀諸靜慮無量無色自相皆空無起無成無轉無滅入諸法相知一切法無作無能入諸行相是菩薩摩訶薩成就如是方便善巧恒時增長殊勝善根由勝善根常增長故能行靜慮無量無色由行靜慮無量無色便能自在成熟有情嚴淨佛土雖行靜慮無量無色而不悕求彼所得果謂不貪著靜慮無量及無色定所得生死諸異熟果但爲救護無救護者及爲解脱未解脱者修諸靜慮無量無色無所執受復次善現若菩薩摩訶薩從初發心修行般若波羅蜜多時以一切智智相應作意修學一切菩提分法成就如是方便善巧雖行見修所斷法道而不取預流果亦復不取一來不還阿羅漢果獨覺菩提何以故善現是菩薩摩訶薩觀一切法自相皆空無起無成無轉無滅入諸法相知一切法無作無能入諸行相是菩薩摩訶薩成就如是方便善巧恒時增長殊勝善根由勝善根常增長故行三十七菩提分法雖行如是菩提分法而起聲聞及獨覺地證入菩薩正性離生善現是名菩薩摩訶薩無生法忍復次善現若菩薩摩訶薩修行般若波羅蜜多時以一切智智相應作意雖得自在順逆入出八解脱定亦得自在順逆入出八勝處定亦得自在順逆入出九次第定亦得自在順逆入出十徧處定亦能修習四聖諦觀自在入出三摩地門陀羅尼門三解脱門而能成就方便善巧不取預流果亦不取一來不

還阿羅漢果獨覺菩提何以故善現是菩薩摩訶薩觀一切法自相皆空無起無成無轉無滅入諸法相知一切法無作無能入諸行相是菩薩摩訶薩成就如是方便善巧恒時增長殊勝善根由勝善根常增長故能行八解脱定八勝處定九次第定十徧處定四聖諦觀三摩地門陀羅尼門三解脱門雖能行八解脱定乃至二解脱門而起聲聞及獨覺地證入菩薩不退轉位善現是名菩薩摩訶薩無生法受記忍復次善現若菩薩摩訶薩修行般若波羅蜜多時以一切智智相應作意學佛十力四無所畏四無礙解十八佛不共法大慈大悲大喜大捨無忘失法恒住捨性一切智道相智一切相智五眼六神通乃至未具成熟有情嚴淨佛土且未證得一切智智何以故善現是菩薩摩訶薩觀一切法自相皆空無起無成無轉無滅入諸法相知一切法無作無能入諸行相是菩薩摩訶薩成就如是方便善巧恒時增長殊勝善根由勝善根常增長故能行佛十力四無所畏四無礙解十八佛不共法大慈大悲大喜大捨無忘失法恒住捨性一切智道相智一切相智五眼六神通由能行佛十力乃至六神通故便能圓滿成熟有情嚴淨佛土漸次證得一切智智善現如是名爲方便善巧若菩薩摩訶薩成就如是方便善巧諸有所爲定能證得一切智智善現如是方便善巧皆由般若波羅蜜多而得成就是故善現諸菩薩摩訶薩應行般若波羅蜜多諸有所爲不求果報

初分遍學道品第六十四之一

爾時具壽善現白佛言世尊諸菩薩摩訶薩具最勝覺雖能受行如是深法而能於中不求果報佛言善現如是如是如汝所說諸菩薩摩訶薩具最勝覺雖能受行如是深法而於其中不求果報何以故善現諸菩薩摩訶薩於自性無動故具壽善現復白佛言世尊諸菩薩摩訶薩能於何等自性無動佛言善現諸菩薩摩訶薩能於無性自性無動世尊諸菩薩摩訶薩能於何等諸法無性自性無動善現諸菩薩摩訶薩能於色無性自性無動能於受想行識無性自性無動能於眼處無性自性無動能於耳鼻舌身意處無性自性無動能於色處無性自性無動能於聲香味觸法處無性自性無動能於眼界無性自性無動能於耳鼻舌身意界無性自性無動能於色界無性自性無動能於聲香味觸法界無性自性無動能於眼識界無性自性無動能於耳鼻舌身意識界無性自性無動能於眼觸無性自性無動能於耳鼻舌身意觸無性自性無動能於眼觸爲緣所生諸受無性自性無動能於耳鼻舌身意觸爲緣所生諸受無性自性無動能於地界無性自性無動能於水火風空識界無性自性無動能於無明無性自性無動能於行識名色六處觸受愛取有生老死愁歎苦憂惱無性自性無動能於布施波羅蜜多無性自性無動能於淨戒安忍精進靜慮般若波羅蜜多無性自性無動能於內空無性自性無動能於外空內外空空空大空勝義空有爲空無爲空畢

竟空無際空散空無變異空本性空自相空共相空一切法空不可得空無性空自性空無性自性空無性自性無動能於四靜慮無性自性無動能於四無量四無色定無性自性無動能於四念住無性自性無動能於四正斷四神足五根五力七等覺支八聖道支無性自性無動能於空解脱門無性自性無動能於無相無願解脱門無性自性無動能於苦聖諦無性自性無動能於集滅道聖諦無性自性無動能於八解脱無性自性無動能於八勝處九次第定十遍處無性自性無動能於一切三摩地門無性自性無動能於一切陀羅尼門無性自性無動能於菩薩十地無性自性無動能於五眼無性自性無動能於六神通無性自性無動能於佛十力無性自性無動能於四無所畏四無礙解十八佛不共法無性自性無動能於大慈無性自性無動能於大悲大喜大捨無性自性無動能於無忘失法無性自性無動能於恒住捨性無性自性無動能於一切智無性自性無動能於道相智一切相智無性自性無動能於預流果無性自性無動能於一來不還阿羅漢果無性自性無動能於獨覺菩提無性自性無動能於一切菩薩摩訶薩行無性自性無動能於諸佛無上正等菩提無性自性無動何以故善現諸法自性卽是無性無性不能現證無性

大般若波羅蜜多經卷第三百六十六

大般若波羅蜜多經卷第三百六十七

唐三藏法師玄奘奉　詔譯

初分徧學道品第六十四之二

爾時具壽善現白佛言世尊有性法爲能現證無性不不也善現世尊無性法爲能現證有性不不也善現世尊有性法爲能現證有性不不也善現世尊無性法爲能現證無性不不也善現世尊若爾亦應有性不能現觀無性無性不能現觀有性有性不能現觀有性無性不能現觀無性將無世尊不得現觀佛言善現有得現觀然離四句世尊云何有得現觀然離四句善現非有非無絕諸戲論乃名現觀得亦如是是故我說有得現觀然離四句爾時具壽善現白佛言世尊菩薩摩訶薩以何爲戲論佛言善現菩薩摩訶薩觀色若常若無常是爲戲論觀受想行識若常若無常是爲戲論觀色若樂若苦是爲戲論觀受想行識若樂若苦是爲戲論觀色若我若無我是爲戲論觀受想行識若我若無我是爲戲論觀色若淨若不淨是爲戲論觀受想行識若淨若不淨是爲戲論觀色若寂靜若不寂靜是爲戲論觀受想行識若寂靜若不寂靜是爲戲論觀色若遠離若不遠離是爲戲論觀受想行識若遠離若不遠離是爲戲論觀色若是所徧知若非所徧知是爲戲論觀受想行識若是所徧知若非所徧知是爲戲論善現菩薩摩訶薩觀眼處若常若無常是爲戲論觀耳鼻舌身意處若常若無常是爲戲論觀眼處若樂若苦是爲戲論觀耳鼻舌身意處若樂若苦是爲戲論觀眼處若

我若無我是爲戲論觀耳鼻舌身意處若我若無我是爲戲論觀眼處若淨若不淨是爲戲論觀耳鼻舌身意處若淨若不淨是爲戲論觀眼處若寂靜若不寂靜是爲戲論觀耳鼻舌身意處若寂靜若不寂靜是爲戲論觀眼處若遠離若不遠離是爲戲論觀耳鼻舌身意處若遠離若不遠離是爲戲論觀眼處若是所徧知若非所徧知是爲戲論觀耳鼻舌身意處若是所徧知若非所徧知是爲戲論善現菩薩摩訶薩觀色處若常若無常是爲戲論觀聲香味觸法處若常若無常是爲戲論觀色處若樂若苦是爲戲論觀聲香味觸法處若樂若苦是爲戲論觀色處若我若無我是爲戲論觀聲香味觸法處若我若無我是爲戲論觀色處若淨若不淨是爲戲論觀聲香味觸法處若淨若不淨是爲戲論觀色處若寂靜若不寂靜是爲戲論觀聲香味觸法處若寂靜若不寂靜是爲戲論觀色處若遠離若不遠離是爲戲論觀聲香味觸法處若遠離若不遠離是爲戲論觀色處若是所徧知若非所徧知是爲戲論觀聲香味觸法處若是所徧知若非所徧知是爲戲論善現菩薩摩訶薩觀眼界若常若無常是爲戲論觀耳鼻舌身意界若常若無常是爲戲論觀眼界若樂若苦是爲戲論觀耳鼻舌身意界若樂若苦是爲戲論觀眼界若我若無我是爲戲論觀耳鼻舌身意界若我若無我是爲戲論觀眼界若淨若不淨是爲戲論觀耳鼻舌身意界若淨若不淨是爲戲論觀眼界若寂靜若不寂靜是爲戲論觀耳鼻舌身意

界若寂靜若不寂靜是爲戲論觀眼界若遠離若不遠離是爲戲論觀耳鼻舌身意界若遠離若不遠離是爲戲論觀眼界若是所徧知若非所徧知是爲戲論觀耳鼻舌身意界若是所徧知若非所徧知是爲戲論善現菩薩摩訶薩觀色界若常若無常是爲戲論觀聲香味觸法界若常若無常是爲戲論觀色界若樂若苦是爲戲論觀聲香味觸法界若樂若苦是爲戲論觀色界若我若無我是爲戲論觀聲香味觸法界若我若無我是爲戲論觀色界若淨若不淨是爲戲論觀聲香味觸法界若淨若不淨是爲戲論觀色界若寂靜若不寂靜是爲戲論觀聲香味觸法界若寂靜若不寂靜是爲戲論觀色界若遠離若不遠離是爲戲論觀聲香味觸法界若遠離若不遠離是爲戲論觀色界若是所徧知若非所徧知是爲戲論觀聲香味觸法界若是所徧知若非所徧知是爲戲論善現菩薩摩訶薩觀眼識界若常若無常是爲戲論觀耳鼻舌身意識界若常若無常是爲戲論觀眼識界若樂若苦是爲戲論觀耳鼻舌身意識界若樂若苦是爲戲論觀眼識界若我若無我是爲戲論觀耳鼻舌身意識界若我若無我是爲戲論觀眼識界若淨若不淨是爲戲論觀耳鼻舌身意識界若淨若不淨是爲戲論觀眼識界若寂靜若不寂靜是爲戲論觀耳鼻舌身意識界若寂靜若不寂靜是爲戲論觀眼識界若遠離若不遠離是爲戲論觀耳鼻舌身意識界若遠離若不遠離是爲戲論觀眼識界若是所徧知若非所徧知是爲

戲論觀耳鼻舌身意識界若是所徧知若非所徧知是爲戲論善現菩薩摩訶薩觀眼觸若常若無常是爲戲論觀耳鼻舌身意觸若常若無常是爲戲論觀眼觸若樂若苦是爲戲論觀耳鼻舌身意觸若樂若苦是爲戲論觀眼觸若我若無我是爲戲論觀耳鼻舌身意觸若我若無我是爲戲論觀眼觸若淨若不淨是爲戲論觀耳鼻舌身意觸若淨若不淨是爲戲論觀眼觸若寂靜若不寂靜是爲戲論觀耳鼻舌身意觸若寂靜若不寂靜是爲戲論觀眼觸若遠離若不遠離是爲戲論觀耳鼻舌身意觸若遠離若不遠離是爲戲論觀眼觸若是所徧知若非所徧知是爲戲論觀耳鼻舌身意觸若是所徧知若非所徧知是爲戲論善現菩薩摩訶薩觀眼觸爲緣所生諸受若常若無常是爲戲論觀耳鼻舌身意觸爲緣所生諸受若常若無常是爲戲論觀眼觸爲緣所生諸受若樂若苦是爲戲論觀耳鼻舌身意觸爲緣所生諸受若樂若苦是爲戲論觀眼觸爲緣所生諸受若我若無我是爲戲論觀耳鼻舌身意觸爲緣所生諸受若我若無我是爲戲論觀眼觸爲緣所生諸受若淨若不淨是爲戲論觀耳鼻舌身意觸爲緣所生諸受若淨若不淨是爲戲論觀眼觸爲緣所生諸受若寂靜若不寂靜是爲戲論觀耳鼻舌身意觸爲緣所生諸受若寂靜若不寂靜是爲戲論觀眼觸爲緣所生諸受若遠離若不遠離是爲戲論觀耳鼻舌身意觸爲緣所生諸受若遠離若不遠離是爲戲論觀眼觸爲緣所生諸受若是所徧知

若非所徧知是爲戲論觀耳鼻舌身意觸爲緣所生諸受若是所徧知若非所徧知是爲戲論。

善現菩薩摩訶薩觀地界若常若無常是爲戲論觀水火風空識界若常若無常是爲戲論觀地界若樂若苦是爲戲論觀水火風空識界若樂若苦是爲戲論觀地界若我若無我是爲戲論觀水火風空識界若我若無我是爲戲論觀地界若淨若不淨是爲戲論觀水火風空識界若淨若不淨是爲戲論觀地界若寂靜若不寂靜是爲戲論觀水火風空識界若寂靜若不寂靜是爲戲論觀地界若遠離若不遠離是爲戲論觀水火風空識界若遠離若不遠離是爲戲論觀地界若是所徧知若非所徧知是爲戲論觀水火風空識界若是所徧知若非所徧知是爲戲論。

善現菩薩摩訶薩觀無明若常若無常是爲戲論觀行識名色六處觸受愛取有生老死愁歎苦憂惱若常若無常是爲戲論觀無明若樂若苦是爲戲論觀行乃至老死愁歎苦憂惱若樂若苦是爲戲論觀無明若我若無我是爲戲論觀行乃至老死愁歎苦憂惱若我若無我是爲戲論觀無明若淨若不淨是爲戲論觀行乃至老死愁歎苦憂惱若淨若不淨是爲戲論觀無明若寂靜若不寂靜是爲戲論觀行乃至老死愁歎苦憂惱若寂靜若不寂靜是爲戲論觀無明若遠離若不遠離是爲戲論觀行乃至老死愁歎苦憂惱若遠離若不遠離是爲戲論觀無明若是所徧知若非所徧知是爲戲論觀行乃至老死愁歎苦憂惱若是所徧知若非所徧知是爲戲

論善現菩薩摩訶薩觀布施波羅蜜多若常若無常是爲戲論觀淨戒安忍精進靜慮般若波羅蜜多若常若無常是爲戲論觀布施波羅蜜多若樂若苦是爲戲論觀淨戒乃至般若波羅蜜多若樂若苦是爲戲論觀布施波羅蜜多若我若無我是爲戲論觀淨戒乃至般若波羅蜜多若我若無我是爲戲論觀布施波羅蜜多若淨若不淨是爲戲論觀淨戒乃至般若波羅蜜多若淨若不淨是爲戲論觀布施波羅蜜多若寂靜若不寂靜是爲戲論觀淨戒乃至般若波羅蜜多若寂靜若不寂靜是爲戲論觀布施波羅蜜多若遠離若不遠離是爲戲論觀淨戒乃至般若波羅蜜多若遠離若不遠離是爲戲論觀布施波羅蜜多若是所偏知若非所偏知是爲戲論觀淨戒乃至般若波羅蜜多若是所偏知若非所偏知是爲戲論善現菩薩摩訶薩觀内空若常若無常是爲戲論觀外空内外空空空大空勝義空有爲空無爲空畢竟空無際空散空無變異空本性空自相空共相空一切法空不可得空無性空自性空無性自性空若常若無常是爲戲論觀内空若樂若苦是爲戲論觀外空乃至無性自性空若樂若苦是爲戲論觀内空若我若無我是爲戲論觀外空乃至無性自性空若我若無我是爲戲論觀内空若淨若不淨是爲戲論觀外空乃至無性自性空若淨若不淨是爲戲論觀内空若寂靜若不寂靜是爲戲論觀外空乃至無性自性空若寂靜若不寂靜是爲戲論觀内空若遠離若不遠離是爲戲論觀外空

乃至無性自性空若遠離若不遠離是爲戲論觀内空若是所徧知若非所徧知是爲戲論觀外空乃至無性自性空若是所徧知若非所徧知是爲戲論善現菩薩摩訶薩觀眞如若常若無常是爲戲論觀法界法性不虛妄性不變異性平等性離生性法定法住實際虛空界不思議界若常若無常是爲戲論觀眞如若樂若苦是爲戲論觀法界乃至不思議界若樂若苦是爲戲論觀眞如若我若無我是爲戲論觀法界乃至不思議界若我若無我是爲戲論觀眞如若淨若不淨是爲戲論觀法界乃至不思議界若淨若不淨是爲戲論觀眞如若寂靜若不寂靜是爲戲論觀法界乃至不思議界若寂靜若不寂靜是爲戲論觀眞如若遠離若不遠離是爲戲論觀法界乃至不思議界若遠離若不遠離是爲戲論觀眞如若是所徧知若非所徧知是爲戲論觀法界乃至不思議界若是所徧知若非所徧知是爲戲論善現菩薩摩訶薩觀四念住若常若無常是爲戲論觀四正斷四神足五根五力七等覺支八聖道支若常若無常是爲戲論觀四念住若樂若苦是爲戲論觀四正斷乃至八聖道支若樂若苦是爲戲論觀四念住若我若無我是爲戲論觀四正斷乃至八聖道支若我若無我是爲戲論觀四念住若淨若不淨是爲戲論觀四正斷乃至八聖道支若淨若不淨是爲戲論觀四念住若寂靜若不寂靜是爲戲論觀四正斷乃至八聖道支若寂靜若不寂靜是爲戲論觀四念住若遠離若不遠離是爲戲論觀四

正斷乃至八聖道支若遠離若不遠離是爲戲論觀四念住若是所徧知若非所徧知是爲戲論觀四正斷乃至八聖道支若是所徧知若非所徧知是爲戲論善現菩薩摩訶薩觀苦聖諦若常若無常是爲戲論觀集滅道聖諦若常若無常是爲戲論觀苦聖諦若樂若苦是爲戲論觀集滅道聖諦若樂若苦是爲戲論觀苦聖諦若我若無我是爲戲論觀集滅道聖諦若我若無我是爲戲論觀苦聖諦若淨若不淨是爲戲論觀集滅道聖諦若淨若不淨是爲戲論觀苦聖諦若寂靜若不寂靜是爲戲論觀集滅道聖諦若寂靜若不寂靜是爲戲論觀苦聖諦若遠離若不遠離是爲戲論觀集滅道聖諦若遠離若不遠離是爲戲論觀苦聖諦若是所徧知若非所徧知是爲戲論觀集滅道聖諦若是所徧知若非所徧知是爲戲論善現菩薩摩訶薩觀四靜慮若常若無常是爲戲論觀四無量四無色定若常若無常是爲戲論觀四靜慮若樂若苦是爲戲論觀四無量四無色定若樂若苦是爲戲論觀四靜慮若我若無我是爲戲論觀四無量四無色定若我若無我是爲戲論觀四靜慮若淨若不淨是爲戲論觀四無量四無色定若淨若不淨是爲戲論觀四靜慮若寂靜若不寂靜是爲戲論觀四無量四無色定若寂靜若不寂靜是爲戲論觀四靜慮若遠離若不遠離是爲戲論觀四無量四無色定若遠離若不遠離是爲戲論觀四靜慮若是所徧知若非所徧知是爲戲論觀四無量四無色定若是所徧知若非所徧知是

爲戲論善現菩薩摩訶薩觀八解脫若常若無常是爲戲論觀八勝處九次第定十徧處若常若無常是爲戲論觀八解脫若樂若苦是爲戲論觀八勝處九次第定十徧處若樂若苦是爲戲論觀八解脫若我若無我是爲戲論觀八勝處九次第定十徧處若我若無我是爲戲論觀八解脫若淨若不淨是爲戲論觀八勝處九次第定十徧處若淨若不淨是爲戲論觀八解脫若寂靜若不寂靜是爲戲論觀八勝處九次第定十徧處若寂靜若不寂靜是爲戲論觀八解脫若遠離若不遠離是爲戲論觀八勝處九次第定十徧處若遠離若不遠離是爲戲論觀八解脫若是所徧知若非所徧知是爲戲論觀八勝處九次第定十徧處若是所徧知若非所徧知是爲戲論善現菩薩摩訶薩觀三摩地門若常若無常是爲戲論觀陀羅尼門若常若無常是爲戲論觀三摩地門若樂若苦是爲戲論觀陀羅尼門若樂若苦是爲戲論觀三摩地門若我若無我是爲戲論觀陀羅尼門若我若無我是爲戲論觀三摩地門若淨若不淨是爲戲論觀陀羅尼門若淨若不淨是爲戲論觀三摩地門若寂靜若不寂靜是爲戲論觀陀羅尼門若寂靜若不寂靜是爲戲論觀三摩地門若遠離若不遠離是爲戲論觀陀羅尼門若遠離若不遠離是爲戲論觀三摩地門若是所徧知若非所徧知是爲戲論觀陀羅尼門若是所徧知若非所徧知是爲戲論善現菩薩摩訶薩觀空解脫門若常若無常是爲戲論觀無相無願解脫門若常若無常

是爲戲論觀空解脫門若樂若苦是爲戲論觀無相無願解脫門若樂若苦是爲戲論觀空解脫門若我若無我是爲戲論觀無相無願解脫門若我若無我是爲戲論觀空解脫門若淨若不淨是爲戲論觀無相無願解脫門若淨若不淨是爲戲論觀空解脫門若寂靜若不寂靜是爲戲論觀無相無願解脫門若寂靜若不寂靜是爲戲論觀空解脫門若遠離若不遠離是爲戲論觀無相無願解脫門若遠離若不遠離是爲戲論觀空解脫門若是所徧知若非所徧知是爲戲論觀無相無願解脫門若是所徧知若非所徧知是爲戲論善現菩薩摩訶薩觀極喜地若常若無常是爲戲論觀離垢地發光地焰慧地極難勝地現前地遠行地不動地善慧地法雲地若常若無常是爲戲論觀極喜地若樂若苦是爲戲論觀離垢地乃至法雲地若樂若苦是爲戲論觀極喜地若我若無我是爲戲論觀離垢地乃至法雲地若我若無我是爲戲論觀極喜地若淨若不淨是爲戲論觀離垢地乃至法雲地若淨若不淨是爲戲論觀極喜地若寂靜若不寂靜是爲戲論觀離垢地乃至法雲地若寂靜若不寂靜是爲戲論觀極喜地若遠離若不遠離是爲戲論觀離垢地乃至法雲地若遠離若不遠離是爲戲論觀極喜地若是所徧知若非所徧知是爲戲論觀離垢地乃至法雲地若是所徧知若非所徧知是爲戲論善現菩薩摩訶薩觀五眼若常若無常是爲戲論觀六神通若常若無常是爲戲論觀五眼若樂若苦是爲戲論觀

六神通若樂若苦是爲戲論觀五眼若我若無我是爲戲論觀六神通若我若無我是爲戲論觀五眼若淨若不淨是爲戲論觀六神通若淨若不淨是爲戲論觀五眼若寂靜若不寂靜是爲戲論觀六神通若寂靜若不寂靜是爲戲論觀五眼若遠離若不遠離是爲戲論觀六神通若遠離若不遠離是爲戲論觀五眼若是所徧知若非所徧知是爲戲論觀六神通若是所徧知若非所徧知是爲戲論善現菩薩摩訶薩觀佛十力若常若無常是爲戲論觀四無所畏四無礙解十八佛不共法若常若無常是爲戲論觀佛十力若樂若苦是爲戲論觀四無所畏四無礙解十八佛不共法若樂若苦是爲戲論觀佛十力若我若無我是爲戲論觀四無所畏四無礙解

十八佛不共法若我若無我是爲戲論觀佛十力若淨若不淨是爲戲論觀四無所畏四無礙解十八佛不共法若淨若不淨是爲戲論觀佛十力若寂靜若不寂靜是爲戲論觀四無所畏四無礙解十八佛不共法若寂靜若不寂靜是爲戲論觀佛十力若遠離若不遠離是爲戲論觀四無所畏四無礙解十八佛不共法若遠離若不遠離是爲戲論觀佛十力若是所徧知若非所徧知是爲戲論觀四無所畏四無礙解十八佛不共法若是所徧知若非所徧知是爲戲論善現菩薩摩訶薩觀大慈若常若無常是爲戲論觀大悲大喜大捨若常若無常是爲戲論觀大慈若樂若苦是爲戲論觀大悲大喜大捨若樂若苦是爲戲論觀大慈若我若無我是爲戲論觀

大悲大喜大捨若我若無我是爲戲論觀大慈若淨若不淨是爲戲論觀大悲大喜大捨若淨若不淨是爲戲論觀大慈若寂靜若不寂靜是爲戲論觀大悲大喜大捨若寂靜若不寂靜是爲戲論觀大慈若遠離若不遠離是爲戲論觀大悲大喜大捨若遠離若不遠離是爲戲論觀大慈若是所徧知若非所徧知是爲戲論觀大悲大喜大捨若是所徧知若非所徧知是爲戲論善現菩薩摩訶薩觀無忘失法若常若無常是爲戲論觀恒住捨性若常若無常是爲戲論觀無忘失法若樂若苦是爲戲論觀恒住捨性若樂若苦是爲戲論觀無忘失法若我若無我是爲戲論觀恒住捨性若我若無我是爲戲論觀無忘失法若淨若不淨是爲戲論觀恒住捨性若淨若不淨是爲戲論觀無忘失法若寂靜若不寂靜是爲戲論觀恒住捨性若寂靜若不寂靜是爲戲論觀無忘失法若遠離若不遠離是爲戲論觀恒住捨性若遠離若不遠離是爲戲論觀無忘失法若是所徧知若非所徧知是爲戲論觀恒住捨性若是所徧知若非所徧知是爲戲論善現菩薩摩訶薩觀一切智若常若無常是爲戲論觀道相智一切相智若常若無常是爲戲論觀一切智若樂若苦是爲戲論觀道相智一切相智若樂若苦是爲戲論觀一切智若我若無我是爲戲論觀道相智一切相智若我若無我是爲戲論觀一切智若淨若不淨是爲戲論觀道相智一切相智若淨若不淨是爲戲論觀一切智若寂靜若不寂靜是爲戲論觀道相智一切

相智若寂靜若不寂靜是爲戲論觀一切智若遠離若不遠離是爲戲論觀道相智一切相智若遠離若不遠離是爲戲論觀一切智若是所徧知若非所徧知是爲戲論觀道相智一切相智若是所徧知若非所徧知是爲戲論善現菩薩摩訶薩觀預流果若常若無常是爲戲論觀一來不還阿羅漢果獨覺菩提若常若無常是爲戲論觀預流果若樂若苦是爲戲論觀一來不還阿羅漢果獨覺菩提若樂若苦是爲戲論觀預流果若我若無我是爲戲論觀一來不還阿羅漢果獨覺菩提若我若無我是爲戲論觀預流果若淨若不淨是爲戲論觀一來不還阿羅漢果獨覺菩提若淨若不淨是爲戲論觀預流果若寂靜若不寂靜是爲戲論觀一來不還阿羅漢果獨覺菩提若寂靜若不寂靜是爲戲論觀預流果若遠離若不遠離是爲戲論觀一來不還阿羅漢果獨覺菩提若遠離若不遠離是爲戲論觀預流果若是所徧知若非所徧知是爲戲論觀一來不還阿羅漢果獨覺菩提若是所徧知若非所徧知是爲戲論善現菩薩摩訶薩觀一切菩薩摩訶薩行若常若無常是爲戲論觀諸佛無上正等菩提若常若無常是爲戲論觀一切菩薩摩訶薩行若樂若苦是爲戲論觀諸佛無上正等菩提若樂若苦是爲戲論觀一切菩薩摩訶薩行若我若無我是爲戲論觀諸佛無上正等菩提若我若無我是爲戲論觀一切菩薩摩訶薩行若淨若不淨是爲戲論觀諸佛無上正等菩提若淨若不淨是爲戲論觀一切菩薩摩

訶薩行若寂靜若不寂靜是爲戲論觀諸佛無上正等菩提若寂靜若不寂靜是爲戲論觀一切菩薩摩訶薩行若遠離若不遠離是爲戲論觀諸佛無上正等菩提若遠離若不遠離是爲戲論觀一切菩薩摩訶薩行若是所徧知若非所徧知是爲戲論觀諸佛無上正等菩提若是所徧知若非所徧知是爲戲論復次善現菩薩摩訶薩若作是念苦聖諦應徧知是爲戲論集聖諦應永斷是爲戲論滅聖諦應作證是爲戲論道聖諦應修習是爲戲論善現菩薩摩訶薩若作是念應修四靜慮是爲戲論應修四無量四無色定是爲戲論善現菩薩摩訶薩若作是念應修四念住是爲戲論應修四正斷四神足五根五力七等覺支八聖道支是爲戲論善現菩薩摩訶薩若作是念應修空解脫門是爲戲論應修無相無願解脫門是爲戲論善現菩薩摩訶薩若作是念應修八解脫是爲戲論應修八勝處九次第定十徧處是爲戲論善現菩薩摩訶薩若作是念應修五眼是爲戲論應修六神通是爲戲論善現菩薩摩訶薩若作是念應超預流果是爲戲論應超一來不還阿羅漢果獨覺菩提是爲戲論善現菩薩摩訶薩若作是念應行布施波羅蜜多是爲戲論應行淨戒安忍精進靜慮般若波羅蜜多是爲戲論善現菩薩摩訶薩若作是念應住內空是爲戲論應住外空內外空空空大空勝義空有爲空無爲空畢竟空無際空散空無變異空本性空自相空共相空一切法空不可得空無性空自性空無性自性空是爲

戲論善現菩薩摩訶薩若作是念應住眞如是爲戲論應住法界法性不虛妄性不變異性平等性離生性法定法住實際虛空界不思議界是爲戲論善現菩薩摩訶薩若作是念應趣入菩薩正性離生是爲戲論應圓滿菩薩十地正行是爲戲論善現菩薩摩訶薩若作是念應成熟有情是爲戲論應嚴淨佛土是爲戲論善現菩薩摩訶薩若作是念應起佛十力是爲戲論應起四無所畏四無礙解十八佛不共法是爲戲論善現菩薩摩訶薩若作是念應起大慈是爲戲論應起大悲大喜大捨是爲戲論善現菩薩摩訶薩若作是念應起無忘失法是爲戲論應起恒住捨性是爲戲論善現菩薩摩訶薩若作是念應起一切智是爲戲論應起道相智一切相智是爲戲論善現菩薩摩訶薩若作是念應起一切三摩地門是爲戲論應起一切陀羅尼門是爲戲論善現菩薩摩訶薩若作是念應斷一切煩惱習氣相續是爲戲論應證諸佛無上正等菩提是爲戲論善現如是等類一切戲論是爲菩薩摩訶薩所有戲論

大般若波羅蜜多經卷第三百六十七

大般若波羅蜜多經卷第三百六十八

唐三藏法師玄奘奉　詔譯

初分徧學道品第六十四之三

復次善現菩薩摩訶薩行深般若波羅蜜多時應觀色若常若無常不可戲論故不應戲論應觀受想行識若常若無常不可戲論故不應戲論應觀色若樂若苦不可戲論故不應戲論應觀受想行識若樂若苦不可戲論故不應戲論應觀色若我若無我不可戲論故不應戲論應觀受想行識若我若無我不可戲論故不應戲論應觀色若淨若不淨不可戲論故不應戲論應觀受想行識若淨若不淨不可戲論故不應戲論應觀色若寂靜若不寂靜不可戲論故不應戲論應觀受想行識若寂靜若不寂靜不可戲論故不應戲論應觀色若遠離若不遠離不可戲論故不應戲論應觀受想行識若遠離若不遠離不可戲論故不應戲論應觀色若是所徧知若非所徧知不可戲論故不應戲論應觀受想行識若是所徧知若非所徧知不可戲論故不應戲論善現菩薩摩訶薩行深般若波羅蜜多時應觀眼處若常若無常不可戲論故不應戲論應觀耳鼻舌身意處若常若無常不可戲論故不應戲論應觀眼處若樂若苦不可戲論故不應戲論應觀耳鼻舌身意處若樂若苦不可戲論故不應戲論應觀眼處若我若無我不可戲論故不應戲論應觀耳鼻舌身意處若我若無我不可戲論故不應戲論應觀眼處若淨若不淨不可戲論故不應戲論應觀耳鼻舌身意處若淨若不淨不

可戲論故不應戲論應觀眼處若寂靜若不寂靜不可戲論故不應戲論應觀耳鼻舌身意處若寂靜若不寂靜不可戲論故不應戲論應觀眼處若遠離若不遠離不可戲論故不應戲論應觀耳鼻舌身意處若遠離若不遠離不可戲論故不應戲論應觀眼處若是所徧知若非所徧知不可戲論故不應戲論應觀耳鼻舌身意處若是所徧知若非所徧知不可戲論故不應戲論善現菩薩摩訶薩行深般若波羅蜜多時應觀色處若常若無常不可戲論故不應戲論應觀聲香味觸法處若常若無常不可戲論故不應戲論應觀色處若樂若苦不可戲論故不應戲論應觀聲香味觸法處若樂若苦不可戲論故不應戲論應觀色處若我若無我不可戲論故不應戲論應觀聲香味觸法處若我若無我不可戲論故不應戲論應觀色處若淨若不淨不可戲論故不應戲論應觀聲香味觸法處若淨若不淨不可戲論故不應戲論應觀色處若寂靜若不寂靜不可戲論故不應戲論應觀聲香味觸法處若寂靜若不寂靜不可戲論故不應戲論應觀色處若遠離若不遠離不可戲論故不應戲論應觀聲香味觸法處若遠離若不遠離不可戲論故不應戲論應觀色處若是所徧知若非所徧知不可戲論故不應戲論應觀聲香味觸法處若是所徧知若非所徧知不可戲論故不應戲論善現菩薩摩訶薩行深般若波羅蜜多時應觀眼界若常若無常不可戲論故不應戲論應觀耳鼻舌身意界若常若無常不可戲論故

不應戲論應觀眼界若樂若苦不可戲論故不應戲論應觀耳鼻舌身意界若樂若苦不可戲論故不應戲論應觀眼界若我若無我不可戲論故不應戲論應觀耳鼻舌身意界若我若無我不可戲論故不應戲論應觀眼界若淨若不淨不可戲論故不應戲論應觀耳鼻舌身意界若淨若不淨不可戲論故不應戲論應觀眼界若寂靜若不寂靜不可戲論故不應戲論應觀耳鼻舌身意界若寂靜若不寂靜不可戲論故不應戲論應觀眼界若遠離若不遠離不可戲論故不應戲論應觀耳鼻舌身意界若遠離若不遠離不可戲論故不應戲論應觀眼界若是所徧知若非所徧知不可戲論故不應戲論應觀耳鼻舌身意界若是所徧知若非所徧知不可戲論故不應戲論善現菩薩摩訶薩行深般若波羅蜜多時應觀色界若常若無常不可戲論故不應戲論應觀聲香味觸法界若常若無常不可戲論故不應戲論應觀色界若樂若苦不可戲論故不應戲論應觀聲香味觸法界若樂若苦不可戲論故不應戲論應觀色界若我若無我不可戲論故不應戲論應觀聲香味觸法界若我若無我不可戲論故不應戲論應觀色界若淨若不淨不可戲論故不應戲論應觀聲香味觸法界若淨若不淨不可戲論故不應戲論應觀色界若寂靜若不寂靜不可戲論故不應戲論應觀聲香味觸法界若寂靜若不寂靜不可戲論故不應戲論應觀色界若遠離若不遠離不可戲論故不應戲論應觀聲香味觸法界若遠離若

不遠離不可戲論故不應戲論應觀色界若是所徧知若非所徧知不可戲論故不應戲論應觀聲香味觸法界若是所徧知若非所徧知不可戲論故不應戲論善現菩薩摩訶薩行深般若波羅蜜多時應觀眼識界若常若無常不可戲論故不應戲論應觀耳鼻舌身意識界若常若無常不可戲論故不應戲論應觀眼識界若樂若苦不可戲論故不應戲論應觀耳鼻舌身意識界若樂若苦不可戲論故不應戲論應觀眼識界若我若無我不可戲論故不應戲論應觀耳鼻舌身意識界若我若無我不可戲論故不應戲論應觀眼識界若淨若不淨不可戲論故不應戲論應觀耳鼻舌身意識界若淨若不淨不可戲論故不應戲論應觀眼識界若寂靜若不寂靜不可戲論故不應戲論應觀耳鼻舌身意識界若寂靜若不寂靜不可戲論故不應戲論應觀眼識界若遠離若不遠離不可戲論故不應戲論應觀耳鼻舌身意識界若遠離若不遠離不可戲論故不應戲論應觀眼識界若是所徧知若非所徧知不可戲論故不應戲論應觀耳鼻舌身意識界若是所徧知若非所徧知不可戲論故不應戲論善現菩薩摩訶薩行深般若波羅蜜多時應觀眼觸若常若無常不可戲論故不應戲論應觀耳鼻舌身意觸若常若無常不可戲論故不應戲論應觀眼觸若樂若苦不可戲論故不應戲論應觀耳鼻舌身意觸若樂若苦不可戲論故不應戲論應觀眼觸若我若無我不可戲論故不應戲論應觀耳鼻舌身意觸若我

若無我不可戲論故不應戲論應觀眼觸若淨若不淨不可戲論故不應戲論應觀耳鼻舌身意觸若淨若不淨不可戲論故不應戲論應觀眼觸若寂靜若不寂靜不可戲論故不應戲論應觀耳鼻舌身意觸若寂靜若不寂靜不可戲論故不應戲論應觀眼觸若遠離若不遠離不可戲論故不應戲論應觀耳鼻舌身意觸若遠離若不遠離不可戲論故不應戲論應觀眼觸若是所徧知若非所徧知不可戲論故不應戲論應觀耳鼻舌身意觸若是所徧知若非所徧知不可戲論故不應戲論善現菩薩摩訶薩行深般若波羅蜜多時應觀眼觸爲緣所生諸受若常若無常不可戲論故不應戲論應觀耳鼻舌身意觸爲緣所生諸受若常若無常不可戲論故不應戲論應觀眼觸爲緣所生諸受若樂若苦不可戲論故不應戲論應觀耳鼻舌身意觸爲緣所生諸受若樂若苦不可戲論故不應戲論應觀眼觸爲緣所生諸受若我若無我不可戲論故不應戲論應觀耳鼻舌身意觸爲緣所生諸受若我若無我不可戲論故不應戲論應觀眼觸爲緣所生諸受若淨若不淨不可戲論故不應戲論應觀耳鼻舌身意觸爲緣所生諸受若淨若不淨不可戲論故不應戲論應觀眼觸爲緣所生諸受若寂靜若不寂靜不可戲論故不應戲論應觀耳鼻舌身意觸爲緣所生諸受若寂靜若不寂靜不可戲論故不應戲論應觀眼觸爲緣所生諸受若遠離若不遠離不可戲論故不應戲論應觀耳鼻舌身意觸爲緣所生諸受若遠

離若不遠離不可戲論故不應戲論應觀眼觸爲緣所生諸受若是所徧知若非所徧知不可戲論故不應戲論應觀耳鼻舌身意觸爲緣所生諸受若是所徧知若非所徧知不可戲論故不應戲論善現菩薩摩訶薩行深般若波羅蜜多時應觀地界若常若無常不可戲論故不應戲論應觀水火風空識界若常若無常不可戲論故不應戲論應觀地界若樂若苦不可戲論故不應戲論應觀水火風空識界若樂若苦不可戲論故不應戲論應觀地界若我若無我不可戲論故不應戲論應觀水火風空識界若我若無我不可戲論故不應戲論應觀地界若淨若不淨不可戲論故不應戲論應觀水火風空識界若淨若不淨不可戲論故不應戲論應觀地界若寂靜若不寂靜不可戲論故不應戲論應觀水火風空識界若寂靜若不寂靜不可戲論故不應戲論應觀地界若遠離若不遠離不可戲論故不應戲論應觀水火風空識界若遠離若不遠離不可戲論故不應戲論應觀地界若是所徧知若非所徧知不可戲論故不應戲論應觀水火風空識界若是所徧知若非所徧知不可戲論故不應戲論善現菩薩摩訶薩行深般若波羅蜜多時應觀無明若常若無常不可戲論故不應戲論應行觀戲名色六處觸受愛取有生老死愁歎苦憂惱若常若無常不可戲論故不應戲論應觀無明若樂若苦不可戲論故不應戲論應觀行乃至老死愁歎苦憂惱若樂若苦不可戲論故不應戲論應觀無明若我若無我不可

戲論故不應戲論應觀行乃至老死愁歎苦憂惱若我若無我不可戲論故不應戲論應觀無明若淨若不淨不可戲論故不應戲論應觀行乃至老死愁歎苦憂惱若淨若不淨不可戲論故不應戲論應觀無明若寂靜若不寂靜不可戲論故不應戲論應觀行乃至老死愁歎苦憂惱若寂靜若不寂靜不可戲論故不應戲論應觀無明若遠離若不遠離不可戲論故不應戲論應觀行乃至老死愁歎苦憂惱若遠離若不遠離不可戲論故不應戲論應觀無明若是所徧知若非所徧知不可戲論故不應戲論應觀行乃至老死愁歎苦憂惱若是所徧知若非所徧知不可戲論故不應戲論善現菩薩摩訶薩行深般若波羅蜜多時應觀布施波羅蜜多若常若無常不可戲論故不應戲論應觀淨戒安忍精進靜慮般若波羅蜜多若常若無常不可戲論故不應戲論應觀布施波羅蜜多若樂若苦不可戲論故不應戲論應觀淨戒乃至般若波羅蜜多若樂若苦不可戲論故不應戲論應觀布施波羅蜜多若我若無我不可戲論故不應戲論應觀淨戒乃至般若波羅蜜多若我若無我不可戲論故不應戲論應觀布施波羅蜜多若淨若不淨不可戲論故不應戲論應觀淨戒乃至般若波羅蜜多若淨若不淨不可戲論故不應戲論應觀布施波羅蜜多若寂靜若不寂靜不可戲論故不應戲論應觀淨戒乃至般若波羅蜜多若寂靜若不寂靜不可戲論故不應戲論應觀布施波羅蜜多若遠離若不遠離不可戲論故不

應戲論應觀淨戒乃至般若波羅蜜多若遠離若不遠離不可戲論故不應戲論應觀布施波羅蜜多若是所徧知若非所徧知不可戲論故不應戲論應觀淨戒乃至般若波羅蜜多若是所徧知若非所徧知不可戲論故不應戲論善現菩薩摩訶薩行深般若波羅蜜多時應觀内空若常若無常不可戲論故不應戲論應觀外空内外空空空大空勝義空有爲空無爲空畢竟空無際空散空無變異空本性空自相空共相空一切法空不可得空無性空自性空無性自性空若常若無常不可戲論故不應戲論應觀内空若樂若苦不可戲論故不應戲論應觀外空乃至無性自性空若樂若苦不可戲論故不應戲論應觀内空若我若無我不可戲論故不應戲論應觀外空乃至無性自性空若我若無我不可戲論故不應戲論應觀内空若淨若不淨不可戲論故不應戲論應觀外空乃至無性自性空若淨若不淨不可戲論故不應戲論應觀内空若寂靜若不寂靜不可戲論故不應戲論應觀外空乃至無性自性空若寂靜若不寂靜不可戲論故不應戲論應觀内空若遠離若不遠離不可戲論故不應戲論應觀外空乃至無性自性空若遠離若不遠離不可戲論故不應戲論應觀内空若是所徧知若非所徧知不可戲論故不應戲論應觀外空乃至無性自性空若是所徧知若非所徧知不可戲論故不應戲論善現菩薩摩訶薩行深般若波羅蜜多時應觀眞如若常若無常不可戲論故不應戲論應觀法界法

性不虛妄性不變異性平等性離生性法定法住實際虛空界不思議界若常若無常不可戲論故不應戲論應觀真如若樂若苦不可戲論故不應戲論應觀法界乃至不思議界若樂若苦不可戲論故不應戲論應觀真如若我若無我不可戲論故不應戲論應觀法界乃至不思議界若我若無我不可戲論故不應戲論應觀真如若淨若不淨不可戲論故不應戲論應觀法界乃至不思議界若淨若不淨不可戲論故不應戲論應觀真如若寂靜若不寂靜不可戲論故不應戲論應觀法界乃至不思議界若寂靜若不寂靜不可戲論故不應戲論應觀真如若遠離若不遠離不可戲論故不應戲論應觀法界乃至不思議界若遠離若不遠離不可戲論故不應戲論應觀真如若是所徧知若非所徧知不可戲論故不應戲論應觀法界乃至不思議界若是所徧知若非所徧知不可戲論故不應戲論善現菩薩摩訶薩行深般若波羅蜜多時應觀四念住若常若無常不可戲論故不應戲論應觀四正斷四神足五根五力七等覺支八聖道支若常若無常不可戲論故不應戲論應觀四念住若樂若苦不可戲論故不應戲論應觀四正斷乃至八聖道支若樂若苦不可戲論故不應戲論應觀四念住若我若無我不可戲論故不應戲論應觀四正斷乃至八聖道支若我若無我不可戲論故不應戲論應觀四念住若淨若不淨不可戲論故不應戲論應觀四正斷乃至八聖道支若淨若不淨不可戲論故不應戲論應

觀四念住若寂靜若不寂靜不可戲論故不應戲論應觀四正斷乃至八聖道支若寂靜若不寂靜不可戲論故不應戲論應觀四念住若遠離若不遠離不可戲論故不應戲論應觀四正斷乃至八聖道支若遠離若不遠離不可戲論故不應戲論應觀四念住若是所徧知若非所徧知不可戲論故不應戲論應觀四正斷乃至八聖道支若是所徧知若非所徧知不可戲論故不應戲論善現菩薩摩訶薩行深般若波羅蜜多時應觀苦聖諦若常若無常不可戲論故不應戲論應觀集滅道聖諦若常若無常不可戲論故不應戲論應觀苦聖諦若樂若苦不可戲論故不應戲論應觀集滅道聖諦若樂若苦不可戲論故不應戲論應觀苦聖諦若我若無我不可戲論故不應觀論應觀集滅道聖諦若我若無我不可戲論故不應戲論應觀苦聖諦若淨若不淨不可戲論故不應戲論應觀集滅道聖諦若淨若不淨不可戲論故不應戲論應觀苦聖諦若寂靜若不寂靜不可戲論故不應戲論應觀集滅道聖諦若寂靜若不寂靜不可戲論故不應戲論應觀苦聖諦若遠離若不遠離不可戲論故不應戲論應觀集滅道聖諦若遠離若不遠離不可戲論故不應戲論應觀苦聖諦若是所徧知若非所徧知不可戲論故不應戲論應觀集滅道聖諦若是所徧知若非所徧知不可戲論故不應戲論善現菩薩摩訶薩行深般若波羅蜜多時應觀四靜慮若常若無常不可戲論故不應戲論應觀四無量四無色定若常若無常

不可戲論故不應戲論應觀四靜慮若樂若苦不可戲論故不應戲論應觀四無量四無色定若樂若苦不可戲論故不應戲論應觀四靜慮若我若無我不可戲論故不應戲論應觀四無量四無色定若我若無我不可戲論故不應戲論應觀四靜慮若淨若不淨不可戲論故不應戲論應觀四無量四無色定若淨若不淨不可戲論故不應戲論應觀四靜慮若寂靜若不寂靜不可戲論故不應戲論應觀四無量四無色定若寂靜若不寂靜不可戲論故不應戲論應觀四靜慮若遠離若不遠離不可戲論故不應戲論應觀四無量四無色定若遠離若不遠離不可戲論故不應戲論應觀四靜慮若是所徧知若非所徧知不可戲論故不應戲論應觀四無量四無色定若是所徧知若非所徧知不可戲論故不應戲論善現菩薩摩訶薩行深般若波羅蜜多時應觀八解脫若常若無常不可戲論故不應戲論應觀八勝處九次第定十徧處若常若無常不可戲論故不應戲論應觀八解脫若樂若苦不可戲論故不應戲論應觀八勝處九次第定十徧處若樂若苦不可戲論故不應戲論應觀八解脫若我若無我不可戲論故不應戲論應觀八勝處九次第定十徧處若我若無我不可戲論故不應戲論應觀八解脫若淨若不淨不可戲論故不應戲論應觀八勝處九次第定十徧處若淨若不淨不可戲論故不應戲論應觀八解脫若寂靜若不寂靜不可戲論故不應戲論應觀八勝處九次第定十徧處若寂靜若不寂

靜不可戲論故不應戲論應觀八解脫若遠離若不遠離不可戲論故不應戲論應觀八勝處九次第定十徧處若遠離若不遠離不可戲論故不應戲論應觀八解脫若是所徧知若非所徧知不可戲論故不應戲論應觀八勝處九次第定十徧處若是所徧知若非所徧知不可戲論故不應戲論善現菩薩摩訶薩行深般若波羅蜜多時應觀三摩地門若常若無常不可戲論故不應戲論應觀陀羅尼門若常若無常不可戲論故不應戲論應觀三摩地門若樂若苦不可戲論故不應戲論應觀陀羅尼門若樂若苦不可戲論故不應戲論應觀三摩地門若我若無我不可戲論故不應戲論應觀陀羅尼門若我若無我不可戲論故不應戲論應觀三摩地門若淨若不淨不可戲論故不應戲論應觀陀羅尼門若淨若不淨不可戲論故不應戲論應觀三摩地門若寂靜若不寂靜不可戲論故不應戲論應觀陀羅尼門若寂靜若不寂靜不可戲論故不應戲論應觀三摩地門若遠離若不遠離不可戲論故不應戲論應觀陀羅尼門若遠離若不遠離不可戲論故不應戲論應觀三摩地門若是所徧知若非所徧知不可戲論故不應戲論應觀陀羅尼門若是所徧知若非所徧知不可戲論故不應戲論善現菩薩摩訶薩行深般若波羅蜜多時應觀空解脫門若常若無常不可戲論故不應戲論應觀無相無願解脫門若常若無常不可戲論故不應戲論應觀空解脫門若樂若苦不可戲論故不應戲論應觀無相無願

解脫門若樂若苦不可戲論故不應戲論應觀空解脫門若我若無我不可戲論故不應戲論應觀無相無願解脫門若我若無我不可戲論故不應戲論應觀空解脫門若淨若不淨不可戲論故不應戲論應觀無相無願解脫門若淨若不淨不可戲論故不應戲論應觀空解脫門若寂靜若不寂靜不可戲論故不應戲論應觀無相無願解脫門若寂靜若不寂靜不可戲論故不應戲論應觀空解脫門若遠離若不遠離不可戲論故不應戲論應觀無相無願解脫門若遠離若不遠離不可戲論故不應戲論應觀空解脫門若是所偏知若非所偏知不可戲論故不應戲論應觀無相無願解脫門若是所偏知若非所偏知不可戲論故不應戲論善現菩薩摩訶薩行深般若波羅蜜多時應觀極喜地若常若無常不可戲論故不應戲論應觀離垢地發光地焰慧地極難勝地現前地遠行地不動地善慧地法雲地若常若無常不可戲論故不應戲論應觀極喜地若樂若苦不可戲論故不應戲論應觀離垢地乃至法雲地若樂若苦不可戲論故不應戲論應觀極喜地若我若無我不可戲論故不應戲論應觀離垢地乃至法雲地若我若無我不可戲論故不應戲論應觀極喜地若淨若不淨不可戲論故不應戲論應觀離垢地乃至法雲地若淨若不淨不可戲論故不應戲論應觀極喜地若寂靜若不寂靜不可戲論故不應戲論應觀離垢地乃至法雲地若寂靜若不寂靜不可戲論故不應戲論應觀極喜地若遠離

若不遠離不可戲論故不應戲論應觀離垢地乃至法雲地若遠離若不遠離不可戲論故不應戲論應觀極喜地若是所徧知若非所徧知不可戲論故不應戲論應觀離垢地乃至法雲地若是所徧知若非所徧知不可戲論故不應戲論善現菩薩摩訶薩行深般若波羅蜜多時應觀五眼若常若無常不可戲論故不應戲論應觀六神通若常若無常不可戲論故不應戲論應觀五眼若樂若苦不可戲論故不應戲論應觀六神通若樂若苦不可戲論故不應戲論應觀五眼若我若無我不可戲論故不應戲論應觀六神通若我若無我不可戲論故不應戲論應觀五眼若淨若不淨不可戲論故不應戲論應觀六神通若淨若不淨不可戲論故不應戲論應觀五眼若寂靜若不寂靜不可戲論故不應戲論應觀六神通若寂靜若不寂靜不可戲論故不應戲論應觀五眼若遠離若不遠離不可戲論故不應戲論應觀六神通若遠離若不遠離不可戲論故不應戲論應觀五眼若是所徧知若非所徧知不可戲論故不應戲論應觀六神通若是所徧知若非所徧知不可戲論故不應戲論善現菩薩摩訶薩行深般若波羅蜜多時應觀佛十力若常若無常不可戲論故不應戲論應觀四無所畏四無礙解十八佛不共法若常若無常不可戲論故不應戲論應觀佛十力若樂若苦不可戲論故不應戲論應觀四無所畏四無礙解十八佛不共法若樂若苦不可戲論故不應戲論應觀佛十力若我若無我不可戲論故

不應戲論應觀四無所畏四無礙解十八佛不共法若我若無我不可戲論故不應戲論應觀佛十力若淨若不淨不可戲論故不應戲論應觀四無所畏四無礙解十八佛不共法若淨若不淨不可戲論故不應戲論應觀佛十力若寂靜若不寂靜不可戲論故不應戲論應觀四無所畏四無礙解十八佛不共法若寂靜若不寂靜不可戲論故不應戲論應觀佛十力若遠離若不遠離不可戲論故不應戲論應觀四無所畏四無礙解十八佛不共法若遠離若不遠離不可戲論故不應戲論應觀佛十力若是所徧知若非所徧知不可戲論故不應戲論應觀四無所畏四無礙解十八佛不共法若是所徧知若非所徧知不可戲論故不應戲論

大般若波羅蜜多經卷第三百六十八

大般若波羅蜜多經卷第三百六十九

唐三藏法師玄奘奉　詔譯

初分徧學道品第六十四之四

善現菩薩摩訶薩行深般若波羅蜜多時應觀大慈若常若無常不可戲論故不應戲論應觀大悲大喜大捨若常若無常不可戲論故不應戲論應觀大慈若樂若苦不可戲論故不應戲論應觀大悲大喜大捨若樂若苦不可戲論故不應戲論應觀大慈若我若無我不可戲論故不應戲論應觀大悲大喜大捨若我若無我不可戲論故不應戲論應觀大慈若淨若不淨不可戲論故不應戲論應觀大悲大喜大捨若淨若不淨不可戲論故不應戲論應觀大慈若寂靜若不寂靜不可戲論故不應戲論應觀大悲大喜大捨若寂靜若不寂靜不可戲論故不應戲論應觀大慈若遠離若不遠離不可戲論故不應戲論應觀大悲大喜大捨若遠離若不遠離不可戲論故不應戲論應觀大慈若是所徧知若非所徧知不可戲論故不應戲論應觀大悲大喜大捨若是所徧知若非所徧知不可戲論故不應戲論善現菩薩摩訶薩行深般若波羅蜜多時應觀無忘失法若常若無常不可戲論故不應戲論應觀恒住捨性若常若無常不可戲論故不應戲論應觀無忘失法若樂若苦不可戲論故不應戲論應觀恒住捨性若樂若苦不可戲論故不應戲論應觀無忘失法若我若無我不可戲論故不應戲論應觀恒住捨性若我若無我不可戲論故不應戲論應觀無忘失法若淨若不淨不可

戲論故不應戲論應觀恒住捨性若淨若不淨不可戲論故不應戲論應觀無忘失法若寂靜若不寂靜不可戲論故不應戲論應觀恒住捨性若寂靜若不寂靜不可戲論故不應戲論應觀無忘失法若遠離若不遠離不可戲論故不應戲論應觀恒住捨性若遠離若不遠離不可戲論故不應戲論應觀無忘失法若是所徧知若非所徧知不可戲論故不應戲論應觀恒住捨性若是所徧知若非所徧知不可戲論故不應戲論善現菩薩摩訶薩行深般若波羅蜜多時應觀一切智若常若無常不可戲論故不應戲論應觀道相智一切相智若常若無常不可戲論故不應戲論應觀一切智若樂若苦不可戲論故不應戲論應觀道相智一切相智若樂若苦不可戲論故不應戲論應觀一切智若我若無我不可戲論故不應戲論應觀道相智一切相智若我若無我不可戲論故不應戲論應觀一切智若淨若不淨不可戲論故不應戲論應觀道相智一切相智若淨若不淨不可戲論故不應戲論應觀一切智若寂靜若不寂靜不可戲論故不應戲論應觀道相智一切相智若寂靜若不寂靜不可戲論故不應戲論應觀一切智若遠離若不遠離不可戲論故不應戲論應觀道相智一切相智若遠離若不遠離不可戲論故不應戲論應觀一切智若是所徧知若非所徧知不可戲論故不應戲論應觀道相智一切相智若是所徧知若非所徧知不可戲論故不應戲論善現菩薩摩訶薩行深般若波羅蜜多時應觀預

流果若常若無常不可戲論故不應戲論應觀一來不還阿羅漢果獨覺菩提若常若無常不可戲論故不應戲論應觀預流果若樂若苦不可戲論故不應戲論應觀一來不還阿羅漢果獨覺菩提若樂若苦不可戲論故不應戲論應觀預流果若我若無我不可戲論故不應戲論應觀一來不還阿羅漢果獨覺菩提若我若無我不可戲論故不應戲論應觀預流果若淨若不淨不可戲論故不應戲論應觀一來不還阿羅漢果獨覺菩提若淨若不淨不可戲論故不應戲論應觀預流果若寂靜若不寂靜不可戲論故不應戲論應觀一來不還阿羅漢果獨覺菩提若寂靜若不寂靜不可戲論故不應戲論應觀預流果若遠離若不遠離不可戲論故不應戲論應觀一來不還阿羅漢果獨覺菩提若遠離若不遠離不可戲論故不應戲論應觀預流果若是所偏知若非所偏知不可戲論故不應戲論應觀一來不還阿羅漢果獨覺菩提若是所偏知若非所偏知不可戲論故不應戲論善現菩薩摩訶薩行深般若波羅蜜多時應觀一切菩薩摩訶薩行若常若無常不可戲論故不應戲論應觀諸佛無上正等菩提若常若無常不可戲論故不應戲論應觀一切菩薩摩訶薩行若樂若苦不可戲論故不應戲論應觀諸佛無上正等菩提若樂若苦不可戲論故不應戲論應觀一切菩薩摩訶薩行若我若無我不可戲論故不應戲論應觀諸佛無上正等菩提若我若無我不可戲論故不應戲論應觀一切菩薩摩訶薩行

若淨若不淨不可戲論故不應戲論應觀諸佛無上正等菩提若淨若不淨不可戲論故不應戲論應觀一切菩薩摩訶薩行若寂靜若不寂靜不可戲論故不應戲論應觀諸佛無上正等菩提若寂靜若不寂靜不可戲論故不應戲論應觀一切菩薩摩訶薩行若遠離若不遠離不可戲論故不應戲論應觀諸佛無上正等菩提若遠離若不遠離不可戲論故不應戲論應觀一切菩薩摩訶薩行若是所徧知若非所徧知不可戲論故不應戲論應觀諸佛無上正等菩提若是所徧知若非所徧知不可戲論故不應戲論復次善現菩薩摩訶薩行深般若波羅蜜多時應觀苦聖諦若應徧知若不應徧知不可戲論故不應戲論應觀集聖諦若應永斷若不應永斷不可戲論故不應戲論應觀滅聖諦若應作證若不應作證不可戲論故不應戲論應觀道聖諦若應修習若不應修習不可戲論故不應戲論善現菩薩摩訶薩行深般若波羅蜜多時應觀四靜慮若應修若不應修不可戲論故不應戲論應觀四無量四無色定若應修若不應修不可戲論故不應戲論善現菩薩摩訶薩行深般若波羅蜜多時應觀四念住若應修若不應修不可戲論故不應戲論應觀四正斷四神足五根五力七等覺支八聖道支若應修若不應修不可戲論故不應戲論善現菩薩摩訶薩行深般若波羅蜜多時應觀空解脫門若應修若不應修不可戲論故不應戲論應觀無相無願解脫門若應修若不應修不可戲論故不應戲論善現

菩薩摩訶薩行深般若波羅蜜多時應觀八解脱若應修若不應修不可戲論故不應戲論應觀八勝處九次第定十徧處若應修若不應修不可戲論故不應戲論善現菩薩摩訶薩行深般若波羅蜜多時應觀五眼若應修若不應修不可戲論故不應戲論應觀六神通若應修若不應修不可戲論故不應戲論善現菩薩摩訶薩行深般若波羅蜜多時應觀預流果若應超若不應超不可戲論故不應戲論應觀一來不還阿羅漢果獨覺菩提若應超若不應超不可戲論故不應戲論善現菩薩摩訶薩行深般若波羅蜜多時應觀布施波羅蜜多若應行若不應行不可戲論故不應戲論應觀淨戒安忍精進靜慮般若波羅蜜多若應行若不應行不可戲論故不應戲論善現菩薩摩訶薩行深般若波羅蜜多時應觀内空若應住若不應住不可戲論故不應戲論應觀外空内外空空空大空勝義空有爲空無爲空畢竟空無際空散空無變異空本性空自相空共相空一切法空不可得空無性空自性空無性自性空若應住若不應住不可戲論故不應戲論善現菩薩摩訶薩行深般若波羅蜜多時應觀眞如若應住若不應住不可戲論故不應戲論應觀法界法性不虛妄性不變異性平等性離生性法定法住實際虛空界不思議界若應住若不應住不可戲論故不應戲論善現菩薩摩訶薩行深般若波羅蜜多時應觀菩薩正性離生若應趣入若不應趣入不可戲論故不應戲論應觀菩薩十地正行若應圓滿

若不應圓滿不可戲論故不應戲論善現菩薩摩訶薩行深般若波羅蜜多時應觀一切有情若應成熟若不應成熟不可戲論故不應戲論應觀一切佛土若應嚴淨若不應嚴淨不可戲論故不應戲論善現菩薩摩訶薩行深般若波羅蜜多時應觀佛十力若應起若不應起不可戲論故不應戲論應觀四無所畏四無礙解十八佛不共法若應起若不應起不可戲論故不應戲論善現菩薩摩訶薩行深般若波羅蜜多時應觀大慈若應起若不應起不可戲論故不應戲論應觀大悲大喜大捨若應起若不應起不可戲論故不應戲論善現菩薩摩訶薩行深般若波羅蜜多時應觀無忘失法若應起若不應起不可戲論故不應戲論應觀恒住捨性若應起若不應起不可戲論故不應戲論善現菩薩摩訶薩行深般若波羅蜜多時應觀一切智若應起若不應起不可戲論故不應戲論應觀道相智一切相智若應起若不應起不可戲論故不應戲論善現菩薩摩訶薩行深般若波羅蜜多時應觀一切三摩地門若應起若不應起不可戲論故不應戲論應觀一切陀羅尼門若應起若不應起不可戲論故不應戲論善現菩薩摩訶薩行深般若波羅蜜多時應觀一切煩惱習氣相續若應斷若不應斷不可戲論故不應戲論應觀諸佛無上正等菩提若應證若不應證不可戲論故不應戲論善現菩薩摩訶薩行深般若波羅蜜多時應觀如是等一切法及諸有情皆不可戲論故不應戲論何以故善現以一切法有性

不能戲論有性無性不能戲論無性有性不能戲論無性無性不能戲論有性離有無性法不可得若能戲論若所戲論若戲論處都無所有是故善現色無戲論受想行識無戲論眼處無戲論耳鼻舌身意處無戲論色處無戲論聲香味觸法處無戲論眼界無戲論耳鼻舌身意界無戲論色界無戲論聲香味觸法界無戲論眼識界無戲論耳鼻舌身意識界無戲論眼觸無戲論耳鼻舌身意觸無戲論眼觸爲緣所生諸受無戲論耳鼻舌身意觸爲緣所生諸受無戲論地界無戲論水火風空識界無戲論無明無戲論行識名色六處觸受愛取有生老死愁歎苦憂惱無戲論布施波羅蜜多無戲論淨戒安忍精進靜慮般若波羅蜜多無戲論內空無戲論外空內外空空空大空勝義空有爲空無爲空畢竟空無際空散空無變異空本性空自相空共相空一切法空不可得空無性空自性空無性自性空無戲論眞如無戲論法界法性不虛妄性不變異性平等性離生性法定法住實際虛空界不思議界無戲論四念住無戲論四正斷四神足五根五力七等覺支八聖道支無戲論苦聖諦無戲論集滅道聖諦無戲論四靜慮無戲論四無量四無色定無戲論八解脫無戲論八勝處九次第定十徧處無戲論一切三摩地門無戲論一切陀羅尼門無戲論空解脫門無戲論無相無願解脫門無戲論極喜地無戲論離垢地發光地焰慧地極難勝地現前地遠行地不動地善慧地法雲地無戲論五眼無戲論六神通無

戲論佛十力無戲論四無所畏四無礙解十八佛不共法無戲論大慈無戲論大悲大喜大捨無戲論無忘失法無戲論恒住捨性無戲論一切智無戲論道相智一切相智無戲論預流果無戲論一來不還阿羅漢果獨覺菩提無戲論一切菩薩摩訶薩行無戲論永斷一切煩惱習氣相續無戲論諸佛無上正等菩提無戲論如是善現諸菩薩摩訶薩應行無戲論甚深般若波羅蜜多爾時具壽善現白佛言世尊菩薩摩訶薩行深般若波羅蜜多時云何觀一切法皆無戲論佛言善現菩薩摩訶薩行深般若波羅蜜多時觀色無自性觀受想行識無自性若法無自性則不應戲論是故色無戲論受想行識亦無戲論善現菩薩摩訶薩行深般若波羅蜜多時觀眼處無自性觀耳鼻舌身意處無自性若法無自性則不應戲論是故眼處無戲論耳鼻舌身意處亦無戲論善現菩薩摩訶薩行深般若波羅蜜多時觀色處無自性觀聲香味觸法處無自性若法無自性則不應戲論是故色處無戲論聲香味觸法處亦無戲論善現菩薩摩訶薩行深般若波羅蜜多時觀眼界無自性觀耳鼻舌身意界無自性若法無自性則不應戲論是故眼界無戲論耳鼻舌身意界亦無戲論善現菩薩摩訶薩行深般若波羅蜜多時觀色界無自性觀聲香味觸法界無自性若法無自性則不應戲論是故色界無戲論聲香味觸法界亦無戲論善現菩薩摩訶薩行深般若波羅蜜多時觀眼識界無自性觀耳鼻舌身意識界無自性若法

無自性則不應戲論是故眼識界無戲論耳鼻舌身意識界亦無戲論善現菩薩摩訶薩行深般若波羅蜜多時觀眼觸無自性觀耳鼻舌身意觸無自性若法無自性則不應戲論是故眼觸無戲論耳鼻舌身意觸亦無戲論善現菩薩摩訶薩行深般若波羅蜜多時觀眼觸爲縁所生諸受無自性觀耳鼻舌身意觸爲縁所生諸受無自性若法無自性則不應戲論是故眼觸爲縁所生諸受無戲論耳鼻舌身意觸爲縁所生諸受亦無戲論善現菩薩摩訶薩行深般若波羅蜜多時觀地界無自性觀水火風空識界無自性若法無自性則不應戲論是故地界無戲論水火風空識界亦無戲論善現菩薩摩訶薩行深般若波羅蜜多時觀無明無自性觀行識名色六處觸受愛取有生老死愁歎苦憂惱無自性若法無自性則不應戲論是故無明無戲論行乃至老死愁歎苦憂惱亦無戲論善現菩薩摩訶薩行深般若波羅蜜多時觀布施波羅蜜多無自性觀淨戒安忍精進靜慮般若波羅蜜多無自性若法無自性則不應戲論是故布施波羅蜜多無戲論淨戒乃至般若波羅蜜多亦無戲論善現菩薩摩訶薩行深般若波羅蜜多時觀內空無自性觀外空內外空空空大空勝義空有爲空無爲空畢竟空無際空散空無變異空本性空自相空共相空一切法空不可得空無性空自性空無性自性空無自性若法無自性則不應戲論是故內空無戲論外空乃至無性自性空亦無戲論善現菩薩摩訶薩行深般若波羅

審多時觀真如無自性觀法界法性不虛妄性不變異性平等性離生性法定法住實際虛空界不思議界無自性若法無自性則不應戲論是故真如無戲論法界乃至不思議界亦無戲論善現菩薩摩訶薩行深般若波羅審多時觀四念住無自性觀四正斷四神足五根五力七等覺支八聖道支無自性若法無自性則不應戲論是故四念住無戲論四正斷乃至八聖道支亦無戲論善現菩薩摩訶薩行深般若波羅蜜多時觀苦聖諦無自性觀集滅道聖諦無自性若法無自性則不應戲論是故苦聖諦無戲論集滅道聖諦亦無戲論善現菩薩摩訶薩行深般若波羅審多時觀四靜慮無自性觀四無量四無色定無自性若法無自性則不應戲論是故四靜慮無戲論四無量四無色定亦無戲論善現菩薩摩訶薩行深般若波羅蜜多時觀八解脫無自性觀八勝處九次第定十徧處無自性若法無自性則不應戲論是故八解脫無戲論八勝處九次第定十徧處亦無戲論善現菩薩摩訶薩行深般若波羅蜜多時觀一切三摩地門無自性觀一切陀羅尼門無自性若法無自性則不應戲論是故一切三摩地門無戲論一切陀羅尼門亦無戲論善現菩薩摩訶薩行深般若波羅蜜多時觀空解脫門無自性觀無相無願解脫門無自性若法無自性則不應戲論是故空解脫門無戲論無相無願解脫門亦無戲論善現菩薩摩訶薩行深般若波羅蜜多時觀極喜地無自性觀離垢地發光地焰慧地極難勝地現

前地遠行地不動地善慧地法雲地無自性若法無自性則不應戲論是故極喜地無戲論離垢地乃至法雲地亦無戲論善現菩薩摩訶薩行深般若波羅蜜多時觀五眼無自性觀六神通無自性若法無自性則不應戲論是故五眼無戲論六神通亦無戲論善現菩薩摩訶薩行深般若波羅蜜多時觀佛十力無自性觀四無所畏四無礙解十八佛不共法無自性若法無自性則不應戲論是故佛十力無戲論四無所畏四無礙解十八佛不共法亦無戲論善現菩薩摩訶薩行深般若波羅蜜多時觀大慈無自性觀大悲大喜大捨無自性若法無自性則不應戲論是故大慈無戲論大悲大喜大捨亦無戲論善現菩薩摩訶薩行深般若波羅蜜多時觀無忘失法無自性觀恒住捨性無自性若法無自性則不應戲論是故無忘失法無戲論恒住捨性亦無戲論善現菩薩摩訶薩行深般若波羅蜜多時觀一切智無自性觀道相智一切相智無自性若法無自性則不應戲論是故一切智無戲論道相智一切相智亦無戲論善現菩薩摩訶薩行深般若波羅蜜多時觀預流果無自性觀一來不還阿羅漢果獨覺菩提無自性若法無自性則不應戲論是故預流果無戲論一來不還阿羅漢果獨覺菩提亦無戲論善現菩薩摩訶薩行深般若波羅蜜多時觀一切菩薩摩訶薩行無自性觀永斷一切煩惱習氣相續諸佛無上正等菩提無自性若法無自性則不應戲論是故一切菩薩摩訶薩行無戲論永斷一切煩惱

習氣相續諸佛無上正等菩提亦無戲論善現菩薩摩訶薩若能如是行無戲論甚深般若波羅蜜多達一切法無自性故皆無戲論便入菩薩正性離生爾時具壽善現白佛言世尊若一切法皆無自性亦無戲論而可得者菩薩摩訶薩用何等道得入菩薩正性離生爲用聲聞道爲用獨覺道爲用佛道耶佛言善現菩薩摩訶薩非用聲聞道非用獨覺道非用佛道得入菩薩正性離生然諸菩薩摩訶薩於一切道先徧學已用菩薩道而入菩薩正性離生善現如第八者先學諸道後用自道乃能證入正性離生乃至未起無學果道猶未證得阿羅漢果菩薩摩訶薩亦復如是於一切道先徧學已用菩薩道得入菩薩正性離生乃至未起金剛喻定猶未能得一切智智若起此定以一刹那相應妙慧乃能證得一切智智具壽善現復白佛言世尊若菩薩摩訶薩爲欲圓滿一切相智於一切道先徧學已用菩薩道而入菩薩正性離生位者世尊豈不第八道異預流果道異一來向道異一來果道異不還向道異不還果道異阿羅漢向道異阿羅漢果道異獨覺道異如來道異世尊如是諸道既各有異諸菩薩摩訶薩爲欲圓滿一切相智於一切道要徧學已方入菩薩正性離生是菩薩摩訶薩若起第八道時應成第八若起具見道時應成預流果若起進修道時應成一來向或成一來果或成不還向或成不還果或成阿羅漢向若起無學道時應成阿羅漢果若起獨覺道時應成獨覺菩提世尊若菩薩摩訶薩成

第八已能入菩薩正性離生無有是處不入菩薩正性離生而能證得一切智智亦無是處世尊若菩薩摩訶薩成預流果或成一來向或成一來果或成不還向或成不還果或成阿羅漢向或成阿羅漢果或成獨覺菩提已能入菩薩正性離生無有是處不入菩薩正性離生而能證得一切智智亦無是處世尊云何令我如實了知諸菩薩摩訶薩於一切道要徧學已方入菩薩正性離生而不違理佛言善現如是如是如汝所說若菩薩摩訶薩成第八已能入菩薩正性離生無有是處不入菩薩正性離生而能證得一切智智亦無是處若菩薩摩訶薩成預流果或成一來向或成一來果或成不還向或成不還果或成阿羅漢向或成阿羅漢果或成獨覺菩提已能入菩薩正性離生而能證得一切智智亦無是處然諸菩薩摩訶薩於一切道要徧學已方入菩薩正性離生亦不違理謂諸菩薩摩訶薩從初發心勇猛正勤修行布施淨戒安忍精進靜慮般若波羅蜜多以勝智見超過八地何等爲八謂淨觀地種性地第八地見地薄地離欲地已辦地獨覺地是菩薩摩訶薩雖於如是所說八地皆徧修學而能以勝智見超過用道相智而入菩薩正性離生既入菩薩正性離生位已復用一切相智永斷一切習氣相續入如來地爾乃成就一切智智善現是菩薩摩訶薩所學第八若智若斷皆是菩薩摩訶薩忍是菩薩摩訶薩所學預流若智若斷及一來不還阿羅漢獨覺若智若斷

亦是菩薩摩訶薩忍善現是菩薩摩訶薩徧學聲聞及獨覺等諸所有道得圓滿已用道相智趣入菩薩正性離生既入菩薩正性離生位已復用一切相智永斷一切習氣相續入如來地方得成就一切智智如是善現菩薩摩訶薩於一切道皆徧修學得圓滿已方證無上正等菩提既證無上正等菩提以果饒益諸有情類爾時具壽善現白佛言世尊如佛所說一切道相若聲聞道若獨覺道若諸佛道於佛道中諸菩薩摩訶薩云何當起道相智道佛言善現諸菩薩摩訶薩應起一切淨道相智世尊云何菩薩摩訶薩當起一切淨道相智善現若諸行狀相能顯發起淨道相智是菩薩摩訶薩徧於如是諸行狀相皆現等覺現等覺已如實爲他宣說開示施設建立令諸有情得無倒解如應趣向利益安樂善現是菩薩摩訶薩應於一切音聲語言皆得善巧用此善巧音聲語言徧爲三千大千世界諸有情類宣說正法令知所聞皆如谷響雖有解了而無執著善現是菩薩摩訶薩由此因緣應學圓滿諸道相智既學圓滿道相智已應如實知一切有情隨眠意樂種種差別應如實知地獄有情有地獄道地獄因果知已方便遮障彼道及彼因果應如實知傍生有情有傍生道傍生因果知已方便遮障彼道及彼因果應如實知鬼界有情有鬼界道鬼界因果知已方便遮障彼道及彼因果應如實知諸龍藥叉阿素洛緊捺洛健達縛揭路荼具霍迦遮魯拏莫呼洛伽持呪神等各有彼道有彼因果知已方便遮障

彼道及彼因果應如實知人道因果應如實知四大王衆天三十三天夜摩天覩史多天樂變化天他化自在天諸道因果應如實知梵衆天梵輔天梵會天大梵天諸道因果應如實知光天少光天無量光天極光淨天諸道因果應如實知淨天少淨天無量淨天徧淨天諸道因果應如實知廣天少廣天無量廣天廣果天諸道因果應如實知無想天諸道因果應如實知無煩天無熱天善現天善見天色究竟天諸道因果應如實知空無邊處天識無邊處天無所有處天非想非非想處天諸道因果知已方便隨其所應遮障彼道及彼因果或勸攝受修證善法應如實知四念住四正斷四神足五根五力七等覺支八聖道支及彼因果應如實知空解脱門無相解脱門無願解脱門及彼因果應如實知苦集滅道聖諦及彼因果應如實知四靜慮四無量四無色定及彼因果應如實知八解脱八勝處九次第定十徧處及彼因果應如實知布施淨戒安忍精進靜慮般若波羅蜜多及彼因果應如實知內空外空內外空空空大空勝義空有爲空無爲空畢竟空無際空散空無變異空本性空自相空共相空一切法空不可得空無性空自性空無性自性空及彼因果應如實知眞如法界法性不虛妄性不變異性平等性離生性法定法住實際虛空界不思議界及彼因果應如實知一切三摩地門一切陀羅尼門及彼因果應如實知五眼六神通及彼因果應如實知菩薩十地及彼因果應如實知佛十力四無所畏

四無礙解十八佛不共法及彼因果應如實知大慈大悲大喜大捨及彼因果應如實知無忘失法恒住捨性及彼因果應如實知一切智道相智一切相智及彼因果應如實知諸聲聞道諸獨覺道諸菩薩道及彼因果善現是菩薩摩訶薩以如是道安立有情若有情類應得預流果者以預流果法而安立之應得一來果者以一來果法而安立之應得不還果者以不還果法而安立之應得阿羅漢果者以阿羅漢果法而安立之應得獨覺菩提者以獨覺菩提法而安立之應得無上正等菩提者以無上正等菩提法而安立之善現是名菩薩摩訶薩所應發起諸道相智菩薩摩訶薩修學如是道相智已於諸有情種種界性種種隨眠種種意樂皆善悟入既悟入已隨其所宜爲說正法皆令獲得利益安樂無空過者何以故善現是菩薩摩訶薩善達有情諸根勝劣如實了知諸有情類往還生死心心所法趣向差別善現諸菩薩摩訶薩應行如是諸道般若波羅蜜多何以故善現一切聲聞所應學道一切獨覺所應學道一切菩薩摩訶薩所應學道如是一切菩提分法皆爲般若波羅蜜多所攝受故

大般若波羅蜜多經卷第三百六十九

音釋

緊捺洛（梵語也此云疑神又云人非人捺乃八切）莫呼洛迦（梵語也亦云摩睺羅伽正言牟呼洛迦此云大蟒神）

大般若波羅蜜多經卷第三百七十

唐三藏法師玄奘奉　詔譯

初分徧學道品第六十四之五

爾時具壽善現白佛言世尊若一切種菩提分法及諸菩提如是一切皆非相應非不相應無合無散無色無見無對一相所謂無相云何如是菩提分法能取菩提世尊非非相應非不相應無合無散無色無見無對一相謂無相法能於餘法有取有捨世尊譬如虛空於一切法無取無捨自相空故諸法亦爾自相皆空非於餘法有取有捨云何可說菩提分法能取菩提佛言善現如是如是如汝所說以一切法自相皆空無取無捨然諸有情於一切法自相空義不能解了哀愍彼故方便宣說菩提分法能取菩提復次善現若色若受想行識若眼處若耳鼻舌身意處若色處若聲香味觸法處若眼界若耳鼻舌身意界若色界若聲香味觸法界若眼識界若耳鼻舌身意識界若眼觸若耳鼻舌身意觸若眼觸爲緣所生諸受若耳鼻舌身意觸爲緣所生諸受若地界若水火風空識界若無明若行識名色六處觸受愛取有生老死愁歎苦憂惱若布施波羅蜜多若淨戒安忍精進靜慮般若波羅蜜多若內空若外空內外空空空大空勝義空有爲空無爲空畢竟空無際空散空無變異空本性空自相空共相空一切法空不可得空無性空自性空無性自性空若眞如若法界法性不虛妄性不變異性平等性離生性法定法住實際虛空界不思議界若初靜慮若第二第三第四靜慮

若慈無量若悲喜捨無量若空無邊處若識無邊處無所有處非想非非想處若四念住若四正斷四神足五根五力七等覺支八聖道支若苦聖諦若集滅道聖諦若空解脫門若無相無願解脫門若八解脫若八勝處九次第定十徧處若一切三摩地門若一切陀羅尼門若極喜地若離垢地發光地焰慧地極難勝地現前地遠行地不動地善慧地法雲地若五眼若六神通若佛十力若四無所畏四無礙解十八佛不共法若大慈若大悲大喜大捨若無忘失法若恒住捨性若一切智若道相智一切相智若預流果若一來不還阿羅漢果獨覺菩提若一切菩薩摩訶薩行若永斷一切習氣相續諸佛無上正等菩提若有為界若無為界如是等一切法於此聖法毗柰耶中皆非相應非不相應無合無散無色無見無對一相所謂無相佛為饒益諸有情類令得正解入法實相以世俗說非以勝義善現諸菩薩摩訶薩於如是一切法應學智見學智見已如實通達如是諸法應可攝受如是諸法不應攝受世尊菩薩摩訶薩於何等法學智見已如實通達不應攝受於何等法學智見已如實通達應可攝受善現菩薩摩訶薩於諸聲聞獨覺地法學智見已如實通達不應攝受於一切智智相應諸法學智見已如實通達一切種相應可攝受善現菩薩摩訶薩於此聖法毗柰耶中應如是學甚深般若波羅蜜多爾時具壽善現白佛言世尊佛說聖法毗柰耶者何等名聖法毗柰耶佛言善現若諸聲聞若諸獨覺若諸

菩薩摩訶薩若諸如來應正等覺如是一切皆與貪欲瞋恚愚癡非相應非不相應不合不散皆與薩迦耶見戒禁取疑非相應非不相應不合不散皆與欲貪瞋恚非相應非不相應不合不散皆與色愛無色愛掉舉慢無明非相應非不相應不合不散皆與初靜慮非相應非不相應不合不散皆與第二第三第四靜慮非相應非不相應不合不散皆與慈無量非相應非不相應不合不散皆與悲喜捨無量非相應非不相應不合不散皆與空無邊處定非相應非不相應不合不散皆與識無邊處無所有處非想非非想處定非相應非不相應不合不散皆與四念住非相應非不相應不合不散皆與四正斷四神足五根五力七等覺支八聖道支非相應非不相應不合不散皆與苦聖諦非相應非不相應不合不散皆與集滅道聖諦非相應非不相應不合不散皆與空解脫門非相應非不相應不合不散皆與無相無願解脫門非相應非不相應不合不散皆與八解脫非相應非不相應不合不散皆與八勝處九次第定十徧處非相應非不相應不合不散皆與五眼非相應非不相應不合不散皆與六神通非相應非不相應不合不散皆與布施波羅蜜多非相應非不相應不合不散皆與淨戒安忍精進靜慮般若波羅蜜多非相應非不相應不合不散皆與內空非相應非不相應不合不散皆與外空內外空空空大空勝義空有爲空無爲空畢竟空無際空散空無變異空本性空自相空共相空一切法空不可

得空無性空自性空無性自性空非相應非不相應不合不散皆與真如非相應非不相應不合不散皆與法界法性不虛妄性不變異性平等性離生性法定法住實際虛空界不思議界非相應非不相應不合不散皆與極喜地非相應非不相應不合不散皆與離垢地發光地焰慧地極難勝地現前地遠行地不動地善慧地法雲地非相應非不相應不合不散皆與一切三摩地門非相應非不相應不合不散皆與一切陀羅尼門非相應非不相應不合不散皆與佛十力非相應非不相應不合不散皆與四無所畏四無礙解十八佛不共法非相應非不相應不合不散皆與大慈非相應非不相應不合不散皆與大悲大喜大捨非相應非不相應不合不散皆與無忘失法非相應非不相應不合不散皆與恒住捨性非相應非不相應不合不散皆與一切智非相應非不相應不合不散皆與道相智一切相智非相應非不相應不合不散皆與有爲界非相應非不相應不合不散皆與無爲界非相應非不相應不合不散善現彼名爲聖此是彼聖法毗柰耶是故名聖法毗柰耶何以故善現此一切法無色無見無對一相所謂無相彼諸聖者如實現見善現無色與無色非相應非不相應不合不散無見與無見無對與無對一相與一相無相與無相亦非相應非不相應不合不散善現諸菩薩摩訶薩於此無色無見無對一相無相甚深般若波羅蜜多常應修學學已不得一切法相爾時具壽善現白佛言世尊善

薩摩訶薩豈不應於色相學亦應於受想行識相學耶豈不應於眼處相學亦應於耳鼻舌身意處相學耶豈不應於色處相學亦應於聲香味觸法處相學耶豈不應於眼界相學亦應於耳鼻舌身意界相學耶豈不應於色界相學亦應於聲香味觸法界相學耶豈不應於眼識界相學亦應於耳鼻舌身意識界相學耶豈不應於眼觸相學亦應於耳鼻舌身意觸相學耶豈不應於眼觸爲緣所生諸受相學亦應於耳鼻舌身意觸爲緣所生諸受相學耶豈不應於地界相學亦應於水火風空識界相學耶豈不應於無明相學亦應於行識名色六處觸受愛取有生老死愁歎苦憂惱相學耶豈不應於布施波羅蜜多相學亦應於淨戒安忍精進靜慮般若波羅蜜多相學耶豈不應於內空相學亦應於外空內外空空空大空勝義空有爲空無爲空畢竟空無際空散空無變異空本性空自相空共相空一切法空不可得空無性空自性空無性自性空相學耶豈不應於眞如相學亦應於法界法性不虛妄性不變異性平等性離生性法定法住實際虛空界不思議界相學耶豈不應於初靜慮相學亦應於第二第三第四靜慮相學耶豈不應於慈無量相學亦應於悲喜捨無量相學耶豈不應於空無邊處相學亦應於識無邊處無所有處非想非非想處相學耶豈不應於四念住相學亦應於四正斷四神足五根五力七等覺支八聖道支相學耶豈不應於空解脫門相學亦應於無相無願解脫門相學耶豈不應於

菩聖諦相學亦應於集滅道聖諦相學耶豈不應於八解脫相學亦應於八勝處九次第定十徧處相學耶豈不應於五眼相學亦應於六神通相學耶豈不應於一切三摩地門相學亦應於一切陁羅尼門相學耶豈不應於極喜地相學亦應於離垢地發光地焰慧地極難勝地現前地遠行地不動地善慧地法雲地相學耶豈不應於佛十力相學亦應於四無所畏四無礙解十八佛不共法相學耶豈不應於大慈相學亦應於大悲大喜大捨相學耶豈不應於無忘失法相學亦應於恒住捨性相學耶豈不應於一切智相學亦應於道相智一切相智相學耶豈不應於預流果相學亦應於一來不還阿羅漢果獨覺菩提相學耶豈不應於一切菩薩摩訶薩行相學亦應於諸佛無上正等菩提相學耶豈不應於知苦斷集證滅修道相學亦應於順逆緣起觀相學耶豈不應於一切聖者相學亦應於一切聖法相學耶豈不應於有爲界相學亦應於無爲界相學耶世尊若菩薩摩訶薩不於如是諸法相學亦應不於諸行相學諸菩薩摩訶薩於諸法相及諸行相既不能學云何能超一切聲聞及獨覺地若不能超一切聲聞及獨覺地云何能入菩薩正性離生若不能入菩薩正性離生云何能得一切智智若不能得一切智智云何能轉正法輪若不能轉正法輪云何能以聲聞乘法或獨覺乘法或無上乘法安立有情令脫無邊生死衆苦佛言善現若一切法實有相者諸菩薩摩訶薩應於中學以一切法實非有相

無色無見無對一相所謂無相是故菩薩摩訶薩不於有相法學亦復不於無相法學何以故善現如來出世若不出世法界常住諸法一相所謂無相如是無相既非有相亦非無相爾時具壽善現白佛言世尊若一切法皆非有相亦非無相應非一相亦非異相若爾云何菩薩摩訶薩能修般若波羅蜜多若不能修般若波羅蜜多云何能超一切聲聞及獨覺地若不能超一切聲聞及獨覺地云何能入菩薩正性離生若不能入菩薩正性離生云何能超菩薩無生法忍若不能超菩薩無生法忍云何能發菩薩神通若不能發菩薩神通云何能成熟有情嚴淨佛土若不能成熟有情嚴淨佛土云何能得一切智智若不能得一切智智云何能轉正法輪若不能轉正法輪則應不能安立有情令得預流一來不還阿羅漢果亦應不能安立有情令得獨覺菩提亦應不能安立有情令得無上正等菩提亦應不能安立有情令住施性福業事或住戒性福業事或住修性福業事當得人天富樂自在佛言善現如是如是如汝所說一切法非有相非無相非一相非異相若菩薩摩訶薩知一切法若有相若無相若一相若異相咸同一相所謂無相修此無相是修般若波羅蜜多具壽善現復白佛言世尊云何菩薩摩訶薩修此無相是修般若波羅蜜多佛言善現若菩薩摩訶薩修遣一切法是修般若波羅蜜多世尊云何菩薩摩訶薩修遣一切法是修般若波羅蜜多善現若菩薩摩訶薩修遣色亦遣此修是修般若波

羅蜜多修遣受想行識亦遣此修是修般若波羅蜜多善現若菩薩摩訶薩修遣眼處亦遣此修是修般若波羅蜜多修遣耳鼻舌身意處亦遣此修是修般若波羅蜜多善現若菩薩摩訶薩修遣色處亦遣此修是修般若波羅蜜多修遣聲香味觸法處亦遣此修是修般若波羅蜜多善現若菩薩摩訶薩修遣眼界亦遣此修是修般若波羅蜜多修遣耳鼻舌身意界亦遣此修是修般若波羅蜜多善現若菩薩摩訶薩修遣色界亦遣此修是修般若波羅蜜多修遣聲香味觸法界亦遣此修是修般若波羅蜜多善現若菩薩摩訶薩修遣眼識界亦遣此修是修般若波羅蜜多修遣耳鼻舌身意識界亦遣此修是修般若波羅蜜多善現若菩薩摩訶薩修遣眼觸亦遣此修是修般若波羅蜜多修遣耳鼻舌身意觸亦遣此修是修般若波羅蜜多善現若菩薩摩訶薩修遣眼觸爲緣所生諸受亦遣此修是修般若波羅蜜多修遣耳鼻舌身意觸爲緣所生諸受亦遣此修是修般若波羅蜜多善現若菩薩摩訶薩修遣地界亦遣此修是修般若波羅蜜多修遣水火風空識界亦遣此修是修般若波羅蜜多善現若菩薩摩訶薩修遣因緣亦遣此修是修般若波羅蜜多修遣等無間緣所緣緣增上緣亦遣此修是修般若波羅蜜多善現若菩薩摩訶薩修遣無明亦遣此修是修般若波羅蜜多修遣行識名色六處觸受愛取有生老死愁歎苦憂惱亦遣此修是修般若波羅蜜多善現若菩薩摩訶薩修遣阿[⿰骨俞]訶涅[⿰骨俞]訶亦遣

此修是修般若波羅蜜多修遣不淨觀亦遣此修是修般若波羅蜜多善現若菩薩摩訶薩修遣初靜慮亦遣此修是修般若波羅蜜多修遣第二第三第四靜慮亦遣此修是修般若波羅蜜多善現若菩薩摩訶薩修遣慈無量亦遣此修是修般若波羅蜜多修遣悲喜捨無量亦遣此修是修般若波羅蜜多善現若菩薩摩訶薩修遣空無邊處定亦遣此修是修般若波羅蜜多修遣識無邊處無所有處非想非非想處定亦遣此修是修般若波羅蜜多善現若菩薩摩訶薩修遣佛隨念亦遣此修是修般若波羅蜜多修遣法隨念僧隨念戒隨念捨隨念天隨念有方便隨念無方便隨念寂靜隨念持入出息隨念亦遣此修是修般若波羅蜜多善現若菩薩摩訶薩修遣無常想亦遣此修是修般若波羅蜜多修遣無常苦想苦無我想不淨想厭食想一切世間不可樂想死想斷想離想滅想亦遣此修是修般若波羅蜜多善現若菩薩摩訶薩修遣我想亦遣此修是修般若波羅蜜多修遣有情想命者想生者想養者想士夫想補特伽羅想意生想儒童想作者想使作者想受者想使受者想知者想使知者想見者想使見者想亦遣此修是修般若波羅蜜多善現若菩薩摩訶薩修遣常非常想亦遣此修是修般若波羅蜜多修遣樂非樂想我非我想淨非淨想遠離非遠離想寂靜非寂靜想亦遣此修是修般若波羅蜜多善現若菩薩摩訶薩修遣四念住亦遣此修是修般若波羅蜜多修遣四正斷四神足五根五力

七等覺支八聖道支亦遣此修是修般若波羅蜜多善現若菩薩摩訶薩修遣空解脫門亦遣此修是修般若波羅蜜多修遣無相無願解脫門亦遣此修是修般若波羅蜜多善現若菩薩摩訶薩修遣八解脫亦遣此修是修般若波羅蜜多修遣八勝處九次第定十徧處亦遣此修是修般若波羅蜜多善現若菩薩摩訶薩修遣有尋有伺三摩地亦遣此修是修般若波羅蜜多修遣無尋唯伺三摩地無尋無伺三摩地亦遣此修是修般若波羅蜜多善現若菩薩摩訶薩修遣苦聖諦亦遣此修是修般若波羅蜜多修遣集滅道聖諦亦遣此修是修般若波羅蜜多善現若菩薩摩訶薩修遣苦智亦遣此修是修般若波羅蜜多修遣集智滅智道智盡智無生智法智類智世俗智他心智如實智亦遣此修是修般若波羅蜜多善現若菩薩摩訶薩修遣布施波羅蜜多亦遣此修是修般若波羅蜜多修遣淨戒安忍精進靜慮般若波羅蜜多亦遣此修是修般若波羅蜜多善現若菩薩摩訶薩修遣內空亦遣此修是修般若波羅蜜多修遣外空內外空空空大空勝義空有爲空無爲空畢竟空無際空散空無變異空本性空自相空共相空一切法空不可得空無性空自性空無性自性空亦遣此修是修般若波羅蜜多善現若菩薩摩訶薩修遣極喜地亦遣此修是修般若波羅蜜多修遣離垢地發光地焰慧地極難勝地現前地遠行地不動地善慧地法雲地亦遣此修是修般若波羅蜜多善現若菩薩摩訶薩修遣五眼

亦遣此修是修般若波羅蜜多修遣六神通亦遣此修是修般若波羅蜜多善現若菩薩摩訶薩修遣佛十力亦遣此修是修般若波羅蜜多修遣四無所畏四無礙解十八佛不共法亦遣此修是修般若波羅蜜多善現若菩薩摩訶薩修遣大慈亦遣此修是修般若波羅蜜多修遣大悲大喜大捨亦遣此修是修般若波羅蜜多善現若菩薩摩訶薩修遣無忘失法亦遣此修是修般若波羅蜜多修遣恒住捨性亦遣此修是修般若波羅蜜多善現若菩薩摩訶薩修遣一切三摩地門亦遣此修是修般若波羅蜜多修遣一切陀羅尼門亦遣此修是修般若波羅蜜多善現若菩薩摩訶薩修遣一切智亦遣此修是修般若波羅蜜多修遣道相智一切相智亦遣此修是修般若波羅蜜多善現若菩薩摩訶薩修遣預流果亦遣此修是修般若波羅蜜多修遣一來不還阿羅漢果獨覺菩提亦遣此修是修般若波羅蜜多善現若菩薩摩訶薩修遣一切菩薩摩訶薩行亦遣此修是修般若波羅蜜多修遣諸佛無上正等菩提亦遣此修是修般若波羅蜜多善現若菩薩摩訶薩修遣一切智智亦遣此修是修般若波羅蜜多修遣永斷一切煩惱習氣相續亦遣此修是修般若波羅蜜多善現若菩薩摩訶薩修遣有爲界亦遣此修是修般若波羅蜜多修遣無爲界亦遣此修是修般若波羅蜜多

爾時具壽善現白佛言世尊云何菩薩摩訶薩修遣色亦遣此修是修般若波羅蜜多修遣受想行識亦遣此修是修般若波羅蜜多

佛言善現菩薩摩訶薩行深般若波羅蜜多時若念有色有遣此修非修般若波羅蜜多若念有受想行識有遣此修非修般若波羅蜜多何以故善現非有想者能修般若波羅蜜多是故善現若菩薩摩訶薩修遣色亦遣此修是修般若波羅蜜多修遣受想行識亦遣此修是修般若波羅蜜多世尊云何菩薩摩訶薩修遣眼處亦遣此修是修般若波羅蜜多修遣耳鼻舌身意處亦遣此修是修般若波羅蜜多善現菩薩摩訶薩行深般若波羅蜜多時若念有眼處有遣此修非修般若波羅蜜多若念有耳鼻舌身意處有遣此修非修般若波羅蜜多何以故善現非有想者能修般若波羅蜜多是故善現若菩薩摩訶薩修遣眼處亦遣此修是修般若波羅蜜多修遣耳鼻舌身意處亦遣此修是修般若波羅蜜多世尊云何菩薩摩訶薩修遣色處亦遣此修是修般若波羅蜜多修遣聲香味觸法處亦遣此修是修般若波羅蜜多善現菩薩摩訶薩行深般若波羅蜜多時若念有色處有遣此修非修般若波羅蜜多若念有聲香味觸法處有遣此修非修般若波羅蜜多何以故善現非有想者能修般若波羅蜜多是故善現若菩薩摩訶薩修遣色處亦遣此修是修般若波羅蜜多修遣聲香味觸法處亦遣此修是修般若波羅蜜多世尊云何菩薩摩訶薩修遣眼界亦遣此修是修般若波羅蜜多修遣耳鼻舌身意界亦遣此修是修般若波羅蜜多善現菩薩摩訶薩行深般若波羅蜜多時若念有眼界有遣此修非修般

若波羅蜜多若念有耳鼻舌身意界有遣此修非修般若波羅蜜多何以故善現非有想者能修般若波羅蜜多是故善現若菩薩摩訶薩修遣眼界亦遣此修是修般若波羅蜜多修遣耳鼻舌身意界亦遣此修是修般若波羅蜜多世尊云何菩薩摩訶薩修遣色界亦遣此修是修般若波羅蜜多修遣聲香味觸法界亦遣此修是修般若波羅蜜多善現菩薩摩訶薩行深般若波羅蜜多時若念有色界有遣此修非修般若波羅蜜多若念有聲香味觸法界有遣此修非修般若波羅蜜多何以故善現非有想者能修般若波羅蜜多是故善現若菩薩摩訶薩修遣色界亦遣此修是修般若波羅蜜多修遣聲香味觸法界亦遣此修是修般若波羅蜜多世尊云何菩薩摩訶薩修遣眼識界亦遣此修是修般若波羅蜜多修遣耳鼻舌身意識界亦遣此修是修般若波羅蜜多善現菩薩摩訶薩行深般若波羅蜜多時若念有眼識界有遣此修非修般若波羅蜜多若念有耳鼻舌身意識界有遣此修非修般若波羅蜜多何以故善現非有想者能修般若波羅蜜多是故善現若菩薩摩訶薩修遣眼識界亦遣此修是修般若波羅蜜多修遣耳鼻舌身意識界亦遣此修是修般若波羅蜜多世尊云何菩薩摩訶薩修遣眼觸亦遣此修是修般若波羅蜜多修遣耳鼻舌身意觸亦遣此修是修般若波羅蜜多善現菩薩摩訶薩行深般若波羅蜜多時若念有眼觸有遣此修非修般若波羅蜜多若念有耳鼻舌身意觸有遣此修

非修般若波羅蜜多何以故善現非有想者能修般若波羅蜜多是故善現若菩薩摩訶薩修遣眼觸亦遣此修是修般若波羅蜜多修遣耳鼻舌身意觸亦遣此修是修般若波羅蜜多世尊云何菩薩摩訶薩修遣眼觸爲緣所生諸受亦遣此修是修般若波羅蜜多修遣耳鼻舌身意觸爲緣所生諸受亦遣此修是修般若波羅蜜多善現菩薩摩訶薩行深般若波羅蜜多時若念有眼觸爲緣所生諸受有遣此修非修般若波羅蜜多若念有耳鼻舌身意觸爲緣所生諸受有遣此修非修般若波羅蜜多何以故善現非有想者能修般若波羅蜜多是故善現若菩薩摩訶薩修遣眼觸爲緣所生諸受亦遣此修是修般若波羅蜜多修遣耳鼻舌身意觸爲緣所生諸受亦遣此修是修般若波羅蜜多世尊云何菩薩摩訶薩修遣地界亦遣此修是修般若波羅蜜多修遣水火風空識界亦遣此修是修般若波羅蜜多善現菩薩摩訶薩行深般若波羅蜜多時若念有地界有遣此修非修般若波羅蜜多若念有水火風空識界有遣此修非修般若波羅蜜多何以故善現非有想者能修般若波羅蜜多是故善現若菩薩摩訶薩修遣地界亦遣此修是修般若波羅蜜多修遣水火風空識界亦遣此修是修般若波羅蜜多世尊云何菩薩摩訶薩修遣因緣亦遣此修是修般若波羅蜜多修遣等無間緣所緣緣增上緣亦遣此修是修般若波羅蜜多善現菩薩摩訶薩行深般若波羅蜜多時若念有因緣有遣此修非修般若波

羅蜜多若念有等無間緣所緣緣增上緣有
遣此修非修般若波羅蜜多何以故善現非
有想者能修般若波羅蜜多是故善現若菩
薩摩訶薩修遣因緣亦遣此修是修般若波
羅蜜多修遣等無間緣所緣緣增上緣亦遣
此修是修般若波羅蜜多

大般若波羅蜜多經卷第三百七十